Carol Higgins Clark, die Tochter der berühmten Thrillerautorin Mary Higgins Clark, war ursprünglich Schauspielerin und hat in vielen Theaterstücken, Fernsehproduktionen und Filmen mitgewirkt. Jahrelang hat sie für die Bücher ihrer Mutter Recherchen betrieben und diese redigiert. Carol Higgins Clark lebt in New York City und Los Angeles.

Die beiden Titel sind auch als Einzelbände erhältlich

Von Carol Higgins Clark ist außerdem erschienen:

Tod on the Rocks (Band 60604, Band 67108)

Vollständige Taschenbuchausgaben Mai 1998
Droemersche Verlagsanstalt Th. Knaur Nachf., München

Umschlaggestaltung: Agentur Zero, München
Umschlagabbildung: oben: G+J Fotoservice, Hamburg
unten: Bavaria Bildagentur, Gauting
Druck und Bindung: Ebner, Ulm
Printed in Germany
ISBN 3-426-60748-4

5 4 3 2 1

Carol Higgins Clark

Mord und Seide
Klassenfoto mit Mörder

Zwei Romane

Knaur

Carol Higgins Clark

Mord und Seide

Roman

Aus dem Amerikanischen
von Angelika Bardeleben

Für meine Geschwister und
ihre Angehörigen,
Marilyn, Warren und Sharon,
David, Patty und Jerry
In Liebe

Regan Reilly möchte folgenden Personen dafür danken, daß sie ihr bei der Geburt behilflich waren:
Michael Viner, Nancy Neiman, Larry Kirshbaum, Maureen Mahon, Egen, Eugene Winick und Lisl Cade.
Sie dankt ebenfalls für den inspirierenden Einfluß der Mutter der Autorin, Mary Higgins Clark, die ihre Tochter in ein verbrecherisches Leben eingeführt hat!

SNAG – any obstacle or impediment

Ride on! Rough-shod if need be,
smooth-shod if that will do,
but ride on! Ride on over all obstacles,
and win the race!

Charles Dickens

Richie Blossom fiel bei dem unbeholfenen Versuch, seine brandneue Strumpfhose anzuziehen, kopfüber von der Bettkante.

»Birdie«, rief er, auf dem Boden liegend, und schmatzte einen Kuß in Richtung des vergrößerten Fotos seiner verstorbenen Frau, das bei ihrem letzten Picknick im Garten aufgenommen worden war, »ich wünschte, *du* wärest diejenige, die sich da hineinzwängen müßte.« Seine schlängelnden Verrenkungen klopften den golden und meergrün gesprenkelten Plüschteppich nieder, den sie sich zur Feier ihres 45. Hochzeitstages gekauft hatten.

»Juhuu«, jauchzte er seinem Abbild im Spiegel an der Wandschranktür zu und stieß die Hacken in die Luft, »selbst die Nägel der Knusperhaushexe könnten keine Laufmasche in diese Dinger reißen.« Wie ein Ballettänzer spreizte er die Beine, nahm sie wieder zusammen und praktizierte die Scherenbewegung, während er seine seidig schimmernden Waden bewunderte. »Keine Laufmasche, nicht einmal ein Ziehfaden«, murmelte er voller Begeisterung. Er packte den Stoff, der sich um seinen rechten Fuß schmiegte, und riß heftig daran, da die Hornhaut seiner Hacken normalerweise rauh genug war, um Holz zu zersplittern. Dann ließ er das luxuriöse Material, das sich in seiner Hand bauschte, los, setzte sich auf und riß noch einmal mit einem Ruck daran, bevor er sein Bein zu sich heranzog, um die Hacken genauer zu untersuchen. »Nichts, überhaupt nichts zu sehen«, flüsterte er.

Er schaute sich ängstlich um, als ob ihn jemand hören könnte. Die laufmaschen- und ziehfadensichere Strumpfhose war seine Erfindung. Er hatte sich damit einen Traum verwirklicht, den er zum ersten Mal gehabt hatte, als Birdie, sein kleines Vögelchen, immer wieder Schwierigkeiten gehabt hatte, Strumpfhosen zu finden, die nicht im Wind um ihre streichholzdünnen Knöchel herumgeflattert wären. Sie hatte so sehr an ihnen gezerrt und herumgerissen, daß kein Paar länger als eine Runde Minigolf überlebte.
»Birdie, Birdie, Birdie«, seufzte er glücklich und schaute auf das Bild, das leider geschossen worden war, als Birdie ihn gerade angiftete, er solle sich endlich beeilen. Es war das letzte Bild auf dem Film gewesen, also hatte er kein weiteres knipsen können. Birdies unerwartetes Ableben im Schlaf in der darauffolgenden Nacht bedeutete, daß Kodak einem seiner besten Kunden nicht einen einzigen weiteren Film verkaufte und daß Birdies Strumpfhosenprobleme für alle Zeiten ruhten. »Ich habe dieses Meisterstück in Erinnerung an dich geschaffen, mein kleines Butterblümchen. Es wird in jeder Farbe erhältlich sein, und jedes Paar wird jahrelang halten. Wer in aller Welt könnte etwas dagegen haben?«
Vielleicht lag es daran, wie die Sonne ihre Strahlen durch die schwere Luft in Miami schickte und Birdies gerunzelte Nase im Bilderrahmen widerspiegelte; jedenfalls sah Birdie beunruhigt aus.

Das Dröhnen und Zittern der Maschine *747* unter Regan Reillys Füßen war harmlos gegen das Schmatzen und Platzen des Kaugummis der Frau auf dem Nachbarsitz. Stundenlang hatte Regan versucht, es zu ignorieren, während die Streifen Wrigley's im Mund ihrer Sitznachbarin ständig durch die nächste Stange aus einem Sparpaket ersetzt wurden. Die einzige Pause ergab sich während des Mini-Essens, in dem Regan zunächst herumstocherte, es dann aber doch nicht anrührte, da sie beschlossen hatte, daß der Klumpen auf ihrem Tablett, großspurig *Lasagne al forno* genannt, eine unangenehme Ähnlichkeit mit einigen mysteriösen Gerichten hatte, die ihr schon im College ein Greuel gewesen waren.

Regan drückte den Knopf, um ihren Sitz nach hinten zu kippen, hörte das verärgerte Seufzen des hinter ihr sitzenden Passagiers und schloß die Augen. Sekunden später schnellte sie wieder in eine aufrechte Position zurück, da die erste Blase eines neuen Kaugummistreifens von ihrer Sitznachbarin unüberhörbar geplatzt war. Inzwischen hatte diese sich in die Lektüre eines Revolverblattes vertieft, in dessen Schlagzeile vor Ufos gewarnt wurde, die schwangere Skelette an Bord hatten, welche angeblich in Euro-Disneyland landeten. Wo ist Herr Knigge, wenn man ihn braucht? dachte Regan. Wahrscheinlich reist er erster Klasse.

Regan zuckte zusammen, als eine weitere Blase ihren Überlebenskampf verlor, lehnte sich nach vorn und zog ihr Exemplar der *USA Today* aus der Sitztasche vor ihr heraus.

Aus irgendeinem Grund liebte sie es, diese Zeitschrift im Flugzeug zu lesen; sie studierte die Karte, die über die Wetterlage in den Städten im ganzen Land Auskunft gab, und interessierte sich besonders für die, die gerade dreißigtausend Fuß unter ihr lagen. Es war nicht so anstrengend, als wenn man mit flatternden Haaren in einem Güterzug reiste, aber mit ein wenig Phantasie konnte man sich einen scheußlichen Tag in Butte, Montana, ausmalen oder einen bedrohlich wolkenverhangenen Himmel in Chicago. Eines allerdings konnte Regan nie verstehen: Warum der Flugkapitän immer im falschen Moment das Mikrophon ergriff und den Film, der während des Fluges gezeigt wurde, unterbrach, um beispielsweise anzukündigen, daß das Fleckchen unter ihnen der Grand Canyon war. Oh, großartig! Laßt uns alle die Jalousien hochziehen, so daß die Schauspieler auf dem Bildschirm nicht mehr als eine Gruppe tanzender Schatten sind und sich die Leute, die ihre vier Dollar für die Kopfhörer bezahlt haben, in einen Haufen Wildgewordener verwandeln, die herumfuchteln und schreien: »Ziehen Sie die Jalousien 'runter!«

Noch einmal las Regan die Wettervorhersage für ihren Bestimmungsort – Miami, Florida. Schwül und heiß. Das war dort so üblich. Regan, die die blasse Haut, die blauen Augen und das dunkle Haar ihrer irischen Vorfahren geerbt hatte, war keine Sonnenanbeterin, aber sie liebte es, im Meer zu schwimmen.

Regan Reilly, eine dreißigjährige Privatdetektivin aus Los Angeles, war auf dem Weg nach Miami. Sie sollte dort Brautjungfer sein, zum neunten Mal in ihrem Leben. Dieses Mal wollte ihre Jugendfreundin Maura Durkin heiraten. Mauras Vater, Ed, hatte früher einmal für Regans Vater, Luke, in seinem Bestattungsunternehmen in Summit, New Jersey, gearbeitet; dann aber hatte er beschlossen, ein eigenes Unternehmen in Miami aufzumachen, wo das Geschäft dauerhaft florierte. Die Familien hatten engen Kontakt trotzdem weiterhin gewahrt. Regans und Mauras Eltern sahen sich regelmäßig beim jährlichen Treffen der Beerdigungsunternehmer, das, nicht ganz zufällig, an diesem Wochenende in Miami stattfand.

»Du kennst den alten Ed«, hatte Maura zu Regan gesagt. »Er will, daß alle seine Freunde aus der Branche zur Hochzeit kommen, und welch einen besseren Zeitpunkt hätte man finden können als jetzt, da sie ohnehin alle hier sind. Außerdem«, fügte sie hinzu, »denke ich, daß er durch einen Blumenhändler, der an dem Treffen teilnimmt, günstig an Blumen herankommt.«

»Ich könnte mir vorstellen, daß da auch einige kostenlose Gästebücher herumschwirren, die du dir ebenfalls unter den Nagel reißen könntest«, antwortete Regan, »ganz zu schweigen von den Limousinen und den Verschönerungsspezialistinnen, die dir das Make-up und die Haare machen könnten ...«

»O ich habe schon die Frau gefragt, die die Haare der Kunden meines Vaters macht, ob sie Interesse hat, aber sie sagt, sie habe keine Erfahrung, wie man die Hinterköpfe von Lebenden frisiert.«

»Oh, Gott!« Regan hatte immer gern mit ihrer ältesten Freundin über einige der Absurditäten gelacht, die daraus resultierten, mit einem Leichenbestatter als Vater aufzuwachsen. Eine Gemeinsamkeit, die sie verbinden würde, bis der Tod sie trennte. Als sie kleine Mädchen gewesen waren und regelmäßig die *Munsters* im Fernsehen gesehen hatten, in der Herman, der Vater, in einem Leichenschauhaus arbeitete, hatten Regan und Maura eine Phase durchgemacht, in der sie ihre Väter Hermie nannten. Aber ihre Eltern waren energisch eingeschritten, als die Mädchen aufrecht gestellte Särge zu Telefonzellen umfunktionieren wollten.

»Meine Damen und Herren, bitte bringen Sie Ihre Sitze wieder in eine aufrechte Sitzposition, klappen Sie Ihre Tischchen zurück und achten Sie darauf, daß Ihre Sicherheitsgurte befestigt sind. Wir werden in wenigen Minuten auf dem Miami International Airport landen.«

Es gibt einen Gott, dachte Regan, während sie gehorsam den Anweisungen folgte und dafür sorgte, daß ihre Handgepäcktasche, die mindestens eine Tonne wog, rutschfest unter dem Sitz vor ihr verstaut war. Wenn dieses Ding nach oben geschleudert wird, dachte Regan, dann wird es einen armen Passagier wie ein Donnerkeil treffen. Wenn man es allerdings ausschließlich dazu benutzen könnte, Kaugummi zu beseitigen ...

Das Flugzeug neigte sich von einer Seite zur anderen, landete schließlich mit einem heftigen Ruck und rollte schnurgerade die Landebahn hinunter. Spärlicher Applaus und ein Wolfsgeheul von einem Studenten, der auf dem Weg mehrere Gläser Bier heruntergeschüttet hatte, wurden in dem Flugzeug hörbar. Mit ihren langen roten Fingernägeln zog die dünne junge Frau neben Regan, von der Regan vermutete, daß sie etwa Anfang Dreißig war, sich den zart rosafarbenen Klumpen mit zierlichen Bewegungen aus dem Mund, wickelte ihn in ein Papiertaschentuch und begann, sich die Lippen nachzuziehen und die Nase zu pudern. Danach sprühte sie sich lächelnd mit *Jardin de Roses* ein, das zwei Sekunden später wie eine Bombe auf den Geruchssinn aller Mit-Passagiere in einem Radius von drei Sitzreihen traf.

»Mein Freund holt mich ab«, sagte sie mit einem Lächeln zu Regan. »Er haßt es, wenn ich Kaugummi kaue.«

»Oh, wirklich?« Regan bemühte sich zu lachen, aber das Ergebnis wirkte unglaublich gekünstelt.

»Ja, aber ich werde im Flugzeug immer so nervös, es beruhigt mich einfach. Es hilft auch dabei, die Ohren freizumachen, wissen Sie.« Sie plusterte ihr hellbraunes Haar auf, während sie erneut auf ihr hübsches, aber ein wenig herbes Gesicht im Spiegel ihrer Puderdose schaute. »Mein Freund hat hier unten einen tollen Job in der Immobilienbranche. Also werde ich mich, während er arbeitet, an den Strand legen. Ich kann es gar nicht abwarten.«

»Hört sich großartig an.«

»Meine Damen und Herren, willkommen auf dem Miami International Airport. Bitte bleiben Sie auf Ihren Plätzen, bis die Maschine zum vollständigen Stillstand gekommen ist und der Flugkapitän das Sicherheitsgurtsignal ausgeschaltet hat ...«

Noch bevor die Ansage verhallt war, klickten in den Sitzreihen der *747* die sich öffnenden Sicherheitsgurte, und die ungeduldigen Passagiere rutschten auf ihren Plätzen hin und her oder begannen, ihr Gepäck zusammenzusuchen.

»Bitte, mein Herr, bleiben Sie sitzen, bis das Flugzeug zum vollständigen Stillstand gekommen ist«, sagte die Stewardess in einem fröhlichen, aber energischen Ton zu einem Reisenden, der schon nach seiner Handgepäcktasche im Gepäckfach griff. »Die Vorschriften verlangen, daß Sie sitzen bleiben ...«

»Alles klar, alles klar«, brummte der untersetzte Mann mittleren Alters und ließ das Gepäckfachschloß zuschnappen. Die Bowlingtasche hatte er sich fest unter den Arm geklemmt. Regan schaute aus dem Fenster auf das heiße Rollfeld, das aus der Entfernung aussah, als fände dort ein Quallen-Tanzfest statt. Würmer bewegten sich auf und ab und sprangen vor und zurück – ähnlich wie die, die man vor Augen hat, bevor man in Ohnmacht fällt, dachte Regan. Es muß heiß sein da draußen. Eine Runde am Strand zu laufen

und danach ein Bad im Meer – das würde mich jetzt reizen. Nachdem sie über fünf Stunden gesessen hatte, hatte sie Lust, sich zu bewegen und zu strecken.
Regan hatte sich ein Zimmer in einem Hotel am Ocean Drive South Beach von Miami reservieren lassen. Diese Gegend hatte man in den vergangen fünf Jahren renoviert und in ein pastellfarbenes Art-déco-Wunderland verwandelt, mit supermodernen Restaurants, Hotels und Gartencafés direkt am Strand. Sie war großartig dazu geeignet, sich irgendwo in ein Café zu setzen und Leute zu beobachten. Vor kurzem hatten sich hier auch verschiedene Model-Agenturen niedergelassen, da viele Modefotografen auf die Idee gekommen waren, die wunderschöne Lage und das herrliche Wetter in dieser Gegend zu nutzen.
Luke und Nora wohnten einige Meilen weiter im Watergreen, das mit Bestattungsunternehmern belegt sein würde. Diese würden trotz ihrer professionellen Ernsthaftigkeit am Sonntagnachmittag im großen Ballsaal fröhlich das Tanzbein schwingen.
»Alle Zimmer im Watergreen sind für dieses Wochenende seit über einem Jahr ausgebucht«, hatte Maura gesagt.
»Steigen denn *so* viele Bestattungsunternehmer in Miami ab?« hatte Regan ungläubig gefragt.
»Nein, aber stell dir vor – in der Stadt findet auch eine Konferenz der Strumpfhosenhersteller statt.«
»Das klingt wie ein Wochenende, an dem man überall kostenlose Proben bekommt.«
»Eine Sargprobe? Vielen Dank. Apropos, ich habe für dich ein Zimmer in einem Hotel in South Beach reserviert. Es ist dort viel lustiger und ein bißchen ausgeflippt. Es liegt nur einige Häuser von dem Komplex entfernt, wo mein Onkel Richie wohnt ...«
»Wie geht es ihm?« unterbrach Regan sie. »Hat er in der

letzten Zeit etwas Neues erfunden? Diese riesigen Ohrklunker, die er mir geschickt hat, hatten es wirklich in sich. Plötzlich spielten sie: *You Light up my Life*, als ich mit meinem neuen Freund in einem wahnsinnig vornehmen Gourmet-Restaurant saß. Unnötig zu sagen, daß ich von dem Typen nie wieder was gehört habe.«

»Richie hat mir das gleiche Paar geschenkt. Glücklicherweise war ich schon verlobt. Übrigens, jetzt behauptet Onkel Richie, er habe sich wirklich selbst übertroffen, er habe eine laufmaschen- und ziehfadensichere Strumpfhose erfunden.«

»Wenn das wirklich stimmt, dann könnte man von einem achten Weltwunder sprechen.«

»Ich mach keinen Spaß. Gerade jetzt ist er dabei, alle großen Strumpfwarenfirmen darüber zu informieren. Ich glaube, er will, daß sie sich gegenseitig mit ihren Geboten übertreffen.«

»Nun ja, wenn die Dinger wirklich laufmaschen- und ziehfadensicher sind, werden die großen Strumpfhosenfirmen sich gewiß darum reißen. Das letzte, was sie auf dem Markt haben wollen, ist eine Strumpfhose, die länger als dreißig Sekunden hält.«

»Du hast recht, Regan. Und gerade jetzt hat er sich auch noch in den Kopf gesetzt, das *Vierte Viertel* für sich und seine Mitbewohner zu retten – das ist der Komplex, wo die alten Leute leben. Er ist dorthin gezogen, nachdem Tante Birdie gestorben ist. Jeder hat seine eigene Wohnung, aber in dem hübschen Gemeinschaftsraum findet man jederzeit Gesellschaft. Richie braucht am Montag, wenn die Option der Bewohner auf den Gebäudekomplex abläuft, eine Menge Geld. Die Preise für Grundbesitz am Ocean Drive haben enorm angezogen. Natürlich gibt es eine Menge Leute, die sich da etwas unter den Nagel reißen wollen, aber das bedeutet, die älteren Leute hinauszudrängen, die schon immer dort gelebt haben, aber die gestiegenen Mieten nicht zahlen können. Gott weiß, was er jetzt im Schilde führt, mit seiner neuen Erfindung und den Strumpfwarenherstellern, die sich dieses Wochenende hier treffen.«

Sämtliche Passagiere hasteten zum Gepäckausgabebereich. »Ich wünsche Ihnen einen schönen Aufenthalt«, hatte Regans Sitznachbarin noch gesagt, bevor sie den Gang auf, wie Regan annahm, den Flügeln der Liebe entlangeilte. Ich vermute, dachte Regan, daß man es nicht eilig genug haben kann, wenn man ein Treffen mit einem tollen Typen vor sich hat. Aber wenn die nächste Person, mit der man sich unterhalten wird, sehr wahrscheinlich ein schlechtgelaunter Taxifahrer ist, warum soll man sich dann hetzen?

Am Gepäckband wartete Regan mehr als acht Minuten lang, bevor der Summton verstummte und ein rotes Licht aufzublitzen begann – eine sonderbar feierliche Art, die langsame Ankunft von Koffern und Taschen anzukündigen. Das Band begann sich zu bewegen, und Regan schaute zu, wie ein Koffer nach dem anderen von der Rutsche geworfen wurde, die Rampe hinunterglitt, gegen die Wand knallte und dann leise weiterfuhr. Jedes Gepäckstück schien darauf zu warten, in Besitz genommen zu werden, und wurde manchmal ein paar Sekunden lang erfolglos von seinem Eigentümer gejagt, bevor es wieder um die Kurve verschwand.

Babysitze, Pappschachteln und Handkoffer, die mit Paketbändern oder auch Klebestreifen zusammengehalten wurden, und etwas, von dem Regan annahm, daß es ein Gebetbuch war, glitten vorbei. Nach einer Zeit, die ihr wie eine Ewigkeit erschien, tauchte schließlich ihr blau-grauer Koffer auf. Regan lächelte glücklich. Sie warf sich über ihn und schlang die Arme um ihn, als begrüßte sie einen Liebhaber. Nachdem sie ihn herangezogen hatte, angelte sie eilig nach ihrer Kleidertasche und rollte dann den Koffer zum Ausgang. Koffer mit Rädern sind eine großartige Erfindung, dachte Regan, außer wenn sie sich wie die Räder eines normalen Einkaufswagens verhalten, die blockieren und dann einen gewaltigen Rechts- oder Linksdrall kriegen. Regan fragte sich manchmal, ob sie jemals beim ersten Versuch einen annehmbaren Einkaufswagen am Eingang ihres örtlichen Supermarkts erwischen würde.

Außerhalb des Flughafengebäudes war die Luft von Miami heiß und stickig. Regan fühlte eine leise Erschöpfung und sehnte sich danach, schon in ihrem Hotelzimmer zu sein und sich bei einem kühlen Getränk zu entspannen. Mit ihrem quietschenden Koffer ging sie hinüber zum Taxistand und war überrascht, an der Spitze der langen Warteschlange ihre Sitznachbarin zu entdecken. Wo ist ihr Lover-Boy? dachte Regan.

Die Blicke der beiden jungen Frauen kreuzten sich. Die Mitreisende rief: »Ich fahre zum South Beach hinunter. Wo möchten Sie hin?«

»South Beach«, rief Regan zurück, während ihr die Leute vor ihr wütende Blicke zuwarfen.

»Möchten Sie mitfahren?«

Regan überlegte einen Moment. Wollte sie ein Taxi teilen? Sie und ihre Nachbarin hatten im Flugzeug nicht viel miteinander geredet. Aber die Schlange war lang.

»Mein Freund bezahlt.«

Das gibt den Ausschlag, dachte Regan und eilte, über die Koffer und Taschen auf dem Gehsteig stolpernd, zu dem wartenden Taxi.

Während der Fahrer das Gepäck in den Kofferraum stapelte, lauschte Regan verblüfft den Anweisungen, die er bekam. »Legen Sie den blauen auf den Boden. Quetschen Sie den grünen nicht so, er enthält meine sämtlichen Toilettensachen. Legen Sie die Kleidertasche oben drauf. Achten Sie darauf, daß sie nicht zu nahe an den schmierigen Reifen kommt. Wissen Sie, wenn Sie Leute am Flughafen abholen, sollten Sie wirklich Ihren Kofferraum säubern.«

Der dürre, lederhäutige Fahrer erinnerte Regan an Popeye. Sie meinte gesehen zu haben, wie er die Kleidertasche in dem Moment, bevor er den Kofferraum zuschlug, absichtlich gegen den anstoßerregenden Reifen drückte.

Ihre Mitfahrerin rief mit zufriedener Stimme: »Okey-dokey. Auf geht's.« Sie drehte sich zu Regan um und hielt ihr die Hand hin. »Hallo. Ich heiße Nadine Berry.«

»Regan Reilly. Das ist wirklich nett von Ihnen. Diese Schlange sah nicht so aus, als ob sie sich schnell voranbewegen würde.«

»Das kommt daher, weil Sie hier herumstehen«, knurrte der Taxifahrer wütend. »Steigen Sie ein.«

Im Inneren des Taxis hing ein unangenehmer Geruch von altem Schweiß und Rauch, der durch den Luftverbesserer in Weihnachtsbaumform, der vom Spiegel herunterhing, noch verschlimmert wurde.

»Schalten Sie die Klimaanlage ein«, befahl Nadine.

»Die ist kaputt«, erklärte der Fahrer. Der Wagen startete mit einem Satz nach vorn. Blitzschnell erschien eine angezündete Zigarette zwischen den Lippen des Mannes.

»Machen Sie das aus«, befahl Nadine, »oder wir müssen ein anderes Taxi nehmen.«

»Ich würde mich glücklich schätzen«, murmelte der Popeye-Mann, drückte aber dennoch seine Zigarette im Aschenbecher aus.

Nadine wandte sich zu Regan um. »Wenn es etwas gibt, was ich nicht ausstehen kann, ist es Zigarettenrauch. Rauchen ist eine schreckliche Angewohnheit.« Sie öffnete ihre Handtasche und zog ein Kaugummi heraus. »Möchten Sie eins?«

»Nein danke. Ich dachte, Ihr Freund würde Sie abholen?«
»Er konnte nicht. Ich habe Ihnen ja schon erzählt, daß er in einem Immobilienbüro arbeitet. Um fünf Uhr dreißig ist eine Konferenz der großen Tiere, und er mußte im Büro bleiben, um Telefondienst zu machen. Wo wohnen Sie eigentlich?«
»Im Ocean View am Ocean Drive.«
»Oh, das ist direkt neben dieser Alten-Wohnanlage!« rief Nadine und senkte dann die Stimme. »In Joeys Büro sitzen sie alle auf glühenden Kohlen. Die Option auf den Gebäudekomplex läuft am Montag ab, und eine Menge Geld steht auf dem Spiel.«
Oh, Mann, dachte Regan, sie meint wahrscheinlich die Anlage, wo Richie wohnt. Der arme Kerl.
Es dauerte vierzig Minuten, bis sie das Ocean View erreicht hatten. Bis dahin kannte Regan Nadines gesamte Lebensgeschichte. Nadine war 27 Jahre alt, verkaufte Schallplatten in einem Kaufhaus in einem Vorort von Los Angeles und hatte Joey in ihren Ferien im Club Med in Hawaii kennengelernt. Fast sechs Monate lang war sie hin- und hergeflogen, um ihn zu besuchen. »Er zahlt jeden zweiten Flug«, teilte sie Regan hinter vorgehaltener Hand mit. »Für mich ist es einfacher hierherzukommen, weil er am Wochenende immer so viel arbeitet.«
Als das Taxi sich dem Ocean View näherte, fragte Nadine: »Und was ist mit Ihnen?«
Regan mußte es kurz machen. »Ich lebe in Los Angeles. Ich bin hier, um an diesem Wochenende an der Hochzeit einer Freundin teilzunehmen.«
»Oh, ich bin schon so oft Brautjungfer gewesen. All diese Kleider, die man nie mehr wieder trägt, aber jedes Mal wollen die Verkäuferinnen einem weismachen, daß man sie bestimmt noch häufig tragen kann. Ich antworte dann im-

mer, ja, sicherlich, am Halloween-Tag. Übrigens, was machen Sie?«
»Ich bin Privatdetektivin.«
Nadines Augen und Mund verformten sich kreisrund. »Das klingt wirklich interessant. Tragen Sie eine Waffe?«
»Ich habe einen Waffenschein, aber auf eine Reise wie diese nehme ich meine Pistole nie mit.«
»Kommen Sie schon mal in richtig gefährliche Situationen?«
»Manchmal«, lachte Regan.
»Hören Sie, Joeys Wohnung ist nur ein paar Straßen von hier entfernt. Während er arbeitet, bin ich am Strand. Vielleicht können wir uns treffen, wenn Sie mal ein paar Stunden frei haben.«
»Ja, phantastisch«, sagte Regan mit einer Herzlichkeit, von der sie hoffte, daß sie nicht gezwungen klang. »Kann ich mich an den Fahrtkosten beteiligen?«
Nadine winkte ab. »Nein, wirklich nicht. Joey ist wahnsinnig großzügig. Sobald ich in Miami den Flughafen verlassen habe, soll ich, so sagt er immer, meine Brieftasche wegstecken.«
Das Taxi hielt vor einem blaß violettfarbenen Hotel mit einem Gartencafé an. In ein paar Minuten werde ich in einem Raum mit Klimaanlage sein und etwas Kaltes trinken, dachte Regan.

Barney Freize wartete nervös in der feudalen Empfangshalle der Calla-Lily-Strumpfwarenfirma. An der gegenüberliegenden Wand hing eine vergrößerte Ausgabe der Anzeige, die in allen Modemagazinen erschienen war: Es war ein Paar bildschöner Beine zu sehen, gekleidet in einer schimmernd schwarzen Strumpfhose. Der Text begann: *Calla-Lily schenkt Ihnen die Beine, von denen Sie schon immer geträumt haben.*

Freize wußte, daß die Strumpfhosen von Calla-Lily von den wohlhabenden Frauen im In- und Ausland gern gekauft wurden. Diesen Frauen machte es nichts aus, einen überhöhten Preis zu zahlen, wenn nur ihre Beine vorteilhaft aussahen.

Er betrachtete den Poster sehr gründlich. »Die Birdie-Strümpfe sehen viel besser aus als die da«, murmelte er. Er zog seine Socken hoch und schnippte sich den Staub von seinen Hush Puppies. »Mensch, wenn ich eine Frau wäre, wäre ich glücklich, ein Paar der Birdie-Spezialstrümpfe kaufen zu können.« Er schaute auf. Ich muß mit diesen Selbstgesprächen aufhören, dachte er. Sie werden mich einweisen lassen, genauso wie sie es mit meiner Cousine Vince gemacht haben. Das war wirklich ein ganz schön verrücktes Huhn.

Aus einem anscheinend unsichtbaren Lautsprecher war Musik zu hören: *Luck, Be a Lady Tonight* erklang. Barney merkte, daß er mitsummte. Gerade jetzt von Glück zu singen, ist irgendwie unpassend, dachte er.

Was ihn dazu gebracht haben mochte, an diesem Abend einen Spaziergang an der alten Strumpfwarenfabrik vorbei zu machen, war ihm selbst nicht recht klar. Er hatte dort jahrelang in der Instandhaltungsabteilung gearbeitet, bis vor neun Monaten, als die Fabrik schließlich stillgelegt wurde. Das Geschäft hatte sich nicht mehr rentiert. Die Eigentümer hatten nie begriffen, daß die Spezialisierung auf Strumpfhosen für Geistliche eine etwas altmodische Idee sein könnte. Jetzt sollte der ganze Komplex abgerissen werden.

Aber in der Zwischenzeit hatte sich Richie Blossom, sein früherer Kollege aus der Instandhaltungsabteilung, ziemlich häufig hier herumgetrieben. Er hatte ein kleines Forschungslabor eingerichtet, an den Maschinen herumgefummelt und sich seiner Lieblingsbeschäftigung, etwas Unnützes zu erfinden, gewidmet. Als Barney jedoch an diesem Abend durch ein Fenster spähte und Richie dabei beobachtete, wie er mit den verschiedenen Stoffproben hantierte, bekam er plötzlich das Gefühl, daß Richie dieses Mal etwas wirklich Nützliches erfunden haben könnte.

Barney platzte vor Neugierde. Er wußte, wenn er an die Tür klopfte und Richie direkt anspräche, würde dieser ihm nicht verraten, woran er arbeitete. Also ging er nach Hause und durchsuchte all seine Monteuranzüge, die er sentimentalerweise in der Ecke seines Wandschrankes aufbewahrte. Tatsächlich fand er, wonach er gesucht hatte: einen Schlüssel zur Seitentür der Strumpfwarenfabrik.

Am nächsten Abend wartete er draußen, bis Richie gegangen war, gab ihm fünfzehn Minuten für den Fall, daß er etwas vergessen hatte, und schloß sich dann die Tür auf. Mit seiner Taschenlampe in der Hand sah er sich um.

Der alte Picknicktisch, an dem sie während der streng geregelten Fünfminutenpausen ihren Kaffee immer schnell ge-

trunken hatten, stand immer noch da; Richie benutzte ihn offensichtlich als Kommandostation für sein Projekt. Barney erinnerte sich an die vielen Male, als er sich die Zunge verbrannt hatte, weil er sich beeilen mußte, die schwarze Brühe, die als Kaffee verkauft wurde, zu trinken.
Die graue Stechuhr, die an der Wand hing, tickte noch immer vor sich hin. Barney ging zu ihr hinüber und versetzte ihr in der Erinnerung an all den Streß, den sie ihm gebracht hatte, einen Faustschlag. »Hier hast du's«, sagte er grinsend, »ich hab' dich auch diesmal nicht vergessen.«
Auf einem Tisch waren Stapel billigen Papiers mit einer Werbeanzeige aufgereiht, die den Menschen auf der Straße aufgedrängt werden, auch wenn sie in Eile sind. Barney nahm ein Blatt und begann, im Schein seiner Taschenlampe Richies Beschreibungen zu seiner neuen Erfindung zu lesen. »Eine Größe, die allen Frauen paßt!! Erstklassige Strumpfware, bei der es niemals Laufmaschen oder Ziehfäden gibt. Sie können es sich nicht leisten, sich dieses Angebot entgehen zu lassen!!« Um Gottes willen, laß mich zufrieden, dachte Barney. Ich frage mich, ob er den ganzen Tag darüber nachgedacht hat oder ob ihm diese marktschreierischen Sätze ganz natürlich aus der Feder geflossen sind.
Wenn du versuchen solltest, etwas so Brisantes wie laufmaschensichere Strumpfhosen zu verkaufen, überlegte Barney, solltest du besser jemanden wie mich engagieren, einen geborenen Geschäftsmann, jemand, der den Eskimos Eis verkaufen könnte. *Ich* werde deine Anzeige entwerfen, ich könnte sogar ein kleines Happening inszenieren. Barney dachte immer, er wäre ein großartiger Verkäufer gewesen, aber seine Mutter hatte gemeint, *ein* Willy Loman in der Familie sei mehr als genug, und ihn gedrängt, Reparaturmechaniker zu werden. Möge ihre Seele in Frieden ruhen.
Barney lehnte sich vor und sah die Papiere flüchtig durch.

Fotokopien von handgeschriebenen Briefen an verschiedene Strumpfwarenfirmen lagen verstreut auf dem Tisch. Es sieht nicht so aus, als müsse er für die Antwortbriefe eine Akte anlegen, dachte Barney. Es wäre wahrscheinlich einfacher, eine Audienz beim Papst zu bekommen.
Er richtete sich wieder auf, suchte den Raum mit seiner Taschenlampe ab und machte sich auf den Weg zu den Maschinen. Plötzlich stolperte er über eine Pappschachtel; er fiel zu Boden, das Glas seiner Taschenlampe zerbrach und zersprang in tausend Scherben. Ein beißender Schmerz durchzuckte sein Knie und Schienbein. »Verdammt! Verdammt! Verdammt!« stöhnte er in die plötzliche Dunkelheit hinein, während er auf den Rücken rollte, sein Knie an die Brust zog und sich die schmerzende Stelle rieb. Mit beiden Armen rudernd streifte er die Seite des Pappkartons und packte sie, um sich wieder hochzuziehen. Und dann fühlte er es und vergaß auf der Stelle seinen Schmerz. Es war wunderbar weiches, seidiges Material, das ihm durch seine Finger glitt.
Barney zog sich in die Sitzposition eines Indianers hoch, die Füße unter sich eingekeilt. Dann tauchte er die Hände gierig in den Berg von seidigem Stoff, der, wie sich herausstellte, aus ein paar Dutzend Strumpfhosen bestand.
Das muß das Zeug sein, dachte er. Richies neueste Erfindung. Da er wußte, daß Richie noch nie besonders ordentlich gewesen war, nahm er sich einige Paare heraus und vermutete, daß sie nicht vermißt würden. Ich werde die mal mit nach Hause nehmen und selbst testen – ich bin gespannt, ob sie das halten, was Richie verspricht.
Barney wurde nicht enttäuscht.
Soweit er es beurteilen konnte, hielten die Strumpfhosen das, was sie versprachen: Sie waren laufmaschen- und ziehfadensicher.

Und genau das hatte ihn zur Calla-Lily-Strumpfwarengesellschaft geführt, deren Inhaber Barneys Neffen für das Ausmessen der Stoffe eingestellt hatte. Die einzige andere Strumpfwarenfirma neben der ehemaligen »Strumpfwaren für die Geistlichkeit« hatte ihre Zentrale in der Gegend von Miami. Barney hatte Richies Strumpfhosen vor einem Monat entdeckt. Jetzt wartete er darauf, Ruth Craddock zu treffen, um die Resultate der Labortests zu bekommen, die mit diesen Strumpfhosen angestellt worden waren.

»Mr. Freize, Miss Craddock wird noch etwas länger brauchen«, sagte die Empfangsdame zu Barney, der erschrocken zusammenzuckte. »Kann ich Ihnen eine Tasse Kaffee bringen?«

Die Frage klang nicht so, als ob sie ehrlich gemeint wäre. Was wäre mit einer Lebensversicherungspolice, im Falle, daß ich in diesem Raum sterbe? dachte Barney, aber was aus seinem Mund kam, war: »Schwach und süß.«

In einem langen Gang saß Ruth Craddock am Kopfende des glänzenden Konferenztisches und schnaufte vor Aufregung. Ein Aschenbecher, der von lippenstiftverschmierten Zigarettenkippen überquoll, stand zu ihrer Rechten. Sie schnippte ihre Zigarette regelmäßig in jene Richtung hin ab, traf dabei aber nur gelegentlich das Ziel. Der Tisch war mit eingedrückten Coladosen übersät. Ruths Rede wurde nur hin und wieder durch einen tiefen Zug unterbrochen, tornadoähnliche Inhalationen, durch die ihre wettergegerbten Wangen sich ballonartig aufbliesen. Offensichtlich waren diese Inhalationen kraftvoll genug, größere Teer- und Nikotinmengen bis in ihren kleinen Zeh zu leiten. Dem Ausstoßen des Rauches folgte dann ein kräftiger Schluck Cola.

»Man wird uns fertigmachen!« krächzte sie. »Wir müssen die Formel für diese Strumpfhose kaufen, sonst sind wir aus dem Geschäft! Wenn jemand anders sie zuerst bekommt, dann können wir genausogut ein Schild mit der Aufschrift ›Wir sind gerade angeln gegangen‹ vor die Tür hängen!«

Die acht Mitglieder des Ausschusses, die zu beiden Seiten des Tisches saßen, erbleichten und schüttelten heftig die Köpfe. Es waren allesamt ältere Männer, die von Anfang an für Calla-Lily gearbeitet hatten. Sie waren nun zum ersten Dringlichkeitstreffen zusammengerufen worden, seitdem die Jeans in den sechziger Jahren begonnen hatten, die Röcke als modische Damenbekleidung zu ersetzen, und damit das Geschäft in ein Chaos gestürzt hatten. Die Frauen wollten befreit sein, und etwas, von dem sie ganz sicher befreit werden wollten, waren Strumpfhalter. Strumpfhalter, die sich auf der Rückseite der Oberschenkel ins Fleisch gruben, wenn man saß, und dadurch schmerzhafte Dellen hinterließen. Aber die Strumpfhalter hielten Strümpfe, Calla-Lilys tägliches Brot. Das war zu dem Zeitpunkt, als die Idee der Strumpfhose sich Gott sei Dank auf dem Markt durchzusetzen begann. Sie hielt Frauen davon ab, Jeans oder den gefürchteten Hosenanzug als permanenten Ersatz für Röcke und Kleider zu wählen.

BH-Hersteller waren ebenfalls in Angst und Schrecken versetzt worden, als ihre hübschen, mit Spitze verzierten Körbchen dazu benutzt wurden, Freudenfeuer zu entzünden. Glücklicherweise wurde den meisten Frauen bewußt, daß man die Natur und die Schwerkraftgesetze nicht bezwingen kann, und seitdem hatte sich das BH-Geschäft gehalten.

»Ich sage Ihnen«, fuhr Ruth nach einem weiteren tiefen Zigarettenzug fort, »wir müssen diesen Blossom-Typen kaufen, bevor das jemand anderes tut. Seine Birdie-Strumpfhose ist verblüffend gut. Sie ist bequem, sexy, kann in allen Farben hergestellt werden, und, was das Schlimmste ist ...«

Die Ausschußmitglieder lehnten sich entsetzt zurück.

»... SIE MACHT WEDER LAUFMASCHEN NOCH ZIEHFÄDEN!«

»Aber Madame«, begann Leonard White, ein vornehmer alter Herr in den Achtzigern. »Fünf Millionen Dollar ist eine furchtbar hohe Summe, und wir möchten nicht, daß die Hose mit unseren anderen Artikeln in Konkurrenz tritt.«

Ruth schlug mit der Faust auf den Tisch, so daß die Asche herumflog wie künstlicher Schnee in einem mit Wasser gefüllten Briefbeschwerer. »Was, sind Sie verrückt? Wer macht wem Konkurrenz? Diese Strumpfhose wird nie das Licht der Welt erblicken. Erinnern Sie sich an unser Motto: ›Das Spiel, das gut läuft, sollte man weiterspielen.‹ Wir kaufen die Formel, werden die Eigentümer des Patents, und dann schließen wir es zur sicheren Verwahrung weg. Nur über meine Leiche wird eine Strumpfhose auf den Markt kommen, die keine Laufmaschen zieht. Was die fünf Millionen Dollar angeht, so haben wir uns ausgerechnet, daß er weit mehr bekommen könnte, wenn das Patent versteigert wird. Wir möchten ihm eine Summe anbieten, die er auf der Stelle annimmt. Es wird uns eine ganze Menge mehr kosten, wenn jemand anderes die Sache in die Hände bekommt.«

White, der einzige Mutige in der Gruppe, räusperte sich. »Aber können wir sicher sein, daß sie wirklich so haltbar ist? Sie haben sie nur einen Monat lang getestet.«

Ruth kniff ihre glänzenden Knopfaugen zusammen und warf ihr schulterlanges braunes Haar zurück. »Ich habe sie eine Woche lang jeden Tag getragen und sie jeden Abend in den klapprigen Maschinen des Waschsalons gewaschen. Strandlaken werden in diesen Dingern in kürzester Zeit zerschlissen. Am nächsten Morgen, als ich sie anzog, war sie so, als käme sie gerade aus der Verpackung. Dann habe ich sie ins Labor gegeben, um sie testen zu lassen. Bisher war jeder Test positiv. Irving sollte uns in dieser Konferenz seinen neuesten Bericht liefern. WO IST ER!?«

Die Tür am hinteren Ende des Zimmers öffnete sich, und Irving Franklin, ein dünner, bebrillter Mann von Anfang Fünfzig, der einen weißen Laborkittel trug und über dessen Arm ein Paar schwarze Strumpfhosen hing, trat ein. Irving hatte seit dem Beginn seiner Laufbahn als Ingenieur bei Calla-Lily gearbeitet und die Firma durch die Übergangskrise von Strümpfen zur Strumpfhose und auch durch alle anderen Krisen geführt, einschließlich dem Boom der Netzstrümpfe. »Hallo, Ruth. Ich bin jetzt da.« In seinem Auftreten war keine Spur von Nervosität zu erkennen. Er war der einzige Angestellte, den Ruth nicht einschüchtern konnte, und das wußte sie.

»Gib uns bitte deinen Bericht«, drängte Ruth. »Ich habe die ganze Zeit versucht, ihnen klarzumachen ...«

Irving ging zum gegenüberliegenden Ende des Konferenztisches und legte die Strumpfhose voller Bewunderung vor sich auf die Tischplatte. Er nahm seine Brille ab, zog ein Taschentuch aus der Hosentasche und begann, sie zu putzen, wobei er jedes Glas vor den Mund hielt und es mit einem deutlichen »hahhhhh« anhauchte, bevor er das Gestell wieder auf seinen Nasenrücken setzte. Die Ausschußmitglieder rückten auf ihren Sitzen hin und her. Ruth explodierte.

»Irving, würdest du dich bitte beeilen!«

Irving starrte sie an.

Ruth ließ sich eingeschüchtert wieder in ihren Sitz zurücksinken.

»Ich habe die meisten der Tests beendet«, begann Irving. »Es scheint mir, daß dieser hier einen Durchbruch bedeutet. Die Erfindung ist vergleichbar mit der Entdeckung des Nylons, was natürlich den Strumpf völlig veränderte, da es zum größten Teil den Gebrauch von empfindlicher Seide überflüssig machte. Ich kann es nicht beschwören, aber diese Strumpfhosen scheinen perfekt zu sein. Ich habe sie sogar einem besonders harten Test unterzogen.«

»Wie denn das?« krächzte ein bisher schweigendes Ausschußmitglied mit kaum hörbarer Stimme.

»Ich habe sie meiner Schwiegermutter geliehen. Sie war seit Jahren nicht bei der Fußpflege.«

Gemurmel lief in kleinen Wellen durch den Konferenzraum; viele der Versammlungsmitglieder kannten aus erster Hand die lebenswichtige Bedeutung von monatlichen Besuchen bei der Fußpflegerin.

»Meine Schwiegermutter hat diese hier drei Tage lang getragen, und das ist ein Härtetest, der dem entspricht, wenn wir an einem Triathlon teilnehmen würden«, verkündete Irving, während er durch den Raum schritt, »und uns dabei nicht einmal ein einziger Tropfen Schweiß auf die Stirn treten würde.«

Noch mehr Gemurmel.

»Diese Strumpfhose hat sich so gut gehalten, daß meine dreizehn Jahre alte Tochter, die ungefähr 80 Kilo weniger als ihre Großmutter wiegt, sie sich für einen Teenager-Tanzabend ausleihen konnte, ohne dabei befürchten zu müssen, daß sie Wasser ziehen würde. Diese Dinger ziehen sich ganz phantastisch wieder in Form. Ja, ich muß sagen, daß das die ersten *Eine-Größe-für-alle*-Strumpfhosen sind, die nicht billig aussehen.«

»Ich habe es Ihnen ja gesagt«, schrie Ruth leicht hysterisch. »Wir müssen sie kaufen, bevor sie uns das antun, was das Nylon der Seidenraupe angetan hat – sie arbeitslos zu machen ...«

»Trotzdem«, unterbrach sie Irving, »jeder Körper reagiert anders. Es gibt noch einen Härtetest, den wir jetzt an dem rosafarbenen Paar vornehmen, und wir erwarten die Ergebnisse nicht vor Samstag.«

»Samstag!« schrie Ruth. »Die Konferenz der Strumpfhosenhersteller findet dieses Wochenende statt. Wir müssen aktiv werden, bevor Blossom das Ding unseren Konkurrenten vorstellt. Oder, schlimmer noch, einer der kleineren Gesellschaften, die das Geld einsetzen wird, um sie zu produzieren und dann damit einen unglaublichen Profit zu machen.«

»Wir können das nicht tun, bevor wir nicht die Zustimmung der anderen Ausschußmitglieder haben«, warf Leonard White ein, »und einige von ihnen sind in Urlaub. Andere fliegen erst Freitag nacht ein.«

Ruth zerdrückte eine weitere Coladose in den Händen. »Dann werden wir unser Treffen Samstag im Morgengrauen abhalten.«
Einige Mitglieder des Ausschusses dachten sehnsüchtig an ihre Golfschläger, die nun an diesem Samstagmorgen unberührt bleiben würden.
»Wenn es sein muß, werden wir hier sitzen bleiben und auf Irvings Ergebnisse warten, und dann werden wir abstimmen. Vergessen Sie bitte nicht: Wir haben das Glück, die einzige Gesellschaft zu sein, die Insiderinformationen über diese Strumpfhose hat. Niemand sonst hat sich die Mühe gemacht, sie zu testen; wahrscheinlich war man der Ansicht, irgendein Spinner hätte nichts Besseres zu tun, als einen bekloppten Brief zu schreiben.« Ruth sog zum letzten Mal an dem beigefarbenen Stummel, der ihre Finger zu verbrennen drohte. »Blossom hat seine Modenschau für das Treffen am Samstagnachmittag geplant. Wir müssen vorher an ihn herantreten.« Sie stand auf und stolzierte aus dem Raum, während sich die Ausschußmitglieder voller Ehrfurcht um die Strumpfhose herum versammelten.
»Am aufregendsten hätte ich es gefunden, wenn wir bei den Strumpfhaltern geblieben wären«, hörte man eines der Ausschußmitglieder murmeln.

»Würde jeder sich bitte hinsetzen und den Mund halten?« drängte Richie Blossom seine Mitbewohner des Alten-Wohnkomplexes *Das vierte Viertel.* »Wir haben eine Menge zu diskutieren und nicht viel Zeit zu verlieren.«

»Das denke ich schon seit zwanzig Jahren«, rief Sam Joggins. Und fuhr dann, wie zu erwarten, fort: »Dieser Wohnkomplex trägt den Namen: *Das vierte Viertel.* Ich fühle mich aber so gut, als ob ich noch in den Überstunden des dritten Viertels dort lebte.« Er klatschte sich auf die Oberschenkel und schaute sich um, um zu sehen, wer dieses Mal lachen würde.

Flo Tides, die soziale Leiterin des *Vierten Viertels,* reichte Sam ein Glas Fruchtsaft in einer Plastiktasse. »Eb würde in seinem Grab den halben Weg bis nach China rollen, wenn er dich hören könnte.« Das war *sein* Witz. Flo setzte ihren Weg durch den Raum fort, um die Erfrischungsgetränke herumzureichen. Ihr verstorbener Ehemann Eb war immer ein guter Organisator gewesen, und er pflegte zu sagen, daß die beste Methode, sicherzustellen, daß Leute sich zu einem Treffen einfinden, darin bestehe, sie mit Essen und Getränken zu ködern. Sie hatte ihn vor fünfzig Jahren bei einem Kirchentreffen kennengelernt, und als sie miteinander bekannt gemacht wurden, wußten sie beide, daß sie zusammengehörten. Eb und Flo. Und dann waren sie achtundvierzig Jahre lang ein Paar gewesen.

Die siebenundzwanzig Leute, die im *Vierten Viertel* lebten, hatten jedoch nicht mit dem Versprechen von Fruchtsaft und bestreuten Plätzchen zu diesem Treffen gelockt werden zu brauchen, da eine Angelegenheit diskutiert werden mußte, die alle anging. Sie standen möglicherweise kurz davor, ihr Heim zu verlieren, den Ort, wo sie sich zur Ruhe gesetzt hatten und wo viele von ihnen nach dem Tod eines Ehegatten Trost und Gesellschaft gefunden hatten. Letztes Jahr hatten sie eine Option auf den Besitz erworben, und diese Option lief nun aus. Sie mußten das Geld aufbringen, um ihre Option wahrzunehmen und den Besitz zu kaufen, und das mußte bis Montag geschehen. Neben ihnen gab es noch einen anderen interessierten Käufer, der schon ein Angebot auf den Tisch gelegt hatte. Wenn sie ihre Option vor dem Wochenende aufgeben würden, würde jeder im *Vierten Viertel* einen Bonusscheck über 10.000 Dollar bekommen.

»Wer hat das letzte Schokoladenplätzchen genommen?« seufzte Elmer Pickett, der gerade hereinkam und einen prüfenden Blick auf das Keksangebot auf dem Plastiktablett geworfen hatte. »Das passiert mir andauernd.«

»Nun, das kommt davon, daß du immer zu spät kommst«, schimpfte Flo. »Nimm dir halt eines von den Orangenplätzchen, und setz dich hin. Wir müssen anfangen.«

»Die mag ich überhaupt nicht. Da wird die Zunge so fürchterlich gelb«, murmelte Elmer, setzte sich und schlug die Beine übereinander.

Richie stand an der Stirnseite des Raumes, am Anschlagbrett, wo Ankündigungen von bevorstehenden Folkloretänzen, Gedichtlesungen und ein Anmeldeformular für den nächsten Ausflug nach Sizzler festgepinnt waren. Er lächelte nervös. »Es sieht nicht gut aus«, merkte er an, »aber wir haben alle schon schlechte Zeiten durchgemacht. Wir müssen zusammenhalten. Wir wollen das *Vierte Viertel* nicht verlieren.«

»Ich meine, wir sollten ihr Angebot, uns auszuzahlen, annehmen«, rief Elmer. »Auf die Weise werden wir zumindest nicht leer ausgehen.«

»Wir werden am Ende in so einer Bruchbude auf der falschen Seite der Eisenbahngleise wohnen«, sagte Richie wütend. »Ich bin hingegangen, um mir die Stelle anzusehen, wo sie uns hinverfrachten wollen. Dort stinkt es, und alles ist kaputt.«

»Nun, auf jeden Fall werden wir alle mit einem Scheck in der Tasche dorthin gehen«, schrie Elmer, immer noch schlechtgelaunt, weil er keine Schokoladenplätzchen abbekommen hatte. »Wenn wir ihren Vorschlag jetzt nicht annehmen, dann werden wir alle hier rausgeschmissen, ohne einen Platz zu haben, wo wir hingehen können, und ohne Geld, dorthin zu kommen.«

Die Versammlungsmitglieder schüttelten die Köpfe und flüsterten aufgeregt, aber Richie ermahnte sie, sich zu beruhigen.

»Meine laufmaschensichere Strumpfhose ist wirklich brauchbar. Ich habe ein Patent darauf, und ich werde sie an diesem Wochenende auf der Konferenz der Strumpfhosenhersteller vorstellen. Alle großen Firmen der Branche werden dort sein.«

»Aber Richie, deine letzte große Erfindung war ein furchtbarer Flop«, wandte Millie Owens ein.

»Nennst du den Niesapparat etwa einen Flop? Der Typ, der den Klatscher erfunden hat, ist mir auf dem Markt zuvorgekommen. Meine Erfindung funktionierte praktisch genauso.«

»Richie, es ist einfacher, in die Hände zu klatschen, um den Fernseher auszuschalten, als ihn auszuniesen«, schnaubte Millie.

»Nicht für Leute mit Arthritis«, protestierte Richie.

Flo stellte das Tablett mit Fruchtsaft auf einen Beistelltisch. »Laßt uns zur Sache kommen.«

Richie pflichtete ihr bei. »Jetzt legen wir alle unser Geld für die Option zusammen. Natürlich will niemand von uns sein Geld verlieren. Deshalb müssen wir uns bis zu diesem Wochenende, wenn ich die Strumpfhose auf der Konferenz vorstelle, ruhig verhalten und abwarten.«

»Aber du hast uns doch erzählt, daß die Strumpfhose ganz wundervoll sei und alle Firmen sich darum reißen würden, sie zu kaufen«, sagte Elmer anklagend. »Stimmt das denn nicht?«

»Ich habe ihnen Briefe geschickt, aber sie werden die Vorteile erst erkennen, wenn sie die Strumpfhosen gesehen haben. Deshalb veranstalten wir die Modenschau. Sie werden sich gegenseitig überbieten, ich werde sie verkaufen, und wir werden hierbleiben können. Am Ende des Wochenendes werde ich Millionär sein und den Komplex für uns alle kaufen. Das ist unsere einzige Hoffnung.«

Flo unterbrach ihn. »Laßt uns den Bericht von unserer Schatzmeisterin hören.«

Nonna Begster stand mit einem Klemmbrett in der Hand auf und begab sich zur Stirnseite des Raumes. Sie hatte ein Engelsgesicht und beglückte die Gruppe entsprechend mit einem himmlischen Lächeln. Ihre weiße Jacke hatte sie sich um die Schultern gelegt und am Hals zugeknöpft, so daß die Ärmel zu beiden Seiten herunterbaumelten. Sie räusperte sich und begann mit glockenreiner Stimme zu sprechen. »Bis um drei Uhr heute nachmittag, östliche Sommerzeit, beläuft sich unser Konto bei der Ocean Sparkasse auf 822 Dollar und 77 Cent. Dies ist das Ergebnis unserer Kuchenverkäufe, unserer Tür-zu-Tür-Topflappen-Verkäufe und des Recyclings von Papierresten. Angesichts der Tatsache, daß wir eins Komma eine Million Dollar brauchen, um

besagtes Eigentum zu kaufen, bedeutet das, daß wir eine Million 99.177 Dollar und 73 Cent benötigen. Vielen Dank.«
»Seid ihr noch ganz normal?«, schrie Elmer. »Wir müssen in der Lotterie gewinnen, um soviel Geld aufzubringen. Wie ich vorhin schon gesagt habe: Wir sollten das, was sie uns angeboten haben, einfach annehmen und keinesfalls riskieren, alles zu verlieren.«
»Ich kann den Gedanken, dieses Haus zu verlassen, nicht ertragen«, jammerte Millie Owens. »Mein Sohn und meine Schwiegertochter würden mich bei sich aufnehmen, aber sie wohnen in Montana, und die Winter sind dort eisig kalt.«
»Oh, ich weiß, was Sie meinen«, sagte Wilhelmina Jackson teilnahmsvoll. »Meine Schwiegertochter ist auch ein furchtbarer Drachen.«
Richie unterbrach das Gespräch. »Wenn wir uns nur darüber einigen könnten, bis zum Ende des Wochenendes, wenn meine Modenschau gelaufen ist, abzuwarten. Einige von Ihnen, meine Damen, haben zugesagt, als Model aufzutreten. Und ich verspreche Ihnen, daß wir, wenn alles läuft wie geplant, nicht umziehen müssen ...«

Regan trug sich an der Rezeption des Ocean View Hotels ein. Als sie zur Tür hereingekommen war, hatte sie sich gefühlt, als ob sie in ein anderes Zeitalter versetzt wäre. Deckenventilatoren kühlten die Art-déco-Möbel. Die Böden waren mit schwarz-weißen Kacheln gefliest. Alte Schwarzweißfotos von badenden Schönheiten aus den zwanziger Jahren, die am Strand jenseits der Straße herumtollten, hingen hinter der Rezeption. Regan reichte ihre Kreditkarte hinüber, und das dunkelhäutige Mädchen lächelte und begann, ihren Namen im Computer zu suchen. Was würden wir ohne Computer tun? dachte Regan. Wahrscheinlich in langen Schlangen anstehen müssen, während Angestellte sich durch Karteikarten wühlen.

Ihr Zimmer im zweiten Stockwerk war als »mit Blick aufs Meer« beschrieben worden. Diesen hatte man auch, wenn man vom Bett aufstand und zu dem kleinen Fenster in der Ecke des Zimmers hinüberging und durch die Jalousien spähte. Sie hätten mir ein Fernglas zusammen mit dem Zimmerschlüssel aushändigen sollen, dachte Regan, als der Page ihr Gepäck auf das komische ausklappbare Stahlding stellte, das von zwei armeegrünen Gürteln zusammengehalten wurde. Es sah aus, als ob es aus einem Mädchenpfadfinderzeltlager stammte.

»Danke«, sagte Regan und drückte dem Pagen ein Trinkgeld in die Hand.

»Danke, Miss. Einen schönen Aufenthalt wünsche ich Ihnen.«

Er schloß die Tür hinter sich.
Regan schaute sich im Zimmer um. Der Anblick tat ihr wohl. Ein weißer Baumwoll-Bettüberwurf, antike Kiefernmöbel, ein Deckenventilator über dem Bett, noch mehr Fotos aus den alten Tagen in Miami an den Wänden – all das trug zu seinem altmodischen Charme bei. Ein kleiner Kühlschrank mit einem Eiskübel obendrauf stand in der Ecke. Regan setzte sich auf das Bett und kickte ihre Schuhe von sich. »Gott sei Dank«, murmelte sie, lehnte sich auf dem Bett zurück und starrte auf den Ventilator. Sie schloß einen Moment lang die Augen und lauschte dem schwachen Surren der Flügel, die sich unablässig drehten. Stimmen von Hotelgästen auf dem Flur ein Stockwerk tiefer drangen in ihr Bewußtsein.
Plötzlich klingelte das Telefon, ein drängendes zweifaches Klingeln, dem sofort ein weiteres folgte, als sollte die Angerufene ermahnt werden, auf der Stelle abzuheben. Regan setzte sich auf.
»Hallo.«
»Regan, du bist da!« Es war Maura.
»Ich bin vor ein paar Minuten angekommen. Wie geht es dir?«
»Mir geht es gut. Wir sind dabei, die letzten Vorbereitungen zu treffen. Ich habe gerade mit deinen Eltern drüben im Watergreen gesprochen. Meine Mutter hat beschlossen, heute abend hier eine kleine improvisierte Party für ein paar Leute, die schon in der Stadt sind, zu veranstalten. Luke und Nora sagten, daß sie rüberkommen würden. Hast du nicht auch Lust zu kommen?«
»Ja, sicher, ich wollte die beiden gerade wegen des Abendessens anrufen.«
»Großartig. Hattest du eine gute Reise?«
»Ja, war alles in Ordnung.«

»Wie paßt das Brautjungferkleid?«
»Wie angegossen.«
»Oh, das ist gut, denn du weißt, ich habe wirklich versucht, ein Kleid auszusuchen, das du auch später noch mal tragen kannst.«
Es folgte eine kurze Pause. Dann begannen Regan und Maura gleichzeitig zu lachen. »Du brauchst dir deshalb keine Sorgen zu machen, Maura. Ich freue mich so oder so, bei deiner Hochzeit dabeizusein, das weißt du.«
»Aber jetzt mal im Ernst«, setzte Maura erneut an, »wenn du es kürzt, könntest du es zu einer Cocktailparty tragen …«
Und wer könnte die veranstaltet haben, dachte Regan, die Heilsarmee? »Maura!« sagte sie. »Hör auf, dir Sorgen zu machen. Es ist dein Tag.«
»In Ordnung, in Ordnung. Übrigens, glaubst du, du könntest anhalten und nachsehen, ob mein Onkel Richie drüben im *Vierten Viertel* ist? Das Gebäude ist nur ein paar Häuser von dir entfernt. Ich habe in seiner Wohnung dort angerufen und nur seinen Anrufbeantworter erwischt. Manchmal sitzen sie draußen zusammen oder versammeln sich im Gemeinschaftsraum. Wir würden uns freuen, wenn er heute abend auch kommen könnte. Er war mit seiner Strumpfhose so beschäftigt, daß wir ihn kaum gesehen haben, und er hat wahrscheinlich seit Tagen nicht mehr richtig gegessen …«
»Oh, sicher. Dann werden wir beiden uns ein Taxi zum Haus deiner Eltern nehmen.«
»Danke, Morticia.«
»Kein Problem, Mittwoch.« Regan lächelte, als sie sich an ihre und Mauras andere Lieblingsshow, »Die Addams Family«, erinnerte.
»Bis irgendwann nach sieben.«
»Großartig.« Regan legte den Hörer auf und sprang auf.

Ihre Joggingrunde würde warten müssen. Es war gerade noch genug Zeit, um sich schnell zu duschen und die am wenigsten zerknautschten Kleider aus ihren Beuteln zu nehmen. Ich werde auch eine der Mineralwasserflaschen, die auf der Anrichte stehen, öffnen und nachsehen, ob Eis im Kühlschrank ist, dachte sie. Aber erst, wenn ich Luke und Nora angerufen habe.

Luke und Nora saßen in Liegestühlen auf dem Balkon ihres Hotelzimmers, von dem aus man auf den türkisblauen Atlantik blickte. Sie waren vor einigen Stunden angekommen und hatten, so wie sie es immer machten, sofort ausgepackt. Da sie dauernd auf Reisen waren, bemühten sie sich immer, so schnell wie möglich auszupacken. Irgendwie wirkten die Hotelzimmer gemütlicher, wenn man ein paar von den persönlichen Sachen um sich herum hatte.

Nora Regan Reilly, eine berühmte Krimiautorin, hatte gerade einen Roman zu Ende geschrieben, von dem sie behauptete, daß er ihr von allen am meisten Mühe bereitet habe. Ihr Mann, Luke, und ihr einziges Kind, Regan, hatten sie daran erinnert, daß sie das jedes Mal sagte, während sie ein neues Buch schrieb, und ihre Antwort war immer die gleiche: »Ja aber es war wirklich noch nie so schlimm.« Auf alle Fälle hatte sie es ihrem Verleger Gott sei Dank rechtzeitig übergeben können und war sehr froh, Luke auf seiner Reise nach Miami zur Konferenz der Beerdigungsunternehmer und zu Mauras Hochzeit begleiten zu können.

Während Luke an Seminaren teilnahm, die sich mit den neuesten Einbalsamierungstechniken befaßten, wollte Nora sich am Pool sonnen und sich ein- oder zweimal im Gesundheitszentrum des Hotels massieren lassen. In den letzten drei Monaten hatte sie ihre Geschichte immer wieder überarbeitet und umgeschrieben, und inzwischen hatte sie das

Gefühl, vom vielen Sitzen vor dem Computer einen Buckel bekommen zu haben.

Nora schaute zu ihrem Mann hinüber. Er überflog seine Notizen für eine Begrüßungsrede, die er morgen für seine Kollegen halten würde. Nora beobachtete ihn, wie er die Lippen bewegte, die Augenbrauen hob und mit seiner rechten Hand gestikulierte, all das, ohne einen Ton von sich zu geben. »Du hättest einen guten Schauspieler abgegeben, Liebling«, sagte sie lächelnd.

»Bitte?« Luke schaute von seinen Notizen hoch.

»Ich sagte, du hättest einen guten Schauspieler abgegeben.« Nora kicherte und nippte an ihrem Mai-Tai.

»Manchmal fühle ich mich wie ein Schauspieler. Wenn ich zum Beispiel versuche, unserer Tochter auszureden, einen gefährlichen Fall zu übernehmen.« Luke zuckte mit den Schultern, lächelte schwach und blätterte seine Aufzeichnungen durch. Nora und Luke waren beide erleichtert, daß Regan gerade einen schwierigen Fall abgeschlossen hatte. Sie hatte einen Vergewaltiger beschatten müssen. Die Familie eines seiner Opfer war in Angst und Schrecken gewesen, als er wegen guter Führung vorzeitig aus dem Gefängnis entlassen worden war. Die Eltern der jungen Frau hatten befürchtet, daß er sich an ihrer Tochter würde rächen wollen, weil sie gegen ihn ausgesagt hatte, deshalb engagierten sie Regan, um ihn zu beobachten. Tatsächlich war er wieder in die Gegend seiner früheren Opfer gezogen. Regan hatte sich selbst als potentielles Opfer auf einem verlassenen Parkplatz postiert und den Typen geschnappt, als er versuchte, sie gewaltsam in seinen Wagen zu zerren. Jetzt war er wieder hinter Gittern und würde auch eine lange Zeit dort bleiben.

Luke und Nora waren stolz auf sie, wünschten sich aber immer noch, sie hätte sich für die juristische Fakultät entschieden und die Kurse besucht, für die sie sich im College eingeschrieben hatte. Aber ein Gesetzbuch und ein paar praktische Tests hatten Regan deutlich gemacht, daß sie nicht wie ein Anwalt dachte. Nach ihrem Collegeabschluß hatte sie eine Detektivausbildung begonnen, und das hatte im Laufe der Jahre ihren Eltern eine Menge schlafloser Nächte bereitet. Sie freuten sich beide darauf, sie wiederzusehen, und waren froh über die Gelegenheit, an diesem Wochenende einen Kurzurlaub in Miami machen zu können.

Das Telefon klingelte in ihrem Zimmer, und Nora stellte ihren Drink ab. »Das könnte sie sein.« Sie trat in das Luxusappartement, setzte sich auf die zartrosafarbene Couch und griff nach dem Apparat.

Luke reckte den Hals, als er hörte, daß es offenbar tatsächlich Regan war, die angerufen hatte. Er drehte sich um und sah, wie Nora mit den Fingern durch ihre kurzen blonden Haare strich, während sie ins Telefon lachte. Regan kam mit ihrem dunklen Haar ihrem Vater nach, allerdings hatte sich Lukes Schopf inzwischen zu einem würdigen Silbergrau verfärbt. Mit seinen 1,95 Metern überragte Luke Nora um einen halben Meter. Ihre Tochter war mit ihren einssechzig eine gute Mischung der Gene beider Eltern.

Luke starrte auf ein Schiff am Horizont und dann hinunter auf den Meeresstrand, wo ein junges Paar mit seinen drei kleinen Kindern entlangschlenderte. Er und Nora hätten gerne ein große Familie gehabt, aber das war ihnen nicht vergönnt gewesen. Deshalb ist es so schön, dachte Luke, hier unten zu sein und Mauras Hochzeit mit den Durkins zu feiern. Sie sind für uns eine Art Großfamilie. Maura und Regan hatten sich immer nahegestanden, und jetzt heiratete Maura einen netten, anständigen Mann. Wenn nur Regan sich auch so einen netten Typen angeln könnte ... Luke riß sich selbst mit einem Ruck aus seinen Träumen. Mein Gott, dachte er, ich fange schon an, wie meine Frau zu denken! Am besten ich lasse das Kind in Ruhe! Wenn ich jemals diesen Kerl zwischen die Finger kriege, der ihr verschwiegen hat, daß er bereits verlobt war, so daß sie es erst bei der Lektüre der *Sunday Times* herausfand, dann werde ich ihn umbringen. Und der Gedanke, daß ich ihn noch eine Woche zuvor zum Abendessen eingeladen hatte! Zu allem Überfluß hat er auch noch eine Frau namens Regan geheiratet! Ich glaube, wenn man im Schlaf redet, wird so manches einfacher. Aber Luke war am Ende doch froh gewesen, daß es nicht *seine* Regan war, die der Typ geheiratet hatte, da er sich sehr bald als totaler Versager herausstellte. Regan hatte es natürlich lachend abgetan und erklärt, sie sei ja eine schöne Detektivin, aber damals, als er *jung* war …

»Hey, Marcel Marceau«, sagte Nora zum zweiten Mal.

Luke schaute zu ihr auf. »Sehr witzig.«

Nora nahm seine Hand und zog ihn aus seinem Stuhl hoch. »Wir müssen uns fertigmachen. Wir treffen Regan in knapp einer Stunde bei den Durkins.«

Regan stellte sich kurz unter die Dusche und fühlte sich sofort viel besser. Das Duschen mit einem Schwall eiskalten Wassers zu beschließen, war erfrischend und half, über den toten Punkt hinwegzukommen. Nachdem sie aus der altmodischen Wanne herausgetreten war, wickelte sie sich in ein Handtuch und versuchte, den Dampf vom Spiegel zu wischen, der allerdings sofort wieder beschlug. Ich werde mich am besten zuerst anziehen, anstatt einen aussichtslosen Kampf mit diesem Spiegel auszufechten, dachte sie.

Ihr Kleidersack hing in dem Wandschrank, in dem sich auch ein Safe befand, und, zu ihrer Überraschung, eine Menge Kleiderbügel, von der Art, wie man sie zu Hause in einem alten Wandschrank findet. Wenigstens befestigen sie sie nicht an der Stange, wie es in einigen teuren Hotels gemacht wird. Als ob jemand, der einige hundert Dollar für eine Nacht in einem Zimmer zahlt, es darauf abgesehen hätte, hölzerne Kleiderbügel zu klauen.

Sie zog eine weiße Jeans, eine gestreifte Bluse und ihre flachen roten Lederschuhe heraus. Dann schaute sie auf den Wecker auf dem Nachttisch, der sechs Uhr dreißig anzeigte. Sie ging hinüber und nahm ihn in die Hand. Junge, dies ist wirklich ein großzügiges Hotel, dachte sie. In den meisten Hotels wäre dieses Ding mit Industrieschrauben auf der Unterlage befestigt. Sie müssen eine gute Versicherung haben.

Zehn Minuten später war Regan zum Ausgehen bereit. Sie

hatte sich rasch geschminkt und ihr Haar mit einem groben Kamm aufgelockert. Sie steckte ihre Brieftasche, Schlüssel und einen Kosmetikbeutel in eine überdimensionale Handtasche und beschloß dann, vom Zimmersafe Gebrauch zu machen. Ihr zusätzliches Bargeld und ihren Schmuck legte sie in das Safe, schlug die Tür zu und zog den Schlüssel ab. Also gut, dachte sie, dort sind die Kronjuwelen vor allen langen Fingern sicher, die irgendwo in der Nähe auf Beute warten.

Sie verschloß die Zimmertür und eilte die Treppe zum Erdgeschoß hinunter. In der Eingangshalle saßen Leute bei ihren Getränken an den Tischen, die zu beiden Seiten des Raumes plaziert waren. Ein Paar ging Modekataloge durch, die vor ihnen in einem Regal auslagen. Wie wenn ich die Verbrecherkartei durchgehe, dachte Regan, oder Polizeiskizzen. Nur haben die Leute, mit denen ich zu tun habe, meist nicht so schöne Namen wie Yvonne oder Angélique. South Beach war der letzte heiße Tip für Modeaufnahmen geworden. Als Regan die Strandpromenade hinunterging, stolzierten mehrere junge Mädchen mit ihren Mappen in der Hand an ihr vorbei.

Maura hatte ihr erzählt, daß hier immer etwas los war. Sie hatte recht. Jetzt, um sechs Uhr fünfundvierzig, war es für die meisten South-Beach-Touristen zu früh, zu Abend zu essen, aber die Cafés entlang des Ocean Drive waren voll mit Leuten, die einen Cocktail tranken und das Treiben auf der Straße beobachteten. Einige sahen sehr europäisch aus mit ihren Designersonnenbrillen und den Zigaretten, die sie in einem bestimmten Winkel in den Fingern hielten.

Als Regan weiterschlenderte, sauste ein dunkelhaariger Typ, der einen orangefarbenen Day-Glo-Jogginganzug trug, auf Rollschuhen dicht an ihr vorbei und sprang dann über einen der kleinen Cafétische. Dieser Verrückte trainiert wahrscheinlich für die Olympischen Spiele, dachte sie. Auf jeden Fall macht er das Spazierengehen hier zu einer gefährlichen Angelegenheit.

Das *Vierte Viertel* war nur zwei Häuser entfernt. Es hob sich deutlich von seiner Umgebung ab. Während die anderen Gebäude in modisch pastellfarbene Art-déco-Kunstwerke verwandelt worden waren, sah Richies Wohnkomplex wie ein großes Seemannsheim aus – gemütlich und vertrauenerweckend. Regan ahnte, daß die Leute, die sie dort drinnen treffen würde, anders sein würden als die meisten Leute, denen sie bisher begegnet war.

Strandkörbe waren in einer Reihe nahe der Fliegengittertür aufgestellt. Regan ging hinein und wurde sofort von einer winzigen alten Dame mit grauen Locken begrüßt, die mit ihren Stricknadeln in der Hand am Rezeptionsschalter vor sich hin klapperte.

»Hallo, meine Liebe. Kann ich Ihnen helfen?«

»Ja. Ich suche Richie Blossom.«

»Er ist gerade bei einem Meeting.« Eins rechts, zwei links.

»Wissen Sie, wann er zurück sein wird?« fragte Regan.

»Er ist hier, meine Liebe.« Die Nadeln bewegten sich in ihren geschickten Händen.

»Entschuldigung, ich dachte, Sie meinten, er wäre weggegangen.«

»Oh, nein.« Die alte Dame schüttelte den Kopf, als wollte sie ihr Mitgefühl ausdrücken.

Bis ich Richies Wohnung ausfindig gemacht habe, wird sie einen Teppich fertiggestrickt haben, dachte Regan. »Nun, wo findet denn das Treffen statt?«

»Am anderen Ende des Flurs.«

»Glauben Sie, ich könnte kurz hineingehen und ihn etwas fragen?«

»Mir fällt kein Grund ein, warum das nicht möglich sein

sollte.« Die alte Dame hielt das braune Rechteck in ihren Händen prüfend hoch.

»Danke. Sie sagten, der Raum ist am anderen Ende des Flurs?«

»Ja, richtig. Es ist in dem Raum, den wir vor kurzem Dolly Twiggs gewidmet haben, der früheren Eigentümerin des *Vierten Viertels*, die gerade vor einem Jahr verschieden ist. Schließen Sie sie in Ihre Gebete ein.«

»Natürlich.« Regan lächelte und ging zum anderen Ende des Gebäudes und dann einen holzgetäfelten Flur entlang nach rechts. Dort stieß sie direkt auf den Dolly-Twiggs-Gedächtnisraum. Sie hörte, wie Richie die Anwesenden zur Ordnung rief. Regan schlüpfte zur Hintertür hinein und nahm auf einem Klappstuhl in der Ecke Platz.

Millie Owens stand auf und schrie: »Könntet ihr jetzt bitte mal den Mund halten?«

Alle Köpfe wandten sich zu ihr um.

»Ich meine, laßt uns Richie eine Chance geben. Ich hätte nichts gegen einen Scheck über zehntausend Dollar, aber wichtiger ist mir noch, daß ich hierbleiben kann. Ich habe jahrelang hier gelebt und jede Minute genossen. Wie die meisten Menschen hatte ich Angst davor, alt zu werden, aber als ich hierher gezogen bin und die ganze Zeit in so netter Gesellschaft war, da, sagte ich Euch, fühlte ich mich, als wäre ich wieder sechzehn. Es würde mir das Herz brechen, wenn wir uns trennen müßten: wenn einige von uns in diesem miserablen Viertel am anderen Ende der Stadt landeten und die anderen bei Verwandten unterkommen müßten. Wenn wir ihr Angebot, was die Option anbetrifft, annehmen, bekommen wir vielleicht ein paar Dollar, aber langfristig werden wir etwas weit Wertvolleres verloren haben ...«

Im Raum war es überraschend still geworden. Man hätte eine Nadel fallen hören können. Einige von Millies Gefähr-

ten sahen sie betrübt an, während andere in ihren Schoß blickten.
Millie klammerte sich mit beiden Händen fest an den Stuhl, der vor ihr stand. Sie begann, ein wenig gezwungen zu lächeln. »Außerdem haben mir Leute früher erzählt, daß ich durchaus als Mannequin auftreten könnte, und ich denke, jetzt kommt meine große Chance, wenn ich Richies Strumpfhose vorführe.«
Alle lachten, und die Spannung schien sich ein wenig zu lösen.
Millie fuhr fort. »Wir Mädchen sollten uns ein Herz fassen und auf diesem Laufsteg unsere hübschen Beine schwingen. Die Männer müssen dabeisein und begeistert Beifall klatschen. Und wenn wir am Ende doch hier hinausgedrängt werden, haben wir es wenigstens nicht kampflos hingenommen.« Sie setzte sich mit einem trotzigen Gesichtsausdruck wieder hin.
Richie sagte mit ruhiger Stimme: »Dank dir, Millie. Stimmen wir jetzt also ab.«
Alle schrieben ihr Votum auf kleine Kärtchen, die schnell gezählt waren. 24 der Stimmberechtigten waren dafür, Richie eine Chance zu geben, die Strumpfhose zu verkaufen. Drei wollten die Option sofort abgeben. Als Richie die Ergebnisse bekanntgab, erhob sich im Raum ein freudiges Gemurmel.
»Laß uns morgen nachmittag um vier hier drinnen die Modenschau proben. Euch allen vielen Dank.« Richie eilte zum hinteren Teil des Raumes und schloß Regan herzlich in die Arme. »Du bist hier mitten in die Aufregung 'reingeraten. Wie geht es dir?
»Mir geht es gut, Richie. Maura rief an, daß sie bei sich zu Haus zum Abendessen einlädt, aber sie konnte dich nicht erreichen. Kannst du jetzt mit mir kommen?«

»Aber sicher, meine Süße, aber sicher!«
Regan und Richie schlenderten Arm in Arm zurück durch die holzgetäfelte Diele. »Regan, kannst du mal eben eine Minute mit in meine Wohnung kommen? Ich möchte mir schnell ein leichtes Jackett holen.«
»Sicher.«
Sie stiegen die Wendeltreppe zu Richies Wohnung im zweiten Stock hinauf.
»Regan, ich sage dir, das wird ein aufregendes Wochenende werden«, verkündete Richie, als er den Schlüssel in die Tür steckte.
»Maura hat mir von deinen Strumpfhosen erzählt«, berichtete Regan, als sie ihm in seine Wohnung folgte.
»Ich sage dir, Liebes, die sind einfach umwerfend. Warte mal eine Sekunde«, sagte er und verschwand im Schlafzimmer.
Regan hörte ihn hastig herumhantieren und setzte sich auf eine kissenüberladene Couch neben ein Schwarzweiß-Hochzeitsphoto von Birdie und Richie.
Eine Minute später war Richie zurück und reichte Regan mehrere Paare der Zauberstrumpfhose. »Hier, probier sie mal an. Dies ist eine Erfindung, die wirklich funktioniert.«
Regan hielt den kostbaren Stoff in den Fingern. »Sie sind wunderschön, Richie.«
»Sie sind nicht nur wunderschön. Sie halten ewig. An diesem Wochenende findet im Watergreen Hotel eine Konferenz der Strumpfhosenhersteller statt. Ich arrangiere eine Modenschau, so daß die Bosse eine Vorstellung bekommen, was ich anzubieten habe. Alles was ich brauche, ist eine Gelegenheit, sie vorzuführen, und dann werde ich genügend Geld bekommen, um unseren Wohnkomplex zu retten. Sie werden sich gegenseitig überbieten, mir mein Patent abzukaufen.«

»Sie sind so zart«, murmelte Regan und strich bewundernd über die elfenbeinfarbenen und die blaßrosafarbenen Strümpfe.
»Man kann sie in allen Farben herstellen. Glaubst du, deine Mutter würde sich über ein Paar freuen?«
»Bestimmt. Sie beschwert sich immer darüber, daß sie keine Strumpfhose finden kann, die richtig paßt und keine Laufmaschen zieht.«
»Komm, ich hol' noch ein paar mehr davon.«
Regan zog an dem Stoff und war erstaunt, daß etwas, das so zart aussah, so widerstandsfähig zu sein schien.
Richie kam mit beiden Händen voller Strumpfhosen zurück. »Ich werde diese mitnehmen.«
»Hier«, sagte Regan. »Steck sie in meine Handtasche. Sie ist sowieso riesengroß.«
»Oh, warte eine Sekunde«, sagte Richie. Er schaute zum Ecktisch hinüber und sah, daß das Lämpchen am Anrufbeantworter blinkte. »Ich höre nur noch meine Ansagen ab.« Er eilte hinüber und drückte den Abspielknopf.
Da waren zwei Mitteilungen von Maura, ein Anrufer, der aufgelegt hatte, und ein Anruf von der Modelagentur. Eine barsche Frauenstimme bellte: »Richie, hier ist Elaine. Wenn du nicht so ein Schätzchen wärst, würde ich glauben, ich spinne. Ich habe einige Models, die morgen zu dir kommen werden, um die Modenschau zu besprechen. Ich habe ihnen erzählt, daß sie nur bezahlt werden, wenn du die Strumpfhose tatsächlich verkaufst, aber sie sind bereit, es zu riskieren. Sie sind jung, sie mögen dich, und die Show fällt sowieso auf einen Samstag. Es ist jetzt sechs Uhr, und ich gehe nach Hause. Ruf mich morgen mal an.«
Richie spulte das Band zurück und kicherte. »Regan, ich wette, du hast nicht gewußt, daß ich drauf und dran bin, ein Star zu werden. Ein Modefotograf brauchte einige Statisten

für eine Aufnahme am Strand, und sie wollten einen alten Mann darauf haben, damit das Bild möglichst natürlich wirkte. Ich war derjenige, der ausgewählt wurde.« Er lachte und ergriff sein Jackett. »Der Fotograf sagte, ich wäre ein Naturtalent, also ging ich zu dieser Modelagentur, um zu sehen, ob sie Interesse daran hätten, mich zu vertreten – und das hatten sie. Sagten, daß sie neben den schönen jungen Mädchen auch noch ein paar andere Typen bräuchten. Elaine hat mich zu Probeaufnahmen in ein Restaurant hier geschickt, und ich hab' den Job bekommen! Jetzt wollen sie mir bei meiner Modenschau helfen.«

»Ich hole mir besser jetzt gleich ein Autogramm!« sagte Regan lachend.

Richie schloß die Tür, und sie gingen langsam die Treppe hinunter. »Die Werbesendung wird in diesen Tagen zum ersten Mal gesendet werden. Das Drehen hat unheimlichen Spaß gemacht. Ich habe mich mit den Leuten in der Agentur angefreundet, und das gibt mir etwas zu tun, außer meinen Erfindungen. Seitdem Birdie gestorben ist, geht es mir am besten, wenn ich beschäftigt bin ...«

»Ich weiß«, sagte Regan mitfühlend, als sie hinaus auf den Gehsteig traten. Die salzige Brise streichelte sanft ihre Gesichter. Sie gingen eine Zeitlang schweigend weiter, dann gingen sie einen Schritt auf die Straße, um sie zu überqueren. Richie drehte den Kopf beim Gehen zu Regan herum. Hinter Richie konnte Regan einen dunklen Wagen sehen, der eine Seitenstraße heruntergerast kam. »RICHIE, PASS AUF!«, schrie sie und riß ihn gleichzeitig auf den Gehsteig zurück. Beide fielen rücklings auf den Boden. Das Vorderrad des Wagens schrammte am Bordstein entlang, dann sauste der Wagen an ihnen vorbei und verschwand um die Kurve des Ocean Drive. Ein paar Sekunden lagen sie beide benommen auf dem Gehweg. Dieser Typ hat absichtlich versucht, uns zu erwischen, dachte Regan, als sie sich mit brummendem Schädel wieder aufsetzte. Mehrere Passanten eilten zu ihnen hinüber, um ihnen wieder auf die Füße zu helfen.

»Richie, ist alles in Ordnung?« fragte Regan.

»Mmm, sicher, das hab' ich dir zu verdanken, Regan«, sagte er dankbar.

Ein hübsches junges Mädchen, das wie ein Model aussah, hob etwas von der Straße auf. »Ist das Ihre Handtasche?« fragte sie.

»Was davon übriggeblieben ist«, antwortete Regan und betrachtete die zerknautschte weiße Tasche mit dem schwarzen Reifenabdruck. Sie bückte sich und hob die Strumpfhose auf, die herausgefallen und ebenfalls unter die Räder gekommen war.

»Sie haben wirklich Glück gehabt«, rief ein Mann im mittleren Alter, der in der Gruppe stand, die sich um sie versammelt hatte.

»Hat irgend jemand den Wagen oder den Fahrer genau sehen können?« fragte Regan.

Einige der Umstehenden schüttelten den Kopf. »Es ist alles so schnell vorbei gewesen«, sagte ein Kellner von dem Café nebenan. »Es ist zu schade, daß nicht mehr Verkehr war. Er hätte langsamer fahren müssen, aber so ist er entkommen, bevor jemand überhaupt gemerkt hat, was passierte.«

»Es war ein Er?« fragte Regan schnell.

»Ja, ein dunkelhaariger Typ in einer blauen Limousine.«

Nachdem sich der Schock über den versuchten Mordanschlag allmählich gelegt hatte, begann die Gruppe sich aufzulösen.

»Wenn irgend jemand sich an irgend etwas in Zusammenhang mit dem Wagen oder dem Fahrer erinnert, was uns weiterhelfen könnte, lassen Sie es uns bitte wissen«, rief

Regan. »Mein Name ist Regan Reilly, und ich wohne im Ocean View. Das sah nicht wie ein Unfall aus.«

Sie drehte sich zu Richie um und hielt ihm die beschmutzte elfenbeinfarbene Strumpfhose hin. »Es tut mir so leid.«

»Kein Problem, Regan«, antwortete Richie und begann, den Stoff mit der Hand sauberzureiben. Wunderbarerweise fiel der Schmutz einfach ab. »Siehst du!« sagte er. »Es ist wie der Werbespot mit dem Elefanten, der auf dem Koffer herumspringt. Du kannst die Dinger nicht kaputtkriegen!«

»Schade, daß man das von uns nicht behaupten kann«, erwiderte Regan und rieb sich das Knie. Bei dem Sturz hatte ihre weiße Jeans einen Riß abbekommen. Kleine Blutflekken waren darauf sichtbar. »Laß uns hier wegkommen. Sie werden sich fragen, ob uns etwas passiert ist.«

»Wir können ihnen erzählen, daß wir meine Strumpfhose getestet haben«, verkündete Richie mit strahlendem Lächeln.

»Das kommt mir als Erklärung für meine Eltern ganz plausibel vor«, pflichtete Regan ihm bei, während sie ihn über die Straße zu einem Taxistand lotste. Allerdings schaute sie, bevor sie sich auch nur einen Zentimeter weiterbewegten, erst einmal vorsichtig in beide Richtungen.

Der Wagen, der Richie und Regan fast erwischt hätte, bog vom Ocean Drive mit hoher Geschwindigkeit nach rechts ab. Der Fahrer raste die beiden Straßenzüge zur Washington Avenue hinunter und hämmerte dabei wie wild mit der Faust gegen das Lenkrad. Bei der Weiterfahrt in Richtung Norden erspähte er einige Straßen weiter einen Parkplatz und lenkte den Wagen hastig hinein. Innerhalb von Sekunden streifte Judd Green seine Windjacke ab und stopfte sie in eine Sporttasche auf dem Boden des gestohlenen Fahrzeugs.

Er schaute sich um und vergewisserte sich, daß er nicht beobachtet wurde. Dann beugte er sich nach unten und riß sich die dunkle Perücke, die sein blondes Haar verdeckte, vom Kopf und stopfte sie ebenfalls in die Sporttasche. Er rutschte auf die Beifahrerseite, stieg aus, ergriff die Tasche, zog sich die Handschuhe aus und fädelte sich dann in den dünnen Fußgängerstrom ein. Er war ein Mann unter vielen schlanken, gebräunten, gutaussehenden Männern Anfang Dreißig. Wer ihn genauer betrachtet hätte, hätte den kalten, leeren Blick in seinen Augen und seine auffällig starken Schulter- und Armmuskeln wahrgenommen.

Er ging so schnell, wie es, ohne Aufmerksamkeit zu erregen, möglich war, etwa einen Kilometer weiter, bis er das Watergreen Hotel erreichte. Dort schlüpfte er zur Vordertür hinein und lief die Treppe zu seinem Zimmer in den zehnten Stock hinauf. Er versteckte die Sporttasche im Wandschrank, hielt den Kopf unter den Wasserhahn, zog sich schnell eine khakifarbene Hose und ein Sporthemd an, kämmte sich das nasse Haar zurück, besprühte sich mit Kölnisch Wasser, nahm seine Brieftasche an sich und machte sich auf den Weg zu den Aufzügen.

Zwei Paare im mittleren Alter begrüßten sich und versicherten sich gegenseitig, wie schnell das Jahr seit der letzten Versammlung vergangen war. Alle vier Personen trugen Abzeichen, die besagten, daß sie als Teilnehmer der Konferenz der Beerdigungsunternehmer in der Stadt weilten. Green lächelte sie an und tat so, als hinge er seinen eigenen Gedanken nach. Dabei hörte er genau zu, wie sie sich über ihre Pläne für das Wochenende unterhielten. Ich wünschte, ich hätte euch einen Auftrag verschaffen können, Jungs, dachte er grimmig, aber ich hab' die Sache leider verpatzt. Jedenfalls für dieses Mal.

Unten in der Empfangshalle bestellte er ein Bier an der Bar und nutzte die Gelegenheit, um mit der Blondine ein paar Stühle weiter zu flirten, die an diesem Morgen am Strand ihr Handtuch ganz nahe neben seinem plaziert hatte. Er plauderte mit dem Barkeeper, der ihm erzählte, daß er seit dreißig Jahren im Watergreen arbeite und daß er einige irre Szenen in dieser Empfangshalle erlebt habe.

»In der Zeit, in der ich hier gearbeitet habe«, erzählte der kleine dunkelhaarige Mann mit einem leichten spanischen Akzent heiter, während er den Tresen abwischte, »habe ich unglaubliche Dinge passieren sehen. Meine Frau sagt, ich sollte ein Buch darüber schreiben, aber ich will meinen Job nicht verlieren.«

»Das kann ich mir vorstellen«, sagte Green.

»Ja, wie an diesem Wochenende, da finden zwei Konferenzen statt. Beerdigungsunternehmer und Strumpfhosenfabrikanten. Nun, wenn sie ein paar Anprobe-Sitzungen mit den Mädchen in ihren Strumpfhosen haben, ist das gebongt. In welchem Raum? Kann ich die Drinks servieren? Aber ich kann darauf verzichten, den Leuten zuzusehen, die testen, wie gut verschiedene Särge passen. Na ja, wir alle müssen irgendwann diese Welt verlassen ...«

»Richtig, Kumpel.« Green legte sein Geld auf die Bar und stand auf, um zu gehen. Ich bin lange genug hier gewesen, das verschafft mir das richtige Alibi, dachte er. Er bog schnell um die Ecke, in den Bereich, wo die Münztelefone waren. Er verzog sich in eine Zelle, schloß die Tür und nahm seinen ganzen Mut für den Anruf zusammen, den er zu machen hatte.

Das Telefon klingelte dreimal, bevor es abgehoben wurde.

»Es hat nicht geklappt«, sagte Green geradeheraus. »Er hatte irgend so ein Weib bei sich. Sie hat ihn aus dem Weg geschubst.« Er umklammerte den Hörer und lauschte.

»Nein, ich weiß nicht, wer sie war. Aber mach' dir keine Sorgen. Das wird nicht wieder vorkommen. Das nächste Mal erwisch ich sie beide.«

Das Taxi hielt vor dem Haus der Durkins, einem wunderschönen, stuckverzierten ländlichen Anwesen, das Regan an die Häuser erinnerte, die man in Südkalifornien häufig findet.
Richie bestand darauf, das Taxi zu bezahlen. Nie in seinem Leben, behauptete er, würde er eine Dame das Fahrgeld zahlen lassen.
»Vergiß deine Erfindungen; du solltest eine Charme-Schule für Männer aufmachen«, sagte Regan lächelnd, als sie aus dem Wagen stieg. »Und ich werde dir ein paar Namen für deine Kundenliste geben.«
Sie klingelten an der Tür und warteten einen Moment; dann hörten sie Stimmen. Mr. Durkin, ein mittelgroßer Mann mit kastanienbraunem Haar und einem Gesicht, das so zerfurcht wie eine Landkarte wirkte, öffnete ihnen die Tür und breitete die Arme aus. »Regan, Richie, kommt rein. Wir haben schon auf euch gewartet«, dröhnte er mit einer Stimme, die man im Durkin-Bestattungsunternehmen nie zu hören bekam.
Er umarmte die beiden Neuankömmlinge. Kaum waren sie zur Tür hereingekommen, als Richie ihm von ihrem Abenteuer zu erzählen begann. »Du wirst nicht glauben, was passiert ist. Wir sind fast umgebracht worden. Wenn Regan nicht so schnell reagiert hätte …«
Nora und Luke, denen verschiedene Mitglieder des Durkin-Clans folgten, eilten, als sie Richies Stimme hörten, vom Wohnzimmer in die Diele.

»Hallo, ihr«, sagte Regan strahlend und ging zu ihren Eltern, um ihnen einen Kuß zu geben.
»Regan, was ist denn mit deiner Hose passiert?« fragte Nora besorgt.
Regan schaute auf ihr Knie hinab, auf dem sich ein großer Blutfleck ausgebreitet hatte.
»Regan wurde bei dem Versuch, mein Leben zu retten, fast umgebracht«, sagte Richie voller Begeisterung. »Sie können wirklich stolz auf sie sein.«
»O Gott, Luke, ich dachte, das sollte ein Ferienaufenthalt werden«, jammerte Nora. »Regan, ist alles in Ordnung?«
»O Mama, es war keine große Sache. Wir warteten, um die Straße zu überqueren, und dann kam ein Wagen etwas schnell rangefahren, das ist alles. Ich riß Richie vom Bordstein weg, und wir fielen hin.«
»Was ist los?« rief Maura, die von der Küche aus ins Zimmer trat. »Oh, gut, Regan und Richie sind endlich hier.«
»Regan hat mich gerade davor bewahrt, von einem Killer überfahren zu werden«, wiederholte Richie beharrlich, sehr zu Regans Verdruß.
»Was??« rief Maura entsetzt.
»Wir waren draußen, und ein Wagen kam angerast, aber Regan hat mich vom Weg gerissen.« Richie hörte sich an, als ob er zu einem detaillierten Bericht ansetzen wollte.
Ed Durkin drängte seine Gäste, ins Wohnzimmer zu gehen. »Laßt uns etwas trinken, um Himmels willen, heute abend ist eine Feier.«
Im Wohnzimmer fielen sich Regan und Maura in die Arme.
»Laß mich dir einen Drink holen«, drängte Maura. »Trinkst du immer noch Weißwein?«
»Natürlich«, antwortete Regan und setzte sich auf die Couch neben ihre Eltern.
»Du weißt, Liebes, du könntest heute nacht in unserem

Zimmer bleiben. Das wäre doch vielleicht das Beste«, schlug Nora vor.
»Mama, aller Wahrscheinlichkeit nach werde ich *nicht* umgebracht werden, wenn ich Richie wieder nach Hause begleite.«
Maura kam mit Regans Wein zurück, und Richie ließ sich ihnen gegenüber in den Stuhl fallen und begann zum vierten Mal, die Story über die gerade noch abgewendete Tragödie zu erzählen.
»Mein Gott, Richie, ist es nicht ungefähr ein Jahr her, daß Dolly Twiggs ermordet wurde?« fragte Maura.
»Ermordet?!« wiederholte Regan.
»Wir glauben nicht, daß sie ermordet wurde«, sagte Richie, »aber es stimmt, sie starb vor ungefähr einem Jahr. Am Montag haben wir einen Erinnerungsgottesdienst in dem Dolly-Twiggs-Gedächtnisraum.«
»Die Bullen glauben, daß sie ermordet wurde«, erinnerte Maura ihn.
»Was ist passiert?« fragte Regan schnell.
»Sie liebte es, morgens früh am Strand spazierenzugehen. Eine Gruppe von Schwimmern hat sie mit dem Gesicht nach unten im flachen Wasser gefunden. An ihrem Kopf war eine Beule und etwas Blut, aber das kann daher gekommen sein, daß sie an einem Felsen aufschlug, bevor sie unterging. Dolly ist tatsächlich gestorben, weil sie ertrank, also muß sie noch geatmet haben, als sie unterging«, berichtete Richie. »Sie hatte einen Herzanfall. Ihr Schmuck fehlte.«
»Das ist ja wirklich traurig«, murmelte Regan. Ihre innere Stimme sagte ihr, daß das mehr als nur ein Raubüberfall gewesen war.
»Wir hatten nur Glück«, fuhr Richie fort, »daß sie den Vertrag, in dem uns die Einjahresoption überschrieben wurde, einen Tag, bevor sie starb, unterschrieben hatte. Das

hätte eigentlich erst am nächsten Tag geschehen sollen, aber der nette junge Mann vom Immobilienbüro brachte ihn ihr auf seinem Heimweg von der Arbeit vorbei. Dadurch hatten wir ein Jahr Zeit, um das Geld, diesen Komplex zu kaufen, anzusparen. Andernfalls hätten wir vielleicht sofort rausgemußt. Wenn also meine Strumpfhose am Samstag wirklich einschlägt …«

»Wer war der Typ vom Immobilienbüro?« fragte Regan.

»Ich saß an dem Tag, an dem er vorbeikam, am Rezeptionsschalter. Wir wechseln uns alle ab. Ich glaube, er sagte, sein Name sei Joey.«

Regan dachte sofort an ihre Kaugummi kauende Sitznachbarin, Nadine, deren Freund Joey in einem Immobilienbüro arbeitete. Sie machte sich in Gedanken eine Notiz, daß sie das als erstes am Morgen nachprüfen würde.

»Richie«, sagte Regan. »Hol deine Strumpfhose raus.« Sie wandte sich ihrer Mutter zu. »Mama, was hältst du davon, am Samstagnachmittag eine Cocktailparty zu geben, für eine Strumpfhosenmodenschau?«

Nick Fargus saß an seinem Schreibtisch im Direktionsbüro des Watergreen-Hotels. Wenn er gut drauf war, fühlte er sich wie der Kapitän eines großen Passagierdampfers. Das Eintausendzimmerhotel mit seinen zahlreichen Konferenzräumen, Ballsälen, Restaurants und Geschäftsarkaden war sein Schiff. Es war immer viel Betrieb, besonders in den Wintermonaten, in denen das Watergreen regelmäßig mit Tagungen und Konferenzen ausgebucht war. Eine folgte der anderen auf den Fuß. Da sie der Kälte und den matschigen Straßen im Norden ausweichen wollten, kamen die Tagungsteilnehmer nach Miami gereist, begierig, die Sonne aufzusaugen und ein paar Runden Golf oder Tennis zu spielen. Oftmals wurde dann der Besuch der Seminare oder Meetings gänzlich vom Terminkalender gestrichen.

Aber es war nicht nur das Wetter. Miami war ein internationaler Brennpunkt geworden, ein Zentrum kultureller Ereignisse. In den letzten Jahren war es explosionsartig gewachsen, und die Zukunft sah sogar noch rosiger aus. Designer, Musiker, Tänzer, Fotografen und Models – sie alle hatten hier unten gute Verdienstmöglichkeiten. Berühmtheiten jetteten übers Wochenende hierher, um die Sonne zu genießen. Sogar Madonna hatte in Miami ein Anwesen gekauft. Es passierte etwas. Der Puls der Stadt pochte laut und kräftig, und Menschen aus der ganzen Welt konnten ihn hören.

Warum also hatte Nick immer das Gefühl, abseits zu stehen?

Wegen des South Beach, oder So-Bi, wie er momentan auch genannt wurde.
Nur ein paar Meilen die Straßen hinunter gab es einen Bereich, der sich vom Watergreen himmelweit unterschied. Dort wohnten all die Schönen und Reichen, dort gingen sie spazieren, dort feierten sie ihre Partys. Teufel auch, das Watergreen machte die beste Pina Colada in Florida, aber das war inzwischen keine große Attraktion mehr. Die Reichen und Schönen tranken dieses gottverdammte Mineralwasser. Das Watergreen hatte eine tolle Pianobar, aber die Models waren nicht daran interessiert, herumzusitzen und den Melodien irgendwelcher altmodischer Musicals zu lauschen. Es drängte sie in die Clubs, wo man bei dröhnender Musik wie Sardinen in einer Büchse zusammengedrängt stand.
Nick war inzwischen zweiundvierzig, und mit seinem hellen Haar, den farblosen Augen und der schmächtigen Gestalt war nichts an ihm, womit er die Blicke der Frauen hätte auf sich ziehen können. Er hatte ein gutes Auskommen und ein dickes Sparkonto, aber er war nicht zufrieden. Sicherlich, an manchen Tagen fühlte er sich wie Donald Trump: wenn er im Hotel herumwirbelte und Probleme löste, oder wenn sein Telefon unaufhörlich klingelte. Aber an Abenden wie dem letzten, als er auf einen Drink zum South Beach gegangen war und die Models, die er getroffen hatte, ihm nicht mehr als drei Sekunden ihrer Zeit gewidmet hatten, wurde ihm das Herz schwer. Wenn ich ein Clubbesitzer wäre, würden sie mich nicht so behandeln, dachte er.
Nick ordnete die Papiere auf seinem Schreibtisch und nahm einen letzten Schluck von seinem Kaffee. Es war fast zwanzig Uhr. Was sollte er heute abend machen?
Da er bisher nicht geheiratet hatte, suchte Nick noch immer nach einer Frau, möglichst einer, die seiner gesellschaftli-

chen Stellung entsprechen könnte. Im Laufe der Jahre hatte er einige nette Mädchen kennengelernt, aber alle wollten ein Heim und Kinder haben, und das schien ihm nicht besonders verlockend. »Ich bin noch nicht bereit«, hatte er diesen Vampirfrauen erzählt. Eine hatte kürzlich geantwortet: »Du wirst deine Kinder mit einem Krückstock um das Haus jagen müssen.«

Nick stand auf und löschte das Licht in seinem Büro. Eine der Vergünstigungen seines Jobs war, daß er ein eigenes großes Appartement im obersten Stockwerk des Hotels hatte. Sehr imposant. Wenn ich nur eine dieser schönen Frauen dazu bringen könnte, es sich mal anzuschauen, dachte er, dann würde sie mich mit anderen Augen sehen. Bisher war ihm dieses Glück nicht vergönnt gewesen.

Hunger habe ich keinen, dachte er. Und fernzusehen, das reizt mich auch nicht gerade. Vielleicht sollte ich das neue geblümte Hemd anziehen, das ich für 175 Dollar in dieser Modeboutique gekauft habe, und es heute abend wieder mal am South Beach versuchen. Wer weiß? Vielleicht hab' ich ja doch einmal Glück.

Regan saß in der Empfangshalle des Ocean View bei ihrem Morgenkaffee und einer Schüssel frischem Obst. Das Frühstück war auf langen Tischen aufgebaut; man versorgte sich selbst mit Kaffee und Saft und wählte aus einem Angebot von Müsli, Brot und Früchten aus. Eier mit Speck mußten extra in der Küche bestellt werden, aber man hätte Schwierigkeiten gehabt, irgend jemanden unter den Gästen zu finden, der sich dazu bekannte, daß er solche cholesterinhaltigen Kalorienbomben zum Frühstück wünschte.

Beim Durchblättern der Lokalzeitung von Miami las Regan über die üblichen kleinen und größeren Verbrechen, über die fast jede Großstadtzeitung berichtet: Diebstahl, Mord, aufgeflogene Drogendeals, Brandstiftung. In Miami schien es die neueste Mode zu sein, auf den Wagen aufzufahren, der an einer Ampel hält. Wenn der Fahrer aussteigt, um den Schaden zu begutachten, taucht plötzlich ein Mann auf, langt durch das Fenster und grabscht sich Geldbeutel, Aktentaschen – alles, dessen er habhaft werden kann. In wirklich schlimmen Gegenden wurde man mit vorgehaltener Pistole aufgefordert, seine Brieftasche auszuhändigen. Regan faltete die Zeitung zusammen. Gott sei Dank gab es keinen Artikel über einen erfolgreichen Mord mit Fahrerflucht.

Auf dem Heimweg hatte Richie ihr den Namen des Immobilienbüros genannt, das die Option auf das *Vierte Viertel* bearbeitete. Es nannte sich *Golden Sun*. Regan hatte seine

Adresse nachgeschlagen und war glücklich, als sie feststellte, daß es nur ein paar Straßen weiter war. Sie plante, dem Büro an diesem Morgen einen kleinen Besuch abzustatten.

Ich hätte mir Nadines Nummer geben lassen sollen, dachte sie. Aber vielleicht würde sie Nadines Joey ja im *Golden Sun* treffen und einige Informationen aus ihm rausholen können. Der rätselhafte Tod von Dolly Twiggs und die Sache mit dem nur mühsam verhinderten Unfall am letzten Abend, zudem die Tatsache, daß beide Ereignisse zur Zeit einer wichtigen Immobilientransaktion stattgefunden hatten – irgend etwas schien da faul zu sein. Bei den Immobilienverkäufen ging es vor allem um wertvollen, am Wasser gelegenen Besitz in einem Gebiet, in dem die Grundstückspreise explodierten.

Die große Uhr an der Wand zeigte zehn Uhr fünfzehn an.

Um zehn Uhr dreißig stieg Regan die Stufen zum Immobilienbüro *Golden Sun* hinauf. Es lag in einem kleinen weißen Haus an der Washington Avenue. Drinnen wurde Regan von einem freundlich aussehenden jungen Mann mit einem Babygesicht begrüßt, der hinter dem Rezeptionsschalter saß.

»Ist es Ihnen warm genug?« scherzte er.

»Ja, es ist wirklich ein bißchen heiß da draußen, nicht wahr?« antwortete Regan freundlich.

»Ungewöhnlich für den November. Aber ich sage immer, es ist besser als die Kälte. Deshalb haben wir immer so viel zu tun. Die Leute wollen ihre Schneeschaufeln im Keller lassen und das ganze Jahr über schönes Wetter genießen. Sind Sie auch deshalb hier?«

»Eigentlich suche ich jemanden, der Joey heißt.«

»Das bin ich.«

»Oh, sind Sie Nadines Freund?« fragte Regan.

»Der einzige, hoffe ich. Woher wissen Sie das? Nein, sagen

Sie es mir nicht. Sie sind diejenige, die gestern im Flugzeug neben ihr gesessen hat.«
»Stimmt«, lachte Regan. »Übrigens, danke für die Fahrt in die Stadt.«
»Kein Problem. Nadine hat mich gut erzogen. Sie hat mir alles über Sie erzählt. Sie sind von Beruf Detektivin und wegen einer Hochzeit hier.« Seine Augen leuchteten.
Das Telefon klingelte, und Joey hob seinen Zeigefinger hoch. »Nur eine Sekunde, Regan.«
Donnerwetter, dachte Regan, er kennt sogar meinen Namen. Sie drehte sich um, um aus dem Fenster zu schauen, und sah Nadine, die auf Pfennigabsätzen die Straße heraufgetippelt kam. Sie kaute mit vollen Backen ein Kaugummi. Während Joey sein Gespräch beendete, beobachtete Regan, wie Nadine ihr Kaugummi in ein Taschentuch spuckte und es in die Seitentasche ihrer Handtasche schob.
»Da kommt Nadine«, kündigte Regan sie an.
»Oh, gut, sie wollte runterkommen, um mir in meiner Kaffeepause Gesellschaft zu leisten. Sie wird sich bestimmt sehr freuen, Sie zu sehen.«
»Hallo, Regan«, rief Nadine außer Atem, als sie zur Tür hereinkam. »Ich wollte nach dem Kaffee bei dir im Hotel vorbeikommen.« Sie ging zu Joey hinüber und gab ihm einen Kuß.
»Nadine, ich rieche Kaugummi.«
»Atemverbesserer, Joey, Atemverbesserer.« Nadine drehte sich um und zwinkerte Regan zu. »Ich habe das Kaugummi immer bei mir, aber ich habe Angst davor, es den Leuten anzubieten, weil sie immer glauben, ich würde meinen, sie hätten es nötig. Manchmal stimmt das ja auch, aber meistens will ich nur höflich sein.« Sie zog ihre Stange aus der Handtasche. »Möchtest du eins, Regan?«
Regan blinzelte. »Sicher.«

»Kommst du mit uns einen Kaffee trinken?« fragte Nadine.
»Das wollte ich sie gerade fragen, Püppi«, sagte Joey schnell. »Wie wär's, Regan? Wir haben noch gar nicht darüber gesprochen, warum Sie überhaupt hier vorbeigekommen sind. Oder wie Sie überhaupt herausgefunden haben, wo ich arbeite.«
»Sie ist von Beruf Detektivin, Sherlock.« Nadine kniff ihn liebevoll in die Wange.
Regan lachte. »Ich würde gerne mit euch kommen, wenn ich nicht störe.«
»Keinesfalls«, sagte Nadine.
Gut, dachte Regan. Ich möchte wirklich mit diesem jungen Mann reden, und was wäre besser, als das bei einem Kaffee zu machen?
Im Café an der Straße setzte sich Regan Nadine und Joey gegenüber. Sie wurden sofort bedient, und während Regan ihre dritte Tasse Kaffee des Tages umrührte, erzählte sie, daß sie und Joey einen gemeinsamen Bekannten hätten.
»Wen?« fragte Joey.
»Richie Blossom. Er lebt im *Vierten Viertel.*«
»Ah, ja. Ein netter Kerl.«
Regan nahm einen Schluck und stellte ihre Tasse wieder auf die Untertasse zurück. »Er sagte, daß Sie die Leute, die dort wohnen, letztes Jahr davor bewahrt hätten, ihre Wohnungen zu verlieren.«
Joey zuckte die Achseln. »Früher lebte die Eigentümerin selbst dort, aber sie konnte die Kosten für die vielen Reparaturen nicht mehr aufbringen. Sie wollte aber verhindern, daß ihre Freunde das Gebäude räumen müßten. Also entschloß sie sich, ihnen auf den Wohnkomplex eine Option zu geben und ihnen ein Jahr Zeit zu lassen, um das Geld zusammenzukratzen. Wir haben den Vertrag aufgesetzt, und sie sollte am nächsten Tag hierherkommen, um ihn zu

unterschreiben. Allerdings hatte ich mich spontan entschlossen, ihn nach Büroschluß einfach mitzunehmen und auf dem Heimweg bei ihr vorbeizubringen. Ich vermute, Sie haben gehört, daß sie am nächsten Morgen gestorben ist.«

»Ja, das habe ich«, bestätigte Regan.

Nadine war sehr ruhig geworden, ihre Blicke wanderten, während Regan und Joey redeten, von einem zum anderen.

»Dolly Twiggs war eine anständige Frau«, sagte Joey nüchtern. »Sie hätte sehr viel mehr Geld für das Anwesen bekommen können als das, wofür sie es den alten Leuten verkaufen wollte. Aber sie sagte, daß eins Komma eine Million Dollar ihr für den Rest ihres Lebens genügen würden und daß die alten Leutchen für sie wie eine Familie wären. Wenn diese Papiere nicht unterschrieben worden wären, dann wäre der ganze Komplex wahrscheinlich sofort aufgekauft worden. Ich bin sicher, Sie wissen, wie der Grundbesitz in dieser Gegend im Wert gestiegen ist, besonders die Grundstücke, die am Wasser liegen.«

»Davon habe ich gehört«, sagte Regan. »Waren Sie lange bei ihr, als sie an jenem Tag zu ihr hinübergegangen sind?«

Joey lehnte sich im Sessel zurück und spielte mit seinem Löffel. »Ich bin zu ihrem Appartement gegangen. Ihre Schwester war da. Sie hatten beide Muscheln gesammelt; überall lagen Muscheln herum. Ich setzte mich auf eine, und sie zerbrach. Sie sagten, es sei nicht schlimm, da sie jeden Morgen um sechs Uhr einen Spaziergang machten; dies sei die beste Zeit, um Muscheln zu sammeln.«

»Ihre Schwester?« fragte Regan. »Ich wußte nicht, daß sie eine Schwester hatte.«

»Sie war auf einen Besuch in der Stadt. Die beiden alten Damen hatten eine dreimonatige Kreuzfahrt gebucht. Aus dem Hafen von Miami stechen eine Menge Kreuzfahrtschiffe in See.«

»Ich dachte, Dolly wäre allein gewesen, als sie starb.«
»Das war sie auch. Ihre Schwester hatte sich an jenem Morgen nicht wohlgefühlt und beschlossen weiterzuschlafen. Ich brauche wohl nicht ausdrücklich zu sagen, daß sie am Boden zerstört war.«
Regan richtete sich in ihrem Sessel auf. »Wo ist ihre Schwester jetzt?«
»Sie ist dann allein auf diese Kreuzfahrt gegangen und danach nach Dallas gefahren, wo sie wohnt. Sie sagte, es mache sie zu traurig hierzusein, allerdings habe ich gehört, daß sie an diesem Wochenende zu einem Gedenkgottesdienst in die Stadt kommt.«
»Wenn der Komplex also verkauft wird – wird das Geld dann an die Schwester gehen?« fragte Regan.
»Sie ist nicht darauf aus, die Leute hier an die Luft zu setzen, aber sie kann es sich auch nicht leisten, die Gebäude zu unterhalten. Die Steuern hier in der Gegend sind mörderisch. Wie ich gehört habe, können die Bewohner des *Vierten Viertels* das Geld für das Gebäude nicht aufbringen, also wird es letztlich an jemand anders verkauft werden.«
»Und Ihr Büro kümmert sich um diesen Verkauf?«
»Wir haben die Sache mit der Option geregelt, und wir haben auch Leute, die bereit sind, eine Menge Geld für den Komplex zu zahlen, sobald er zum Verkauf steht. Wir haben sogar jemanden, der den Bewohnern einen Bonus zahlen will, wenn sie ihre Wohnungen vor dem Wochenende aufgeben. Aber wenn Dolly Twiggs' Schwester jemand anderen hat, der den Komplex auch kaufen will, kann sie den Handel auf eigene Faust und ohne unser Büro abschließen. Also könnten wir ein Riesengeschäft machen – oder alles verlieren. Aber lassen Sie mich noch eines sagen«, ergänzte Joey, und sah Regan dabei direkt in die Augen. »Ich war glücklich, daß damals die Lösung mit der Option gefunden wurde.

Mein Chef war nicht so entzückt, da wir möglicherweise sofort hätten verkaufen können – dann wäre die Sache endgültig erledigt gewesen. Natürlich möchte ich, wie jeder andere auch, gern möglichst viel Geld verdienen. Aber alles, was ich denken konnte, war, was wäre, wenn meine eigene Großmutter in die gleiche Situation käme. Ich hätte nicht gewollt, daß sie ihr Zuhause verliert.«
Nadine küßte ihn auf die Wange. »Verstehst du, warum ich den Kerl mag?«
»Aber hundertprozentig«, sagte Regan, während Joey auf seine Uhr sah.
»Ich muß ins Büro zurück.«
»Ich gehe zum Strand«, erklärte Nadine. »Hast du Lust mitzukommen, Regan?«
»Ich habe einige Dinge zu erledigen, Nadine, aber gib mir deine Nummer, und vielleicht können wir uns später treffen.«
Regan drängte es, möglichst schnell zum *Vierten Viertel* zu gehen und Näheres über Dolly Twiggs' Schwester zu erfahren.

Irving Franklin liebte sein Minilabor im Kellergeschoß seines Hauses. Es erlaubte ihm nicht nur, seine Experimente außerhalb des Arbeitsplatzes fortzuführen, es verschaffte ihm auch eine Fluchtmöglichkeit vor den üblichen Reibereien des Familienlebens. Nicht, daß er seine Familie nicht mochte, aber da seine Schwiegermutter unter demselben Dach lebte, waren seine Nerven in einer ständigen Anspannung.

Es war Freitagmorgen, und er war gerade die Treppe heruntergekommen, um nach der Strumpfhose zu sehen, die er über Nacht in einem Topf voller scharfer Chemikalien eingeweicht hatte. Er zog den Deckel weg und hob einen Klumpen Strumpfhose mit einer großen Zange aus dem sprudelnden Behälter. Voller Ehrfurcht schaute er zu, wie sie blitzschnell trocknete und dann wie neu aussah.

»Verdammt«, murmelte er. »Das kann doch nicht wahr sein. Irgend etwas muß an den Dingern faul sein.«

In diesem Moment ging die Kellertür auf, und seine Schwiegermutter kreischte die Treppe hinunter: »Laß uns fahren, Irving. Hast du vergessen, daß du mich auf deinem Weg zur Arbeit beim Arzt vorbeifahren sollst?«

Irving hatte das Gefühl, ihm sei der ganze Tag verdorben.

»IRVING! Hast du mich gehört?«

»Setz dich schon in den Wagen!« brüllte er zurück, während er die Strumpfhose in einen Plastiksack fallen ließ. Dann stieg er die Treppe hinauf, um die üblicherweise vergnügliche Fahrt zur Arbeit anzutreten.

In Dolly Twiggs' Appartement drehte ihre Schwester Lucille Coyle das Gas unter dem Kessel an. Sie sprang zurück, als sich die Flamme mit einem leisen Puff entzündete. Oje, ich habe ganz vergessen, wie das geht, dachte sie. Sie stellte die Flamme niedriger und schaute sich um. Alles sah ein wenig staubig und vernachlässigt aus. Nun ja, es ist jetzt ein Jahr her, daß Dolly ihren letzten Schnaufer getan hat, dachte Lucille.

Eine Welle der Trauer überschwemmte sie, und sie blieb einen Augenblick lang wie erstarrt stehen. Tränen brannten in ihren Augen. Ich muß mich irgendwie beschäftigen, dachte sie. Das ist das einzige, das mir in einer Zeit wie dieser Rückhalt gibt. Sie ließ Wasser über einen eingetrockneten orangefarbenen Schwamm laufen und lächelte, als er sich vor ihr aufblähte.

Während sie einen ihrer Lieblingskirchenchoräle vor sich hin summte, wischte sie die Arbeitsflächen in der kleinen Küche sauber. Arme Dolly, dachte sie, als sie die dekorativen Töpfe mit den Aufschriften MEHL, ZUCKER, KAFFEE, TEE geraderückte. Ich habe immer versucht, sie dazu zu überreden, diese hier über den Herd und den Toaster dort hinüber zu stellen. Es wäre so viel sinnvoller gewesen. Und die Gläser hätten genau über der Spüle stehen müssen, wo man sie erreichen kann, wenn ...

Es läutete an der Tür. Lucille fragte sich, wer das wohl sein könne, legte den zu neuem Leben erwachten Schwamm nieder und strich sich, während sie durch das Wohnzimmer zur Haustür ging, das Haar aus dem Gesicht. Als sie sah, wer vor ihr stand, wurde ihr warm ums Herz.

»Richie, wie geht es dir? Du siehst wunderbar aus. Bitte, komm rein. Und wen hast du da mitgebracht?«

»Hallo, Lucille«, sagte Richie schnell und küßte sie auf die Stirn. »Ich bin so froh, daß du zum Gedenkgottesdienst kommen konntest. Das ist meine Freundin Regan Reilly. Sie ist zur Hochzeit meiner Nichte nach Miami gekommen.«

»Wie nett. Wollt ihr beiden eine Tasse Tee? Ich bin gerade dabei, eine Kanne aufzugießen. Ich hab' auch auf dem Weg vom Flughafen einige leckere Gelee-Krapfen gekauft.«

»Das hört sich großartig an«, sagte Regan und lächelte bei dem Gedanken an all die Leute, die der Meinung waren, daß man andauernd Kresse und Joghurt futtern muß, um lange zu leben. Lucille mußte in den Achtzigern sein, und sie aß offenbar mit Begeisterung nährstoffarmes Essen. Daran sieht man, dachte Regan, daß es für die Gesundheit schlechter ist, peinlich darüber zu wachen, daß man die richtigen Sachen ißt, als mit wirklichem Genuß einen Gelee-Krapfen zu mampfen.

Lucille lief aufgeregt in die Küche, während Richie und Regan es sich bequem machten. Regan betrachtete die Muschelsammlungen um sich herum und lächelte. »Als ich Kind war, bin ich auch oft zum Strand gegangen und dann mit einer Tasche voller Muscheln heimgekommen. Dann haben Maura und ich uns immer in den Hintergarten gesetzt und sie an die Ohren gehalten, um herauszufinden, ob wir das Rauschen des Meeres hören könnten.«

»Das Brausen der Brandung ...«, ergänzte Richie.

»Nun, ich glaube, was wir tatsächlich gehört haben, war ein kleines Störsignal von der Jersey-Mautstraße. Wir haben die Muscheln immer mit Wasserfarben angemalt, sie mit irgendwelchem scheußlichen Glimmer bestreut und verschenkt. Naja, um die natürliche Schönheit dieses Planeten haben wir uns wohl nicht besonders gekümmert. Für einen Ökologen wären wir der reinste Alptraum gewesen.«

»Sie waren hübsch«, behauptete Richie. »Du hast mir und Birdie eine zum Hochzeitstag geschickt – ich hab' sie bis heute aufbewahrt.«

Lucille erschien mit einem Tablett voll wackelnder Teetassen, einer dazu passenden, geblümten Kanne, einem Milchkännchen, einer Zuckerdose und einem Teller mit Krapfen. Sie stellte das Ganze feierlich auf den Kaffeetisch mit den Spitzendeckchen. »So, jetzt sind wir soweit.« Sie goß zwei Tassen ein und reichte sie Regan und Richie.

Richie nahm sich einen Krapfen. »Weißt du, was für Gelee hier drin ist?«

»Himbeer.«

»Das ist meine Lieblingssorte.«

»Meine auch«, erklärte Regan und biß herzhaft in ihren ersten Gelee-Krapfen seit ungefähr acht Jahren.

»Regan ist Detektivin«, fing Richie an.

»O Gott«, stieß Lucille hervor und nahm einen Schluck von ihrem Tee.

Regan atmete tief durch. »Ich bin nicht von Berufs wegen in Miami, aber gestern abend wurden Richie und ich hier draußen fast von einem Wagen überfahren ...«

»Sie wurden was?« unterbrach sie Lucille mit entsetztem Gesichtsausdruck.

»Wir waren auf dem Weg zum Haus von Richies Nichte, als ein Wagen offenbar absichtlich versuchte, uns zu überfahren. Ich habe gehört, daß Ihre Schwester am Strand hier gerade auf der anderen Seite der Straße überfallen wurde. Irgendwie habe ich das Gefühl, daß es da einen Zusammenhang gibt. Richie sagte, es wäre okay, mit Ihnen darüber zu reden.«

Lucilles Augen wurden trübe. Es fiel ihr immer noch schwer, über Dolly zu reden, ohne einen Kloß im Hals zu fühlen. Aber sie wollte natürlich nicht noch weitere Tote oder Verletzte, also ging sie so gut wie möglich auf das Gespräch ein.

»Ich weiß, es war ein ziemlicher Schock, als sie starb«, begann Regan vorsichtig.

»O Gott, ja. Immer wenn ich Dolly besuchte, sind wir beiden frühmorgens am Strand spazierengegangen. Wir hatten geplant, gemeinsam eine Kreuzfahrt zu machen. Ich war am Tag zuvor hierher geflogen, um vor unserer Reise ein paar Tage hier zu verbringen. Sie hatte *Chow Mein* zum Abendessen gekocht. Nun, es war kein richtiges *Chow Mein*, aber sie nannte es gerne so. Man nimmt eine Tasse Minutenreis, zwei Eßlöffel Sojasauce ...«

»Ich erinnere mich, daß Dolly das häufiger gekocht hat«, unterbrach Richie sie.

»Richtig«, fuhr Lucille fort. »Nun, normalerweise war Dolly eine gute Köchin, aber am nächsten Morgen fühlte ich mich nicht ganz wohl. Ich hatte an dem Abend gerade den langen Flug von Dallas hinter mir, und da das Fliegen einen etwas austrocknet, hatte ich ein paar Gläser Wein getrunken; vielleicht war das er Grund, warum mir nicht danach war, zu unserem Spaziergang früh aufzustehen; jedenfalls war ich an dem Morgen nicht ganz fit, wenn Sie wissen, was ich meine.«

»Natürlich«, antwortete Regan.

»Auf jeden Fall – sie war für mein Gefühl ziemlich lange weg, und ich stand auf und ging nach unten. Auf der anderen Straßenseite war ein Menschenauflauf, und oh, mein Gott ...« Tränen traten in Lucilles Augen. »Dolly lag tot am Strand. Man hatte ihr ihre kleinen Diamantohrringe aus den Ohren gerissen, und ihr Ehering, den sie nie abgezogen hatte, war weg, und ebenso ihr Geburtssteinring. Die Muscheln aus ihrer Einkaufstasche lagen verstreut um sie herum, und ihr Portemonnaie war verschwunden. Sie nahm es immer mit, damit sie auf dem Rückweg ein paar schöne heiße Brötchen aus der Bäckerei mitbringen konnte.« Lucille schwieg eine Weile. Ihre Stimme zitterte, als sie sagte: »Dolly lag mit dem Gesicht nach unten im Sand. Ihre Stirn war blutüberströmt.«

»Ich habe gehört, sie hatte einen Herzanfall«, sagte Regan ruhig.

»Wer bekäme nicht einen Herzanfall, wenn er überfallen wird?« fragte Lucille gereizt.

»Sie hatte niemals vorher Schwindelanfälle oder Probleme mit dem Herzen?«

»Nie«, sagte Lucille bestimmt. »Sie war stark wie ein Ochse. Stimmt, Richie, nicht wahr?«

Richie schluckte den letzten Bissen seines Gelee-Krapfens hinunter. »Genau. Sie hat immer sämtliche Klappstühle für unsere Versammlungen eigenhändig rausgeschleppt. Sie war immer in Bewegung, immer.«

»Sie war also niemals krank gewesen?« fragte Regan.

Lucille schüttelte den Kopf. »Nein ... nun, außer dem Mal, als sie sich beim Geschirrspülen einen Glassplitter in die Hand rammte. Wir benutzten Mamas feines Geschirr und die guten Gläser, und Dolly beharrte darauf, es alles selbst abzuwaschen, weil einmal einer unserer Gäste versucht hatte zu helfen und ein Glas fallen ließ. Wir waren wirklich untröstlich, weil jetzt eines im Achterset fehlte. Nun, Dolly wusch also das Geschirr ab, und eines der Gläser zerbrach, und sie hatte einen kleinen Glassplitter in der Hand, der sich nicht herausziehen ließ. Sie hat ihn eine Weile lang überhaupt nicht gespürt, und dann, als sie nach Miami zurückkam, mußte sie sich operieren lassen, um ihn entfernen zu lassen, und ich mußte aus Dallas zurückfliegen, um mich um sie zu kümmern, und ... mein Gott, war das eine Aufregung.«

»Hmmmm«, sagte Regan, und versuchte dann, das Thema wieder auf den Zwischenfall am Strand zu lenken. »War da irgendeine Spur von etwas, das jemand benutzt haben könnte, um ihr einen Schlag auf den Kopf zu versetzen?« fragte sie.

»Sie war mit dem Hinterkopf auf einen großen Stein gefallen. Die Polizei wußte nicht, ob das der Grund war, warum sie blutete, oder ob der Räuber sie mit dem Stein geschlagen und ihn dann fallen gelassen hatte. Aber das Komische daran war, daß der Brocken ziemlich groß war, jedenfalls nicht von der Art, wie man sie normalerweise am Strand findet. Aber sie wegen ein bißchen Schmuck und etwas Kleingeld umzubringen? War das wirklich der Grund?« fragte Lucille und schaute kopfschüttelnd auf. »Vielleicht war es ein Verrückter oder ein Drogensüchtiger.«

Oder vielleicht, dachte Regan, war es jemand, der wollte, daß es wie ein Raubüberfall aussah, während das Motiv ganz woanders lag. »Wurde jemals über die Möglichkeit gesprochen, daß sie einen Herzanfall hatte und gestürzt war und daß dann jemand vorbeikam und ihren Schmuck stahl? So etwas passiert oft bei Auto-Unfallopfern.«

»Eigentlich nicht. Ich würde gerne glauben, daß es auf diese Weise passiert ist, daß sie eines natürlichen Todes gestorben ist. Aber im Grund meines Herzens glaube ich nicht, daß das der Fall gewesen ist.«

Ich glaub's auch nicht, dachte Regan. »Es muß hart für Sie sein«, sagte sie.

»Sie war alles, was ich noch hatte. Ich bin seit ihrem Tod nicht mehr hier gewesen, weil es zu schmerzhaft ist. Alles hier erinnert mich an sie. Deshalb hoffe ich, daß Richie es an diesem Wochenende schafft, seine Strumpfhose an den Mann zu bringen. Ich hätte gerne, daß dieser Wohnkomplex von den Bewohnern gekauft würde, aber wenn sie es nicht können, dann muß ich ihn an jemand anders verkaufen. Ich kann es mir nicht leisten, ihn weiter zu unterhalten, und ich will den Verkauf endlich abschließen. Ich will nach Dallas zurückfahren, wo meine Freunde leben.« Lucille errötete. »Ich hab' auch einen Freund dort unten, der auf mich wartet. Arthur Zipp. Wir haben uns vor sechs Monaten auf einer Busfahrt nach Alamo kennengelernt und sind seitdem häufig zusammengewesen.«

»Oh, das ist wunderbar«, sagte Regan verständnisvoll.

Lucille lächelte. »Wenn ich nicht schnellstens zurückfahre, dann weiß ich, daß irgendeines der anderen Mädchen aus unserer Kirchengruppe anfangen wird, ihm seine leckeren Eintöpfe zu kochen. Um sich bei Arthur einzuschmeicheln, wenn Sie verstehen, was ich meine.«

»Ich weiß, wie das ist«, lachte Regan und dachte dabei an die vielen Male, als sie auf Cocktailpartys einem netten Mann begegnet war. Und bevor sie sich sagen konnte: ›Den näher kennenzulernen, müßte herrlich sein‹, baute sich seine Frau oder Freundin wie ein Sicherheitsbeamter mit einem Maschinengewehr an seiner Seite auf. Um ihren Besitz zu schützen, obwohl überhaupt kein Überfall geplant war. Ich kann mir ganz gut vorstellen, was passiert wäre, wenn ich eine Kasserolle Eintopf in der Hand gehalten hätte, dachte Regan.

»Als Birdie gestorben ist, habe ich auch eine Menge selbstgebackene Kuchen und Kasserollen mit Eintöpfen bekommen«, warf Richie ein. »Das einzige Problem war, ich hatte keinen Appetit. Regan, ich muß zur Agentur rüber. Bist du immer noch daran interessiert mitzukommen?«

»Ja, Richie; aber Lucille, sagen Sie mir noch eins. Wurden

über Dollys Tod irgendwelche Artikel in der Zeitung veröffentlicht?«

»Da liegen ein paar in der Schublade, einschließlich der Todesanzeige.«

»Kann ich mir die ausleihen? Ich würde sie gerne mal durchsehen.«

»Natürlich. Ich wäre zu glücklich, wenn ich erfahren würde, wer Dolly das angetan hat.« Lucille ging zu dem alten Schreibpult hinüber, zog einen Umschlag mit den Zeitungsausschnitten aus einer Schublade und reichte ihn Regan. »Wie der Herr sagt: ›Die Wahrheit wird uns alle befreien‹.«

»Ich werde sie Ihnen so schnell wie möglich zurückbringen.«

»Keine Sorge. Ich werde das ganze Wochenende hier sein – so Gott will.«

Die Calla-Lily-Strumpfwarengesellschaft hatte im Watergreen Hotel eine Suite gemietet und hier für die Dauer der Konferenz ihr Hauptbüro eingerichtet. Da sich die Zentrale von Calla-Lily in Miami befand, hatten die Führungskräfte, vor allem Ruth Craddock, es nicht für nötig befunden, für ihre Angestellten Hotelzimmer zu mieten, so daß sie über Nacht bleiben konnten. Und das, obwohl von diesen Angestellten erwartet wurde, daß sie an allen Veranstaltungen teilnahmen, angefangen von frühmorgendlichen Frühstückstreffen bis zu spätabendlichen Besprechungen darüber, wie man die Verkaufszahlen in tropischen Ländern steigern könnte.

Aber an diesem Freitagmorgen schien wirklich alles schiefzulaufen. Ruth Craddock, bei ihren schwergeprüften Untergebenen als ›Ruth Rücksichtslos‹ bekannt, setzte jedermann unter Druck, um die noch fehlenden Ausschußmitglieder, deren Anwesenheit für die Abstimmung am Samstag unbedingt notwendig war, ausfindig zu machen. Sie kreischte, eingehüllt in graue Rauchschwaden, hysterisch ins Telefon.

»Was meinen Sie damit, er kämpft sich gerade seinen Weg auf einem Maulesel durch eine wilde Berglandschaft! Machen Sie ihn und seinen Rucksack ausfindig und setzen Sie ihn augenblicklich ins Flugzeug! Er kann seinen verdammten Maulesel mitbringen, wenn er das will!« Ruth versuchte, sich zu beruhigen, und zog um so intensiver an ihrer Zigarette. »Es kümmert mich herzlich wenig, ob er sich einen Lebenstraum erfüllt! Wenn er sich selbst finden will, hätte er *vor* seinem 83. Geburtstag mit der Suche anfangen sollen!« Sie knallte den Hörer ärgerlich auf die Gabel.

»Ruth«, sagte ihre Assistentin Ethel nervös, »Sie müssen in zehn Minuten eine Rede halten.«

»Was für eine Rede denn eigentlich?« knurrte Ruth.

»›Kniestrümpfe als eine Mode-Aussage – Fakt oder Phantasie?‹«

»Wo sind meine Notizen?«

»Hier liegen sie.«

»Haben wir was von Irving gehört?«

»Kein Wort.«

»Ethel, Sie kannten Großvater«, sagte Ruth.

»Natürlich; ich war schließlich lange Jahre seine Sekretärin«, erwiderte Ethel.

»Glauben Sie, ich hätte das nicht gewußt?« murmelte Ruth. »Wissen Sie, Ethel, das Problem ist, daß sich die Leute hier nicht richtig engagieren. Sie verschwenden keinen Gedanken daran, daß Großvater dieses Geschäft aufgebaut hat, indem er damit anfing, am Abendessentisch Socken zusammenzunähen. Es interessiert sie nicht. Sie stecken nur jede Woche ihren Scheck ein. Aber wenn wir am Ende wegen dieser laufmaschensicheren Strumpfhosen aus dem Geschäft gedrängt werden, dann werden sie sich noch umschauen.«

Ethel schüttelte betrübt den Kopf und rollte mißbilligend die Augen, während Ruth ihre Zigarette ausdrückte und eine frische Lage Lippenstift auflegte.

»Ihr Großvater war sehr stolz auf Sie, Ruth, darauf, wie Sie das Geschäft in die Hand genommen haben. Er war ein sehr gutherziger Mann. Er konnte manchmal ein bißchen dominant sein …«

»Ethel«, unterbrach Ruth sie und ließ ihr Portemonnaie zuschnappen. »Ich werde in einer Stunde zurück sein, und vielleicht sind dann einige gute Nachrichten für mich gekommen.«

Wenn nicht, dachte Ethel, werde ich wohl am besten selbst welche erfinden.

Nick Fargus war nicht in besonders guter Stimmung. Gestern abend hatte er sich gerade in einem der Cafés am Ocean Drive niedergesetzt, als ein Kellner vorbeikam, stolperte und eine Schüssel Capellini Pomodoro auf Nicks neues Hemd schüttete. Capellini Pomodoro heißt ›rote Spaghettisauce‹, dachte Nick trübsinnig, und sie hinterläßt sehr hartnäckige Flecken. Das Schlimmste daran war, daß Nick sich sicher war, daß ein Mädchen ihm von einem Nachbartisch feurige Blicke zugeworfen hatte. Sie sah so aus, als könnte sie eines der Models sein. Nachdem er sich zu Hause umgezogen hatte und wieder zum Café zurückgerannt war, war sie weg. Erst später war ihm eingefallen, daß er einfach eine Tür weitergehen und sich ein neues Hemd hätte kaufen sollen. Die Boutiquen waren die ganze Nacht geöffnet.

Seufzend setzte sich Nick an seinen Schreibtisch. Mit den beiden Konferenzen würde er das ganze Wochenende vollauf beschäftigt sein. Bereits die Buchungen waren ein Problem gewesen. An allen Ecken und Enden brannte es, und er würde in jedem Fall 24 Stunden Dienst machen müssen. Jetzt würde er bis zur nächsten Woche nicht mehr zum South Beach kommen.

Bereits heute morgen war er von einem panischen Telefonanruf an der Rezeption aus dem Tiefschlaf geweckt worden. Särge waren durch die Empfangshalle zum Ausstellungsraum für die Beerdigungsunternehmer gerollt worden, und einige Gäste hatten sich dadurch zutiefst beunruhigt gefühlt. Man hatte den Lieferanten gesagt, sie sollten den Dienstboteneingang benutzen, aber diese protestierten heftig: sie hätten gesehen, wie Mannequins, die außer Strumpfhosen fast nichts anhatten, gestern den ganzen Tag lang im Versammlungssaal umhergeschlendert seien, ohne daß es jemandem etwas ausgemacht hätte.

Nicks Haustelefon summte.

O Gott, was kann das wieder sein? dachte er, als er den Hörer abhob.

»Mr. Fargus?«

»Ja, Maria.« Nick strich sich sanft über die Kopfhaut.

»Einer unserer Gäste, eine Dame, würde Sie gerne sehen.« Marias Stimme klang aufgeregt.

Ein weiteres Problem, dachte er. Dazu ist es zu früh. »Sagen Sie ihr, daß ich gerade beschäftigt bin, daß ich sie aber später empfangen werde.«

»Mr. Fargus, sie ist gerade hier. Es ist ziemlich wichtig.«

»Okay, schicken Sie sie rein.« Nick wußte, daß er Marias Urteil vertrauen konnte. Sie belästigte ihn nur mit wichtigen Dingen und kümmerte sich um die weniger wichtigen Probleme selbst. Einen Moment später öffnete sich die Tür, Maria kam herein und stellte strahlend Nora Regan Reilly vor. »... und, Mrs. Reilly, dies ist Nick Fargus.«

Nick schüttelte Nora die Hand. »Sehr erfreut, Mrs. Reilly. Sagen Sie, Ihr Name kommt mir bekannt vor.«

Maria warf ihm einen vorwurfsvollen Blick zu. »Mrs. Reilly schreibt Kriminalromane.« Sie wandte sich zu Nora um. »Ich liebe Ihre Bücher. Ich besitze sie alle.«

»Danke«, lächelte Nora.

Nick schaltete sich ein. »Oh, natürlich. Deshalb kam mir Ihr Name so bekannt vor. Sehen Sie, ich lese nicht viel. Nun, vor allem, weil ich nicht dazu komme. Aber ich mag Bücher, wirklich. Ich bin sicher, ich würde Ihre Bücher mögen.«

Nick wurde klar, daß er ziemlich dummes Zeug redete. »Aber jetzt fällt es mir ein, meine Mutter ist ein großer Fan von Ihnen. Sie liest wahnsinnig gerne. Lesen ist wichtig.«
»Genau das sagt mein Verleger auch«, fügte Nora mit einem Lächeln hinzu.
»Kann ich Ihnen eine Tasse Tee oder Kaffee bringen?« fragte Maria.
»Nein, danke. Ich brauche nur eine Minute.«
»Nehmen Sie bitte Platz«, forderte Nick sie auf, während Maria den Raum mit einem Kopfschütteln verließ.
»Sie haben ein wunderhübsches Hotel«, fing Nora an.
»Oh, danke. Es ist uns sehr wichtig, unsere Gäste zufriedenzustellen. Ist mit Ihrem Zimmer alles in Ordnung?«
»Ja, danke«, antwortete Nora. »Mein Mann und ich sind wegen der Konferenz der Beerdigungsunternehmer hier.«
»Wirklich?« Nick versuchte, ein wenig Begeisterung in seine Stimme zu legen. »In seinem Beruf passiert sicher so einiges, was Ihnen Stoff für Ihre Bücher gibt.«
»Ich habe durch ihn ein paar gute Einfälle gehabt«, bestätigte Nora.
»Wissen Sie«, fuhr Nick voller Begeisterung fort, »ich habe mich oft gefragt, wie es wäre, im Leichenschauhaus aufzuwachen, bevor man angefangen hat, mich zurechtzumachen.« Er lachte. »Würde meine Familie die Anzahlung zurückbekommen?«
Nora schaute ihn an. »Nun, ich weiß nicht. Alle Leichen, die in das Institut meines Mannes gekommen sind, waren bei der Ankunft tot.«
»Ja, ja, ja, natürlich«, kicherte Nick. »Vielleicht würden Sie meine Familie nur mit dem Geld für den Transport belasten. Wie ich schon sagte, der Gedanke ist mir ein- oder zweimal gekommen. Ich weiß nicht, warum. Etwas, was irgendwie angenehm gruselig ist, vermute ich ...« Mein Gott,

dachte er, ich rede wie ein Wasserfall, und es ist erst neun Uhr fünfzehn am Morgen.

»Nun, was ich gern mit Ihnen besprechen würde ...«, fing Nora an.

»Schießen Sie los«, sagte Nick grinsend. »Natürlich will ich nicht wirklich, daß sie mich erschießen, es ist nur so ein Ausdruck ...«

»Es würde mir nicht im Traum einfallen, Sie zu erschießen«, lächelte Nora, »außer vielleicht in einem Buch.«

»Das wäre großartig. Nennen Sie einen Ihrer Romanhelden Nick, und machen Sie aus ihm einen richtigen Herzensbrecher. Ich würde den Band sicherlich kaufen.«

»Abgemacht. Nun, was ich Sie fragen wollte, betrifft Ihre Konferenz- oder Ballsäle für eine Cocktailparty morgen nachmittag.«

Nick pfiff leise durch die Zähne und setzte eine strenge Miene auf. Das tat er gern, wenn etwas Bedeutendes geschah. Es gab ihm das Gefühl, wichtig zu sein.

»Ich weiß, ich komme ziemlich spät damit, aber die Sache ist wichtig ...«

Nick schlüpfte in die von ihm so geliebte Rolle eines Schiffskapitäns, zog seinen Zimmerplan hervor und breitete ihn auf dem Schreibtisch aus. »Sie wissen, es ist viel los hier an diesem Wochenende, und alle meine Konferenzräume und Partysäle sind belegt. Ich weiß nicht, wie ich Ihnen helfen soll ...«

»Das ist wirklich schade«, seufzte Nora. »Und der Gedanke, daß Richies Models sozusagen schon in den Startlöchern sitzen.«

Nick wurde so hellwach wie ein Hund beim ersten Laut eines heulenden Koyoten. Fast hätte er selbst den Kopf in den Nacken geworfen und geheult. Er versuchte, ruhig zu wirken, als er fragte: »Was ist der Anlaß für Ihre Party?«

»Ein Freund von uns hat eine spezielle Strumpfhose erfunden, die er vorstellen will. In der Tat trage ich gerade jetzt selbst ein Paar …«
»Sie sind sehr schön.«
»Danke. Oh – seine Nichte gibt übrigens hier am Sonntag ihren Hochzeitsempfang. Maura Durkin.«
»Natürlich. Das wird ein großes Fest werden. Von der Suppe bis zu den Nüssen ist schon alles bestellt. Was nun Ihre Party anbetrifft …«
»O ja. Nun, mein Freund, Richie Blossom, hat diese Strumpfhose entwickelt, und er hat einige von den Models vom South Beach gebeten, bei einer inoffiziellen Modenschau mitzumachen. Wir wollten zuerst einmal eine Cocktailparty für die Strumpfhosenhersteller und die Models geben, aber jetzt, fürchte ich, müssen wir uns wohl etwas anderes ausdenken.«
»Hmmmm.« Nick wollte nicht zu eifrig wirken, aber er konnte sich kaum mehr zurückhalten. »Ich möchte Sie keinesfalls enttäuschen, vor allem in Anbetracht der Tatsache, daß die ganze Familie ihre Hochzeit hier feiert. Ich würde Ihnen wirklich sehr gerne helfen. Ich wohne in einer großen Penthousesuite im Obergeschoß, die für Partys perfekt geeignet ist. Ich würde mich freuen, sie Ihnen für diesen Zweck zu überlassen. Und natürlich werde ich selbst ebenfalls verfügbar sein.«
»Es klingt, als wäre Ihre Wohnung der ideale Ort, um eine Party zu veranstalten!« schwärmte Nora.
»Oh, das ist sie auch, ganz bestimmt! Ich selbst habe dort auch schon die tollsten Partys gefeiert. Sie wird Ihnen gefallen. Wissen Sie, Sie könnten auch die Modenschau dort oben veranstalten. Wir könnten einen kleinen Laufsteg quer durch mein Wohnzimmer aufbauen, auf die Fenster zulaufend, mit Ausblick auf das Meer. Das wird Ihrem Pro-

dukt noch einen besonderen Reiz verleihen, dessen bin ich sicher.«

Nora nutzte geschickt seine Begeisterung. »Ich frage mich … Haben Sie eine Liste der Strumpfhosenhersteller und in welchen Zimmern sie wohnen? Ich möchte ihnen allen eine persönliche Einladung schicken.«

»Ja, hier ist sie. Bekommen die Models keine Einladungen?«

»Ich glaube, das ist nicht nötig«, erklärte Nora, »da sie bei der Modenschau ohnehin anwesend sein werden.«

»Natürlich«, pflichtete Nick ihr bei. Mit zitternden Händen zog er den Computerausdruck mit Namen, Titeln und Zimmernummern der Strumpfhosenhersteller heraus.

»Das ist wunderbar«, schwärmte Nora.

»Nun, was wir tun können«, schlug Nick vor, »ist, eine Bar im Eßzimmer zu errichten …«

Im Verlauf der nächsten Minuten einigten sie sich auf eine offene Bar und Hors d'œuvres, die von Kellnern herumgereicht werden würden.

»Ich werde Ihnen morgen früh die Teilnehmeranzahl nennen«, schloß Nora. »Danke für Ihre Hilfe.«

Sobald sie zur Tür hinaus war, rief Nick die Hotelwäscherei an. »Sorgen Sie dafür, daß mein geblümtes Hemd morgen früh fertig ist.« Als er den Hörer wieder auflegte, runzelte er die Stirn. Er wußte, er hatte eine wichtige Entscheidung zu treffen.

Regan und Richie gingen hinüber zur Model-Agentur, die nur ein paar Straßen vom *Vierten Viertel* entfernt lag.
»Alles hier liegt so nahe beieinander«, bemerkte Regan.
»South Beach ist nur ungefähr einen Quadratkilometer groß. Deshalb ist diese Gegend für uns Senioren so geeignet. Wir brauchen nicht einmal ein Auto, weil wir alles zu Fuß erreichen können«, antwortete Richie.
Während sie die Treppen zum Büro im dritten Stock hinaufstiegen, war Regan tief in Gedanken versunken. Ich muß Maura anrufen, dachte sie. Sie sagte, sie würde heute morgen ausgehen, um einige Einkäufe zu machen, aber ich wette, sie ist inzwischen zu Hause. Ich werde sie fragen, ob sie Hilfe braucht. Ich muß unbedingt diese Artikel über Dolly Twiggs durchlesen, auch wenn es nicht so aussieht, als wären sie besonders aufschlußreich. Außerdem darf ich Richie nicht alleinlassen.
Irgend etwas sagte ihr, daß sich ein Unheil zusammenbraute, und sie hatte das unangenehme Gefühl, daß Richie nicht sicher sei, bis der Verkauf des *Vierten Viertels* abgewickelt sein würde.
In der Agentur saßen zwei Models auf einer Bank; beide begrüßten Richie mit seinem Namen. Elaine Bass saß hinter einem großen Schreibtisch aus Metall. Bilder von posierenden, laufenden und herumspringenden Models bedeckten jeden Zentimeter Wand des kleinen Büros. Elaines Assistent, ein junger Mann namens Scott, stand hinter einem

Tresen in der Ecke, sortierte Fotos und nahm Telefonanrufe entgegen. Sonnenlicht strömte durch die offenen Fenster herein.

Als sie sich vorstellten, registrierte Regan Elaines entschiedene, aber sympathische Art. Sie hatte einen seriösen, ja strengen Gesichtsausdruck, der für ihre Arbeit offenbar nötig war. Man darf nicht besonders weichherzig sein, wenn man unzählige hoffnungsvolle junge Frauen abweisen muß – hübsche Mädchen, die leider nicht das Aussehen haben, das gerade in Mode ist.

»Richie, du machst das wunderbar, Liebling«, sagte Elaine. »Der Werbefilm ist großartig geworden. Und der Kunde liebt dich.« Sie wandte sich Regan zu. »Wir hatten jeden älteren Herrn über Sechzig in Miami für diese Rolle probeweise engagiert. Ihr Freund hier hat sie alle mühelos geschlagen.«

»Ein paar meiner Mitbewohner aus dem *Vierten Viertel* hatten sich ebenfalls beworben«, erzählte Richie. »Ich hatte direkt Angst, ihnen zu sagen, daß ich die Rolle bekommen habe.«

»Das ist das Showgeschäft, Baby«, sagte Elaine nüchtern. »Scott, such Richies Karte 'raus. Nun, Richie, die beiden Mädchen hier, Willow und Annabelle, kommen heute für die Probe zu dir rüber.«

Die beiden lächelten Richie an.

Elaine fuhr fort: »Sie können nur eine Stunde bleiben. Nicht länger. Stell dir vor, sie werden noch nicht einmal dafür bezahlt.« Sie wandte sich Regan zu. »Ich weiß auch nicht, wie er es geschafft hat, mich dazu zu überreden.« Ohne auf eine Antwort zu warten, fuhr sie fort: »Meine Models werden normalerweise von der Minute an bezahlt, in der sie einen Aufnahmeplatz betreten.«

»Richie hat eben einen wunderschönen Charme«, lachte Regan.

»Ja, genau. Nun, wenn er mir nicht ein Paar von diesen Strumpfhosen gegeben hätte«, – Elaine streckte ihr Bein neben dem Schreibtisch aus – »hätte ich nicht gewußt, wie toll sie sind. Hören Sie, wir haben uns ein paar Sandwiches bestellt. Wollen Sie heute mit uns zu Mittag essen? In ungefähr einer Stunde kommt ein Fotograf, und ich möchte, daß er schon mal einen Blick auf dich wirft, Richie. Ich denke, du wärest wunderbar geeignet für ein Projekt, an dem er arbeitet.«

Regan schaute auf die Uhr. Es war gerade Mittag. »Richie, ich würde gern zu meinem Hotel zurückgehen, um einige Anrufe zu erledigen. Wie wär's, wenn ich später zurückkomme und dich um ungefähr ein Uhr dreißig abhole?«

»Du brauchst nicht zurückzukommen, um mich abzuholen, Regan«, protestierte Richie. »Willst du nicht an den Strand gehen?«

»Sie weiß, daß es nicht gerade ratsam ist, sich der prallen Mittagssonne auszusetzen«, warf Elaine ein. »Das sage ich auch meinen Mädchen hier. Das heißt aber nicht, daß sie immer darauf hören.«

Regan lachte. »Ich war noch nie auf einer Probe für eine Modenschau. Das möchte ich keinesfalls verpassen. Ich werde dich abholen kommen, und dann gehen wir zurück zu dir.«

»Einverstanden«, sagte Richie. »Elaine, ich hätte gerne eine Pastrami auf Roggen mit …«

Als sie wieder in ihrem Hotelzimmer war, stellte Regan sofort die Klimaanlage an. Es war inzwischen ziemlich schwül. Sie goß sich ein Glas Wasser ein, ließ sich aufs Bett fallen und wählte Mauras Nummer.

»Wie läuft's?« fragte Regan, als Maura abhob.

»Nun ja, ich hatte heute morgen eine Probesitzung bei einem Friseur, um die Haare für die Hochzeit frisieren zu lassen. Ich dachte, Schillerlocken wären seit zwanzig Jahren aus der Mode.«

»Ich wußte nicht mal, daß sie in den letzten Jahrzehnten überhaupt modern waren.«

»Ich denke, ich springe am besten sofort in den Pool. John kommt gleich vorbei, und ich möchte nicht, daß er mich so sieht. Es ist noch immer nicht zu spät für ihn, einen Rückzieher zu machen.«

»Vielleicht hat er eine Schwäche für Schillerlocken«, entgegnete Regan. »Sie könnten ihn an ein Mädchen erinnern, in das er in der ersten Klasse verknallt war.«

»Dies ist nicht ganz der richtige Zeitpunkt, um ihn an alte Freundinnen zu erinnern«, sagte Maura trocken. »Wie läuft's denn bei dir so?«

»Ich war den ganzen Morgen mit Richie zusammen«, erzählte Regan. »Ich habe mir ein bißchen Sorgen um ihn gemacht.«

»Mir ist auch nicht wohl bei dem Gedanken, was gestern abend passiert ist«, sagte Maura. »Und er macht sich so große Sorgen, daß der Alten-Wohnkomplex geräumt werden muß. Deine Mutter ist so nett, ihm bei der Cocktailparty morgen zu helfen.«

»Ich muß sie anrufen, um zu hören, wie alles läuft. Ich würde Richie gerne heute nachmittag bei seiner Modenschauprobe helfen, wenn du meine Hilfe nicht brauchst.«

»Das ist großartig, Regan. Ich denke, es ist das Beste, wenn du bei Richie bleibst. Wir werden uns ja heute abend ohnehin alle treffen. Heute nachmittag werde ich meine Mähne zu einem anderen Salon tragen und schauen, welche Frisur sie sich ausdenken. Vielleicht entscheide ich mich zur Hochzeit auch für einen Irokesenschnitt.«

»Laß dir die eine Seite violett färben«, schlug Regan vor.

»Damit es zum Kind meiner Mutter paßt«, sagte Maura lachend.

»Jedenfalls werde ich euch heute abend im Watergreen sehen.« Maura machte eine Pause. »Paß auf Richie auf.«

»Das werde ich«, sagte Regan und versuchte, möglichst unbeschwert zu klingen. Nachdem sie den Hörer aufgelegt hatte, öffnete sie die Sammelmappe, die auf ihrem Bett lag. Plötzlich überkam sie ein unbehagliches Gefühl. ›Also, es hilft alles nichts, ich muß mich mit dem traurigen Kapitel Dolly Twiggs befassen.‹

Fast eine Stunde war vergangen, seitdem Nora sich an den Schreibtisch in ihrem Zimmer gesetzt und damit begonnen hatte, auf die Umschläge die Namen der Strumpfhosenhersteller zu schreiben, die zur Cocktailparty eingeladen werden sollten. Es war nicht genug Zeit, die Einladungen besonders dekorativ zu gestalten. Nora hatte einen Text entworfen, und Maria hatte sich angeboten, ihn abzutippen und auf ihrem Computer auszudrukken. »Ich werde ein bißchen mit den Schriftarten herumspielen und schauen, was am besten aussieht«, hatte sie gesagt. Sobald die Einladungen fertig waren, würde Maria sie ins Zimmer hochschicken.

Nora nahm einen Schluck von dem Preiselbeersaft, den sie aus der Minibar genommen hatte. Es war fast Mittag. Sobald ich diesen letzten Umschlag fertig habe, hätte ich nichts dagegen, am Pool eine Kleinigkeit zu essen, dachte sie.

Hinter ihr öffnete sich die Tür, und Nora wandte sich um. Luke lächelte sie an.

»Wie ist es gelaufen, Schatz?« fragte Nora.

»Es herrschte ein bißchen Verwirrung darüber, in welchen Raum die Särge kommen sollten. Aber jetzt ist alles geregelt, und ich habe ein paar Stunden frei.« Er zog sein Jackett aus. »Hattest du einen ruhigen Vormittag?«

»Ruhig – eigentlich nicht. Ich habe die ganze Zeit damit zugebracht, Richies Cocktailparty auszurichten. Alle Säle in dem Hotel waren belegt, also bot der Direktor an, die Party in seiner Penthouse-Suite zu geben. Er ist ein schrecklich hilfsbereiter junger Bursche. Vielleicht findet Regan ihn nett ...«

»Sie wird dich noch mal umbringen«, stellte Luke nüchtern fest.

»Oh, ich weiß. Es ist nur, daß er so zuvorkommend und hilfsbereit ist. Ich hoffe wirklich, daß diese Party Richie bei seiner Strumpfhosenaktion weiterhilft. Es wäre eine solche Schande, wenn Richie und seine Freunde ihr Heim verlieren würden.«

Luke nickte. »Konzentriere dich auf diese Strumpfhosensache, das könnte sich wirklich lohnen. Und laß die Finger von der Heiratsvermittlung, das funktioniert nie.«

»Hast du vergessen, daß wir uns bei einem Überraschungs-Rendezvous kennengelernt haben, Schatz?«

»Das war etwas anderes. Zuerst einmal war es nicht von deiner Mutter eingefädelt ...«

Es klingelte an der Tür.

Luke schaute Nora fragend an. »Hast du den Zimmerdienst bestellt?«

»Machst du Witze? Ich würde gern runtergehen und am Pool eine Kleinigkeit essen, wenn du nichts dagegen hast.«

»Ich werde dir Gesellschaft leisten«, sagte Luke, während er zur Tür ging und sie öffnete.

Nick Fargus stand vor ihm, einen Stapel gefaltetes Papier in der Hand. »Sind Sie Mr. Reilly?«

»Ja, der bin ich.«

»Nick Fargus.« Er schüttelte Luke die Hand. »Ich bin der Direktor des Watergreen, und wir versuchen gerade, Ihrer Frau dabei zu helfen, eine kleine Party für morgen zu arrangieren.«

»Kommen Sie rein, Nick«, rief Nora.

»Ich habe die Einladungen hier. Sie sind alle fertig.«

»Wie reizend von Ihnen«, sagte Nora. »Ich muß sie nur noch

in die Umschläge stecken und sie unter den Türen durchstecken.«

»O nein, *wir* werden uns darum kümmern«, erklärte Nick mit seiner Kapitänsstimme. Er reichte Nora eine Einladung. »Sind Sie damit zufrieden?«

Nora sah sich das Blatt an und mußte über die Skizzen der mit Strumpfhosen bekleideten Beine lächeln, die den Text umrandeten. »Luke, hör dir das an:

›Die Spannung ist kaum noch zu ertragen: Nora Regan Reilly lädt Sie zu Cocktails, Hors d'œuvres und zur Enthüllung einer Strumpfhose, für die Sie Ihr Leben lassen würden, zu sich ein.

Kommen Sie unbedingt zu unserer Party! Kommen Sie um drei Uhr am Samstagnachmittag zum Penthouse A, und Sie werden niemals wieder eine Laufmasche in Ihren Strümpfen haben.‹«

Nora nahm ihre Lesebrille ab und schaute auf. »Was hältst du davon, Luke?«

»Ich würde kommen.«

»Ich schätze dein Vertrauensvotum.«

Nick lachte. »Nun, ich denke, wir sind dann alle soweit. Ich schicke die Einladungen sofort raus. Mr. Reilly, ich weiß, daß sie wegen der Konferenz der Beerdigungsunternehmer hier sind. Haben Sie alles zu Ihrer Zufriedenheit angetroffen?«

»Oh, sicher. Wir hatten heute morgen ein kleines Problem damit, die Särge hereinzutransportieren und einen guten Ausstellungsplatz zu finden, aber jetzt ist alles geklärt. Ich glaube, es hatte eine Unklarheit wegen der Räume gegeben.«

Nick lachte nervös. »O ja, ich bin deshalb heute morgen schon angerufen worden. Wir hätten fast die Mannequins mit ihren Strumpfhosen in dem gleichen Raum wie die Särge untergebracht. Das wäre eine interessante Zusam-

mensetzung geworden. Wenn wir sie in die Särge gelegt hätten, hätte das der Beschreibung ›eine wohlpräparierte Leiche‹ eine neue Bedeutung gegeben.« Schweißperlen traten auf seine Stirn. O mein Gott, dachte er, was habe ich jetzt wieder gesagt.
Luke schaute ihn an. »Das glaube ich auch.«
»Nun, ich denke, ich gehe jetzt. Je schneller die Einladungen 'rausgehen, desto besser.« Nora reichte ihm die Umschläge. Nick wedelte mit den Einladungen in der Luft herum und eilte aus dem Zimmer.
Luke schaute Nora ungläubig an. »Also, das stellst du dir unter einem guten Schwiegersohn vor?«
Nora sah gekränkt aus. »Er hat die besten Absichten.«
Luke lächelte. »Berühmte letzte Worte.« Er warf die Arme in die Luft. »Ich werde mich jetzt umziehen. Und dann laß uns runtergehen. Wir sichern uns Plätze an der schwimmenden Bar im Pool und probieren eine von den Pina Coladas, für die das Hotel so berühmt ist.«

Nadine lag, von Kopf bis Fuß mit Sonnenschutzöl eingerieben, am Strand. Das ist ein herrliches Gefühl, dachte sie. Es wird nur ein bißchen heiß.

Sie stand von ihrem Handtuch auf und ging zum Wasser. Die Wellen plätscherten gegen ihre Beine, und der Sand quoll zwischen ihren Zehen empor. Das Meer war nicht sehr kalt, aber Nadine, deren Frustrationstoleranz relativ gering war, haßte die langsame Tortur, sich an Wasser zu gewöhnen, das auch nur eine Spur kälter als die Luft war. Mit großen Schritten rannte sie in die Brandung, tauchte unter und genoß dabei das Gefühl, sich unter Wasser zu drehen und von allen Geräuschen abgeschnitten zu sein außer dem gedämpften Summen, das man in diesen langweiligen Sendungen über das Leben der Fische hört, die unter Wasser gefilmt werden.

Als sie wieder auftauchte, warf sie ihr Haar zurück und sprang empor, um sich von einer Welle tragen zu lassen. Sie ließ sich von ihr fortschwemmen, richtete sich auf und tauchte erneut unter. Ihre Hände streiften den Meeresboden, und ihre Finger kratzten an den kleinen Muscheln und Kieselsteinen entlang.

»Verdammt!« fluchte sie und bekam einen Schwall Wasser in den Mund. Mühsam stellte sie sich wieder auf die Füße und betrachtete den Schaden. Drei ihrer kostbaren Nägel waren abgebrochen. »Verdammt«, murmelte sie noch einmal, als sie zurück zu ihrem Handtuch ging. »So ein wundervoller Tag, und ich muß mir die Nägel ruinieren.«

Sie sammelte ihre Sachen zusammen und schlenderte zu Joeys Haus zurück. Am Wasserhahn neben der Promenade blieb sie stehen und stellte sich in die Schlange, um ihre Füße abzuspülen. Während sie dastand und auf einen kleinen Jungen wartete, der seine Beine mit großer Sorgfalt abspülte, beobachtete sie ein Model, das für einen Fotografen posierte, während ein Assistent einen Spiegel hochhielt. Die junge Frau trug einen Wintermantel. Man müßte mir schon eine ganze Menge Geld zahlen, um hier herumzustehen und zu schwitzen. Und noch mehr dafür, mich von einem Fotografen anschreien zu lassen, der bellt wie ein wild gewordener Schäferhund. In welcher Sprache redete er eigentlich? Schwedisch?

Als sie schließlich an der Reihe war, spülte Nadine sich die Füße ab und zog ihre Sandalen an. Beim Überqueren der Straße überlegte sie sich, wohin sie gehen könnte, um ihre Nägel reparieren zu lassen. Irgendwo hier in der Nähe muß ein Manikürsalon sein; vielleicht könnte ich Joeys Wagen nehmen.

Genervt warf Regan die Zeitungen auf ihr Bett. Nichts, aber auch gar nichts stand darin, was ihr weiterhelfen könnte. Dolly Twiggs war eine allseits beliebte Frau gewesen. Sie und ihr Mann hatten das Appartementhaus vor vierzig Jahren für ein Ei und ein Butterbrot gekauft. Als ihr Mann gestorben war, hatte Dolly sich um den Komplex gekümmert, aber gegen Ende ihres Lebens hatte sie ihn unbedingt verkaufen wollen. Sie hatte keine Kinder. Die einzige Hinterbliebene der Familie war ihre Schwester Lucille Coyle, die ebenfalls keine Kinder hatte.

Dollys Leiche war von einer Gruppe Frühaufsteher entdeckt worden, die jeden Morgen regelmäßig zum Schwimmen kamen. Einer von ihnen, Sid Bernstein, wurde in einem Artikel zitiert: »Wir waren alle schockiert, als wir zum Strand runterkamen und sie da sahen. Ich wünschte nur, wir hätten den Kerl schnappen können, der das getan hat. Ich hatte einige der Treffen im *Vierten Viertel* besucht. Dolly war eine sehr zuvorkommende Person. Sie hatte mir versprochen, daß sie mir ein Appartement besorgen würde, sobald eines frei wäre.«

Eine nicht namentlich erwähnte Frau hatte gesagt: »Die Bewohner dieser Stadt sind eine verrückte Mischung aus Wohlhabenden und Armen. Auf der einen Seite sind da die Leute mit all ihrem Geld und ihren Klunkern. Auf der anderen Seite stehen die Obdachlosen und Durchreisenden, die gar nichts haben. In den Clubs werden Drogen genommen, und auf den Straßen wird Whisky gesoffen. Und

Dolly Twiggs, eine anständige Frau, die regelmäßig in die Kirche ging und schon jahrelang hier gelebt hatte, bevor alle anderen von diesem Ort gehört hatten, ist nicht einmal bei ihrem Strandspaziergang sicher. Ich traue jedem, den ich hier herumstehen sehe, zu, einen Mord begangen zu haben.«

Großartig, dachte Regan. Sämtliche Bewohner der Stadt sind verdächtig. Wenn da nicht die Tatsache wäre, daß wir gestern abend fast überfahren worden wären, könnte ich Dollys Ermordung vielleicht als eines der Verbrechen ansehen, die aus Geldnot verübt werden. Aber irgend etwas sagt mir, daß an der Geschichte mehr dran ist.

Regan nahm den Hörer ab und rief ihre Eltern an. Sie ließ es viermal klingeln, bevor sich schließlich die Telefonistin meldete und fragte, ob sie eine Nachricht hinterlassen wolle.

»Ja«, sagte Regan. »Sagen Sie ihnen, daß ihre Tochter angerufen hat und daß ich sie heute abend sehen werde.«

»Ihr Name?« fragte die Telefonistin diensteifrig.

Ich denke, den kennen Sie, dachte Regan, dann sagte sie: »Nancy Drew.«

»Danke, Nancy. Ich wünsche Ihnen einen schönen Tag.«

»Gleichfalls.« In der Sekunde, in der Regan den Hörer auflegte, klingelte es. Sie nahm ab.

»Hallo.«

»Ist da Regan Reilly?« fragte eine männliche Stimme am anderen Ende der Leitung.

»Ja, das bin ich. Wer spricht denn?«

»Mein Name ist Henry. Ich bin der Kellner in dem Café, vor dem sie gestern abend fast überfahren worden wären.«

»O ja, hallo.«

»Ich dachte, es würde Sie interessieren, daß ich heute drüben in der Collins Avenue war. Ein Abschleppwagenfahrer war dabei, einen Wagen aufzuladen, der mich an den erinnerte, der gestern abend so schnell an Ihnen vorbeigerast ist. Nun, ich bin zugegebenermaßen ziemlich neugierig, also ging ich hinüber und fragte ihn, warum der Wagen abgeschleppt würde.«

»Was sagte er?« fragte Regan aufgeregt.

»Sind Sie stark genug, sich das anzuhören?« fragte Henry.

»Ich bin bereit.« Mehr als bereit, dachte sie.

»Das Fahrzeug wurde gestohlen.«

Ein Schrei hallte durch die Calla-Lily-Suite. »Ich kann das nicht glauben! Was habe ich dir gesagt?« kreischte Ruth.

Während Ruth Nora Regan Reillys Einladung las, stand Ethel beflissen an ihrer Seite.

»Jetzt werden alle zu dieser Cocktailparty gehen und sich diese Strumpfhose aus der Nähe anschauen, nicht wahr, Ethel?«

Ethel schüttelte zum x-ten Mal an diesem Tag betrübt den Kopf, dann fragte sie zögernd: »Nun, wenn Sie hingehen, würde es Ihnen dann etwas ausmachen, Nora Reilly für mich um ein Autogramm in einem Buch zu bitten?«

»HALT DEN MUND!« Ruth stürmte zum Schreibtisch und klatschte ihre Handtasche darauf. »Haben wir etwas von dem Idioten gehört?«

»Nein. Aber wir haben immerhin *eine* gute Nachricht erhalten«, sagte Ethel heiter. »Bradford Stempler der Dritte wurde auf den Kanarischen Inseln ausfindig gemacht und ist auf dem Heimweg. Aber Preston Landers ist noch immer nicht gefunden worden.«

»Ich freue mich, daß alle Zeit genug haben, um Ferien zu machen. Ich nehme nicht an, daß Irving sich eingecheckt hat.«

»Nein, gnädige Frau.«

Ruth nahm den Hörer ab und rief das Labor an. Nach sechsmaligem Klingeln hob Irving schließlich ab.

»Ja.«

»Was ist los?« fragte Ruth.
»Hallo, Ruth.«
»Gibt es etwas Neues, das Sie mir berichten können?«
Irving seufzte. »Das Zeug ist wie Krypton. Es läßt sich nicht zerstören. Diese Strumpfhose könnte die ganze Industrie ruinieren. So wie die Computer Schreibmaschinen praktisch in Vergessenheit gebracht haben ...«
»Reiten Sie nicht noch darauf herum! Wie viele Tests müssen Sie noch machen?«
»Ein paar noch. Ich habe meiner Schwiegermutter heute morgen noch ein Paar gegeben. Sie wird heute den ganzen Tag durch die Stadt laufen, und sie ist zudem noch in einer saumäßigen Laune, also wird sie es vielleicht schaffen, sie kaputtzukriegen.«
»Irving, wir müssen das Patent darauf bekommen.«
»Was ist, wenn das Patent ausläuft?«
»Das wäre erst in siebzehn Jahren der Fall!«
»Was dann, Ruth?« fragte Irving sanft. »Aber ich vermute, Sie brauchen sich keine Sorgen zu machen. Dann werden Sie in der Lage sein, auf dieser Hängematte in Ihrem Garten zu liegen, ohne sich allzu schuldig zu fühlen.«
»Ganz und gar nicht, Irving! Großvater ist bis zu seinem Ende im Geschäft geblieben, und ich habe die Absicht, das gleiche zu tun. Kurz bevor das Patent erlischt, werden wir diese Strumpfhose auf den Markt bringen. So kommen wir zumindest allen anderen zuvor. Und vielleicht wird dann die Modeindustrie es für schick halten, die Strumpfhose in zweiundzwanzig verschiedenen Farben anzubieten.«
»In den nächsten siebzehn Jahren, dessen bin ich sicher, werden Sie sich eine Möglichkeit ausgedacht haben, damit das passiert. Sie schaffen es immer, die Kontrolle zu behalten, Ruthchen.« Irving lächelte in das Telefon. »Nun, nicht immer.«

Ruth wand sich in ihrem Sessel. »Ich muß gehen. Halten Sie mich auf dem laufenden.«

Ruth legte auf und rief: »Ethel, wir müssen noch mehr Hubschrauber mieten. Wir werden diesen Davey Crockett Wannabe finden, und wenn es mich umbringt!«

Nadine stieg in Joeys Wagen und zuckte zusammen, als ihre nackten Beine den glühend heißen Sitz berührten. »Ich muß sofort den Air-Conditioner anstellen«, murmelte sie, während sie den Zündschlüssel drehte und die Kühlung auf Hochtouren schaltete. Als ein Schwall heißer Luft herausgeblasen wurde, schob Nadine ihre gewölbten Hände unter ihre Oberschenkel, damit sie nicht auf den Vinylsitzen kleben blieben. »Beeil dich, Kaltluft, beeil dich.«

Nachdem sie zum Haus zurückgekommen war, hatte sie geduscht und sich Shorts und ein T-Shirt angezogen. Es war so wohltuend, in Joeys Haus und von seinen Sachen umgeben zu sein, auch wenn er und seine Zimmergenossen furchtbar unordentlich waren. Irgendwie hatte all das Zeug, das überall verstreut herumlag, etwas Liebenswertes. In der Mitte des Wohnzimmers befanden sich Gewichtheberstangen und eine Rudermaschine, die umgeben waren von zusammengewürfeltem Mobiliar, das aussah, als ob es nach drei Tagen Regen vom Sperrmüll zusammengesammelt worden wäre. Ausgeblichene Vorhänge mit schiefen Säumen, die wahrscheinlich schon alt gewesen waren, als man sie aufgesteckt hatte, hingen an den Fenstern, außerdem Turnschuhe, Sweatshirts und Sportbeutel. Golfbälle blieben liegen, wo immer sie auf dem einstmals gelben Teppich gelandet waren, und niemanden schien das zu stören. Nadine hatte einen Moment lang daran gedacht, mit dem Aufräumen zu beginnen, dann aber beschlossen, es doch zu

lassen, da sie sich an die Lebensweisheit ihrer Großmutter erinnerte: »Wenn ein junger Mann eine unordentliche Wohnung hat, ist er nur ein typischer Junggeselle. Aber wenn ein Mädchen eine unordentliche Wohnung hat, sagt jeder, sie sei eine Schlampe.«
Nadine fuhr rückwärts aus der Auffahrt hinaus. Ich könnte mich richtig an Miami gewöhnen, dachte sie. Nun müssen wir nur noch Joey mit dem Gedanken vertraut machen, überlegte sie, für immer mit mir zusammenzubleiben. Dieses Hin- und Herfliegen wird allmählich zu stressig, ganz zu schweigen von der Wirkung, die das Fliegen auf meine Nasennebenhöhlen hat. Nadine haßte im übrigen das leere, unruhige Gefühl, das sie überkam, wenn sie nach diesen langen Wochenenden nach Hause fuhr. Joseph, dachte sie, wann wirst du mir endlich nur ein One-Way-Ticket kaufen?
Nadine lenkte den Wagen in Gedanken versunken die dichtbefahrene zweispurige Straße entlang. Plötzlich sah sie ein riesiges Schild mit der Aufschrift: NEUERÖFFNUNG – NAGELSALON. Sie schaute schnell in ihren Rückspiegel und entschied, daß sie die Zeit habe, um in die Einfahrt zu biegen. Direkt neben der Tür war ein Parkplatz. Wenn es eine Neueröffnung ist, dachte sie, dann werden sie anständige Arbeit leisten wollen, um sicherzugehen, daß die Leute wiederkommen. Sie brauchen nicht zu wissen, daß ich nicht ständig in Miami lebe. Wenigstens noch nicht.

Nachdem Regan Richie an der Agentur abgeholt hatte, schlenderten sie auf dem Weg zum *Vierten Viertel* den Ocean Drive hoch. Dann stiegen sie zu Richies Appartement hinauf, um die Strumpfhosen für die Anprobe zu holen. Das Licht an Richies Anrufbeantworter blinkte.

»Es ist immer nett, nach Hause zu kommen und zu sehen, daß jemand eine Nachricht hinterlassen hat, nicht wahr, Regan?«

»Ja, außer wenn man zurückspult und es ist nur aufgelegt worden.«

Richie drückte den Wiedergabeknopf, und eine elektronische Stimme, die immer völlig gleichgültig klang, egal wie viele Leute angerufen hatten, sagte: »Anzahl der erhaltenen Anrufe – einer.« Irgendwie, dachte Regan, sollte die Stimme aufgeregter klingen, je höher die Anzahl der Anrufer ist. Oder vielleicht sollte sie so etwas sagen wie: »Herzlichen Glückwunsch, acht Leute haben Sie angerufen.« Oder: »Sie müssen *wirklich* sehr beliebt sein – zwölf Anrufer.« Oder: »Haben Sie viele unbezahlte Rechnungen? – Dreiundzwanzig Anrufer.«

Einen Moment später ertönte Nora Regan Reillys Nachricht: »Richie, hier ist Nora. Ich habe großartige Neuigkeiten. Wir haben hier oben eine Suite, die wir für unsere Cocktailparty und die Modenschau benutzen können. Rufen Sie mich zurück.«

»Deine Mutter ist eine Heilige«, sagte Richie atemlos, wäh-

rend er hastig das Watergreen anwählte, »eine absolut Heilige.«
»Heilige Nora«, sagte Regan. »Das klingt nett. Vielleicht sollten ihre Bücher sich mehr um religiöse Themen drehen.«
»Hallo, Nora«, dröhnte Richies Stimme. »Wie geht es Ihnen, meine Liebe?«
Regan beobachtete, wie Richies Gesicht aufleuchtete, während ihre Mutter ihm genau die Einzelheiten der geplanten Party erzählte. »Warten Sie bitte einen Moment, Nora, ich schalte nur schnell auf den Lautsprecher um. Regan ist nämlich gerade hier.«
»Hallo, Mama«, rief Regan.
»Hallo, Nancy«, sagte Nora.
Regan lächelte. »Du hast meine Nachricht erhalten.«
»Ja, Liebes. Der Angestellte am Empfangsschalter fragte mich, ob ich in allen Bereichen meines Lebens so geheimnistuerisch bin.«
»Sag ihnen, daß du zu Hause einen Sohn mit Namen Edgar Allan Poe Reilly hast.«
»Hey, Nora«, sagte Richie aufgeregt, »erzählen Sie Regan, was Sie arrangiert haben ...«
»Der Direktor dieses Hotels ist ein liebenswürdiger junger Mann ...«, fing Nora an, und während der nächsten zehn Minuten besprachen sie, wie die Party am Samstag laufen sollte. Schließlich legten sie auf, nachdem sie sich versichert hatten, daß sie sich später zum Abendessen mit den Durkins im Watergreen treffen würden.
»Richie«, sagte Regan, »hast du irgendwelche Musik für diese Modenschau geplant?«
»Musik?« fragte Richie mit verblüfftem Gesichtsausdruck. »Daran habe ich überhaupt nicht gedacht.«
»Gute Musik hilft, eine angenehme Stimmung zu erzeugen,

Begeisterung zu wecken. Designer lassen bei ihren Shows immer Musik laufen. Hast du eine Stereoanlage?«

Richie schaute sie schuldbewußt an. »Nun …« Er führte sie hinüber zu einer orangefarbenen Victrola mit einem Bild von einem verdutzt aussehenden braun-weiß gefleckten Hund, der an einem Schalltrichter schnupperte. Auf dem Schild stand: »Die Stimme seines Herrn.«

Regan sah sich den Apparat verwundert an. »Ich glaube nicht, daß das funktioniert.« Sie konnte sich schon sehen, wie sie das Ding ankurbelte, während die Models von der Agentur den Laufsteg hinauf und hinunter paradierten. »Aber das ist ein wirklich schönes Sammlerstück, will ich meinen.«

Richies Augen wurden feucht. »Birdie und ich haben das Grammophon kurz nach unserer Hochzeit gekauft. Wir haben es unzählige Male angestellt und getanzt. Bevor wir heirateten, hatten wir Tanzunterricht genommen, damit wir auf der Tanzfläche eine gute Figur machen.«

»Ich glaube, Maura und John haben am vergangenen Wochenende einen Crashkurs gemacht«, sagte Regan. »Nun, machen wir uns um die Musik im Augenblick keine Sorgen. Wir müssen runtergehen, sie sind bestimmt schon alle da. Ich rufe meine Mutter nachher an und sehe nach, ob dieser nette junge Mann eine Stereoanlage in seiner Suite hat, die wir benutzen können. Hast du die Strumpfhosen dabei?«

»Du bist auch eine Heilige, Regan, weißt du das?«

»Richie, bitte, das ist doch wohl doch ziemlich weit hergeholt. Meine Mutter? Vielleicht. Aber ich? Ich weiß, daß ich keine Heilige bin«, lachte Regan.

»Nun, dann bist du mein Schutzengel.«

Regan lief ein kalter Schauer über den Rücken. Nach dem, was gestern abend passiert war, klang das nicht gerade wie ein Scherz.

Nadine durchschritt die mit rot-weiß-blauen Fähnchen geschmückte Tür des »Hart wie Stahl«-Nagel-Instituts und erschauerte. Eiskalte Luft strömte aus einer Klimaanlage in der Ecke. Ein Arbeiter stand auf einer Leiter und versuchte, sie zu reparieren. Die neue Kundin wurde sofort von einer diensteifrigen Kosmetikerin mit pechschwarzem Haar und einer dicken Schicht Make-up begrüßt; Nadine schätzte sie auf Ende Vierzig.

»Hätten Sie gerne eine Maniküre und eine Pediküre?«

Nadine rieb sich die Arme. »Es ist kalt hier.«

»Wir sind dabei, die Klimaanlage zu reparieren. Hätten Sie gerne eine Maniküre und eine Pediküre?« wiederholte die Fußpflegerin hoffnungsvoll.

»Sterilisieren Sie Ihre Instrumente?« fragte Nadine vorsichtig.

»Ja, natürlich. Wir haben eine Spezialsterilisiermaschine. Sie kocht die Keime richtig aus.«

»Also gut.« Nadine willigte ein zu bleiben, obwohl sie die einzige Kundin war, was immer ein Grund war, mißtrauisch zu werden. Aber, überlegte Nadine, der Salon ist gerade erst eröffnet worden, und vielleicht dauert es eine Weile, bis die Kunden kommen. Alles sah zweifellos so aus, als sei man zur Arbeit bereit. Sechs Manikürplätze waren in dem kleinen vorderen Raum eingerichtet worden. Zeitschriften türmten sich auf einem Bambustisch im Wartebereich, in dem an vollen Tagen hoffentlich die Kundinnen mit ausgefransten Nagelhäuten und abgeblättertem Nagellack und Papierta-

schentüchern zwischen den gespreizten Zehen sitzen würden.
»Ich bin Sophia«, sagte die Frau zu Nadine. »Kommen Sie, setzen Sie sich. Ich hole eine schöne Schüssel heißes Wasser für Ihre Füße.«
»Ich will keine Pediküre«, sagte Nadine bestimmt. »Ich brauche nur neue Spitzen auf diese Fingernägel.«
»Spitzen sind unsere Spezialität«, sagte Sophia mit überschäumender Freundlichkeit und versuchte, ihre Enttäuschung herunterzuschlucken. »Das nächste Mal werden Sie eine Pediküre bekommen.« Es klang wie ein Befehl.
Nadine setzte sich auf den ihr zugewiesenen Platz und erfuhr, daß ein paar der Angestellten erst morgen anfangen würden – eine hatte sich gleich am ersten Tag krank gemeldet, ist das zu glauben?
Beeil dich, dachte Nadine. Fang an zu arbeiten.
Sophia nahm Nadines beschädigte Hand in ihre Hände und betrachtete sie. »Da haben Sie sich aber angestrengt, diese schönen Nägel kaputtzumachen. Sie sehen schrecklich aus.« Dann fügte sie beruhigend hinzu: »Machen Sie sich keine Sorgen; ich bringe das in Ordnung.«
Während Sophia sich an die Arbeit machte, beobachtete Nadine den Mechaniker, der mehrere Male die Leiter herunterstieg, um in seiner Werkzeugkiste zu wühlen. Er ist süß, dachte Nadine. Aber nicht so süß wie Joey.
Plötzlich wurde die Tür zum Salon aufgestoßen.
»Kann ich eine Maniküre bekommen?« rief eine untersetzte ältere Frau. »Ich habe einen Ihrer Coupons im Briefkasten gefunden.«
Sophia ließ Nadines Hand fallen und eilte zu ihr hinüber. »Natürlich, sofort. Nur eine Minute.«
Die Frau wandte sich um und schrie jemandem, der in einem Wagen wartete zu: »Du kannst fahren. Sie nehmen

mich an. Komm aber bald zurück. Ich will nicht den ganzen Tag hier herumsitzen.«
»Kommen Sie herein, kommen Sie herein«, sprach Sophia. »Nur eine Minute noch.«
Das hast du schon vor einer Minute gesagt, dachte Nadine. Sophias neueste Kundin ließ sich in den Sitz neben Nadine fallen. »Es ist kalt hier drinnen«, beschwerte sie sich. Nadine sah, wie der Mechaniker ihr einen bösen Blick zuwarf.
»Die Klimaanlage ist einfach zu fleißig«, scherzte Sophia. »Wir sind gerade dabei, sie zu reparieren.«
Die Frau schaute auf Nadines nackte Füße. »Ist Ihnen nicht kalt?«
»Eiskalt«, sagte Nadine.
»Gott sei Dank habe ich meine Strumpfhose an. Sonst würde ich sofort wieder gehen.«
Nadine rümpfte die Nase. »Ist es nicht zu heiß, um Strumpfhosen zu tragen?«
»Diese sind anders«, erklärte die Frau mit Nachdruck. Sie zog ihr langes Kleid hoch, um ihre wundervollen rosafarbenen Strumpfhosen zu enthüllen. »Sie atmen. Sie halten einen kühl, wenn man es kühl haben will, und sie wärmen, wenn man es warm haben will. Aber das Beste an ihnen ist, daß sie keine Laufmaschen und keine Ziehfäden bekommen.«
»Sie wollen mich auf den Arm nehmen«, sagte Nadine und starrte auf die Beine der Frau.
»Nein, überhaupt nicht. Ich habe es auch nicht geglaubt, bis ich sie selbst ausprobiert habe.«
»Woher haben Sie sie?« fragte Nadine ungläubig.
Die Frau ließ ihr Kleid wieder fallen und flüsterte: »Sie sind noch nicht auf dem Markt. Mein Schwiegersohn ist Ingenieur. Er testet sie gerade für seine Firma, um sicherzugehen, daß sie tatsächlich unverwüstlich sind. Die Sache soll noch

nicht publik gemacht werden. Er spricht nicht viel darüber. Genau genommen spricht er überhaupt nicht viel.«

»Fertig!« rief Sophia, während sie den Deckel auf die Nagellackflasche schraubte. »Sehen Sie sich vor!«

»Klar«, erwiderte Nadine. Sie bückte sich, um nach ihrem Portemonnaie zu greifen, während die strumpfhosentragende Frau von ihrem Sitz aufstand.

»Oh, nein!« stöhnte Nadine, da ihre nassen Nägel die Beine der Frau streiften und der Nagellack erneut verschmierte. »Meine Nägel sind schon wieder ruiniert.« Nach einer Pause fügte sie hinzu: »Und Ihre Strumpfhose auch.«

»Kein Problem«, entgegnete die Frau und wischte sich den hellroten Nagellack von den Beinen.

Nadine sah sie verblüfft an. »Das ist unglaublich«, sagte sie. »Nagellack benutzt man doch, um eine Laufmasche zu stoppen. Er geht nie ab.«

»Ich habe es Ihnen ja gesagt«, sagte die Frau, »diese Strumpfhosen sind etwas ganz Besonderes. Meine einzige Frage ist, warum man warten mußte, bis ich alt geworden bin, bevor man sie entdeckte?«

Während Sophia Nadines doppelt geschädigte Nägel erneut lackierte, tauschten Nadine und die ältere Frau Adressen aus.

»Sobald diese Strumpfhosen auf den Markt kommen, müssen Sie es mich wissen lassen«, bat Nadine. »Haben Sie jemals versucht, am Samstagnachmittag in der Ferienzeit eine schwarze Strumpfhose zu bekommen? Das ist der reinste Alptraum. Ich werde diese hier in allen Farben kaufen und dann nie mehr Strumpfhosenprobleme haben!«

»Ich werd' mir die Dinger auch besorgen«, erklärte Sophia und stellte auf einen Schemel eine Schüssel mit heißem Seifenwasser, in das sie die Fingerspitzen der Siebzigjährigen eintauchte.

Regan und Richie stellten eilig die Klappstühle im Dolly-Twiggs-Gedächtnisraum auf. Es war viertel vor drei, und die Models, jung und alt, wurden um drei Uhr erwartet.

»Das läuft ja großartig«, sagte Richie, als er den letzten Stuhl auseinanderklappte. »Wir werden um vier Uhr zum Gedächtnisgottesdienst gehen können.«

»Warum hast du die Stühle nicht einfach nach eurem Treffen gestern stehenlassen?« fragte Regan.

»Hausregeln«, sagte Richie. »Oder besser gesagt, Flo-Regeln. Sie glaubt, daß der Raum wie das Kellergeschoß einer Kirche aussieht, wenn die Stühle hier herumstehen. Er wirkt dann irgendwie ungemütlich. Sie sagte, wenn sie nicht so strenge Regeln aufstellte, würden die Stühle nie weggeräumt werden.«

Regan schaute sich um. Der große Raum war mit drei geblümten Sofas und mehreren Ohrensesseln möbliert. Alle waren so angeordnet, daß man den Fernseher im Blick hatte.

»Kommen die Gäste hier herunter, um fernzusehen?« fragte Regan.

»Tag und Nacht«, antwortete Richie. »Die meiste Zeit sitzt hier irgend jemand vor dem Fernsehapparat. Wenn es eine Sendung gibt, die niemand gern allein ansehen möchte, weißt du, wie Katastrophenberichte, oder Super Bowl, oder« – Richie kicherte – »wenn der Präsident seine ›Rede an die Nation‹ hält, dann ist es hier ausnahmsweise auch mal richtig überfüllt, und wir müssen die Klappstühle holen. Dann sitzen fast alle Gäste vor der Flimmerkiste und reden durcheinander. Ja, der Präsidentenjob ist ganz schön anstrengend. Es muß hart sein, mit dem Wissen zu leben, daß es immer jemanden gibt, der darauf aus ist, einen kaltzumachen.«

»Hallo, Richie.« Die beiden jungen Models, die Regan in der Agentur kennengelernt hatte, erschienen in der Tür.

»Hallo, hallo, wie geht's, kommt doch rein«, forderte Richie sie auf.

Gegen fünf nach drei hatten sich sämtliche Models eingefunden. Fünfzehn Bewohner des *Vierten Viertels* gehörten zusammen mit den fünf Models, die von Elaine in der Agentur herübergeschickt worden waren, zu der Vorführtruppe.

Man begrüßte sich. Nach ein paar Minuten sagte Richie: »Meine Damen, meine Damen, bitte setzen Sie sich. Wir haben eine Menge zu tun und nicht sehr viel Zeit.«

Während sich die Anwesenden niederließen, wartete Richie auf absolute Ruhe. Er räusperte sich. »Morgen wird ein sehr wichtiger und aufregender Tag sein, nicht nur für die Bewohner des *Vierten Viertels,* sondern auch für die Geschichte der Strumpfhose.«

»Das hoffen wir«, schrie Bessie Tibbens, die auf demselben Flur wie Richie wohnte.

»Genau«, pflichtete ein älterer Herr ihr bei.

»Dein Wort in Gottes Ohr«, bemerkte Flo, während sie mit einem Tablett Kekse umherging und sie einem jungen Model anbot, das an einer Möhrenstange knabberte.

»Nein, danke. Süßigkeiten esse ich nie«, säuselte die junge Frau.

»Ich bin wirklich froh, daß ich alt geworden bin, bevor sie damit angefangen haben, uns zu diesem Kaninchenfraß zu überreden. Ein paar Kekse pro Tag haben noch niemandem geschadet.« Flo ging mit dem Tablett weiter, mußte aber feststellen, daß auch das nächste junge Model ihr Angebot mit einem Kopfschütteln und dem Hochhalten einer Flasche Evian ablehnte. »Die scheinen alle einen Vogel zu haben«, murmelte Flo.

»Flo, bitte setz dich«, bat Richie eindringlich.

»Ja, ja, ist schon gut.«

»Morgen«, fuhr Richie fort, »ist ein Tag, den ich mit dem Tag vergleiche, an dem der erste Mensch den Mond betrat. Anstelle von ›Ein kleiner Schritt für einen einzelnen Mann, ein gigantischer Sprung für die Menschheit‹ wird es heißen: ›Ein kleiner Schritt in der Birdie-Strumpfhose, ein gigantischer Schritt für die Gesamtheit der Frauen.‹«

»Der zwanzigste Juli 1969«, erinnerte sich Pearl Schwartz. »Meine kleinen Enkel hatten gerade die Hälfte der Kerzen auf meinem Geburtstagskuchen angezündet, als dieser Typ sich endlich dazu entschloß, aus seinem Raumschiff herauszukommen. Also haben sie sie ausgeblasen, und dann, nachdem er ein paar Minuten dort oben herumgehüpft war, haben sie sie wieder angezündet. Zum Schluß war der Kuchen völlig mit Wachs bekleckert. In der Zeit, in der ich das Zeug von meinem Stück abgesammelt hatte, war das halbe Eis geschmolzen.«

»Du hättest zu Ehren des Ereignisses besser einen Käsekuchen bestellen sollen«, warf Flo ein.

»Pearl, Flo, *bitte*, wir werden später genug Zeit für ein Schwätzchen haben«, ermahnte Richie sie. »Nun, wie ich schon sagte, morgen könnte der Beginn einer neuen Ära für Frauen bedeuten. Die Ära der bequemen, schmei-

chelhaften Strumpfhosen, die weder Laufmaschen noch Ziehfäden bekommen. Es sind Strumpfhosen, die in ungefähr dreißig Sekunden trocknen und nicht in peinlichen Falten um die Knöchel schlottern. Das ist es, was wir der Welt morgen offenbaren werden. Ich brauche euch, um die entsprechende Atmosphäre zu schaffen.« Richie schaute zu den jungen Models hinüber. »Darum geht es doch bei Modenschauen, nicht wahr, Mädels?«
Sie schüttelten fast unmerklich die Köpfe.
»Richtig«, sagte Richie, ohne die Reaktion zu registrieren. »Was wir hier haben, ist ein großartiges Produkt, also sollte es nicht allzu schwierig sein, die Leute dafür zu interessieren. Ich hoffe es jedenfalls. Teufel, wenn man an einiges von dem Zeug denkt, das sie auf diesen Schickimickimodenschauen an den Mann zu bringen versuchen – jene Kleider sehen aus, als wären sie von jemandem auf einem anderen Planeten entworfen worden. Aber die Leute kaufen sie, obwohl auch die Preise von Mondmenschen gemacht zu sein scheinen. Warum also sollte eine Strumpfwarengesellschaft meine Erfindung nicht kaufen wollen?«
»Sag nicht immer Teufel, Richie«, ermahnte Flo ihn.
»Entschuldigung. Nun, bevor wir anfangen, möchte ich den Models von der Agentur danken, die hierhergekommen sind, um uns zu unterstützen. Sie widmen uns ihre Zeit, um uns dabei zu helfen, unser Heim zu retten.« Richie begann zu klatschen, und bald fiel der Rest der älteren Herrschaften in den freundlichen Applaus ein.
»Und direkt neben mir ...«
O Gott, dachte Regan.
»... sitzt meine Freundin Regan Reilly. Sie ist hier, um mir zu helfen. Steh auf, Regan.«
Regan stand auf, lächelte, winkte, und setzte sich dann rasch wieder hin. Das muß eines der unangenehmsten Rituale

sein, dem sich Menschen unterwerfen, dachte sie. Sich einer großen Gruppe vorstellen zu müssen. Sie bekam Mitleid mit der Queen und den Gewinnerinnen von Schönheitswettbewerben, die wahrscheinlich auch noch im Schlaf lächelten und winkten.

»Regan wird sich darum kümmern, daß wir bei der Modenschau angenehme Musik haben.«

Schwacher Applaus ertönte im hinteren Teil des Raumes, und bevor Regan sich selbst dessen bewußt wurde, begann sie wieder zu lächeln und zu winken.

»Regans Mutter, Nora Regan Reilly, hat eine Cocktailparty in einer der Penthouse-Suiten im Watergreen arrangiert. Dort wird auch unsere Show stattfinden. Sie bauen einen Laufsteg für uns auf.«

Eine der Frauen in der vorderen Reihe lächelte Regan freundlich zu. Regan lächelte zurück.

Die Frau lehnte sich in ihrem Sitz nach vorne. »Sind Sie verheiratet, meine Liebe?«

»Nein.«

»Ich habe einen Enkel, der ein sehr ordentliches Gehalt bekommt ...«

»Minnie, *bitte*«, fauchte Richie. »Wir haben eine Menge zu tun.«

Regan merkte, daß sie wie zum Sprung bereit dasaß, da ihre Nerven äußerst gereizt waren. »Richie, warum verteilen wir nicht die Strumpfhosen?«

»Gute Idee.«

Die zwanzig Paare verschiedenfarbiger Strumpfhosen wurden nach einer kurzen Diskussion darüber, wer welche Farbe tragen sollte, welches Kleid zu einer bestimmten Schattierung von Pfirsich, Veilchen, Elfenbein, Rost und so weiter paßte, verteilt.

»Denkt daran«, sagte Richie, »ihr müßt Kleider tragen, die

so kurz sind, daß man eure Beine wenigstens bis zu den Knien sehen kann. Einige von euch könnten auch kürzere tragen.«

»Oh, ganz bestimmt«, murmelte Minnie.

Höflich verließ Richie den Raum, als sämtliche Models, die professionellen ebenso wie die nicht-professionellen, in die ihnen zugeteilte Strumpfhose stiegen. Hier und da hörte man Worte der Anerkennung: »Diese fühlen sich wirklich gut an« oder: »Wie schön die glänzen!«.

Schließlich rief Regan Richie wieder herein.

»Birdie wäre stolz auf dich, Richie«, rief Bessie. »In dieser hier fühlen sich meine Beine richtig wohl.«

»Danke, Bessie.«

Regan und Richie forderten alle zwanzig Models auf, sich in einer Reihe aufzustellen, wobei die gertenschlanke Annabelle von der Agentur den Anfang machte.

»Annabelle«, sagte Richie, »zeigen Sie uns, wie Sie auf dem Laufsteg hin und her gehen, so wie Sie es tun, wenn Sie in einer Show auftreten.«

Mit stolz erhobenem Kopf durchschritt Annabelle den Dolly-Twiggs-Raum, wandte sich abwechselnd zur einen und dann zur anderen Seite, hielt inne und schlenderte dann zurück, wobei sie eine Hand in die Hüfte stemmte und die andere an der Seite mitschwingen ließ.

»Das war großartig«, strahlte Richie. »Also, habt ihr alle gesehen, was sie gemacht hat? Dieser stolze Gang, dieser Ausdruck in den Augen, diese Pause am Ende des imaginären Laufstegs. Wenn ihr es auch so gut macht, haben wir die Zuschauer so weit, daß sie uns aus der Hand fressen.«

»Mir kommt es lächerlich vor, das in meinem Alter zu versuchen«, nörgelte Pearl.

»Willst du wieder bei deiner Schwiegertochter leben?« fragte Flo sie.

»Natürlich nicht.«
»Dann nimm deinen Mut zusammen und geh auf den Laufsteg!«
»Okay, okay. Ich werde mir vorstellen, es wäre Krieg und ich wäre auf einem der Tanzabende für die jungen Soldaten.«
Pearl machte sich auf den Weg über den imaginären Laufsteg.
»Du mußt glücklich aussehen«, befahl Richie.
»Ich versuche es ja, ich versuche es.«
»Also dann, heb deinen Kopf und streck den Oberkörper raus, so wie Annabelle es getan hat.«
»Wie Annabelle! Sie ist ja auch zwei Fuß größer als ich!«
»Es kommt nur auf deine Einstellung an«, erklärte Richie beharrlich. »Ich will zeigen, daß Frauen jeden Alters in der Birdie-Strumpfhose großartig aussehen und daß sie diese bald nicht mehr missen möchten.«
Pearl ging ein paar mal hin und her, und schon bald war sie so weit, daß sie die Arme schwang und zu lächeln begann.
»Das ist eine gute Übung«, sagte sie.
»Morgen, wenn wir Musik haben, wird es noch viel leichter sein«, erklärte Richie.
Die anderen Models stolzierten eins nach dem anderen durch den Raum, begleitet von Richies Anweisungen, natürlich zu sein und mit dem Publikum zu flirten.
»Nun, das war gar nicht so schlecht«, sagte Richie, als sie alle vorbeigegangen waren.
»Die Show wird in Wirklichkeit nicht so lange dauern, oder, Richie?« fragte Regan.
»Nein, aber das ist auch gut so. Die Aufmerksamkeitsspanne der Leute wird immer kürzer. Deine Mutter wird eine kleine Rede vortragen, die sie zu diesem Anlaß verfaßt hat. Wir wollen die Zuschauer für unser Produkt begeistern, und dann soll das Bieten beginnen.«

Eines der alten Mädchen schüttelte die Faust. »Auf los geht's los!«
»Wie wär's mit einer Art Finale?« fragte Regan. »Um am Ende die Zuschauer noch einmal so richtig zu begeistern.«
»Wie die Rockettes!« rief Richie aus.
»Ja, so ungefähr.«
Die Models stellten sich Seite an Seite auf, die Arme um die Taille der jeweiligen Nachbarin gelegt, und warfen auf Richies wiederholtes Drängen die Beine hoch.
»Kommt schon, ein bißchen mehr, ein bißchen mehr. Man muß merken, daß ihr euch amüsiert. Wenn die Musik zu Ende geht, marschiert ihr hintereinander den Laufsteg hinunter und schnippt dabei mit den Fingern. Die Leute sollen vor Begeisterung toben.«
»Am Ende falle ich noch hin«, jammerte Pearl. »Wenn ich meine Beine in die Luft werfe, verliere ich das Gleichgewicht.«
»Mach es, so gut du kannst, Pearl«, riet Richie ihr. Er wandte sich zu Regan um. »Fällt dir noch irgend etwas ein, was wir besprechen sollten, bevor die Gruppe sich auflöst?«
»Richie, wir wollen mit dem Gedächtnisgottesdienst anfangen«, sagte eine Stimme aus dem Hintergrund. Regan drehte sich um und sah Elmer Pickett in der Tür stehen.
»Nimm einen Schokoladenkeks, Elmer«, sagte Flo mürrisch. »Ich kann dir versichern, es sind reichlich davon übrig.«
Was für ein unangenehmer Typ, dachte Regan.
»Nur noch ein paar Minuten, Elmer«, sagte Richie und wandte sich den jungen Models zu, die es jetzt eilig hatten, zu ihren jeweiligen Anschlußterminen zu kommen. »Könnte bitte jede ihre Strumpfhose in eine der Plastiktüten

stecken und ihren Namen darauf schreiben, das wäre mir sehr lieb. In der Suite werden wir einen Umkleideraum haben. Finden Sie sich bitte alle morgen dort ein, unsere Show wird einfach umwerfend sein!«

Er saß in der Telefonzelle und seufzte, während er sich das Kabel um den Finger wickelte. Das Knistern und Rauschen wurde schließlich durch das Geräusch eines Frei-Zeichens übertönt. Die Verbindung nach Südamerika war endlich hergestellt.
Es meldete sich ein Mann mit einem starken Akzent.
Der Anrufer nannte nervös seinen Namen.
»Nun, was ist passiert?« fragte die Stimme.
»Wir haben ihn noch nicht erwischen können.«
»Warum nicht?« brüllte der Mann mit dem Akzent wütend.
»Heute ist er den ganzen Tag über mit diesem Mädchen zusammengewesen.«
»Dann schaff sie auch aus dem Weg! Ist dir nicht klar, daß die Zeit knapp wird?«
»Ich weiß. Mach dir keine Sorgen. Auf die eine oder andere Weise wird es klappen.«
»Das will ich dir raten. Es steht eine Menge auf dem Spiel. Ich weiß, wir hätten früher damit beginnen sollen, aber du ...« Der Mann atmete tief ein. »Du sagtest, es würde kein Problem geben.«
»Das dachte ich auch. Vielleicht wird es auch keines geben.«
»Ich will keine Entschuldigungen oder Erklärungen hören. Erledige den Auftrag!« Das Telefon klickte.
Der Anrufer saß da und hielt den Hörer in der Hand. »Das werde ich«, sagte er nach ein paar Sekunden, legte den Hörer auf und öffnete die Tür. »Darauf kannst du Gift nehmen, das werde ich.«

Wenn ich durch das Tal des Todes wandere, werde ich ohne Furcht sein. Ich weiß, daß meine Schwester Dolly dort sein wird, um mich zu begrüßen. Vielleicht können wir unsere Strandwanderung gemeinsam im Himmel fortsetzen.« Lucille betrachtete mit feuchten Augen die Versammlungsteilnehmer, die im Dolly-Twiggs-Gedächtnisraum zusammengekommen waren. »Meine Schwester hat Sie alle so gern gemocht. Ich fühle, wie sie gerade auf uns herunterschaut und uns einen Gruß aus dem Jenseits sendet. Aber ich weiß, sie möchte, daß Sie alle etwas Konkretes in der Hand haben, ein schönes Erinnerungsstück, etwas, das wichtig für sie war. An der Tür steht eine Kiste mit ihren Muscheln. Bitte nehmen Sie sich eine, wenn Sie hinausgehen.«

Ein dankbares Gemurmel ging durch die Zuhörerreihen.

»Ich weiß, ihr größter Wunsch wäre es gewesen, daß Sie das Geld aufbringen können, um das *Vierte Viertel* zu kaufen, so daß Sie für die Dauer Ihres irdischen Lebens hierbleiben können. Und es ist auch mein größter Wunsch. Fassen wir uns also an den Händen und beten wir gemeinsam für den Verkauf von Richies Strumpfhose.«

Regan und Richie faßten sich bei der Hand. Regan wandte sich Elmer Pickett zu, der an ihrer anderen Seite saß. Er hatte die Arme ineinander verschränkt. Offensichtlich beabsichtigte er nicht, irgend jemandem die Hand zu reichen. Für jemanden, dem es so wichtig war, daß dieser Gottesdienst rechtzeitig beginnt, dachte Regan, scheint er sich

nicht besonders intensiv einzubringen. Oder wollte er nur nicht für den Verkauf der Strumpfhose beten?
Regan schaute sich den Rest der Teilnehmer, einen nach dem anderen an. Die Augen aller waren geschlossen. Einige hatten die Lider so fest zusammengekniffen, als ob sie in die Wüstensonne schauten, als ob es, je fester sie sie zudrückten, desto wahrscheinlicher sei, daß die Strumpfhose ein Erfolg werden würde.
»Amen«, sagte Lucille endlich.
»Amen.«
»Amen.«
»Amen.«
Durch sämtliche Klappstuhl-Reihen konnte man das Wort *Amen* hören.
Lucille setzte sich ruhig auf ihren Stuhl in der vorderen Reihe.
Flo, von der Regan vermutete, daß sie Highschool-Präsidentin des Pep Clubs gewesen sein mußte, stand auf und richtete das Wort an die Zuhörer.
»Als Dolly starb, auf die Art, wie sie starb, am Strand, alleine, waren wir alle zutiefst schockiert. Wir sind alle zu ihrer Beerdigung gegangen, aber wir sind nie richtig zusammengekommen, um über Dolly zu reden und ihr Ehre zu erweisen – bis jetzt. Die Zeit heilt alle Wunden, Gott sei Dank, und heute wollen wir Dollys Leben mit einem Gefühl der Freude feiern. Sie war eine wunderbare Frau, die es geschafft hat, unsere Mieten während all der Jahre niedrig zu halten. Sie wollte, daß wir so lange wie möglich zusammenbleiben. Als sie es sich einfach nicht länger leisten konnte, diesen Wohnkomplex zu unterhalten, stellte sie uns die Möglichkeit in Aussicht, ihn für uns selbst zu erwerben zu können. Das alles geschah zu einer Zeit, in der die Preise hier in der Gegend in die Höhe zu schießen begannen, und

sie hätte weit mehr bekommen können, als sie von uns verlangte. Und nun hat ihre Schwester Lucille, die niemanden von uns vorher richtig gekannt hat, so viel Geduld gezeigt und betete hier mit uns dafür, daß wir das Geld aufbringen können, um das *Vierte Viertel* zu kaufen. Auch ihr geht es nicht darum, sich daran zu bereichern. Sie möchte eigentlich nur so schnell wie möglich zu ihrem Freund nach Texas zurück.«

Lucille errötete. »Flo, pssst.«

»Ist schon gut, Lucille. Nun lade ich euch alle herzlich ein, hier zum Rednerpult zu kommen und eine Geschichte zu erzählen. Eine Geschichte über Dolly, in der Erinnerung daran, wie sie euer Leben in irgendeiner Weise berührt hat.«

Zu Regans Überraschung stand Elmer Pickett von seinem Sitz auf und ging nach vorn.

»Ich bin hier erst kurze Zeit vor Dollys Tod eingezogen, aber sie war sehr zuvorkommend zu mir«, sagte Elmer fast anklagend zu den anderen Bewohnern des *Vierten Viertels.* »Meine Frau war gerade gestorben, und ich wollte in unserem Haus nicht allein leben. Also verkaufte ich es und mietete mir hier eine Wohnung. Dolly war immer da, um mich zu trösten, wenn es mir schlecht ging. Eines Tages sind wir die Straße hier draußen entlanggegangen und sahen, wie alle diese Models fotografiert wurden. Der Fotograf bat uns, im Hintergrund stehen zu bleiben, damit wir mit auf die Aufnahme kommen. Danach ermutigte Dolly mich, zu versuchen, ins Modelgeschäft zu kommen. Bald hatte ich sogar einen Agenten. Ich habe Dolly immer über alles informiert, was in der Agentur los war. Sie sagte mir, ich sollte dort jeden Tag mal reinschauen; vielleicht würde gerade dann ein Anruf kommen, wenn ich da wäre, und sie würden einen alten Knacker wie mich brauchen. Das hat mir wieder auf die

Beine geholfen. Gott weiß, ich bin kein Superstar, aber es gab mir Auftrieb, am Morgen aufzustehen.«
Regan bemerkte, daß Elmer seinen Blick auf Richie richtete.
»In der letzten Zeit habe ich nicht gerade viel Aufträge bekommen, aber jeden einzelnen, den ich bekommen habe, verdanke ich Dolly.«
Er ist neidisch auf Richie, dachte Regan, weil er in der Werbesendung aufgetreten ist.
Die nächste war Pearl. »Jedes Jahr an meinem Geburtstag, der genau auf den Tag fällt, an dem der erste Mensch auf dem Mond gelandet ist, backte Dolly mir einen Kuchen und steckte eine amerikanische Flagge darauf.« Ihre Stimme zitterte. »Ich werde mich immer daran erinnern.«
Minnie Kimble erhob sich mühsam aus ihrem Stuhl und erzählte, wie sie und Dolly ihre wunderbaren Strandspaziergänge gemacht hatten.
»Dolly hob viele der Muscheln auf, die sie sah, und prüfte, ob sie es wert waren, aufbewahrt zu werden. Ich sagte immer zu ihr: ›Dolly, wann wirst du damit aufhören, diese Muscheln zu sammeln? Hast du noch nicht genug davon?‹ Und sie antwortete immer, daß ihr Lieblingszungenbrecher *She sells seashells by the seashore* sei. Versucht, das dreimal ganz schnell hintereinander zu sagen.«
Ein allgemeines Gemurmel und Gezischel war im Raum zu hören.
Der nächste Redner war Charlie Doonsday mit seiner Mundharmonika. »Bevor diese Gegend hier von Touristen überschwemmt wurde, saßen Dolly und ich oft draußen in unseren Liegestühlen und ich spielte ihr mit der Mundharmonika vor. Dolly, ich hoffe, du kannst mich jetzt hören.« Er hielt das Instrument an den Mund und begann ›Du, du, nur du allein ...‹ zu blasen.
In der restlichen Zeit der Gedenkstunde hörte man noch

mehr persönliche Geschichten, ein paar Lieder und eine tränenerstickte Version von ›Good-bye, Dolly‹.

Als die Anwesenden der Reihe nach hinausgingen, sah Regan auf die Uhr. Es war zehn nach fünf.

»Richie, ich gehe jetzt zurück und ziehe mich für heute abend um. Ich werde dich um sechs Uhr dreißig abholen. Du wirst hier sein, nicht wahr?«

»Ja, sicher, Regan, ich werde hier sein.«

Das ist jedenfalls zu hoffen, dachte Regan, als sie zur Tür hinauseilte.

Regan trat in den hellen, sonnigen Nachmittag hinaus und schaute über die Straße hinweg auf das Meer mit seiner sanften Brandung. Zu dieser Tageszeit wirkte der Strand romantisch und friedlich. Das Wasser schimmerte, als hätte man Goldstücke darüber verstreut, und die meisten Sonnenanbeter waren nach Hause gegangen.

Regan atmete die salzige Luft tief ein und schlenderte den Gehweg hinunter. Auf dem Weg zu ihrem Hotel sah sie sich die Cafés genau an. Der Strand mag ja leer sein, dachte sie, aber die Bars und Cafés beginnen, sich zu füllen. Wieder ein Abend der vielen Flirts und neuen Bekanntschaften.

Sie stieß auf eine Seitenstraße und wartete vor dem Überqueren am Bordstein, bis einige Autos vorbeigefahren waren. Nach dem Erlebnis am letzten Abend wollte sie kein Risiko eingehen. Sie war gerade auf die Straße getreten, als sie sah, daß sich noch ein weiterer Wagen mit hohem Tempo näherte. Mit einem Satz sprang sie zurück auf den Bordstein und stieß mit einem Skateboardfahrer zusammen, der mit ihr zu Boden fiel.

Als ihr Ellenbogen auf dem Pflaster aufschlug, spürte sie einen stechenden Schmerz. Im Fallen sah sie, wie die Hand des Skateboardfahrers auf dem Gehsteig entlangschrammte.

»Passen Sie doch auf, junge Frau«, fluchte er und richtete sich mühselig wieder auf.

Zorn stieg in Regan auf; ihr Ellenbogen schmerzte heftig.

»Passen Sie doch selbst auf«, sagte sie bissig, während sie sich auf die Füße hochrappelte. »Sie hätten nicht so dicht an mich 'ranfahren dürfen.«

Sie hörte keine Antwort mehr, denn der Mann war auf seinem Skateboard schon ein gutes Stück die Seitenstraße hinuntergerollt. Mit seiner Sonnenbrille und seinem breitrandigem Strohhut war er in Windeseile im Dunkeln verschwunden.

Blödmann, dachte Regan. Ihre sämtlichen Knochen schmerzten. Der Zusammenstoß hatte ihr einen großen Schrecken eingejagt. Der Kerl war ziemlich kräftig gewesen. Sie fühlte sich so, als wäre sie gegen eine Mauer geknallt.

Sie rieb sich den Ellenbogen und schaute sich um. Ein Paar mittleren Alters näherte sich. »Ist alles in Ordnung?« fragte der Mann besorgt.

»Ja, danke.«

Ich bin rückwärts in ihn hineingesprungen, dachte sie. Und er kam genau auf mich zu. Wenn er nach rechts in die Seitenstraße einbiegen wollte, dann hätte er nicht so nahe an den Bordstein fahren dürfen, an dem ich wartete. Er wäre einfach mit Schwung um die Ecke gebogen. Es sei denn, natürlich, er *wollte* direkt hinter mir sein.

Noch einmal wartete Regan, bis sie die Straße überqueren konnte, und ging dann weiter zu ihrem Hotel. Ist er weggefahren, weil er nicht wollte, daß ich ihn genauer sehe? fragte sie sich. Er sah mit diesem Hut ziemlich lächerlich aus. War das eine Verkleidung? Hat es irgend etwas mit dem letzten Abend zu tun?

Zurück im Hotelzimmer, das ihr immer mehr wie ein Zufluchtsort vor der gefährlichen Welt da draußen vorkam, streifte Regan die Schuhe ab und ließ sich auf das Bett plumpsen. Der Deckenventilator drehte sich unablässig. Regan mußte an New Orleans denken, obwohl sie noch nie dort gewesen war. Aber dann wanderten ihre Gedanken zu dem Skateboardfahrer zurück. Wer war der Mann gewesen, und – hatte er sie absichtlich auf die Straße stoßen wollen? Ich brauche ein Bad, dachte sie. Ein bißchen heißes Wasser wird meinem Körper guttun. Mit dem wunden Knie von letzter Nacht und dem Bluterguß, der auf ihrem Arm sichtbar wurde, hätte sie schlecht in Richies Modenschau mitwirken können, außer um eine Spezialstrumpfhose für Verletzte vorzuführen. Als nächstes werde ich wohl wie eine Mumie von oben bis unten in einen Verband eingewickelt sein, dachte sie.

Zwei Unglücksfälle oder Überfälle, oder um was auch immer es sich gehandelt haben mochte, in vierundzwanzig Stunden. Und man sagt, aller guten Dinge sind drei. Was geschieht als nächstes? Ich werde wahrscheinlich in der Badewanne ausrutschen, vermutete sie. Es wäre fast eine Erleichterung. Wenn's nur schon vorbei wäre. Sie hatte keinen von den kleinen Aufklebern in Fußform auf dem Wannenboden gesehen. Sie waren sehr häßlich, aber wenigstens praktisch. Immer wenn Regan sie in einer Wanne erblickte, stellte sie sich vor, daß das die letzten Fußspuren des Roto-Rooter-Mannes wären, der im Spundloch verschwunden war.

Sie ging ins Badezimmer und drehte die Wasserhähne voll auf. Das Rauschen hörte sich wie die Niagarafälle an. Regan drehte sich um. Hatte sie etwas im Schlafzimmer gehört? Sie meinte immer, irgendein Geräusch zu hören, wenn das Wasser im Badezimmer rauschte.

Sie ging zurück ins Schlafzimmer, um nachzusehen. Nichts. Alles war in Ordnung. Ich darf nicht verrückt werden, dachte sie. Sie betrat erneut das Badezimmer und schloß die Tür. Nachdem sie sich ihre Kleider abgestreift hatte, stieg sie vorsichtig in die Wanne und fühlte, wie sie sich entspannte,

während das warme Wasser ihre Verletzungen umspülte. Sie benutzte ein Handtuch als Kopfkissen, legte sich zurück und schloß die Augen.
Nach wenigen Minuten begann sie, wohlig zu dösen.
Der Türknauf zum Badezimmer drehte sich langsam zur Seite.
Regan riß die Augen auf, sprang hoch und schrie laut auf. Tropfnaß stieg sie aus der Wanne und stemmte sich mit dem Rücken gegen die Tür. »Wer ist da? Wer ist da?« kreischte sie, während ihr Herz wie wild klopfte.
»Ich wollte nicht stören, Miss«, sagte eine sanfte Frauenstimme. »Möchten Sie frische Handtücher?«
Regan atmete heftig aus. »Nein, danke, ich habe alles.«
»Möchten Sie, daß ich Ihr Bett neu beziehe?«
»Nein, danke, es ist okay so.« Regan begann zu zittern.
»Soll ich Ihnen etwas Schokolade auf den Nachttisch legen?«
Regan wollte »Ja, eine Schachtel Katzenzungen« sagen, widerstand dann aber der Versuchung. »Nein, danke, ich habe alles, was ich brauche.«
»Okay, Miss, also einen schönen Abend dann.«
»Danke, Ihnen auch.« Wie man um mich bemüht ist, dachte Regan, als sie zurück in die Wanne stieg. Plötzlich rutschte sie aus und griff erschrocken nach dem Duschvorhang. Zwei der Haken zersprangen, und der Vorhang riß zur Hälfte herunter.
Drei Tiefschläge und du bist k.o., dachte Regan deprimiert.

Richie zog sein Jackett an und rückte seine Krawatte zurecht. Es war sechs Uhr dreißig. Er nahm eine Flasche Kölnisch Wasser, ein Stück aus dem Standard-Urlaubs-Kosmetikbeutel des *Vierten Viertels,* von seiner Kommode und sprühte sich damit ein. Normalerweise hatte er für Kölnisch Wasser nicht viel übrig, aber die Werbung für *White Knight* zeigte den Typen, der es trug, als einen Kraftprotz, der einen schicken Wagen fährt und dauernd von Mädchen umschwärmt und verwöhnt wird. Ich frage mich, ob die Sache mit dem attraktiven Duft nicht auch beim Verkauf der Strumpfhose funktioniert, dachte Richie. Er warf einen Blick auf eines der vielen Fotos von Birdie, die sein Appartement schmückten. »Ich will keine Mädchen, die mich umschwärmen, Liebes. Ich möchte nur eine dynamische Ausstrahlung haben, für den Fall, daß ich heute abend einen dieser Strumpfhosentypen im Hotel treffe.«
Richie betrachtete sich im Spiegel und sagte zum x-ten Mal: »Hallo, ich bin Richard Blossom. Ja, ich bin der Erfinder der Birdie-Strumpfhose. Ich würde mich freuen, wenn Sie an meiner Konferenz teilnehmen würden.« Er machte eine Pause. »Mein Agent?« Richie runzelte die Stirn. Ich werde Regan danach fragen müssen. Er betrachtete sein Gesicht in allen Einzelheiten. ›Ist das der Typ, der morgen ein Held sein wird?‹ fragte er sich. ›Oder ist das der Typ, der seine Freunde enttäuschen wird?‹
Richie zuckte die Achseln. Hey, Junge, was ist mit der Kraft des positiven Denkens? Das und ein paar Dollar könnten

dich ziemlich weit bringen. Entweder machte er an diesem Wochenende mit der Strumpfhose das dicke Geld, oder die alten Leutchen müßten ihre Zelte abbrechen.
»Birdie«, sagte er und nahm das Bild in die Hand, auf dem sie eine Baskenmütze trug und unter einem regengrauen Himmel vor dem Eiffelturm stand. »Ich brauche deine Hilfe, Liebes.« Einen Augenblick lang spürte er eine leise Wut. »Wenn du nicht gestorben wärest, wäre ich nie hier eingezogen und hätte mich nie so sehr an diesen Ort gewöhnt. Nun müssen wir vielleicht ausziehen, und ich bin am Ende wieder allein.« Birdie sah ihn mit ihrem verschmitzten Lächeln an, und Richie schämte sich ein wenig. »Es tut mir leid«, flüsterte er. »Ich glaube, unser Scherz, daß wir beide im hohen Alter uns so sehr auf die Nerven gehen würden, daß wir beide zu gleicher Zeit einen Herzinfarkt bekommen, war nur ein Traum.« Vorsichtig stellte er Birdies Bild auf die antike Eichenkommode zurück.
Ich muß in die Gänge kommen, dachte er. Regan wird in ein paar Minuten hiersein. Er steckte seine Brieftasche ein und fuhr sich mit einem Kamm durch die wenigen Haare, die an den Seiten seines Kopfes übriggeblieben waren. Es wird lustig werden heute abend. Die kleine Maura heiratet, aber meine Gedanken sind natürlich ganz woanders. Nun, wenn alles vorbei ist, werde ich ihr ein ganz besonders schönes Geschenk besorgen.
Die Schachtel mit den Strumpfhosen stand neben der Eingangstür. Bevor Richie sie hinter sich zuschloß, warf er noch einmal einen Blick auf das schimmernde Material. Er würde draußen auf einer Bank auf Regan warten. Er wünschte sich nur, sie würde aufhören, sich so viele Sorgen zu machen.

In Lukes und Noras Zimmer liefen die Fernsehnachrichten, während die beiden sich zum Abendessen umzogen. Aber alle zwei Minuten mußte Nora auf den Tonabschaltknopf der Fernbedienung drücken und ans Telefon gehen. Dies war offensichtlich die Stunde, in der die Leute in ihre Zimmer zurückkamen. Dort fanden sie die Einladungen zu der Cocktailparty und zur Modenschau. Mehr und mehr Zusagen kamen.

Nora hatte neben dem Telefon eine Liste liegen und hakte die Namen der Anrufer ab.

»Liebling«, sagte Luke, »warum ziehst du dich nicht fertig an? *Ich* werde ans Telefon gehen.«

»Danke, mein Schatz«, sagte Nora, »aber du hattest den ganzen Tag zu tun. Setz dich nur hin und schau die Nachrichten an.«

»Ich habe ohnehin noch keinen der Berichte von Anfang bis Ende hören können«, sagte er resigniert, als das Telefon erneut klingelte und Nora wieder auf den Tonabschaltknopf drückte.

»Also gut«, sagte Nora, überreichte ihm Stift und Fernbedienung und verschwand im Badezimmer.

»Hallo«, dröhnte Lukes tiefe Stimme. »Ja, hier ist Nora Regan Reillys Zimmer. Nein, sie wird auf der Party morgen keine Bücher verkaufen. Ich glaube, es sind einige im Laden in der Empfangshalle erhältlich ... sie sind alle ausverkauft? Das tut mir leid. Vielleicht könnten Sie in der Stadt eines auftreiben ... nein, den Namen des nächsten Buchladens kenne ich auch nicht ... Ihr Name? Danke. Dann bis morgen.« Er legte auf, als Nora gerade aus dem Badezimmer kam.

»Diese Party wirkt Wunder für deine Tantiemen.«

»Es sollen Strumpfhosen verkauft werden, nicht Bücher«, sagte Nora und stieg in ihre Stöckelschuhe.

Das Telefon klingelte wieder.

»Du kannst drangehen, wenn du willst«, seufzte Luke. »Da läuft gerade ein Werbespot, der wahnsinnig spannend ist.«

Nora lachte. »Hallo ... ja, das ist richtig, wir nehmen die Anmeldungen entgegen ... Ruth Craddock ... Ich freue mich, daß Sie kommen können, Ruth ... ja, viele Leute werden kommen ... Hallo? ... Hallo?« Nora legte den Hörer auf. »Sie hatte es schrecklich eilig, wieder aufzulegen.«

»Wahrscheinlich das einzig richtige«, murmelte Luke. »Laß uns gehen, bevor es wieder klingelt.«

»Ich muß nur noch einen Blick auf mein Gesicht werfen«, sagte Nora.

»Es ist noch immer da«, versicherte Luke ihr.

»Oh, das habe ich fast vergessen! Ich muß Richies Strumpfhose tragen!« Nora zog sie hastig aus der Schublade. »Willst du schon nach unten vorgehen?«

»Nein, ich werde auf dich warten«, sagte Luke und lehnte sich auf dem Bett zurück. »*Vom Winde verweht* fängt gerade im Moviekanal an, und ich habe es noch nie von Anfang bis Ende gesehen.«

Ruth saß in der Calla-Lily-Suite am Schreibtisch und rutschte unruhig auf ihrem Stuhl herum. Sie hatte recht, wie gewöhnlich. Sie hatte aufgelegt, nachdem sie erfahren hatte, daß morgen zu der Cocktail-Party eine Menge Leute kommen würden. Na, großartig. Einfach großartig.

»Ethel«, brüllte sie.

Ethel spähte um die Ecke der offenen Küche, wo sie sich gerade eine Tasse Tee machte. Heute war ein so schlimmer Tag gewesen, daß sie nur Zeit für zwei Tassen gehabt hatte. Sie hatte es nicht gewagt, ihre Nachmittagspause zu nehmen. Gewöhnlich trank sie am Nachmittag eine Tasse Tee, aß ein Schokoladenplätzchen und las die Zeitung. Und jetzt war es bereits Zeit zum Abendessen, aber Ethel hütete sich zu fragen, ob sie nach Hause gehen könne. »Ja, Ruth«, rief sie zurück.

»Ethel, ich habe keine Zigaretten mehr!«

»Hier, Ruth.« Ethel öffnete den Kühlschrank, den sie mit mehreren Stangen von Ruths Marke gefüllt hatte. Wenn irgend etwas schlimmer war, als Ruth in schlechter Laune zu erleben, war es Ruth in schlechter Laune und im Nikotinentzug. Wenn ich nicht einen Herzanfall bekomme, während ich für sie arbeite, dachte Ethel, als sie einen Karton öffnete und ein Päckchen herausholte, werde ich sicherlich am Passivrauchen sterben.

Ethel warf das Zellophan in den Papierkorb. Es ist nicht schwer, den Grund dafür zu finden, warum sie mich so gut bezahlt, dachte sie. Aber wenn ich in dieser Minute im Lotto gewinnen würde, wäre ich hier sofort weg, und Ruth würde auf Händen und Knien diese Zigaretten hier vom Boden aufsammeln. Und dann, dachte Ethel, hätte ich genügend Zeit, die ich mit meinen Enkeln verbringen könnte.

Mit einem sehnsüchtigen Blick auf ihre Tasse Tee ging sie ins Wohnzimmer. »Hier haben Sie eine neue Packung, Ruth«, sagte Ethel und versuchte, ihrer Stimme einen charmanten Klang zu geben.

»Danke, Ethel«, krächzte Ruth. Als sie ihre Zigarette anzündete, mußte Ethel an ein Baby denken, das seinen Schnuller in den Mund gesteckt bekommt, nachdem es ihn verloren hatte.

»Von nun an, Ethel«, kündigte Ruth an, während sie den Rauch ausblies, »muß jeder von Calla-Lily, der in Urlaub geht, einen Piepser bei sich tragen.«

»Umm-hmmmm. Gute Idee, Ruth«, sagte Ethel.

»Auf die Weise werden wir nie wieder in solche Schwierigkeiten kommen. Natürlich nur, wenn wir überhaupt noch im Geschäft sind!« Ruth begann zu zittern. »Ich wäre ja so glücklich, wenn Irving irgendeinen Fehler an diesen Strumpfhosen entdecken würde. Das wäre eine solche Erleichterung; ich wäre ein ganz anderer Mensch.«

Ich bezweifle, daß ich dich mit Mutter Teresa verwechseln würde, dachte Ethel.

»Also«, sagte Ruth, »alle Ausschußmitglieder wissen, daß wir uns morgen früh hier treffen, nicht wahr?«

Ethel nickte heftig. »Alle wissen es, außer natürlich«, sie zögerte, »der, den wir noch nicht ausfindig gemacht haben.«

Ruth begann lang anhaltend zu knurren, fast wie ein Hund. »Dschungel Jim. Sie sind immer noch dabei, ihn zu suchen, nicht wahr?«

»Ja, sie wollen anrufen, sobald es irgend etwas Neues gibt.«
»Haben wir für alle Fälle den Bankscheck fertig?«
»Es ist alles vorbereitet. Fünf Millionen Dollar.«
Ruth zog eine Grimasse. »Und die Verträge sind aufgesetzt, so daß wir mit diesem Blossom ins Geschäft kommen können?«
»Sie müssen nur noch unterschrieben werden. Wenn der Ausschuß zustimmt, werden Sie die fünf Millionen Dollar übergeben und ...«
»IST MIR ALLES BEKANNT, Ethel.« Ruth machte eine kurze Pause, um sich zu sammeln. »Irving ist zur Zeit im Labor, wo er, wie ich hoffe, den Rest des Abends bleiben wird, um diese unzerstörbaren Strumpfhosen wieder und wieder zu testen, diese Stoffetzen, die mein Leben ruinieren könnten. Wenn er irgendeine Möglichkeit findet, sie dazu zu bringen, Fäden zu ziehen, werden alle meine Gebete erhört sein.«
Zu WEM betest du? fragte sich Ethel.
»Und wenn er keine Möglichkeit findet, müssen *wir* diejenigen sein, die die Sache unter Kontrolle bringen. Ich muß jetzt zu dem Gummiadler-Abendessen 'runtergehen. Genau das, wonach mir jetzt ist. Blöder Small Talk, während ich ganz andere Probleme habe, die mich beschäftigen. Ich glaube, du solltest hierbleiben, um die letzten Neuigkeiten über den Verbleib unseres verschollenen Pfadfinders entgegenzunehmen.«
Ethel zwang sich zu einem Lächeln. »Ich werde hiersein.«
»Gut. Ich weiß, es ist spät. Du kannst den Fernseher einschalten, wenn du möchtest.«
»Danke, Ruth.«
»Kein Problem, Ethel.« Ruth war schon im Begriff zu gehen, als Ethel plötzlich noch etwas einfiel.
»Oh, Ruth. Nur noch eins. Während Sie auf der anderen

Leitung gesprochen haben, hat Barney Freize angerufen. Er will sein Geld.«

Ruth schnellte herum; ihre Augen traten hervor. »Du rufst Barney an und sagst ihm, daß wir ihm seinen Scheck über 45.000 Dollar geben werden, sobald wir wissen, ob die Strumpfhose gut ist. Er hat schon 5.000 Dollar dafür bekommen, daß wir bloß mal daran schnuppern durften.«

»Aber ...«, protestierte Ethel.

»Kein Aber. Tu, was ich dir gesagt habe!« Ruth knallte die Tür hinter sich zu.

Ja, wenn ich Lust dazu habe, dachte Ethel grimmig und nahm sich das Hotel-Fernsehprogramm.

Um fünf nach sieben fuhr Regans und Richies Taxi vor dem Watergreen Hotel vor. Ein Türsteher eilte herbei, um ihnen beim Aussteigen behilflich zu sein.

»Willkommen im Watergreen.«

»Danke«, sagte Regan, die nach Richie ausstieg. Zwei gutgekleidete Paare warteten schon darauf, einsteigen zu können.

»Wohin möchten Sie?« fragte sie der Türsteher.

»Joe's Stone Crab«, sagte eine der Frauen aufgeregt.

»Ich hoffe, Sie haben reserviert«, antwortete er und lehnte sich hinüber, um es dem Taxifahrer zu sagen.

»Wir sind doch nicht vom Lande«, hörte Regan einen der Männer murmeln.

Sie ging durch die Drehtür des Hotels, und Richie folgte ihr. Sie betraten eine hochelegante Empfangshalle mit einem hellen, grün-weiß gemusterten Teppich, zahlreichen Pflanzen und einem Miniaturwasserfall, der einer Seitenwand zu entspringen schien. Der Empfangsschalter war auf der linken Seite. Auf dem Weg dorthin ging man an einem abgesenkten Bereich mit einer großen runden Bar und Tischen und Stühlen vorbei, von dem aus man einen großartigen Blick auf die Schwimmbecken und den dahinter liegenden Strand hatte. Die Atmosphäre war luxuriös und festlich.

Regan erblickte Maura und John, die allein in einer Sitzgruppe saßen. Sie und Richie eilten hinüber.

»Wie geht es der errötenden Braut?« fragte Regan, während sich alle mit Küßchen begrüßten.

»Ich habe gerade meinen dritten Nervenzusammenbruch«, antwortete Maura.

»Den vierten«, korrigierte John. »Hier, setzt euch. Es ist sonst noch niemand aufgetaucht.«

Regan und Richie setzten sich, und der Kellner kam herübergeeilt. Richie bestellte einen »Old-fashioned«, und Regan entschloß sich zu einem »Mai Tai«.

»Dein Drink sieht gut aus«, sagte sie zu Maura.

»Er ist so gut, daß es schon mein zweiter ist.«

»Deine Frisur ist wirklich klasse«, bemerkte Regan.

»Findest du? Es ist ein Perücke.«

»Kaum zu glauben«, sagte Regan mit einem halben Lächeln.

»Ich weiß. Aber ich fange an zu denken, daß das die richtige Lösung ist.«

»Lacht nicht«, sagte Richie. »Die arme Birdie hat einige Tage vor unserer Hochzeit eine dieser Heimdauerwellen ausprobiert. Sie sah so aus, als ob ihr ein Gespenst erschienen wäre. Sie heulte sich die Augen aus. Gott behüte sie. Ich habe ihr gesagt, sie solle sich keine Sorgen machen, es würde schon alles wieder in Ordnung kommen. Aber ich muß sagen, ich war erleichtert, als die Dauerwelle ungefähr ein Jahr später wieder rausgewachsen war.«

»Onkel Richie, hat sie auf eurer Hochzeit eine Perücke getragen?« fragte Maura.

»Sie wollte es, aber ihre Mutter fand, das sei ein Sakrileg. Alte Damen haben komische Vorstellungen.« Richie nahm sich eine Handvoll Erdnüsse.

»Also, John«, sagte Regan, »hast du irgendwelche süßen alleinstehenden Freunde, die bei der Hochzeit dabeisein werden?«

John, mit seinen blitzenden irischen Augen und starken Gesichtszügen, die von lockigem blondem Haar umrahmt wurden, ein wirklich gutaussehender Mann, zog die Stirn in Falten. »Nun, laß mich überlegen ...«

»Das heißt nein«, erklärte Maura.

»Was ist mit Kyle?« protestierte John.

»Kyle?« Maura schnappte nach Luft. »Ich werde nicht eine meiner ältesten und besten Freundinnen mit Kyle verkuppeln. Er ist ein notorischer Lügner.«

John nickte. »Das stimmt. Aber abgesehen davon ist er ein wirklich netter Typ.«

Maura wandte sich an Regan. »Wir haben uns immer zu viert getroffen, bis ich es nicht mehr ertragen konnte. An einem Abend waren wir mit einem Mädchen zusammen, das mir alles über ihre und Kyles Zukunftspläne erzählte. Am nächsten Abend stellte er uns dann schon wieder eine Neue vor, die dieselben Pläne hatte. Ich wollte ihr unbedingt reinen Wein einschenken, aber John hätte mich umgebracht.«

»Ich kann es nicht erwarten, ihn kennenzulernen«, sagte Regan. »O schaut, da kommen meine Eltern.«

Nora und Luke kamen von den Aufzügen herübergeeilt und begrüßten die Runde.

»Gute Neuigkeiten, Richie«, sagte Nora, als sie sich setzte. »Wir haben eine Menge Zusagen für die Party bekommen.«

»Oh, das ist großartig, Nora. Viele Leute?«

»Ja wirklich, eine Menge Leute«, bestätigte Luke. Nora tätschelte Mauras Hand. »Und der große Tag steht nahe bevor.«

»Das stimmt. Sie kommen morgen zum Mittagessen, nicht wahr?«

»Natürlich. Die Cocktailparty fängt nicht vor vier Uhr an. Um wieviel Uhr beginnt das Probeabendessen?«

»Die Drinks gibt es um sieben.«

Regan lachte. »Ich habe einige gute Geschichten für die Trinksprüche.«

»Genau das ist es, was mir Sorgen macht«, sagte Maura mit einem Grinsen.

»Frühlingsferien im College. Ich bin damals runtergekommen, um dich zu besuchen. Wie hieß dieser Typ noch? Der, der dir seinen Collegering geschenkt hat, fünf Minuten nachdem du ihn in dieser Bar in Fort Lauderdale kennengelernt hast?«

»REGAN!«

»Die ganze Beziehung dauerte ungefähr eineinhalb Stunden. Unvereinbarkeit der Charaktere.«

»Von dem habe ich noch gar nichts gehört«, bemerkte John.

»Das ist, weil kein anderer Mann zählte, bis ich dich traf«, sagte Maura mit süßlicher Stimme.

»Gott sei Dank hast du die Verlobung mit diesem anderen Typen vor ein paar Jahren gelöst«, erklärte Richie, während er mit vollen Backen Erdnüsse kaute. »Er war wirklich nicht der Richtige für dich.«

»Ich wußte, wir hätten heimlich heiraten sollen. Laßt uns das Thema wechseln«, bat Maura.

John legte seinen Arm um sie. »Wir haben doch keine Geheimnisse voreinander, Liebes.« Er wandte sich Regan zu. »Was können Sie mir sonst noch erzählen?«

»Hat sie Ihnen von dem Typen erzählt, der ihr zu Weihnachten einen Satz Springseile geschenkt hat? Das Schlimmste daran war, daß sie noch nicht einmal eingepackt waren.«

»Er hat ihr auch ein Paar Scheibenwischer geschenkt«, ergänzte Richie.

»O ja«, kicherte Regan, »er war hoffnungslos romantisch.«

Maura knuffte Johns Knie. »Ich freue mich schon auf den Augenblick, wenn ein paar deiner Freunde auch ein paar Geschichten vom Stapel lassen.«

»Also bitte«, sagte Nora. »Laßt uns jetzt nicht auf Maura herumhacken.«

»Dazu werden wir morgen abend noch sehr viel Zeit haben«, stellte Regan fest.
Der Kellner kam vorbei, und Luke und Nora bestellten ihre Getränke.
»Maura, was für Musik wirst du beim Empfang haben?« fragte Nora.
»Irgendeine Supermarkt-Berieselung, wenn es nach meiner Mutter geht.«
»Wenigstens wird dann keiner ins Schwitzen geraten, wenn getanzt wird«, bemerkte Regan.
»Also«, begann Maura, »wir haben eine Band engagiert, die ein ziemlich großes Repertoire hat. Wenigstens sagen sie das. Meine Mutter hat Angst, die Scheiben würden zerspringen, wenn sie Rock 'n' Roll spielen, also wird sie sie bitten, ihre Verstärker zu Hause zu lassen.«
»Apropos Verstärker«, sagte Regan, »wir müssen herausfinden, was für eine Musikanlage wir für die Modenschau morgen benutzen.«
»Wir haben gerade einen Satz Töpfe und Pfannen bekommen, die ihr euch borgen könnt«, sagte Maura.
»Die müssen wir für Neujahr aufheben«, wandte Regan ein.
Der Kellner erschien und stellte Lukes und Noras Getränke auf den Tisch. »Entschuldigen Sie«, sagte Nora, »wissen Sie, ob der Hoteldirektor, Mr. Fargus, noch hier ist?«
»Ich werde nachsehen, Madam.«
»Nick Fargus?« fragte Maura. »Er hat uns dabei geholfen, den Empfang zu planen. Bei dem ist 'ne Schraube locker.«
Luke kicherte.
Nora schaute ihn an.
»Ich weiß, Papa«, sagte Regan. »Mama hat versucht, mich mit ihm zu verkuppeln, richtig?«
»Ich habe keinen Ton gesagt«, erklärte Luke und hob die Hände hoch.

»Er ist ein sehr liebenswürdiger junger Mann«, beharrte Nora.
Es dauerte wenige Minuten, bis Nick zu ihrem Tisch kam, wobei er auf dem Weg dorthin die Kupfergeländer nach Staubablagerungen überprüfte.
»Hallo, hallo, hallo zusammen. Hallo, Maura. Hallo, John. Hallo, Mrs. Reilly. Hallo, Mr. Reilly.«
»Hallo, Nick«, sagte Nora. »Ich möchte Ihnen meine Tochter Regan vorstellen ...«
»Oh, nett, Sie kennenzulernen, Regan. Ich dachte, Sie wären eines der Models für die Modenschau morgen.«
»Nein, nein, ich helfe Richie nur dabei, die Show zu organisieren. Das ist Richie Blossom.«
»Regan ist eine meiner Brautjungfern«, sagte Maura, während Nick und Richie sich die Hand gaben. »Und wir haben gerade darüber gesprochen, daß nicht genügend geeignete Männer da sind, mit denen man auf der Hochzeit tanzen kann. Ich hoffe doch, Sie kommen mal vorbei und entführen Regan auf die Tanzfläche.«
»Klar, das ist mein Job: alle glücklich zu machen.«
»Danke«, sagte Regan. »Ja, vielen Dank.« Das zahle ich dir heim, Maura, dachte sie. »Haben Sie eine Stereoanlage?«
»Eine was?«
»Eine Stereoanlage. Wir brauchen Musik für die Modenschau.«
Nick schnalzte mit der Zunge. »Wissen Sie was? Ich habe keine. Ich hatte mal vor, einen CD-Player zu kaufen, aber ich hatte so verdammt viel zu tun. Ich weiß, ich hätte einfach losgehen und mir einen kaufen sollen. Ich wollte *Consumers Digest* lesen, um herauszufinden, welcher der beste sei, und jetzt findet schon morgen ...«
»Beruhigen Sie sich«, sagte Regan und klopfte ihm auf die Schulter.

»Die Modenschau soll auf jeden Fall stattfinden, nicht wahr?« fragte Nick.

»Natürlich«, sagte Regan. »Wenn ich eine Freundin von mir erreichen kann, die Stereoanlagen verkauft und weiß, welche man am besten nehmen sollte, wären Sie dann daran interessiert, morgen früh eine zu kaufen?«

Nick nickte. »Auf jeden Fall.«

»Gut.« Nun hoffe ich nur, daß ich Nadines Nummer dabeihabe, dachte Regan.

Nadine und Joey tranken gerade ihr kühles Bier auf der Veranda in Joeys Hintergarten, als das Telefon klingelte.

»Warum läßt du nicht den Anrufbeantworter laufen?« fragte Nadine und rollte dabei ihre Zehen um die Litzen des Liegestuhls.

»Es könnte das Büro sein.« Joey eilte in die Küche.

Eine Minute später rief er aus dem Küchenfenster. »Nein, es ist für dich.«

»Für mich?«

»Es ist Regan.«

»Regan?«

»Höre ich ein Echo?« fragte Joey.

»Klugscheißer«, fauchte Nadine, während sie sich aus dem Stuhl hochstemmte. »Ich verstehe nicht, warum die Jungs kein schnurloses Telefon für dieses Haus anschaffen«, murmelte sie, »ein kleiner elektrischer Schlag im Ohr hat noch niemandem geschadet.«

Die Fliegengittertür knallte hinter ihr zu, als sie Joey das Telefon aus der Hand nahm. »Hallo, Regan, was ist los?«

Nadine hörte aufmerksam zu, was Regan ihr von der Modenschau und von der Suche nach einem CD-Player berichtete.

»Du wirst es nicht glauben, Regan, aber heute habe ich eine Frau kennengelernt, die behauptet, sie trüge eine laufmaschensichere Strumpfhose. Das war wirklich mal etwas Erbauliches.«

»Wo hat sie sie her?« fragte Regan.

»Ihr Sohn ist Ingenieur und testet sie für seine Firma, weil sie sie möglicherweise kaufen will. Oh, hallo.«

»Was?!« fragte Regan.

»Entschuldigung, aber einer von Joeys Mitbewohnern ist gerade reingekommen. Übrigens, wir beide hatten uns eine Maniküre machen lassen, und ich bin mit meinen nassen Nägeln an das Bein der Frau gekommen. Der Nagellack ließ sich ganz einfach abwischen. Dein Freund Richie könnte mit diesen Strümpfen eine Menge Geld machen, wenn sie so gut sind, wie sie zu sein scheinen. Ich würde zehn Paar kaufen.«

»Genau das streben wir an«, sagte Regan. »Was mich natürlich wieder auf den CD-Player bringt. Kannst du eine bestimmte Marke empfehlen? Dieser Nick will morgen früh losgehen und einen kaufen.«

»Das hängt davon ab, wieviel er ausgeben will«, sagte Nadine. »Manche Leute machen mich verrückt, indem sie hundertmal ins Geschäft reinkommen und dann wieder rausgehen und jedes letzte Detail von jedem System überprüfen, bis zur Farbe des Steckers. Sie rasen herum und verschwenden Benzin, weil sie die Preise in der ganzen Stadt vergleichen. Wie ist dieser Typ eigentlich?«

»Ach Gott, er ist *nett*«, sagte Regan zögernd.

»Nett bedeutet wohl: ziemlich uninteressant«, vermutete Nadine, während sie sich auf einen der Vinylküchenstühle setzte, deren Polsterung an der Rückenlehne herausquoll. »Wenn früher irgendein Mann versuchte, mich zu angeln, dann war: ›Er ist nett‹ immer so eine Art Todesurteil.«

Regan lachte. »Meine Mutter findet, daß er ein liebenswürdiger junger Mann ist.«

»Das sagt alles. Moment mal – wie hat deine Mutter ihn kennengelernt?«

»Sie und mein Vater sind wegen einer Konferenz und wegen einer Hochzeit hier unten. Meine Mutter gibt die Cocktailparty, die vor der Modenschau stattfinden soll.«
»Cool. Regan, ich kann dir eine Menge Dinge nennen, nach denen man bei einem CD-Player schauen sollte, aber es ist vielleicht besser, wenn ich das Ding mit dem jungen Mann zusammen kaufe. Bleib bitte mal dran. Joey, gehst du morgen früh arbeiten?«
»Für ein paar Stunden.«
»Regan, wenn er es möchte, kann ich ihn morgens begleiten.«
»Nadine, das wäre wirklich nett von dir. Macht es auch wirklich keine Umstände?«
»Nein. Übrigens, Joey und ich haben Zeit, morgen nachmittag zum Strand zu gehen.«
»Ihr seid herzlich zu der Cocktailparty und der Modenschau eingeladen.«
»Das wird bestimmt lustig. Der gute Nick wird vielleicht ohnehin ein bißchen Hilfe gebrauchen können, wenn er den CD-Player in seiner Wohnung aufbaut.«
»Ja, bestimmt. Ich würde mit euch kommen, aber die Brautjungfern treffen sich um elf Uhr zu einem kleinen Imbiß. Aber ich könnte dich hinterher hier am Hotel treffen.«
»Das wäre schön. Warum kommst du nicht nachher zu einem Bier ’rüber? Wir kochen etwas und setzen uns ein bißchen mit einigen von Joeys Freunden und seinen Wohnungsgenossen zusammen.«
»Wahrscheinlich bin ich hier nicht vor zehn Uhr fertig«, sagte Regan. »Ist das zu spät?«
»Machst du Witze? In diesem Teil der Stadt hat der Abend noch nicht einmal begonnen.«
»Das stimmt. Gib mir deine Adresse.«
Nachdem Nadine Regan die Adresse gegeben hatte, mach-

ten sie aus, daß Regan Nick sagen würde, er solle Nadine selbst anrufen, um ihre Einkaufsverabredung für den nächsten Morgen zu treffen.

»Er ist im Augenblick mit unserer Gruppe zusammen«, erzählte Regan, »wir wollen gerade zum Abendessen reingehen. Ich kann ihm sagen, daß er dich sofort anrufen soll.«

»Ich werde hiersein. Übrigens, Regan, hast du einen Freund?«

»Warum fragst du, Nadine?«

»Weil ich hier einen Typen habe, den du kennenlernen solltest.«

»Nur, wenn er wirklich nett ist. Bis dann, Nadine.«

»Bis dann, Regan.«

Barney Freize war ziemlich verärgert, daß Ruth Craddock nicht den Anstand hatte, ihn zurückzurufen, nachdem er so nett gewesen war, sie mit der Birdie-Strumpfhose bekannt zu machen, und dadurch wahrscheinlich die Firma vor dem Ruin gerettet hatte. Er lief nervös in seiner kleinen Bude hin und her. »Das kostet Nerven, das kostet es, es kostet ganz schön Nerven«, murmelte er verärgert. Er öffnete die Fliegengittertür, die in seinen kleinen Hintergarten führte, und atmete den stechenden Geruch der Zitronenbäume ein. »Sei ganz ruhig, Barn, ganz ruhig«, sagte er zu sich selbst, da er fühlte, wie ihm das Blut zu Kopf stieg.

Jetzt mußte er also in Geduld auf einen Rückruf von der Königin des Baumwollzwickels warten. Heute hatte die Sekretärin bereits dreimal zu ihm gesagt: »Entschuldigung, Sir, aber sie ist in einer Besprechung.« Ja, und ich bin Sylvester Stallone, dachte er.

Ich hätte mit der Birdie-Strumpfhose nicht zu Calla-Lily zu gehen brauchen, dachte er. Ich hätte genausogut in ein Flugzeug nach North Carolina steigen können, wo so viele der anderen Strumpfhosenfabrikanten ansässig sind, und einen von ihnen in das große Geheimnis einweihen können. Er hatte dort unten vor Jahren gearbeitet und hätte bestimmt einen Termin mit irgendeinem der Bosse bekommen können. Einer von ihnen hätte nur einen Blick darauf werfen und sie einmal anfassen müssen, um zu wissen, daß sie eine Sensation war. Was in einem Brief geschrieben steht, ist natürlich nicht sofort glaubwürdig, besonders, wenn es von einem Verrückten wie Richie kommt.

Kürzlich hatte Ruth ihm berichtet, die Tests seien alle positiv, aber ganz sicher sei man sich noch nicht. Um Himmels willen, die Strumpfhosenhersteller-Konferenz fand gerade in diesen Tagen statt. Wollte sie ihn um sein hohes Honorar betrügen? Das aber sollte sie besser in keinem Fall tun.

Barney ging in die Küche und öffnete den Kühlschrank. Das habe ich alles meinem Neffen Danny zu verdanken, dachte er. Als Barney ihm unter dem Siegel der Verschwiegenheit von der Strumpfhose erzählt hatte, hatte Danny sich bereit erklärt, ihn Ruth vorzustellen. Es war alles so einfach gewesen, er hatte es fast nicht glauben können.

Aber Danny erledigte das Stoffmessen für sie bei Case Panty Hose. Er verhandelte direkt mit Ruth. Sie war gerade dabei, sich eines weiteren Ehemannes zu entledigen. Vielleicht hatte Danny heute mit ihr gesprochen und wußte, was los war.

Ich werde ihn anrufen, dachte Barney. Er schloß die Kühlschranktür, nahm den Hörer ab und wählte die Nummer seines Neffen. Dannys Anrufbeantworter meldete sich. »Hallo, hier ist Danny. Ich bin zur Zeit nicht zu Hause, aber wenn Sie Ihren Namen und Ihre Telefonnummer hinterlassen ...« Ja klar, dachte Barney. Welcher fünfundzwanzigjährige junge Mann ist an einem Freitagabend zu Hause? Besonders ein so hübscher Kerl wie Danny. »Danny, hier ist Onkel Barney. Ruf mich zurück, ja? Es ist wichtig.«

Barney legte auf. So Gott will, werde ich in den nächsten drei Tagen von ihm hören, dachte er.

Also, wie ist es jetzt mit einem Abendessen? Aber zuerst

werde ich mir eine Zigarre anzünden, das wäre jetzt nicht schlecht ...

Barney ging in sein gemütliches kleines Wohnzimmer zurück und setzte sich auf seinen Lieblingsplatz, einen Sessel, der sich so weit zurückklappen ließ, daß Barney bequem beim Fernsehen einschlafen konnte, ohne mit einem steifen Hals aufzuwachen. Er öffnete die Zigarrenkiste, die er in Reichweite seines Sessels stehen hatte, zog eine White Owl heraus und schnüffelte genießerisch daran. Das würde ihm helfen, sich zu entspannen. Allein mit seiner Zigarre, und niemand weit und breit, der ihn zum Rauchen nach draußen schicken würde, wie es seine Exfrau immer getan hatte. Natürlich hatte ihr der Geruch des Zigarrenrauchs in der Phase des Kennenlernens nicht ausgemacht, aber als sie einmal verheiratet waren, peng, da war es aus. Um Himmels willen, nur kein Zigarrenrauch im Haus! Alles in dem kleinen Raum stank nach Rauch, und genau das liebte er.

Barney hielt das Feuerzeug, das er am Strand gefunden hatte, unter seine Zigarre und betrachtete, während er den Rauch einsog, die flackernde Flamme. Das Anzünden einer Zigarre hatte für ihn etwas von einem religiösen Ritual. Als sie schließlich brannte, lehnte er sich in seinem Sitz zurück und streckte die Beine auf der Fußstütze aus, die gehorsam nach seinem Willen verschwand und sich wieder herausschob. Wer auch immer gesagt hat, das Heim eines Menschen sei seine Burg, hat wirklich den Nagel auf den Kopf getroffen, dachte Barney.

Während er rauchte, lauschte er auf die nächtlichen Geräusche in seinem Hintergarten: das Zirpen der Grillen, ein gelegentliches Brummen eines Flugzeuges, das Rauschen des Windes.

Ich könnte das Geld gebrauchen, dachte er. Noch mal

45.000, wenn diese Strumpfhose wirklich ein Erfolg wird. Und das scheint der Fall zu sein.
Ich werde in Ruhe meine Zigarre rauchen, mir dann etwas zum Abendessen machen und geduldig auf den Rückruf warten. Wenn ich keinen bekomme, dachte er, muß ich mir etwas ausdenken, wie ich diese Ruth Craddock dazu bringe, ihren Verpflichtungen nachzukommen.

Judd Green saß wartend in einem der Speisesäle des Watergreen Hotels. Die Gruppe, die er seit geraumer Zeit beobachtete, hatte sich gerade an einen großen Tisch in seiner Nähe gesetzt. Er hatte darauf geachtet, daß sein Platz ihrem Tisch so nahe war, daß er gut sehen und hören konnte.

Regan Reilly, augenblicklich Richie Blossoms ständige Begleiterin, redete eifrig auf ihn ein. Richie strengte sich an, um alles mitzubekommen.

»Gute Neuigkeiten, Richie«, sagte Regan, während der Kellner ihre Serviette auseinanderfaltete und auf ihren Schoß legte. Sie nickte ihm ein Dankeschön zu und fuhr fort: »Ich habe gerade mit meiner Freundin Nadine gesprochen. Sie hat heute in einem Nagelsalon eine Frau getroffen, die wahrscheinlich deine Birdie-Strumpfhose trug. Sie sagte, sie sei toll. Ihr Schwiegersohn ist Ingenieur in einer Firma, die daran interessiert sein könnte, die Strumpfhose zu kaufen. Er ist damit beauftragt, sie zu testen.«

»Klasse, Richie«, sagte Ed Durkin und erhob sein Glas. »Wir werden an diesem Wochenende gleich zwei Ereignisse feiern können.«

Richie sprang erschrocken auf. »Für welche Firma arbeitet dieser Typ denn? Wie ist er überhaupt an meine Strumpfhose gekommen?«

»Richie, du hast mehrere davon weggegeben«, erinnerte ihn Regan.

»Aber nur an meine Freunde«, erklärte Richie.

»Du hast doch ein Patent darauf, nicht wahr?« fragte Regan besorgt.
»Oh, sicher.«
»Dann brauchst du dir keine Sorgen zu machen. Ich werde Nadine später ohnehin treffen. Darum frage ich sie, was sie über die Firma weiß, die die Strumpfhose augenblicklich testet – *wenn* sie überhaupt etwas weiß.«
»O Gott, ich kann es kaum glauben!« sagte Richie mit leuchtenden Augen. Er hielt sein Wasserglas hoch. »Ich möchte auf Birdies Beine und Birdies Vermächtnis anstoßen.«
Regan hatte plötzlich Bedenken. »Richie«, warnte sie, »wir sollten den Tag nicht vor dem Abend loben. Die Sache sieht wirklich gut aus, aber bis wir ein Angebot erhalten und es akzeptiert haben, kann noch eine ganze Menge schiefgehen.«
»Regan, du bist und bleibst eine Schwarzseherin. Wenn diese Firma nicht anbeißt, wird es eben eine andere tun.« Richies Lächeln erstarb, und Sorgenfalten traten auf seine Stirn. »Wenn sie sich natürlich bis morgen nicht entscheiden können, ist es für den Kauf des *Vierten Viertels* zu spät.«
»Darüber solltest du nicht nachdenken, Richie«, sagte Nora beruhigend. »Wir werden die tollste Cocktailparty aller Zeiten geben. Am Ende werden sich alle mit ihren Geboten übertreffen.« Sie streckte ihr Bein aus und drehte es adrett hin und her. »Ich liebe deine Strumpfhose.«
Mauras Mutter Bridget stimmte ihr zu. »Ich bin auch ganz begeistert davon. Sie trägt sich wirklich sehr angenehm. Richie hat mir ein Paar gegeben, das perfekt zu meinem Brautmutterkleid paßt.«
»Ist das das gleiche Kleid, das Sie zu Mauras Hochzeit vor zwei Jahren tragen wollten?« fragte Regan zuckersüß.

»Nein. Das hat sie aufbewahrt, um es später deiner Mutter geben zu können, Regan«, entgegnete Maura.
»Ich bin begeistert«, knurrte Regan.
»Im Ernst, Richie«, sagte Nora, »sie sind toll. Wenn ich Besitzerin einer Strumpfhosenfirma wäre, hätte ich furchtbare Angst vor den Birdie-Strumpfhosen. Die sind so gut, daß sie alle anderen Firmen leicht in den Bankrott treiben könnten. Wenn eine Firma sie testet und erkennt, wie haltbar sie sind, und wenn sie die Information bekommt, daß du sie morgen vorstellen wirst, könntest du vielleicht schon vor der Modenschau ein Angebot bekommen.«
»Vorausgesetzt, es ist Richies Strumpfhose, die getestet wird«, wandte Luke ein.
»Natürlich«, stimmte Nora ihm zu.
»Wenigstens brauchen wir uns über *unser* Geschäft keine Sorgen zu machen, nicht wahr, Luke?« fragte Ed. »Die einzigen Dinge, die kein Mensch auf dieser Welt umgehen kann, sind ...«
»Der Tod und die Steuern«, ergänzten sämtliche Anwesenden laut, da sie den Spruch mindestens schon hundertmal gehört hatten.
Maura und Regan sahen sich an, dann wandte sich Maura zu John. »Jetzt weißt du, warum mein Bruder Finanzbeamter ist.«
Sie bestellten etwas zu trinken, und als sie wenig später an ihren Gläsern nippten, erschien der Küchenchef, um die Spezialitäten anzukündigen.
»Meine Empfehlung für heute abend«, begann er und küßte dabei seine Finger, »ist ... er küßte sie noch einmal ... Froschschenkel!«
»Das ist ein Zeichen, das Birdie mir aus dem Jenseits schickt«, verkündete Richie strahlend.
Ein paar Tische weiter bestellte der einsame Judd Green

routinemäßig sein Abendessen. So wie es sich anhörte, trieben die Dinge schneller als erwartet auf eine Entscheidung zu. Es war nicht viel Zeit übrig.

Als das Thema an dem großen Tisch sich um eine Hochzeit zu drehen begann, konzentrierte er sich auf seine eigenen Pläne.

Regan Reilly würde heute abend eine Freundin besuchen. Es hörte sich so an, als würde sie oder jemand anders Richie Blossom am *Vierten Viertel* absetzen.

Green hatte dem Hoteldiener ein Trinkgeld gegeben, damit er seinen Wagen draußen auf der Straße vor dem Hotel parken konnte. Sobald er sah, in welchen Wagen Richie Blossom einstieg, würde er ihm folgen.

Hastig nahm er ein paar Bissen von seinem Abendessen und bestellte ein Kännchen Kaffee. Es könnte eine lange Nacht werden.

Als der Kellner mit dem Kännchen kam, bat Green um die Rechnung.

»Sicherlich«, sagte der junge Mann freundlich, während er das dampfende Getränk in seine Tasse goß. Dabei stieß ihn ein vorbeilaufender Hilfskellner von hinten an, und ein paar Tropfen der heißen Flüssigkeit spritzten auf Greens zerkratzte Hand. Er zog sie zurück und fluchte.

»Entschuldigen Sie bitte, Mr. Evans«, stammelte der Kellner verlegen.

Green zwang sich zur Ruhe. Der Mann hatte mit ziemlich lauter Stimme gesprochen, und Green spürte, daß einige der Gäste zu ihm herüberschauten. Er wollte keinesfalls Aufsehen erregen.

»Ihre Hand sieht ja schlimm aus«, fuhr der Kellner fort. »Sie haben sich aber wirklich bös verletzt.«

»Nicht der Rede wert«, knurrte Green gereizt. »Bringen Sie mir schleunigst die Rechnung.«

»Wie wär's mit einem Drink auf Kosten des Hauses?« Der Kellner war offenbar entschlossen, den Schaden wiedergutzumachen.

Aber Judd Green, alias Lowell Evans, verlangte zum dritten Mal mit barscher Stimme seine Rechnung.

»Kommt sofort, kommt sofort.« Der Kellner eilte davon.

Während Judd Green die Rechnung schließlich unterschrieb, bemerkte er, daß Richie Blossom und seine Tischgenossen gerade den Nachtisch bestellten. Als sie eine halbe Stunde später draußen auftauchten, wartete er bereits in seinem Wagen.

Beim Zusammenfalten ihrer Serviette stieß Ethel einen leisen Rülpser aus. Das war verdammt gut, dachte sie. Sie steckte sich noch eine Brotkrume in den Mund, die sie zuvor nicht gesehen hatte, und warf einen Blick auf den Tisch, den der Zimmerservice hereingerollt hatte. Eine einzelne Rose in einer Kristallvase stand inmitten der spärlichen Reste von Krabbencocktail, Pfeffersteak, Pommes frites und Zucchinimus. Auf ihrem Salatteller waren noch mikroskopisch kleine Spuren von Arugula und Endivien zu erkennen. Sie hatte eine halbe Flasche Wein geleert, und das dreifarbige Sorbet war nur noch eine schöne Erinnerung. Ethel machte einen letzten Versuch, noch ein paar kostbare Tropfen aus der Kaffeekanne zu schütten. Mag sein, daß Ruth jetzt ein Gummihähnchen in sich hineinstopft, frohlockte sie, aber *ich* gebe mich nicht damit zufrieden. Wenn ich schon bleiben und mich um die Geschäfte kümmern muß, dann muß die Firma mir wenigstens ein Abendessen zahlen. Ruth wußte, daß ich etwas essen mußte, aber sorry, Chefin, McDonald's liefert bis jetzt noch nicht ins Haus.

Ethel stand auf. Ich lasse diesen Tisch hier lieber abholen, bevor Ruth herausfindet, was ich bestellt habe. Ich werde das Fenster öffnen, damit sie nicht gleich das köstliche Steak riecht.

Ethel schaute auf ihre Uhr. Sie müßten jetzt bei den Tischreden sein, dachte sie glücklich, da sie wußte, wie sehr Ruth diese haßte. Ethel hoffte, daß der Präsident der Nationalen

Strumpfwarengesellschaft wieder die gleiche, endlos lange Rede über die Geschichte der Beinbekleidung halten würde. Die Story war das reinste Schlafmittel. Ethel kicherte. Kommt meine Boshaftigkeit daher, daß ich alt werde? Ist es so, daß die demütigenden, harten Jahre bei Ruth meinen Charakter verändert haben? Oder, dachte Ethel, ist es nur diese köstliche Flasche des teuren Weins?

Als sie das Fenster öffnete, schrillte das Telefon. »Komme!« trällerte sie.

»Hallo. Calla-Lily.«

Eine männliche Stimme ertönte – es hörte sich so an, als spreche sie aus einem schwarzen Loch. »Hier ist die Truppe, die nach Preston Landers sucht. Ist Ruth Craddock am Apparat?«

»Nein, hier ist Ethel.«

»Oh, hallo, Ethel.«

»Na, wie geht es voran?« fragte sie.

»Wir haben gute und schlechte Neuigkeiten.«

Ethel setzte sich auf das Sofa und wünschte sich nichts sehnlicher als viele schlechte Neuigkeiten. »Nun, was sind die schlechten?«

»Die meisten Leute wollen zuerst das Positive hören.«

»Mach das, wie du willst.«

»Okay. Die gute Nachricht ist, daß wir nahe daran sind, ihn zu schnappen. Er ist immer noch irgendwo in Colorado. Sein Team hat vor nur wenigen Stunden Vorräte an dem Stützpunkt geholt, an dem wir jetzt angekommen sind. Die schlechte Nachricht ist, daß wir die Suche bis zum Morgengrauen abbrechen müssen.«

»Das klingt alles so aufregend«, rief Ethel.

»Das ist es auch. Richte Ruth Craddock aus, daß wir die Absicht haben, ihn rechtzeitig zu ihrem wichtigen Meeting zurückzubringen.«

»Das Meeting beginnt um sieben Uhr morgen früh.«
»Ich habe nicht gesagt, daß er pünktlich sein wird. Aber wir werden ihn irgendwie dorthin bringen.«
»Ich werde es ihr ausrichten. Viel Glück.« Er sollte *mir* viel Glück wünschen, dachte Ethel.
»Wird schon schiefgehen. Ich wünsche noch einen schönen Abend.« Die Verbindung war unterbrochen.
»Das war's dann wohl«, sagte Ethel und legte den Hörer auf. Einen Moment später nahm sie ihn wieder ab und wählte den Zimmerservice. »Könnten Sie bitte meinen Abendessen-Rolltisch so bald wie möglich abholen? ... Ja, alles war mehr als gut und reichlich. Ich kann es nicht abwarten, das Frühstück zu sehen ... Nein, ich mache nur Spaß, ich bleibe nicht im Hotel ... danke.«
Ethel sprang plötzlich auf. Mein Gott, ich habe diesen Freize nicht zurückgerufen. Sie stürzte zum Schreibtisch, auf dem ein Zettel mit seiner Nummer lag. Hastig wählte sie die Nummer. Er hob fast sofort ab.
»Mr. Freize, hier ist Ruth Craddocks Sekretärin, Ethel ... Ja, ich weiß, es hat ein wenig gedauert, bis ich Sie wieder angerufen habe. Miss Craddock hat mich gebeten, Ihnen zu sagen, daß Sie morgen früh kommen können. Dann werden wir endlich wissen, ob die Strumpfhose gekauft werden wird. Wenn ja, werden wir Ihnen den Scheck geben.«
Am anderen Ende der Leitung stieß Barney einen tiefen Seufzer aus. »Um Ihnen die Wahrheit zu sagen, ich habe nicht daran geglaubt, daß ich das Geld tatsächlich bekommen würde.«
»Nun«, zwitscherte Ethel, »Ms. Craddock war wirklich sehr beschäftigt.«
Die Klingel zur Suite läutete. »Bleiben Sie bitte am Apparat, Mr. Freize.«
Ethel öffnete dem lächelnden Zimmerdiener die Tür; er trat

ein und klappte die Seiten des Tisches mit geübten Bewegungen herunter. »Es sieht so aus, als hätten Sie Ihre Mahlzeit genossen, Madame.«
»Man muß ja nicht immer den Mülleimer füttern«, antwortete Ethel.
»Das ist sicher richtig. Nun, wenn Sie noch etwas anderes wünschen, rufen Sie uns nur an. Die Küche ist rund um die Uhr geöffnet.«
»Ruth wird mich feuern.«
»Wie bitte?«
»Schon gut. Gute Nacht.«
»Gute Nacht dann.« Er öffnete die Tür, und Ethel schaute zu, wie die letzten Überreste ihres Abendessens um die Ecke davonrollten.
»Mr. Freize ...«
»Ja, am Apparat.«
Das Telefon in Ruths Schlafzimmer begann zu klingeln. Oh, verdammt, dachte Ethel, das könnte der Suchtrupp sein, der auf der anderen Leitung zurückruft, da diese besetzt ist. »Mr. Freize, könnten Sie bitte noch einen Moment dranbleiben?«
»Warum nicht?«
»Danke.« Ethel eilte in Ruths Schlafzimmer, wo das Telefon unablässig schrillte. Sie griff danach, bevor die Zentrale abnahm. »Hallo«, keuchte sie.
»Ruthy-Baby«, gurrte eine junge Männerstimme, »du hörst dich soooo müüüde an.«
Ethel richtete sich auf. »Hier ist nicht Ruthy – ahh – ich meine Ruth. Hier ist Ethel. Wer sind Sie, wenn ich fragen darf?«
Der Anrufer legte sofort auf, und Ethel blickte verdutzt den Hörer an. Also, dachte Ethel boshaft, was soll ich Ruthy-Baby sagen, wenn sie fragt, ob irgendwelche Anrufe für sie gekom-

men sind? Sie zuckte die Schultern und eilte zurück zu Barney.

»Mr. Freize?«

»Ja, ich bin noch hier.«

»Entschuldigen Sie bitte. Es ist so hektisch hier.«

Barney zögerte und beschloß dann, direkt auf sein Ziel zuzugehen. Er hatte keine Lust, noch länger zu warten. »Ethel«, begann er, »haben Sie irgendwelche Vermutungen, ob der Verkauf des Strumpfhosenpatents an Calla-Lily klappen wird? Ich meine, Sie haben doch wahrscheinlich alle wichtigen Informationen.«

Du meinst es tatsächlich ernst, dachte Ethel. Sie setzte ihren strengen Gesichtsausdruck auf und sagte: »Es tut mir leid, Mr. Freize, aber ich bin leider nicht befugt, die Sache mit Ihnen zu diskutieren. Mir wurde nur aufgetragen, Ihnen zu sagen, daß wir morgen mehr darüber wissen werden.«

»Nun, dann komme ich morgen vorbei.«

Zum dritten Mal innerhalb von zehn Minuten hatte Ethel keine Gelegenheit, einem männlichen Anrufer »Auf Wiedersehen« zu sagen.

Irving Franklin saß am Kopf des Eßzimmertisches, nippte an seinem Tee, den er nach dem Abendessen zu trinken pflegte, und lauschte dem wasserfallartigen Geplapper seiner Schwiegermutter.

»Fern«, sagte sie, und streckte ihrer Tochter die manikürten Hände hin, »magst du diese Farbe? Ich weiß nicht ... ich denke, der Ton ist vielleicht ein wenig zu bräunlich. Als ich letztes Jahr die Farbberatung habe machen lassen, hat man mir gesagt, ich solle Braun meiden.«

»Die Farbe sieht sehr nett aus, Mutter«, sagte Fern müde.

»Ja, nun, ich bin nicht ganz sicher. Tammy ist nicht hier, also kann ich sie auch nicht fragen. Was denkst du darüber, Irving?«

Irving stellte seine Teetasse auf die Untertasse zurück. Eigentlich wollte er sagen, daß ihn die Fingernägel seiner Schwiegermutter nicht im geringsten interessierten, aber er sah den flehenden Blick in den Augen seiner Frau.

»Ich denke, der Farbton schmeichelt deinen Händen, Mama.«

Er haßte es, die alte Dame ›Mama‹ zu nennen. Er hatte immer das Gefühl, seiner eigenen verstorbenen Mutter untreu zu sein, aber schon vor Jahren hatte er sich an diese Anrede gewöhnen müssen, als der Mann von Ferns Schwester beschlossen hatte, die Schwiegermutter Mama zu nennen. Für ihn war das einfach gewesen. Er mußte schließlich nicht mit ihr leben. Irving versuchte meistens, das Problem zu umgehen, indem er die alte Dame überhaupt nicht ansprach. Jetzt hatte er sie ›Mama‹ genannt, um Fern einen Gefallen zu tun, und diese schenkte ihm ein dankbares Lächeln dafür.

»Vielleicht werde ich nächste Woche einen anderen Ton wählen. Ich bin mir nicht sicher. Geht ihr beiden heute abend ins Kino?«

»Irving hat noch zu arbeiten«, antwortete Fern leise.

»Arbeiten? Ewig wühlst du unten in deinem Labor herum. Es ist Freitagabend.«

»Der Strumpfhosentest muß bis morgen früh abgeschlossen sein«, sagte Irving mit einem stählernen Lächeln auf den Lippen.

»Ich habe den Mädchen im Nagelsalon heute von diesen Strumpfhosen erzählt und ihnen gesagt, wie wundervoll sie sind.«

»Wir sollten doch nicht darüber reden, erinnerst du dich nicht?« fragte Irving entsetzt.

Die alte Dame schaute ihn verärgert an. »Immerhin kann ich dir von einem weiteren Test erzählen, den sie bestanden haben, wenn dich das glücklich macht. Das Mädchen neben mir hat versehentlich ihren Nagellack daraufgeschmiert, und er ließ sich ganz leicht abwischen.«

»Tatsächlich?«

»Ja, tatsächlich«, sagte die alte Dame zufrieden. »Ich wette, auf diesen Test wärst du in deinem Kerker da unten niemals gekommen.«

Irving schob seinen Stuhl zurück. »Alle Tests, die ich nur im Labor durchführe, sind unvollständig. Ich versuche immer noch, das Material nach seinen Bestandteilen zu analysieren. Ich persönlich glaube, daß etwas faul ist an diesen Strumpfhosen, und«, er machte eine Pause, »ich habe die Absicht herauszufinden, was das ist.« Er küßte seine Frau auf die Stirn. »Fern, Liebling, sag mir, wenn du mich brauchst.«

»Es gab noch eine andere Farbe, die mehr ins Pink ging, und ich glaube, sie hätte mir besser gestanden, aber …« setzte die alte Dame erneut an. Irving zog die Kellertür mit einem lauten Knall hinter sich zu.

Das war wirklich amüsant, nicht wahr Liebling?« fragte Nora, als sie und Luke aus dem Aufzug traten.

»Mit den Durkins ist es immer nett, das finde ich auch«, pflichtete Luke ihr bei. »Ich freue mich auf die Hochzeit am Sonntag. Bis dahin werden wir die Modenschau und all meine Meetings hinter uns haben – und wir können uns wirklich entspannen.« Er legte den Arm auf Noras Schulter, ergriff ihre Hand und tanzte mit ihr den Flur entlang.

»Eins-zwei-drei, eins-zwei-drei, eins-zwei-drei«, sang er.

»Oje«, lachte Nora, als sie die Tür erreichten. »Wenn Regan heiratet, müssen wir ...«

»Nora!« ermahnte Luke sie.

»Es tut mir leid. Ich habe nur gerade gedacht ...«

Luke öffnete die Tür. »Eine Hochzeit nach der anderen. Jetzt kommt erst einmal Mauras großer Tag.« Er zeigte auf das Zimmer. »Nach dir, Liebes.«

Nora seufzte. »Okay. Laß uns nachsehen, ob wir noch mehr Zusagen zu der Modenschau bekommen haben.«

»Ich kann es nicht abwarten«, sagte Luke gedehnt.

Nora ging hinüber und hob den Hörer ab. Eine elektronische Stimme sagte ihr, daß sie zehn Telefonate erhalten hätte. Sie setzte sich hin und begann, die Nachrichten zu notieren. Die ersten neun waren von Leuten, die ihre Teilnahme an der Cocktailparty ankündigten. Dann lief die zehnte Ansage ab.

Ein wohlklingende Stimme sagte: »Hallo, Mrs. Reilly, mein

Name ist Dayton Rotter. Ich habe einige der Models getroffen, die morgen an Ihrer Modenschau teilnehmen werden. Theoretisch bin ich aus New York City hierhergekommen, um ein paar Tage Urlaub zu machen, aber als vielbeschäftigter junger Unternehmer habe ich natürlich niemals wirklich frei.« Er lachte. »Diese Strumpfhose fasziniert mich, und ich möchte gerne wissen, ob ich morgen zu Ihrer Cocktailparty kommen könnte.« Nora schrieb die Nummer auf.

»Luke, du wirst es nicht glauben!« jubelte sie.

»Was?« fragte Luke, der gerade seine Jacke aufhängte und die Krawatte lockerte.

»Dayton Rotter will zur Cocktailparty kommen.«

»*Der* Dayton Rotter?«

»Es hat den Anschein. Er muß es sein. Er hat einige der Models getroffen und will sehen, was mit der Strumpfhose ist.«

Luke pfiff leise durch die Zähne. »Er hat wirklich eine Menge Kapital. Das könnte genau das sein, was Richie braucht. Hat er eine Nummer hinterlassen?«

»Ja.«

»Nun, dann ruf ihn zurück.«

»Das tue ich, das tu' ich ja schon.«

Nora wählte die Nummer und klopfte ungeduldig mit ihrem Stift auf den Schreibtisch. Als eine männliche Stimme antwortete, klang es, als befände sich der Sprecher gerade in einer überfüllten Bar.

»Hier ist Nora Regan Reilly. Ist Dayton Rotter da?«

»Am Apparat«, sagte er. »Entschuldigen Sie den Lärm. Ich bin gerade in einem Club. Ich habe mein drahtloses Telefon bei mir.«

Mein Gott, ich spreche mit Dayton Rotter persönlich, dachte Nora.

»Ich habe Ihre Nachricht erhalten«, sagte sie. »Wir würden uns sehr freuen, wenn Sie zur Party morgen kämen. Wir glauben wirklich, daß diese Strumpfhose etwas Besonderes ist.«

Luke lächelte sie an und zog die Augenbrauen hoch.

Nora strengte sich an, um Dayton bei all dem Krach verstehen zu können.

»Das ist großartig«, brüllte Dayton in den Apparat. »Ich würde sehr gerne dabeisein. Offen gestanden, wenn das Produkt so gut ist, wie die jungen Damen sagen, hätte ich großes Interesse daran, es auf den Markt zu bringen. Immerhin ist es mein Geschäft, gute Produkte zu entdecken und sie zu vermarkten. Übrigens, ich mag Ihre Bücher.«

Nora strahlte von einem Ohr zum anderen. »Oh, danke. Wir werden Sie also morgen sehen.«

»Er mag deine Bücher?« fragte Luke, nachdem Nora aufgelegt hatte.

»Du kennst mich wirklich ganz gut, nicht wahr?«

»Nach fünfunddreißig Jahren will ich das wohl hoffen. Wir müssen die Nachricht unter die Leute bringen, daß er kommen wird. Sein bloßer Anblick wird die Gäste dazu bringen, sich gegenseitig zu überbieten.« Luke saß auf dem Bett und schnürte seine Schuhe auf.

»Ich werde Nick morgen früh anrufen. Und Richie und Regan. Oh, Luke, ich hoffe wirklich, daß das klappt. Das Wochenende wäre damit einfach perfekt.«

Luke stand auf und ging zum Badezimmer. »Es fehlt nur noch, daß Regan am Sonntag den Brautstrauß fängt«, sagte er und schloß rasch die Tür, um nicht von dem Frotteepantoffel seiner Frau getroffen zu werden.

Lucille lehnte sich bequem in den Kissen auf dem Bett ihrer Schwester Dolly zurück, während sie am Schwenktelefon mit ihrem Freund Arthur telefonierte.

Nachdem das Abendessen, das im Dolly-Twiggs-Gedächtnisraum serviert worden war, beendet war, war sie recht bald in Dollys frühere Wohnung zurückgegangen.

»Der Gottesdienst war einfach wunderbar, Arthur. Ich wünschte, du hättest dabeisein können. Alle haben Dolly so sehr geliebt. Wir haben hinterher zusammen das Abendmahl eingenommen.« Sie machte eine Pause. »Was hast du übrigens zu Abend gegessen, Lieber?«

Eine Sekunde später schoß Lucille kerzengerade in ihrem Bett hoch. »Was meinst du damit, Mildred hat dir einen Thunfischauflauf gebracht? Ich habe dir eine Menge Gefriermenüs dagelassen, die du in der Mikrowelle hättest aufwärmen können ... Sie behauptet also, frisches Essen sei gesünder, oder ...?«

Lucille fühlte, wie sie zu hyperventilieren begann, während Arthur ihr von Mildreds köstlichem Auflauf erzählte; nicht zu fischig, nicht zu lasch, gerade richtig. Aber als er ihr vorschlug, daß sie den Leuten vom *Vierten Viertel* einen Aufschub gewähren solle, hatte sie das Gefühl, in Ohnmacht zu fallen.

Sie schluckte mühsam. »Arthur, ich kann es mir nicht leisten, ihnen einen Aufschub zu gewähren. Ich werde so depressiv, wenn ich hier bin.« Ihre Augen wurden feucht.

»Ich will so schnell wie möglich zu dir nach Hause kommen.«
Während sie zuhörte, rannen ihr die Tränen die Wangen hinunter. »Oh, ich liebe dich auch, Liebster. Ich weiß, du denkst nur daran, wie man den alten Leuten helfen könnte. Ja, ich vermisse dich auch.« Sie hielt das Mundstück zu und schniefte. »Ich werde rechtzeitig zu deinem Geburtstag nächste Woche zurück sein. Ich weiß schon, welchen Kuchen ich dir backen werde ... Mildred hat dir angeboten, eine Party für dich zu veranstalten?! Du hast doch nicht zugesagt, oder? ... Du hast ihr gesagt, du würdest es mit mir absprechen? Sag ihr, die Antwort ist nein, du hättest schon etwas vor.«
Nachdem sie aufgelegt hatte, streckte Lucille energisch das Kinn vor. Das Leben ist hart, dachte sie. Wenn ich nicht bald nach Hause komme, wird Arthur mir durch die Lappen gehen. In ihrem Rentnerdorf kamen auf einen Mann etwa zehn Frauen, und Arthur war von denen, die übriggebliebenen waren, der attraktivste.
Sie stand auf. Luft, ich brauche frische Luft, dachte sie. Nach dieser Unterhaltung fühle ich mich überhaupt nicht mehr müde. Ich werde wieder runtergehen und mir zur Entspannung noch ein Stündchen die verrückten Urlauber anschauen.
Im Garten setzte sich Lucille auf einen der Liegestühle. Niemand sonst vom *Vierten Viertel* war in der Nähe. Aber da es Freitagabend war, war die Straße voller Menschen.
Singles, Paare und Gruppen schlenderten vorbei. Mein Gott, diese Mini-Bekleidung, dachte Lucille. Erkälten die sich denn nie?
Ein Taxi fuhr vor. Die Tür schwang auf. Richie stieg aus, und Lucille hörte ihn sagen: »Ja, ich bleib' ganz bestimmt zu Hause. Ich ruf' dich morgen an.« Er wandte sich um und

winkte Lucille, während er den Zugangsweg hinaufging, freundlich zu.
»Sie sitzen hier draußen ganz allein? Wo sind die anderen?«
»Ich glaube, im Fernsehen ist ein Programm, das die meisten heute abend sehen wollen.«
»Macht es Ihnen etwas aus, wenn ich Ihnen Gesellschaft leiste?« fragte Richie.
»Natürlich nicht. Dies ist Ihr Zuhause.«
»Hoffen wir es«, scherzte Richie. »Geht es Ihnen gut, Lucille?«
Lucilles Lippen zitterten. »Ich glaube schon. Es ist schwer für mich, hierzusein. Ich vermisse Dolly so sehr. Und jetzt habe ich diesen Freund Arthur, und natürlich vermisse ich ihn auch.«
Richie setzte sich neben sie.
»Irgend so ein Weib hat ihm heute abend einen Auflauf gemacht«, brach es aus Lucille hervor.
»O Gott«, stöhnte Richie. »O mein Gott.«
»Mildred ist eine Pest, und ich weiß, ich brauche mir überhaupt keine Sorgen zu machen, denn Arthur ist nicht an ihr interessiert.« Lucille wischte sich die Augen. »Aber ich habe trotzdem Angst. Ich leide noch immer darunter, Dolly vor einem Jahr verloren zu haben, und jetzt hat Arthur gerade begonnen, diese Lücke in meinem Herzen zu füllen, die ich seit dem Tode meines Mannes so schmerzlich empfunden habe.«
»Sie waren schon einmal verheiratet?« fragte Richie freundlich.
»45 wundervolle Jahre lang.«
»Birdie und ich waren 48 Jahre lang verheiratet. Eine Menge Leute würden sagen, daß wir ziemliches Glück hatten.«
»Ich weiß. Aber Statistiken helfen nicht, wenn man einsam ist.«

Richie lachte glucksend. »Da haben Sie recht. Manchmal ärgere ich mich auch über die Leute, die mir sagen, wie glücklich ich mich schätzen kann, daß ich so lange verheiratet war. Ich sage: ›Und was ist jetzt?‹« Seine Stimme wurde fest. »Ich wünschte, Birdie wäre *jetzt* hier; das ist es, was zählt.«

»Als wenn ich das Gefühl nicht kennen würde«, seufzte Lucille.

»Lucille ...«

»Ja, Richie.«

»War es nicht schwierig, mit einem anderen Mann auszugehen, nachdem Ihr Mann gestorben war?«

»Ja, natürlich war es das. Ich hätte nie gedacht, daß ich je einen anderen Mann angucken würde. Aber eines Tages passierte es dann einfach. Man wird sich bewußt, daß der Ehepartner sich auch wünschen würde, daß man glücklich ist. Und dann hatte ich die große Freude, Arthur kennenzulernen.«

Sie saßen einige Minuten schweigend da. Schließlich stand Lucille auf. »Ich werde versuchen, etwas zu schlafen. Morgen ist ein großer Tag, Richie; Sie sollten auch etwas ausruhen.«

»Ich werde nur noch ein paar Minuten hier draußen sitzenbleiben.«

Während Lucille langsam hineinging, dachte Richie darüber nach, daß die Bewohner des *Vierten Viertels* Lucille nicht länger um Aufschub bitten könnten, wenn es morgen nicht klappte. Sie hat ihr eigenes Leben, das ihr genug zu schaffen macht, dachte er.

Die Fliegengittertür schwang auf, und Elmer Pickett trat heraus.

»Hallo, Elmer«, sagte Richie.

Elmer stand neben Richie und starrte auf ihn hinab. »Weißt

du, Richie, jeder von uns könnte das Bonusgeld gebrauchen, das die Immobilienagentur uns zahlen will, wenn wir die Option früh aufgeben. Da du in den Werbefilmen auftrittst, brauchst du dir allerdings wohl keine Sorgen zu machen.«

»Ich habe *eine* Werbesendung gemacht, Elmer.«

»Wie auch immer. Ich denke, du führst die Leute in diesem Heim mit deinem verrückten Plan an der Nase herum. Einige von ihnen werden als Obdachlose enden, während sie mit wenigstens ein paar Dollars von hier hätten weggehen können.«

Richie sprang auf und starrte Elmer wütend in die Augen. Mit zusammengebissenen Zähnen zischte er: »Es ist kein verrückter Plan! Und wir haben abgestimmt!«

Mit wild klopfendem Herzen rannte er den Gehsteig hinunter und hielt ein Taxi an. Ich muß zur Strumpfhosenfabrik, dachte er. Ich will sichergehen, daß ich alle wichtigen Firmen angeschrieben habe. Als er in das Taxi stieg und die Adresse angab, fühlte er sich schon besser.

Er merkte nicht, daß ein Wagen in der Nähe aus einer Parklücke herausgefahren war und ihm folgte.

Regan klingelte an Joeys Haustür. Während sie auf der Veranda wartete, rieb sie sich den Nacken und bewegte den Kopf langsam von einer Seite zur anderen. Jemand hatte ihr erzählt, daß die Übung Spannungen löste. Sie hatte nie herausgefunden, ob das wirklich stimmte, aber es war eine gute Möglichkeit, sich die Zeit zu vertreiben.

Die Tür wurde geöffnet.

»Hallo.«

Der Typ, der in Richies Model-Agentur arbeitete, stand vor ihr.

»Hallo!« sagte Regan, als er sie hereinließ. »Was machen Sie denn hier?«

»Ich wohne hier.«

»Sie wohnen hier?«

»Höre ich ein Echo?« rief Joey vom Wohnzimmer aus.

»Ich bin mit einem Komiker liiert«, erklärte Nadine und stand auf, um Regan zu begrüßen. »Du kennst Scott?«

»Wir haben uns heute in der Agentur kennengelernt.« Regan musterte den jungen Mann. Er wirkte sehr viel lebendiger als zu dem Zeitpunkt, als sie ihn im Büro getroffen hatte. Mit seinem welligen dunklen Haar, seinen warmen braunen Augen und seinem charmanten Lächeln sah er zweifellos attraktiv aus.

»Ja«, bestätigte Scott und legte seinen Arm um Regan. Zu Nadine gewandt sagte er: »Sie will einige unserer Models morgen bei ihrer Strumpfhosenmodenschau einsetzen.«

»Wie klein die Welt ist«, bemerkte Nadine, während sie

Regan hineinführte. »Hier durchzugehen kann sich negativ auf deine Gesundheit auswirken. Es geschieht auf eigene Gefahr.«
Regan machte einen großen Schritt über einen Satz Hanteln hinweg. Sie erinnerte sich an die Studentenverbindungen in ihrem College und fühlte sich plötzlich in ihre Studentenzeit zurückversetzt. Sie lachte. Sie hatte das Gefühl, zehn Jahre jünger zu sein. Im übrigen sind die Menschen auch, bevor der Staubsauger erfunden wurde, ganz gut zurechtgekommen, dachte sie.
»Scott, du hast gar nicht erzählt, daß du Regan getroffen hast«, bemerkte Nadine.
»Ich wußte nicht, daß du sie kennst. Außerdem weiß ich ja noch nicht viel über sie. Sie kam heute mit einem unserer Klienten herein.«
»Nun, ich sage dir, daß sie wirklich hart daran arbeitet, daß dein Klient nicht sein Heim verliert. Du weißt schon, das *Vierte Viertel*.«
»Ja, ich weiß. Richie ist übrigens ein toller Typ.«
»Also, ich werde einen CD-Player für die Modenschau aussuchen helfen. Und ich habe heute eine Frau getroffen, die die Strumpfhose trug. Das Ding ist umwerfend.«
Scott kreuzte die Finger. »Wir hoffen alle, daß euer Plan Erfolg hat, Regan.«
»Danke.«
»Und ich hoffe, daß ich derjenige bin, der ihm die Papiere zum Unterschreiben vorlegt, wenn er das *Vierte Viertel* kauft«, sagte Joey.
»Nadine«, fragte Regan, »weißt du, für welche Firma der Schwiegersohn dieser Frau arbeitet?«
»Nein, aber ich kann dich morgen anrufen, wenn du möchtest.«
Das Telefon klingelte.

»Geh du ran, Scott. Es ist immer für dich«, forderte Nadine ihn auf. »Regan, was möchtest du trinken?«
»Was hast du denn?«
»Bier, Wein, Sprudel. Wir haben einen ganzen Kühlschrank voller Getränke in der Garage.«
»Ich werde mal selbst einen Blick darauf werfen«, schlug Regan vor.
»Ich hole was«, sagte Nadine.
»Nein, nein«, protestierte Regan. »Ich weiß nicht, worauf ich Lust habe.«
»Okay, du mußt durch die Tür dort gehen.«
Regan ging durch die Küche und stieg zwei Stufen zur Garagentür hinunter. Sie öffnete sie und sah, daß in der Garage ein noch größeres Durcheinander war als im Haus. Als sie nach draußen trat, wäre sie fast über einen Stapel Zeitungen gestolpert. Sie stieß sie mit dem Fuß aus dem Weg und hätte fast einen Benzinkanister umgestoßen. Na, das ist ja heiter hier, dachte sie. Ich werde ihn vorsichtshalber in die Ecke stellen. So wie es aussieht, hat niemand in diesem Haus eine anale Persönlichkeit, die durch diese Umstellung in Panik gestürzt würde.
Sie nahm sich aus dem Kühlschrank eine Dose Sprudel und ging wieder ins Wohnzimmer zurück. Dort setzte sie sich zu Nadine, Joey und Scott.
»Wie viele Personen wohnen hier?« fragte Regan.
»Wir sind zu viert und dann noch Nadine«, antwortete Joey.
»Seit wann bin ich keine Person?« erkundigte sich Nadine.
»Entschuldige bitte. Die meiste Zeit vier. Fünf an jedem zweiten Wochenende.«
»Das ist schon besser. Die anderen Jungs sind rausgegangen, um die Schläger zu schwingen. Und einige von Joeys anderen Freunden, die eigentlich rüberkommen wollten, sind irgendwo in einem Café hängengeblieben.«

»Ja, da draußen ist ganz schön viel los«, sagte Regan. Sie wandte sich Scott zu. »Also, wie gefällt Ihnen das Geschäft mit den Models?«
»Was für eine Frage«, sagte Nadine grinsend.
Scott lachte.
»Er lebt wie die Made im Speck«, sagte Joey und warf ein Kissen in die Luft.
Scott ignorierte die Bemerkungen der anderen. »Es läuft gar nicht schlecht«, antwortete er. »Und was arbeiten Sie?«
Regan nippte an ihrem Getränk. »Ich bin Detektivin.«
»Wirklich?«
»Ja, wirklich.«
»Hat dieses Zimmer ein Echo, oder was?« fragte Joey noch einmal.
Das Telefon klingelte. Scott ging hinaus, um dranzugehen.
»Er bekommt dauernd Anrufe«, sagte Nadine hinter vorgehaltener Hand. »Alle Models sind verrückt nach ihm. Kannst du verstehen, warum?«
Scott steckte den Kopf durch die Tür. »Das war meine neue Freundin. Ich muß los, um sie zu treffen. Viel Glück morgen bei der Modenschau, Regan.«
»Danke.«
Nadine schaute Joey an. »Ich frage mich, wer heute abend die Glückliche ist.«
»Wer weiß.«
Nachdem er gegangen war, bemerkte Nadine: »Seine Familie war früher wirklich reich, aber dann haben sie alles verloren.«
»Nadiiiine«, jammerte Joey.
»Du hast es mir selbst erzählt, Joseph.«
»Du solltest doch nicht darüber sprechen.«
»Regan wird nichts verraten.«
»Machen Sie sich keine Sorgen, Joey«, sagte Regan. »Hätte

er nicht Lust, selbst als Model zu arbeiten? Er würde sich wahrscheinlich ganz gut machen.«
»Ich glaube nicht«, sagte Joey. »Es ist nur der geschäftliche Aspekt, der ihn interessiert.«
Durch die Tür zur Garage polterten die beiden anderen Mitbewohner von Joey herein; in den Händen trugen sie volle Biergläser.
»So früh zurück?« fragte Nadine.
Matt und Dennis wurden Regan vorgestellt.
»Wir haben keinen Parkplatz gefunden, also haben wir uns gesagt, vergessen wir es«, erklärte Dennis. »Ich bin sowieso müde.«
»Nun, setzt euch und unterhaltet euch ein bißchen mit uns«, drängte Nadine.
Regan trank ihren Sprudel aus.
»Möchtest du noch etwas anderes?« fragte Nadine, während Matt und Dennis es sich bequem machten.
»Ja, ich bin ziemlich durstig. Aber ich hole es mir selbst.«
Regan ging wieder nach draußen zur Garage, diesmal allerdings sehr vorsichtig, damit sie nicht wieder über etwas stolperte. Sie nahm noch eine Dose Sprudel aus dem Kühlschrank und bemerkte, daß der rote Benzinkanister nicht mehr dort war, wo sie ihn hingestellt hatte. Ich hab's bei diesen Typen zwar nicht vermutet, aber einer von ihnen muß tatsächlich eine anale Persönlichkeit haben.

Richie schloß die Fabriktür mit dem Schlüssel auf, der immer an seinem Schlüsselbund hing, und knipste die einzige Birne an, die noch funktionierte. Mit einem Gefühl der Erleichterung schloß er die Tür hinter sich, stand in der Stille einen Augenblick lang ruhig da und betrachtete seine Maschinen. Es war tröstlich, hier zu sein, weit weg von allen Problemen.

Im Taxi, das ihn hierher gebracht hatte, hatte er in Gedanken wieder und wieder die Möglichkeit durchgespielt, daß morgen etwas schiefgehen könnte. Hatte Elmer recht? War es dumm und albern von ihm, darauf zu hoffen, daß seine Erfindung einschlug? Hätten sie das Bonusgeld besser annehmen und dann das Feld räumen sollen?

Nein, beschloß Richie, während er in der einsamen Fabrikhalle stand und allmählich wieder zu seiner alten Gelassenheit zurückfand. Ich habe zu hart an dieser Erfindung gearbeitet, um mir die Chance, die sie für uns bedeuten könnte, aus den Händen gleiten zu lassen. Birdie und er hatten angefangene Projekte immer zu Ende geführt, egal, wie verheerend die Ergebnisse waren. »Es ist nicht vorbei, bis es vorbei ist, nicht wahr, Richie?« konnte er sie sagen hören.

Richie ging hinüber zu seiner Werkbank. Ein paar Strumpfhosen lagen darauf. Er legte sie sich auf den Arm und drückte sie zärtlich an seine Wange. Schmerz überflutete ihn wie eine Welle, und er fühlte sich so leer und verlassen wie die Fabrik. Seine Augen schwammen, aber er machte keinen Versuch, die Tränen, die ihm die Wangen hinunterliefen, abzutupfen. Birdie, dachte er, es ist alles ein bißchen viel für mich. Er setzte sich hin und begann, leise zu schluchzen. Dabei spürte er, wie der Druck, der seit Monaten auf ihm gelastet hatte, allmählich nachließ. Die viele Arbeit, die er geleistet hatte – morgen würde endlich die Entscheidung darüber fallen. Selbst wenn alles gut lief, wußte er, das Ergebnis würde für ihn auch irgendwie enttäuschend sein. Lucille zuzuhören, wie sie darüber sprach, zu ihrem Freund zurückzukehren, war besonders quälend für ihn gewesen. Ich habe viele Freunde, dachte er, wobei seine Brust sich sichtbar hob und senkte, aber ich wünschte, ich hätte einen besonderen Menschen, der immer für mich da wäre. Jemand, der abwechselnd mit mir morgens aufsteht, um den Kaffee zu kochen, wie ich es immer mit Birdie getan habe. Jemand, der meinen Geschichten zuhören würde, egal wie langweilig sie sind. Jemand, um den ich mich kümmern könnte.

Schließlich trocknete sich Richie die Augen. Junge, bin ich ein trauriger Sack, dachte er. Jetzt, da ich so weit gekommen bin, sollte ich nicht knapp vor der Ziellinie zu Boden gehen. Ich werde die Namensliste der Firmen, die ich angeschrieben habe, durchgehen. Ich möchte die Namen der Leute, die zu der Cocktailparty kommen, von vornherein kennen. Er stand auf und fühlte sich ein wenig besser. Vielleicht war es eine der größeren Firmen, die die Strumpfhose testete. Das wäre großartig.

Er ging hinüber zu dem Klapptisch mit dem Schreibkram und runzelte, in Gedanken vertieft, die Stirn. Gab es einen Test, den zu machen er versäumt hatte?

Barney Freize saß in seiner Bude und rauchte eine Zigarre. Er war viel zu aufgeregt, um zu schlafen. Ruths Sekretärin hatte schließlich zurückgerufen und ihm versprochen, daß er, wenn alles gutging, den Scheck morgen bekommen würde. Barney paffte nervös vor sich hin. Morgen abend werde ich mir ein schönes Abendessen gönnen, dachte er. Sich ab und zu mal richtig vollzufuttern ist gut für die Seele. Und wenn ich erst das große Geld bekomme, dann wird es Zeit sein, mal wieder mein bewährtes Reisebüro aufzusuchen. Europa, mach Platz für Barney Freize!

Ich bin verdammt kribbelig, dachte er. Ich kann einfach nicht hier sitzen bleiben, egal wie gut diese Zigarre ist. Er lachte laut. Wenn ich morgen abend zu einem großen Abendessen ausgehe, dann sollte ich mir schon jetzt mal etwas Appetit zulegen.

Er ging ins Schlafzimmer und holte seinen Jogginganzug heraus. Während er seine Hush Puppies abstreifte, beschloß er, zum Strand hinunterzulaufen. Das würde ihm guttun. Danach würde er nach Haus kommen und wie ein Baby schlafen.

Judd Green beobachtete, wie Richie die Fabrik durch die Vordertür betrat. Er lenkte seinen Wagen zu der Straßenseite hinüber, wo keine Laternen brannten. Weit und breit war kein Mensch zu sehen. Er nahm sein Telefon heraus und wählte.

Richie fand, daß er die Liste lange genug durchgegangen

war. Wir werden sowieso Namensschilder haben, dachte er, aber die Leute mögen es, wenn man weiß, wer sie sind.
Als er die Papiere zusammenraffte, hörte er das Knarren und Knacken von Holz. Junge, man kann hier heute abend wirklich komische Geräusche hören, dachte er. Entweder das, oder ich leide unter Halluzinationen. Aber ein paar Sekunden später merkte er, daß er sich die Geräusche nicht eingebildet hatte: das Gebälk über ihm krachte, und beißender Rauch stieg in seine Nase.

Draußen in der warmen Nachtluft fühlte sich Barney wohl. Er wanderte am Strand entlang und genoß das leise Plätschern der Wellen, die sanft im Sand ausliefen. Er hatte noch keine Lust, zu seinem Haus zurückzugehen. Aber wie wäre es mit einem schönen Bad, dachte er. Meine Muskeln werden mir ganz schön weh tun.
Die Nacht war wirklich wundervoll, und die Badewanne würde immer dasein. Bevor er sich dessen bewußt wurde, führten ihn seine Füße auf den Weg, den er in jener Nacht, als er die Strumpfhosen klaute, gewählt hatte: zur Strumpfwarenfabrik. Wie passend, dachte er. Vielleicht bringt das Glück. Genau auf diesem Weg hat ja das ganze Abenteuer begonnen.
Barney ging die lange gewundene Straße hinunter, die zur Fabrik führte. Es kam ihm vor, als sähe er in der Entfernung ein orangefarbenes Glühen. Er beschleunigte seine Schritte. Was zum Teufel ist da los? fragte er sich.
Mit erschreckender Geschwindigkeit verbreitete sich Rauch in der Fabrik. Flammen loderten die Wände empor, und Richie rannte mit seiner Strumpfhose zur Vordertür. Er versuchte sie aufzudrücken, aber sie rührte sich nicht vom Fleck. Was ist los, fragte er sich verzweifelt, wieso ist die Tür blockiert? Er versuchte zum hinteren Teil zu rennen, aber

die Flammen waren inzwischen auch auf die Rückseite des Gebäudes übergesprungen. Richie schaute empor: Alle Fenster waren vergittert.
Ich soll hier wahrscheinlich langsam gegrillt werden, dachte er. Genau. Der Rauch wurde immer dichter. Richie begann zu husten und rannte wieder zur Vordertür. Das ist meine einzige Chance, hoffte er. Durch das verriegelte Fenster konnte er auf die dunkle Straße hinaussehen, aber wie sollte er dorthin kommen?
Während er gegen die Tür hämmerte, schrie er verzweifelt: »HELFT MIR! HILFE!« Aber es war sinnlos. Der Rauch begann langsam ihn zu betäuben. Er fühlte sich bereits ziemlich matt und dachte, daß er sich vielleicht ein wenig hinlegen sollte.
Er lehnte sich mit dem Rücken gegen die Tür und glitt mit der Strumpfhose in der Hand langsam zu Boden. Plötzlich sah er Birdie vor sich. »Steh auf, Richie«, schien sie zu rufen. »Es ist nicht vorbei, bevor es nicht vorbei ist.«
»Aber ...«
»Kein Aber, es gibt da einen Job, den du zu Ende führen mußt. Steh auf!«
Richie richtete sich mühsam wieder auf und schleppte sich vor das verriegelte Fenster. Hinter ihm loderten die Flammen. Draußen auf der Straße sah er einen Mann stehen, der das Gebäude betrachtete. Als er Richie sah, lief er auf ihn zu. Für Richie war dies der schönste Augenblick seit der Sekunde, als er zum ersten Mal Birdie erblickt hatte.
»Richie!« schrie Barney Freize. »Was zum Teufel machst du da?«
»Ich toaste Marshmallows. Was zum Teufel glaubst du, mache ich. Ich kriege die Vordertür nicht auf!«
Barney schaute auf die Tür. Ein Müllcontainer war davorgerollt worden, um sie zu versperren. »Jesus Christus«, schrie

er. »Hier steht ein Müllcontainer. Du stemmst dich gegen die Tür, und ich versuche, ihn aus dem Weg zu ziehen.«
Mit aller Kraft warf Richie sich gegen die Tür, immer und immer wieder, während Barney den Müllcontainer Zentimeter um Zentimeter zur Seite schob.
»Weiter so, Richie«, konnte er Barney durch das prasselnde Feuer schreien hören. Endlich, nachdem sie so weit waren, daß man die Tür einen Spalt breit aufstemmen konnte, konnte sich Richie hindurchquetschen und fiel in die wartenden Arme seines früheren Kollegen, Barnard Thomas Freize.

»Das ist die Pointe?« fragte Joey Nadine ungläubig.
»Warte einen Moment«, sagte sie, »ich glaube, ich habe es verkehrt erzählt.«
»Aufpassen, Nadinchen«, neckte er sie.
Regan lachte und schaute auf ihre Uhr. Es war schon spät.
»Ich würde gern noch bleiben, aber ich gehe jetzt besser. Morgen muß ich früh aufstehen.«
»Sie gehen nicht mit zum Stereokauf, oder?« fragte Joey.
»Nein, ich kann nicht. Das ist Nadines Aufgabe.«
»Ich hoffe, daß dieser Typ unbegrenzt Kredit bekommt«, murmelte Joey.
»Nun übertreib mal nicht«, protestierte Nadine. »Mach dir keine Sorgen, Regan. Wir werden dafür sorgen, daß er den besten Einkauf in ganz Miami und Umgebung macht.«
»Nadine hat den CD-Player für meinen Wagen ausgesucht«, sagte Dennis. »Das war ein hervorragender Kauf.«
»Danke, Dennis.«
»Gerade heute nachmittag hat sie den in meinem Schlafzimmer repariert«, berichtete Matt. »Sie brauchte nur ungefähr zwei Minuten dafür, und er war wochenlang kaputt gewesen.

Sie steckte einen Pfropfen aus Kaugummi hinten hinein, damit der Draht nicht rauskommt.«
Joey schaute sie an. »Woher hattest du das Kaugummi?«
»Gefunden.«
Er zwinkerte Regan zu. »Ich wünschte, es gäbe ein Pflaster für Kaugummikauer.«
»Ich werde Richie dazu bringen, daran zu arbeiten«, sagte Regan, als sie aufstand.
»Wir begleiten dich nach Hause«, sagte Nadine.
»Das ist schon in Ordnung«, antwortete Regan.
»Wir bestehen darauf«, erklärte Joey. »Die Gegend hier ist nachts nicht gerade die sicherste.«
»Außerdem«, sagte Nadine, »ist es sehr romantisch, am Abend noch einen Spaziergang zu machen, nicht wahr, Joey?«
»Du sagst es, meine Süße.«
Regan stieg die Treppen zu ihrem Hotelzimmer hinauf. Die beiden sind wirklich nett, dachte sie. Sie passen wirklich gut zusammen.
Im Zimmer drehte Regan den Fernseher an. Ein Film mit Überlänge war gerade vorbei, und die Lokalnachrichten begannen. Sie zog ihre Kleidung aus und warf sie über den Stuhl. Dann zog sie sich ein übergroßes T-Shirt über den Kopf und ging ins Badezimmer, um sich das Gesicht zu waschen und die Zähne zu putzen.
Fünf Minuten später knipste sie das Licht aus und ging ins Bett. Die Laken waren aus fester weißer Baumwolle und angenehm glatt und frisch. Sie drückte auf den »Schlaf«-Knopf auf der Fernbedienung, so daß sich der Fernseher automatisch in dreißig Minuten abschalten würde. Ich weiß ganz sicher, daß ich einschlafen werde, während er noch läuft, dachte sie.
Die Nachrichten begannen: die üblichen Reportagen über

lokale Ereignisse. Als der Sprecher, der wie ein Surfer aussah, sagte: »Heute abend brach in der früheren Strumpfwarenfabrik ein Feuer aus«, lehnte sich Regan nach vorn und drehte hastig den Ton lauter.

Eine Aufnahme der schwelenden Fabrik flackerte über den Bildschirm, während er berichtete: »Die Ursache ist wahrscheinlich Brandstiftung. Es könnte sich sogar um einen Fall von versuchtem Mord handeln, da ein Müllcontainer benutzt worden war, um den Vorderausgang zu blockieren. Glücklicherweise wurde niemand in den Flammen getötet, aber ein früherer Fabrikarbeiter, Richard Blossom, wird wegen Rauchvergiftung im Miami General Hospital behandelt. Zurück zu dir, Barbara.«

»Richie!« schrie Regan. Sie sprang aus dem Bett und schnappte sich ihre Jeans. Dann schlüpfte sie in ihre Turnschuhe und riß eine leichte Windjacke vom Haken. Innerhalb von Sekunden stand sie vor dem Hotel und hielt ein Taxi an, um zum Miami General Hospital zu fahren.

Richie lag ausgestreckt auf einem Bett im Notaufnahmezimmer. Barney Freize saß an seiner Seite.

»Ich fühle mich jetzt viel besser, Herr Doktor«, sagte Richie gerade. »Ich glaube wirklich, Sie sollten mich nach Haus gehen lassen.«

Plötzlich schwang die Tür auf, und eine Krankenschwester versuchte, jemanden daran zu hindern hineinzustürmen.

»Regan«, rief Richie glückstrahlend. »Hier bin ich, meine Süße. Es ist schon gut«, sagte er zu dem Arzt, »es ist meine Nichte.«

Der Arzt gab der Krankenschwester ein Zeichen, sie hereinzulassen.

»Richie, ist alles in Ordnung?« fragte Regan, während sie zu seinem Bett eilte und sich hinunterbeugte, um ihn zu küssen.

»Ich bin so gut wie neu. Wenn der Doktor mich entlassen würde, würde es mir sogar noch besser gehen.«
»Sie sollten heute abend nicht allein sein«, warnte der junge, ernst aussehende Arzt.
»Ich bleibe bei ihm«, erklärte Regan.
»Ist das nicht eine vorbildliche kleine Nichte?« scherzte Richie.
»Es geht ihm gut, aber er muß etwas Ruhe haben.«
»Dafür werde ich sorgen«, versprach Regan.
Richie stieg aus dem Bett und sagte: »Übrigens, Regan, das ist Barney Freize. Er hat mir heute abend das Leben gerettet.«
Regan und Richie wiesen den Taxifahrer an, Barney an seinem Haus abzusetzen.
»Als ich heute abend zum Joggen rausging«, scherzte Barney, »wußte ich nicht, was für ein Abenteuer auf mich wartete.«
»Gott sei Dank, daß Sie so sportlich sind«, sagte Regan. »Ich danke Ihnen ganz herzlich.«
»Ja, danke, Barn. Ich bin in deiner Schuld.« Richie klopfte ihm auf den Rücken. »Ich habe ein ziemlich anstrengendes Wochenende vor mir, aber danach werde ich dich anrufen, und wir essen nächste Woche zusammen zu Abend.« Barney stieg aus dem Taxi. »Barn«, sagte Richie.
Barney drehte sich um. »Ja, Rich.«
Richie umarmte ihn unbeholfen. »Danke.«
»Du hättest das gleiche für mich getan.«
»Das ist wahr.«
Als sie weiterfuhren, schlug Richie vor, an Regans Hotel anzuhalten, damit sie ein paar Dinge für die Nacht holen könnte.
»Kommt nicht in Frage«, sagte Regan. »Ich lasse dich heute abend nicht aus den Augen, nicht einmal, um dich im Taxi

warten zu lassen. Ich will, daß du heil und gesund nach Hause kommst.«

»Okay«, willigte Richie ein. Offenbar genoß er es, umsorgt zu werden.

Barney Freize warf einen Blick auf seinen Anrufbeantworter. Keine Nachrichten. Er öffnete den Kühlschrank und nahm ein Bier heraus. Als er sich an den Küchentisch setzte, wurde ihm die Bedeutung dessen, was an diesem Abend geschehen war, bewußt. Jemand hatte versucht, Richie umzubringen. Daran gab es keinen Zweifel. Aber warum? Hatte es etwas mit dieser Strumpfhose zu tun? Bin ich irgendwie verantwortlich? fragte er sich.

Es war nach Mitternacht, aber er beschloß, Danny anzurufen. Er mußte mit ihm sprechen. Wie immer antwortete nur der Anrufbeantworter. Als der Pfeifton aufhörte, lief Dannys Band mit hoher Geschwindigkeit ab. Es hörte sich an wie Eichhörnchen, die Amphetamine gefressen haben.

Nichts hätte Barney auf das vorbereiten können, was er hörte, als die Nachrichten auf Dannys Anrufbeantworter abgespielt wurden. Er wußte, er hätte auflegen sollen, aber es war so, als klebte das Telefon mit Sekundenkleber an seinem Ohr.

»Wie geht es meinem Danny Wanny?« erklang die vertraute Stimme in einem bemüht jugendlichen Tonfall. »Oh, Danny Boy, mein süßes Schnuckelbärchen, wir werden bald zusammen sein.« Barneys Gesicht wurde kreidebleich. Der letzte Satz der Nachricht bestätigte seine schlimmsten Befürchtungen. »Ruf deine sehnsüchtige Ruthy-Baby zurück.«

Im *Vierten Viertel* angelangt, stützte sich Richie auf dem Weg ins zweite Stockwerk auf Regans Arm. Es war spät, und alle anderen waren offensichtlich zu Bett gegangen.

Oben, in Richies Appartement, fragte Regan: »Glaubst du, eine Tasse Tee würde dir guttun, bevor du schlafen gehst?«

»Großartige Idee. Ich wette, es weiß noch niemand, was passiert ist. Auf dem Anrufbeantworter sind keine Nachrichten.«

»Ich habe es aus den Spätnachrichten. Die anderen waren bestimmt schon alle im Bett.«

»Junge, werden die überrascht sein.«

»Das ist milde ausgedrückt«, sagte Regan, während sie den Kessel füllte und das Gas andrehte.

»Jemand da draußen ist hinter mir her, glaubst du nicht auch, Regan?«

»Es sei denn, dieser Müllcontainer ist von selbst vor die Tür gerollt.«

»Du weißt, was das bedeutet, nicht wahr?« fragte Richie glücklich. »Jemand muß an meiner Strumpfhose interessiert sein! Sie halten sie für so gut, daß sie mich dafür umbringen wollen.«

»Mach darüber keine Witze«, sagte Regan, als sie die Teetassen, Milch und Zucker zum Tisch vor dem Sofa trug, auf dem Richie saß. Der Kessel begann zu pfeifen. Ein durchdringendes, schrilles Geräusch, das Regan das Blut in den Adern gefrieren ließ.

»Dieser Kessel würde einen Toten erwecken«, bemerkte Richie.

»Kessel, was für ein Kessel?« fragte Regan, als sie in die Küche eilte und ihn vom Herd riß.

»Ich mag deinen Humor, Regan. Es ist wichtig, einen Sinn für Humor zu haben.«

»Ganz meine Meinung, Richie«, pflichtete Regan ihm bei, während sie das heiße Wasser in die Tassen goß. »Ohne Humor wäre das Leben ziemlich trostlos.«

Sie saßen einträchtig nebeneinander und tranken ihren Tee. Regan bemerkte, daß Richies Augen immer kleiner wurden. »Wir legen uns besser hin. Es ist spät. Ich werde es mir auf der Couch hier bequem machen.«
»Man kann sie ausziehen«, sagte Richie.
»Wirklich?«
»Es ist eine Castro Convertible. Birdie und ich hat es immer solchen Spaß gemacht zu sehen, wie die kleine Bernadette Castro diese Sofas auseinanderzog. Wenn ich es mir überlege – wir hätten ihre Hilfe heute abend beim Bewegen des Müllcontainers gut gebrauchen können.«
»Sie leitet inzwischen die Firma«, informierte Regan ihn. »Ich habe auch eine Bernadette Castro Special in meiner Wohnung.«
»Junge, wie die Zeit verfliegt, nicht wahr, Regan?« fragte Richie, während er aufstand und gähnte.
»Ja, sicher«, pflichtete Regan ihm bei. »Und bevor man es merkt, ist es schon Morgen, und dieses Telefon beginnt zu klingeln, weil alle anrufen, um nachzufragen, ob dir auch nichts passiert ist.«
»Das wäre nett«, sagte Richie und ging zum Badezimmer. Regan zog die Kissen vom Sofa. »Ja, das wäre es«, sagte sie leise.

Bei Tagesanbruch schob sich eine abgeschnittene, leuchtend orangefarbene Sonnenscheibe über den Horizont in den Bergen von Colorado. Der Zeltplatz der Wild West Tour Gruppe lag in tiefem Frieden. Alle acht Mitglieder der *Meute*, wie sie sich selbst gerne nannten, lagen in ihre Schlafsäcke gekuschelt um die letzten glühenden Scheite des Zeltfeuers herum.

Preston Landers zog seinen Spezialschlafsack näher an sein Kinn, während er über die Geschichten nachdachte, mit denen sich die Teilnehmer der Tour in der letzten Nacht unterhalten hatten.

Wie jeden Abend hatte einer der Gruppe etwas aus seiner Kindheit erzählt. Letzten Abend war Preston an der Reihe gewesen.

Er hatte ihnen von seinem privilegierten Leben in New York City berichtet, wo man von der Wohnung seiner Familie in der Fifth Avenue auf den Central Park schauen konnte. Wie sehr er dieses Leben gehaßt hatte! Er hatte sich nichts sehnlicher gewünscht, als ein Cowboy zu sein, das Vieh zu brandmarken und unter dem Sternenhimmel zu schlafen. Als er sieben Jahre alt war, hatte ein Ausflug zu einer Ferienranch seine Sehnsucht noch verstärkt.

Seine Familie versuchte, ihm eine Freude zu machen, indem sie ihn jeden Samstag mit einem Cowboyhut auf dem Kopf in die Wildnis des Central Parks hinausschickte. Seine Kinderfrau schaute ihm zu, wie er Runde für Runde auf einem lilafarbenen Karussellpferd vorbeiritt und mit seinem Knallgewehr alle 360 Grad auf sie schoß. Aber das reichte ihm nicht.

Er hatte im Rahmen eines speziellen Austauschprogramms im ländlichen Montana zur High School gehen wollen. Statt dessen wurde er auf eine Prep School in New Jersey geschickt. Dort wurde kein Vieh zusammengetrieben, sondern man ging auf die Fuchsjagd. Die Zeit in New Jersey war eine große Enttäuschung gewesen.

Die Jahre vergingen, erzählte Preston, und bevor er wußte, was geschah, war er nur noch mit seiner Karriere beschäftigt und machte eine Menge Geld. Sein Kindheitstraum war vergraben, aber nicht vergessen. Bis jetzt.

Er hoffte, die Gruppe nicht zu sehr gelangweilt zu haben. Seine Erzählung hatte ein wenig länger als üblich gedauert. Ein paar der Mitreisenden hatten sich währenddessen in ihren Schlafsäcken zur Ruhe gelegt und das Bewußtsein nicht einmal mehr für das Singen des »Zapfenstreichs« wiedererlangt, eine Zeremonie, die jeden Abend den Abschluß bildete.

Die Luft in dieser Morgenstunde war frisch und klar, ein klein wenig schneidend. Tierlaute drangen sanft durch die Stille; die Geräusche hätten eine perfekte Hintergrundmusik etwa für eine Cornflakeswerbung ergeben.

Aber das änderte sich von einer Sekunde zur anderen. Plötzlich begannen die Maultiere, wild zu wiehern. Staub wirbelte über den Zeltplatz. Preston Landers' friedlicher Schlummer am Busen der Natur wurde rüde von dem Dröhnen eines Hubschraubers unterbrochen, der in einer nahegelegenen Lichtung landete. Verärgert schaute er auf, erblickte das Calla-Lily-Logo auf einer Seite des Fahrzeugs und wußte, daß, aus welchem Grund auch immer, seine Ferien vorbei waren.

Mißmutig stieg Preston in seine Levis 501, die er extra für

den Ausflug gekauft hatte, und packte seinen Campingofen, seinen Campingkocher, sein Mehrzwecktaschenmesser und seine Videokamera ein. Er hatte vorgehabt, einen Film über die Reise zusammenzustellen, ihn mit Countrymusik zu untermalen und ihn an die anderen Camper zu verkaufen.

»Haben alle ihre Bestellformulare für ›12 Uhr mittags – zweite Folge‹ ausgefüllt?« fragte er seine Mitwanderer, während er seinen Schlafsack zusammenrollte und ihn mit einem Knoten festzurrte.

»Ja, Kamerad«, kam hier und dort eine verschlafene Antwort, während sich der eine oder andere den Schlaf aus den Augen rieb.

»Ihr könnt mir eure Schecks und die frankierten Rückumschläge schicken, wenn ich den Film fertiggestellt habe.«

Seine Ausrüstung hinter sich herzerrend ging Preston zu den Maultieren und tätschelte ihnen den Kopf. Das eine, das er Ruth getauft hatte, starrte ihn verdutzt an und blinzelte.

»Ich wünschte, ich könnte dich mitnehmen«, flüsterte Preston. »Aber da, wo ich hingehe, ist nur Platz für *eine* Ruth. Und du würdest dich dort auch nicht wohl fühlen.«

Preston stieg in die Calla-Lily 1, schnallte sich an und winkte seinen Kameraden von der Wild West Tour einen Abschiedsgruß zu. Dann hob ihn der Hubschrauber in den Himmel und machte sich auf den Weg zurück zu den Konferenzräumen Amerikas.

Regan wachte von dem köstlichen Duft nach frisch gebrühtem Kaffee auf. Überraschenderweise war sie sofort eingenickt und hatte gute sechs Stunden fest geschlafen. Sie hörte Richie in der Küche rumoren.

»Richie«, rief sie.

»Guten Morgen, Süße. Ich komme sofort.«

Regan setzte sich im Bett auf und schaute zu, wie Richie ein Tablett mit Kaffee, Saft und Schmalzkringeln hereintrug.

»Was für ein Service!« sagte Regan mit strahlendem Lächeln und nahm dankbar eine Tasse Kaffee. »*Ich* sollte doch nach dir sehen.«

»Schon gut«, murmelte Richie. »Ich habe die Schmalzkringel aufgewärmt, weil sie von gestern sind. Du mußt sie schnell essen, bevor sie wieder hart werden.«

Regan lachte. »Danke. Wie fühlst du dich heute morgen?«

»Ich habe etwas Lampenfieber, aber abgesehen davon bin ich dankbar, am Leben zu sein.«

Das Telefon klingelte.

Regan zog eine Augenbraue hoch. »Es geht schon los.« Sie schlürfte ihren Kaffee, während Richie sich auf den Stuhl neben dem Telefon setzte.

»Es geht mir gut, es geht mir gut«, sagte er zu dem Anrufer. »Regan, es sind Bridget und Ed ... äh ... Regan hat es in den Nachrichten gestern abend gehört und kam, um mich im Krankenhaus abzuholen ... sie blieb über Nacht ... Wir haben keine Ahnung, wer versucht hat, mich umzubringen ... Macht euch deshalb keine Sorgen ... Wir sehen uns später.«

Richie legte auf und lächelte. »Was sind das für Angsthasen.«
Das Telefon klingelte wieder. »Richie Blossom«, antwortete er. »Nora, Liebes. Ich fühle mich gut. Deine Tochter ist hier und kümmert sich darum, daß ich nicht wieder in Schwierigkeiten komme ... Ich schalte dich auf Lautsprecher ...«
»Regan?« fragte Nora.
»Hallo, Mama.« Regan lehnte sich gegen ihr aufgestelltes Kissen.
»Euch beiden geht es gut?«
»Ja«, sagten sie gleichzeitig.
»Nun, ich habe eine aufregende Neuigkeit.«
Richie lehnte sich näher ans Telefon. »Und die wäre, meine Liebe?«
»Wir haben nicht nur eine Menge mehr Zusagen bekommen, sondern es hat auch ein sehr wichtiger, einflußreicher und wohlhabender Mann angerufen und nachgefragt, ob er kommen könne.«
»Wer?« rief Richie und verschüttete ein paar Tropfen Kaffee auf seinen Bademantel. »Spann uns nicht auf die Folter.«
»Dafür kann sie nichts. Damit verdient sie ihr Geld«, stellte Regan fest.
Nora machte eine Pause und sprach dann den Namen mit Nachdruck aus. »Dayton Rotter.«
»Dayton Rotter?« wiederholte Richie. »Dayton Rotter!«
»Wow!« sagte Regan. »Kommt er wirklich?«
»Ja«, sagte Nora zufrieden. »Er hat durch die Models davon gehört. Dein Vater und ich tun unser Bestes, die Nachricht von seinem Kommen unter die Leute zu bringen. Ich muß den Hoteldirektor, Nick, anrufen, um es ihm zu sagen.«
»Dann solltest du dich besser beeilen«, riet Regan ihr. »Er ist heute morgen früh unterwegs, um eine Stereoanlage zu kaufen.«

»Dayton Rotter?« sagte Richie leise. »Ich schätze, jetzt bin ich bald ganz groß im Geschäft!«
Es klopfte an der Tür.
»Entschuldige mich, Nora, ich muß die Tür öffnen.«
»Sicher, Richie. Regan«, fragte Nora, »willst du heute vormittag zum Hotel kommen, und wir gehen zusammen zum Mittagessen?«
»Ja, aber ich kann nicht sehr lange bleiben«, sagte Regan.
»Wir bleiben auch nicht allzu lange. Warum kommst du nicht gegen viertel vor elf?«
»Okay, Mama. Wir sehen uns dann.«
Lucille trat ins Zimmer, und Richie schaltete den Lautsprecher an. »Lucille, setzen Sie sich.«
»Richie, ich habe mir solche Sorgen gemacht, als ich heute morgen die Nachrichten hörte. Hallo, Regan. Entschuldigung, daß ich so einfach hereinplatze.«
»Kein Problem. Ich muß mich ohnehin noch rasch fertigmachen.« Richie hatte ihr Birdies alten Bademantel geliehen. Sie ging ins andere Zimmer hinüber, um sich anzuziehen. Als sie wieder herauskam, klappte sie die Bernadette Couch Special zusammen und hob die Kissen vom Fußboden hoch.
»Nun, Richie, versprichst du mir, heute morgen hierzubleiben und nicht allein 'rauszugehen?«
»Ich verspreche es dir, Regan.«
»Wir werden heute am frühen Nachmittag alle zusammen mit dem Bus zum Watergreen zur Modenschau fahren. Richie, Sie kommen doch mit uns, nicht wahr?« fragte Lucille.
»Die Bewohner des *Vierten Viertels* werden natürlich alle zusammen kommen«, sagte Richie aufgeregt.
Regan schaute ihn an. »Ich werde nicht genug Zeit haben, zurückzukommen und dich abzuholen. Wenn du mit ihnen

gehst, Richie, dann bleib bitte immer in ihrer Nähe. Ich möchte, daß du den Tag heute heil überstehst.«

»Kein Problem«, lächelte Richie.

»Ich werde ihn im Auge behalten«, versicherte ihr Lucille. »Darin hab' ich inzwischen Übung.«

Irving Franklin räkelte sich. Er hob den Kopf von der Formica-Platte. Genau dort, wo er sich am Abend zuvor mit der Strumpfhose abgequält hatte, saß er jetzt immer noch. Die große Uhr an der Wand mit dem zweiten Zeiger, die er brauchte, um bei gewissen Experimenten die Zeit zu nehmen, zeigte acht Uhr siebzehn an.

Fern wird in ein paar Minuten herunterkommen, um nach mir zu sehen, dachte er. Er fühlte sich wie zerschlagen. Ich kann nicht glauben, daß ich eingeschlafen bin. Ich habe doch bloß um sechs Minuten nach sechs meinen Kopf für ein paar Minuten auf die Platte gelegt, um meine Augen einen Augenblick auszuruhen.

Hier stinkt es ja fürchterlich, dachte er. Er ging hinüber zu dem Tontopf, der eigentlich dazu gedacht war, Fleisch und Gemüse zu schmoren. Er hob den Deckel hoch. *Strumpfhosen-Eintopf.* Das würde genügen, um Ruth zum Wahnsinn zu treiben.

Die nähere Untersuchung des Testexemplars ergab, daß es tatsächlich so gut wie neu war.

Irving seufzte. Das wär's, Leute, dachte er. Ich habe alles Erdenkliche getan, um diese Dinger auf die eine oder andere Weise kaputtzukriegen. Aber es geht nicht.

Er drehte die Hitze unter dem Tontopf ab, räumte den Arbeitstisch auf und begann, die Treppen hinaufzusteigen. Er mußte sich duschen und umziehen, bevor er zu Ruthy-Wuthy eilte, um ihr die schlechten Neuigkeiten zu überbringen.

Barney Freize wälzte sich die ganze Nacht schlaflos im Bett. Ruths Botschaft auf Dannys Anrufbeantworter hatte ihn zutiefst schockiert. Der Gedanke, daß die beiden etwas miteinander hatten, war schlimm genug, aber was genau hatten sie vor? Irgend etwas sagte ihm, daß er diese Strumpfhosen besser nicht zu Calla-Lily hätte bringen sollen. Und jetzt war Richies Leben in Gefahr, und vielleicht war er daran schuld. Er wanderte wie ein gefangenes Tier in seinem kleinen Haus herum. Das Beste, was er tun konnte, war, geradewegs zu Danny zu gehen und mit ihm zu reden.

Danny hatte auf Barneys Anruf nicht zurückgerufen, aber vielleicht war er spät nach Hause gekommen. Die Frage war, was hatte er gestern abend gemacht? Und bei diesem Anrufbeantworter konnte man sich weiß Gott nicht darauf verlassen, daß er Botschaften auch wirklich übermittelte. Wenigstens nicht bei Danny.

Barney schnappte sich seinen Wagenschlüssel und eilte zur Tür hinaus. Er brauchte genau acht Minuten, um zu Dannys Haus zu fahren. Er fuhr seinen Wagen in die Auffahrt und stieg aus. Es war noch früh, aber er wollte nicht warten. Er stürmte zur Tür und klingelte.

Ein paar Minuten später öffnete ein verschlafener Danny die Tür.

»Onkel Barney, was machst du denn hier?«

»Wir müssen miteinander reden.«

»Komm rein.«

Barney folgte ihm in die Küche. Er zuckte zusammen, als er eine Dose Terpentin auf der Anrichte sah.
»Ich habe versucht, dich gestern abend anzurufen.«
»Ich habe die Nachricht nicht erhalten. Mein Anrufbeantworter spinnt ein bißchen.«
»Ich weiß.«
»Woher weißt du das?«
»Laß es mich so ausdrücken, ich dachte, ich hätte den Flur vor einer Neugeborenenstation erwischt. Was ich hörte, waren vor allem Gurr- und Schmatzlaute.«
Danny errötete. »Das geht dich nichts an.«
»Was hast du letzte Nacht gemacht?« fragte Barney.
»Ich habe die Wohnung eines Freundes gestrichen. Warum fragst du überhaupt?« fragte Danny gereizt.
»Was macht das Terpentin hier?«
»Damit entferne ich die Farbe von meinen Händen. Was glaubst du denn?«
»Du weißt, Danny, in Florida kann man wegen versuchten Mordes für eine lange Zeit ins Gefängnis wandern.«
»Wovon redest du eigentlich?«
»Das weißt du nicht?«
»Natürlich nicht.«
»Dann erzähl mir von deinen wundervollen Plänen über dein gemeinsames Leben mit Ruthy-Wuthy.«

Joey drückte ungeduldig auf die Hupe.

»Nadine, beeil dich! Ich komme zu spät zur Arbeit.«

»Immer mit der Ruhe, ich komme ja schon«, rief Nadine, die gerade aus der Vordertür heraustrat. An einer Hand baumelte ihre Handtasche, in der anderen hielt sie eine Tasse Kaffee. Sie reichte die Tasse Joey zum Halten, stieg in den Wagen und schnallte sich an. »Fertig«, erklärte sie.

»Hallelujah«, sagte Joey, als sie starteten.

Nadine zog die Augenbrauen hoch. »Die CD könnte man gut für die Modenschau kaufen.« Sie begann zu singen: »Hal-le-lu-jah, hal-le-lu-jah, hal-le-lu-jah, hal-le-lu-jah ...«

Joey schaltete das Radio an.

»Willst du mir damit etwas Bestimmtes sagen?« fragte Nadine.

»Wer, ich?«

»Ja, du. Es sei denn, da sitzt jemand auf dem Rücksitz, von dem ich nichts weiß.«

»Ich liebe den Klang deiner Stimme, das weißt du.« Er tätschelte ihren Oberschenkel. »Aber nicht, wenn du singst.«

Nadine schien verblüfft. »Niemand ist vollkommen.« Sie nahm einen Schluck von dem Kaffee, der in der weißgeranderten Tasse umherschwappte.

»Also, weißt du schon, in welche Geschäfte du diesen Clown führen willst?« fragte Joey.

»Mm, ja, willst du zur Modenschau vorbeikommen?«

»Sicher. Ich hoffe wirklich, daß dieser Richie es schafft.«

»Ich auch. Ich werde mit Nick nach Hause gehen und ihm dabei helfen, die Anlage anzuschließen, warum kommst du also nicht zum Hotel, wenn du mit deiner Arbeit fertig bist?«
»Okay. Das wird wahrscheinlich am frühen Nachmittag sein.« Joey schwieg einen Moment. »Wenn mein Chef wüßte, welche Aktivitäten die Leute vom *Vierten Viertel* entwikkeln, um dortbleiben zu können.«
»Erzähl es ihm nicht. Er wäre wahrscheinlich nicht sehr glücklich, wenn er herausfinden würde, daß die Kommission, die ihm wahrscheinlich für das ›Golden Sun‹ vorschwebt, sehr viel magerer ausfallen könnte.«
»Ich werde schweigen wie ein Grab.«
Während des Fahrens suchte Nadine nach jedem Song einen neuen Sender.
»Um Gottes willen, wir könnten ja irgendwelche Nachrichten hören!« murmelte Joey.
»Kauf dir eine Zeitung«, schlug Nadine vor, während sie ihre leergetrunkene Kaffeetasse auf den Boden vor den Rücksitzen warf. »Sie hat einen großen Henkel. Sie wird nicht allzuviel herumrollen.«
»Vielen Dank für deine Umsicht.«
Schließlich fuhr Joey die hufeisenförmige Auffahrt des Watergreen hoch. Er beugte sich hinüber, um Nadine zu küssen. »Also, brenn mir nicht mit diesem Typen durch.«
»Das kann man nie wissen.« Nadine gab ihm ebenfalls einen Kuß auf die Wange. »Vielleicht mag er meinen Gesang.«
Sie trat in die Empfangshalle des Watergreen und war sofort von der Aussicht fasziniert, die die riesigen Fenster auf der gegenüberliegenden Seite boten. Das Meer glitzerte im Sonnenschein. Nicht schlecht, dachte sie. Ich muß Joey dazu überreden, mich hier irgendwann mal zu einem Drink einzuladen.
Offensichtlich fanden im Hotel gerade irgendwelche Ta-

gungen statt. Leute mit Notizbüchern und Stiften rannten hin und her. Nadine ging hinüber zum Aufzug. Während sie wartete, las sie die beiden Anschläge, die die Seminare des Tages ankündigten. Auf dem einen stand: »›Strumpfhose im Glas – der Versuch, das Verpackungsproblem zu lösen‹, Raum 120A; ›Das A–Z der Strumpfhosenproduktion: Stricken, Weben, Färben‹, Raum 124; ›Strumpfhose für die Reichen und Schönen: mit Edelsteinen besetzt, verziert, verrückt – Produktionskosten vs. Profit‹, Raum 126.« Hmmm, dachte Nadine. Das sind Aspekte, an die ich noch nie gedacht habe.

Auf dem anderen Anschlag stand: »›Asche zu Asche – Feuerbestattung vs. Begräbnis‹, Raum 112; ›Wie man die Angestellten eines Beerdigungsinstituts trotz allem bei Stimmung hält‹, Raum 116; ›Die neuesten Modelle des Sechs-Fuß-Bungalows – Ausstellung der schönsten Särge‹, Bankettraum B.« Wie aufregend, dachte Nadine.

Die Aufzugklingel ertönte, und die Türen öffneten sich. Nadine drückte »PH« und wurde blitzschnell zum obersten Stock des Watergreen getragen. Am anderen Ende des Flures sah sie die doppelten Türen, die zu Nick Fargus' Suite führten. Eine davon stand halb offen. Nadine klopfte.

Nick öffnete eilig die Tür. Ein Hausdiener stand neben ihm im Vorraum; an seinem Zeigefinger hing ein Kleiderbügel mit einem geblümten Hemd in einem Reinigungssack. »Nadine?« fragte Nick.

»Ja, ich bin's noch immer.«

»Kommen Sie herein. Ich bin Nick.« Er wandte sich dem Hausdiener zu. »Haben Sie die Flecken rausgekriegt?«

»Wir haben uns sehr bemüht, Mr. Fargus. Da ist immer noch eine kleine Spur Tomatensauce, aber ich denke, daß sie von den Blumen überdeckt wird.«

Nick schaute ihn streng an. »Na, dann ist es ja gut.«

»Das nächste Mal schütten Sie sofort etwas Clubsoda darauf«, schlug Nadine vor.

Der Hausdiener verließ den Raum mit einem deprimierten Gesichtsausdruck. Wir haben nun so viele Flecken bei so vielen Gästen entfernt, aber unser Chef ist einfach nie zufrieden, dachte er geknickt.

»Kommen Sie rein, Nadine. Sehen Sie sich die Aussicht an«, sagte Nick stolz und führte sie zu den Fenstern.

»Hübsch haben Sie es hier«, bemerkte Nadine, während sie ihm folgte. »Sie haben einen Laufsteg aufgebaut, wie ich sehe?«

»Ein paar von den Mitarbeitern sind gestern abend noch hochgekommen und haben ihn aufgestellt. Gefällt er Ihnen denn?«

»Sehr professionell. Der Ausblick ist ja wunderbar. Was für eine herrliche Junggesellenbude.«

Nicks Gesicht leuchtete auf. »Finden Sie?«

»Zum Teufel, ja. Ich bin froh, daß mein Freund nicht in einer Wohnung wie dieser wohnt. So wie er jetzt haust, würde ein Mädchen, das er mit nach Hause brächte, sofort über irgend etwas stolpern und sich den Hals brechen, wahrscheinlich schon am Eingang. Sie haben keine Freundin?«

»Nein. Glauben Sie wirklich, daß dies eine schöne Umgebung für die Party ist?«

»Eine großartige Umgebung. Was beunruhigt Sie?«

»Nichts. Wohin sollten wir die Anlage stellen?«

Nadine schaute sich um. »Nun, schauen wir mal. Das hängt von dem System ab, das wir kaufen. Wieviel möchten Sie ausgeben?«

Nick zuckte die Achseln. »Wieviel glauben Sie, sollte ich ausgeben?«

»Haben Sie vor, eine Zeitlang hier wohnen zu bleiben?«

Er lachte gezwungen. »Ja, sicher, es sei denn, ich werde gefeuert.«
»Das wird schon nicht passieren.« Nadine ging in dem großen Raum umher. »Schauen wir mal. Wollen Sie auch Lautsprecher ins Schlafzimmer stellen?«
Nick schüttelte den Kopf. »Nein. Die Models werden sich dort umziehen.«
»Sie Glücklicher.«
Nick grinste. »Ja, finde ich auch.«
»Also, Sie freuen sich darauf, daß ein paar hübsche Mädchen hier herumspringen?« neckte ihn Nadine.
Er scharrte verlegen mit dem Fuß. »Es wird bestimmt lustig. Glauben Sie, der Laufsteg wird ihnen gefallen?«
»Das ganze Appartement wird ihnen gefallen«, versicherte ihm Nadine.
Das Telefon klingelte. Als Nick abnahm, bekam er seinen Hotel-Manager-Gesichtsausdruck. »Nick Fargus.«
Nadine setzte sich auf die Couch.
»... noch mehr Zusagen, das ist schön. Ich werde es unserem Organisator weitergeben ... je mehr, desto lustiger ... wer noch? ...«
Nadine sah, wie Nicks Gesicht sich verdüsterte. Er begann zu stammeln: »... Dayton Rotter kommt? ... Nein, natürlich, das ist großartig ... wir sehen uns später.« Er legte auf und wirkte plötzlich wie ein begossener Pudel.
»Kommt die Konkurrenz?« fragte Nadine.
»Wie? Oh, das macht mir nichts aus.« Nicks Versicherung klang wenig überzeugend.
»Er ist eben bloß ein Mann, der auch ganz gut aussieht«, sagte Nadine betont fröhlich.
»Zufälligerweise ist er auch noch reich und berühmt!« stöhnte Nick.
»Vergessen Sie es, Nick. Sie werden heute bestimmt Spaß

haben. Seien Sie ganz einfach Sie selbst. Sie sind der Gastgeber! Er wird schon nicht der einzige sein, den die Mädchen interessant finden!«

»Vermutlich nicht.«

»Kommen Sie, jetzt kaufen wir eine Anlage, die hier richtig Leben in die Bude bringt!«

»Okay. Also, wieviel, glauben Sie, werde ich ausgeben müssen?« fragte er und zog die Tür hinter sich zu.

Judd Green saß in der Telefonzelle draußen an der Poolbar. Die Bar war geschlossen, und nur ein paar Sonnenanbeter sonnten sich am anderen Ende des Schwimmbeckens. Es war noch früh.

»Du hast die Sache einfach in den Sand gesetzt! Du hast doch gesehen, daß die Tür blockiert war! Du hast ihn durch das Fenster gesehen! Wie hätte ich wissen sollen, daß jemand so spät in der finsteren Gegend joggen würde?«

Während er zuhörte, spielte er mit seiner verspiegelten Sonnenbrille herum. »Ich weiß, daß das großer Mist ist. Ich weiß, daß du den Druck abbekommst. Glaub mir, ich will die Sache auch endlich hinter mich bringen. Natürlich hätte das schon früher passieren sollen ... Hör mal, die Konferenz der Beerdigungsunternehmer geht heute nachmittag zu Ende. Ich weiß, was wir tun können. Wir brauchen einen unauffällig aussehenden Lieferwagen. Steck zwei der Jungs in Arbeiteruniformen ...«

Jemand klopfte an das Fenster der Telefonzelle. »Sind Sie bald fertig?« fragte eine Frau in einem Badeanzug mit Röckchen.

Judd drehte sich zu ihr herum und öffnete die Tür. Bemüht höflich sagte er: »Ja, nur noch ein paar Minuten.«

Hastig erklärte er den Rest seines Plans, während die Frau im Badeanzug wegging. »Ich sag' dir, es wird funktionieren. Wir fahren geradewegs an die Schiffsanlegestelle. Auf der Party werde ich mich auf den Alten konzentrieren. Du kümmerst dich um Regan Reilly.«

Es war nicht nur der Rauch, der die Atmosphäre in der Calla-Lily-Suite verpestete. Die Spannung, die in der Luft lag, war so intensiv, daß man sie mit einem Messer hätte schneiden können.

»Dieses Warten bringt mich noch um!« schrie Ruth aufgebracht, während sie nervös die 27. Zigarette dieses Tages paffte.

Die Aufsichtsratsmitglieder von Calla-Lily saßen mit mürrischen Gesichtern auf den verschiedenen Sofas. Sie waren alle um sieben Uhr dreißig am Morgen eingetroffen, genau zu der Zeit, als ihr abenteuerreisender Kollege in der Wildnis von Colorado ausfindig gemacht worden war. Während er quer über den Kontinent zurückgeflogen wurde, mußten sie präsent sein und mit Ruth über Calla-Lilys endgültige Entscheidung, die Birdie-Strumpfhose zu kaufen oder nicht, diskutieren – wenn von *diskutieren* überhaupt die Rede sein konnte.

»Kaufen oder nicht kaufen, das ist hier die Frage«, wagte einer von ihnen zu scherzen, während er einen zuckergußüberzogenen Doughnut theatralisch in die Luft hielt. Die Heftigkeit von Ruths Reaktion verblüffte ihn so sehr, daß er den Doughnut in seine Kaffeetasse fallen ließ.

Es klingelte an der Tür. Ethel, inzwischen wieder in der Rolle des Fußabtreters und Mädchen für alles, öffnete.

Irving Franklin trat, wie üblich erheblich verspätet, herein.

»Ich weiß nicht, wie er es schafft, immer wieder damit durchzukommen«, murmelte einer der Anwesenden, wäh-

rend er in ein süßes Konditorteilchen biß, das auseinanderbrach und seinen Anzug mit Puderzucker bestäubte.
»Guten Morgen, alle zusammen.«
»Möchten Sie etwas Kaffee?« fragte Ethel.
»Danke, Ethel. Ja, gerne. Schwarz.«
Wie Ruths Stimmung, dachte Ethel. Leicht zu behalten.
Irving setzte sich. Er schaute hinüber zu Ruth und lächelte.
»Guten Morgen, Ruth.«
»Also, was ist los, Irving?« knurrte sie ihn ungeduldig an.
Ethel stellte die Tasse Kaffee vor Irving hin. »Ruth?« fragte sie.
»Ist es wichtig?« wollte Ruth wissen.
»Ich dachte gerade, daß ich hinunterlaufen und diese Papiere holen könnte, die Sie fotokopiert haben wollen …«
Ihre Stimme wurde leiser. ›Bevor hier mal wieder die Hölle losbricht‹, wollte sie hinzufügen.
»Gehen Sie.«
»Danke.«
Irving nippte an seinem Getränk. »Guter Kaffee.« Er räusperte sich. »Ich denke, Sie haben bemerkt, daß ich nicht gerade freudestrahlend hier hereingekommen bin. Ich war die ganze Nacht wach, entschlossen, etwas zu finden, was faul ist an dieser Strumpfhose. Ich habe sie gekocht, geschlagen, gewaschen, auf ihr herumgestampft. Es tut mir leid. Sie scheint einfach perfekt zu sein.«
Ruth stöhnte wie ein verwundetes Tier. »Wir müssen sie kaufen! Dieser Idiot soll so schnell wie möglich hierher zurückkommen und unterschreiben!«
Die Aufsichtsratsmitglieder schüttelten die Köpfe; alle waren sich einig, daß es in der Tat das Beste sei, das Geld zu zahlen.
Drei Minuten später ging die Tür zur Suite auf; Ethel war zurück, in der Hand hielt sie die Papiere, die kopiert werden

sollten. Sie erkannte mit einem Blick, daß die Neuigkeiten, die Irving gebracht hatte, keine guten gewesen waren. Nun hatte sie noch mehr schlechte Nachrichten und konnte es nicht abwarten, sie Ruth zu erzählen.

»Ich dachte, es würde Sie interessieren … Ich war gerade unten im Büro des Hoteldirektors. Es geht das Gerücht um, daß Dayton Rotter zur Cocktailparty kommt. Er ist sehr daran interessiert, die Birdie-Strumpfhose zu kaufen …«

Das Letzte, was Ruth sah, bevor sie in Ohnmacht fiel, war das Bild ihres Großvaters, der mit dem Finger auf sie zeigte und brüllte: »Du hast mein Geschäft ruiniert!«

An den Tischen, die um den Pool im Hintergarten des Hauses von Dina und Sean Clancy, guten Freunden der Familie Durkin, herumstanden, hatten sich vierzehn Frauen zum Brunch versammelt. Regan und Nora standen bei den fünf Brautjungfern. Maura, Bridget, Dina und eine Handvoll anderer weiblicher Verwandter von Maura und John waren ebenfalls zum traditionellen Frühstück gekommen.

Farbenfrohe Blumenarrangements schmückten die Tische, denen von großen gelben Sonnenschirmen angenehmer Schatten gespendet wurde. Kleine in blaßrosafarbenes Papier eingewickelte Paketchen mit goldenen Schleifen standen auf den Plätzen der Brautjungfern. Ein Bündel bunter Luftballons war am Buffettisch befestigt, der sich in wenigen Minuten unter den Quiches und Salaten biegen würde.

»Was macht John heute?« fragte Regan Maura und nippte genießerisch an einem großen Glas frischgepreßtem Orangensaft.

»Golfspielen. Er glaubt, er könne noch achtzehn Löcher schaffen, bevor er sich um einige letzte Besorgungen kümmert, beispielsweise die Ringe abholen, die Heiratsurkunde und seinen Smoking.«

»Wenigstens gehört er nicht zu den nervösen Typen.«

»Er meinte, er hätte in der letzten Zeit Wirbel für zwei gemacht.«

»Denk nur dran, Maura, morgen abend werdet ihr auf eurer Reise sein und alles hinter euch haben.«

»Das hoffe ich wirklich, Regan.« Mauras Blick wurde ernst. »Nach dem, was gestern nacht mit Richie passiert ist, bin ich mir aber ziemlich sicher, daß bestimmt noch weitere schlimme Dinge geschehen werden.«

Regan versuchte, sich ihre Besorgnis nicht anmerken zu lassen. »Wenn Richie es schafft, seine Strumpfhose heute nachmittag zu verkaufen, wird er der glücklichste Mann in Florida sein.«

»Ja, hoffentlich. Er hat schon so viele Erfindungen gemacht, die aber nie funktioniert haben. Wir haben schon gedacht, seine Tüfteleien wären nur ein Hobby. Aber wir sind alle der Meinung, daß er jetzt etwas gefunden hat, was wirklich einschlägt. Was sogar gefährlich sein könnte. Weißt du eigentlich, wieviel Leute Geld dafür bekommen haben, damit sie ihre Erfindungen *nicht* auf den Markt bringen?«

»Ich habe von einigen gehört.«

»Nun, könnte es nicht sein, daß derjenige, der Richie gestern abend in dieser Fabrik eingeschlossen hat, nicht will, daß er den Scheck unterschreibt?«

»Ich weiß es nicht, Maura. Aber wir werden heute wie die Schießhunde auf Richie aufpassen, und so Gott will, wird die Strumpfhose nach der Modenschau jemand anderes Sorge sein.«

»Ich wünschte, ich könnte kommen, Regan, aber ich habe noch nicht zu Ende gepackt, und heute abend findet das Probedinner statt ...«

»Mach dir darüber keine Gedanken. Wir sehen uns sowieso später.«

»Bedient euch doch bitte selbst«, drängte Dina die Anwesenden, während sie zwei riesige Teller Quiche, frisch aus dem Ofen, heraustrug.

Nach dem Dessert und dem Kaffee dankte Regan Maura

noch einmal für die perlen- und saphirbesetzten Ohrringe, die die Brautjungfern alle am nächsten Tag tragen würden, und dann ging sie zusammen mit Nora zurück zum Watergreen.

Mit sachkundigen Blicken wanderte Nadine die Gänge des Stereogeschäfts entlang und studierte die CD-Player. Nick war ihr dicht auf den Fersen gefolgt und wirkte etwas verwirrt.

»Ich möchte so einen, der wirklich gut aussieht«, erklärte er ihr.

Nadine klopfte sich sanft mit dem Finger an die Lippen. »Gut. Jetzt die Tieftonlautsprecher und die Hochtonlautsprecher ...«

»Die was?« fragte Nick.

»Die Tieftonlautsprecher und die Hochtonlautsprecher. Wissen Sie nicht, was das ist?«

»Oh, sicher, die Tieftonlautsprecher und die Hochtonlautsprecher. Natürlich.«

Nadine blieb stehen und lächelte ihn an. »Was ist das also?«

Nick gestikulierte heftig. »Teile der Anlage.«

»Die Lautsprecher, Nick.« Nadine begann, sich wieder in Bewegung zu setzen. »Wissen Sie Nick, Sie sollten sich nicht so oft verstellen.«

»Glauben Sie, ich tue das?« fragte Nick erschrocken.

»Mmmh – ja«, sagte Nadine, während sie ein Preisschild studierte. »Sie sind zu ängstlich, zu sehr darauf bedacht, was die Leute denken. Und die Leute denken das, was sie sowieso denken, also bringt es nichts, allen gefallen zu wollen.«

»Das will ich ja gar nicht«, protestierte Nick.

»Doch, das versuchen Sie. Warum sonst macht es Ihnen so viel Kopfschmerzen, ob Sie heute das Blumenhemd anziehen sollen oder nicht?«

»Ich habe Sie nur nach Ihrer Meinung gefragt.«

»Dreimal. Tragen Sie das, was Sie tragen möchten, und vergessen Sie einfach die Leute, die keinen Spaß verstehen.«

Nick folgte ihr in den nächsten Gang. »Sie denken, bei mir stimmt etwas nicht?«

»Nein. Aber ich wünschte, Sie wären ein bißchen gelassener und würden die Dinge einfach geschehen lassen. Ich habe das Gefühl, Sie wollen heute um jeden Preis die Models beeindrucken.«

»Ich bin stolz auf das Watergreen Hotel und möchte ihm seinen früheren Ruf, das beste Hotel am Platz zu sein, zurückgeben.«

»Nein, das glaube ich Ihnen nicht. Sie wollen sich nur mit den Models verabreden. Da, schauen Sie – das ist sie«, sagte Nadine. »Für das, was Sie ausgeben wollen, ist diese Anlage der beste Kauf. Sie sieht gut aus, hat einen großartigen Sound, hat ein AM/FM Radio und ein Kassettendeck neben einem CD-Player, und sie liegt in Ihrer Preisklasse. Was sagen Sie dazu?«

»Gut.«

»Und wir kaufen auch noch einen Tieftonlautsprecher und einen Hochtonlautsprecher für Ihr Schlafzimmer.«

»Hört sich verlockend an.«

»Also dann. Jetzt suchen wir uns jemanden, der die Bestellung bearbeitet.«

Nachdem sie den Wagen mit den Stereokisten vollgepackt hatten, eilten Nick und Nadine in die Musikabteilung, um noch die CDs zu kaufen, die Regan sich für die Modenschau gewünscht hatte. Nadine kaufte bei der Gelegenheit noch ein paar für Joey, und Nick tätigte ebenfalls kurz entschlossen einen Kauf, der der offizielle Start seiner CD-Sammlung war.

»Also, wissen Sie was, Nick«, sagte Nadine, als sie wieder in den Wagen stiegen und aus der Parklücke herausfuhren. »Jetzt kann die Show richtig beginnen.«

Als Regan und Nora in Nick Fargus' Suite ankamen, waren die Vorbereitungen schon in vollem Gange. Zimmerdiener bauten gerade die Bar und die Hors d'œuvres auf. Eine junge Frau putzte die Fenster. Blumen wurden angeliefert.

Nadine trat mit einem Hammer in der Hand aus dem Schlafzimmer. »Hallo, Regan.«

»Hallo, Nadine. Das ist meine Mutter ...«

»Mrs. Reilly, ich *liebe* Ihre Bücher. Regan, du hast mir nicht erzählt, daß deine Mutter diejenige ist, die diese Bücher schreibt, die mich die ganze Nacht über wach halten.«

Nora lachte. »Solange sie Sie nicht einschläfern.«

»Auf keinen Fall. Als ich das letzte Mal eines las, bekam ich eine solche Angst, daß ich aufstand, um noch mal zu überprüfen, ob die Tür verschlossen war. Am nächsten Tag bei der Arbeit mußte ich in der Mittagspause auf den Parkplatz zu meinem Wagen gehen, um ein Nickerchen zu machen.«

»Hallo, alle zusammen«, sagte Nick, der in seinem Blumenhemd aus dem Badezimmer trat.

»Alles bereit?« fragte Regan.

»Nadine hat die Verantwortung. Sie hat die Anlage selbst aufgebaut. Wir wollten gerade unsere erste CD reinstekken.« Er lachte. »Sie hat mir auch geraten, ein Zeichen an die Badezimmertür zu hängen, daß eine Etage tiefer im Fitneßcenter noch eine zweite Toilette ist.«

Nadine sagte nüchtern: »Hier werden hundert Leute sein, und dann nur ein Badezimmer?! Zu dem in Ihrem Schlafzimmer ist der Zutritt verboten, da die Models dort ein und aus gehen. Die Leute kommen auf einen Drink, und sie bleiben noch auf einen zweiten, und bevor man sich versieht, steht hier eine lange Schlange.«

»Ich hole meinen dicken Filzstift«, sagte Nick.

»Apropos, Regan, wir schreiben besser die restlichen Namensschilder für die Leute, die sich noch in letzter Minute angemeldet haben«, sagte Nora.

»Hallo, hallo, hallo«, rief Richie fröhlich, als er die Bewohner des *Vierten Viertels* in die Suite führte.

»Das ist ein herrlicher Ort für eine Party«, rief Flo aus.

»Wunderschön«, murmelte Lucille.

Nick ging hinüber und schüttelte Richie die Hand. »Schön, Sie zu sehen, Richie. Und wen haben wir da?«

»Die Models!«

Nicks Stimme erstarb zu einem Krächzen. »Die Models?«

»Ja. Dies sind Flo und Bessie und Pearl und …«

»Wir haben wie verrückt geübt«, berichtete Pearl strahlend.

»Großartig«, sagte Nick bemüht freundlich. »Ich dachte, Sie wären vom South Beach.«

»Das sind wir auch, Süßer«, sagte Flo und ging zum Fenster, um die Aussicht zu genießen.

Nick hoffte, daß man ihm die Enttäuschung nicht ansah. Plötzlich bemerkte er, daß Nadine ihn beobachtete. ›Sie sind zu ängstlich. Lassen Sie die Dinge einfach laufen‹, gingen ihm Nadines Worte durch den Kopf. »Nun, Sie sehen alle wahnsinnig attraktiv aus«, sagte er herzlich.

Nadine zwinkerte ihm zu.

»Es kommen noch ein paar junge Hühner, die von einer der Agenturen geschickt werden«, erklärte Richie. »Sie müßten in ein paar Minuten hiersein.«

Nicks Laune wurde schlagartig besser. Keiner kann mir übelnehmen, daß ich mich freue, dachte er.

Luke rieb sich die Augen. Es war ein langer Morgen gewesen, aber endlich nahte das Ende des geschäftlichen Teils der Konferenz. Alles in allem hatte es sich gelohnt. Er hatte sich mit Lieferanten getroffen, war auf einige der Seminare gegangen, hatte alte Geschäftsfreunde wiedergesehen und eine zündende Rede gehalten.

Jetzt war es nach Mittag, und die Leute eilten zu ihren Mittagessen-Verabredungen oder hinaus zum Pool, um das wunderschöne Wetter zu nutzen. Aber Luke wollte noch einen Blick auf die Sargausstellung werfen. Er hatte ein paar äußerst interessante Modelle gesehen. Der Preis war relativ niedrig, und er konnte diese Einsparungen an seine Kunden weitergeben.

Er ging durch den mit Teppichen belegten Gang zum Ausstellungsraum. Alles war ruhig. Der große Raum lag abseits des vielbegangenen Flures, abseits vom Tumult der Hotelhalle. Er öffnete die Tür und trat ein. Eine doppelte Reihe von Särgen war dort aufgebaut. Selbst wenn ich hundert Jahre im Geschäft bin, dachte er, wird mich der Anblick dieser erschreckenden Kästen niemals völlig kalt lassen.

Nachdem er sich verschiedene Einzelheiten der Herstellung notiert hatte, steckte er seinen Stift weg und schaute sich ein letztes Mal um. Irgendwann an diesem Nachmittag würden die Dinger wieder hinausgetragen werden. Aber nach der Panik, die beim Hineintragen entstanden war, sollte man sie wohl besser durch den Nebenausgang fortschaffen.

Dann ging er zurück zur Hauptbar. Er würde sich Ed auf ein schnelles Sandwich anschließen, und danach würden sie hinaufgehen, um Nora und Bridget bei der Modenschau zu treffen. Und dann, dachte er – wer weiß? Vielleicht endlich ein paar Stunden, um mich zu entspannen.

Der Calla-Lily Privatjet landete auf dem Miami International Airport. Als er zum Stillstand gekommen war, öffnete sich die Tür, und Preston Landers wurde von einem Schwall heißer, feuchter Luft begrüßt.

»Oh, verdammt«, murmelte er. »Da, wo ich gerade herkomme, war die Luft so wunderbar kühl.« Der Flugbegleiter schaute ihn mitleidig an.

»Ich wünsche Ihnen einen schönen Tag, Sir«, sagte er, als Preston aus dem Flugzeug trat.

»Davon kann wohl nicht die Rede sein«, antwortete dieser. Unten auf dem Rollfeld wartete bereits eine Limousine darauf, ihn zum Watergreen Hotel zu bringen.

»Wir müssen uns beeilen, Sir«, sagte der Fahrer, während er ihm die Tür aufhielt. »Im Hotel wartet man schon auf Sie. Es ist bereits mehrmals angerufen worden, ob Sie schon gelandet sind.«

Preston kratzte den Schlamm von seinen Cowboystiefeln. »Ich schätze, dann wird man eben noch ein bißchen länger warten müssen.«

»Ja, Sir.« Der Fahrer schlug hinter Preston die Tür zu, rannte um den Wagen herum, sprang hinein und fuhr mit quietschenden Reifen davon.

Die arme Ruth war in der Calla-Lily-Suite auf eine Couch gelegt worden. Sie war auf sich selbst wütend, daß sie vor diesem Haufen Ignoranten in Ohnmacht gefallen war. Die Neuigkeit, daß Dayton Rotter kommen würde, hatte sie einfach umgehauen. Um so mehr war sie jetzt davon über-

zeugt, daß der Scheck so schnell wie möglich in Richie Blossoms Hände gelangen müsse. Dank Nora Regan Reilly waren die Cocktailparty und die Modenschau das Gespräch des Tages. Das muß ich mir überlegen, ob ich jemals wieder eines ihrer Bücher kaufe, dachte Ruth.
»Wo ist dieser Idiot?« schrie sie.
»Ruth, beruhigen Sie sich«, flüsterte Ethel.
»Mich beruhigen? Wie kann ich mich beruhigen? Mein ganzes Leben geht vor meinen Augen den Bach hinunter, und du sagst mir, ich soll mich beruhigen!«
»Er ist auf dem Weg.«
»Was treibt er, reitet er auf einem *Pony* vom Flughafen hierher?!«
Jemand klopfte an die Tür.
»Gott sei Dank!« seufzte Ruth, rannte hinüber und riß sie auf. Barney Freize starrte sie erschrocken an.
»Ich bin gekommen, um mir meinen Scheck abzuholen.«
Ruth wandte sich verärgert ab. »Das ist das letzte, worüber ich mir im Augenblick Gedanken mache!«
»Nun, Ruthy-Wuthy, es wäre aber besser, wenn Sie das tun würden.«
Irving schoß Ruth einen giftigen Blick zu.
»Ich denke, ich komme mal rein und trinke eine Tasse Tee«, sagte Barney.
Irving sprang auf. »Ich bin Irving Franklin, der Ingenieur.« Er machte Barney ein Zeichen, daß er sich neben ihn setzen solle. Die anderen Aufsichtsratsmitglieder betrachteten die beiden erstaunt. »Bitte, leisten Sie uns Gesellschaft. Tun Sie uns den Gefallen.« Irving lächelte Ruth an. Es war das erste Mal in ihrem Leben, daß sie sprachlos war.
Nora stand im Türrahmen und begrüßte die Mitglieder des Verbandes der Strumpfhosenhersteller. Manche von ihnen hatten sich schnell noch Bücher gekauft, die sie signieren

sollte, und während sie damit beschäftigt war, »Herzlichen Glückwunsch zum Geburtstag« oder »Mit besten Wünschen« zu schreiben, bemerkte sie, daß Richie nervös auf und ab ging.

»Sie sollten einen Krimi über eine Konferenz der Strumpfhosenhersteller schreiben«, schlug einer der weiblichen Gäste vor.

»Vielleicht werde ich das tun«, lachte Nora.

»Wir haben ein paar gute Geschichten«, kicherte die Frau. »Rufen Sie mich an, wenn Sie Material brauchen.«

Als die Gäste in den Saal strömten, nahmen sie sich von den Kellnern, die mit großen Tabletts herumliefen, Getränke und Hors d'œuvres. Einige schlenderten hinaus auf die Terrasse, um sich an dem Anblick zu erfreuen.

Alle Models warteten in ihren perfekten Strumpfhosen im Schlafzimmer auf ihren großen Auftritt. Nick bemühte sich, ein guter Gastgeber zu sein, und kümmerte sich aufopfernd um die Getränke. Nadine bediente die Stereoanlage und spielte ein paar nette Schlager, aber auf Noras Bitte hin drehte sie den Ton so leise, daß man sich noch unterhalten konnte.

Judd Green kam mit mehreren der ankommenden Gäste im Aufzug heraufgefahren, und als diese stehenblieben, um sich ihre Namensschilder zu nehmen, bemerkte er mit hämischer Freude, daß noch einige Blankonamensschilder auf dem Tisch herumlagen. Das ist für die bösen Gäste, die *nicht* eingeladen wurden, dachte er, und schrieb »Lowell Evans« in Großbuchstaben auf eines der Schildchen.

Er schlüpfte, ohne sich vorzustellen, hinter Nora vorbei und ging hinüber zur Bar, um sich eine Bloody Mary zu bestellen. Dann schaute er sich um und sah, daß Richie Blossom sich an der Anlage mit einem Mädchen unterhielt. Ich werde ihn während der Modenschau hier herauslocken müssen, dach-

te er. Er hatte einen Plan, der mit großer Wahrscheinlichkeit funktionieren würde. Dies war seine letzte Chance.
Die Straßen vom Flughafen in die Stadt waren völlig verstopft. Preston lehnte sich gegen die Kopfstütze und dachte melancholisch über sein Leben nach.
»Heute morgen, als ich aufwachte, lag mein Kopf in Mutter Erdes Schoß. Das Krächzen eines Vogels am Himmel, was für ein Vogel es auch immer gewesen sein mochte, war Musik in meinen Ohren. Mir wurde auf dieser Reise schmerzlich bewußt, daß die Jagd nach dem Geld etwas ist, was ich schon lange hätte aufgeben sollen.«
»Aha, jemand auf der mittleren Fahrbahn hat eine Panne, daher der Stau«, sagte der Fahrer nervös.
»Da draußen in der freien Natur, mit einem Maultier, das ich Ruth genannt habe, da war ich glücklich.«
Der Fahrer schaute in den Rückspiegel. »Sie wollen Ruth anrufen?« fragte er schnell.
»Das würde ich gerne tun«, sagte Preston, mit einer Träne im Auge, »aber ich fürchte, sie ist ein bißchen schwer zu erreichen. Die Arme müht sich wahrscheinlich in diesem Augenblick ohne mich auf ihrem Rücken ab, ohne daß jemand da wäre, der ihr die Streicheleinheiten gibt, die sie so dringend braucht.«
Dem Fahrer blieb der Mund offenstehen. Ich dachte immer, bei Calla-Lily sei es ein ungeschriebenes Gesetz, nicht mit Kollegen anzubändeln, dachte er.
Regan stand in einer Ecke und unterhielt sich mit Nadine, Joey und Scott. Die jungen Männer waren zusammen herübergekommen, nachdem Joey mit der Arbeit fertig gewesen war.
»Ich will doch schauen, wie meine Mädchen zurechtkommen«, lächelte Scott. »Ich muß unbedingt herausfinden, ob wir ihnen zuviel zahlen.«

»Ha-ha«, sagte Nadine. »Das hier ist für einen guten Zweck.«
Draußen in der Diele betrachtete Nadine prüfend die wenigen Namensschilder, die sich noch niemand abgeholt hatte.
»Wie geht es dir, Richie?« fragte sie Richie, der gerade aus dem Saal trat.
»Es ist ziemlich voll hier, nicht wahr, Nora?«
»Ja, das kann man wohl sagen. Bist du nervös?«
»Ja.«
Nora lächelte ihn aufmunternd an. »Du mußt nur an deine Sache ganz fest glauben. Oh, gut, hier kommen Luke, Ed und Bridget.«
»Wir haben uns im Aufzug getroffen«, sagte Bridget mit strahlendem Lächeln. Dann fügte sie hinzu: »Es sieht so aus, als sei deine Modenschau ausverkauft.«
»Hoffen wir, daß es das richtige Publikum ist!« rief Richie, »Nora, wann glaubst du, sollten wir anfangen?«
»Dayton Rotter ist noch nicht eingetroffen.«
»Dann laßt uns auf alle Fälle noch warten.«
Ruth hielt bewußt eine Diskussion über allgemeine Themen in Gang, da sie nicht wollte, daß die Leute sich privat über die sensationelle Strumpfhose unterhielten. Das letzte, was sie gebrauchen konnte, war eine Unterhaltung zwischen Irving und Barney. Irving war ein Unruhestifter, und sie konnte den Gedanken nicht ertragen, daß er noch mehr Macht über sie gewinnen könnte. Als es an der Tür klingelte, schoß sie wie eine Rakete aus ihrem Sitz hoch. Diesmal stand Preston Landers in seinen Stiefeln und Sporen, seinem Cowboyhut, seinem karierten Hemd und seiner Fransenweste vor ihr. Er kaute mit vollen Backen Tabak und schwang ein Lasso über dem Kopf.
»Wie geht's, Mädchen«, lautete seine markige Begrüßung.
»SIE!« Ruth stürzte auf ihn zu. »Kommen Sie rein!«
»Beruhig dich, Mädchen, ganz ruhig«, sagte er und stapfte

mit forschen Schritten in den Konferenzraum. Er tippte an seinen Hut. »Hi.«

»Hi«, murmelten die Anwesenden, sichtbar peinlich berührt.

Ruth hielt ihm ein Stück Papier entgegen. »UNTERSCHREIBEN SIE DAS!«

»Ich muß erst einen Blick auf das feine Schriftstück werfen, Ma'am ...«, sagte er, aber Ethel störte seinen theatralischen Auftritt.

»Entschuldigen Sie, Ruth«, sagte sie unter Aufbietung ihres ganzen Mutes, »aber Dayton Rotter ist gerade unten angekommen.«

»UNTERSCHREIBEN SIE! UNTERSCHREIBEN SIE! UNTERSCHREIBEN SIE!« Ruth sprang wie ein Känguruh um Preston Landers herum.

Preston schluckte und kritzelte seinen Namen auf das Papier. Noch bevor die Tinte getrocknet war, war Ruth schon zur Tür hinausgestürzt – in ihrem Schlepptau Ethel, Irving, Barney und die Calla-Lily-Aufsichtsratsmitglieder.

Nora schaute auf die Uhr. Es war fünf nach drei. »Es sieht so aus, als würden sich alle gut amüsieren, aber wir sollten sie nicht zu lange warten lassen«, sagte sie zu Richie. »Möglicherweise läßt sich Dayton Rotter überhaupt nicht blicken.«

»Da hast du natürlich recht, Nora.«

»Wenn er bis viertel nach drei nicht hier ist, werde ich eine kleine Willkommensrede halten, um noch ein paar Minuten herauszuschinden ...«

»Sie kann reden wie ein Wasserfall, Richie«, sagte Luke beruhigend. »Dayton Rotter wird hier sein, bevor sie damit fertig ist, allen zu versichern, wie hocherfreut sie ist, sie als ihre Gäste begrüßen zu dürfen.«

Richie beobachtete, wie Nora sich vorsichtig ihren Weg durch die Menge bahnte und Nadine etwas ins Ohr flüsterte. Wahrscheinlich, überlegte er, sagt sie ihr, wann sie die Musik leiser stellen soll, so daß sie mit ihrer Rede anfangen kann. Danach trat Nora zu einem Grüppchen auf der Terrasse.

»Ich bin so furchtbar nervös«, stöhnte Richie. »Mir wird so leicht schlecht, wenn ich mich aufrege. Ich werde den Mädchen ein paar aufmunternde Worte sagen und mich dann an die Tür stellen. Da ist die Luft etwas besser. Ich habe keine Lust, auch noch in Ohnmacht zu fallen.«

Luke schaute teilnahmslos zu, wie Richie durch die Diele zur Schlafzimmertür lief, gefolgt von dem jungen Typen, der sich als Scott vorgestellt hatte. Dieser Scott hat, soweit

ich mich erinnern kann, irgend etwas mit der Model-Agentur zu tun, dachte Luke.
Richie wollte gerade an die Tür klopfen, als jemand die Hand auf seinen Arm legte. Er zuckte zusammen. »Was ist!?« Dann sagte er verlegen: »Menschenskind, Scott, ich bin ein Nervenbündel, glaube ich. Ich habe gar nicht bemerkt, daß Sie hier sind.«
»Richie, endlich bin ich allein mit ihnen. Ich muß mit Ihnen reden.«
»Mann, Scott. Hat das nicht ein bißchen Zeit?«
»Ich wünschte, es hätte Zeit. Richie, einer der größten Filmproduzenten hat Ihre Werbesendung gesehen. Er fand sie einfach großartig. Er legt gerade das Casting für einen Film fest, von dem er meint, daß eine der Rollen Ihnen wie auf den Leib geschnitten wäre. Aber er braucht dafür sofort ein Foto von Ihnen. Sein Fotograf steht am Aufzug und wartet auf Sie.«
»Ich als Schauspieler in einem Film? Sie brauchen ein Foto? Was ist mit dem Haufen Fotos, den sie bereits von mir haben? Ich habe schon genug dafür gezahlt, daß sie gemacht wurden.«
»Richie, wir müssen für den Film noch ein paar andere Aufnahmen machen.« Scotts Gesicht war nur ein paar Zentimeter von seinem entfernt. »Vertrauen Sie mir. Warum, glauben Sie, bin ich in diesem Geschäft? Weil ich den richtigen Instinkt habe. Es wird nur fünf Minuten dauern.«
»Fünf Minuten?«
»Höchstens.«
»Ich darf die Modenschau nicht verpassen. Ich halte am Ende eine Rede.«
»Richie, zu Ihrer Rede werden Sie zurück sein. Aber sprechen Sie mit niemandem darüber. Wenn Elmer davon erfährt, will er auch fotografiert werden, und der Produzent

ist überhaupt nicht an ihm interessiert. Es dauert nur ein paar Minuten.«

»Okay, okay. Sicher. Warum nicht? Es macht ziemlich viel Spaß, Werbefilme zu machen. Ich kann mir gut vorstellen, auch in einem Spielfilm mitzuwirken.« Er zögerte. »Aber vielleicht wäre es fair, wenn auch von Elmer ein Foto gemacht werden würde. Sie wissen, er war ziemlich sauer, daß ich die Rolle in der Werbesendung gekriegt habe, für die er vorgesehen war.«

»Vergessen Sie Elmer. Er hängt dauernd in unserem Büro herum und jammert uns die Ohren voll. Verstehen Sie nicht, warum es im Moment unbedingt geheim bleiben soll? Vielleicht klappt es ja auch gar nicht, also behalten Sie die Sache am besten für sich.«

Richie legte Daumen und Zeigefinger übereinander. Menschenskind, dachte er, vielleicht könnte dies wirklich mein Glückstag werden. Jemand könnte meine Birdie-Strumpfhose kaufen, und ich werde auch noch ein Filmstar. Der Gedanke hätte beruhigend sein müssen. Aber Richie fühlte sich schrecklich aufgeregt. Er klopfte an die Schlafzimmertür.

»Herein«, rief jemand. Als er die Tür öffnete, sagte Annabelle: »Oh, Sie sind es, Richie. Wir sind alle fertig.«

»Ihr Mädels seht großartig aus«, sagte Richie feurig.

Die Strumpfhosenmodels waren dabei, sich nacheinander so aufzustellen, wie sie auf dem Laufsteg erscheinen würden. Annabelle hielt eine Kopie von Noras Skript in der Hand.

»Richie, wir sind gerade bei der Generalprobe ...«, sagte sie nervös, dann wandte sie sich wieder den Models zu. »Bessie, wenn Mrs. Reilly sagt: ›Sie werden in allen Farben hergestellt ...‹«

Richie unterbrach sie. »Mädels, ich wollte euch nur viel Glück wünschen. Ich möchte euch bitten, das zu tun, was ihr, wie ich weiß, ohnehin tun werdet. Gebt euer Bestes. Euer Allerbestes. Für das *Vierte Viertel.* Für unser Heim. Für unser Land.« Er schluckte und verstummte.

»Und jetzt 'raus mit dir, Richie«, befahl Flo mit strenger Stimme. »Wir wissen, was wir zu tun haben. Bettina«, brüllte sie, »wieso bist du noch nicht fertig?«

»Ich muß mir gestern einen Sonnenbrand geholt haben«, rief eine Stimme aus dem Badezimmer, »ganz plötzlich jucken meine Beine wie verrückt.«

Keuchend und schnaufend rannte Ruth das Treppenhaus hinauf, stieß eine Tür auf und stürmte den Flur hinunter, ihr Gefolge ein halbes Stockwerk hinter ihr. Bei solchen Gelegenheiten könnte sogar ich daran denken, mir das Rauchen abzugewöhnen, ging es ihr durch den Kopf, als sie auf die offene Tür der Penthousewohnung des Hoteldirektors zusteuerte.

Das Gewirr von Stimmen, Gelächter und Musik wirkte nicht gerade beruhigend auf sie. Offensichtlich hatten sich eine Menge Leute eingefunden: Geschäftsleute, die reinsten Haie, bereit, die Profite der Calla-Lily-Gesellschaft zu verschlingen, das Lebenswerk ihres Großvaters zu zerstören, und all das nur, weil irgendein Daniel Düsentrieb nichts Besseres zu tun hatte, als eine laufmaschensichere Strumpfhose zu erfinden.

Plötzlich kam ihr ein entsetzlicher Gedanke. Sie wußte noch nicht einmal, wie dieser komische Erfinder aussah. Sie blieb ein paar Sekunden lang stehen, so daß es Barney Freize gelang, sie einzuholen. »Wie sieht dieser Idiot überhaupt aus?« murmelte sie.

»Ich werde ihn Ihnen zeigen«, keuchte Barney. Er wußte, daß Richie sich fragen würde, warum er mit den Leuten auf der Party auftauchte, die versuchten, das Strumpfhosenpatent zu kaufen. Aber Barney wollte Ruthy-Wuthy keinen Schritt von der Seite weichen. Wenn sie ihm nicht im selben Moment, in dem sie versuchen würde, Richie dazu zu bringen, auf der gestrichelten Linie zu unterschreiben, seinen

Scheck überreichte, würde er Richie erzählen, daß Ruth für sein Patent jeden Preis zu zahlen bereit wäre.

Sie waren fast an der Tür zur Suite angekommen, als Richie heraustrat. »Das ist er«, rief Barney.

Ruth preschte voran und tauchte plötzlich wie ein Gespenst vor Richie auf. »Fünf Millionen«, keuchte sie. Sie wedelte mit einem Blatt Papier vor seinem Gesicht herum und drückte ihm einen Stift in die Hand. »Unterschreiben Sie hier. Einmaliges Angebot.«

»Was?« Richie sah sie verständnislos an. Hinter sich konnte er hören, wie die Musik verstummte und Nora zu sprechen begann.

»Guten Tag, meine Damen und Herren, und herzlich willkommen. Ich bin Nora Regan Reilly, und ich bin entzückt, Sie zu einem der spannendsten Augenblicke in der Geschichte der Strumpfwarenherstellung begrüßen zu dürfen.«

»Unterschreiben Sie!« fauchte Ruth.

Richies Augen weiteten sich, als er den Scheck überflog. RICHARD BORIS BLOSSOM ... FÜNF MILLIONEN DOLLAR.

Und es war ein Bankscheck. Nicht so einer wie die, die er und Birdie sich gegenseitig aus Spaß zum Geburtstag geschenkt hatten. Der größte, den sie jemals ausgestellt hatten, hatte über eine Million Dollar gelautet. Sie nehmen mich auf den Arm, dachte er. Es ist ein Gag. Er erblickte Barney.

»Hey, du hast mir gestern nacht das Leben gerettet. Was hast du jetzt mit mir vor, Barney?« fragte er. »Soll ich jetzt vielleicht doch noch einen Herzanfall bekommen? Was wird hier eigentlich gespielt?«

Er schaute den Flur hinunter. Er hatte Lust, ein bißchen mit Barney herumzuflachsen, aber er wollte die Chance, in einem Film mitzuwirken, keinesfalls verpassen.

»Er ist echt, Sie Dummkopf«, knurrte Ruth. »Und dazu kommen zehn Prozent der Profite der Calla-Lily-Strumpfwarengesellschaft, Inc.«
Richie überlegte einen Augenblick lang. Dann fiel ihm etwas ein. »Einen Moment«, sagte er, »hat Ihr Ingenieur eine Schwiegermutter, die gestern eine Maniküre bekommen hat?«
»Was zum Teufel hat das mit dieser Unterschrift zu tun?« schrie Ruth. »Irving?«
»Ja, Ruth.«
Die Calla-Lily-Truppe hatte sich inzwischen hinter Ruth versammelt.
»Hat sich deine Schwiegermutter gestern die Nägel machen lassen?« fragte Ruth.
»Ja. Und da du schon fragst – sie ist nicht glücklich über den Farbton. Sie denkt, es könnte etwas zu viel Braun darin sein, Wuthie.«
»Deine Sorgen möchte ich haben«, zischte Ruth mit zusammengebissenen Zähnen.
Dann ist es wahr, dachte Richie. Sie haben meine Strumpfhose getestet. Sie wissen, daß sie funktioniert.
Noras wohlklingende Stimme war deutlich über den Lautsprecher zu hören. »Hier kommt Annabelle, die Claudia Schiffer der Strumpfhosen. Sie trägt einen köstlichen Hauch der Strumpfhose ›Reifer Pfirsich‹. Achten Sie darauf, wie sie an ihren Beinen sitzt, wie sie im Licht schimmert, wie sie den Knöcheln schmeichelt. So ist es recht, Annabelle ... Zeigen Sie jedermann, wie wunderschön sie ist ...« Ruth hörte den begeisterten Applaus und spürte, wie ihr vor Ärger die Galle hochkam.
Am anderen Ende der Halle gab es am Aufzug ein Gedränge. Ruth warf einen wilden Blick über ihre Schulter. Wie ein personifizierter Alptraum näherte sich dieser Dayton Rot-

ter, die Begleiter und die Fotografen, die sich um ihn scharten, um einen Kopf überragend. Angle oder schneide den Köder ab. Das war es, was Großvater ihr immer beigebracht hatte. Ruth zwang sich dazu, aufrecht zu stehen, ruhig zu handeln.

»Wenn Sie den Vertrag nicht sofort unterschreiben und diesen Scheck auf der Stelle annehmen, ziehe ich mein Angebot offiziell zurück«, drohte sie.

Mit unfreiwilliger Bewunderung dachte Irving: Ruthie, das muß man dir lassen: Du hast Mut. Er wußte, wenn Blossom ihren Vorschlag ablehnte, würde Ruthie sich vor Wut umbringen.

Richie schwankte. Vielleicht könnte ich mehr bekommen, dachte er, den Blick auf den Scheck geheftet. Aber vielleicht auch nicht. Wie Ed immer sagt, nichts ist sicher, außer dem Tod und den Steuern. Nehmen wir einmal an, den anderen Gesellschaften gefallen die Birdies, aber sie wollen zunächst einmal eine Option erwerben, bis sie sie getestet haben. Damit könnte er das *Vierte Viertel* nicht kaufen. Aber mit diesem Scheck wäre es möglich.

»Es ist ein Vergnügen, mit Ihnen ins Geschäft zu kommen«, sagte er und griff nach dem Stift. Er begann, seinen Namen, ›Richard Blossom‹ unter den Vertrag zu setzen, dann zögerte er.

Dayton Rotter war nur noch ein paar Schritte entfernt.

»Unterschreiben Sie«, wimmerte Ruth.

»Ich muß nur darauf achten, daß ich meinen vollen Namen benutze, damit die Unterschrift auch legal ist«, versicherte Richie ihr wohlwollend, während er in deutlich lesbarer Schönschreibschrift ›Richard Boris Blossom‹ unter das Dokument setzte.

Er steckte den Scheck in seine Brusttasche und schüttelte Ruth herzlich die Hand. Geradezu berauscht vor Glück sagte er: »Ich würde am liebsten mit Ihnen anstoßen, aber ich habe versprochen, mich für ein paar Minuten mit jemandem zu treffen. Warum gehen Sie nicht rein und schauen zu, wie Ihre neue Strumpfhose vorgestellt wird?«

»Und ob wir das tun werden«, sagte Ruth frohlockend und umklammerte mit beiden Händen den Vertrag. Während die Angestellten von Dayton Rotter mit interessierten Blikken die Strumpfhosenvorführung verfolgten, verzerrte sich Ruths Mund zu einem boshaften Grinsen.

»Ich hätte nichts dagegen, jetzt ebenfalls meinen Scheck in Empfang zu nehmen«, sagte Barney drohend zu Ruth.

»Gib ihn her, Ethel«, befahl Ruth.

»Hier ist er. Ich habe ihn bei mir.«

Ethel konnte es nicht glauben. Der Vertrag war unterzeichnet. Jetzt endlich könnten sie alle wieder aufatmen, hoffte sie. Wie Schneewittchen und die sieben Zwerge fegten Ruth und ihre Begleiter an ihr vorbei und drängten sich in den Raum, wo die Modenschau stattfand. Ethel wußte genau, was in Ruth vorging. Sie hörte schon im Geiste die Rede, die Ruth halten würde, um ihre Konkurrenten zu informieren, daß Calla-Lily in das Geschäft mit der Birdie-Strumpfhose eingestiegen war. Irgendwie hatte die ganze Sache etwas Tragisches. Diese Strumpfhose war wirklich hübsch, und Ethel wußte, daß Ruth sie nicht vor Ablauf des Patents auf den Markt bringen würde. Das war in siebzehn Jahren. Möglicherweise werde ich dann nicht mehr auf dieser Erde weilen und nicht einmal mehr den Firmenrabatt mitnehmen können, dachte Ethel.

Ihr Kopf hämmerte. Sie würde nur eine Minute brauchen, um hinunter zur Suite zu laufen und sich ein Aspirin zu holen. Das stundenlange Warten auf Preston Landers war ziemlich nervenaufreibend gewesen. Ethel überlegte, daß ein Ganztagsjob als Stierkämpferin wahrscheinlich leichter zu bewältigen wäre.

Sie lief den Flur entlang und bog um die Ecke. Mr. Blossom trat gerade mit einem großen Mann in den Aufzug. »Halten Sie ihn an, bitte«, rief sie.

Richie lächelte wohlwollend und hielt ihr die Tür auf. Er ignorierte das Gemurre des Fotografen, der offenbar keine Sekunde Zeit vergeuden wollte. »Diese Dame hat gerade ein sehr wichtiges Dokument für mich getippt«, erklärte er, als Ethel hinter ihm in den Aufzug sprang.

Regan stand nervös in einer Ecke des Raumes und trat von einem Fuß auf den anderen. Sie wollte niemandem den Blick auf den Laufsteg versperren. Die Show lief geradezu unglaublich gut. Sie beobachtete, wie die Leute sich zusammendrängten und flüsterten. Sie konnte an den Gesichtern ablesen, wie beeindruckt sie waren. Aber dennoch würde es bis zur Unterzeichnung eines Vertrages noch eine Weile dauern, und Richie brauchte das Geld so schnell wie möglich.

»Es sieht gut aus«, flüsterte Luke ihr ins Ohr.

Regan schaute zu ihm hoch. »Paps, wo ist Richie?«

»Alles in Ordnung, Kind. Er steht an der Tür. Er meinte, den Trubel hier nicht aushalten zu können.«

»Das kann ich verstehen. Was zum Teufel war das für ein Lärm da draußen?«

»Es sind noch ein paar verspätete Gäste eingetroffen.« Er zeigte auf Ruth und die Calla-Lily-Gruppe. »Schau dir ihren Gesichtsausdruck an. Sie sieht aus wie eine Katze, die gerade einen Kanarienvogel verspeist hat.«

»Guck einfach nicht hin«, sagte Regan. »Da ist Dayton Rotter. Fast auf die Minute pünktlich. Jetzt mußt du die Daumen drücken.«

Sechs der Models standen wartend neben Nora. Drei waren bereits auf dem Laufsteg. Sie sind tatsächlich alle in Bestform, dachte Regan. Die Bewohner des *Vierten Viertels* waren bei dieser Modenschau offenbar in ihrem Element. Bessie hob ihren Rock hoch und zeigte kokett ihr rechtes Knie, indem sie es hin und her drehte und dann wieder in Positur stellte. Ihre Beine waren fast so schön wie die von Marlene Dietrich. Regan konnte an Dayton Rotters Gesicht ablesen, daß ihn die Vorführung faszinierte.

Sie schaute zu Nadine hinüber. Diese zwinkerte ihr zu. Aus den Lautsprechern schallte »Hal-le-lu-jah«. Die Models, die um Nora standen, begannen, sich hin- und herzuwiegen und sich zum großen Finale aufzustellen.

»Rotter hat den Anfang verpaßt«, raunte Regan Luke leise zu. »Ich werde mit ihm reden.« Sie schlängelte sich durch die Menschenmenge.

»Phänomenal!« hörte Regan eine dünne Frau mit scharfen Gesichtszügen sagen. »Die ganze Kollektion ist absolut phänomenal.«

Dayton Rotter flüsterte Scott, der heftig den Kopf schüttelte, etwas ins Ohr. »Sie haben mich verwechselt«, sagte Scott gerade, als Regan sich näherte.

»Ich irre mich nicht oft«, sagte Rotter. »Aber Sie wissen natürlich selbst am besten, wer Sie sind. Ich sage Ihnen, Sie sind genau sein Ebenbild.«

»Mr. Rotter«, begann Regan leise. »Ich bin Regan Reilly. Wir freuen uns so, daß Sie dabeisein können.«

Rotter wandte sich von Scott ab. »Ich hatte das Gefühl, den Mann zu kennen«, sagte er leise. »Ich dachte, ich hätte ihn letztes Jahr zusammen mit seinem Onkel in Südamerika kennengelernt.«

»Ganz bestimmt nicht«, knurrte Scott.

»Nun, es hätte Ihnen keine Schande gemacht, wenn ich recht gehabt hätte«, entgegnete Rotter. »Der Mann, von dem ich annahm, er wäre Ihr Onkel, ist einer der wenigen, die es geschafft haben, mir ein gutes Immobiliengeschäft wegzuschnappen.«

Regan betrachtete Scott prüfend. Dieser zog die Augenbrauen hoch und zuckte mit den Schultern.

»Ich habe eine Menge über diese Strumpfhose gehört«, sagte Rotter. »Ich würde nachher gerne mit Mr. Blossom reden.«

»Das wäre wundervoll«, flüsterte Regan. »Ich wünschte nur, Sie könnten von hier aus besser sehen.«

»Ich habe gute Augen.«

Richie war inzwischen nicht mehr zu sehen. Er ist vielleicht in die Halle hinausgegangen, dachte Regan. Die Show hatte schon fast das Finale erreicht. Richie sollte jetzt langsam zum Mikrophon gehen, um seine Rede zu halten. Am besten, ich hole ihn.

Bevor sie die Tür erreicht hatte, hörte sie ihre Mutter sagen: »Und jetzt trägt Bettina das Modell Kamee-Elfenbein, den zarten Hauch, der selbst das bezauberndste Sommerkleid erst richtig zur Geltung bringt. Bettina ... Bettina, wir warten.«

Regan drehte sich um. Warum kam Bettina nicht auf den Laufsteg? Jemand gab Nora ein Zeichen. Sie blickte auf die Schlafzimmertür.

»Oh, es tut mir leid, sagen zu müssen, daß Bettinas schlimmer Sonnenbrand ihr leider den Auftritt unmöglich macht. Ich fürchte, sie kann uns im Augenblick ihre zauberhafte Strumpfhose nicht vorführen. Also kommen wir zu unserer Schlußnummer. Meine Damen ...«

Regan hörte, wie sich verhaltenes Gelächter unter dem Publikum verbreitete, da auch Bessie sich heftig die Beine kratzte. Annabelle knuffte sie in die Seite.

Was ist denn los mit ihr? fragte sich Regan. Sie ruiniert die ganze Show. Und was ist mit Bettina los? Oh, mein Gott, hat Bessie etwa von dieser Strumpfhose eine Allergie bekommen? Das würde Richies Hoffnungen mit einem Schlag zunichte machen. Wo zum Teufel ist er überhaupt? Sie trat in die Halle hinaus. Als sie entdeckte, daß sie leer war, blieb ihr fast das Herz stehen.

»Bessie«, flüsterte Annabelle. »Hör auf damit. Alle sehen dich an.«

»Ich kann nichts dafür. Ich fühle mich, als ob ich in einen Haufen Brennesseln gefallen wäre.«

Nora hörte voller Bestürzung, daß die Zuschauer um sie herum zu flüstern begannen. »Ich wußte, daß diese Strumpfhose nicht perfekt sein könnte«, war der allgemeine Tenor der Bemerkungen. Die Atmosphäre im Raum schlug plötzlich um. Die Partygäste begannen zu lachen, manche aus Erleichterung.

Irving lehnte sich nach vorne. Eine Allergie, dachte er. Ein Problem, das ganz plötzlich auftauchen kann, egal wie oft man ein Produkt testet. Was hatte diese Reaktion wohl hervorgerufen? Er würde seinen letzten Dollar dafür verwetten, daß sich in ein paar Minuten alle kratzen würden.

»Was zum Teufel läuft da eigentlich?« knurrte Ruth gereizt. Die Models bemühten sich heldenhaft, ihre gut geprobte Version des berühmten Beinhochwerfens der Rockettes vorzuführen. Das trug nur dazu bei, daß man einen besseren Blick auf Bessies Beine hatte, die inzwischen wie rote Beten aussahen. Aber dann, als die schlimmste aller möglichen Katastrophen hereinbrach, schrien mehrere der Zuschauer voller Entsetzen auf. Jeder schaute gebannt auf die Laufmasche, die unbarmherzig ihren Weg Annabelles gertenschlanke Neunmeilenbeine emporkroch. »Schnappt ihn«, brüllte Ruth. »Schnappt diesen Lügner, diesen Betrüger, dieses hinterhältige, gemeine Subjekt!«

Wie eine Dampfwalze bahnte sie sich ihren Weg durch die dicht gedrängten Zuschauer. »Wo ist er? Wo ist Blossom?!«

»Viel Spaß bei Ihren Aufnahmen«, sagte Ethel gutgelaunt, als sie den Aufzug verließ.

»Das ist eine nette Dame«, sagte Richie mit leuchtenden Augen, als sich die Aufzugtür hinter ihr schloß.

Judd Green antwortete nicht.

»Ich freue mich so, daß ich die Chance bekomme, in einem Kinofilm mitzuspielen. Wer, sagten Sie noch, ist der Produzent?«

»Den Namen habe ich nicht genannt. Ich *soll* ihn nicht nennen.«

Richies gute Stimmung ließ sich nicht von der schlechten Laune des Mannes beeinträchtigen, der sich ihm als Fotograf vorgestellt hatte. Richie hatte überhaupt keine Lust gehabt, nach unten zu gehen, aber Green hatte barsch erklärt, daß das provisorische Fotostudio in einem Seminarraum abseits der Empfangshalle eingerichtet sei.

Der Scheck in seiner Brusttasche wirkte auf Richie, als hätte er ein paar Gläser Sekt getrunken. Er war so aufgeregt, daß er nicht sicher war, ob er sich überhaupt auf die Aufnahmen konzentrieren könnte. Er dachte an die Party, die er geben wollte, nachdem der Vertrag unterschrieben war.

»Kommen Sie«, drängte Judd und nahm ihn beim Arm.

Richie hatte nicht einmal gemerkt, daß der Aufzug an der Empfangshalle angehalten hatte. »Oh, sicher. Entschuldigung.« Geduldig ließ er sich von den Aufzügen durch die verlassene Halle zu den abgelegenen Seminarräumen führen.

Die letzte Tür war verschlossen. Green klopfte dreimal an – ein aggressives, ungeduldiges Klopfen.
Es wurde sofort geöffnet. »Alles klar?« fragte Green. Seine Stimme klang plötzlich freundlich.
»Alles klar«, bestätigte ein untersetzter Mann in der Kleidung eines Spediteurs.
»Alles klar«, bekräftigte ein ebenso stämmiger Typ in der gleichen Kluft.
»Heiliger Bimbam«, sagte Richie, als sich die Tür hinter ihm schloß und er einen Blick auf den Raum geworfen hatte. Wenigstens zwei Dutzend Särge waren dort aufgereiht. »Was soll das werden, ein Horrorfilm?« fragte er lachend.
»Sie haben es erfaßt«, sagte Judd. »Jetzt haben wir eine etwas merkwürdige Bitte an Sie. Sie müssen für das Foto in diesen Kasten klettern.« Er zeigte auf einen offenstehenden Sarg.
»In einen Sarg klettern? Auch das noch. Okay, da ich einmal hier bin ... Ich dachte allerdings, ich sei für eine Sprechrolle vorgesehen.«
»Es gibt ein paar Rückblenden«, versicherte ihm Judd.
»Schauspieler machen wirklich verrückte Sachen, um einen Job zu bekommen«, scherzte Richie, als er, unterstützt von den zwei Männern in ihren Overalls, auf die kleine Trittleiter stieg. »›Können Sie aus einem Flugzeug springen? Sicher. Kein Problem ... Fahren Sie auf einem Fuß Ski? Jedes Wochenende ... Können Sie auf einem Drahtseil balancieren? Schauen Sie selbst.‹«
Er schwang sein linkes Bein über den Rand des Sarges. »Ich hoffe, ich mache dieses schöne Satinfutter nicht schmutzig. Möchten Sie, daß ich die Schuhe ausziehe?«
»Klettern Sie einfach rein.«
Richie quetschte sich in den Sarg und fragte: »Soll ich sitzen bleiben oder mich hinlegen?«
»Legen Sie sich hin«, wies Judd ihn an. »Lächeln Sie. Ich

fotografiere Sie so. Dann, wenn ich *Jetzt* sage, möchte ich, daß Sie sich mit einem richtig breiten Grinsen aufrecht hinsetzen.«

»Es ist also eine Komödie, kein Horrorfilm. Das ist mir auch lieber«, erklärte Richie, während er seinen Hinterkopf in die weichen Rüschen bettete und die Augen schloß. »Meine Frau *liebt* lustige Filme. Sie sollte mich in diesem sehen.«

Als der Sargdeckel zuklappte, kam Richie der entsetzliche Gedanke, daß er nirgends eine Kamera gesehen hatte.

Ethel fuhr mit dem Aufzug wieder zur Penthouseetage zurück. Sie wußte, daß sie bei Ruths triumphaler Rede unbedingt anwesend sein müßte. Sie merkte, daß ihr das Aspirin guttat. Ihre Kopfschmerzen ließen nach. Als sie um die Ecke des Flures bog, stieß sie mit einer jungen Frau zusammen.

»Entschuldigung«, keuchte Regan, dann fügte sie schnell hinzu: »Gehen Sie zur Strumpfhosenmodenschau?«

»Ja.« Warum zum Teufel sieht das arme Mädchen so besorgt aus? fragte sich Ethel.

»Kennen Sie zufällig Richie Blossom?«

»O ja, ich habe ihn gerade gesehen.«

»Wissen Sie, wo er ist?«

»Er ist vor ein paar Minuten mit dem Aufzug hinuntergefahren, um sich fotografieren zu lassen.«

»Sich fotografieren zu lassen!« rief Regan aus. »Wo?«

»Ich bin mir nicht sicher. Irgendwo in einem Seminarraum.«

»War er allein?«

»Nein. Ich glaube, der Mann, der bei ihm war, war ein Fotograf.«

»Wie sah der Mann aus?« fragte Regan mit weit aufgerissenen Augen.

Ethel spürte, daß es sich offenbar um eine ernste Angelegenheit handelte. Sie runzelte die Stirn. »Groß«, sagte sie schnell. »Schmales Gesicht. Trug ein leichtes Jackett. Warten Sie. Als er auf den Aufzugknopf drückte, bemerkte ich, daß er einen richtig schlimmen Kratzer auf dem Handrükken hatte.«

Oh, mein Gott, dachte Regan. Plötzlich stand ihr das Bild vor Augen, wie die Hand des Skateboardfahrers den Gehweg entlanggeschrammt war. Sie rannte an Ethel vorbei und drückte anhaltend und fest auf den Aufzugsknopf.

Ethel folgte ihr. »Ist der nette Mr. Blossom in Schwierigkeiten?«

»Ja, er sitzt in der Falle. Meine Mutter ist Nora Regan Reilly. Sagen Sie ihr und meinem Vater, daß dies ein Notfall ist. Schicken Sie sie runter zu den Seminarräumen. Sie müssen alle durchsucht werden.« Die Aufzugstür öffnete sich. Regan sprang in die Kabine.

Ethel bog um die Ecke und drückte sich erschrocken gegen die Wand, als eine Gruppe der Calla-Lily-Direktoren hinter Ruth zu den Aufzügen stürmte. Preston Landers schwang sein Lasso und rief: »Mensch, ist das aufregend. Ich hätte niemals gedacht, daß ich tatsächlich froh wäre, wieder zurück zu sein.«

Regan sprang aus dem Aufzug, hatte aber keine Ahnung, welche Richtung sie einschlagen sollte. Der Flur links hinunter führte zu den Seminarräumen, wo die Konferenz der Strumpfhosenhersteller abgehalten worden war. Sie erinnerte sich daran, daß das Meeting der Beerdigungsunternehmer am anderen Ende des Flures auf der rechten Seite stattgefunden hatte.

Der Strumpfhosenbereich. Das wäre genau der richtige Ort, wohin man Richie bringen würde, um Fotos zu machen. Ohne sich um einige verdutzt blickende Hotelgäste zu kümmern, rannte sie mit großen Schritten dorthin.

Das Brummen von Staubsaugern begrüßte sie. Abgehängte Poster wurden in Abfallkörbe gestopft. Eine ganze Armee von Zimmermädchen schien damit beschäftigt, hier sauberzumachen.

Regan konnte sehen, daß sämtliche Türen der Seminarräume offenstanden.

Sie stürmte auf eine Frau mit einem Klemmbrett zu, die die Aktivitäten überwachte. »Wird irgendeiner dieser Räume von jemandem benutzt?« fragte sie.

»Nein, sie sind alle frei geworden.«

»Haben Sie vielleicht zufällig hier irgendwo zwei Männer gesehen? Der eine ist in den Siebzigern und trägt ein blaues Jackett. Der andere ist groß und dünn und hat einen bösen Kratzer auf der Hand.«

»Hab' niemanden gesehen.« Die Hotelangestellte schaute demonstrativ auf ihr Klemmbrett.

Regan drehte sich um und rannte in die entgegengesetzte Richtung. Richie ist wahrscheinlich schon meilenweit weg, dachte sie. Aber sie wußte, daß er das Gebäude nicht freiwillig verlassen würde. Man hatte ihm wahrscheinlich eingeredet, daß er irgendwo im Hotel fotografiert werden sollte. Die Frau, die mit ihm im Aufzug gewesen war, hatte gesagt, sie habe das Wort *Seminar* gehört. Regan wollte es als nächstes bei den Beerdigungs-Seminarräumen versuchen. Sie hatte nur den einzigen Wunsch, daß ihr Vater den Hotelsicherheitsdienst alarmiert haben möge, um Richie zu suchen.
In dem Augenblick, als sie den Flur mit den stillen, verlassenen Räumen erreicht hatte, war Regan sicher, daß das der Bereich wäre, zu dem Richie gebracht worden war. Sie eilte den Gang entlang und warf einen prüfenden Blick in jeden einzelnen Raum. Stille. Niemand war zu sehen.
Ihre Schritte hallten durch die Gänge. In diesem Bereich war das Hotel nur schwach beleuchtet, und entlang des inneren Flurs lagerten dunkle Schatten.
Regan war fast am Ende des Flurs angelangt. Nur noch ein Raum war übrig. Die Tür war verschlossen. Stimmen drangen heraus. Sie drehte den Türknauf, aber die Tür bewegte sich nicht.
Etwas Hartes stieß gegen ihren Rücken. Sie wandte den Kopf. Scott stand hinter ihr. »Brauchst du Hilfe, Regan?« fragte er und klopfte dreimal energisch gegen die Tür.
Scott! Der Benzinkanister in der Garage gestern abend! Dayton Rotters Bemerkungen über Immobiliengeschäfte mit Scotts Onkel! Richie, der weggeführt worden war, angeblich, um fotografiert zu werden!
»Sie!« Regan atmete tief durch. Sie schluckte den Schrei herunter, der in ihrer Kehle saß. Scott mußte ihr nicht erst sagen, daß es der Lauf einer Pistole war, den sie in ihrem Rücken fühlte. Im Inneren des Raumes konnte sie einen

dumpfen Knall hören, wie wenn eine Tür zugeschlagen wird.
Scott klopfte noch einmal hart gegen die Tür. In diesem Moment drehte Regan sich um und schlug mit aller Kraft mit der Faust gegen seine Nase. Sein Kopf schnellte zurück, und sie wand ihm die Pistole aus der Hand. Ein Schuß löste sich; die Kugel blieb in der Decke stecken.
Als die Calla-Lily-Leute den Aufzug verließen, hörte Preston den Schuß. »Der Feind hat gefeuert«, brüllte er. Sein Lasso schwingend rannte er an Ruth vorbei in Richtung des Knalls.
»Wohin, haben Sie meiner Tochter gesagt, solle sie gehen?« fragte Luke Ethel und packte sie verzweifelt an den Schultern.
»Ich habe ihr gesagt, daß der Fotograf etwas von einem Seminarraum erwähnte.«
Die Strumpfhosenmodenschau hatte ein tragisches Ende genommen. Die Körperlotion, die Nick in sein Zimmer gestellt hatte, damit die Models ihre Beine damit einrieben, hatte zusammen mit Richies neuem Material eine Allergie hervorgerufen.
Die Gäste bestellten noch mehr Bloody Marys und feierten übermütig die Tatsache, daß die Bedrohung für ihr Geschäft sich offenbar als ein Schlag ins Wasser erwiesen hatte.
Nadine war gerade von H. Mason Hicks Junior, dem strahlenden Mitarbeiter einer Strumpfhosenfirma, gebeten worden, doch noch einmal »Hal-le-lu-jah« aufzulegen.
»Geh'n Sie zum Teufel«, blaffte sie ihn an.
Nick eilte zu Luke hinüber. »Gibt es hier sonst noch etwas, das nicht stimmt?«
Auf seinem Weg zur Tür hinaus, mit Nora an seiner Seite, stieß Luke zwischen zusammengebissenen Zähnen hervor: »Wir glauben, daß Richie in Schwierigkeiten ist und daß Regan versucht, ihn zu finden.«

»Ich werde den Alarm auslösen.«
»Sie wollte zuerst zu den Seminarräumen gehen«, rief Ethel, die Luke und Nora hinterherhastete.
»Irgendwas ist da los, Nadine«, zischelte Joey aufgeregt.
Sogar vom anderen Ende des Raumes hatte Nadine die Angst auf Lukes Gesicht erkennen können. »Komm, laß uns sehen, was da faul ist, Joey«, sagte sie.

Richie versuchte, mit den Armen gegen den Sargdeckel zu schlagen. Das dicke Satinfutter dämpfte das Geräusch. Er spürte, wie der Sarg fortgerollt wurde, und hörte, daß eine Tür geöffnet wurde. Diese Typen waren überhaupt keine Filmleute, erkannte er messerscharf. Er versuchte zu rufen, aber er wußte, daß es keinen Sinn hatte.

Der Sarg wurde hochgehoben und ruckelte hin und her; dann fühlte Richie, wie er emporgeschoben wurde, als würde er in einen Wagen geladen. Oh, Birdie, dachte er, was mache ich jetzt?

Immer mit der Ruhe, ermahnte er sich selbst. Ruhig und gleichmäßig durchatmen. Es kann nicht viel Sauerstoff in diesem Ding sein.

Er hörte das Geräusch eines Motors, dann begann das Fahrzeug, in dem er sich jetzt offenbar befand, sich in Bewegung zu setzen.

Regan zielte mit dem Revolver auf Scott. Irgend jemand muß den Schuß doch gehört haben, dachte sie verzweifelt. In dem Raum selbst war kein Geräusch mehr zu hören. Das mußte der Ort sein, wohin sie Richie verschleppt hatten. Was machten sie nur mit ihm?

Scott versuchte, sich ihr zu nähern. Er wischte sich das Blut von der Nase und rückte mit berechnenden Blicken langsam zu ihr heran.

»Kommen Sie keinen Schritt näher«, fauchte sie.

»Du wirst doch nicht auf mich schießen, Regan.« Seine Hand schnellte hoch und stieß auf sie zu. Sie zielte mit der Pistole auf seinen Fuß. Sie würde ihn sofort aufhalten, wenn sie es mußte.
Ein ohrenbetäubender Schrei ließ Scott zusammenfahren.
»Brauchen Sie irgendwelche Hilfe, Madam?« brüllte Preston Landers und schwang sein Lasso, das zu Regans Verblüffung tatsächlich auf Scotts Schultern landete.
»Möchten Sie, daß ich diesen Hund an Händen und Füßen fessele? Meine Truppe ist schon unterwegs.«
Regan hatte nur den einen Gedanken im Kopf: Richie zu finden. Sie sah die Gruppe der Hotelgäste den Flur entlangstürmen. »Vorsicht, dieser Mann ist gefährlich!« rief sie.
Irving stand einen Schritt hinter Ruth. »Keine Angst, wir werden ihn schon bändigen.«
»Wo ist Blossom?« schrie Ruth.
Regan versuchte, die Tür zu öffnen. Sie bewegte sich nicht.
»Treten Sie beiseite, alle«, befahl sie. »Ich muß durch das Schloß schießen.«
Mit Ausnahme von Ruth verstreuten sich sämtliche Anwesenden wie Blätter im Wind. Preston hielt ein Ende des Seils fest in der Hand, während Irving den mit dem Lasso gefesselten Scott in einen nahegelegenen Raum zerrte.
Regan zielte. Eine Kugel reichte aus, um das Schloß zu zerschmettern. Sie stürzte in den Raum und rang beim Anblick der Sargreihen verzweifelt nach Luft. Der Raum war menschenleer. Sie rannte zur Tür am anderen Ende, die ein wenig offen stand.
Als sie sie aufstieß, sah sie einen unauffälligen Lieferwagen davonfahren. Sie zielte und schoß auf die Hinterräder.
Hinter sich konnte sie laute Stimmen hören – Nicks, Joeys und die ihres Vaters.
Ihr erster Schuß hatte nur knapp den Hinterreifen verfehlt.

Sie stabilisierte den Revolver auf ihrem linken Handgelenk und zielte noch ein zweites Mal. Dieses Mal wurde sie mit dem Knall eines platzenden Reifens belohnt. Der Wagen legte sich quietschend zur Seite. Noch einmal zielte sie. Jetzt hab' ich euch, dachte sie, als der zweite Hinterreifen platzte. Wenn ich nur nicht schon zu spät dran bin.

Drei Männer sprangen aus dem Wagen. Luke, Joey und Nick stürmten an Regan vorbei und begannen, den Burschen hinterherzujagen.

»Seid bloß vorsichtig«, rief Regan ihnen nach. »Sie könnten bewaffnet sein.«

Nick holte den größten von ihnen ein und riß ihn von hinten zu Boden, während Sicherheitsmänner die anderen beiden überwältigten.

Regan rannte zu dem Wagen und riß die hinteren Türen auf. Ein Sarg! Wahrscheinlich hatten sie den armen Richie dort hineingepackt. Sie hockte sich nieder und bemühte sich verzweifelt, den Deckel zu öffnen.

Als das Schloß aufging, hörte sie ein Klicken, murmelte ein Stoßgebet und stemmte den Deckel hoch. Ein blasser Richie lächelte zu ihr empor. »Junge, was für ein schöner Anblick für meine alten Augen!« seufzte er.

»Oh, Richie, ich bin so froh, daß es dir soweit gutgeht«, sagte Regan.

»Also, wie ist die Show gelaufen?« fragte er.

»Richie, ich habe schlechte Nachrichten. Da ist doch etwas faul mit der Strumpfhose. Du wirst die nicht verkaufen können.«

»Da hast du recht, Regan, das wird wohl nicht mehr möglich sein.« Richie griff in seine Brusttasche und zog einen Bankscheck über fünf Millionen Dollar heraus. »Ich hab' sie nämlich schon verkauft. Am besten heben wir das Geld gleich ab.«

An der hinteren Tür des Wagens sah er Ruth, die versuchte, hinein zu klettern. »Dieb! Schwindler! Lügner! Betrüger! Halunke!« brüllte sie mit kreischender Stimme.
Richie flüsterte erschrocken: »Regan, schnell, klapp den Deckel zu.«

Lautes Jubelgeschrei erhob sich am Montagnachmittag im Dolly-Twiggs-Gedächtnisraum, als Richie von Dollys Schwester Lucille feierlich die Urkunde für das *Vierte Viertel* entgegennahm. Joey, in bester Stimmung, war bei der Transaktion der Repräsentant des Immobilienbüros.

»Ich spreche für meine Schwester, wenn ich sage, daß ich überglücklich bin, daß Sie alle in dem Haus bleiben können, das sie so liebte«, sagte Lucille mit schwankender Stimme. Sie war so glücklich, daß es ihr fast die Sprache verschlug. Arthur hatte sie damit überrascht, daß er ein Flugticket gekauft hatte und unerwartet in Miami aufgetaucht war. »Ich liebe Lucy«, hatte er erklärt, »und ich vermisse sie jeden Tag mehr. Ich konnte es nicht länger erwarten, sie zu sehen.« Lucille blickte ihn quer durch den Raum mit Sternenaugen an. Er zwinkerte und warf ihr eine Kußhand zu.

»Danke, Lucille. Gesegnet sei die Erinnerung an dich, meine liebe Dolly. Auf daß die Bewohner dieses Heims lange leben mögen«, sprach Richie mit feierlicher Stimme. »Denn es gehört uns und wird für alle Zeiten uns gehören.«

Flo stellte ihr Tablett mit Fruchtsaft und Keksen ab und klatschte begeistert in die Hände.

»Und nun, ihr Lieben ...«, schloß Richie seine Rede, »die Lieferanten dort draußen warten nur auf mein Zeichen. Sie bringen Champagner und einige köstliche Leckerbissen. Bedient euch alle nach Herzenslust.«

Er trat vom Podium und umarmte Ethel, die über das ganze

Gesicht strahlte. Sie ist wirklich ein Schatz, dachte er, und sie hat bei meiner Rettung eine wichtige Rolle gespielt, denn nur durch sie hat Regan erfahren, wohin ich entführt worden war.
»Ich fühle mich Ruth gegenüber ein bißchen schuldig«, flüsterte er ihr zu, aber ein Blick in Ethels lächelnde Augen ließ ihn sämtliche Schuldgefühle vergessen. Es kam ihm fast vor, als hätte er Birdie erblickt.
»Fühlen Sie sich nicht schuldig, Richie. Ich bin jetzt Ihre Therapeutin.« Ethel und Richie lachten beide herzhaft.
»Sie sind ein Teufelsweib«, sagte er. »Das liebe ich.«
»Richie.«
Richie drehte sich um und sah Elaine vor sich stehen. »Von jetzt an«, sagte sie, »bin ich die einzige, die dich zu Probeaufnahme schickt, okay?«
»Okay, Chefin.«
»Natürlich muß ich jetzt einen Ersatz für diesen Halunken finden.«
»Ich bin frei«, meinte Ethel mit einem Augenzwinkern. »Glauben Sie mir, ich bin jederzeit verfügbar.«
Barney Freize trat heran und schüttelte Richies Hand. »Nicht schlecht, das muß ich dir lassen, Richie. Ich habe gerade gedacht, daß ich nichts dagegen hätte, ein Appartement in diesem Haus zu kaufen. Das heißt, wenn man dort Zigarren rauchen darf!«
»Wir würden uns freuen, wenn du hier mit uns wohnen würdest, Barney. Wir stecken uns beide jeden Abend auf der vorderen Veranda eine gute Havanna an und beobachten die Leute, die vorbeigehen.«
Richie schaute sich langsam im Raum um und spürte einen Kloß in der Kehle. Alle seine Freunde waren bei ihm. Und alle sahen glücklich aus. Sogar Elmer.
Regan lehnte sich gegen die hintere Wand und lächelte.

Ende gut, alles gut, dachte sie. Da der Staatsanwalt, wenn Scott aussagte, nicht für die Todesstrafe plädieren würde, hatte dieser ausgepackt. Sein Onkel hatte in aller Stille das Grundstück, das an das *Vierte Viertel* grenzte, gekauft, und dort einen Komplex mit Luxusappartements bauen wollen, in dem auch Platz für eine Model-Agentur für Scott gewesen wäre. Judd Green war als Killer angeheuert worden. Dafür, daß er Dolly im letzten Jahr umgebracht hatte, hatte er eine hohe Geldsumme bekommen. Elmer, der von dem Komplott keine Ahnung hatte, hatte Scott über die Bemühungen des *Vierten Viertels*, das Geld aufzutreiben, um die Altenwohnanlage zu retten, auf dem laufenden gehalten. Als Elmer von Richies laufmaschensicherer Strumpfhose zu erzählen begann, wurden die Verbrecher nervös und dachten, das *Vierte Viertel* würde ihnen ein für allemal durch die Lappen gehen.

Nick stand an der Ecke und hielt eines der Models an der Hand, das sich in ihn verliebt hatte. Die Tapferkeit, die er am Samstag bewiesen hatte, hatte es der jungen Frau offenbar angetan. Das Paar folgte Luke, Nora, Ed und Bridget in den Raum, wo die Party gerade begann.

John und Maura traten auf Regan zu. Ihr Gepäck war bereits im Wagen. Alle hatten sich gestern auf der Hochzeit großartig amüsiert und im Hotel bis in die frühen Morgenstunden gefeiert.

»Dieses Freudenfest konnten wir uns nicht entgehen lassen«, sagte Maura zu Regan. »Wir trinken nur schnell ein Glas Champagner, und dann geht's los.«

»Ich glaube, unsere Eltern sind gerade dabei, die Korken knallen zu lassen«, lachte Regan.

Nadine und Joey kamen zu Regan hinüber.

»Wissen Sie, Regan, jetzt, da Scott im Kittchen sitzt, werde ich einen neuen Wohnungsgenossen brauchen«, sagte Joey bedeutungsvoll. »Ich habe Nadine gefragt, ob sie mich heiratet.«

»Mein Romeo«, strahlte Nadine. »Und ich möchte dich fragen, Regan, ob du in ein paar Monaten noch einmal so ein schreckliches Kleid anziehen und dann bei mir Brautjungfer spielen möchtest.«

»Gerne. Laßt uns einen Drink holen, damit wir auf euch anstoßen können.«

Sie wollten gerade zur Tür hinausgehen, als Richie Regans Namen rief. Regan drehte sich um und sah ihn vor sich stehen, Ethel an seiner Seite. Seine Augen strahlten so glücklich, wie Regan es schon lange nicht mehr an ihm gesehen hatte.

»Ich bin so stolz auf dich, Richie«, sagte sie.

»Stolz auf mich? *Du* bist diejenige, die mir das Leben gerettet hat. Ich weiß nicht, wie ich das wieder gutmachen kann. Woran ich natürlich als erstes dachte, war, diese neue Erfindung, an der ich gerade arbeite, dir zu widmen …« Er legte einen Arm um Regan und den anderen um Ethel, während er sie zur hinteren Veranda des *Vierten Viertels* führte. »Was ich gemacht habe, war einfach, dieses kleine Dingsda zu nehmen und damit herumzuexperimentieren, und bevor ich wußte, was geschah …«

Carol Higgins Clark

Klassenfoto mit Mörder

Roman

Aus dem Amerikanischen
von Angelika Bardeleben

Einzelband »Klassenfoto mit Mörder«

Dieser Titel ist auch unter den Bandnummern 60602, 67049 erhältlich
Titel der Originalausgabe: »Decked«

Originalverlag: Warner Books, Inc., New York

Meiner Mutter, Mary Higgins Clark,
und meinem verstorbenen Vater,
Warren F. Clark
in Liebe gewidmet

»Alt und jung –
dies ist für uns alle die letzte Reise.«
Robert Louis Stevenson

Prolog

Freitag, 23. April 1982
Oxford, England

Athena rannte blindlings die dunkle Landstraße hinunter; ihr Atem ging in kurzen, heftigen Stößen. Ihre Schuljacke mit dem Aufnäher des St.-Polycarp's-Logo auf der Tasche bot ihr keinen Schutz vor dem durchdringenden Frühlingsschauer. Der festgezurrte Rucksack behinderte sie, aber sie dachte nicht daran, ihn abzustreifen.

Als der Schock allmählich nachließ, sagte sie sich verzweifelt, daß es verrückt gewesen sei, diesen Weg zu nehmen. Die Polizeiwache von Oxford war so viel näher – schon vor Minuten wäre sie dort in Sicherheit gewesen.

Die nasse, unebene Straße war jetzt besser zu sehen. Die Bäume mit ihrem dichten und tropfenden Laubwerk waren nicht mehr nur als Silhouetten erkennbar, sondern sie wurden zu dreidimensionalen Gestalten, die ihr zunickten.

Ein Wagen näherte sich von hinten. Athena wich zur Seite. Sie spürte instinktiv, daß sie nicht gesehen werden durfte. Scheinwerfer froren auf ihrem Rücken fest. Der Wagen näherte sich und hielt mit lautem Knirschen wenige Zentimeter hinter ihren Hacken. Die Tür öffnete sich.

Athena zerrte an ihrem Rucksack, um ihn zu lösen, und begann aufs neue zu rennen. Das verzweifelte Schluchzen blieb ihr in der Kehle stecken. Hinter sich hörte sie Schritte.

Nein – nein. Sie war gerade einundzwanzig geworden und konnte endlich das freie Leben führen, das sie sich so sehr wünschte. Sie durfte jetzt nicht sterben. Sie preschte noch einmal voran, um ihrem Schicksal noch einige Sekunden lang zu entrinnen. Aber dann geschah es: starke, knochige Finger schlossen sich um ihren Hals.

Freitag, 19. Juni 1992
Auf See

Gavin Gray hastete den Korridor hinab und stieß, um sein Gleichgewicht kämpfend, erst gegen den Handlauf der einen, dann gegen den der anderen Seite. »Man könnte direkt glauben, ich sei betrunken«, murmelte er. Oder war er tatsächlich ein wenig berauscht? Ihn durchströmten solche Mengen an Adrenalin, daß es ihn schwindelte. Ein Grund mehr, wie ein Pingpongball zwischen den Seiten hin und her zu springen.

Der Ozeandampfer, auf dem er sich befand, eine großartige schwimmende Stadt, war in dieser Nacht in rauhe See geraten. In eineinhalb Tagen würden sie in Southampton anlegen. Nicht früh genug, dachte er, während er mit Kurs auf seine sichere Kabine weiter voranhastete. Er konnte es nicht erwarten, wieder Land zu sehen, aber das hatte nichts mit den Wetterbedingungen dieser Überfahrt zu tun.

Was für eine Zeitverschwendung, auf diesem Riesendampfer für einen Schwarm alter Krähen den Entertainer zu spielen! »Sollen sie sich doch einen anderen suchen, der sich beim Cha-Cha-Cha auf die Füße trampeln läßt. Für mich bitte keine blaue Flecken mehr«, dachte er gereizt.

Leider gab es auf diesen langen Transatlantik-Kreuzfahrten regelmäßig einen Überschuß an Damen ohne Begleitung. Deshalb hatte das Schiffahrtsunternehmen

ihn, den zweiundsechzigjährigen Animateur, in seine Dienste genommen: als charmanten Begleiter, der die alten Trampeltiere galant auf die Tanzfläche führte und die brutalen Tritte auf seine Füße klaglos ertrug.
Noch heute morgen hatte er einer begeisterten Achtzigjährigen in unförmigen schwarzen Schuhen Polkaunterricht gegeben. Sie umschlossen ihre dicken Knöchel wie Kanonenboote, die auf seine wehrlosen Füße ausgerichtet waren. Wenn er nur daran dachte, zuckte er zusammen. Jemandem auf den Fuß zu treten – das war eigentlich ein Akt der Selbstverteidigung und keine Freizeitbeschäftigung.
An seiner Kabine angekommen, steckte er den Schlüssel in das glänzende Messingschloß und seufzte erleichtert auf. Er setzte sich auf sein Bett, lehnte sich zurück und starrte an die Decke, während er versuchte, ruhig und gleichmäßig zu atmen. Komisch, daß diese Kabinen in Wirklichkeit so viel kleiner sind als in den Prospekten, dachte Gavin. Nicht gerade angenehm für diese armen Trottel, diese gutgläubigen Opfer der Trickfotografie, die ein paar Tausender blechen, um ihre Hinterteile während einer Traumwoche auf See in diese Rattenfallen zu quetschen.
Er drehte sich um und warf einen Blick auf die Digitaluhr neben seinem Bett. Dreiundzwanzig Uhr zweiunddreißig. Sollte er auf einen Schlummertrunk ins Kasino gehen? Mit einer der schlaflosen, alleinreisenden Ladies flirten? Seine gereizten Nerven könnten sicherlich einen Brandy brauchen. Nein, entschied er schließlich, lieber nicht. Die meisten Passagiere hatten sich heute abend früh in ihre Kabinen zurückgezogen, aber das hatte nicht das Sandmännchen, sondern die rauhe See bewirkt.

»Nein, ich bleibe einfach hier«, sagte er leise zu sich selbst. Für diesen Abend war es genug der Aufregung.
Er hatte sein Glück kaum fassen können. Gerade hatte er die Lancelot-Bar verlassen, da hatte er vor der alten Mrs. Watkins gestanden. Die süße, bescheidene Beatrice Watkins mit ihren tollen Klunkern und dem promillehaltigen Atem.
Seit Tagen hatte sie durchblicken lassen, daß sie sich in der luxuriösen Camelot-Suite sehr einsam fühle. Die Suite bestand aus einem Wohnraum, einem abgesenkten Schlafraum, zwei Badezimmern und einer privaten Terrasse, die dem Passagier zu jeder Tages- und Nachtzeit einen malerischen Ausblick auf Himmel und Meer bot. Liebe Güte, mit so einem Grundriß konnte man jeden herumkriegen. Gavin fragte sich, ob Mrs. Watkins wohl schon Erfolg gehabt habe. Sie flirtete schamlos mit jedermann, steckte den Pagen ihre Telefonnummer, in Hundert-Dollar-Rechnungen eingerollt, zu und füllte die Animateure mit Champagner ab, als wäre es Wasser. Nicht einmal der Kapitän war vor ihren Annäherungsversuchen sicher.
Heute abend bei der Käpten-Party war sie viermal zum Kapitän hinübergewackelt, um sich mit ihm fotografieren zu lassen. Sie hatte sich mit ihren schönsten Juwelen herausgeputzt: Auf ihrem knochigen Schädel balancierte sie ein antikes Diamanten-und-Rubin-Diadem, an ihren Fingern steckten sechs Ringe, der eine protziger als der andere; ein jeweils passendes Arm- und Knöchelband aus Diamanten und Smaragden funkelte an ihren mageren Gelenken.
Der Kapitän war charmant wie immer. Er neigte sein silbernes Haupt in Richtung auf ihren farblich passenden

Schädel und lächelte beherzt in die Kamera. Er dankte ihr und begleitete sie ein Stück zu ihrem Platz zurück, während er weltgewandt das nächste Paar glücklicher Kreuzfahrer begrüßte. Er tat sogar so, als habe er nicht bemerkt, daß sie sich schwankend davonmachte, sich von einem vorbeikommenden Kellner ein neues Glas Champagner schnappte, ihn herunterstürzte und sich auf unsicheren Füßen wieder vor die Kamera stellte, um sich erneut fotografieren zu lassen.

Mein Gott, dieser Kapitän – wie macht er das bloß? fragte sich Gavin. Dieses professionelle Lächeln, das auf seinem Gesicht erstarrte, während er sich zwei Abende hintereinander auf jeder Fünf-Tage-Kreuzfahrt hunderte Male blitzen ließ. Zwei Käpten-Parties, um zwölfhundert Passagiere zu bewirten. Zwölfhundert doppelte Zahnreihen, davon die meisten mühselig durch Kukident an ihrem Platz gehalten, mußten aufblitzen, bevor der Käpten, mein lieber Käpten, sich davonmachen konnte. Wahrscheinlich wacht er schon in der Frühe mit einem Lächeln auf, obwohl er überhaupt keinen Grund dazu hat, dachte Gavin.

Nach dem Dinner und ein paar weiteren Drinks entschied Mrs. Watkins, daß sie eine längst überfällige Atempause verdient habe: Selbst eine der beliebtesten Aktivitäten auf Kreuzfahrtschiffen der ganzen Welt, Trinken bis zum Umfallen, war am Ende anstrengend. Es schien, als lerne man auf diesen Schiffen die Kunst, sich selbst zu vergiften. Als sie mühsam den Gang entlangstolperte, traf sie auf Gavin, der ihr sogleich anbot, sie auf dem Weg zu ihrer Suite zu begleiten. Sie hickste ihre Zustimmung und klammerte sich selig an seinen Arm. Dabei verfing der Verschluß ihres Armbands sich in seinem Jackett.

»Oh, imusch dasch Ding repariehn laschen, schonscht verliehr ischs«, lallte sie.
Die bloße Vorstellung zauberte ein Lächeln auf Gavins Gesicht.
Während Gavin sie auf dem Weg zu ihrem Penthouse stützte, wurde Mrs. Watkins Arm immer schwerer und ihr Blick immer glasiger. Toller Job, dachte er wehmütig, für Leute auf einem Schiff den Maulesel zu spielen. Aber da er ein Gentleman war, half er ihr, den Schlüssel ins Schloß zu stecken, und begleitete sie hinein. Sie plumpste auf ihr Bett, sackte nach hinten und war sofort eingeschlafen. Das Armband war inzwischen von ihrem Handgelenk geglitten.
Gavin war unbeweglich, mit weit aufgerissenen Augen neben ihr stehen geblieben. Was sollte er tun? Zum ersten Mal in seinem Leben bot sich ihm die Perspektive materieller Unabhängigkeit.
Wahrscheinlich würde jedermann glauben, sie habe in ihrem beschwipsten Zustand das Armband verloren. Sie hatte selbst gesagt, daß das Schloß nicht funktioniere. Die Leute hatten gesehen, wie betrunken sie war. Es konnte überall von ihrem Arm geglitten sein.
Wann, wenn nicht jetzt, würde er jemals wieder eine solche Chance bekommen? Sollte er es einfach an sich nehmen? Aber was wäre, wenn eine große Suchaktion eingeleitet würde? Die Schiffahrtsgesellschaft hatte großes Interesse an reichen, alleinstehenden Damen. Mrs. Watkins bezahlte jedesmal einen ganz schönen Batzen Geld für diese Suite und nahm häufig, wenn sie sich nach Gesellschaft sehnte, von einem Tag zum anderen eine Buchung vor. Wenn sie sich über irgend etwas beschwerte, wurde sofort etwas unternommen. Nein – er würde das

Armband hier in ihrer Suite verstecken müssen und später, wenn die Aufregung über den Verlust sich gelegt hätte, zurückkommen und es holen. Irgendwie.
Schwindlig, schwitzend und mit laut pochendem Herzen überlegte er krampfhaft, was er tun sollte. Mrs. Watkins lag, alle viere von sich gestreckt, auf dem King-size-Bett. Drei Stufen höher war zur Rechten der Wohnraum, komplett eingerichtet mit pastellfarbenen Couchen, Fernseher mit Riesenbildschirm, High-Tech-Stereoanlage und Bar. Eine Wand bestand aus einer gläsernen Schiebetür, die zum Balkon hinausführte. Ja, das war's: Die kleine Kammer mit den Rettungswesten! Die Rettungsübungen waren auf dieser Fahrt schon gemacht worden; es würde also keinen Anlaß geben, daß noch einmal jemand dort hineinging...
Auf Zehenspitzen schlich er zum Bett. Mit angehaltenem Atem lehnte er sich vor, um den von Smaragden und Diamanten blinkenden Reif aufzuheben. Ein Hehler würde für dieses Ding eine Million Riesen hinlegen! Wie ein Blitz schoß ihm ein weiterer Gedanke durch den Kopf: Vielleicht sollte ich mich auch von ihren anderen Schätzen bedienen. Während er liebevoll das Armband streichelte, hing er dieser Idee ein paar Augenblicke lang nach. Wie gewöhnlich behielt sein irisch-katholisches Gewissen die Oberhand; das wäre denn doch eine schwere Sünde. Dagegen würde der Diebstahl eines einzigen Armbands von jemandem, der so reich war wie Mrs. Watkins, höchstens als ein Vergehen gelten.
Mrs. Watkins bewegte sich und murmelte ein paar Sätze, in denen es offenbar um den Kapitän ging.
Ich mache wohl besser, daß ich hier rauskomme, dachte Gavin besorgt. Irgendein Neugieriger könnte mich gese-

hen haben, als ich sie in ihre Kabine begleitet habe. Lieber nur das Armband nehmen und sich nicht weiter in Versuchung führen lassen. Wenn er erst einmal ein paar Mäuse auf der Seite hatte, könnte er vielleicht eine schöne jüngere Frau mit einer Menge eigener Juwelen treffen, die ihn haben wollte. Er war klug genug zu erkennen, daß das sehr bald geschehen müßte, aber dafür mußte er erst einmal mit ein bißchen Geld um sich werfen können. Schließlich wurde er nicht jünger. Es gab sogar Leute, die behaupteten, er sähe schon ziemlich verbraucht aus. Sein Haar wurde täglich grauer, und seine Muskeln waren auch nicht mehr so wie einst. Er hatte den Schock seines Lebens bekommen, als man ihm kürzlich bei einem Kinobesuch Seniorenermäßigung angeboten hatte. Fast hätte er abgelehnt!

Mit einem Kopfschütteln vertrieb Gavin diesen häßlichen Gedanken, ergriff das glückverheißende Armband und tappte lautlos zu dem Kämmerchen hinüber. Vorsichtig schob er den Riegel beiseite. Bei dem Quietschen zuckte er erschrocken zusammen. Wie eine Reihe aufgeplusterter Vögel schienen ihn die orangefarbenen Rettungswesten vom Regal aus höhnisch anzustarren. Mit angespannten Nerven stellte er sich wie eine alternde Ballerina auf die Zehenspitzen und stieß das Armband an den Rettungswesten vorbei in die hintere Ecke des obersten Regals.

»Ich komme wieder, mein Schatz«, murmelte er.

Wie eine Katze schlich er quer durch den Raum, warf Beatrice Watkins eine liebevolle Kußhand zu und schlüpfte durch die Tür hinaus.

Die Crew würde auf der Suche nach dem Armband das Unterste auf dem Schiff zuoberst kehren. Doch wenn man Sonntag anlegte, würde die Suche natürlich aufgegeben werden. Man würde vermuten, daß jemand den Schmuck gefunden und behalten hätte. Er würde während der Stunden im Hafen versuchen, sich in die Kabine zu schleichen und das Armband zu holen. Und selbst wenn ihm das nicht gelingen sollte, würde er auf der Fahrt zurück nach New York bestimmt eine Möglichkeit finden, es sich zurückzuergattern.

Nichts, aber auch gar nichts, würde ihn davon abhalten können.

Samstag, 20. Juni 1992
Oxford, England

Regan Reilly wachte langsam auf, blinzelte mit den Augen, die wie zugeklebt waren, und schaute sich um, um festzustellen, wo sie denn eigentlich war. Als sie sich zwang, den Schlafraum genauer zu betrachten, um den Nebel aus ihrem Hirn zu vertreiben, erinnerte sie sich, daß der weißblonde Haarschopf, der aus den zu kurzen Bettüchern des schmalen Bettes an der gegenüberliegenden Seite des Zimmers herausschaute, ihrer besten Freundin Kit gehörte.

Mit einem Seufzer ließ Regan sich wieder zurückfallen, drehte sich auf die Seite und schaute in das graue Licht, das sich durch das schmale Fenster in der Ecke hereinzwängte. Kit und sie waren am Abend vorher angekommen, um an dem zehnjährigen Klassentreffen von St. Polycarp's in Oxford teilzunehmen. Gerade rechtzeitig, um einen jener trostlos-düsteren englischen Tage zu erleben. Hoffentlich klärt es sich bis heute nachmittag auf, dachte Regan und zog das hauchdünne Bettuch bis ans Kinn. Es hat sich eine ganze Menge verändert, aber das Wetter gehört mit Sicherheit nicht dazu. Das Wetter war es, was Athena hier immer am meisten gehaßt hat.

Athena. Es war verwirrend, an sie zu denken. Kaum zu glauben, daß es genau dieses Zimmer war, das ich mir mit ihr geteilt habe, dachte Regan. Bis sie vor zehn Jahren Ende April übers Wochenende nach London fahren wollte und niemals zurückkam. Als das Semester im Juni

zu Ende ging, hatte immer noch niemand etwas von ihr gehört.
Mit Athena zusammenzuleben war nicht gerade einfach gewesen; ständig gab es etwas zu jammern, und ständig sehnte sie sich zurück nach Griechenland. Am Montag-, Mittwoch- und Freitagmorgen zog sie sich nach dem Zehn-Uhr-Englischkurs gleich den Bademantel an und blieb den ganzen Tag auf ihrem Zimmer, putzte sich pausenlos die Nase und ließ nicht zu, daß Regan das winzige Fenster auch nur einen Spaltbreit öffnete. Als Regan ihr zu Anfang angeboten hatte, sich mit den anderen auf ein Bier im nahegelegenen Pub zu treffen, hatte Athena entschieden abgelehnt. Als die junge Griechin einundzwanzig geworden war und Geld von ihrer Großmutter geerbt hatte, war Regan nicht besonders verwundert gewesen, daß Athena von ihrem Wochenendausflug ganz einfach nicht zurückkam. »Ich hab' genug Ingliesch gelernt«, hatte sie wiederholt zu Regan gesagt, »egal, was meine Eltern meinen.«
Nun, es ist klar, daß sie nicht zu diesem Jubiläum kommen wird, selbst wenn sie davon gehört haben sollte. Ich wäre ja fast selbst nicht gekommen.
Es war Kit gewesen, die Regan zu dieser Reise überredet hatte. »Sieh mal, ich weiß, daß du Zeit hast. Lieber Himmel, *People* hat in seiner letzten Ausgabe über dich und deinen spannenden Fall berichtet – ich denke, wir sollten nach Europa fahren und feiern. Nimm dir ein paar Wochen frei. Es macht bestimmt Spaß, die alte Truppe wiederzusehen.«

Ursprünglich hatte Regan Jura studieren wollen, aber während ihres letzten Collegejahres hatte sie sich entschieden, Detektivin zu werden. Nach der Abschlußprüfung hatte sie sich einen Job bei einem älteren Detektiv in Los Angeles besorgt, der sie unter seine Fittiche genommen hatte. Schließlich hatte sie sich vor ein paar Jahren auf die eigenen Füße gestellt. Allerdings machte diese Berufswahl ihren Eltern, Luke und Nora Reilly, ziemliche Sorgen.

Ihr Vater, ein Bestattungsunternehmer, hielt ihr entgegen, daß ihr gutes Aussehen ohne Zweifel »die falsche Sorte Leute« anziehen würde; ihre Mutter, eine bekannte Autorin von Kriminalromanen, übernahm zerknirscht die Verantwortung: »Das liegt an den vielen Prozessen, zu denen ich dich mitgenommen habe. Das hätte ich besser gelassen.«

»Ich habe einen Vater, dem drei Bestattungsinstitute gehören, und eine Mutter, die sich Geschichten über Massenmörder ausdenkt. Und da verlangt ihr von mir, mir einen ›normalen‹ Job auszusuchen?« konterte Regan. Die Vorhaltungen nützten ohnehin nichts – Regan liebte ihre Arbeit.

Beim letzten Auftrag war es darum gegangen, einen Vater ausfindig zu machen, der mit seinen beiden kleinen Kindern das Weite gesucht hatte. Regan hatte damals ihren Eltern erzählt, sie hätte eigentlich gar kein Honorar gebraucht; es sei Lohn genug gewesen, mitzuerleben, wie sich die Mutter und die beiden kleinen Söhne glücklich in die Arme fielen.

Kit und sie hatten zunächst ein paar Ferientage in Venedig verbracht, um anschließend in Paris Regans Eltern zu treffen.

Nora war gerade dabei, eine Promotionstour für ihren neuesten Roman hinter sich zu bringen. »Wenn mich noch *einmal* jemand fragt, woher ich die Ideen für meine Bücher kriege, dann bringe ich mich um«, hatte sie gestöhnt. Dann hatte sie Regan über den Entführungsfall ausgefragt. Nora und Luke wollten am Montag auf der *Queen Guinevere* nach New York fahren. Nora könnte sich noch ein paar Tage lang in einem Liegestuhl erholen, aber Regan wußte, daß die Gedanken ihrer Mutter schon wieder um eine neue Story kreisten, und mit Sicherheit kämen darin Auseinandersetzungen um das Sorgerecht vor.

Als Regan sich nach und nach das Zimmer im einzelnen betrachtete, drangen Bruchstücke von Erinnerungen in ihr Bewußtsein. Na, in den vergangenen zehn Jahren scheint für Renovierungen oder Neuanschaffungen jedenfalls kein Geld ausgegeben worden zu sein, stellte sie fest. Der abgetretene gräulich-grüne Teppichboden, die unbeschreiblichen Tapeten, die winzigen Einbauschränke, deren Türen nicht mehr richtig schlossen, der kleine, weiße verkratzte Ausguß mit dem fleckigen Spiegel darüber, die Dachgauben, bei denen man aufpassen mußte, daß man sich morgens beim Aufstehen nicht den Kopf stieß, und dann noch diese zwei formlosen Schaumgummiquader auf Rädern, die als Betten dienten... Mein Gott, der Preis, den man zahlen muß, um in die Geschichte einzugehen, dachte Regan. Um sagen zu können, man habe in Oxford studiert... Obwohl St. Polycarp's nicht direkt zur Oxford University gehörte, waren die Leute doch immer sehr beeindruckt, wenn du sagtest, du habest in Oxford studiert. Die sollten mal einen Blick in diese Zimmer werfen, dachte Regan.

Auf dem anderen Bett raschelte die Decke. Regan schaute hinüber und lachte. Kit hatte sich das Bettuch über den Kopf gezogen. Der einzige sichtbare Teil ihres Körpers waren ihre Fingernägel.

»Schon ganz gut, aber sie müssen *schwarz* sein«, sagte Regan.

Alle Studentinnen von St. Polycarp's hatten sich über Athenas Schlafposition lustig gemacht. Ihre langen schwarzen Fingernägel, mit denen sie die hochgezogene Decke festhielt, wirkten, so hieß es, als befände sie sich in einem fortgeschrittenen Stadium von Leichenstarre. Mehr als einmal war Regan, wenn sie nach einer durchfeierten Nacht nach Hause gekommen war, beim Anblick von Athenas Bett erschrocken gewesen.

Kit entspannte ihre Hände und öffnete die Augen. »Dieses Bett! Mein Rückgrat ist durchgebrochen«, jammerte sie.

»Wie, die Unterbringung gefällt dir nicht?« fragte Regan ungläubig. »Wenn du wirklich Depressionen kriegen willst, denk an das Essen, das es hier immer gab, Pampe à la St. Polycarp.« Sie nahm Seife, Feuchtigkeitscreme, Shampoo, Pflegespülung, Luffaschwamm und Handtuch und ging zur Tür. »Noch etwas, was ich überhaupt nicht vermisse, ist, diesen Kram in einem Eimer zum Duschraum zu schleppen. Gab mir immer das Gefühl, ich wäre eine Putzfrau mit einem ziemlich umfangreichen Auftrag, und mein Körper wäre das erste Zimmer in einem schmutzigen Haus. Bis später.«

Wenig später tauchte Regan, eingehüllt in einen Frottee-Bademantel, wieder auf.

»Sieht aus, als ob niemand in der Nähe wäre. Aber falls du einen tüchtigen Hausmeister in deinem Samsonite versteckt hast, lad ihn einfach ein, mit dir zu duschen.«

Kit stöhnte. »Oh, es kann nicht sein, daß es so schlimm ist wie früher.«

»Schlimmer.« Regan lachte. »Der Abfluß ist so verstopft, daß das Wasser im Nu hochsteigt und deine Füße in Moder stehen. Wir sollten vor dem Duschraum eine Pedikürekabine und Desinfektionsmittel gegen Fußpilz aufstellen.«
Regan schlüpfte schnell in Jeans, Turnschuhe und einen gelben Pullover mit rundem Ausschnitt, den sie von einem ehemaligen Freund bekommen hatte, nachdem sein Hausmädchen ihn zu heiß gewaschen hatte.
Sie ging zu dem fleckigen Spiegel, stöpselte ihren Reisefön ein und beugte sich nach vorn. Während sie ihr schwarzes, dauergewelltes Haar durcheinanderpustete, erinnerte sie sich an die vielen Stunden, die sie damit zugebracht hatte, ihre in der Mitte gescheitelten, hüftlangen Zöpfe über diesem Ausguß zu trocknen. Im Stillen sprach sie ein Stoßgebet, daß keine ihrer ehemaligen Mitschülerinnen alte Fotos mitgebracht haben möge.
Immerhin war es noch immer dasselbe blaue Augenpaar, das sie aus dem Spiegel heraus anschaute. Dessen Aussehen änderte sich nur, wenn sie farbige Kontaktlinsen trug, um bei einem ihrer Aufträge unerkannt zu bleiben. Außerdem wurde ihr mit Stolz bewußt, daß sie noch immer in Jeansgröße 36 hineinpaßte.
Sie griff nach ihrer Tasche. Als sie sie öffnete, wehte der Duft von *White Linen* durch den Raum. Eine Flasche Parfüm war zerbrochen und hatte ihren Inhalt über ihre gesamte Brieftasche einschließlich des englischen Geldes vergossen. Regan legte die feuchten Banknoten auf die Kommode. Queen Elizabeth, die inzwischen allerdings erheblich gealtert war, starrte sie vorwurfsvoll an.
»Verzeihung, Majestät. Aber es riecht wirklich gut.«
Die Tür des Schlafraums wurde geöffnet und mit einem

wütenden Knall wieder geschlossen. »Ich bin auf dem Moos in der Dusche ausgerutscht«, giftete Kit. »Und ich hab' mir den Hintern am Abflußrohr aufgeschrappt! Ich wüßte gern, ob Jacoby & Meyers eine Niederlassung in London haben.«

Jacoby & Meyers war die New Yorker Rechtsanwaltskanzlei, deren Fernsehspots den Zuschauer aufforderten, die eigene Großmutter zu verklagen, wenn man über ihren selbstgehäkelten Teppich gestolpert war. Kits sonnengesträhntes Haar war noch naß vom Duschen. Aus ihren billigen Badelatschen quoll das Wasser. Ihre schlanke, einssechzig große Gestalt war vollständig in ihren Reisebademantel gehüllt.

»Ein Vertreter für Abflußrohre würde in dieser Gegend verhungern«, wetterte Kit und strich sich mit schmerzlich verzerrtem Gesicht über die Pobacke.

»Es ist meine Schuld«, sagte Regan geknickt, »ich hätte dir sagen sollen, daß du Schuhe mit Nägeln darunter anziehen mußt. Egal, wir sollten uns möglichst schnell aufmachen und noch ein bißchen in die Stadt gehen.«

Selbst gemessen an englischen Verhältnissen war es für Mitte Juni ziemlich kalt. Die Sonnenstrahlen versuchten ohne Erfolg, sich einen Weg durch die Wolken zu bahnen. Regan und Kit, die beide Lust auf eine Tasse heißen englischen Tee hatten, beschleunigten ihre Schritte. Sie wollten auf ihrem Weg in die Stadt im *Nasenbär* einkehren, um eine Kleinigkeit zu essen. Als sie am Keble College vorbeikamen, das für sein häßliches Äußeres inmitten so viel architektonischer Schönheit berühmt war, knuffte Regan Kit in die Seite.

»Erinnerst du dich daran, daß wir hier schon einmal zu Abend gegessen haben? Das war doch einfach unglaublich. War es nicht prachtvoll, all die Fakultätsmitglieder in ihren wallenden schwarzen Gewändern in den alten Eßsaal mit den langen hölzernen Tischen schreiten zu sehen?«

»Alles, woran ich mich erinnere, ist, daß Simon mich korrigierte, weil ich den falschen Löffel benutzt hatte.«

»Schade.«

Im *Nasenbär*, einem gemütlichen Restaurant, das nicht nur wegen seiner Laura-Ashley-Einrichtung und seines guten Essens beliebt war, sondern auch wegen der angenehm leisen, klassischen Musik, entdeckten sie vier ihrer Klassenkameradinnen, die sich ebenfalls zu dem Treffen eingefunden hatten. Die sechs Mädchen zogen zu einem großen Kiefernholztisch um, gaben ihre Bestellungen auf und stellten über einem gewaltigen englischen Frühstück die unvermeidliche Frage: »Erinnerst du dich...?« Und ebenso unvermeidlich kam dann die nächste Frage: »Hast du gehört?« Die ganz heiße Nachricht kam von Kristen Libbey, die drei Tage früher angekommen war und deshalb den letzten Klatsch mitbekommen hatte: Professor Philip Whitcomb wolle sich jetzt doch noch verheiraten.

Regan war die erste, die ihrem Erstaunen Ausdruck verlieh: »Du machst doch Spaß, oder?«

»Also schließlich ist er doch erst Anfang vierzig. Und er sieht gar nicht so schlecht aus...«, sagte Kit nachdenklich.

»Was?« fuhr Regan dazwischen. »Er sieht aus wie ein typischer Loser.«

Kit beachtete sie gar nicht. »Er ist wirklich ein guter Lehrer.« Alle nickten zustimmend.

Regan wandte ein: »Aber er wirkte immer wie der typische ewige Junggeselle. Jede freie Minute hat er bei seiner Tante im Garten gearbeitet. Wer ist übrigens die Glückliche?«

»Eine Lehrerin, die sich in dem Halbjahr, nachdem wir abgegangen sind, hierher beworben hat«, antwortete Kristen.

»Haben sie sich jetzt erst entdeckt? Die kennen sich doch schon seit zehn Jahren, oder? Wie heißt sie übrigens?« fragte Regan.

»Val Twyler. Angeblich soll sie schon seit ein paar Jahren hinter ihm her sein. Sie unterrichtet englische Literatur und ist ein paar Jahre jünger als Philip – offenbar eine sehr gescheite und lebenstüchtige Person.«

»Nun, dann sollte sie wirklich Philip heiraten«, fügte Regan hinzu. »Ewig hat er Socken getragen, die nicht zusammenpaßten, und ewig hing sein Hemd hinten aus der Hose heraus. O Gott, seht mal, wer da kommt!«

Alle drehten sich um und erblickten Claire James, die sich an der Schlange von Gästen vorbeidrängte, die auf einen Tisch warteten. Wie schon vor zehn Jahren trug sie LL-Bean-Kleidung und ein dazu passendes Stirnband.

»Hallo, ihr alle«, begrüßte sie die Gruppe. »Wieso hat mich heute morgen niemand geholt? Ich schlaf' doch sonst nicht bis in die Puppen.«

Ganz offensichtlich, so dachte Regan, spielte Claire noch immer die Schönheit aus den Südstaaten.

Claire sah sich um. »Ihr seht alle toll aus. Und Regan, deine neue Frisur ist super. Du siehst mit kurzem Haar viel besser aus.«

Unter dem Tisch trat Kit Regan auf den Fuß. Regan füllte ihre Teetasse aufs neue, während Claire ihre früheren Klassenkameradinnen darüber informierte, daß sie verheiratet gewesen war, dann geschieden wurde und sich jetzt erneut verlobt hatte. »Und ich bin sooo viel gereist«, beendete sie ihren Bericht. »Regan, ich stecke mir fürs Flugzeug immer eines der Bücher deiner Mutter ein. Woher sie wohl ihre verrückten Ideen immer hat? Der letzte Roman war einfach wahnsinnig gruselig. Wußtet ihr, daß ich im letzten Jahr Athenas Familie in Griechenland besucht habe?«

»Dann ist Athena also sozusagen in den Schoß ihrer Familie zurückgekehrt?« fragte Regan.

»Nein, das nicht. Sie haben nie wieder ein Wort von ihr gehört. Sollte man nicht annehmen, daß sie zumindest eine Postkarte schickt?«

»Sie ist *nie* aufgetaucht?!« rief Regan entsetzt. »Und sie haben nie versucht, ihre Spur zu verfolgen?«

»Nach einer Weile haben sie es schon versucht. Aber sie hat sich anscheinend einfach in Luft aufgelöst.«

»Ich wünschte, ich hätte es gewußt«, sagte Regan, »niemand löst sich so einfach in Luft auf.«

Claire machte eine Handbewegung, als wolle sie das Thema beiseite schieben. »Hat irgend jemand von euch den Plan für das Klassentreffen gelesen?« fuhr sie fort. »Vor dem Abendessen hat uns Philips Tante, diese liebe alte Dame, zum Cocktail bei sich zu Haus eingeladen. Erinnert ihr euch daran, daß sie vor zehn Jahren für uns eine Abschiedsparty gegeben hat?«

Regan erinnerte sich tatsächlich daran. Sie erinnerte sich an das zugige alte Haus, das matschige Gartengelände, das schon damals von Philip auf wunderbare Weise in einen englischen Garten verwandelt wurde, das muffige Käsegebäck und, das Beste oder Schlimmste von allem, an Philips Tante, Lady Veronica Whitcomb Exner.

Als sie vierzig war, also vor zwanzig Jahren, hatte Veronica zum Erstaunen ihrer Verwandten und Freunde Sir Gilbert Exner, einen damals sechsundachtzigjährigen alten Herrn, geheiratet. Er war so rücksichtsvoll, zwei Wochen später an einem Herzanfall zu sterben. Es gab viele Spekulationen, ob wohl Veronicas bis dato gefangene libidinöse Energie in dem zugigen alten Schlafzimmer von Llewellyn Hall freigesetzt worden war.

Regan mochte Lady Exner sehr gern. Aber sie hatte sie natürlich auch nur gelegentlich und immer nur für kurze Zeit gesehen, immer dann, wenn sie einen kleinen Empfang für ihren Neffen, den Professor, und seine Studentinnen, gab.

»Ich glaube, sie werden Philips Verlobung heute bekannt geben«, erklärte Claire.

»Seit wir diese Stadt verlassen haben, habe ich Philip nicht gesehen«, warf Kit ein.

Regan wurde sich bewußt, daß auch sie Philip seit jenem letzten Abend, an dem sie heftig über Athena diskutiert hatten, nicht gesehen hatte.

»Das ist die Gefahr, wenn man einen Batzen Geld erbt«, hatte Philip gesagt. »In ein oder zwei Jahren hat sie das Geld verpulvert und dann ist sie im Null Komma nichts wieder zu Hause bei Daddy. Wart's mal ab.«

Regan fragte sich, ob Philip wohl wußte, daß Athena auch nach zehn Jahren nicht bei ihrem Daddy zu Hause angekommen war.

Nach dem Frühstück strömten alle hinaus auf den Cornmarket-Platz. In Anbetracht des geradezu unglaublichen Verkehrschaos, des beängstigenden Menschengedränges und der drei riesigen Schnellrestaurants sank den Touristen erfahrungsgemäß der Mut. Woher sollte man wissen, daß man nur ein paar Schritte über die Collegemauern, die die Altstadt von Oxford umgaben, hinauszugehen brauchte, um sich in der Welt des Mittelalters wiederzufinden? In dieser pittoresken Stadt der spitzen Türme, der gepflegten Gärten, der plätschernden Flüsse und der weiten, offenen Plätze, schienen Tradition und Fortschritt fortwährend miteinander im Kampf zu liegen. Oxford ist zwar als die Stadt der Radfahrer bekannt, aber es gibt dort auch eine größere Automobilfabrik.

Nachdem sie eine halbe Stunde herumgelaufen waren, beschlossen die Mitglieder der Gruppe sich aufzuteilen. Jede hatte ihre eigenen Pläne, und es war einfach zu schwierig, inmitten all der samstäglichen Einkäufer einander nicht aus den Augen zu verlieren.

»Komm, wir mieten uns Fahrräder und fahren ein bißchen übers Land«, schlug Regan Kit vor.

»Gut, machen wir das – ein bißchen Bewegung würde mir ganz bestimmt guttun. Sie haben wahrscheinlich noch immer dieselben Fahrräder, die wir uns schon vor zehn Jahren geliehen haben«, erwiderte Kit.

»O Gott, ich hoffe nicht. Ich habe keine Lust, wieder den halben Nachmittag damit zu verbringen, die Kette festzumachen«, stöhnte Regan. Sie hatte sich daran erinnert, wie oft ihr Fahrrad irgendwo auf verlassenen Straßen ein paar Meilen vor der Stadt eine Panne gehabt hatte.

Sie radelten am Stadtrand von Oxford entlang und sprachen über die ziemlich häßlichen modernen Gebäude. Dann steuerten sie auf den südlichen Teil der Stadt zu, radelten an der Christ Church Meadow vorbei und kehrten um ein Uhr in einem Pub am Cherwell, einem Flüßchen, ein. Sie setzten sich an einen Tisch an einem offenen Fenster und atmeten tief den Duft der feuchten Erde ein, die nach und nach von den immer noch vorsichtigen Sonnenstrahlen erwärmt wurde, und sich mit dem muffigen Dunst in der Wirtsstube vermischte. Erinnerungen an die Jungen des Keble-College, mit denen sie damals Streifzüge durch die Pubs gemacht hatten, kamen ihnen plötzlich in den Sinn.

»Mein Gott, was wohl aus den Jungen geworden ist«, sagte Regan, während sie einen Schluck von dem rostfarbenen Lagerbier nahm. »Wäre es nicht lustig, sie wiederzusehen?«

»Oh, wahrscheinlich arbeiten sie alle in London und scheffeln einen Haufen Geld«, sagte Kit.

»Man kann es kaum glauben, daß sie damals, als wir befreundet waren, im Begriff waren, die zukünftigen Füh-

rer dieses Landes zu werden. Weißt du noch, wie wir damals an Ians Tür geklopft haben?«
»Wenn es ein Junge ist – ich ziehe mich gerade an. Wenn es ein Mädchen ist, dann komm doch herein«, wiederholte Kit, Ians melodischen walisischen Tonfall imitierend. »Ich möchte wissen, was er jetzt wohl sagen würde, wenn er sähe, daß du deinen Revolver herausziehst und jemandem Handschellen anlegst.«
»Er würde wahrscheinlich fragen, ob er ihn sich mal leihen kann.« Über einem dampfenden Fleischauflauf gaben die beiden jungen Frauen ihrer Verwunderung darüber Ausdruck, daß Claire es offenbar geschafft hatte, sich noch einen weiteren Ehemann zu angeln, obwohl sie in keiner Hinsicht besonders attraktiv war.
»Aber weißt du, Kit, ich habe nie einen ihrer Männer getroffen. Ich kann mir natürlich vorstellen, wie sie aussehen.«
»Wie damals der Typ, mit dem du die Überraschungsverabredung getroffen hattest?«
»Genau. Wenn ich daran denke, daß er in irgendeiner Zeitschrift als einer der zehn begehrtesten Junggesellen des Landes genannt wurde.«
»Das hast du mir noch nie erzählt. Welche Zeitschrift?« fragte Kit gespannt.
»Ich weiß den Namen nicht mehr«, erwiderte Regan, »aber ich glaube, seine Mutter war die Herausgeberin.«
Um vier Uhr kehrten sie in den Schlafraum zurück, um sich allmählich für die Einladung in die Llewellyn Hall fertigzumachen, entschieden dann aber, daß sie ruhig ein einstündiges Schläfchen einschieben könnten, und versenkten sich noch einmal in die Feldbetten mit den feuchtkalten grünen Übertüchern.

Die fünfzehn Ehemaligen, die zu dem Klassentreffen gekommen waren, wurden um 18.00 Uhr vom Bahnhof abgeholt. Von dort aus ging es weiter in zwei kleinen Schulbussen, die allerdings schon in den späten Sechzigern den Glanz und den Duft eines neu erworbenen Autos verloren hatten. Ziel der Fahrt war das Anwesen von Lady Exner. Während der Kleinbus die Straße entlangrumpelte, sprach Regan hier und da mit einer ihrer ehemaligen Klassenkameradinnen und informierte sich über die Entwicklungen der letzten Jahre. Einige der jungen Frauen hatten sich in den vergangenen Jahren ziemlich verändert, andere dagegen überhaupt nicht, stellte sie fest. Das Gefühl von ängstlicher Bedrücktheit, das die Nachricht von dem Verschwinden Athenas in ihr hervorgerufen hatte, konnte sie trotz aller Ablenkung nicht abschütteln.

Der Fahrer des Busses, einer der neuen, noch jungen Lehrer, wäre fast an Llewellyn Hall vorbeigefahren. Er trat hart auf die Bremse und legte den Rückwärtsgang ein. Die Insassen des Busses fielen durcheinander wie Maiskerne, die zu Popcorn aufplatzen. »Tut mir schrecklich leid«, rief er achselzuckend, lenkte den Bus schwungvoll die von Eichen umsäumte Straße entlang und brachte ihn vor der Villa mit lautem Quietschen und Klappern zum Stehen.

Kit drehte sich zu Regan um. »Amüsierst du dich schon?«

Leise stöhnend und ächzend stolperten die Ehemaligen gebückt aus dem Bus.
»Ich brauche einen Drink«, murmelte irgend jemand.
Ich brauche zwei, dachte Regan.
Lady Exner mußte bereits auf sie gewartet haben. Die große Eingangstür von Llewellyn Hall schwang auf. Im Rahmen hüpfte die alte Dame wie ein kleiner Vogel hin und her und rasselte begeistert die Namen sämtlicher junger Frauen herunter, so, als hätten sie sich erst gestern zuletzt gesehen.
»Mein Gott, wie sieht die denn aus?« stöhnte Kit.
Als die Studentinnen Lady Exner das letzte Mal gesehen hatten, hatte sie ihr graues Haar zu einem festen Knoten zusammengerafft. Ein Faltenrock aus Wolle, eine langärmelige Bluse mit Stehkragen, an dem eine silberne Brosche mit dem Bild ihrer Schwiegermutter prangte, und eine schottische Wolljacke verliehen ihrer Erscheinung normalerweise eine gewisse Strenge. Heute aber trug sie ein golden schimmerndes Seidenkostüm mit einer passenden, ausgeschnittenen Bluse, deren weicher Stoff über der Brust üppige Falten warf.
Claire flüsterte Regan von hinten ins Ohr: »Ich könnte schwören, Regan, daß sie denselben Friseur hat wie du.«
Regan bekam Lust, ihr einen kräftigen Tritt zu versetzen.
Lady Exners strenger Knoten war inzwischen einer stark gelockten Dauerwelle gewichen, die erstaunlicherweise ebenso golden schimmerte wie ihr Kostüm.
Die alte Dame begleitete die jungen Frauen in den Salon, der den Blick in den Garten freigab, und kommentierte freimütig ihre Verwandlung. »Vor vier Jahren hatte ich einen Herzinfarkt«, berichtete sie beinahe fröhlich. »Mein Arzt hat mich gewarnt. Mein Herz würde

müde, sagte er, und ich solle vorsichtig sein. Wissen Sie, was ich ihm darauf erwiderte? Ich sagte, daß ich, abgesehen von jener zweiwöchigen Odyssee mit Sir Gilbert, mein ganzes Leben lang nur vorsichtig gewesen sei. Ich stürmte nach Hause und machte eine Liste von dem, was ich schon immer hatte tun wollen, wozu ich aber nie gekommen war. Und jetzt hole ich das alles nach!«

Sie spreizte die Hände, auf denen sich dicke, blaue Adern schlängelten, und zeigte den jungen Frauen ihre Finger und Handgelenke. »Sehen Sie diese Ringe und Armbänder? Ich hatte schon immer eine Schwäche für Maeves Juwelen. Außer der Brosche mit dem Bild von Sir Gilberts Mutter und ihrem Ehering hatte ich früher kein einziges Schmuckstück. Als Maeve letztes Jahr das Zeitliche gesegnet hat, sagte ich mir, warum nicht? Die Grundstücksverwalterin mußte ihren Schmuck verkaufen, um das Geld für die Steuern zusammenzukratzen, und jetzt gehört er mir, ganz allein mir. Ganz hübsch, nicht wahr? Ich habe mir neue Kleider gekauft, mir eine andere Frisur machen lassen und, was am schönsten ist, ich mache regelmäßig kleine Reisen. Philip hat allerdings darauf bestanden, daß ich mir eine Begleiterin suche. Hier ist sie.«

Sie waren inzwischen an der Tür zum Salon angelangt. Den jedenfalls hatte Lady Exner nicht verändert: verblichene Damastsofas aus der Zeit Königin Viktorias, ein Orientteppich, dessen Farben nahezu unkenntlich geworden waren, Roßhaarsessel am Kamin, Porträts lange vergessener Mitglieder der Familie Exner, die alle aussahen, als litten sie unter der schweren seelischen Belastung einer unheilbaren Schuppenflechte. Auf einem Tisch standen mit Sorgfalt arrangierte Häppchen, die

Lady Exner zur Cocktailzeit immer bereitstellte: Anchovis auf matschigen Toastecken, eine Schüssel mit weichen Kartoffelchips und eine Pyramide aus kleinen Fischpasteten, die äußerlich stark an Vogelkot erinnerten.

Eine dickliche Frau, die Regan auf ungefähr sechzig schätzte, mit kurzgeschnittenem Haar, großen, runden Brillengläsern und ängstlichem Gesichtsausdruck, betrachtete prüfend die Häppchen. Eine etwa fünfzigjährige Bohnenstange in der Uniform eines Hausmädchens stand neben ihr.

»Wirklich – alles ist perfekt«, murmelte die Bohnenstange, und ihr Gesicht hellte sich auf. Lächelnd drehte sie sich um. »Oh, Lady Exner, gerade ist alles für Ihre Gäste fertig geworden.«

Einen Augenblick später ergriff Penelope Atwater Regans Hand und drückte sie so fest, als wolle sie sie zerquetschen. »Wir haben auf unseren Reisen immer soviel Freude an den Büchern Ihrer Mutter gehabt. Lady Exner kauft regelmäßig zwei Exemplare der Hardcover-Ausgabe. Wir lesen sie beide zur selben Zeit und wer als erste weiß, wer der Mörder ist, muß der anderen einen Sherry ausgeben. Wir würden Nora Regan Reilly zu gern einmal persönlich kennenlernen und uns mit ihr über ihre Stories unterhalten. Wo mag sie nur ihre Ideen herbekommen und ...«

»Ich habe Regan schon vor zehn Jahren gesagt, ihre Mutter solle meine Biographie schreiben. Inzwischen wäre sie natürlich noch wesentlich interessanter. Ich habe meine Aufzeichnungen und Tagebücher sorgfältig gesammelt«, erklärte Veronica fröhlich.

Regan wußte, daß Lady Exner mehrmals an ihre Mutter

geschrieben und vorgeschlagen hatte, ihre Memoiren zu einem Roman zu verarbeiten. Deshalb beschloß sie, die Andeutung einfach zu überhören. »Erzählen Sie mir von Ihren Reisen«, forderte sie Veronica auf.

Die beiden alten Damen sahen sich mit einem strahlenden Lächeln an. »Nun, zuerst sind wir nach Spanien gefahren«, erzählte Lady Exner. »Das war vor vier Jahren. Es war wunderbar. Ich habe so viele nette Menschen kennengelernt. Es heißt, Engländer seien zurückhaltend – auf mich trifft das allerdings überhaupt nicht zu.« Ihr herzliches Lachen ließ erkennen, daß Lady Exner ihr Geld auch in ein neues Gebiß investiert hatte.

»Das einzige Problem war, daß ich so oft Sodbrennen von den scharf gewürzten Speisen bekommen habe«, fügte Penelope mit einem tiefen Seufzer hinzu.

»Und im vergangenen September sind wir zur Segnung der Flotte nach Venedig gefahren«, fuhr Veronika fort. »Mein ganzes Leben lang habe ich mir gewünscht, Venedig zu sehen, und es war wirklich atemberaubend schön.«

»Die Scungilli, die wir auf dem Sankt-Markus-Platz aßen, haben es erheblich verschlimmert«, sagte Penelope.

»Was verschlimmert?« fragte Kit, die sich zu der Gruppe gesellt hatte.

»Mein Sodbrennen«, wiederholte Penelope.

Regan bekam das Gefühl, als sei Penelope Atwaters Sodbrennen auf sämtlichen Reisen ein Dauerthema.

»Nun, hoffen wir, daß ihr Magen die Reise mit der Queen Guinevere in der nächsten Woche ausnahmsweise einmal gut übersteht«, sagte Lady Exner seufzend. »Wenn das Schiff von Southampton einmal abgelegt hat, gibt es in den nächsten fünf Tagen kein Zurück.«

»Die Queen Guinevere?« fragte Regan und versuchte, sich ihre Bestürzung nicht anmerken zu lassen. »Sie reisen nächste Woche?«
»Am Montag. Ich wollte schon immer einmal nach New York. Die Tochter meiner Cousine hat mir in den vergangenen Jahren so oft geschrieben. Ich habe sie noch nie gesehen, aber ich habe den Eindruck, daß sie ein sehr nettes Mädchen ist. Sie ist erst vierzig und war schon dreimal mit Männern verheiratet, die ihre Gutmütigkeit nur ausgenutzt haben. Heute muß sie kämpfen, um ihre beiden Töchter allein großzuziehen. Sie möchte, daß wir bei ihr wohnen und sie kennenlernen. Und ich hoffe, daß ich sie dazu überreden kann, im September zur Hochzeit meines lieben Philip zu kommen und vielleicht sogar für ein ganzes Jahr zu bleiben. Ihre Töchter könnten das St.-Polycarp's-Internat besuchen, und die drei könnten bei mir wohnen. Wer weiß? Vielleicht bleiben sie dann für immer hier. Unsere Familie ist ohnehin furchtbar klein.«
Regan war nicht besonders daran interessiert zu erfahren, welche Pläne Veronica für ihre wiederentdeckten Cousinen hatte. Was ihr allerdings einen gehörigen Schreck einjagte, war der Gedanke, daß Luke und Nora ebenfalls auf dem Schiff sein würden.
Offensichtlich dachte Kit an das gleiche. »Regan, ist das nicht das Schiff, auf dem deine Mu...«
Regan knuffte die Freundin warnend in die Seite und fuhr dazwischen: »Wir können es überhaupt nicht erwarten, Philip wiederzusehen und seine Verlobte kennenzulernen.«
»Val macht mich nervös«, stöhnte Penelope. »Ich bekomme Sodbrennen, wenn ich sie nur anschaue.«

»Ach, sie ist ganz in Ordnung«, erwiderte Veronica. »Etwas herrisch, sicher, aber irgend jemand muß sich um Philip kümmern, und ich werde ja irgendwann einmal nicht mehr da sein. Aber jetzt muß ich mich meinen anderen Gästen widmen.«

Das Hausmädchen, dessen Gesichtsausdruck eine Art Dauerresignation auszudrücken schien, bot Sherry an. Regan und Kit nahmen sich beide ein Glas und zogen sich ans Fenster zurück.

»Tut mir leid, daß ich beinahe die Katze aus dem Sack gelassen hätte«, sagte Kit. »Aber ich denke, es ist sowieso egal. Sie wird mit Sicherheit erfahren, daß deine Mutter an Bord ist. Und wenn sie das erst einmal weiß, wird deine Mutter keine Minute lang mehr vor ihr sicher sein.«

»Nicht unbedingt. Wenn Luke und Nora privat reisen, fährt sie unter dem Namen Mrs. Luke J. Reilly. Wenn die beiden Ferien machen, dann versucht sie, dem ganzen Publicity-Rummel zu entgehen.«

»Das ist gut. Deine Mutter ist viel zu freundlich und höflich, um Veronica einfach ins Gesicht zu sagen, daß sie sie in Ruhe lassen soll«, sagte Kit. »Dieser Garten ist wirklich eine Pracht, nicht wahr?«

Das Grundstück war, so weit man sehen konnte, in einen äußerst gepflegten englischen Garten verwandelt worden. Die sauber angelegten Blumenbeete, in denen Ringelblumen, Vergißmeinnicht, Rittersporn, Stiefmütterchen und Levkojen blühten, waren durch Kieselpfade voneinander getrennt. Aus einem großen, an der Seite des Hauses gelegenen Stück Land war ein Gemüsegarten geworden.

»Ich frage mich bloß, wie Philip all das ganz allein geschafft hat. Mir sind so viele Pflanzen eingegangen, weil

ich entweder zu viel oder zu wenig gegossen, sie zu lange oder zu kurz der Sonne ausgesetzt oder ihnen keinen oder den falschen Dünger gegeben habe. Und auch die Pflanzen in meiner Wohnung brauche ich nur anzuschauen; sie gehen sofort ein.«
»O Regan, ich bin sicher, daß du dein Licht unter den Scheffel stellst«, tönte Claires schrille Stimme von hinten in Regans Ohr.
Regan kam der Gedanke, daß Claire das Zeug zur Privatdetektivin habe. Sie tauchte fast immer dort auf, wo sie nicht erwünscht war, und hörte, was nicht für ihre Ohren bestimmt war.
»Ich bin sicher, daß du mit deinen Pflanzen redest, Claire«, sagte Regan sanft.
»Aber sicher. Ich erzähle ihnen die wildesten Stories«, gab Claire zu.
»Man sollte eigentlich meinen, daß Lady Exner – jetzt, da Philip dieses Grundstück in einen solchen Paradiesgarten verwandelt hat – darauf brennt, auch das Innere des Hauses ein wenig zu verschönern. Ich meine ... alt ist nicht gleich alt. Nun, wenn Philip erst einmal verheiratet ist, wird Val sich bestimmt ein bißchen um das Haus kümmern.«
»Aber es gehört ihr ja überhaupt nicht«, warf Regan ein.
»Ach, du weißt schon, was ich meine. Philip wohnt hier, und eines Tages wird das Haus ihm gehören. Und im Vergleich mit den vielen häßlichen Neubauten in der Stadt wirkt es fast so wie ein richtiges Schloß. Ich frage mich, ob er wohl die ganzen fünfhundert Acres in einen solchen Prachtgarten verwandeln will. Oh, sieh mal, da kommt er gerade – und das muß seine Zukünftige sein.«
Jedermann drängte sich, um die Neuankömmlinge zu

begrüßen. Veronica rief voller Überschwang: »Da bist du ja, mein lieber Junge. Wir warten alle schon darauf, daß du deine Verlobung bekanntgibst.«
Philip stieg die Röte über den Hals ins Gesicht; sie breitete sich rasch aus und wanderte weiter bis zu seinem sich lichtenden rotblonden Haar hinauf. »Ach Gott, es s-s-sieht ja fast so aus, als hättest *du* das bereits getan.«
Regan erinnerte sich, daß Philip leicht ins Stottern geriet, wenn er nervös war. Die Frau an seiner Seite dagegen war die Ruhe selbst. Regans erster Eindruck von Val Twyler war, daß sie aus verschiedenen Schattierungen von Beige zusammengesetzt war: Ihr Haar hatte fast dieselbe Farbe wie das ihres Verlobten, ihr Teint war kränklich blaß, und die Augen schimmerten blaßbraun. Ihre Gesichtszüge waren herb, und ihr Körper wirkte angespannt und eckig. Sie trug einen braunen Gabardinerock, eine weiße langärmelige Bluse und flache braune Schuhe. Als sie Veronica zur Begrüßung zulächelte, blitzten große, kräftige Zähne auf; ihr schmales Gesicht ähnelte in der Tat sehr stark dem einer braunen Stute. Als sie jedoch Regan vorgestellt wurde, verströmte Val Twyler eine warme Herzlichkeit.
»Durch Philip und Veronica bin ich auf die Bücher Ihrer Mutter aufmerksam gemacht worden. Sie haben mir alle sehr gut gefallen.«
Philip umarmte Regan und Kit. »St. Polycarp's ist nicht mehr das alte, seit ihr nicht mehr da seid.«
Sie beglückwünschten ihn zu seiner Verlobung.
»Ich weiß zwar nicht, ob ich mich zum Ehemann eigne, aber Val ist ein Schatz«, sagte er mit einem nervösen Lachen.
Das Hausmädchen begann, auf einem Tablett die Häpp-

chen herumzureichen, die vor allem bei Penelope Atwater einen reißenden Absatz fanden.

»Kein Wunder, daß sie Sodbrennen bekommt«, flüsterte Regan Kit zu. »Sie stopft sich mit diesen ekelhaften Hors d'œuvres voll, die mit dieser üblen Paste beschmiert sind. Na ja, vielleicht ißt sie sie ja alle allein auf; dann merkt wenigstens keiner, daß sich niemand ein zweites Mal bedient.«

Die Kleinbusse nahmen die Ehemaligen um 20 Uhr wieder auf, um sie zum Abendessen nach St. Polycarp's zurückzubringen. Um zehn vor acht begannen die jungen Frauen, sich von ihren Gastgebern zu verabschieden. Regan wünschte den beiden Seereisenden in spe, Veronica und Penelope, eine gute Reise – natürlich mit dem Gedanken im Hinterkopf, ihnen möge verborgen bleiben, daß ihre Mutter auf demselben Schiff reisen würde. Plötzlich klingelte das Telefon.

Das Hausmädchen rief nach Philip. »Ich habe gefragt, ob Sie in ein paar Minuten zurückrufen könnten, aber man sagte mir, es sei sehr wichtig.«

Als Philip kurz darauf in den Salon zurückkam, war er leichenblaß. Er stotterte: »Ich fürchte, es hat P-P-Probleme gegeben. Der Polizeihauptmann ist gerade auf dem Weg hierher. Er muß mit Ihnen allen sprechen.«

Auf die durcheinanderschwirrenden Fragen hatte Philip nur eine einzige Antwort: »Wißt ihr, sie war in eurer Klasse.« Schweißtropfen traten auf seine Stirn. Regan sah, daß Val seine Hand nahm und seinen Arm streichelte.

»Es scheint, sie haben sie gefunden – oder vielmehr das, was von ihr übrig ist.« Er machte eine vage Geste in Richtung auf den hinteren Teil von Veronicas Grundstück. »Hier, auf diesem Baugrundstück, das an unser Nordostende stößt. Man hat dort vor wenigen Stunden Sprengungen durchgeführt. Ein Arbeiter hat dabei etwas entdeckt und die P-P-Polizei gerufen.«

»*Was* hat er entdeckt?« fragte Regan.

»Fetzen einer St.-Polycarp's-Schuljacke... die L-L-Leiche... unter Blättern... ein Ru-Ru-Rucksack mit ihrem Studentenausweis...«

»Athena?« fragte Regan, während ihr ein brennender Schmerz durch die Brust fuhr. »Ja, ja, sie.« Philips Stottern hatte sich gegeben. »Es sieht in der Tat so aus, als sei es die Leiche von Athena Popolous.«

Sonntag, 21. Juni 1992
Oxford

Nigel Livingston war seit acht Jahren in Oxford Polizeichef; er war also zum Zeitpunkt, als Athena Popolous verschwand, noch nicht dort gewesen. Nachdem man am Samstagnachmittag ihre Leiche gefunden und er eine erste Unterredung mit Athenas ehemaligen Mitschülerinnen in Llewellyn Hall geführt hatte, ging er die Akte zu dem Fall sorgfältig durch. Ein zweites Treffen, das wieder auf Lady Exners Anwesen stattfinden sollte, war für den nächsten Morgen vereinbart worden. Livingston hatte sich Fragen notiert und vermerkt, an wen er sie im einzelnen richten wollte.

Die Sonne strahlte, als er in die Auffahrt zu dem Besitz einbog. Lady Exners Angebot, die Befragungen in ihrem Haus stattfinden zu lassen, war wirklich sehr großzügig, so dachte er, während er sich ächzend hinter dem Lenkrad seines Wagens hervorquälte. In den vergangenen fünf Jahren hatte er etwa vierzehn Kilo zugenommen, und nun, mit fünfzig, wurde ihm langsam bewußt, daß er sich wieder in Form bringen mußte. Wenn er in den Spiegel sah, blickte er in das Gesicht seines Vaters: eine rötliche Gesichtshaut, ein breites Doppelkinn, eine zerfurchte Stirn und immer noch relativ dichtes, graumeliertes Haar.

Er schlug die Autotür zu und stand für einen Moment lang regungslos da, um die friedliche Stille des herrlichen Anwesens zu genießen. Es war schon erstaunlich, daß ein so wertvolles Grundstück nicht dem allgemeinen Bauboom zum Opfer gefallen war, vor allem, weil Llewellyn Hall nicht unter Denkmalschutz stand.

Er ging zur Tür und konzentrierte sich erneut auf den Mordfall. Während er auf den Klingelknopf drückte, dachte er daran, welche Leute er gestern abend kennengelernt hatte und mit welchen er unbedingt noch einmal sprechen mußte. An erster Stelle auf seiner Liste stand Regan Reilly, die in St. Polycarp's Athenas Zimmergenossin gewesen war; heute arbeitete sie, wie er gehört hatte, als Privatdetektivin. Dann war da noch Philip Whitcomb. Dieses Mädchen, Claire, hatte ihm anvertraut, sie habe schon immer das Gefühl gehabt, daß Athena in Philip Whitcomb verliebt gewesen sei; damals, vor zehn Jahren, hatte er wie ein verträumter Dichter gewirkt und einige der jungen Mädchen hatten ihn äußerst attraktiv gefunden.

Das Hausmädchen ließ ihn herein. »Sie sind alle im Salon.«

Livingston sah sofort, daß die Frauen den ersten Schock überwunden und offensichtlich die halbe Nacht über den Tod ihrer ehemaligen Mitschülerin gesprochen hatten.

Einige der Anwesenden hielten Teetassen in der Hand. Die Hors d'œuvres, die er dankend abgelehnt hatte, als man sie ihm bei seinem Besuch am gestrigen Abend angeboten hatte, prangten noch immer fast unberührt, allerdings jetzt stark angetrocknet, auf einer Servierplatte. Philip stand am Fenster und blickte auf seinen gepflegten Garten hinaus, ganz so, als würde ihm dieser Anblick Trost spenden. Seine Verlobte neben ihm hatte ihren Arm unter den seinen geschoben. Nigel fiel auf, daß sie

auch schon gestern abend so dagestanden hatten, und er hatte plötzlich die merkwürdige Vorstellung, daß sie sich seither nicht von der Stelle gerührt hatten.
Hinter ihm trat Lady Exner in den Raum. An diesem Morgen trug sie einen pinkfarbenen Jogginganzug, der nach Livingstons Ansicht besser zu seiner fünfzehnjährigen Tochter gepaßt hätte.
»Mein lieber Inspektor«, rief sie, »wie taktvoll von Ihnen, diese netten jungen Mädchen nicht in die schäbige Polizeiwache zu bitten. Ich hoffe sehr, Sie werden Penelope nicht allzulange befragen müssen. Sie hat gestern abend ganz schrecklich unter Sodbrennen gelitten. Aber tapfer wie sie ist, wird sie bald zu uns stoßen, die Gute.«
Wahrscheinlich würde es ohnehin nicht viel ausmachen, dachte Livingston, wenn ihm Penelope Atwater auf Grund ihrer Unpäßlichkeit nicht verfügbar wäre; schließlich war sie ohnehin erst vor vier Jahren nach Oxford gekommen, als Lady Exner sie zu ihrer Reisebegleiterin auserkoren hatte. Gestern abend allerdings hatte sie ein makabres Interesse an dem Mordfall an den Tag gelegt und sich sogar zu der Frage hinreißen lassen, ob sie sich die Leiche einmal ansehen dürfe. »Ich habe schon immer leidenschaftlich gerne Krimis gelesen«, sagte sie mit einem nervösen, wiehernden Lachen.
Livingston murmelte irgend etwas Teilnahmsvolles und ging zum Kamin hinüber. Alle blickten ihn erwartungsvoll an.
»Die Autopsie ist abgeschlossen«, gab er bekannt. »Athena Popolous ist tatsächlich erwürgt worden. Es besteht keinerlei Zweifel, daß es Mord war. Deshalb habe ich Sie gestern abend gebeten, sich so gut wie möglich zu erinnern, ob Athena Ihnen, wenn auch nur beiläufig, irgend

etwas erzählt hat, aus dem sie schließen könnten, daß sie sich mit jemandem verabredet hatte oder sich heimlich mit jemandem traf, der in der Nähe arbeitete oder lebte.«
Wie erwartet, wurde die Frage allgemein verneint. Livingston machte einen weiteren Vorstoß. »Sprechen wir noch einmal über ihre Familie. Was hat sie darüber erzählt?«
Auch auf diese Frage kamen keine aufschlußreichen Antworten. Athena und ihre wohlhabenden, in Griechenland sehr bekannten Eltern waren nicht gut miteinander ausgekommen. Bei verschiedenen Gelegenheiten hatte Athena von dem Mord an ihrer Tante erzählt, der in dem Sommer, bevor sie nach St. Polycarp's kam, verübt worden war; später aber weigerte sie sich hartnäckig, noch einmal darüber zu reden. Ihre Tante hatte wohl den Strand verlassen, um sich ihre ärztlich verschriebene Sonnenbrille aus dem Haus zu holen. Als sie das Haus betrat, überraschte sie unglücklicherweise einen Einbrecher, der zu ihrem Mörder wurde.
Athena haßte St. Polycarp's und vermied es, Freundschaften zu schließen. Als sie verschwand, war niemand besonders verwundert, vor allem nicht, nachdem ihre Großmutter ihr ein erhebliches Treuhandvermögen hinterlassen hatte.
»Nun, ich glaube, es gab doch jemanden, der sehr überrascht war.« Claires Stimme klang zuckersüß. »Ich weiß, daß ihr mir alle nicht glaubt, aber die Mädchen aus den Südstaaten können solche Dinge intuitiv spüren. Athena war verrückt nach Philip. Ich habe häufig ihr Gesicht beobachtet, wenn er diese wahnsinnig erotischen griechischen Gedichte vorgelesen hat.«
Philip wurde puterrot. »D-D-Das kann doch b-b-bestimmt nicht dein Ernst sein.«

Val wurde ebenfalls rot und kniff die Augen zusammen. »Das ist Unsinn«, giftete sie.
»Nun, Val, meine Liebe, du warst doch damals noch gar nicht hier. Ich habe nicht gesagt, daß Philip verrückt nach Athena war. Das wäre wirklich lächerlich. Ich habe gesagt, daß Athena verrückt nach Philip war. Ich habe die ganze Nacht daran denken müssen. Immerhin hat der Inspektor uns gebeten, uns über die arme Athena Gedanken zu machen.«
Kit und Regan saßen auf dem abgewetzten Zweisitzersofa. »Ich traue meinen Ohren nicht«, flüsterte Kit Regan zu. Livingston schaute Regan fragend an: »Miss Reilly, Sie waren die Zimmergenossin von Athena. Glauben Sie, daß sie verrückt nach ihrem Lehrer war?«
Regan erinnerte sich, daß nicht Athena, sondern vielmehr Claire vor zehn Jahren verrückt nach Philip gewesen war. Wollte sie auf diese Weise Verwirrung stiften?
»Ich muß Ihnen ehrlich sagen, daß es mir nicht einmal aufgefallen wäre, wenn das wirklich der Fall gewesen wäre. Wissen Sie, es war sehr schwer, an Athena heranzukommen. Ich habe den Versuch irgendwann aufgegeben.«
Livingston hatte sich auf den Kaminsims gestützt. Er richtete sich auf. »Nun, falls jemandem von Ihnen irgend etwas einfällt, das Sie für aufschlußreich halten, lassen Sie es mich bitte wissen.«
»Es tut mir furchtbar leid. Ich komme schrecklich spät.« Penelope Atwater schwankte blaß und mit schweißglänzendem Gesicht in den Raum. Aus den Taschen ihrer beuteligen Wolljacke quollen zerknüllte Papiertaschentücher. Ihr zerknitterter Rock fiel zipfelig bis etwa zur Mitte ihrer Waden hinab, und ihre offensichtlich zu

große, hautfarbene Strumpfhose kräuselte sich in traurigen Falten am Ansatz ihrer Tennisschuhe.

»Ich muß unbedingt wissen, wo sie ihre Kleider kauft«, flüsterte Kit Regan zu.

»Val, du bist ein Engel. Dein Tee hat meinem bösen, kleinen Bauch sehr geholfen.«

»Kleiner Bauch?« flüsterte Regan Kit zu.

Wie eine heimgekehrte Brieftaube stürzte Penelope sich sogleich auf die Hors d'œuvres auf der Servierplatte. »Ich bin doch tatsächlich hungrig. Vor wenigen Stunden noch dachte ich, ich würde den bloßen Anblick von Essen nie wieder ertragen können. Doch wie heißt es so schön: Wenn man vom Pferd gefallen ist, muß man sofort wieder aufsteigen.«

»Was heißt hier aufs Pferd steigen – morgen müssen wir aufs Schiff.«

Regan meinte, eine gewisse Schärfe aus Lady Exners Stimme herauszuhören. Sie konnte es ihr nicht verübeln. Sie wußte, daß Veronica diese Reise unbedingt machen wollte und daß sie eine Begleiterin brauchte.

Beeindruckt beobachtete sie, wie Penelope verschiedene Hors d'œuvres in eine Serviette steckte, die sie dann zu einer Art Tragetasche umfunktionierte.

»Sie hätten sich wirklich nicht so viele Umstände zu machen brauchen, Miss Atwater«, bemerkte Livingston mit müder, resignierter Stimme. »Ich möchte mich nochmals dafür entschuldigen, daß ich während Ihres kurzen Aufenthaltes hier in Oxford so viel Ihrer Zeit in Anspruch nehme.« Er wandte sich Philip zu: »Ich nehme an, Professor, Sie werden nicht verreisen?«

Philip wurde wieder rot. »Ganz bestimmt nicht.«

Über Vals Gesicht huschte ein Ausdruck von Ärger. »Philip und ich sind für die Sommerkurse auf St. Polycarp's zuständig. Wir bleiben hier, um uns während Lady Exners Abwesenheit um alles zu kümmern. Sie können ihn hier jederzeit erreichen.«

»In Ordnung«, erwiderte Livingston mit gleichmütiger Stimme und blickte Regan an. »Miss Reilly, Sie waren es, die wohl am ehesten die Gelegenheit hatte, etwas mitzubekommen, das nur scheinbar unbedeutend war. Mir ist klar, daß es lange her ist, aber Ihr Gehirn ist doch besonders geübt darin, bestimmte kriminalistische Details zu analysieren.«

Regan ging zu ihm hinüber zum Kamin, während sich die anderen Tee nachschenkten. »Ich habe mich bemüht, mich an etwas zu erinnern, das aufschlußreich sein könnte. Ich habe während meiner Zeit in St. Polycarp's Tagebuch geführt und ein paar Fotos gemacht – das ganze Material muß nun irgendwo im Haus meiner Eltern in New Jersey herumliegen. Meine Eltern sind derzeit nicht zu Hause, aber wenn sie nächste Woche zurückkehren, werde ich meine Mutter bitten, mir das Tagebuch nach Los Angeles zu schicken. Ich habe das Gefühl, daß die Eintragungen meinem Gedächtnis wieder auf die Sprünge helfen werden.« Sie lächelte Livingston zu. »Damals glaubte ich, ich müßte sämtliche Eindrücke, vor allem das, was ich in Oxford erlebte, unbedingt schriftlich festhalten.« Ihr Lächeln wich einem nachdenklichen Gesichtsausdruck. »Natürlich hätte ich niemals gedacht, daß ich das Tagebuch einmal im Hinblick auf Spuren im Zusammenhang mit einem Mordfall durchforsten würde. Aber schließlich *habe* ich acht Monate lang ein Zimmer mit Athena geteilt, und ihr Name taucht des öfteren in meinen Aufzeichnungen

auf. Sie könnten also wirklich ein paar Hinweise enthalten.«
»Ich weiß Ihre Hilfe zu schätzen«, sagte Livingston mit einer leichten Verbeugung.
»Ich werde zwar morgen abreisen, aber ich würde gerne in Kontakt mit Ihnen bleiben und alles tun, um dazu beizutragen, Athenas Mörder zu finden.«
»Unbedingt.«
Regan wurde plötzlich von dem beklemmenden Gefühl überfallen, als würde der Raum um sie herum immer kleiner. Es war beinahe so, als hätte sich ein Geruch von Tod in ihm ausgebreitet. Sie stellte fest, daß der Duft der Blumen, der durch die offenen Fenster drang, sie an das Beerdigungsinstitut ihres Vaters erinnerte. Sie wandte sich Kit zu.
»Gehen wir zu Fuß zurück?«
»Gute Idee. Wir können auch kurz in den Pub am Ende der Straße reinschauen«, flüsterte Kit.
Hastig wünschten sie Philip und Val noch einmal alles Gute. »Wir werden an eurem großen Tag an euch denken«, sagte Regan. »Der vierzehnte September, nicht wahr?« Sie schüttelte Penelope die Hand und gab Lady Exner einen Kuß auf die mit Rouge bedeckte Wange. »Ich bin sicher, daß die Kreuzfahrt nach New York für Sie eine schöne Abwechslung sein wird.«
»Ich werde auf der Reise ganz genau Tagebuch führen, damit ich deiner Mutter, falls ich sie endlich einmal treffe, einen kompletten Bericht über dieses neue Abenteuer in meinem Leben geben kann«, versprach Veronica. »Du mußt mir die Telefonnummer deiner Mutter geben. Soviel ich weiß, ist New Jersey nicht allzuweit von dem Ort entfernt, an dem meine Nichten leben.«

»Ihre Nichten? Ich dachte, es wären Ihre Cousinen?« fragte Regan.

»Ach, Nichten, Cousinen – was auch immer.«

»Na ja«, sagte Regan vorsichtig, »vielleicht könnten Sie sich ja einmal mit meiner Mutter in New York City zum Lunch treffen.«

»Phantastisch!« jubelte Veronica. »Penelope, bring mir etwas zu schreiben.«

Während des restlichen Tages machten Regan und Kit den Versuch, sich weitgehend an den Plan des Klassentreffens zu halten. Am späten Nachmittag fuhren sie in einem Stakkahn den Fluß hinunter und nahmen später an einem Dinner teil, zu dem der Direktor bei sich zu Haus eingeladen hatte.

»Toller Aufstrich«, stellte Kit fest. »Wetten, daß wir nächste Woche Briefe bekommen, in denen wir Ehemaligen um eine kleine Spende gebeten werden?«

»Du bist eine geborene Zynikerin«, zischelte Regan, während sie sich Kartoffelsalat nahm. »Wir werden einfach so tun müssen, als seien sie bei der Post verlorengegangen.«

Viele der Lehrer, die an dem Dinner teilnahmen, hatten Athena gekannt, und so war es nicht verwunderlich, daß sich die Unterhaltung überwiegend um die Entdeckung ihrer Leiche und die Befragung durch Polizeichef Livingston drehte.

Als Regan und Kit schließlich die beiden Treppen zu ihrem Zimmer hinaufstiegen, war es bereits 23 Uhr.

»Ich kann es gar nicht erwarten, von hier zu verschwinden«, sagte Kit. »Diese Schlafräume scheinen mir inzwischen noch bedrückender zu sein als damals. Zumindest hatten wir letzte Woche in Venedig und Paris ein bißchen Spaß. Wann genau geht dein Flug nach Los Angeles?«

»Um ein Uhr, also nur eine Stunde später als deiner nach New York.«

Sie hatten ihr Zimmer erreicht. Regan fischte den Schlüssel aus ihrer Tasche und stieß die Tür auf. Auf dem Boden lag ein an sie adressiertes Kuvert: »Rufen Sie mich bitte an, egal, wie spät es ist. Es ist äußerst wichtig.« Das Schreiben war mit *Philip Whitcomb* unterzeichnet.

Obwohl er es eigentlich besser wußte, hatte Philip Whitcomb versucht, seine Tante Veronica davon abzubringen, allein zu reisen. Er selbst, Val, der Arzt und eine eisern entschlossene Lady Exner saßen in dem kleinen Wartebereich am Ende des Ganges des Royal-Oxford-Krankenhauses. Am anderen Ende lag Miss Atwaters Zimmer. Penelopes Stöhnen war über den ganzen Flur zu hören. Sie war wegen einer Lebensmittelvergiftung eingeliefert worden und mußte mindestens zwei Tage lang stationär behandelt werden. In keinem Fall würde ihr Gesundheitszustand es erlauben, daß sie noch vor Ende dieser Woche auf Reisen ging.

»Ich werde die Reise unter keinen Umständen verschieben«, stieß Lady Exner heftig hervor, »auch wenn in zwei Wochen wieder ein Schiff nach New York geht. Vielleicht lebe ich in zwei Wochen gar nicht mehr. Penelope kann nach New York *fliegen,* wenn sie wieder gesund ist. Ich reise morgen ab.« Ihr Gesicht nahm den störrischen Ausdruck an, den Philip nur allzugut kannte.

»Lady Exner, wenn ich einen Vorschlag machen dürfte«, begann der Arzt.

»Wenn Sie mir vorschlagen wollen, zu Hause zu bleiben, dann können Sie sich das sparen«, fuhr sie ihn an. »Eine verschobene Reise ist eine aufgehobene Reise. Wer zögert, verliert. Heute ist der erste Tag Ihres restlichen Lebens, morgen ist der erste Tag meiner Ferien.«

»Glauben Sie nicht, daß Miss Atwater äußerst betrübt sein wird, wenn Sie ohne sie abreisen?« fragte der Arzt vorsichtig.
»Nicht annähernd so betrübt wie ich, wenn ich morgen nicht auf dem Schiff bin. Und außerdem – ich habe ihr gestern ausdrücklich gesagt, sie solle aufhören, sich mit dem Zeugs vollzustopfen.« Sie stand auf. »Ich muß nach Hause und zu Ende packen. Penelope ist doch so weit in Ordnung, nicht wahr, Herr Doktor?«
»Sie leidet sehr; im Augenblick ist sie ziemlich krank, aber ich denke, sie wird wieder gesund werden«, bestätigte der Arzt.
»Vielen Dank. Philip, Val – wir gehen.«
»Darf ich Ihnen einen Vorschlag machen, Lady Exner?« fragte Val.
»Es kommt darauf an, was es ist.«
»Nicht, daß Sie zu Hause bleiben sollen«, sagte Val beschwichtigend. »Aber Sie werden die Reise sicher mehr genießen, wenn Sie Gesellschaft haben.«
»Val, w-w-er glaubst du, würde denn so kurzfristig auf eine solche Reise mitkommen?« fragte Philip stirnrunzelnd. »Das Schiff legt in dreizehn Stunden ab.«
Val lächelte triumphierend. »Jemand, der auch bereits gepackt hat, jemand, der nach eigenem Bekunden gerade einen Fall abgeschlossen hat und sich wahrscheinlich sehr freuen würde, einige Zeit mit der guten Veronica zu verbringen – ich meine natürlich unsere liebe Regan Reilly.«
Regan hörte sich Philips eindringliche Bitte mit zunehmendem Widerwillen an; offensichtlich sollte sie beauftragt werden, für fünf Tage und Nächte Veronicas Schutzengel zu spielen.

»W-w-w-enn sie allein auf diesem Schiff unterwegs ist, dann wird ihre Reise – das weiß ich – irgendwo m-m-mitten im Atlantik enden. Mehr als einen Sherry verträgt sie nicht, und ich habe gehört, daß Trinken die Hauptbeschäftigung der Passagiere dieser Schiffe ist. Penelope ißt leidenschaftlich g-g-gerne. Sie könnte sich schneller als eine Herde von Bibern durch den Stamm einer Eiche fressen. S-s-so hält sie Veronica vom Trinken ab, indem sie sie statt zur Bar zum kalten Buffet lotst. Ich werde dir das D-d-doppelte deines üblichen Tagessatzes zahlen, da es eine Aufgabe ist, die dich rund um die Uhr beschäftigen wird. Allerdings muß ich dich fairerweise warnen: Veronicas Schlafgewohnheiten sind manchmal sehr ungewöhnlich. Bisweilen geht sie erst in den frühen Morgenstunden zu Bett und hält dafür ein dreistündiges Mittagsschläfchen. Wenn sie zu Mittag schläft, dann hättest du zumindest in der Zeit frei«, erklärte Philip.
Doppelte Bezahlung, dachte Regan. Dazu fünf Tage auf einem Luxusdampfer. Zeit hatte sie. Sie hatte ja sogar Livingston angerufen und ihm angeboten, etwas länger zu bleiben. Der aber hatte gemeint, zu diesem Zeitpunkt könnte sie eigentlich nicht weiterhelfen. Vielleicht konnte sie sich, während Veronica ihr Mittagsschläfchen hielt, dann und wann einmal fortstehlen, um ihre Eltern zu besuchen.
»Okay, Philip, wann werde ich abgeholt?«

»Wie bitte?« Regans neuer Auftrag wurde von Kit mit einem Kreischen registriert. »Reilly, ich muß dir sagen – diesmal bist du wirklich ein bißchen übergeschnappt.«
»Ich werde dafür bezahlt, das lindert den Schmerz ein wenig.« Regan schleuderte ihre Slipper mit einer hefti-

gen Bewegung der Füße fort. »Ob du es glaubst oder nicht, ich werde den ganzen Weg nach Southampton von dem wüsten Edwin in einem Kleinbus chauffiert. Jetzt versuche ich erst einmal, ein bißchen zu schlafen.«

Kit gähnte heftig, als sie sich ins Bett legte. »Na gut, eines gebe ich ja zu. Man kann Veronica wirklich nicht allein auf ihre Mitmenschen loslassen. Aber besser du als ich. Ich werde von Connecticut runterfahren, um euch in Empfang zu nehmen, wenn das Schiff anlegt. Ich kann nur hoffen, daß du das Ganze einigermaßen unbeschadet überstehst.«

Montag, 22. Juni 1992
London

Nicht zum ersten Mal in ihrer seit fünfunddreißig Jahren bestehenden Ehe wünschte sich Nora Regan Reilly, daß Luke irgendwann einmal gelernt hätte, ein wenig schneller zu sprechen. Doch dann fiel ihr wieder ein, daß sie sich bei ihrer ersten Verabredung eben wegen seiner zögernden Sprechweise und seiner Ähnlichkeit mit James Stewart in ihn verliebt hatte. Sie warf ihm einen zärtlichen Blick zu und schaute dann nervös auf die Uhr. Nora und Luke wollten gerade dem Kofferträger aus ihrer Suite im Stafford Hotel in London auf den Gang hinaus folgen, als das Telefon klingelte.

Herbert Kelly, der Geschäftsleiter der Reilly-Beerdigungsinstitut-Filiale in Summit war am Apparat. Er hatte ein Problem. Die neunzigjährige Witwe des achtundneunzigjährigen ehemaligen Bürgermeisters bestand darauf, daß ihr verstorbener Ehemann in der großen Halle aufgebahrt werde. Da aber die vergangene Woche für pensionierte Politiker in Summit anscheinend unter einem schlechten Stern gestanden hatte, war die Halle bereits für anderthalb Tage für einen ehemaligen Kongreßabgeordneten reserviert.

Normalerweise wäre Kelly auch ohne Luke mit diesem Problem fertig geworden, aber dies hier war eine äußerst delikate Angelegenheit. Mrs. Shea war das anerkannte Oberhaupt des gewaltig großen Shea-Clans. Damals, als Luke das um sein Überleben kämpfende Beerdigungsinstitut in Summit im Jahr seiner Hochzeit mit Nora aufgekauft hatte, war Mrs. Shea seine erste wichtige Kundin gewesen. Das war, als ihre achtzigjährige Mutter, wie sie sagte, »von Gott heimgeholt« worden war.

»Bei dem anderen Beerdigungsinstitut in Summit werden die Verstorbenen nicht so schön und natürlich hergerichtet«, hatte sie Luke gesagt und ihn gebeten, ihre Mutter so hübsch und zufrieden aussehen zu lassen, wie es der Fall war, wenn sie sich am Sonntagabend die Ed-Sullivan-Show im Fernsehen ansah. Sie hat sich immer *so* darauf gefreut.«

Luke wußte, daß sie sich auch den großen Parkplatz hinter dem Institut angeguckt hatte. Er hatte sich bei seiner ersten, wichtigen Kundin besonders viel Mühe gegeben, und es hatte sich gelohnt. Die Verstorbene sah blühender aus, als es in den letzten Jahren ihres Lebens jemals der Fall gewesen war. Von da an hatte das Reilly-Beerdigungsinstitut alle »Arrangements« für die Mitglieder des Shea-Clans, die fast alle ein sehr hohes Alter erreichten, abgewickelt. Einige von ihnen waren sogar so alt geworden, daß sie Fotos ihrer eigenen runzligen Gesichter im Fernsehen hatten bewundern können, dann nämlich, als Willard Scott sie in seiner täglichen »Today«-Show als die Geburtstagskinder des Tages vorstellte – eine Ehre, die nur den über Hundertjährigen zuteil wurde.

Luke hatte Nora in für seine Verhältnisse knappen Worten von dem Problem unterrichtet, damit sie endlich aufhörte, nervös vor ihm hin- und herzulaufen.

Normalerweise hätte man als Lösung einfach die beiden mittelgroßen Schauräume durch das Öffnen der trennenden Schiebetür in einen Saal verwandelt. Wie Nora wußte, würde Mrs. Shea dieses jedoch nur als eine Notlösung betrachten.

»Sag ihr, die nächste Beerdigung für die Sheas geht auf unsere Rechnung«, zischelte Nora. »Luke, wir verpassen noch das Schiff.«

Luke sah sie vorwurfsvoll an, und wie immer hatte er eine Lösung zur Hand. »Herbert, erinnere Mrs. Shea daran, daß Dennis' Lieblingsfarbe Grün war, und sage ihr, daß wir diese beiden Räume gerade wieder grün haben streichen lassen. Sag ihr, Dennis werde sich in seiner letzten Ruhe dort viel wohler fühlen. Schließlich waren Grün und Weiß seine Wahlkampffarben.«

»Du hast doch verdammt gute Ideen«, bemerkte Nora anerkennend, als Luke eingehängt hatte. »Und wieder einmal hat das Institut Reilly eine Leiche glücklich gemacht.«

»Es ist schon schlimm genug, daß ich mir so etwas von unserer Tochter anhören muß. Aber aus dem Munde ihrer Mutter klingt es geradezu obszön.«

Sie grinsten sich an.

Bei ihrer Größe von ein Meter dreiundsechzig fühlte sich Nora neben ihrem Mann, der sie um dreißig Zentimeter überragte, oft wie eine Zwergin. »Du bist in jeder Hinsicht größer als ich«, schmeichelte sie ihm. »Du verschleierst dein Alter nicht...« Luke war fünfundsechzig und damit sieben Jahre älter als Nora. Sie selbst konnte sich nie erinnern, welches Alter sie Reportern bei einem Interview angegeben hatte. »Aber Mrs. Reilly, vor drei Jahren haben Sie mir erzählt, sie wären zweiundfünfzig«, hatte einer von ihnen neulich noch protestierend gesagt. Noras Haar war blond getönt, während Lukes in einem natürlichen Silbergrau schimmerte.

»Könnten wir jetzt bitte von hier verschwinden?« bat sie. Das Telefon klingelte erneut. »Es ist mir egal, ob ein Aufbahrungplatz für den Papst gebraucht wird. Wir müssen los.«
Luke griff nach dem Telefon, aber Nora war schneller. »Hallo«, rief sie ungeduldig in die Sprechmuschel. »Regan, Liebling, es ist doch alles in Ordnung, oder?… Ich kann jetzt nicht lange sprechen. Wir werden dich vom Schiff aus anrufen. Du hast was…? – Warum…? – Ach, du meine Güte, ich hätte nie gedacht, daß ich einmal meine eigene Tochter verleugnen würde! Wir müssen uns beeilen. Wir sehen uns dann dort, Schatz.«
»*Wo* sehen wir uns?« fragte Luke. »Worum ging es überhaupt?«
Nora fing an zu lachen. »Das wirst du mir nie glauben. Ich werde es dir im Auto erzählen.«

Southampton

Die Passagiere der Queen Guinevere checkten sich in der riesigen Wartehalle ein, die sich zwischen dem Schiffszug und der Anlegestelle erstreckte. Cameron Hardwick hatte erfahren, daß das Schiff fast ausgebucht war und fragte sich, ob er die alte Dame in dem Gewühl von zwölfhundert Menschen, die alle versuchten, den richtigen Schalter für die Anmeldung zu finden, wohl entdecken würde. Die Schalter waren nach erster und zweiter Klasse getrennt. Er war zu einem der frühen Check-ins am Schalter der ersten Klasse gegangen, hatte sich dann auf eine Bank in der Nähe gesetzt und sich demonstrativ tief in die Morgenzeitung vergraben. Währenddessen wuselten seine Mitreisenden durcheinander, unterhielten sich hier und dort, brachten Beschwerden an und machten sich miteinander bekannt. Alles wartete auf die Aufforderung, an Bord zu gehen. Sämtliche Passagiere waren behängt mit Umhänge- oder Reisetaschen und Einkaufstüten von Harrod's, auf denen der Name des Kaufhauses prangte.
Aus den Lautsprechern ertönte die erste Aufforderung an die Passagiere, sich an Bord zu begeben, und die Menge drängte sich zur Anlegestelle. Die Schlange am Check-in-Schalter wurde kürzer. Würde die alte Dame das Schiff verpassen? Über Lautsprecher kam die Aufforderung, daß die letzten Mitreisenden sich umgehend an Bord zu begeben hätten.

Und dann sah er sie. Man konnte sie einfach nicht übersehen. Das alte Mädchen sah aus, als hätte es eine Seemannsuniform an. Eine weiße Hose, einen dunkelblauen, mit Messingknöpfen und einem Ankerabzeichen verzierten Pullover und eine weiß-blau gestreifte Seemannsmütze. Für ihr Alter war die Dame ganz schön schnell. Sie stürmte zum Schalter der ersten Klasse wie ein Sprinter, der durch die Ziellinie läuft.

»Super, super!« schrie sie. »Wir haben's geschafft. Der Bus hat auf der M5 dreimal den Geist aufgegeben. Haben einen Riesenstau verursacht. Und diese blöden Autofahrer haben wie die Wilden gehupt.« Ihre Stimme hallte durch die inzwischen geleerte Halle und übertönte beinahe die schottischen Dudelsackspieler, die an der Anlegestelle einen geräuschvollen Willkommensgruß zum besten gaben.

»Miss Atwater, die mich eigentlich begleiten wollte, ist derzeit ziemlich schlecht dran.« Die alte Dame deutete vage irgendwo in ihre Taillengegend. »Probleme mit dem Bauch, verstehen Sie?«

Cameron Hardwick bemerkte, daß jeder in der weiteren Umgebung sowie der Schalterbeamte, der sich um Lady Exner kümmerte, völlig verständnislos dreinschaute.

»Also wird Miss Regan Reilly mich auf dieser Reise begleiten. Das ist schon in Ordnung. Ihr Paß ist okay. Sie wird gleich da sein. Wir haben einen ganzen Haufen Reisetaschen. Für meine lieben kleinen Nichten, die ich noch nie gesehen habe, mußte ich natürlich massenhaft Geschenke mitnehmen.«

Schließlich gelang es dem Schalterbeamten, den Wortschwall zu unterbrechen. »Ihren Namen, bitte?«

»Ach Gott. Natürlich. Lady Exner. Veronica. Sie haben

vielleicht von meinem Mann gehört. Sir Gilbert Exner. Er ist vor vierzig Jahren gestorben. Er hat Gedichte geschrieben, die aber leider nie veröffentlicht worden sind.«

Die letzten Nachzügler eilten zum Schiff. Hardwick wollte keinesfalls, daß irgend jemand mitbekam, daß er Lady Exner beobachtete. Ihre Begleiterin würde er sich zu einem späteren Zeitpunkt ansehen müssen. Gerade als er sich umdrehte, vernahm er Lady Exners herrische Stimme.

»Da bist du ja, Regan. Nun mal ein bißchen flott. Wir dürfen das Schiff nicht verpassen.«

Er warf einen Blick über die Schulter und sah sich Lady Exners neue Reisegefährtin ein paar Sekunden lang sehr genau an. Soweit er das durch den Berg von Gepäck erkennen konnte, war sie jung und hübsch. Intuitiv wußte er, daß sie auch sehr intelligent war. Das würde nicht einfach werden.

Im Hintergrund ertönte noch immer Lady Exners laute Stimme. Sie bedankte sich bei jemandem, der sie hierher gefahren hatte. »Ich hoffe doch sehr, daß Sie nun ohne weitere Schwierigkeiten nach Hause kommen, Edwin. Es ist noch etwas Tee in der Thermoskanne auf dem Rücksitz... ach Gott, Regan sagt mir gerade, daß ich ihn ausgetrunken hätte.«

Ein einziges Paar stand noch vor ihm in dem Aufgang zur ersten Klasse: ein großer, schlaksiger Mann mit silbergrauem Haar und eine kleine blonde Frau. Der Schiffsfotograf war gerade dabei, eine Aufnahme von ihnen zu machen. Hardwick stieß einen leisen Fluch aus. Er wollte nicht fotografiert werden, andererseits aber könnte es verdächtig wirken, wenn er ablehnte. Zumindest würde er seine Sonnenbrille aufbehalten.

Als der Fotograf sein Bild schoß, drehte er rasch den Kopf zur Seite. Und als der Mann vorschlug, ein neues Bild zu machen, lehnte er höflich ab. »Nein. Wirklich nicht. Eines reicht.«

Er ging die Rampe hinauf und betrat das Schiff. Einige Mitglieder der Besatzung hatten sich zur Begrüßung der an Bord kommenden Passagiere in einer Reihe aufgestellt. Im Hintergrund war Klaviermusik zu hören. Hardwick trieb sich in der Nähe der Rampe herum, bis er Lady Exner erblickte, die aufgeregt für den Fotografen posierte. Sie hatte ihren Arm um ihre junge Begleiterin gelegt und zu ihren Füßen häuften sich diverse Pakete. Das Paar, dem er die Rampe hinauf gefolgt war, stand neben ihm. Die Frau sagte lachend: »Das wird bestimmt eine interessante Reise, Luke.«

Darauf kannst du Gift nehmen, dachte Hardwick grimmig.

Auf See

Die Camelot-Suite war eine der beiden luxuriösen Penthouse-Wohnungen ganz oben auf dem Schiff. Lady Exner lief wie ein aufgeregtes Huhn hin und her und stieß in Anbetracht der edlen, blaßblauen Einrichtung kleine Entzückensschreie aus. Regan dagegen machte sich in aller Ruhe daran, die Koffer auszupacken. Ihre eigenen beiden Gepäckstücke stellte sie erst einmal zur Seite, um sich der unangenehmen Aufgabe zu widmen, die von Veronica wahllos in den Koffer geworfenen Kleidungsstücke zu sortieren.
Sie hatte den Eindruck, daß Veronica jeden einzelnen Schrank auf Llewellyn Hall ausgeräumt und dann alles in ihre zahlreichen Gucci-Koffer und -Taschen gestopft hatte. Einen besonders großen Koffer ließ Regan, nachdem sie ihn geöffnet hatte, direkt wieder zuschnappen. Ein unerträglicher Geruch von Mottenkugeln war ihr aus dem mit dicken Wollsachen, Tweedkostümen, pelzgefütterten Stiefeln, Wollhandschuhen und einem schwarzen Samtcape gefüllten Behälter entgegengeschlagen. »Veronica, bist du sicher, daß wir uns nicht auf einer Weltreise befinden?«
Veronica unterzog einen der Schränke einer genauen Prüfung. »Regan, falls wir auf einen Eisberg laufen, müssen wir sofort hierher rennen und unsere Schwimmwesten holen. Meinst du, wir sollten sie einmal anprobieren? – Was hast du gefragt? – Oje! Das ist einer der Koffer,

die ich Penelope geliehen habe. Philip muß ihn versehentlich mitgenommen haben.«

Regan fühlte sich erleichtert.

»Meine Wollsachen sind in einem anderen Gepäckstück. Ich dachte mir, wir könnten für zukünftige Besuche ein paar Wintersachen bei meiner Nichte lassen. Und außerdem denke ich natürlich immer daran, daß es plötzlich furchtbar kalt werden könnte. Aber laß doch das Auspacken jetzt. Du bist ja noch nicht einmal auf unserem Privatdeck gewesen. Wir legen gleich ab. Laß uns hinausgehen und den armen, lieben Menschen zuwinken, die nicht mit uns fahren können.«

Regan fragte sich, ob diese armen, lieben Menschen es nicht in Wirklichkeit viel besser hätten als sie selbst. So luxuriös die Suite auch war, es hatte sie doch überrascht, daß sie tatsächlich nur aus einem einzigen großen und offenen Raum bestand, der in zwei verschiedene Ebenen unterteilt war. Ein Bett in King-size-Größe stand in der Mitte. Öffnete man die Tür der Kabine, so stand man unmittelbar in einem kleinen Vorraum, zu dessen linker Seite ein Badezimmer lag. Direkt geradeaus war der Schlafraum, dem ein weiteres Bad anhing. Wenn man die drei Stufen zu der höher gelegenen Ebene hinaufstieg, lag auf der rechten Seite der Wohnraum, dessen Schiebetüren sich zu einer Privatterrasse hin öffneten. Die großen Fenster boten eine atemberaubende Aussicht auf den Atlantik.

Ich will ein Bett für mich allein haben, dachte Regan. Ich möchte mich jede Nacht unzählige Male hin und her wälzen können, ohne für Sir Gilbert gehalten zu werden. Für die nächsten fünf Nächte auch noch im Schlaf rücksichtsvoll sein zu müssen, das erschien ihr sehr anstrengend. Veronica war lieb und nett, aber in *einem* Bett mit ihr schlafen zu müssen, war einfach zuviel. Regan hoffte inständig, daß man das Sofa in eine Schlafcouch umwandeln könne.

Sie folgte Veronica auf das Deck, das den höchsten Punkt des Schiffes bildete und sich beinahe bis zum Bug erstreckte. Vom vorderen Ende aus blickte man auf das Dach der Kommandobrücke. Veronica deutete mit dem Finger darauf und sagte: »Von dort aus steuern der Kapitän und all die gutaussehenden Offiziere uns in das wilde, blaue Meer hinaus.«

Der tiefe Ton der Schiffssirene verkündete den Beginn der Reise. Veronica stürmte zum Geländer und begann, den Zurückgebliebenen heftig mit ihrer Seemannsmütze zuzuwinken. Die schottischen Dudelsackspieler nahmen noch einen letzten Anlauf: Eine kläglich jammernde und winselnde Version von »Sailing, Sailing, Over the Bounty Main« ertönte.

Veronica streckte den Kopf vor und schnupperte genießerisch die Seeluft. »Sind diese Meeresbrisen nicht äußerst belebend?«

»Ja, es ist wunderbar, aufs Meer hinauszufahren«, stimmte Regan ihr zu und atmete die salzige Luft ein. »Aber jetzt möchte ich die Sachen zu Ende auspacken.«

»Und ich werde einfach hier stehenbleiben und das lustige Treiben da unten beobachten.« Über das Geländer gelehnt, konnten sie das zwei Stockwerke tiefer gelegene Promenadendeck beobachten, wo noch immer aufgeregte Passagiere ihren Freunden und Verwandten zuwinkten und ihnen ein letztes Abschiedswort zuriefen.

»Lehn dich nicht zu weit vor«, rief Regan Veronica noch zu, als sie in die Kabine zurückkehrte.

»Du solltest gleich die wunderbare Flasche Champagner öffnen, die uns der Kapitän hat schicken lassen«, sagte Veronica, »wir müssen auf unsere Reise anstoßen.«
Regan hielt dies für die weitaus beste Idee, die ihre ältere Freundin seit Antritt der Reise gehabt hatte.
Noch ehe Regan sich selbst einschenken konnte, hatte Veronica den perlenden Inhalt ihres Glases bereits heruntergestürzt. Sie hielt Regan auffordernd das Glas hin. »Also, jetzt stoßen wir mal an.«
Regan fiel ein, daß Philip sie gewarnt hatte, Veronica würde nur wenig Alkohol vertragen. Aber sie konnte Veronica wohl kaum ein zweites Glas verweigern, und außerdem – was sollte hier schon passieren? Sie füllte beide Gläser und stieß gehorsam mit der Freundin an.
»Bon voyage, meine liebe Regan, bon voyage!«
Als Regan ihren ersten Schluck nahm, stieg die Kohlensäure ihr angenehm prickelnd in die Nase. »Hervorragendes Zeug, Veronica.«
»Er trinkt sich wie Wasser, meine Liebe.«
Regan trug die Flasche vorsichtshalber in die Kabine zurück. Es wäre wohl besser, sie nicht in Veronicas Nähe zu lassen. Und sie wollte sich unbedingt beschäftigen – der Anblick der vielen Menschen, die sich von ihren Freunden und Verwandten verabschiedeten, machte sie plötzlich traurig. Was wohl Athenas Eltern, die wußten, daß ihre Tochter nie wieder nach Hause kommen würde, jetzt tun mochten? Während Regan die Kleidungsstücke in die Schublade schob, versuchte sie, diesen deprimierenden Gedanken zu verdrängen.
Es hat keinen Zweck, jetzt, im Urlaub, Trübsal zu blasen, sagte sie sich. Nächste Woche werde ich mein Tagebuch Satz für Satz durchgehen. Vielleicht finde ich ja

etwas, das Livingston bei seinen Ermittlungen helfen könnte.
Sie fragte sich in diesem Zusammenhang, ob Jeff wohl inzwischen nach Los Angeles zurückgekehrt war. Bei ihrer Abreise hatte er sich gerade für Dreharbeiten zu einer Kurzserie in Kanada aufgehalten. Regan hatte ihn ursprünglich für die Zeit zwischen den Dreharbeiten als Büro-Aushilfskraft und Begleiter engagiert.
»Du wirst mir allmählich zu berühmt«, hatte sie kürzlich zu ihm gesagt. »Ich kann dich bald nicht mehr mitnehmen, weil die Leute dich überall erkennen.« Aber er sprudelte immer vor Ideen und hatte sich bei einigen ihrer Fälle als echte Hilfe erwiesen. »Die Arbeit eines Detektivs ist der eines Schauspielers sehr ähnlich«, hatte er einmal gesagt, »du mußt die Motive des Verbrechers herausfinden.«
Regan bugsierte gerade den letzten Koffer in den Hochschrank, als Veronicas schrille Stimme ertönte: »Monica, nein, so etwas, Monica, bist du's wirklich?« Regan wirbelte herum und sah Veronica, die sich weit über das Geländer lehnte. Vom Promenadendeck klangen warnende Rufe herauf. Sie stürzte nach draußen, umklammerte Veronicas Beine mit beiden Armen und riß sie mit einem Ruck zurück.
»Mein Gott, Veronica, was *machst* du denn?«
Veronica schien sich der Gefahr nicht bewußt zu sein. »Ach, die Frau in Rosa – anscheinend ist es doch nicht Monica. Aber, mein Gott, was für eine Ähnlichkeit!«
»Hättest du dich auch nur einen Zentimeter weiter hinausgelehnt, dann wärst du kopfüber hinuntergefallen«, sagte Regan mit einem Seufzer. »Bitte, Veronica, du mußt ein bißchen vorsichtiger sein.«

»Alles in Ordnung da oben?« rief jemand.
»Wunderbar, einfach wunderbar«, rief Veronica den heraufstarrenden Passagieren zu. Sie lächelte Regan mit gläsernem Blick an. »Ich hoffe, der Rest des Champagners ist gut gekühlt.«
Cameron Hardwick sah nach, in welchem Raum die beiden essen würden und stellte tief befriedigt fest, daß sie an einem Zehn-Personen-Tisch im King Arthur – dem größten Restaurant des Schiffs – saßen. Somit würde es wohl keine Probleme machen, auf unauffällige Weise möglichst nahe an sie heranzukommen. Man hatte ihn an einen Tisch im Nichtraucherbereich gesetzt, aber er bat darum, in den Raucherraum gesetzt zu werden.
Gemeinsam mit dem Chefsteward war er die Sitzordnung durchgegangen und hatte wie zufällig auf den Gemeinschaftstisch direkt am Fenster der Steuerbordseite gedeutet. Acht Namen waren für diesen Tisch eingetragen – darunter der von Lady Exner. »Von dort scheint man einen großartigen Ausblick zu haben. Wäre es möglich, mir dort einen Platz zu geben?«
Der Chefsteward, ein schlanker, zuvorkommender Mann, dessen Lächeln auf seinem Gesicht festgefroren zu sein schien, kam seiner Bitte bereitwillig nach. Er hatte schon sein Trinkgeld im Hinterkopf – so viel stand für Cameron fest. Es bereitete ihm immer ein diebisches Vergnügen, wenn er ein Restaurant verließ, ohne Trinkgeld gegeben zu haben. Nun müßte er nur noch zusehen, daß er direkt hinter der alten Schraube und Regan Reilly in den Eßsaal gelangte und neben den beiden zu sitzen kam.
Lady Exner hatte sich endlich auf ein Mittagsschläfchen zurückgezogen, so daß Regan sich eine Pause gönnen

konnte. Sie hatte sich eigentlich zum eine Etage tiefer liegenden Deck hinunterschleichen wollen, wo Luke und Nora eine Erste-Klasse-Kabine gebucht hatten. Nachdem aber Veronica beinahe einen Kopfsprung gemacht hätte, beschloß Regan, in ihrer Nähe zu bleiben. So streckte sie sich auf der bequemen Liege auf dem Deck aus und ließ die unglaublichen Ereignisse der letzten achtundvierzig Stunden noch einmal an sich vorüberziehen. Die Erkenntnis, daß Athena an jenem Freitagabend wahrscheinlich den Zug nach London verpaßt hatte und schon in Oxford ermordet worden war, machte ihr Schuldgefühle. Athena hatte sie gefragt, ob sie Lust hätte, mit ihr in den Pub *Bull and Bear* direkt neben dem Bahnhof zu gehen und vor Abfahrt des Zuges noch etwas mit ihr zu trinken. Als Regan sich an dieses letzte Gespräch mit Athena mit wachsender Klarheit erinnerte, fiel ihr ein, daß sie beinahe mitgegangen wäre. Aber ich hatte dann doch keine Lust, erinnerte sie sich. Ich war so froh, daß sie für ein paar Tage verreisen wollte, und ich mir nicht mehr ihr ewiges Gemecker über St. Polycarp's und das englische Wetter anhören mußte.

Das Schiff zog ruhig seine Bahn über das Meer. Ein kräftiger Wind wehte. Regan erschauerte und zog sich ein Sweatshirt über. Livingston hatte sie gebeten, sich so gut wie möglich an alles zu erinnern, was bei den Ermittlungen hilfreich sein könnte. Luke und Nora hatten Regan immer damit geneckt, daß sie sich an alles erinnern könne, was seit ihrem dritten Lebensjahr passiert sei. Regan lehnte sich zurück, schloß die Augen und versuchte, sich an ihre beiden Semester im historischen Oxford mit Athena als Zimmergenossin zu erinnern. Athena ging so selten auf Parties und schien überhaupt kein

Interesse an irgendeinem der Studenten zu haben. Ich kann mich gar nicht erinnern, daß sie jemals eine Verabredung hatte, dachte Regan. Wer also hätte sie umbringen wollen?

Luke und Nora verbrachten einen sehr angenehmen Nachmittag. Nachdem sie ihre Koffer ausgepackt hatten, verließen sie ihre Kabine und gingen zum Sportdeck, wo sie etwas tranken und eine Kleinigkeit aßen. Dann zogen sie sich mit ihren Büchern in ihre Liegestühle zurück.

»Himmlisch«, murmelte Nora, während sie wie in Trance auf das unendliche Meer hinausblickte. »Es ist wirklich ein Vergnügen, einmal das Buch eines anderen zu lesen, statt über die eigenen zu reden.«

In Spanien hatte sie auf einer Konferenz von Krimiautoren den Vorsitz innegehabt, und dem Spanienaufenthalt war eine anstrengende Promotionstour durch Italien und Frankreich gefolgt, die mit zahllosen Interviews für Zeitungen, Zeitschriften und das Fernsehen vollgepackt war.

Luke nickte. »Ich habe auch fürs erste die Nase voll davon, meine Zeit in irgendwelchen pflanzengeschmückten Warteräumen zu verbringen.« Er runzelte die Stirn. »Da ich gerade von pflanzengeschmückten Räumen spreche – ich frage mich, ob Mrs. Shea mit dem zufrieden ist, was wir für Dennis arrangiert haben. Vielleicht sollte ich besser mal anrufen und nachfragen.«

»Laß dir Zeit, Luke; es geht ja nicht gerade um Leben und Tod.«

Luke lachte wie immer über diesen Witz, der allerdings, wie Regan einmal kritisch bemerkt hatte, inzwischen wirklich einen ellenlangen Bart besaß. »Da hast du allerdings recht.«

Sie wandten sich wieder ihren Büchern zu, und Luke bestellte eine weitere Runde Pina Coladas. Es war ein Genuß, die frische Meeresbrise zu genießen; allerdings wurde der Wind gegen halb fünf spürbar kälter. Überstürzt suchten die Passagiere ihre Sachen zusammen. Fast schlagartig leerten sich der Swimmingpool und die verstreut stehenden Liegestühle, und innerhalb weniger Minuten stand das Sportdeck den Shuffleboard- und Paddle-Tennis-Spielern ganz allein zur Verfügung.

Als Luke und Nora auf Umwegen zu ihrer Kabine zurückkehrten, kamen sie an einer Gruppe von Kindern vorbei, die von zwei Kinderanimateuren angeführt wurden. »Es ist einfach verrückt, daß Regan hier auf dem Schiff ist und wir ihr aus dem Weg gehen müssen«, bemerkte Nora betrübt.

»Nun, vielleicht können wir einen Vierertisch bekommen. Dann kannst du deine Zeit damit verbringen, Notizen für Lady Exners autorisierte Biographie zu machen«, schlug ihr Mann vor.

»Um Gottes willen!« rief Nora entsetzt. »Da fällt mir ein, daß Regan mir gesagt hat, wir sollten uns im Eßsaal möglichst weit von dieser Lady Adlerauge wegsetzen. Sie könnte mich von den Fotos her erkennen, die auf den Umschlagklappen meiner Bücher sind.«

Der Sitzplan machte deutlich, daß sie im Nichtraucherraum saßen, also weit genug vom Blickfeld aller Passagiere, die am Tisch von Lady Exner saßen, entfernt.

»Regan sitzt im Raucherraum?« fragte Nora verwundert. »Ich frage mich, ob Lady Exner ihr dieses kleine Laster inzwischen auch schon beigebracht hat.«

»Das wird bestimmt in Ordnung gehen«, sagte Luke. »Wie ich Regan kenne, wird sie Lady Exner regelmäßig auf einen Spaziergang auf Deck schleppen, um sich die Lungen ordentlich durchpusten zu lassen.«

»Ein Mondscheinspaziergang mit einer achtzigjährigen Dame«, stöhnte Nora. »Dieser junge Walker, mit dem sie zusammen war, war wirklich nett. Wenn sie ihm nur eine winzige Chance gegeben hätte. Ich hätte so gerne einen Enk...«

»Ich weiß, ich weiß«, unterbrach Luke. »Laß uns jetzt gehen.«

Gavin Gray kleidete sich mit großer Sorgfalt für das Abendessen an. Enorm erleichtert hatte er Mrs. Watkins, die immer noch laut über ihr verlorenes Diamantarmband jammerte, an diesem Morgen vom Schiff wanken sehen. Sie hatte eine Belohnung von fünfzigtausend Dollar für denjenigen ausgesetzt, der das Schmuckstück fand. Und natürlich hatten sämtliche Stewards, Kellner und Pagen, während sie über das Schiff gingen, eifrig nach dem Armband Ausschau gehalten. Sie hatten wie eine Gruppe von Lottospielern gewirkt, die in erwartungsvoller Spannung darauf warteten, daß ihre Nummern gezogen würden.

Leute, ihr verschwendet nur eure Zeit, hatte Gavin gedacht. Ich bin es, der den Millionengewinn einstreichen wird. Er haßte diese dämlichen Fernsehauftritte von Lottokönigen. Meist standen sie im Kreise ihrer Verwandten, die urplötzlich wieder aufgetaucht waren und sich nun grinsend an alte Familienbande erinnerten.

Es gab natürlich noch eine entscheidende Hürde zu überwinden – er mußte sich das Armband aus der Camelot-Suite holen. Natürlich hatte er bereits in Erfahrung gebracht, daß eine Lady Exner mit ihrer Reisebegleiterin die Suite bezogen hatte. Gott sei Dank waren es zwei Frauen, die dort wohnten. Insgeheim hatte er nämlich befürchtet, daß sie vielleicht von zwei Hochzeitsreisenden in Beschlag genommen werden würde, die sie wahrscheinlich, bis sich die Skyline von New York am Horizont abzeichnete, nicht mehr verlassen würden. Aber zwei Frauen … wahrscheinlich wieder zwei, mit denen er unbedingt tanzen müßte.

Am ersten Abend herrscht auf einem Schiff noch keine strenge Kleiderordnung. Gavin legte sich ein blaßgelbes Jackett und bequeme, weiße Hosen zurecht. Nachdem er die Krawatte zu seiner Zufriedenheit gebunden hatte, schlüpfte er in das Jackett und musterte sich eingehend in dem großen Spiegel. Nicht schlecht, dachte er. Sein Gesicht, das er sich vor zwei Jahren hatte liften lassen, sah heute immer noch gut, ja sogar besser aus. Dieser Sonderangebots-Schönheitschirurg hatte damals die Haut so straff gezogen, daß es ihn geradezu geschmerzt hatte, wenn er lächelte.

Das Jackett verbarg seinen Bauchansatz. Plötzlich runzelte er die Stirn. Der zitronengelbe Farbton betonte den Orangestich seiner frisch gefärbten Haare. Die Friseuse in dem Laden auf Deck zwei hatte so viel über das verlorene Armband geplappert, daß sie die Zeit darüber vergessen hatte. Gavin war eingedöst, und als er aufwachte, hatte die Farbe genau zwanzig Minuten zu lange auf sein Haar eingewirkt. Mein Kopf sieht aus wie eine Melone, dachte er verärgert. Ach verdammt, vergiß es! Nächste Woche gehe ich zu meinem Friseur in New York. Bei diesem Gedanken überflutete ihn eine Welle von Angst. Erst im September hatte er ein erneutes Engagement als Animateur. Wenn es ihm nicht gelänge, in den nächsten Tagen an das Armband heranzukommen, würde er keine Chance mehr haben. Dann sähe es böse für ihn aus.

Als er zur Kabinentür ging, spürte er, wie sich das Schaukeln des Schiffs verstärkte. Ob sie wohl wieder rauhe See bekommen würden? Falls ja, so würden doch Lady Exner und ihre Begleiterin bestimmt einen starken Arm benötigen, der sie zur Camelot-Suite zurückgeleiten würde?!

Um neunzehn Uhr saß Regan auf dem Sofa, das sich zu ihrer großen Erleichterung tatsächlich ausziehen ließ, und wartete. Sie trug ein lavendelfarben und weiß bedrucktes Seidenkleid von Mary Beth Downey, einer Designerin, deren Stil ihr ganz besonders gefiel. Während Regan Lady Exner beobachtete, die wie ein aufgescheuchtes Huhn hin und her lief, verschiedene Accessoires anprobierte und ihre Wahl wieder verwarf, dankte sie im Geiste dem Sofahersteller. Regan hatte Lady Exner davon überzeugt, daß auf einem Schiff niemand am ersten Abend festliche Kleidung trägt. Widerstrebend hatte Lady Exner ihr Ballkleid aus Silberlamé, in dem sie ihren großen Auftritt geplant hatte, wieder in den Schrank zurückgehängt. Statt dessen entschied sie sich für ein einfaches blaues Crêpekleid, eines der wenigen Kleidungsstücke, das sie nicht unter dem Einfluß von Drogen ausgesucht zu haben schien.

Veronica besprühte noch einmal hingebungsvoll ihre bereits bombenfeste blonde Frisur. Regan hatte mitgezählt. Dies war nun schon das zwölfte Mal im Laufe der letzten Viertelstunde. Regan wollte Veronica gerade darauf hinweisen, daß es immer später würde, als diese nach ihrer Handtasche griff. Als Regan aufstand, stöhnte Veronica: »Jetzt hätte ich sie doch beinahe vergessen.«

»Was denn, Veronica?« fragte Regan besorgt. »Deine Medizin?«

»Nein. Nein. Meine Zigarettenspitze.« Veronica griff in die oberste Schublade des Sekretärs und holte ein Lederetui heraus. Sie öffnete den Reißverschluß und schüttelte einen glänzend polierten Zigarettenhalter und eine angebrochene Packung Benson & Hedges heraus.
»Veronica, ich wußte gar nicht, daß du rauchst.«
»Natürlich rauche ich nicht. Ich tu nur so«, antwortete Veronica fröhlich, während sie eine vertrocknet wirkende Zigarette in den Halter schob.
»Warum?« fragte Regan verwundert.
»Auf unseren Reisen sitzen Penelope und ich, wenn möglich, immer an einem Rauchertisch. An dem Nichtrauchertisch sitzen immer diese bekehrten Raucher, die nicht fähig sind, ein bißchen Spaß zu haben. Die Leute am Rauchertisch haben so etwas Verwegenes an sich – das gefällt mir viel besser.«
Nicht gerade gute Werbung für die Gesellschaft zur Krebsbekämpfung, dachte Regan und steckte sich eine zweite Tablette gegen Allergien in die Tasche.
Als sie sich auf den Weg zum Fahrstuhl machten, der ausschließlich die beiden Penthouse-Wohnungen bediente, näherte sich ihnen der Steward. Er war dünn wie eine Bohnenstange, trug eine Nickelbrille auf der glänzenden Nase und hatte sich das Haar mit Pomade frisiert. Insgesamt erinnerte er Regan an einen Erstsemestler. Er erkundigte sich, ob sie mit allem zufrieden wären. Regan bemerkte einen ganz leichten Cockney-Akzent. Veronica versicherte ihm, daß alles in Ordnung sei, und fragte ihn nach den Bewohnern der anderen Suite. »Ich würde sie zu gern kennenlernen. Wissen Sie, wer die Leute sind?«
Der Fahrstuhl war angekommen, und der Steward hielt

ihnen die Tür auf. »Die andere Suite steht diesmal leer. Sie werden dort oben also ganz ungestört sein.« Er ließ die Tür los. »Ich wünsche Ihnen ein angenehmes Abendessen.«

Um fünf vor sieben stand Cameron Hardwick auf und verließ die Cocktailbar, die dem *King-Arthur*-Restaurant angeschlossen war. Er wußte, daß die Passagiere vor dem Essen gewöhnlich einen Aperitif nahmen. Auf jeden Fall aber mußte jeder, der im *King Arthur* aß, durch diese Bar. Hardwick wollte unbedingt einen Platz haben, von dem aus er Lady Exner in den Raum folgen und sich, wenn schon nicht direkt neben sie, so doch so nahe wie möglich an sie heransetzen konnte. Ihre Begleiterin, überlegte er, sieht aus als wäre sie Mitte bis Ende zwanzig. Ob es klug wäre, sich bei ihr einzuschmeicheln? Cameron überlegte hin und her.

Aufmerksam musterte er sich im Spiegel und ärgerte sich über eine Falte in seinem Kragen. Kein Mensch weiß mehr, wie man ordentlich bügelt, dachte er. Aber wenigstens hatte der Steward sein Jackett und seine Hose einigermaßen hingekriegt. Er liebte die anscheinend zeitlose Kombination aus blauem Blazer, hellblauem Hemd, gestreifter Krawatte und khakifarbenen Hosen. Seine Slipper glänzten wie neu. Sie waren nicht neu, aber mit seiner Garderobe ging er außerordentlich sorgfältig um. Er war fertig. Er warf einen letzten bewundernden Blick auf den braungebrannten, gut aussehenden Mann, der ihm aus dem Spiegel entgegenschaute. Wie immer gingen ihm dabei die zahllosen Komplimente durch den Kopf, die er im Laufe der Zeit von den Frauen zu hören bekommen hatte. Er dachte an die Blondine am Croupiertisch in Monaco, die ihm ihre Telefonnummer zugesteckt hatte, während ihr Freund ein weiteres Blackjackspiel verlor. »Hör bloß nie auf, mir diese düsteren Blicke zuzuwerfen, Heathcliff«, hatte sie ihm ins Ohr geschnurrt. Oder die reiche Studentin aus London, die ihm zugeraunt hatte: »Jungen in meinem Alter sind so unreif. Ganz anders als du.« Oder die Witwe um die Fünfzig, die er sich in Portugal geangelt hatte. »Es macht keinen Spaß, allein in die Casinos zu gehen. Mein Mann war auch groß und schlank und gutaussehend ...«

Er hatte sich in den Komplimenten gebadet, mit denen die Frauen ihn berieselten, während er sie zu den Tischen mit den hohen Einsätzen führte. Später hatte er sich vor allem damit beschäftigt, sie über ihre Verluste hinwegzutrösten.

In den letzten Jahren jedoch hatte das Glück ihn immer häufiger im Stich gelassen. Ihm war schon lange kein großer Wurf mehr gelungen. Die Frauen zahlten zwar immer noch bereitwillig für das Essen oder die Suite, aber mit dem Bargeld waren sie lange nicht mehr so großzügig. Er aber brauchte das große Geld, das ihm, wenn er mit den Karten in der Hand am Tisch saß, wieder das Gefühl gab, ein Gewinner zu sein. Das war der Grund, warum er diese Gelegenheit beim Schopf gepackt hatte, als sie sich ihm geboten hatte. Ich brauche mal wieder einen großen Coup, am besten so einen wie damals, dachte er.

Die Trophäe, die ihm dieser Coup eingebracht hatte – eine atemberaubende Taschenuhr mit einer ebenso hinreißenden Kette –, lag in ein Safe eingeschlossen in seinem New Yorker Apartment. Er hatte sie nur einmal in der Öffentlichkeit getragen. Die Uhr und die Kette waren im 16. Jahrhundert für den Dogen von Venedig gefertigt worden und mit alten, unbezahlbaren Edelsteinen besetzt. Sein Argument, daß es zu gefährlich wäre, die Uhr irgendwo zu verkaufen, weil sie weltweit auf jeder Liste gestohlenen Schmucks aufgeführt sei und die Spur unweigerlich zu ihm führen würde, war natürlich nicht wirklich stichhaltig. In Wirklichkeit wollte er die Uhr behalten. Wenn er allein war, zog er sich seinen Hausmantel aus Brokat an, der an die prunkvollen Roben des Dogen von Venedig erinnerte, steckte die Uhr in die Tasche und zog sie ab und zu hervor. Dann stellte er sich vor, der Herrscher von Venedig zu sein, der sich die Sankt-Markus-Kirche als seine Privatkirche hatte bauen lassen.

Cameron wandte sich vom Spiegel ab und ging zur Kommode. Er streifte die Rolex, einen mageren Ersatz für den verborgenen Schatz, über sein Handgelenk und griff nach seinem Kartenetui. Nein, dachte er, und legte es zurück. Diese Karten werde ich niemandem auf diesem Schiff in die Hand geben. Sie waren unauffällig, von ausgesuchtem Geschmack, mit Buchstaben in Reliefdruck und von allerfeinstem Papier, und sie trugen seinen Namen und seine Adresse, 66 Gramercy Park South, New York City. Niemand brauchte zu wissen, daß er in einem mit öffentlichen Mitteln geförderten, bescheidenen Wohnblock lebte. Er war klug genug gewesen, bei seinem Vater wohnen zu bleiben, statt sich eine eigene Wohnung zu suchen. Die böswilligen Eigentümer hatten die Wohnung damals, als der alte Säufer endgültig das Zeitliche gesegnet hatte, nicht wieder für sich in Anspruch nehmen können. Wenn er nach seinem Beruf gefragt wurde, gab er »Privater Investitionsberater« an; damit machte er immer Eindruck und konnte zugleich neugierige Fragen nach einer geregelten Arbeit von vornherein abbiegen. Cameron fühlte sich prächtig. Wahrscheinlich hatte er gerade eine Glückssträhne. Noch vor dem Ende der Überfahrt würden zwei Leichen in den Wellen des Atlantik treiben. Er machte sich auf den Weg in die Cocktailbar und dachte dabei an den Augenblick, in dem ihm zweihunderttausend Dollar bar auf die Hand gelegt würden.

Gavin Gray betrat die Cocktailbar und sah sich mit Kennerblick um. Ziemlich uninteressantes Publikum, dachte er. Die übliche Ansammlung von Paaren, von denen einige den Eindruck routinierter Seereisender machten, während andere für den ersten Abend auf dem Schiff viel zu festlich gekleidet waren. Sie alle strahlten, wahrscheinlich vor Glück, zu dem halben Prozent der Menschen zu gehören, die sich eine Seereise über den Atlantik leisten können. Die haben wahrscheinlich nie etwas Größeres als die Fähre nach Staten Island betreten, dachte Gavin verächtlich. Es würde nicht schwierig sein, dieser Art von Passagieren aus dem Weg zu gehen. Ohne Zweifel würden sie den Großteil ihrer Zeit damit verbringen, Postkarten zu schreiben, die alle mit: »Ich wünschte, Du wärest hier« anfingen.
Verärgert stellte er fest, daß im Salon einige Tische zusammengerückt worden waren. Dort saßen ungefähr sechzehn Leute, und schon jetzt klang ihr Lachen übermäßig laut und dröhnend. In den letzten Jahren waren einige große Unternehmen dazu übergegangen, ihre erfolgreichsten Verkäufer mit Erster-Klasse-Kreuzfahrten zu belohnen. Gavin bedauerte das zutiefst. Er fand es außerordentlich ordinär, auf so engem Raum mit Personen zusammengepfercht zu sein, die nur deshalb an Bord waren, weil es ihnen gelungen war, massenhaft Schneefahrzeuge oder Garagentüröffner an gutgläubige Kunden zu

verhökern. Schließlich waren Seereisen, als sie in den Zwanzigern wirklich modern wurden, zunächst nur für die Creme der Gesellschaft gedacht, für Persönlichkeiten, die mit ihren Hausangestellten reisten und wie Könige behandelt wurden. Während der letzten Reise hatte er diese Gedanken einmal einer sehr attraktiven Blondine vorgetragen. Diese hatte erwidert: »Na ja, das sind wenigstens Leute, die *zahlen.* Einer der Offiziere hat mir erzählt, daß *Sie,* mein Lieber, dafür, daß Sie mit alten Damen mit lavendelfarbenem Haar tanzen und Bingo spielen, *umsonst* mitfahren können.« Gavin hatte leider zu spät herausgefunden, daß die attraktive Blondine die Tochter des korpulenten Direktors des *A-1 Sales Winners Club* war.

Er bestellte einen Gin and Tonic und lehnte sich an die Bar. Ein paar alte Schreckschrauben, die sich in Dreier- oder Vierergruppen zusammengetan hatten und Wodka in sich hineinschütteten, hatten sich ebenfalls dort eingefunden. Er erkannte die kürzlich geschiedene Sylvie Arden, die, in der Hoffnung, einen reichen Mann zu finden, zahllose Seereisen machte. Auf ihrer vorletzten Reise hatte sie ihm anvertraut, daß ihr das Geld ausginge und sie nun unbedingt bald zum Zuge kommen müsse. Bloß nicht so verbissen, meine Gute, hatte er sie ein paarmal gewarnt. Du mußt das Ganze lockerer angehen. Du überrollst deine Kandidaten, anstatt sie zu verführen. Aber er mochte Sylvie. Sie war unterhaltsam, und sie verstanden sich gut. Heimlich vertrauten sie einander an, was sie tatsächlich über die alten Schachteln, mit denen er immer loszog, und die alten Knacker, die sie zu becircen versuchte, dachten.

Gavin seufzte. Zurück an die Arbeit, befahl er sich. Er hatte bemerkt, daß an einem Tisch zwei sechzigjährige, offensichtlich alleinstehende Frauen saßen und die Menge mit gierigen Augen betrachteten. Rhett Butler ist heute leider verhindert, meine Damen, dachte er und schlenderte auf ein Schwätzchen zu ihnen hinüber. Als sein Blick auf das Paar im Gang zum Salon fiel, blieb er abrupt stehen. Das durfte doch wohl nicht wahr sein! Natürlich war sie das. Nora Regan Reilly. Man konnte sie nicht verwechseln. Die kleine, zierliche Gestalt, das hübsche Gesicht, das kurze, gewellte aschblonde Haar. Sie war mehrere Male in seiner Sendung aufgetreten, kurz bevor sie abgesetzt worden war. Und das war ihr Mann, der Inhaber mehrerer Beerdigungsinstitute. Was für ein Job! Gavin eilte zu ihnen hinüber, um sie zu begrüßen. Als wollte er sie einem Fernsehpublikum vorstellen, rief er triumphierend: »Nora Regan Reilly!«

»Schschsch!« Luke und Nora schauten sich entsetzt um. Gerade eben hatten sie Lady Exner und Regan entdeckt, die aus dem Fahrstuhl gestiegen waren. Sofort hatten sie sich bemüht, einen möglichst großen Abstand von ihnen herzustellen. Ausgerechnet der geschwätzige Gavin muß mir hier begegnen, dachte Nora wütend. Mit meinem Inkognito ist es für diese Reise wahrscheinlich vorbei. Und, o mein Gott, hier kommen auch noch Regan und Lady Exner.

Die beiden waren ihnen mittlerweile bis auf beinahe zwei Meter nahe gekommen. Regan blickte Nora fest ins Auge und machte eine Geste, als wollte sie jemanden fortscheuchen. Zum Glück blieb Lady Exner gerade stehen, um sich eine Zigarette anzuzünden. Dabei wurde ihre ganze Aufmerksamkeit von dem Feuerzeug in Anspruch genommen, dem sie auch trotz heftiger Daumenbewegungen keinen Funken zu entlocken vermochte.

Luke nahm Gavin beim Arm und dirigierte ihn zu einem einzeln stehenden Tisch. »Wir müssen Ihnen etwas mitteilen«, erklärte er leise.

Luke und Nora kamen direkt zur Sache. Ihre Tochter war als Begleiterin einer älteren Dame, deren wesentliches Lebensziel darin bestand, Nora dazu zu bringen, ihre Memoiren zu schreiben, ebenfalls auf diesem Schiff. Aus diesem Grunde wollten sie nicht, daß jemand Mrs. Luke Reilly als die Krimiautorin Nora Regan Reilly erkannte.

»Ich bin überzeugt, daß sie sehr nett ist«, sagte Nora, »aber wir haben diese Reise nun wirklich gebucht, um uns mal richtig zu entspannen und ein wenig Zeit füreinander zu haben.«

Gavin hatte ein Gefühl, als habe er das große Los gezogen. Lady Exners Begleiterin war Nora Regan Reillys Tochter. Und sie wohnten in der Camelote-Suite. Er würde überhaupt keine Schwierigkeiten haben, ihnen näher zu kommen. Gedanken schossen wie Blitze durch seinen Kopf. »Selbstverständlich verstehe ich Ihr Problem. Alle meine berühmten Freunde sind sehr darauf bedacht, ihre Privatsphäre zu schützen.«

Berühmte Leute, dachte Nora. Das sind die einzigen Menschen, die ihn interessieren. Man sollte meinen, er würde die »Tonight-Show« moderieren und nicht diese unbedeutende Radiosendung, mit der er allenfalls drei Zuhörer angelockt hatte. Als sie einmal bei seiner Sendung zu Gast gewesen war, hatte er die Hälfte der Zeit damit verbracht, die Zuhörer zu bitten, anzurufen und Fragen zu stellen. Luke und Regan hatten die ganzen dreißig Minuten vor dem Radio gesessen und vergeblich versucht, den Sender zu finden. Und was Noras und

Lukes Privatsphäre anging – das war eben Pech. Gavin konnte nicht anders. Er liebte es, Namen von Stars fallenzulassen, die angeblich alle seine Busenfreunde waren.

Jetzt stützte Gavin sich auf den Tisch und blinzelte ihnen verschwörerisch zu. »Es wird unser kleines Geheimnis bleiben«, versicherte er ihnen. »Übrigens sitze ich, glaube ich, sogar an ihrem Tisch. Sagen Sie Ihrer Tochter doch bitte, daß ich Lady Exner mit dem größten Vergnügen zu einigen der Veranstaltungen begleiten werde. Eine Hellseherin ist an Bord, und sie hat großen Zulauf, vor allem von seiten der Senioren. Allerdings ist mir schleierhaft, was die Leute an ihr finden.« Gavin leerte sein Glas und brach in das aufgesetzte Lachen des professionellen Showmasters aus. »Ihre Spezialität ist es, die Zukunft vorauszusagen, und da einige von ihnen aussehen, als würden sie den Anblick des Festlandes nicht mehr erleben, sollte sie sich bei ihren Voraussagen auf die Speisekarte am Abend beschränken.« Er stand auf. »Sie sollte eigentlich den Zeitpunkt voraussagen, wann diese alten Leutchen Ihre Dienste in Anspruch nehmen müssen, nicht wahr, Luke?«

Nein, durchaus nicht, dachte Luke. Du bist der einzige hier, der tot ist.

Ein bißchen Nervenkitzel mag ja ganz nett sein, aber für den Augenblick reicht es mir erst einmal, dachte Regan. Ich möchte auch nicht gerade dabeisein, wenn der Chefsteward entdeckt, daß Veronica sein Jackett am Rücken angesengt hat, als er sich über den Plan beugte, um unsere Tischnummer nachzuschauen.

»Folgen Sie mir, meine Schönen«, sagte der Steward lächelnd.

Drei Personen hatten sich bereits an dem großen, runden Tisch niedergelassen: ein Paar im mittleren Alter, das die beiden Neuankömmlinge herzlich begrüßte, und eine bohnenstangendünne, modisch gekleidete Blondine, deren Alter irgendwo zwischen fünfzig und sechzig liegen mußte. Sie saß dem Paar gegenüber. Guter Schachzug, dachte Regan. Zweifellos hatte die alleinstehende Frau deshalb so viele Sitze um sich herum freigelassen, weil sie hoffte, daß sie von jenen auf Kreuzfahrten leider so seltenen Objekten, alleinstehenden Männern, besetzt werden würden.

Der Chefsteward wies Veronica einen Platz an und rückte den Stuhl zu ihrer Linken für Regan zurecht.

Sogleich entwickelte sich ein lebhaftes Gespräch. Mario und Immaculata Buttacavola verkündeten, daß dies ihre erste Kreuzfahrt überhaupt sei und daß sie beschlossen hätten, es sich wirklich schön zu machen, indem sie erster Klasse reisten. »Also, ich sehe die Sache so«, erklärte Mario. »Ich arbeite für ein piekfeines Hotel in Atlantic City und habe mir überlegt, daß es höchste Zeit wäre, daß ich und meine Frau mal die große weite Welt zu sehen bekommen. Und da ich im übrigen für die Planung von Festessen verantwortlich bin, kann ich vielleicht ein paar Extrapunkte ergattern, indem ich einige Ideen mit nach Haus bringe, was Mahlzeiten und den Getränkeservice an Bord anbetrifft. Mir ist jedenfalls erzählt worden, daß man auf einer Kreuzfahrt ununterbrochen ißt.« Er beklopfte seinen gewölbten Bauch. »Also – ich bin bereit.«

Immaculata schaute ihn mindestens so schwärmerisch an wie Nancy Reagan ihren Ronald. »Dies ist für uns wie eine zweite Hochzeitsreise«, sagte sie.

Sylvie Arden kam aus Palm Springs. »Ich liebe es zu reisen«, seufzte sie. »Aber ich hasse das ewige Ein- und Auspacken. Deshalb ist eine Kreuzfahrt für mich der perfekte Urlaub. Man braucht nur einmal auszupacken, und dann kann man sich einfach amüsieren.«

»Guten Abend.«

Regan und die anderen schauten auf. Ein weltgewandter, dunkelhaariger Mann in den Dreißigern war an ihren Tisch getreten. Sylvies Augen leuchteten auf, als er sich dem Stuhl zwischen ihr und Veronica näherte. »Darf ich?« fragte er.

»Ja, bitte«, antworteten Veronica und Sylvie gleichzeitig. Einen Augenblick später war der Stuhl zu Regans Linken besetzt. Ein Herr in einem zitronenfarbenen Jackett, der etwa im selben Alter wie Regans Vater sein mußte, stellte sich als Gavin Gray vor und grüßte die Eisblonde mit einer Vertraulichkeit, als seien sie alte Freunde.

»Wie schön, dich zu treffen, Sylvie.«
»Kennen Sie sich?« fragte Veronica und fuchtelte mit ihrem Zigarettenhalter vor Regans Nase herum.
»O ja«, antwortete Gavin. »Wir haben eine ganze Menge dieser Seereisen zusammen gemacht, wissen Sie. Ursprünglich komme ich aus Manhattan. Viele Jahre lang war ich der Gastgeber von *Gavin's Guests,* einer beliebten Radiosendung in New York. Jetzt, da ich in Rente bin, interessiere ich mich vor allem für Kreuzfahrten – und für die Menschen, die man auf diesen Reisen trifft. Im Augenblick bin ich sozusagen einer Ihrer Gastgeber.«
Gavin Gray, dachte Regan. Gavin Gray. Den Namen habe ich doch schon einmal gehört. Natürlich! Sie war gerade in New York gewesen, als Nora in der Sendung auftrat. Nora nannte ihn Gabby Gavin und sagte, daß sie ihre Zweifel hätte, ob er jemals das entsprechende Buch gelesen habe, bevor er den Autor interviewte. Regan sank der Mut. Wenn Gavin Gray Nora sähe und Veronica von ihr erzählte, dann wäre es mit Noras Inkognito ganz bestimmt vorbei.
Der dunkelhaarige Mann zur Rechten Veronicas stellte sich vor: »Ich bin Cameron Hardwick aus New York.« Sein Lächeln war angenehm.
Veronica sprach für Regan und für sich selbst: »Ich bin Lady Veronica Exner aus Oxford, Witwe des verstorbenen Sir Gilbert Exner, und dies ist meine liebe Freundin, Regan Reilly.«
Immaculata Buttacavola sah Veronica milde und teilnahmsvoll an. »Wann ist Ihr Mann denn gestorben?« fragte sie sanft.
»Vor vierzig Jahren«, antwortete Veronica, fügte dann

aber hinzu: »Manchmal kommt es mir vor, als sei es erst gestern gewesen.«

O mein Gott, dachte Regan. Hoffentlich fragt Immaculata So-und-so Veronica jetzt nicht, wie lange sie verheiratet waren.

»Regan Reilly.« Gavin Gray sah sie nachdenklich an. »Was für ein charmanter Name.« Er zwinkerte ihr zu.

Der Oberkellner kam mit einem Notizblock in der Hand auf sie zu. »Möchten Sie einen Drink bestellen?«

»Ja gern, wunderbar.« Es war offensichtlich, daß Veronica bereits zur selbsternannten Sprecherin des Tisches geworden war. »Aber ... sagen Sie bitte – ob sich hier wohl noch jemand dazusetzt?« Man hörte deutlich die Hoffnung, die in ihrer Frage mitschwang.

Regan bemerkte, daß Sylvie Arden in Erwartung der Antwort förmlich zu zittern begann.

»Ja, gewiß«, rief einer der beiden Männer, die bereits seit einiger Zeit den Tisch umkreist hatten. Er war ungefähr einsachtzig groß, von durchschnittlicher Statur, hatte gelichtetes, graugesträhntes Haar, einen entsprechend grauen Schnauzbart, eine Hornbrille und wunderbar lebhafte, humorvolle Augen. Sein Begleiter war ein Stück größer, ein wenig korpulenter, und sein glänzendes schwarzes Haar war zu einem Pferdeschwanz frisiert, den er mit einer Diamantspange zusammenhielt. Beide schienen ungefähr Anfang vierzig zu sein.

Regan bemerkte, wie Sylvies Hoffnungen wie ein angestochener Luftballon zerplatzten: Die beiden Männer waren offensichtlich ein Paar.

»Oh, das nenne ich perfektes Timing«, schwärmte Veronica. »Wir wollten gerade unseren Sherry bestellen.«

»Ich trinke keinen Sherry«, protestierte Mario.

»Er bekommt Kopfschmerzen davon«, erklärte Immaculata.

»Normalerweise trinken wir einen Cocktail vor dem Abendessen. Manchmal einen Tequila Sunrise oder einen Roggenwhisky mit Ingwerbier oder einen Old Fashioned – zu ganz besonderen Anlässen hole ich den Shaker heraus und mache ...«

»Ob wir wohl unsere Bestellungen aufgeben könnten?« fuhr Cameron Hardwick mit leicht gereizter Stimme dazwischen.

Der erste der Neuankömmlinge saß neben Immaculata. Er wandte sich ihr zu und lächelte herzlich. »Ihr Vorschlag, einen Old Fashioned zu bestellen, ist wunderbar. Trinken Sie einen mit uns zusammen? Was meinst du, Kenneth, hast du auch Lust?«

Nachdem die Bestellungen aufgegeben worden waren, entspannte sich die Atmosphäre wieder ein wenig. Du bist wirklich ein netter Typ, dachte Regan und lächelte den Neuankömmling über den Tisch hinweg an. Und was ist mit dir, Cameron Hardwick? überlegte sie. Du siehst gut aus, bist gut angezogen und in einem Alter, in dem viele Frauen hinter dir her sind – und du reist allein. Warum? Du mußt ein ziemliches Miststück sein.

Wieder stellte man sich einander vor. Regan war erleichtert, daß jedermann einfach seinen Namen nannte. Die zuletzt Angekommenen kamen auch zuletzt dran.

»Ich bin Dale Cohoon«, sagte der mit der Brille, der die ganze Zeit geredet hatte, »und dies ist mein Freund Kenneth Minard.«

»Sehr nett, Sie kennenzulernen.« Kenneth strich sein Haar hinter die Ohren zurück, zog seine Manschettenknöpfe zurecht und lächelte nervös in die Runde. »Mein

Gott, dieses Gehetze. Dale und ich waren draußen auf dem Deck, um ein bißchen Farbe zu bekommen, und sind dabei tief und fest eingeschlafen. Wir hatten nicht einmal genug Zeit, um uns zum Dinner ordentlich umzuziehen.«

»Armer Kenneth.« Dales Stimme klang liebevoll und tröstend. »Ich habe ihn – auf der Suche nach Antiquitäten für meinen Laden – durch ganz Europa geschleift. Wir wohnen in San Francisco.«

»Antiquitäten.« Veronica strahlte. »Ich liebe es, mich in Antiquitätenläden umzusehen.«

Dich umsehen – das ist wahrscheinlich alles, was du machst, dachte Regan. Die einzige wirkliche Antiquität in Llewellyn Hall scheinen die Wasserrohre zu sein.

»Und was machen Sie beruflich, Kenneth?« fragte Veronica.

»Ich bin Coiffeur«, antwortete Kenneth voller Stolz.

Die Getränke kamen. Cameron Hardwick begann, mit Lady Exner zu plaudern. Gavin Gray beantwortete Marios und Immaculatas Fragen über das Unterhaltungsprogramm, das auf dieser Fahrt geboten wurde. Regan sah sich um; sie genoß das sanfte Schaukeln des Schiffes, das ruhig seine Bahn durch die Nacht zog. Das Restaurant war in blauen und grünen Farben gehalten, die an die Schattierungen des Meeres erinnerten. An der Backbord- ebenso wie an der Steuerbordseite war die Wand von riesigen Fenstern durchbrochen, die vom Boden bis zur Decke reichten. Der Mond strahlte hell vom Himmel und glänzte auf den dunklen Wellen. Inzwischen hatten sämtliche Gäste an ihren Tischen Platz genommen, und die Kellner rannten geschäftig hin und her, nahmen Bestellungen auf und trugen mit silbernen Hauben bedeckte

Teller. Der Kellermeister, der einen sehr eindrucksvollen Schlüssel an einer riesigen Kette um den Hals trug, öffnete mit einer dramatischen Geste eine Flasche Dom Perignon. An den Zweiertischen saßen Paare, die sich verliebt anlächelten; andere sahen aus, als hätten sie schon seit zwanzig Jahren keinen Gesprächsstoff mehr gehabt. Ein Geiger, den Bogen fest unter das Kinn geklemmt, schlängelte sich zwischen den Tischen hindurch. Was machen Geiger, die ein kleines Kinn haben? fragte sich Regan. Müssen sie dauernd mit Halsschmerzen leben?

Sie sah über ihre Schulter nach hinten. Von ihrem Platz aus konnte sie Luke und Nora nicht sehen. »Sie sind am Ecktisch hinter der Säule«, flüsterte Gavin.

Regan starrte ihn wütend an. »Entschuldigung.«

Eines seiner Augen verzog sich zu einer schmalen, runzligen Linie. »Ich bin ein Freund Ihres Vaters und Ihrer Mutter«, flüsterte er ihr zu. »Ich habe im Salon mit ihnen einen Drink genommen und verstehe natürlich die mißliche Lage, in der sie sich befinden. Selbstverständlich bin ich absolut diskret.« Er ergriff ihre Hand und drückte sie. Beim nächsten Augenzwinkern fragte sich Regan besorgt, ob er wohl dabei sei, einen nervösen Tick zu entwickeln. Sie zog ihre Hand zurück und versuchte, ebenfalls zu zwinkern, kam sich aber ziemlich lächerlich dabei vor.

»Ist dir etwas ins Auge gekommen, Regan?« fragte Veronica.

»Nein, es ist alles in Ordnung.« Regan griff nervös nach ihrem Weinglas. Ich kann nur hoffen, daß ich ihm vertrauen kann, dachte sie.

Der Oberkellner nahm die Bestellungen für das Abendessen auf. Regan, Lady Exner und Gabby entschieden sich für den Coq au Vin als Hauptgang. Kenneth und Dale bestellten Lammkotelett. Cameron und Sylvie nahmen das Pfeffersteak. Mario und Immaculata hatten die größten Schwierigkeiten, sich zwischen dem Lamm und dem Steak zu entscheiden. Schließlich entschlossen sie sich für Lamm und Steak, um sich das Fleisch dann zu teilen. Zuvor wünschten sie eine Zwiebelsuppe. Als der Kellner gerade flüchten wollte, zog Mario ihn zurück und sagte: »Sie könnten uns aber auch ein paar von den Krabben als Vorspeise geben.«

Während der Mahlzeit wurde das Gespräch meist von allen gemeinsam bestritten, aber bisweilen entwickelten sich auch Zweiergespräche. Sylvie Arden hatte sich von ihrer anfänglichen Enttäuschung über das knappe Angebot passender Männer erholt und unterhielt sich sachkundig mit Dale Cohoon über Regency-Möbel. Mit Ausnahme eines gelegentlichen, zufriedenen Grunzens blieb Mario während der Mahlzeit völlig stumm. Mit einem weichen Brötchen saugte er die Sauce auf seinem Teller bis auf den letzten Tropfen auf.

Kenneth lauschte mit bewundernswerter Geduld Immaculatas Erzählungen über ihre entzückenden Enkelkinder, Concepione, »die sozusagen nach mir benannt ist«, und Mario der Dritte, »das Ebenbild seines Vaters«. Sie forderte Mario auf, seine Brieftasche herauszunehmen und ihre Fotos herumzuzeigen. Regan lächelte und machte ein paar höfliche Bemerkungen über die beiden pausbäckigen Kleinkinder.

Veronica war so beschäftigt, noch eine zweite ihrer vertrockneten Zigaretten anzuzünden, daß sie den Schnappschüssen der jungen Buttacavolas nur einen kurzen Blick widmen konnte. Sie reichte sie an Cameron Hardwick weiter, der irgendwelche Schmerzen zu haben schien und die Sammlung an Sylvie weiterschob. Ein Kellner stürzte herbei, um Veronica zu helfen. Diese sog so lange hektisch an ihrer Zigarette, bis die Spitze am Ende doch noch zu glühen begann. Endlich befriedigt, ließ Veronica sich in schwärmerischen Worten darüber aus, wie sehr der verstorbene Sir Gilbert immer Coq au Vin geliebt habe. Sie begann, sein Leben und seine Taten in allen Einzelheiten wiederzugeben und beschrieb ihn schließlich als einen Mann des Renaissancezeitalters, der die schönsten Verse zu schreiben vermochte. Als sie am Ende fast außer Atem war, gelang es Sylvie, das Thema in eine andere Richtung zu lenken, indem sie Gavin fragte, ob das Armband, das auf der letzten Fahrt verlorengegangen war, inzwischen aufgetaucht sei.

»Soweit ich weiß, nicht«, sagte Gavin mit abweisender Miene.

»Einer der Stewards hat mir alles darüber erzählt«, berichtete Sylvie. »Ich habe verschiedene Kreuzfahrten mit Mrs. Watkins gemacht – sie trägt so viel Schmuck, daß sie aussieht wie ein Christbaum. Aber das Armband, das sie verloren hat, war wirklich etwas ganz Besonderes. Sie haben für den, der es findet, eine Fünfzigtausend-Dollar-Belohnung ausgesetzt.«

»Was ist denn passiert?« fragte Veronica aufgeregt.

»Gavin, du warst doch dabei. *Du* kannst es doch erzählen«, sagte Sylvie.

»Nun ja, ich war auf dem Schiff«, antwortete Gavin mit einem leicht gereizten Unterton in der Stimme. Aber sofort nahm er sich zurück und spielte wieder den charmanten Unterhalter. »Anscheinend ist es ihr vom Handgelenk geglitten. Das war in der Nacht der Käptens

Party. Wer weiß? Wahrscheinlich hat es irgend jemand gefunden und behalten.«

Sylvie ließ sich durchaus nicht vom Thema abbringen. »Der Steward hat mir erzählt, sie hätten auf der Suche danach das ganze Schiff auseinandergenommen. Mrs. Watkins reist ziemlich häufig mit diesem Dampfer«, erklärte sie den Umsitzenden. »Ich hab' sie bestimmt schon ein dutzendmal getroffen. Sie wirft mit dem Geld nur so um sich und bucht immer die Camelot-Suite.«

»Da wohnen *wir* ja jetzt«, rief Veronica. »Regan und ich sind dort oben ganz allein. Ich hatte gehofft, wir hätten ein paar nette Nachbarn, aber die Suite am anderen Ende des Flurs ist leer.« Sie sog heftig an ihrer Zigarette. »Ich werd' mal meine Augen nach dem verlorenen Schatz offenhalten.«

»Der Steward ist überzeugt, daß das Armband schon in irgendeinem Koffer vom Schiff getragen worden ist«, fuhr Sylvie fort. »Wahrscheinlich hat der Finder es behalten. Ich weiß wohl, daß es ein Vermögen wert ist, aber für meinen Geschmack war es schrecklich protzig.«

»Antike Schmuckstücke sind die einzigen, die es wert sind, getragen zu werden«, bemerkte Cameron Hardwick. »Die wirklich guten Juweliere sind schon vor ein paar hundert Jahren gestorben.«

»Ich habe einen Freund, der mit altem Schmuck handelt«, sagte Dale. »Sammeln Sie auch alte Stücke?«

»Ich besitze ein oder zwei interessante Exemplare«, bemerkte Hardwick mit einem blasierten Lächeln.

Erst als Mario und Immaculata den letzten Bissen gegessen hatten, ein Dessert, das auf der Speisekarte als »eine Symphonie frischer Früchte in feinem Blätterteig auf Himbeersauce« beschrieben war, und ihren Cappuccino schlürften, griff Immaculata Sylvies Bericht wieder auf.

»Es gibt nichts Schlimmeres, als bestohlen zu werden. Im letzten Jahr, als wir einmal bei Mario Junior und Roz und den Kindern zu Besuch waren – sie wohnen ungefähr zwanzig Meilen von uns entfernt –, mußten wir unvorhergesehenerweise über Nacht bleiben. Der Wagen sprang nicht an … Mario Junior bot uns an, uns seinen Wagen zu leihen, aber er hat eine automatische Schaltung, und Mario, der Große, hat so ein Ding in dreißig Jahren nicht ein einziges Mal gefahren. So haben wir schließlich im Gästezimmer übernachtet. Am Morgen haben wir den Wagen reparieren lassen und sind wieder nach Hause gefahren. Die Kleinen lieben es ohnehin, wenn wir dort übernachten. Aber in derselben Nacht ist bei uns eingebrochen worden. Mein Nachbar hat einen Wagen gesehen, der etwa um elf Uhr vor unserem Haus parkte. Genau zu dem Zeitpunkt wären wir auch heimgekommen, wenn unser Wagen angesprungen wäre. Wer weiß? Wenn wir die Diebe überrascht hätten, dann hätten sie uns vielleicht umgebracht. In dem Augenblick, als wir die Auffahrt hinauffuhren, wußte ich, daß etwas nicht in Ordnung war. Auf der Fußmatte lag Marios Gebiß. Sein neues paßt nicht so richtig, deshalb hat er das alte für den Hausgebrauch aufgehoben. Es lag in seinem Schmuckkästchen, zusammen mit seinen Manschettenknöpfen und seiner goldenen Armbanduhr, und wissen Sie was? Schlau wie die Detektive haben wir uns überlegt, daß die Räuber wahrscheinlich ziemlich gute Zähne hatten und deshalb das Gebiß nicht brauchten.« Sie lachte herzlich über ihren eigenen Witz.

»Und sie haben meine sämtlichen Juwelen genommen,

den großen Ring, den Mario mir geschenkt hat, als Mario Junior geboren wurde, und dazu alles Bargeld und sämtliches Silber...« Immaculata schüttelte betrübt den Kopf. »Aber wenn ich mir vorstelle, daß Roz uns nicht überredet hätte zu bleiben... Erst schien es, als wenn der Wagen anspringen wollte, aber dann gab er plötzlich keinen Ton mehr von sich. Mario wollte es natürlich noch einmal versuchen. Aber Roz meinte: »Wenn er euch auf dem Highway stehenbleibt, dann könntet ihr einen schlimmen Unfall verursachen.« Sie wollte auf keinen Fall, daß wir zurückfahren. Und ich glaube, sie hat uns das Leben gerettet. Schrecklich, schrecklich. Wußten Sie, daß, statistisch gesehen, einer von vier US-Bürgern einem Verbrechen zum Opfer fällt?«
Regan wollte gerade die korrekte Zahl nennen, und sei es nur, um Immaculatas Redefluß zu unterbrechen, aber sie verschloß gerade noch rechtzeitig den Mund. Auf dieser Reise sollte sie wohl besser nicht über ihren Beruf sprechen.
Der Kellermeister war an den Tisch getreten. »Darf ich Ihnen einen Magenbitter oder einen Likör anbieten?«
Kenneth, Dale, Sylvie, Cameron und Gavin lehnten das Angebot dankend ab und sprangen so temperamentvoll vom Tisch auf, daß die Stühle fast zu Boden gefallen wären. Nur Veronica akzeptierte die Einladung der Buttacavolas, mit ihnen einen Crème de Menthe zu trinken.
Regan fragte sich, wie viele Meilen sie wohl noch vom Hudson entfernt wären.

Nach dem Dinner flüchtete Cameron Hardwick sich auf das Deck. Er hatte inzwischen wirklich genug von Mario und Immaculata, deren Oohs und Aahs bei jedem Bissen oder jedem kleinen Musikstück. Er hatte auch die Nase voll von der alten Schachtel, die dauernd mit der verdammten Zigarettenspitze vor seiner Nase herumfuchtelte. Bevor sie endlich ihre Zigarette niedergelegt und sich über ihr Dinner hergemacht hatte, war reichlich Asche in seinen Salat und in seine Suppe gerieselt.

Er hoffte inständig, daß dann, wenn endlich der Augenblick gekommen war, sich ihrer zu entledigen, jene Zigarettenspitze und jene scheußlichen, vertrockneten Glimmstengel mit ihr zusammen verschwinden würden.

Draußen wehte eine scharfe Brise. Einige Paare gingen Arm in Arm auf dem Deck spazieren, aber die meisten Frauen strebten, sobald sie die schneidende Kälte durch ihre Kleider hindurch spürten, sofort in die geschlossenen Räume zurück. Die blöden Tussis wollen natürlich nicht, daß ihre Frisur zerzaust wird, dachte Cameron verächtlich, während er sich mit verschränkten Armen über die Reling lehnte und auf das dunkle Wasser hinabstarrte, das an der Seite des Schiffes schäumend und gurgelnd vorbeiströmte. Plötzlich hörte er zu seiner Linken eine inzwischen wohlbekannte Stimme.

»Weißt du, Regan, meine Liebe, gleichgültig, wie scharf

der Wind auch weht, ob nun an Land oder auf See – meinen täglichen Spaziergang lasse ich nie aus. Atme doch nur diesen wunderbar würzigen Duft mal ein. Dir strömt der Geist von Millionen Ebben und Fluten entgegen. ›*I Must Go Down to the Sea again*‹ – oh, wie sehr habe ich das Gedicht immer geliebt!«

»Veronica, wirklich, ich gehe auch sehr gern spazieren. Aber laß uns doch erst einmal nach oben gehen und dir eine Jacke holen.«

»Sieh mal einer an, hier ist unser lieber Cameron Hardwick. Regan, wenn du darauf bestehst, dann hol in Gottes Namen meine Jacke. Ich bleibe hier bei Cameron und plaudere ein bißchen.«

Hardwick spürte eine Hand, die sich auf seinen Arm legte. Er nahm seinen ganzen Charme zusammen und klopfte freundschaftlich auf die mit braunen Flecken übersäte Hand. »Was für eine angenehme Überraschung.« Er fragte sich, ob die Reilly wohl Gedanken lesen könne. Selbst im Dunkeln konnte er sehen, daß sie ihn prüfend betrachtete.

»Es gefällt mir gar nicht, Lady Exner hier draußen allein zu lassen«, sagte sie. »Veronica, ich würde mir wirklich wünschen ...«

»Kein Grund zur Sorge.« Hardwick versuchte, seiner Stimme einen beruhigenden Klang zu geben. »Ich meine allerdings, wir sollten uns ein bißchen bewegen. Wir gehen bis nach Steuerbord und dann kehren wir wieder um. Wir bleiben auf dieser Seite des Decks.«

Veronicas Arm ruhte jetzt fest auf dem seinen. »Mein Gott, was für ein kräftiger Mann«, seufzte sie mit einem koketten Seitenblick.

»Sie schmeicheln mir, Lady Exner«, sagte er scherzend.

»Aber es stimmt. Der liebe Gilbert war leider eher schmächtig. Ein gewaltiger Verstand, aber leider ein sehr kränklicher Körper. Lauf los, Regan«, befahl sie. »Mr. Hardwick ist ein hervorragender Beschützer.«

Es scheint ihm nichts auszumachen, überlegte Regan. Ich bin ja nur für fünf Minuten fort, und so lange wird er es gewiß mit ihr aushalten. Und wenn ich ihr nicht ihre Jacke hole, dann landet sie noch an einem Atemgerät in der Intensivstation. »Wenn es Ihnen nichts ausmacht«, sagte sie und schlüpfte durch die Tür zurück in den Salon.

»Solch ein liebes Mädchen – aber macht sich immer solche Sorgen«, sagte Veronica, während sie und Hardwick sich langsam in Richtung Steuerbord bewegten. »Und wir haben einen so interessanten Tisch. Der liebe Mr. Gavin hat mir angeboten, mich morgen früh zur Sitz-und-sei-fit-Gymnastik mitzunehmen. Der liebe Mr. Cohoon wird mir ein paar Vorschläge machen, wie man Llewellyn Hall ein bißchen auf Vordermann bringen könnte. Er hat mir angeboten, auf seiner nächsten Fahrt nach London, die im September stattfindet, bei uns vorbeizukommen. Ich muß den netten Mr. Kenneth unbedingt wegen meiner Frisur fragen. Diese habe ich jetzt schon seit vier Jahren, und vielleicht sollte ich mal etwas anderes probieren. Ich fürchte, die beiden Buttacavolas mit ihren Geschichten über ihre Enkelkinder könnten auf Dauer ein wenig ermüdend sein, aber wahrscheinlich werde ich auf der Rückreise genausoviel über meine Nichten sprechen. Ich sehne mich so sehr nach ihnen und wünsche mir so sehr, sie in unsere Familie zu integrieren. Philip, mein Neffe, ist ein süßer, unpraktischer Schatz, aber eine Frau wünscht sich doch im Grunde immer eine Tochter, meinen Sie nicht? Zwar ist Philips Verlobte eine wunderbare Frau – so tüchtig, so umsichtig –, aber ich habe doch das Gefühl, daß ich ihr auf die Nerven gehe. Aber schließlich ist Blut dicker als Wasser, nicht wahr?«

Inzwischen waren Cameron Hardwick und Veronica die einzigen auf dieser Seite des Decks. Es war dunkel. Lady Exner wog gewiß nicht mehr als neunzig Pfund. Im wahrsten Sinne des Wortes im Handumdrehen könnte Cameron sie bewußtlos schlagen, so daß sie nicht schrie, und sie dann über Bord werfen. Wenn Regan Reilly zurückkäme, könnte er behaupten, daß die alte Exner zur Toilette gegangen sei – und sie dann auf die gleiche Weise beiseite schaffen. Wer würde ihn denn schon verdächtigen? Sie hatten sich gerade eben erst getroffen. Er war allein gekommen. Reilly und Exner waren allein aufs Deck hinausgegangen ...

Ob er ...?

Ja!!!

Die perfekte Gelegenheit würde sich nicht ein zweites Mal bieten. Sie waren an der dunkelsten Stelle des Decks. Cameron zog seine freie Hand zurück – und hörte Schritte.

Ein Mann und eine Frau näherten sich von der Steuerbordseite des Schiffes. Bevor er ihre Umrisse erkannte, konnte er bereits ihre Stimmen hören.

»Nora, du bist nicht warm genug angezogen. Laß uns wieder hineingehen.«

Als sie sich näherten, sah Hardwick, daß es dasselbe Paar war, dem er an diesem Morgen aufs Schiff gefolgt war. Als die beiden ihn und Lady Exner an der Reling stehen sahen, zogen sie sich hastig zurück.

Der entscheidende Augenblick war verstrichen. Cameron begriff, daß er es offensichtlich nicht riskieren konnte, Lady Exner und Regan Reilly auf einem der Decks kaltzumachen. Er würde eine andere Lösung finden müssen.

Veronica und Regan betraten die kleine Pianobar, um vor ihrer Rückkehr in die Suite noch einen letzten Drink zu sich zu nehmen. »Jetzt brauche ich irgend etwas, um die Kälte wieder aus meinen Knochen zu vertreiben, und ich glaube, mit einem Schlückchen Scotch wäre das zu schaffen.« Plötzlich bekam Veronica feuchte Augen, denn der mit einem Smoking bekleidete Musiker spielte einige Songs aus der Filmmusik von *Phantom der Oper.* »Ah, Gilbert hätte dies so sehr genossen«, flüsterte sie in Regans Ohr.

Eine halbe Stunde später, nachdem Veronica sich noch »I Love You, Truly« und »Memory« gewünscht hatte, kehrten sie in ihre Kabinen zurück. Der Steward hatte schon die Betten heruntergeklappt.

»Morpheus wird uns heute abend wahrscheinlich beide sofort an seine Brust drücken wollen«, murmelte Veronica schläfrig. »Und da ich für heute nacht noch keine anderen Angebote habe, wird Mr. M. mir genügen müssen.«

Veronica hat die Kälte aus ihrem Körper offenbar wirklich vertreiben können, dachte Regan. Während sie sich auszog und im Bad und Schlafzimmer hin und her ging, fuhr Veronica mit ihrem Monolog fort, ohne sich durch das Rauschen des Wasserhahns stören zu lassen.

»Und bitte schließ auch den lieben Gilbert unbedingt in deine Gebete ein. Ich muß zugeben, er war so etwas wie ein Agnostiker, aber er hat immerhin der Church of England jedes Jahr eine größere Spende zukommen lassen und unserem Dorfgeistlichen regelmäßig ein Weihnachtsgeschenk geschickt.«

Regan stieg die drei Stufen zum Wohnbereich hinauf und schlüpfte dankbar in ihr eigenes Bett. Wie es wohl möglich war, daß Veronica Sir Gilbert so gut kennengelernt hatte, da sie doch nur zwei Wochen lang mit ihm verheiratet gewesen war, überlegte sie.

Veronica selbst hatte ihre Gebete für Sir Gilbert heute abend wahrscheinlich in einer Kurzfassung gesprochen. Ungefähr dreißig Sekunden, nachdem sie ihren Kopf auf das Kissen gelegt hatte, begann das Schnarchen. Wirklich, ein eindrucksvolles Schnarchgeräusch, dachte Regan. Einer Art dumpfem Bellen folgte ein tiefes Gurgeln, das Regan daran erinnerte, daß sie sich unbedingt den Zahnstein entfernen lassen müßte.

Regan drehte und wand sich, um sich in ihre übliche, gewohnte Schlafhaltung zu bringen. Diese Kopfkissen sind wirklich zu dick, dachte sie, und machte einen Versuch, sie mit den Fäusten glattzuklopfen. Aber für Dads Kunden wären sie natürlich perfekt, da man auf ihnen wie hochgestützt lag. Mit einem Ruck zog sie die beiden Kopfkissen unter ihrem Kopf hervor und lehnte sie sich gegen die Ohren. So war sie zu beiden Seiten ein wenig geschützt gegen die Kakophonie, die aus dem King-size-Bett zu ihr herüberschallte.

Gewöhnlich gelang es ihr, sehr schnell einzuschlafen, aber heute abend wollte ihr Gehirn nicht zur Ruhe kommen. Dies war der erste Tag an Bord gewesen, und sie verstand völlig, warum Philip darauf bestanden hatte, daß Veronica nicht allein reisen dürfe. Wäre sie, Regan, nicht in der Nähe gewesen, dann wäre Veronica über die Reling gestürzt. Während der nächsten viereinhalb Tage bis zu dem Augenblick, in dem sie sie bei ihrer Nichte ablieferte, würde entweder sie selbst oder irgend jemand, dem sie vertrauen könnte, fortwährend an Veronicas Seite sein müssen.

Seltsamerweise ging Regan nicht der ereignisreiche Tag, der gerade zu Ende gegangen war, durch den Kopf, sondern sie dachte an Szenen, die sich am Wochenende ereignet hatten. Die Art, wie sie und Kit über Athena Witze gemacht hatten. Ihre anfängliche Vermutung, daß Athena vor zehn Jahren einfach nicht hatte zur Schule zurückkehren wollen. Es war ihr, als könnte sie Athenas Gegenwart spüren, ihre gefühlvolle Stimme mit dem griechischen Akzent hören. Ich würde gern Livingston anrufen, dachte Regan, und erfahren, ob sich etwas Neues ereignet hat. Aber heute abend ist es zu spät.

In einer Embryohaltung zusammengerollt, schlief Veronica fest und tief. Regan aber lag stundenlang wach und starrte mit offenen Augen auf das Terrassendeck, wo sich Schatten wie Gespenster aufblähten und wieder zusammenschrumpften, während das Schiff über den Atlantik glitt. Sie schloß für ein paar Sekunden die Augen, öffnete sie wieder und sah einen Schatten, der nicht einem Gespenst, sondern eher der Silhouette eines Menschen glich. Sie schoß entsetzt hoch und spürte ein heftiges Herzklopfen und eine qualvolle Enge in der Brust. Für den Bruchteil einer Sekunde schaute der Mond hinter den Wolken hervor, und der Schatten verschwand. Regan erschauderte. Sie war nur selten ängstlich, aber jetzt hatte sie einen Augenblick lang wirkliches Entsetzen gespürt. Sie schluckte. War dies das Gefühl,

das Athena in den letzten Minuten ihres Lebens gehabt hatte? Tränen traten ihr in die Augen.
Wer mochte sie ermordet haben? Die lokalen Zeitungen in Griechenland hatten Athenas Ermordung reiflich ausgeschlachtet, zumal das Unglück nur acht Monate nach der Ermordung ihrer Tante geschehen war. Zwei Mitglieder einer reichen, prominenten Familie, die eines gewaltsamen Todes gestorben waren – genau das war es, was den Zeitungen reißenden Absatz verschaffte. Vielleicht könnte ich mir eine Übersetzung der entsprechenden Zeitungsausschnitte beschaffen – das würde mich möglicherweise an etwas erinnern, was ich übersehen habe, ging es Regan plötzlich durch den Kopf. Sie beschloß, Livingston beim Telefongespräch am nächsten Morgen zu bitten, die entsprechenden griechischen Zeitungsartikel übersetzen und an das Schiff faxen zu lassen. Dieser gute Vorsatz beruhigte sie ein wenig. Zumindest war es ein Anfang.
Schließlich fiel sie in einen unruhigen Schlaf. In ihrem Traum verwandelte sich das Ächzen und Stöhnen des Schiffes in die polternden Schritte eines Mannes, der sie verfolgte. Es war Veronica, die sie um acht Uhr am nächsten Morgen weckte.
»Aufwachen, du kleine Schlafmütze. O süße Jugend, ich wünschte, ich könnte so himmlisch schlafen wie du, Liebchen. Ich habe die ganze Nacht wachgelegen.«
Regan öffnete die Augen. Die alte Dame stand in einem orange-weiß gestreiften Jogginganzug mit einem passenden Stirnband neben ihrem Bett.
»Direkt nach dem Frühstück kommt die Sitz-und-sei-fit-Gymnastikstunde. Ich bin wahnsinnig gespannt auf die Leute, die daran teilnehmen. Los, beeil dich und mach

dich fertig. Wir gehen aufs Lido-Deck hinunter und trinken dort unseren Kaffee. Ich möchte keine Minute dieses Abenteuers versäumen.«

Regan ging rasch unter die Dusche; vage erinnerte sie sich an Träume und wirbelnde Gedanken, die mit Athena zu tun hatten. Sie hatte das Gefühl, als stünde sie in einem langen Flur mit vielen, vielen Türen und wüßte nicht, welche sie nun öffnen sollte. Wenn sie es doch nur mit Jeff besprechen könnte. Ein Gespräch mit ihm hatte ihr schon oft geholfen, Klarheit in ihre eigenen Gedanken zu bringen.

Als sie die Badezimmertür öffnete, stieß sie fast mit Veronica zusammen. Die stand mit erhobener Faust vor ihr, offenbar im Begriff, gegen die Tür zu trommeln.

»Dusch dich nicht so lange, Regan. Davon trocknet deine schöne junge Haut aus. Und jetzt laß uns gehen. Unser Publikum erwartet uns schon.«

Dienstag, 23. Juni 1992

Gavin Gray hatte nicht gerade besonders gut geschlafen. In seinen Träumen hatte er ein mit Diamanten und Smaragden besetztes Armband gesehen. Wenn er es endlich geholt und an einen Hehler verkauft haben würde, wäre er um mindestens eine Million Dollar reicher. Steuerfrei. Wenn er das Geld anständig anlegte, dann würde das ein Einkommen von mindestens neunzigtausend Dollar im Jahr bedeuten. Für das Geld könnte er sich ein Schloß mieten und an der Costa del Sol wie ein König leben. Weit, weit entfernt von alten Schabracken wie Veronica Exner und der alten Mrs. Watkins, ganz zu schweigen von diesen Buttinskys, oder wie sie auch immer heißen mochten. Er würde in seinem ganzen Leben keine einzige Bingokarte mehr anschauen müssen.

Um sechs Uhr dreißig, als die ersten Sonnenstrahlen durch den Nebel brachen, stand Gavin auf, duschte sich und zog sich einen Jogginganzug an. Er wollte an dem Frühstücksbüfett teilnehmen, das am Pool aufgebaut worden war. So könnte er es schnell hinter sich bringen. Er brauchte mehrere Tassen starken Kaffee, bevor er die Kraft hatte, sich mit Veronica Exner und den anderen alten Hühnern in der Sitz-und-sei-fit-Gymnastikstunde zu befassen.

Seine Entscheidung war offenbar richtig gewesen. Er stellte vorsichtig den Kaffee, frisch gepreßten Orangensaft und ein ofenwarmes Hörnchen auf ein Tablett und trug es zu einem Tisch in der Nähe der Reling. Ein frischer, kühler Wind wehte, und die würzige, salzige Seeluft blies die beginnenden Kopfschmerzen wieder fort. Gavin ließ seinen Blick über den blaugrünen, mit weißen Schaumkronen übersäten Ozean schweifen und fühlte sich seltsam berührt von dem Gedanken, wie einsam das Schiff doch auf dem riesigen Ozean wirkte. Kein Anzeichen von Leben war auf der riesigen Wasserfläche zu sehen, auf der das Schiff seine Bahn zog. Gavin trank einen Schluck Saft. Kaum zu glauben, daß jetzt überall riesige Dampfer Tonnen von Müll in die Tiefen des Ozeans versenkten.

Einigermaßen gestärkt durch seine zweite Tasse Kaffee, schaute Gavin auf die Uhr. Es war Zeit, sich zum Salon aufzumachen, wo die Gymnastikstunde stattfand. Tatsächlich kam er genau im richtigen Augenblick. Regan Reilly und Lady Exner betraten gerade den Salon durch die gegenüberliegende Tür. Gavin bemerkte, daß Lady Exner geradezu beängstigend munter und unternehmungslustig aussah, während Miss Reilly eher so wirkte, als könnte sie noch ein Stündchen Schlaf brauchen. Nachdem er den beiden Damen mit lauter Stimme einen »Guten Morgen« gewünscht hatte, ergriff er Lady Exners Arm und zwinkerte Regan verschwörerisch zu. Er würde schon gut auf Lady Exner aufpassen, versicherte er ihr.

Als der Gymnastiklehrer in die Hände klatschte und rief: »Bitte an Ihre Plätze, meine Damen und Herren«, verließ Regan hastig den Salon. Nachdem sie sich geduscht hatte, hatte sie von dem kleinen Apparat im Badezimmer aus eine Verabredung mit Luke und Nora getroffen; ihre Eltern erwarteten sie schon in ihrer Kabine.

Nora und Luke nahmen im Wohnzimmer ihrer Suite ein ausgedehntes Frühstück ein. Ein extra Gedeck war aufgelegt worden, und Nora goß eine Tasse dampfenden Kaffee ein, während sich Regan mit einem Seufzer der Erleichterung in einen Sessel fallen ließ. Nora trug einen rosafarbenen Morgenmantel aus Seide. Regan schaute sie an und dachte liebevoll, wie gut ihre Mutter doch aussah, auch ohne jedes Make-up. Luke hatte sich bereits einen marineblauen Jogginganzug angezogen, der an ihm geradezu förmlich wirkte.

Möbel und Wände der Suite waren in Elfenbein- und Pfirsichfarben gehalten. Die Sonne schien durch die großen Bullaugen, und Regan spürte, wie sie sich allmählich entspannte. »Ich habe genau eine dreiviertel Stunde, bevor ich Veronica wieder abholen muß«, sagte sie.

»Und – wie läuft es, meine Süße?« fragte Nora mit einem Lächeln.

»Ach, es kommt mir ein bißchen so vor, wie wenn man eine Verabredung mit einem Mann hat und nach zehn Minuten weiß, daß das ein gewaltiger Fehler war. Und trotzdem muß der Abend dann irgendwie durchgestanden werden.«

»Das Problem ist jedoch, daß diese Verabredung fünf Tage lang dauert«, ergänzte Luke.

»Danke, Dad. Ich dachte, du hättest einen Beruf, in dem du dafür bezahlt wirst, die Leute zu *trösten*«, sagte Regan gähnend. »Veronica kann einem übrigens ganz schön zu schaffen machen. Sie hat an diesem Wochenende eine Party für uns gegeben, und da ist dann etwas ziemlich Unerwartetes geschehen. Erinnerst du dich an meine Zimmergenossin, Athena, von Saint Polycarp's?«

»Schwarze Fingernägel?« murmelte Nora. »Sie ist doch durchgebrannt oder irgend so etwas, nicht wahr?«

»Das ›irgend so etwas‹ bedeutet, genauer gesagt, daß sie ermordet worden ist«, sagte Regan. Während ihre Eltern entsetzt zuhörten, beschrieb Regan in groben Zügen die Einzelheiten der Entdeckung von Athenas Leiche. »Inspektor Livingston hat mich gebeten, mich so gut wie möglich an alles zu erinnern, was Athena mir erzählt hat, vor allem, mit wem sie zusammen war oder wen sie möglicherweise treffen wollte. Irgendwie habe ich da leider eine völlige Mattscheibe, aber ich werde auf dem Dachboden zu Hause nach meinem Tagebuch suchen, vielleicht steht da etwas drin... Und ich habe auch noch eine andere Idee...« Regan erzählte ihren Eltern von ihrem Plan, Livingston anzurufen und ihn zu bitten, ihr die Zeitungsausschnitte, in denen es um Athenas Tod ging, aus Griechenland herüberzufaxen.

»Kein schlechter Schachzug«, sagte Nora nachdenklich. »Es ist so, als würde ein Detektiv die Akte eines ungelösten Kriminalfalls später noch einmal hervorholen und nachsehen, ob er beim ersten Durchgang etwas übersehen hat.«

Regan meldete das Gespräch mit dem Festland vom Apparat ihrer Eltern aus an. Während sie auf die Verbindung wartete, setzte sie sich auf das zweisitzige Plaudersofa. »Laßt mich bitte wissen, wieviel das Telefonat kostet. Ich wollte nur nicht gern, daß das Gespräch mit Llewellyn Hall auf Veronicas Rechnung erscheint.«

Nora und Luke lächelten. »Natürlich schicken wir dir die Rechnung«, sagte Luke gedehnt. »Im übrigen hattest du zwei Tassen Kaffee, einen Orangensaft und ein halbes Kleiebrötchen.«
Regan schaute nervös auf die Uhr, aber schon nach wenigen Minuten meldete sich die Telefonistin, um zu sagen, daß Inspektor Livingston am Apparat sei. Regan stellte sich rasch vor und erläuterte ihm ihre Idee, sich die griechischen Zeitungen schicken zu lassen.
»Sie werden sie umgehend bekommen«, sagte der Inspektor. »Wir werden sie so schnell wie möglich übersetzen lassen – vielleicht gibt es in der Gegend, wo die Familie lebt, auch eine englischsprachige Zeitung. Wir hier sind leider noch nicht auf eine heiße Spur gestoßen. Aber es gibt noch etwas anderes, was Sie wissen sollten. Miss Atwater ist offenbar mit knapper Not einem Mordanschlag entkommen. Man hat in ihrem Mageninhalt Spuren von Gift entdeckt – Gott sei Dank hat sie es überlebt.«
»Man hat versucht, Penelope zu *vergiften*?« Regan umklammerte den Telefonhörer. Sie konnte nicht glauben, was man ihr gerade erzählt hatte. »Aber *wie* denn?«
Livingstons Stimme klang plötzlich vorsichtig. »Anscheinend hat sie einen Teig zubereitet, für eine Art Salzgebäck, das sie auf Lady Exners Cocktailparty anbieten wollte. Sie hat uns erzählt, sie hätte am Sonntagabend den Rest dieser Kekse in ihrem Zimmer gegessen. Das Zimmermädchen hat noch ein paar Brocken in ihrem Bett gefunden. Erinnert mich an den Spruch: Wer nie im Bett gegessen hat, der weiß auch nicht, wie Krümel pieken. Mein Gott, ja. Nachdem das Gift in ihrem Mageninhalt nachgewiesen worden war, haben wir sofort mit

unseren Untersuchungen begonnen – Gott sei Dank ist sie wohl ein wenig schlampig – es lagen nämlich noch ausreichend viele Krümel herum.«

»Könnte sie nicht versehentlich selbst irgend etwas Giftiges in ihren Teig getan haben?« fragte Regan.

»Es gibt wenige Leute, die Arsen in ihrem Küchenschrank aufbewahren«, bemerkte Livingston. »Äußerst mysteriös, diese ganze Angelegenheit. Ich werde Ihnen sofort sämtliche verfügbaren Zeitungsausschnitte durchfaxen; hoffentlich wird das Ihrem Gedächtnis ein bißchen auf die Sprünge helfen.«

Regan hängte ein. Hastig informierte sie Luke und Nora darüber, was Penelope zugestoßen war. Dann sagte sie: »Ich muß zurückgehen. Gabby Gavin bringt Veronica zur Suite zurück, und die Schiffsübung beginnt in fünfzehn Minuten.«

Als sie zur Tür hinauseilte, rief Nora hinter ihr her: »Regan, ich mache mir Sorgen. Athenas Leiche wurde in der Nähe des Anwesens von Lady Exner gefunden, und diese Frau, Penelope, ist dort jetzt fast vergiftet worden. Sei um Gottes willen vorsichtig!«

Pobacken feeest zusammenkneifen. Uund – anhalten. Uuund eins – uund zwei – uund drei. Und jetzt lockern uund zwei und drei. Und drücken und zwei und feest und feester und lockerlassen …«

Gavin sah sich um. Mein Gott, diese Grufties könnten hier bis zum Jüngsten Tag sitzen und ihre Pobacken zusammenkneifen, aber davon würden ihre Ärsche noch lange nicht knackiger werden. Sitz-und-sei-fit, wie grauenhaft albern. So, als würde man einem schlaffen Sack erzählen, er würde Muskeln bekommen, wenn er mit einer Hand den Knopf der Fernbedienung betätigte und mit der anderen einen Kartoffelchip in den Mund schob. Aber wenn man sich die Gesichter der alten Hühner ansah, die um Gavin herumsaßen, dann merkte man, daß sie offensichtlich glaubten, an einer sehr wichtigen Übung teilzunehmen. Vielleicht kam das durch dieses dauernde Zusammenpressen.

Eine dreiviertel Stunde später rief der junge Bodybuilder: »Daaanke, meine Damen und Herren« und klatschte voller Begeisterung in die Hände. »Wir sehen uns morgen früh – und passen Sie auf mit all dem kalorienreichen Essen, das man Ihnen den ganzen Tag lang serviert. Und amüsieren Sie sich gut! Gehen Sie hinaus und atmen Sie die wunderbare Seeluft ein!«

»Ja, das werde ich tun!« rief Veronica. »Aber zuerst müssen wir uns alle auf die Schiffsübung vorbereiten.« Die anderen Gymnastiktreibenden nickten und bestätigten eifrig, daß dies jetzt das Wichtigste sei. »Gavin, ich werde Sie ganz schnell zur Suite zurückbringen«, sagte Veronica und richtete sich auf. Schnell wie der Blitz war sie verschwunden.

Gavin, der zwar nicht übergewichtig, aber ein wenig steif war, hievte sich vorsichtig aus dem Stuhl und ging eilig hinter ihr her. Veronica schoß im Zickzackkurs in dem rhythmisch knarrenden und hin- und herschaukelnden Schiff erst nach Steuerbord, dann nach Backbord und wieder zurück nach Steuerbord; der Weg durch das Gewirr von Korridoren und Treppen war offensichtlich nicht ganz einfach zu finden. Gerade in dem Augenblick, als sie den Türknauf ergreifen wollte, hatte Gavin sie endlich eingeholt. »Lady Exner, es fällt mir wirklich nicht leicht, mit Ihnen Schritt zu halten«, keuchte er und lachte gezwungen. Die Alte wird mich noch ins Grab bringen, dachte er. Ins Grab oder um den Verstand.

»Durch sportliche Übungen gelangen Endorphine ins Blut, die Ihnen ein Gefühl von Wohlbefinden und Energie geben, durch das dann wiederum neue Energie entsteht. Es ist genau wie das tolle Gefühl, verliebt zu sein, das man auch durch Essen von Schokolade hervorrufen kann. Da fällt mir übrigens ein – ich habe einen Marsriegel – wenn Sie wollen, gebe ich Ihnen die Hälfte ab.« Sie lächelte ihn an.

Vielleicht war meine Exfrau Clovis am Ende doch nicht so übel, dachte Gavin.

Als sie die Suite betraten, begann Gavins Herz sogar noch heftiger zu klopfen. Vielleicht kann ich mir schon jetzt das Armband schnappen, dachte er. Es ist zwar erst Dienstag, aber da die Gelegenheit günstig ist …

»Entschuldigen Sie, aber wie man so schön sagt, ich muß mir mal die Nase pudern.« Veronica errötete. Kichernd schloß sie die Badezimmertür.

Gavin stand mitten im Raum und konnte ein paar Sekunden lang an sein eigenes Glück nicht glauben. Er sah sich um und erblickte den kleinen Hocker vor der Frisierkommode im Schlafzimmerbereich. Dies war seine große Chance. Es würde wahrscheinlich ein paar Minuten dauern, bis Lady Exner diesen Jogginganzug, den sie heute trug, ausgezogen hätte, und dann noch ein paar weitere Minuten, bis sie ihn wieder übergestreift hätte.

Er eilte mit ein paar Sätzen in den Schlafzimmerbereich hinüber, packte den Hocker mit beiden Händen und stürmte die Stufen zum Schrank hinauf. Ha! Natürlich – warum sollte er ihr nicht die Schwimmwesten aus dem Schrank holen. Es war leicht, sie herauszuholen, aber da er das Armband in den hinteren Bereich des oberen Regals geschleudert hatte, müßte er auf irgend etwas hinaufsteigen, um an das Ding ranzukommen. Und das würde natürlich verdächtig wirken, selbst für eine blauäugige alte Schachtel wie Lady Exner.

Er öffnete die Schranktür und wieder starrten ihm die orangefarbenen Schwimmflügel entgegen. Ich hätte wirklich das Armband nicht so weit nach hinten schubsen dürfen, dachte er verärgert. Er zog den Hocker näher an das Regal heran und stellte sich, vorsichtig balancierend, mit beiden Füßen auf das Kissen, das gewöhnlich ziemlich gut betuchten Hinterteilen vorbehalten war. Dann ergriff er den Türrahmen und zog sich im selben Augenblick hoch, als das Rauschen der Toilettenspülung ankündigte, daß Lady Exner in wenigen Sekunden zurückkehren würde. Er streckte den Arm aus und versuchte, das Schmuckstück zu ertasten. Das Rauschen der Toilettenspülung war noch ein zweites Mal zu hören, und dann erklang die Stimme Regan Reillys vor der Tür. Sie plauderte mit dem Steward und war gerade dabei, den Schlüssel ins Schloß zu stecken. Da Gavin seinen versteckten Schatz noch nicht wiedergefunden hatte, sprang er rasch zu Boden, schloß energisch die Tür und eilte mit dem Hocker zur Couch. Er ließ sich mit einem Schwung in die Polster fallen und streckte sein linkes Bein auf dem Hocker aus.

»Regan, du kommst gerade rechtzeitig. Mr. Gray ist nämlich hier; er will uns ein paar Ratschläge für die Schiffsübung geben. Er ist wirklich außerordentlich freundlich.« Als Veronica das Wohnzimmer betrat, fügte sie hinzu: »Oh, mein Lieber, ist irgend etwas mit Ihrem Bein nicht in Ordnung?«

»Ich glaube, diese Pobackenübung hat mir nicht besonders gutgetan. Ich habe mich früher einmal, als ich bei einer großen Party in den Hamptons Wasserski fuhr, an der Achillessehne verletzt. Aber das wird schon werden.«

Regan fragte sich, ob dies wohl das erste Mal sei. Sie konnte sich nicht vorstellen, daß es außer Gabby Gavin sehr viele andere Leute gab, die sich in einer Sitz-und-sei-fit-Gymnastikstunde irgendeine schmerzhafte Zerrung zuzogen. »Wir könnten uns die Schwimmwesten ja mal probeweise überziehen«, schlug sie vor. »Holen wir die Dinger doch mal aus dem Schrank.«

Cameron Hardwick war nicht gerade sehr erfreut, als er entdeckte, daß Gavin Gray sich am selben Rettungsbootplatz befand, an dem er sich auch einfinden mußte. Hardwick hielt sich bewußt am Rande der Gruppe auf und hörte sich gelangweilt das nervöse Gekicher der anderen Passagiere an, die sich gegenseitig die Gurte der Schwimmwesten festzurrten und dabei Stories von Passagieren zum besten gaben, die sich auf einem Schiff befunden hatten, das geräumt werden mußte. Irgendein Idiot begann zu Ehren der Titanic zu singen »Nearer My God to Thee«, verstummte dann aber nach einem vernichtenden Blick des diensthabenden Offiziers, der seine Anweisungen für den Fall eines Schiffsunglücks herunterleierte.

Gray stand neben dem Offizier. Für Hardwick war dies eine gute Gelegenheit, ihn aufmerksam zu betrachten. Er runzelte die Stirn, als er erkannte, daß Gray rot angelaufen war und es unter seinem Auge nervös zuckte. Irgend etwas scheint ihn wirklich mitgenommen zu haben, dachte Hardwick und fragte sich, was das wohl sein könnte. An diesem Morgen hatte Hardwick Lady Exner und Regan Reilly irgendwo vom Deck aus im Frühstücksbereich gesehen und war ihnen in einiger Entfernung zum Salon gefolgt. Als es offensichtlich wurde, daß Gavin Gray auch während der Turnstunde in Lady Exners Nähe bleiben würde, war er gegangen. Jetzt, da er Grays angespanntes Gesicht betrachtete, verwandelte sich seine Neugierde in Ärger. Er wußte, welche Rolle Gray spielte. Er war einer jener professionellen Begleiter, die von den Kapitänen der Schiffe angeheuert werden, um mit den alten Schachteln zu tanzen. Aber es gehörte keinesfalls zu Grays Aufgaben, seinen Hintern in einer Gymnastikstunde hin und her zu schwenken. Wieso war er überhaupt so sehr an der alten Exner interessiert? Er schien der Alten nicht von der Seite weichen zu wollen. Cameron entschied, daß es Zeit sei, sich einen Schlüssel zu Exners Suite und einen zu der leeren Suite auf der anderen Seite des Flures zu verschaffen. Unauffällig entfernte er sich von den Rettungsbooten und begab sich in den Salon. Wie er gehofft hatte, war dort kein Mensch zu sehen. Er vergewisserte sich, daß niemand ihn beobachtete und stieg dann die Stufen zum oberen Deck hinauf. Oben herrschte völlige Stille, und er konnte sicher sein, daß der diensthabende Steward ebenfalls an der Übung teilnahm. Hardwick schlich lautlos zu der kleinen Kabine, die als Aufenthaltsraum der Stewards diente. Sie befand sich am Ende des gebogenen Ganges, der zu Lady Exners Suite führte. Die Tür war unverschlossen. Er schlüpfte hinein und überflog mit prüfenden Blicken den Schreibtisch, den Stuhl, den Aktenschrank und den Schalter, der aufleuchtete, wenn jemand nach dem Zimmerdienst verlangte.

Cameron durchwühlte hastig die Schreibtischschubladen. Was er fand, war ein ziemliches Durcheinander von Listen und Vorschriften, von Büroklammern, Stiften, Krümeln und Bonbons. In der unteren Schublade lag eine Flasche Jack Daniels. Cameron zog die Augenbrauen hoch. Ein Steward, der im Dienst Alkohol zu sich nahm, war wahrscheinlich nicht sehr aufmerksam. Hoffentlich ist es der Nachtsteward, der trinkt, dachte er. Er ging zum Aktenschrank. Dieser war, wie Cameron gehofft hatte, nicht verschlossen. Es standen darin nur ungefähr ein Dutzend Aktenordner und verschiedene Kästen, aber immerhin fand er im letzten das, was er suchte: einen Schlüsselring mit drei Ersatzschlüsseln für die beiden Suiten. Er nahm jeweils einen dieser Ersatzschlüssel an sich. Als er die Kabine der Stewards verließ, hörte er das Summen des Aufzugs. Der Treppenaufgang befand sich am Ende des langen Korridors. Wenn er versuchte, dorthin zu gelangen, würde man ihn wahrscheinlich sehen. Mit drei oder vier Sätzen hastete er zur Tür der leeren Suite und schlüpfte hinein. Im selben Augenblick hörte er Lady Exners hohe Stimme; sie erklärte Regan Reilly, wie wahnsinnig aufregend die Rettungsübung gewesen sei.

Hardwick lehnte sich gegen die Tür und stieß einen geräuschlosen Pfiff aus. Wenn Reilly ihn hier gesehen hätte, dann hätten gewiß sämtliche Alarmglocken in ihrem Kopf zu läuten begonnen. Was er getan hatte, war ziemlich gewagt, aber das wunderbare Gefühl, die Schlüssel in der Hand zu haben, war das Risiko wert gewesen.

Die Vorhänge vor den Bullaugen waren zugezogen, aber der Grundriß der Suite war schwach erkennbar. Er versuchte, ihn sich genau einzuprägen. Zweifellos war dieses Apartment identisch mit dem, in dem die Exner und Reilly wohnten. Es gab nichts, wo man sich hätte verstecken können. Es war nur möglich, zum Ziel zu gelangen, wenn man mitten in der Nacht in die Suite hineinschlüpfte und den Überraschungseffekt nutzte. Mit der

alten Schreckschraube würde man wahrscheinlich leicht fertig werden. Es war Reilly, die zu einem Problem werden könnte.
Er musterte das Sofa. Es war offensichtlich ausziehbar. Genau hier lag wohl in der anderen Suite Regan Reillys Schlafplatz. Möglicherweise würde sie wach sein und ihn hereinkommen hören, aber er könnte die erste Schrecksekunde nutzen, um ihr, noch bevor sie Zeit hätte zu rufen oder die Hand nach dem Telefon auszustrecken, den Schädel einzuschlagen. Vom Sofa würde er dann wieder zurück in den Flur laufen können. Acht Sekunden. Mehr Zeit brauchte er nicht.
Allerdings war da ein kleines Problem. Wenn Blut auf eines der beiden Betten spritzte, dann würde niemand glauben, daß die beiden Frauen deshalb verschwunden waren, weil Reilly versucht hatte, Lady Exner daran zu hindern, vom Terrassendeck zu fallen.
Ein Kissen. Auf ihre Gesichter. Auf die Weise würde er keine Spuren hinterlassen. Cameron Hardwick lächelte im Dunkel des stillen Penthouse zufrieden vor sich hin. Die langsam wirkenden Beruhigungstropfen, die ihm in verschiedenen Casinos so gute Dienste geleistet hatten, würden ihm auch jetzt wieder nützlich sein. Es dauerte ein paar Stunden, bis ihre ganze Wirkung spürbar wurde. Es wäre nicht sehr schwierig, sie beim Abendessen in Exners Drink zu schütten; er könnte sich ihr und Reilly in einem der Salons einfach auf einen letzten Drink anschließen. Die beiden Frauen zugleich unter Medikamente zu setzen, wäre zuviel des Guten. Reilly würde dann wahrscheinlich Verdacht schöpfen.
Cameron hatte vier Nächte, um seine Tat zu vollbringen, aber die letzte, Freitag, wäre die sicherste. In dem Durch-

einander des Anlegens am frühen Samstagmorgen würde man Veronica und Regan nicht sofort vermissen.
Der Plan wäre sicher erfolgreich. Er selbst würde dafür sorgen, daß er es wäre. Und in der nächsten Woche würde er die zweihunderttausend Dollar abholen, die in dem Safe auf ihn warteten.
Hardwick legte das Ohr gegen die äußere Tür der Suite und lauschte. Er hörte ein schwaches Summen und dann die Stimme des Stewards: »Blumen für Sie, Lady Exner.«
Er öffnete die Tür einen Spaltbreit. Während der Rücken des Stewards in die gegenüberliegende Suite verschwand, schlich Hardwick den Korridor entlang zur Treppe – in der Anonymität der Gesellschaftsräume wäre er am besten aufgehoben.

Oxford

Inspektor Livingston im Polizeihauptquartier in Oxford war sehr froh, daß Regan Reilly so bald von sich hatte hören lassen. Nachdem er aufgelegt hatte, drehte er sich in seinem Stuhl herum, so daß er zum Fenster hinausblicken konnte, und lehnte sich zurück. So konnte er am besten nachdenken. Er billigte Regans Vorschlag, sich Kopien der Artikel über Athena Popolous aus den Zeitungsarchiven ihrer Heimatstadt schicken zu lassen. Der Anwalt der Familie Popolous hatte es arrangiert, daß die Leiche nach Griechenland überführt wurde. Offensichtlich lebten die Eltern sehr zurückgezogen. Obwohl es bereits mehr als zehn Jahre her war, daß sie ihre Tochter zum letzten Mal gesehen hatten, hatten sie sich bis zuletzt an die Hoffnung geklammert, daß sie eines Tages wieder zurückkommen würde.

Nachdem Livingston die alte Akte noch einmal durchgesehen und mit dem Anwalt einige Gespräche geführt hatte, war ihm klar, daß die Familie Popolous sowohl wohlhabend als auch einflußreich war. Zweifellos würde die Entdeckung der Leiche des Mädchens in Athen eine wichtige Schlagzeile abgeben und es würden eine Menge Artikel über sie geschrieben. Livingston verdrängte den Ärger darüber, daß er nicht als erster auf den Gedanken gekommen war, die Zeitschriften zu kaufen, und griff noch einmal nach dem Telefon. Als er später sein Büro verließ, war alles geregelt: Kopien der Zeitungen, in denen über den Fall Popolous berichtet worden war, würden für ihn und für Regan Reilly auf der *Queen Guinevere* übersetzt und herübergefaxt werden.

Nach einer fünfminütigen Autofahrt hielt er an, um Penelope Atwater im Royal Oxford Hospital zu besuchen. Er mußte seinen ganzen Mut zusammennehmen, um sich mit dem unangenehmen Anblick von Penelope zu konfrontieren. Am Abend zuvor hatte er sie in ihrem Krankenhausbett gesehen – mit aschfahlem Gesicht, aufgesprungenen Lippen, mit Infusionen in ihren molligen Armen, in einem Krankenhaushemd, das gefährlich nahe daran war, einiges Unaussprechliche zu enthüllen. Es ging ein übler Geruch von ihr aus, der keinen Zweifel an dem verheerend schlechten Zustand ihrer inneren Organe ließ.

Nachdem er seinen Renault auf dem Parkplatz abgestellt hatte, nahm Livingston einige tiefe Züge frischer Luft und ging dann entschlossen durch die Drehtür in die nahezu leere Vorhalle. Der Hausmeister, der den Kachelboden wischte, benutzte ein dunkelgrünes Putzmittel, von dem Nigels Augen regelmäßig zu tränen begannen. Diesmal kam noch hinzu, daß auf seinem ohnehin wundrasierten Hals kleine Pickelchen erschienen. Er eilte zur Buchhalterin, die für die Pässe der Besucher verantwortlich war. Sie trug eine rot-weiß gestreifte Uniform und eine Armbinde, auf der geschrieben stand, daß sie zehntausend Stunden freiwillige Arbeit im Royal Oxford Hospital geleistet hatte.

Das ist *dein* Leben, dachte Livingston, als er um einen Paß bat und ihn auch erhielt, um die kranke Penelope zu besuchen. Er kratzte sich nervös den Hals und eilte zum

Lift. Wenn ich in jener Vorhalle zehntausend Stunden gesessen hätte, dann hätte ich mich in einen lebensgroßen Bienenkorb verwandelt, dachte er.
Penelope Atwater lag in Zimmer 210. Wenn das überhaupt noch möglich war, so dachte Livingston, dann sah sie heute schlimmer aus als am Abend zuvor. Er zog sich einen Stuhl an das Bett heran und empfand ein wenig Mitleid, daß er sie in diesem Zustand auch noch befragen mußte. Als sie allerdings in seine Richtung ausatmete, wäre ihm fast übel geworden. Er wartete geduldig, während sie, als Antwort auf seine Frage, wie sie sich fühle, ihn mit detaillierten und eher unerwünschten Informationen überschüttete. »Aber«, krächzte sie, »wenigstens lebe ich – und das ist mehr, als man über meine liebe alte Zimmergenossin sagen kann.«
Livingston warf einen Blick auf das abgezogene Bett unter dem Fenster. »Ich dachte, man hätte sie entlassen?«
»Ja, in gewisser Weise kann man es so nennen«, krächzte Penelope.
»Hmmm. Ja. Ich verstehe.« Livingston wandte sich den unmittelbar anstehenden Problemen zu. »Miss Atwater, ich hasse es, Sie in diesem Zustand auch noch aufzuregen, aber ich muß Sie etwas fragen: Sind Sie wirklich absolut sicher, daß Sie auf keinen Fall versehentlich Arsen als eine Zutat in ihre Hors d'œuvres geschüttet haben?«
»Ich nenne sie meine köstlichen Pastetchen«, sagte Penelope mit zitternder Stimme.
»Ja, exakt. Wenn also meine Aufzeichnungen korrekt sind, dann haben Sie die übrigen … äh … köstlichen Pastetchen mit in Ihr Zimmer genommen. Immerhin kamen sie alle von demselben Backblech – wenn sie also

von den Gästen entweder am Samstagabend oder am Sonntagnachmittag völlig aufgegessen worden wären, dann wäre irgend jemand anders auch noch krank geworden. Es ist ziemlich seltsam, daß nur Sie erkrankt sind, nachdem Sie die Reste mit in Ihr Zimmer genommen hatten.«

Livingston zog sein Notizbuch heraus und blätterte es rasch durch. »Sie haben sich am Samstagabend nicht besonders wohl gefühlt, aber Sie haben sich immerhin ausreichend erholt, um am Sonntagnachmittag noch mehr dieser ... äh ... köstlichen Pastetchen und ein normales Abendessen zu sich zu nehmen.«

»O ja!« Penelope Atwaters Augen leuchteten auf. »Zum Dinner am Sonntag, nachdem Sie und die jungen Damen gegangen waren, haben Lady Exner und Val und Philip und ich köstliche Bratwürstchen und Kartoffelpüree gegessen. Sie sehen also – ich habe am Samstagabend nur unter einer kleinen Unpäßlichkeit gelitten, die für meine zarte Konstitution geradezu normal ist. Sonntagabend – das war etwas ganz anderes. Als ich in mein Zimmer gegangen war und einige jener köstlichen Pastetchen zu mir genommen hatte, wurde mir speiübel.«

Livingston sah sie prüfend an. »Habe ich Sie richtig verstanden – Sie haben die übrigen ... äh ... leckeren Pastetchen verzehrt, nachdem Sie sich am Sonntagabend zurückgezogen hatten? Wollen Sie damit sagen, daß Sie sie schon früher in Ihrem Zimmer deponiert hatten?«

Penelope sah ihn schuldbewußt an. »Sehen Sie, sie finden *so* viel Anklang, und ich habe wirklich befürchtet, daß die Mädchen sie alle aufessen würden. Deshalb habe ich, als ich einmal für einen Augenblick hinausgehen

mußte, sechs oder sieben davon in meine Serviette gelegt und mit in mein Zimmer genommen.«
»Und so haben sie also ganz offen am Nachmittag und am Abend in Ihrem Zimmer gelegen?«
Endlich schien Penelope zu verstehen, worauf Livingston mit seiner Frage hinauswollte. Sie starrte ihn mit großen Augen an, und ihr Mund öffnete sich zu einem kreisrunden schwarzen Loch. Mit ihren Wurstfingern ergriff sie ihr Krankenhaushemd. »Sie meinen, irgend jemand könnte Arsen darübergestreut haben, während er in meinem Zimmer war? Aber wer? Und warum?«
Livingston stand auf. Er klopfte ihr väterlich auf die Schulter. »Das ist es ja, was ich herausfinden will.«

Als er in seinem Wagen das Gelände des Krankenhauses verließ, überlegte Livingston einen Augenblick lang hin und her. Wenn er den Wagen nach rechts lenken würde, dann wäre er auf dem Wege nach Llewellyn Hall. Führe er dagegen nach links, dann käme er auf die Hauptstraße nach Oxford und zum Kings Arms Pub. Er entschied sich für die zweite Möglichkeit, da ein Sandwich und eine Tasse Tee ihm sicher guttun würden. Danach wollte er Philip Whitcomb, seine Verlobte Val Twyler und das Zimmermädchen noch einmal intensiv befragen. Philip hatte ihnen versichert, daß sie sich den ganzen Tag lang in Llewellyn Hall aufhalten würden.
Zum Mittagessen war es noch zu früh, und der Pub war nahezu leer. Livingston bestellte ein Sandwich mit Käse und Tomaten und ein Kännchen Tee. Der Kellner hatte ihm gerade das Gewünschte gebracht, als die Eingangstür sich öffnete und jemand seinen Namen rief. Claire James eilte an seinen Tisch.

»Hallöchen, hallööööchen, Kommissar! Was für eine Überraschung, Sie hier zu sehen. Ah, Sie essen genau das, was ich auch gerade bestellen wollte. Darf ich mich zu Ihnen setzen?« Ohne sein zustimmendes Nicken abzuwarten, ließ sie sich auf den Stuhl ihm gegenüber fallen.

Livingston hatte sich eigentlich auf eine stille Mahlzeit eingestellt, bei der er in Ruhe nachdenken konnte, aber auf der anderen Seite, so befand er, hatte diese junge Frau hier mit Athena Popolous zusammen das College besucht, und die Gelegenheit, mit ihr unter vier Augen zu sprechen, würde möglicherweise neue Aufschlüsse bringen. Er könnte gewiß selbst den kleinsten Hinweis gut brauchen und im übrigen, so gestand er sich ein, sah Claire James in ihren Synthetik-Radlerhosen sehr attraktiv aus.

Claire winkte dem Kellner und erzählte Livingston, daß sie nach dem Klassentreffen noch ein wenig länger in Oxford bleiben wolle. »Es wird sicher langweilig, nachdem alle anderen fortgefahren sind, aber in ein paar Tagen holt mich mein Verlobter ab, und dann fahren wir zusammen nach Schottland weiter. Ich liebe es zu reisen.«

Der Kellner trat an den Tisch. »Ich nehme das gleiche, was dieser gutaussehende junge Mann hier bestellt hat«, sagte Claire und lächelte Livingston kokett an. Als das geregelt war, beugte sie sich mit einem verschwörerischen Blick über den Tisch. Flüsternd fragte sie den Inspektor: »Haben Sie schon entdeckt, wer die arme, alte Athena erwürgt hat?«

Livingston versuchte, den Ärger in seiner Stimme zu unterdrücken. »Die Ermittlungen laufen noch.«

»Nun, ich möchte wetten, daß die Spur nach zehn Jah-

ren ziemlich kalt geworden ist. Wer weiß, ihr Mörder könnte inzwischen sogar schon tot sein.« Claire riß die Augen auf; offensichtlich fand sie diese Möglichkeit sehr erfreulich.
Livingston biß hastig in das Sandwich, das er eigentlich in aller Ruhe hatte genießen wollen.
»Und ich habe auch von der armen Penelope gehört. Als ich sah, wie sie diese kleinen Pasteten in eine Serviette schaufelte, wußte ich, daß ihr davon schlecht werden würde.«
Livingston sah sie scharf an. »Sie haben sie dabei beobachtet?«
»Wer hätte sie nicht beobachtet? Hinter sich ließ sie eine Spur von Krümeln, um die selbst Hänsel und Gretel sie beneidet hätten.«
Livingston erinnerte sich daran, daß Hänsel und Gretel sich im Wald verlaufen hatten, weil die Vögel die verstreuten Krümel aufgepickt hatten. Welcher Geier war Penelopes Krümeln gefolgt?
Livingston wählte seine nächsten Worte sehr sorgfältig und versuchte, möglichst gleichmütig zu klingen. »Miss James, vor ein paar Tagen haben Sie behauptet, Athena Popolous sei ein wenig in Professor Philip Whitcomb verliebt gewesen. Natürlich hat er das nachdrücklich verneint, und ich habe auch bemerkt, daß die anderen jungen Damen anscheinend nicht Ihrer Meinung waren. Gibt es einen bestimmten Grund für Ihre Vermutung?«
»Es war nicht bloß eine Vermutung. Als ich heute mit dem Fahrrad fuhr, erinnerte ich mich an die Zeiten, als ich mit Athena zusammen Fahrradtouren gemacht habe. Am Sonntag, bevor sie verschwand, fuhren Athena und ich ein bißchen raus und kamen auch an der Llewellyn Hall

vorbei. Wie üblich war Philip im Garten und beschäftigte sich mit seinen Blumen. Zwar hatte er in der Schule seine eigene Wohnung, aber jeder wußte, daß man ihn am Wochenende immer dort draußen treffen konnte. Athena hielt an, um ihm ›guten Tag‹ zu sagen. Als ich sie später ein bißchen neckte, daß sie vorsätzlich an ihm vorbeigefahren sei, wurde sie puterrot. Ich bekam plötzlich das Gefühl, daß zwischen den beiden irgend etwas im Gange sei, und im nachhinein fiel mir ein, daß auch er nicht besonders überrascht war, sie dort zu sehen.«

»Und warum haben Sie das nicht schon vor zehn Jahren erwähnt?«

»Um Gottes willen, nein! Jeder dachte, daß nur Athena sich verliebt hätte, aber doch nicht Philip. Er war doch hier nur als Lehrer tätig und hat eben häufig im Garten gearbeitet. Aber jetzt, da man ihre Leiche auf dem Grundstück neben der Llewellyn Hall gefunden hat, macht man sich doch so seine Gedanken, nicht wahr?«

Ja, das ganz gewiß, dachte Livingston, und rief nach der Rechnung. Trotz ihrer halbherzigen Proteste, lud er Claire ein. Er hatte den Eindruck, daß sie sich ihr Sandwich mit Käse und Tomaten wirklich verdient hatte.

Als er sich Llewellyn Hall näherte, verlangsamte Livingston den Wagen und versuchte sich vorzustellen, wie Athena Popolous, in der Hoffnung, Philip Whitcomb zu erblicken, diese stille Landstraße entlang geradelt war. Er, Livingston, würde den Geschmack von Teenagern wahrscheinlich auch beim besten Willen nicht verstehen können. Selbst unter Aufbietung aller seiner Phantasie könnte er sich nicht vorstellen, daß seine fünfzehnjährige Tochter Davinia sich für jemanden wie Philip begeistern würde. »Hör mir bloß von *dem* auf«, würde sie mit verächtlich herabgezogenen Mundwinkeln sagen. Aber immerhin mußte er zugeben, daß Philip im Vergleich mit jenen prähistorisch aussehenden Kreaturen, den sogenannten Rockstars, geradezu wie der Inbegriff von Kultiviertheit wirkte. Die Poster dieser wilden Gestalten bedeckten jeden Quadratzentimeter der Wände in Davinias Zimmer.

Athena Popolous war zuletzt im Pub »Bull and Bear« in der Nähe der Bahnstation gesehen worden. Kein Zeuge hatte sagen können, ob sie im Zug gewesen war – natürlich kein Beweis dafür, daß sie tatsächlich *nicht* mitgefahren war. Jeden Freitagabend fuhren Dutzende von Studenten nach London. Es war allerdings eher wahrscheinlich, daß das, was geschehen war, sich auf dem Weg zwischen dem Pub und der Bahnstation ereignet hatte.

Das Tor zum Anwesen der Exners war offen. Livingston bog in die Auffahrt ein und parkte vor dem Herrenhaus. Als er auf die Klingel drückte, spürte er eine merkwürdige innere Anspannung. Vor nahezu achtundvierzig Stunden war er hierhergekommen, um die Klassenkameradinnen der ermordeten Athena Popolous zu befragen. Lady Exners Gesellschaftsdame, Penelope Atwater, hatte Athena Popolous nicht gekannt, aber jetzt hatte man versucht, sie zu vergiften. Warum? Gab es zwischen den beiden Verbrechen eine Verbindung, und wenn ja, worin könnte sie möglicherweise bestehen?

Das Dienstmädchen öffnete die Tür. Als er in die Vorhalle trat, fiel Livingston auch ihr Name wieder ein. Emma Horne. Rasch ließ er noch einmal die Informationen Revue passieren, die sie ihm am Samstag gegeben hatte. Sie hatte in den vergangenen zwölf Jahren nachmittags immer auf Llewellyn Hall gearbeitet. Ihre Tante war Sir Gilberts Haushälterin gewesen und blieb später, bis sie in Rente ging, bei Lady Exner. Danach hatte Emma Horne die Organisation des Haushalts übernommen.

Livingston entdeckte in den harten Gesichtszügen der Frau eine Spur von trockenem Humor. Bevor er ging, so dachte er, würde er in der Küche noch ein wenig mit ihr plaudern.

Auf seine Frage hin erklärte ihm Emma, daß Professor Whitcomb und Miss Twyler sich in der hinteren Veranda aufhielten und ihn erwarteten.

Die Veranda hätte, so wie alles andere in dem Haus, ein wenig frische Farbe vertragen können. Das Mobiliar bestand aus einer schäbigen Hollywoodschaukel, passenden Schaukelstühlen und einem wackeligen runden Glastisch, auf dem stapelweise Zeitungen lagen. Val

Twyler saß zurückgelehnt in der Hollywoodschaukel und stieß sich mit ihrer Schuhspitze leicht vom Boden ab. Sie trug einen khakifarbenen Rock und eine passende Bluse, die Livingston irgendwie an eine Pfadfinderuniform erinnerte. Die Pfadfinder – noch eine von den Gruppen, denen sich seine Tochter nicht anschließen wollte. Als Val Twyler ihn begrüßte, lächelte sie ihn zwar höflich, aber nicht besonders freundlich an.
Philip Whitcomb war dagegen offensichtlich bekümmert. Sein sandfarbenes Haar sah zerzaust aus, so, als hätte er es eine lange Zeit nicht gekämmt. An den Knien seiner hellblauen Baumwollhosen waren Spuren von Schmutz erkennbar; wahrscheinlich hatte er im Garten gearbeitet. Seine Gesichtszüge waren ebenmäßig und langweilig, und er fuhr sich fortwährend mit der Zunge über die Lippen.
»Wirklich, Inspektor, ich bin entsetzt.«
Livingston sah ihn schweigend an.
»Penelope hat uns vom Krankenhaus angerufen, nachdem Sie sie verlassen hatten. Das Labor *muß* sich einfach irren. Sie können doch nicht ernsthaft glauben, daß irgend jemand versucht hat, die arme alte Frau zu vergiften. Sie hat ohnehin dauernd Magenbeschwerden.«
»Nicht so schlimm wie jetzt«, sagte Livingston mit ruhiger Stimme.
»Aber wer sollte denn einen Grund gehabt haben, sie zu ermorden?!« Val Twylers Stimme klang verächtlich. »Es ergibt einfach keinen Sinn.«
»Anscheinend nicht«, stimmte Livingston ihr zu. »Deshalb möchte ich ja auch unbedingt die Lösung des Rätsels finden, wenn es eine gibt. Da niemand sonst von ihren komischen Pastetchen krank geworden ist, sieht

alles danach aus, daß das Gift erst hinzugefügt worden ist, nachdem sie sechs oder sieben dieser Dinger sozusagen als Betthupferl in ihr Zimmer gebracht hat. Ich würde mir das Zimmer gerne einmal anschauen.«

Livingston kam es so vor, als würde Philips zuvor betrübtes Gesicht jetzt einen eher ärgerlichen Ausdruck annehmen. »Ich hatte den Eindruck, daß die Untersuchung, die Ihre Leute gestern abend vorgenommen haben, bereits sehr gründlich war.«

»Professor Whitcomb, wenn wir vom Krankenhaus einen Bericht bekommen, daß im Blut eines Patienten Spuren von Gift nachgewiesen worden sind, dann müssen wir der Sache sehr gründlich nachgehen. Das Labor hat heute morgen bestätigt, daß in den Keksen, die man in Miss Atwaters Bett gefunden hat, Spuren von Arsen enthalten waren. Wenn es Ihnen also nichts ausmacht, würde ich mir das Zimmer jetzt gern einmal vornehmen.«

»Natürlich, nat-t-türlich.« Philip öffnete die Tür und rief nach Emma.

Es war günstig, so dachte Livingston, daß weder Whitcomb noch seine Verlobte ihn begleiten wollten. Er kletterte, vor Anstrengung leicht keuchend, die gewundene Treppe zum zweiten Stock hinauf. Ihm fiel auf, daß der alte Teppich ziemlich fadenscheinig war und daß an den Wänden der geräumigen Eingangshalle breite Streifen Tapete fehlten. »Ja, es ist alles ziemlich heruntergekommen«, sagte Emma Horne mißbilligend. »Lady Exner wollte es immer so lassen, wie es war, als Sir Gilbert noch lebte, und Philip hat überhaupt keinen Sinn dafür. Er merkt gar nicht, daß um ihn herum alles verkommt.«

Oben auf dem Treppenabsatz ging sie rechter Hand voran. »Alle bewohnten Schlafzimmer sind in diesem Flü-

gel«, erklärte sie. »Erst kommt das von Lady Exner, dann das von Philip, danach ein Gästezimmer und am Ende liegt das von Penelope. Die Tür dahinter ist die Toilette.«
»Die Toilette!« rief Livingston. »Hat Lady Exner denn kein eigenes Bad?«
»Nein«, sagte Emma mißbilligend, als sie auf dem Weg in Penelopes Zimmer voranging. »Jeder andere hätte einen dieser riesigen Wandschränke oder vielleicht ein Gästezimmer in ein Bad umgebaut, aber was gut genug für Sir Gilbert war, ist auch gut genug für sie. Es ist nicht wirklich wichtig. Sie und Penelope teilen sich ein Bad. Es gibt zwei Toiletten im anderen Flügel und zwei im Erdgeschoß, aber augenblicklich ist dies die einzige, die funktioniert. Lady Exner hat jetzt endlich einen Klempner bestellt, der die Reparaturen in Angriff nehmen soll, aber es wird noch einige Monate dauern, bis die neuen Installationsteile geliefert werden.«
Sie standen an der Tür von Penelopes Schlafzimmer. Das Bett war wieder gemacht worden. Das Gepäck, das Penelope mit auf die Reise hatte nehmen wollen, stand in einer Ecke. Auf der Frisierkommode lagen alle möglichen kleinen Dinge herum, die Livingston an einen Laden für Geschenkartikel erinnerten. Teddybären in verschiedenen Formen und Größen saßen auf dem Bett und auf Kommode und Stühlen. Das Bett und der Nachttisch daneben waren vom Eingang aus deutlich sichtbar.
Livingston trat ein paar Schritte zurück und stand wieder in der Vorhalle. »Wollen Sie damit sagen, daß jeder, der am Sonntag nachmittag die Toilette benutzen wollte, hier heraufkommen mußte?« Er deutete mit der Hand auf die Toilette, die rechts von Penelopes Zimmer lag.
»Ja, Sir. Lächerlich, nicht wahr? Sie müssen wissen, wie

wertvoll dieser ganze Besitz ist. Eine Hotelkette hat versucht, Lady Exner dazu zu bewegen, wenigstens die Hälfte zu verkaufen. Sie könnte dadurch ein Vermögen machen – und dann dieses Haus ordentlich renovieren und sich endlich ein wenig daran erfreuen. Philip ist genauso nachlässig. Er denkt nur an seinen Garten! Ich muß allerdings sagen, er scheint mit dem Älterwerden ein wenig mehr Wert auf Bequemlichkeit zu legen.«

»Den Eindruck habe ich auch.« Livingston kehrte ein paar Schritte zurück und ging noch einmal den Vorraum hinunter, so, als wolle er zur Toilette gehen. Er wußte, daß die meisten Menschen, wenn sie eine offene Tür sehen, instinktiv einen Blick in das Zimmer hineinwerfen. Das bedeutete, daß jeder, der am Sonntag hier gewesen war und die Toilette benutzen wollte, die bewußten Pastetchen auf Penelopes Nachttisch hatte sehen können. Er betrachtete sich den Raum in allen Einzelheiten. Ziemlich nachdenklich kehrte er nach unten zurück. Er wußte jetzt, welche Gelegenheit der Übeltäter genutzt hatte, aber er hatte keine Ahnung, welches sein Motiv gewesen sein könnte.

Als Livingston wieder zu Miss Twyler und Philip Whitcomb auf die Terrasse hinaustrat, bemerkte er, daß sie sich gestritten hatten. Philip Whitcombs normalerweise blasses Gesicht war rot angelaufen. Seine Stirn war zerfurcht, was den Eindruck des zerstreuten Professors noch stärker betonte. Allerdings, so dachte Livingston, ist er augenblicklich ein ziemlich wütender zerstreuter Professor – oder aber er schauspielert nur. Livingston fragte sich, warum jener Gedanke so plötzlich aus seinem Unterbewußtsein aufgestiegen war.

Valerie Twyler schien nicht so besonders ärgerlich, aber

außerordentlich energiegeladen zu sein. Sie lehnte sich mit ineinander verschränkten Händen in ihrem Stuhl nach vorn und blickte unverwandt in Philips Gesicht. Sie schien Livingstons Rückkehr nicht bemerkt zu haben.
»Philip, mein Lieber, ich weiß, wie unangenehm und schrecklich dies für dich ist, aber du *mußt* einfach zugeben, daß dies durchaus eine Möglichkeit ist, und anstatt nun Livingston nach einem potentiellen Mörder suchen lassen, sollten wir diesen Unsinn von vornherein beenden.«
»Aber Val, ich f-f-finde es ist so illoyal.«
Ist es denn möglich, daß keiner von beiden meine Schritte gehört hat? dachte Livingston. Er fragte sich, ob dieser Wortwechsel wohl für ihn inszeniert worden sein könnte.
»Es wäre wohl besser, wenn ich ein wenig fester auftreten würde«, bemerkte er lächelnd. Philip und Val sahen mit entsetzten Gesichtern zu ihm hoch. »Ich habe zufällig mit angehört, was Sie gerade gesagt haben, und ich muß Sie in aller Deutlichkeit auffordern, mir alles, was ein wenig Licht auf diese Ermittlungen werfen könnte, sofort mitzuteilen.«
»Philip, nun sag's schon.«
Miss Twyler klopfte Philip aufmunternd auf die Schulter.
»Also g-g-gut, wenn es denn sein muß. Aber Inspektor«, Philip stand auf und schob die Hände in seine Taschen, »dies m-m-muß absolut vertraulich bleiben. Ich meine, Sie würden doch eine achtzigj-j-jährige Frau sicher nicht ernsthaft vor ein Gericht bringen wollen, nicht wahr?«
»Eine achtzigjährige Frau?« Aus Livingstons Stimme klang Erstaunen.
»Mmmm.« Philip schüttelte den Kopf. »Für sie war es natürlich ein Jux, ein ... ich w-w-weiß nicht.«

»Philip, bitte erlaub mir ...?« Val wandte sich Livingston zu. »Inspektor, wieviel Arsen wurde in jenen leckeren Pastetchen gefunden und wieviel in Penelopes Körper?«

»Eine Spur«, sagte Livingston. »Eigentlich sehr wenig.«

»Ganz bestimmt nicht genug, um sie vorsätzlich zu töten.«

»Vorsätzlich – das ist schwer zu sagen. Sehen Sie, Mrs. Atwater ist eine stark übergewichtige Frau, die nicht sehr gut auf sich aufgepaßt hat. Sie hat Verdauungsprobleme, Bluthochdruck, ein überanstrengtes Herz und einen sehr hohen Cholesterinspiegel. Durch die starke physische Belastung, der sie jetzt ausgesetzt war, hätte sie sehr leicht einen Herzanfall erleiden können, und die Person, die den Pastetchen Arsen hinzugefügt hatte, hätte sich des Mordes schuldig gemacht. Man kann nur von Glück sagen, daß sie sich erholen wird. Also – was war es, was Sie mir sagen wollten?«

»Veronica – Lady Exner – wollte diese Reise unbedingt ohne Penelope machen. Um ehrlich zu sein – Penelope ist ihr in letzter Zeit ziemlich auf die Nerven gegangen. Sie sind in den letzten Monaten ziemlich viel zusammen gereist, und während Lady Exner ihre Gesellschaft in mancherlei Hinsicht sehr schätzte, ist ihr Miss Atwater doch wiederum oft auf die Nerven gegangen. Je älter Penelope wird, desto mehr ißt sie. Sie hat in der Tat in den letzten zehn Monaten vierzehn Kilogramm zugenommen. Veronica hat bereits gesagt, Penelope käme ihr vor wie ein Müllschlucker. In der letzten Woche war Veronica mit Philip draußen im Töpferschuppen. In einem der vielen Gefäße, die dort herumstehen, wird auch Arsen aufbewahrt. Es ist für jedermann sichtbar mit einem Etikett versehen, und Veronica empfahl, daß sie das nächste Mal, wenn Penelope ihre kleinen Pastetchen backen würde, doch vielleicht eine Spur Arsen hineinmischen könnte. So hätte sie, wenn sie die ganze Nacht lang zur Toilette rennen und dauernd die Spülung betätigen würde, zumindest einen *Grund*, krank zu sein.«

»Sie wollen doch damit wohl nicht sagen …«

»… daß sie eine kleine witzige Bemerkung in die Tat umgesetzt hat«, unterbrach Philip. »Val, ich habe dir das doch als einen W-w-witz erzählt. Veronica hat das doch gar nicht ernst gemeint.«

»Ich weiß, daß sie es damals nicht ernst gemeint hat, aber am Sonntagmorgen, als Penelope in die Kirche ging, sagte Veronica, daß sie sicher sei, daß ihre Nichte es wahrscheinlich furchtbar lästig fände, wenn ihr einen ganzen Monat lang auch noch Penelope auf der Pelle säße. Sie überlegte ernsthaft, Penelope allein in die Ferien zu schicken und ohne sie in die Staaten zu fahren. Philip wollte davon nichts hören. Dann, als Penelope eilig ins Krankenhaus gebracht werden mußte, sagte Veronica etwas in dem Sinne, wie leid es ihr täte, aber daß im Leben doch hinter jeder Wolke auch die Sonne scheine. Jetzt könne sie wenigstens ohne Penelope verreisen, ohne daß diese sich gekränkt fühle.«

»Und jetzt haben Sie Regan Reilly als Veronicas Begleiterin angeheuert«, sagte Livingston.

»Ja«, sagte Philip. »Tatsächlich hat meiner Tante das üb-b-berhaupt nichts ausgemacht. Sie findet Regan lustig, und in den USA wird natürlich meine Cousine auf Veronica aufpassen. Ich habe Regan gesagt, daß Veronica ziemlich unberechenbar ist und daß man auf sie aufp-p-passen muß wie auf ein Kind.«

»Sie sehen, daß Veronica erreicht hat, was sie wollte«, sagte Val.
»Ja, das sehe ich tatsächlich.« Livingston ging zum Geländer der Veranda und schaute in den sorgfältig angelegten, ländlichen Garten hinaus. Wieviel Arbeit das wohl gekostet haben mochte! Er selbst fand Gartenarbeit eigentlich todlangweilig. »Da steckt aber wirklich viel Liebe drin«, sagte er anerkennend.
»Wir haben dreimal im Jahr Blütezeit«, sagte Philip und stellte sich neben Livingston. »Es macht wirklich Freude, mit den Händen zu arbeiten, die Erde zwischen den F-F-Fingern zu spüren und zu sehen, wie die Sämlinge sprießen.«
Livingston sah ihn an und folgte dann seinen Blicken. Er sah nicht die Blumenbeete an, sondern schaute über sie hinweg nach links, dort, wo der Wald begann und wo man leise Baugeräusche hörte. Dort waren die sterblichen Überreste von Athena Popolous entdeckt worden.
Philip, der Livingstons nachdenklichen Blick anscheinend gespürt hatte, wandte sich ihm zu. »Ich hätte gern eine Tasse Tee«, erklärte er. »Inspektor?«
Die Einladung war nicht gerade sehr liebenswürdig formuliert, aber Livingston nahm trotzdem an. Allerdings schien Whitcomb darüber nicht erfreut zu sein.
»Ich werde Emma bitten, ihn einzuschenken.« Val erhob sich aus ihrer Schaukel. Offensichtlich war sie ebensowenig wie Philip darüber erfreut, daß Livingston noch länger bei ihnen blieb.
Als sie die Veranda verließ, sagte Livingston: »Professor Whitcomb, es gibt etwas, das ich Sie fragen muß, und ich ziehe es vor, dies in Miss Twylers Abwesenheit zu tun. Mir ist erneut zugetragen worden, daß Athena Popolous

schwärmerisch in Sie verliebt war. Ich muß Sie bitten, ganz und gar aufrichtig zu mir zu sein. War sie hinter Ihnen her, hat sie Sie in irgendeiner Weise verfolgt oder hat sie vielleicht versucht, Sie zu ihrem Vertrauten zu machen?«

Philip bekam einen roten Kopf. »G-g-ganz und gar nicht. Ich w-w-wollte nichts von ihr wissen.«

»Aber sie war tatsächlich hinter Ihnen her«, sagte Livingston rasch.

»S-s-sie hatte sich angewöhnt, am Sonntagnachmittag, wenn ich im Vordergarten war, hier vorbeizuradeln. Es war äußerst l-l-lästig.«

»Wie oft ist sie vorbeigeradelt, und wie oft hat sie angehalten?«

»Mehrmals. Ich habe versucht, sie s-s-sofort loszuwerden. Sie tat mir leid. Es war ganz offensichtlich, daß sie unglücklich war. Ich hätte strenger zu ihr sein sollen.«

»Professor, bitte verstehen Sie mich richtig. Ich möchte einfach nur wissen, ob Athena Popolous Ihnen irgend etwas über eine unglückliche Liebesaffäre mitgeteilt oder mitzuteilen versucht hat, oder ob sie sonst irgendein Problem erwähnte, das uns helfen könnte, ihren Mörder zu finden.«

Philip kaute nervös an seiner Unterlippe. »Immer wenn sie es wieder einmal geschafft hatte, mir aufzulauern, erzählte sie mir, daß sie über den Tod ihrer Tante nicht hinwegkommen könne. Natürlich mußte ich ihr in solchen Momenten zuhören. Ich habe ihr gesagt, sie sollte Kontakt mit den anderen Studentinnen suchen ... sich mit jemandem anfreunden, dem sie auch wirklich vertrauen kann. Aber als ich ihr sagte, es sei unp-p-passend, mich außerhalb von Saint Polycarp's zu besuchen, ist sie

ganz einfach trotzdem aufgetaucht. Das p-p-passierte mit kurzen Unterbrechungen fünf- oder sechsmal, wenn ich am Sonntagnachmittag im Vordergarten arbeitete.«
»Dann haben Sie sie also das letzte Mal gesehen, als...«
»Am Sonntag, bevor sie verschwand.«
»Warum haben Sie mir das nicht gleich am Samstag erzählt, als Claire James sagte, Athena sei in Sie verliebt gewesen?«
»Weil *ich* nicht in sie verliebt war und weil ich das Ganze als sehr peinlich empfand.«
»Leider ist die Frage, ob etwas peinlich ist oder nicht, in einem Mordfall irrelevant. Professor, wenn Sie versuchen könnten, sich auch nur an ein einziges Gespräch mit Athena Popolous zu erinnern, in dem sie einen Namen erwähnte oder auch Pläne, die sie möglicherweise hatte, dann wäre ich äußerst dankbar. Ah, dort kommen Miss Twyler und Miss Horne mit dem Tee. Ich kann leider doch nicht bleiben.«
Livingston drückte Val sein Bedauern aus und war sich dabei bewußt, daß das gänzlich unnötig war. Als er mit seinem Wagen am Ende der Auffahrt angekommen war, zögerte er ein paar Sekunden. Was sollte er als nächstes tun? Er wollte unbedingt wissen, ob im Laboratorium noch weitere Ergebnisse der Untersuchungen, die mit Athenas Körper vorgenommen worden waren, vorlagen. Er wollte aber auch unbedingt dem Direktor von St. Polycarp's einen Besuch abstatten.
Der Direktor gewann.
Livingston hatte schon immer das Gefühl gehabt, daß Reginald Crane ein Mann war, der sich für seinen Beruf außerordentlich gut eignete. St. Polycarp's war schließlich eine Schule, die man nur für ein Jahr oder sogar nur

für ein Semester besuchte. Studenten kamen und gingen; einige waren geradezu süchtig nach dem kulturellen Kick, in Oxford studieren zu können. Andere, wie Athena Popolous, waren einfach trotz ihrer Proteste hingeschickt worden und nahmen nie wirklich an dem, was in Oxford vor sich ging, teil. Reginald Crane kannte die Studentenwitze über die schmalen Betten, die fadenscheinigen Wolldecken und das veraltete Mobiliar. Er wies die Beschwerden gelassen von sich. »Das macht die verwöhnten Kinder ein bißchen robuster«, hatte er Livingston einmal gestanden. »Das Budget ist ja klein genug. Ich würde es lieber darauf verwenden, ihnen mehr Kurse anzubieten.«

Jemand anders als Reginald Crane wäre vielleicht unzufrieden gewesen über den fortwährenden Wechsel unter den Studenten und über die Unmöglichkeit, einen wirklichen Geist der Kameradschaft zu schaffen, so wie er sich etwa in einem vierjährigen College entwickeln konnte. Und dennoch: Viele der Studentinnen fühlten sich offenbar an St. Polycarp's gebunden. Die meisten waren zu ihrem zehnjährigen Klassentreffen tatsächlich aufgetaucht. Wenn sie kamen, dann rissen sie zwar immer noch ihre alten Witze über die Betten und die schäbigen Zimmer, aber sie schienen dennoch überzeugt zu sein, daß das Studium in St. Polycarp's eine bereichernde Erfahrung gewesen war. Crane war es trotz der relativ schlechten Bezahlung gelungen, einige hervorragende Lehrer für die Schule zu gewinnen.

Livingston wurde in Cranes privates Büro geführt, einen holzverschalten Raum voller Bücherborde. Die dicken Wälzer schienen zu demonstrieren, daß der Direktor ein wirklich gelehrter Kopf war. Crane war Anfang sechzig

und sah aus wie ein Thermometer; er hatte einen außerordentlich schmalen Körper, eine rötliche Gesichtsfarbe und einen vollen, silbergrauen Haarschopf.
Livingston entschuldigte sich für seinen unangemeldeten Besuch. »Ich platze nicht gern einfach so herein«, erklärte er und setzte sich in einen relativ bequemen Stuhl in der Nähe von Cranes Schreibtisch. Im Laufe der acht Jahre, die Livingston schon in Oxford arbeitete, waren er und Crane enge Freunde geworden.
»Du platzt nie herein, Nigel«, entgegnete Crane. »Du kommst, ohne vorher anzurufen, weil es etwas zu tun gibt, was nicht aufgeschoben werden kann.« Er lehnte sich in seinem weißen Lederstuhl zurück und faltete seine langen, knochigen Hände. »Also, meine amerikanischen Studenten würden jetzt sagen: ›What's up?‹ «
Livingston entschloß sich, ohne Vorrede auf den Punkt zu kommen. »Ich möchte deine ehrliche, absolut vertrauliche Meinung über Philip Whitcomb.«
Crane zuckte mit den Achseln. »Absolut vertraulich?«
»Natürlich.«
»Also – das ist nicht so einfach zu sagen. Ein guter, sogar ein sehr guter Lehrer. Er kennt seinen Stoff. Er liebt ihn. Wenn der Mann über Dichtung spricht oder Gedichte vorliest, dann ist er plötzlich wie verwandelt. Er hat fast etwas Schwärmerisches. Zu viel für meinen Geschmack. Schließlich waren die Dichter sterblich, wie alle anderen Menschen auch. Ich möchte bezweifeln, ob sie ihre Gedichte mit all dem theatralischen Getue vorgetragen haben, das Philip an den Tag legt. Aber ich weiß, daß er es geschafft hat, Studenten beizubringen, was ein Gedicht zu einem Klassiker macht. Dafür bin ich dankbar, und die Studenten sollten es auch sein.

Außerhalb des Klassenzimmers finde ich ihn allerdings ziemlich langweilig. Er kann nicht sprechen, ohne rot zu werden oder zu stottern, und meist ist er in seinem Blumengarten beschäftigt. Ich bin sicher, daß er es vorzieht, Blumen zu pflanzen, als Nahrung zu sich zu nehmen. Wie er es geschafft hat, sich eine Verlobte und zukünftige Ehefrau an Land zu ziehen, werde ich nie verstehen. Ich vermute, es war Valerie, die sich um ihn bemühte, nicht umgekehrt.«

»Das ist auch mein Eindruck.« Livingston überlegte sich seine nächste Frage sehr genau. »Wenn Philip im Klassenzimmer so viel Eindruck macht, hat er dann vielleicht auch einigen Ärger mit Studentinnen, die sich in ihn verlieben?«

Cranes Gesicht verdunkelte sich. »Jetzt nicht mehr.«

»Nicht mehr?« Livingston griff die Formulierung sofort auf. »Was meinst du damit?«

Der Direktor bereute es offenbar, daß er so offen gesprochen hatte. »Vielleicht bin ich unfair. Schließlich ist das Ganze schon sehr lange vorbei. Genau elf Jahre. Damals war Philip noch ziemlich jung; so Anfang dreißig. Eine Studentin begann, ihm wie ein Hündchen überallhin zu folgen. Er fühlte sich geschmeichelt, nehme ich an, und verbrachte auch privat Zeit mit ihr – etwas, was absolut verboten ist. In Saint Polycarp's darf es keine persönlichen Beziehungen zwischen Studentinnen und Lehrern geben. Anscheinend wurde Philip des Mädchens sehr bald müde und begann, es zu meiden. Du kannst dir wohl vorstellen, wie ich mich fühlte, als sie in mein Büro platzte und verkündete, sie sei schwanger und er sei der Vater.«

Livingston stieß einen geräuschlosen Pfiff aus. »Und – war sie es?«

»Nein. Sie war ein extrem emotionales, ja geradezu hysterisches Geschöpf. Gott sei Dank für uns hatte sie einen Lehrer in einer Schule, die sie zuvor besucht hatte, ebenfalls beschuldigt, sie geschwängert zu haben. Es war nicht schwierig, die Wahrheit von ihr zu erfahren. Ihre Beziehung zu Philip hatte sich auf einige Fahrradtouren und Picknickausflüge beschränkt. Dennoch hätte es ein Skandal, sogar eine Katastrophe für die Schule werden können, wenn sie auf ihren Anschuldigungen beharrt hätte. Fast hätte ich Philip entlassen, aber er wollte seinen Job unbedingt behalten. Du mußt wissen, daß er sich hier außerordentlich wohl fühlt. Er unterrichtet einen Stoff, den er liebt, er hat viele Quadratmeter Grundbesitz, auf denen er seine Gartenarbeit machen kann, und er ist offensichtlich Lady Exners Erbe.«
»Ja, das nehme ich auch an«, sagte Livingston zustimmend.
»Ich habe ihn ausdrücklich gewarnt, daß er sofort entlassen würde, wenn es auch nur das geringste Anzeichen dafür gäbe, daß er sich wieder mit einer Studentin eingelassen hätte, und zwar mit einem Zeugnis, das ganz und gar nicht gut ausgefallen wäre.«
»Ah, so. Du bist also sicher, daß sich diese Affäre vor elf Jahren abgespielt hat.«
»Völlig sicher. Ich erinnere mich ganz genau daran, weil es das Jahr war, bevor diese kleine Popolous verschwand. Damals standen in den Zeitungen all diese unschönen Berichte über das ›Griechische Mädchen, das nie zur Schule zurückkehrte‹. Ich mußte immer daran denken, daß es wahrscheinlich das Ende von Saint Polycarp's gewesen wäre, wenn ein Jahr zuvor eine Studentin durch einen Lehrer geschwängert worden wäre oder auch nur

steif und fest behauptet hätte, daß dies der Fall gewesen sei. Wie die Dinge liegen, bin ich in dieser Woche mehrmals von den Lokalzeitungen angerufen worden; man wollte meine Meinung zur Entdeckung von Athena Popolous' Leiche hören.« Der Direktor sah Livingston durchdringend an. »Ich sehe ein, daß du nicht verraten willst, warum du nach Philip gefragt hast, aber ich hoffe, du verstehst, daß ich für fünfhundert Studentinnen verantwortlich bin. Vielleicht solltest du dir einmal vor Augen halten, daß es zu meinen Pflichten gehört, zu wissen, was los ist.«

Livingston zögerte keinen Augenblick. Zweifellos empfand Direktor Crane noch eine Menge alten Ärger über Philip, und zwar auf Grund des Skandals, den er in St. Polycarp's hätte verursachen können. Ohne Beweise war es unfair, auch nur anzudeuten, daß er irgendeine Beziehung mit Athena Popolous gehabt haben könnte. »Im Augenblick machen wir nur Routinebefragungen.«

Das wissende Lächeln des Direktors vermittelte Livingston den Eindruck, daß das Wort »Routinebefragung« nur verschleierte, um was es sich eigentlich handelte, nämlich eine gezielte Ermittlung. Zum zweiten Mal an jenem Nachmittag hatte Livingston den deutlichen Eindruck, daß seine Abwesenheit mehr als seine Gegenwart geschätzt wurde.

In der Hauptwache wurde Livingston darüber informiert, daß es im Fall Popolous weitere Erkenntnisse gegeben habe. Die Taschen von Athenas Jacke waren mit Synthetikstoff gefüttert gewesen. Eine dieser Taschen hatte innen ein Loch. Die Gerichtsbeamten hatten eine Streichholzschachtel vom »Bull and Bear« gefunden, die durch das Loch gefallen war und sich tief im Futter jener

Jacke verfangen hatte. Sie war sehr gut erhalten geblieben. In das Streichholzmäppchen waren zwei Buchstaben – B. A. – und drei Zahlen – 315 – hineingekritzelt worden.
Livingston ging in sein privates Büro, setzte sich an seinen Schreibtisch und strich sich müde über die Stirn. Athena Popolous war in der Nacht, in der sie verschwunden war, im »Bull and Bear« gewesen. War es am selben Abend gewesen, daß sie etwas in das Streichholzmäppchen gekritzelt hatte, oder hatte dieses schon seit Monaten in ihrer Tasche gelegen? Waren die Buchstaben vielleicht jemandes Initialen und bedeuteten die Ziffern den Zeitpunkt für ein Treffen? Oder bedeuteten sie die Aufschrift auf einem Nummernschild?
Intuitiv spürte Livingston, daß die Antworten auf jene Fragen mit Athenas Verschwinden und Tod in Zusammenhang standen.

Auf See

Veronica ergriff den Programmzettel, der auf der Kommode lag, und setzte sich auf ihr Bett. »Regan, wir müssen schnell entscheiden, bei welchen Aktivitäten wir heute mitmachen wollen. Es ist fünf vor elf, und es gibt hier einiges, was um elf anfängt.«

»Was steht denn zur Auswahl, Veronica?« fragte Regan und stellte sich sehnsüchtig vor, sich irgendwo mit einem Buch in einem Liegestuhl am Schwimmbecken zu aalen. Es war amüsant, von dort aus in aller Ruhe die Aktivitäten der Mitbewohner dieses Mikrokosmos namens Queen Guinevere zu beobachten.

»Also – schauen wir mal nach. Es gibt einen Vortrag über Bridge, der mich nicht interessiert, einen Vortrag über Computer, der mir bestimmt nicht guttun würde ... wie man ein Hühnerauge bereits im Frühstadium erkennt, Vortrag von einer Fußpflegerin ... ah, aber bitte nicht vor dem Mittagessen. Aha! Dies ist vielleicht etwas. Ein Seminar über Finanzplanung, beziehungsweise die verschiedenen Möglichkeiten des Geldmanagements. Wie Sir Gilbert immer zu sagen pflegte, mit Geld kann man kein Glück kaufen, aber zumindest alles andere.« Veronica lachte, sprang auf und schnappte sich ihr Haarspray.

»Ich weiß wirklich nicht so besonders viel über Geld. Philip hat einen Buchhalter angestellt, der sich um mein Scheckbuch kümmert. Aber es wird höchste Zeit, daß ich ein bißchen mehr darüber erfahre. Im übrigen ist dies wahrscheinlich einer der wenigen Vorträge, in dem mehr Männer als Frauen sind.«

»Aha, darauf läuft es hinaus, Veronica«, sagte Regan schmunzelnd, öffnete die Terrassentür und blinzelte in das gleißende Sonnenlicht hinaus.

»Ah, ja, hinterher können wir draußen auf dem Lido-Deck zu Mittag essen und dann die Sitzung der Hellseherin besuchen«, fuhr Veronica fort. »Ich habe mir meine Karte von verschiedenen Astrologen berechnen lassen, und ich bin immer froh, wenn mir jemand Neues die Zukunft vorhersagt. Und natürlich wird um vier Uhr dreißig in der Knights Lounge auch wieder Bingo gespielt.«

Jede Minute verplant – das erinnerte Regan an die Zeit, als sie bei den Pfadfinderinnen war. Vor zwanzig Jahren waren sie und ihre Freundin Sally von ihrer Pfadfinderführerin getadelt worden, weil sie länger als auf dem Plan vorgesehen gebraucht hatten, um Holz zum Anzünden des Lagerfeuers zu sammeln. Und als sie dann wieder an den Busen der Zivilisation zurückkehrten, wurden Luke und Nora von der neurotischen Leiterin, die leider ihrer eigentlichen Berufung als Marineoffizier nicht hatte Folge leisten können, informiert, daß Regan beim Sammeln der Zweige für das Lagerfeuer nicht sehr tüchtig gewesen war. Wenn man daran dachte, daß Regan eine der beiden in der Truppe war, die sich mit Rekordzahlen beim Verkauf von Pfadfinderinnen-Keksen brüsten konnte! Die andere war eine zierliche Nervensäge, die steif und fest behauptete, es sei unfair, daß Regan die Kekse an Leute verkauft hatte, die zur Totenwache in die Beerdigungshalle kamen. Regan hatte näm-

lich das Glück gehabt, daß in der Verkaufswoche einer der Uralten aus dem Shea-Clan gestorben war.
Unten im Sitzungssaal warteten bereits etwa ein Dutzend Leute auf den Vortrag über Finanzen, und weitere strömten herein. Während Veronica zur vorderen Reihe strebte, drehte sich Luke herum und zwinkerte Regan kurz zu.
»Ich glaube, der nett aussehende Mann da flirtet mit dir«, flüsterte Veronica.
Ihr entgeht aber auch nichts, dachte Regan, während die beiden sich auf zwei Stühle in der ersten Reihe setzten. Luke saß zwei Plätze hinter ihnen, und Regan konnte förmlich fühlen, daß er in sich hineingrinste. Okay, Dad. Jetzt wartest du mal ab. Du wirst sehen.
Hand in Hand betraten Mario und Immaculata das Konferenzzimmer und winkten den anderen zur Begrüßung zu.
»So, ihr seid also auch gekommen, um zu sehen, wie ihr eure Travellerschecks verbraten könnt?« fragte Mario grinsend. »Die Missis und ich haben gestern abend im Casino ein paar Scheinchen gewonnen, und wir dachten, wir informieren uns jetzt einmal darüber, wie wir das Geld verwalten.«
»Nämlich die drei Dollar, die davon übrig sind«, sagte Immaculata strahlend und hielt eine Tragetasche in die Höhe. »Mario hat mir oben auf der Promenade ein paar neue Kleidungsstücke gekauft. Ich wollte ein paar Sachen für Concepcione und Mario den Dritten erstehen, aber der große Mario sagte, das käme nicht in Frage, er wolle das ganze Geld für mich ausgeben.«
»Könnten die Herrschaften sich wohl setzen?« Ein junger Mann mit Brille, blondem Haar und einem dunklen Anzug von Brooks Brothers begann, während er sich vor-

stellte, an alle Anwesenden Schnellhefter zu verteilen.
»Mein Name ist Norman Bennett, ich bin Finanzberater und Budgetverwalter. Ich werde die nächsten paar Tage mit Ihnen zusammen verbringen, um Ihnen zu helfen, Ihre Investitionen optimal zu plazieren.«
Veronica beugte sich vor und flüsterte mit einer Souffleurstimme, die wahrscheinlich sogar noch im Maschinenraum zu hören war: »Er sieht ziemlich gut aus, Regan. Vielleicht ist er sogar noch frei.«
Peinlich berührt sah Regan zu Boden und durchblätterte den Fragebogen in dem Schnellhefter. Ich weiß nicht recht, was ich langfristig über den Zustand der US-Wirtschaft denke. Es ist schon genug der Herausforderung, meine eigenen Steuern in den Griff zu bekommen. Was würde ich tun, wenn ich heute eine Million Dollar erben würde? Ich würde ein See-Wasserflugzeug mieten, das mich abholen käme.
Sie sah sich im Zimmer um, um herauszufinden, was für Passagiere es waren, die etwas über finanzielle Zauberkünste erfahren wollten. Einige junge Paare, wahrscheinlich Hochzeitsreisende, befanden sich hier und da unter den Zuhörern. Aber Veronica hatte recht. Von den etwa zwei Dutzend Personen im Raum waren zumindest drei Viertel Männer. Regan schaute Luke noch einmal kurz in die Augen. Er lächelte und deutete diskret auf Norman Bennett. Offensichtlich hatte er mitgehört, wie Veronica den finanziellen Guru als potentiellen Partner für Regan vorgeschlagen hatte.
Veronica zischelte: »Regan, Liebes, Mr. Bennett will gerade anfangen. Paß doch bitte auf.«
Ich kann es gar nicht erwarten, dachte Regan. Cameron Hardwick war, wie sie bemerkte, gerade hereingekom-

men und ließ sich in der letzten Reihe nieder. Wahrscheinlich versucht er, die Konkurrenten einzuschätzen, überlegte sie. Norman Bennett räusperte sich.
»Bei einer größeren Menge an Kapital ist die Auswahl der Investitionsobjekte nicht nur wichtig, sondern von vitaler Bedeutung. Ja, von vitaler. Dieses war jedoch, historisch gesehen, außerordentlich kompliziert, und zwar auf Grund von Mißverständnissen, die zurückzuführen sind auf ...«
O mein Gott ...! dachte Regan.
Eine halbe Stunde später, während der Mann, unterbrochen nur durch kurze Pausen, die genutzt wurden, um Graphiken an die Tafel zu zeichnen, seinen Vortrag herunterspulte, kauerte Veronica noch immer auf dem Rand ihres Stuhles und stimmte sämtlichen Ausführungen Norman Bennetts mit heftigem Nicken zu. Regan bemühte sich krampfhaft, die Augen offenzuhalten.
»Und jetzt kommt unsere Frage-und-Antwort-Stunde. Bitte, Sie können mich gern ein wenig löchern.« Bennett schob die Lippen vor und sah plötzlich aus wie ein Karpfen, der nach Luft schnappt.
Keine Fragen mehr, bitte, bitte, betete Regan insgeheim und trommelte mit dem Fuß auf den mit Auslegeteppich belegten Boden des Konferenzzimmers.
Veronica sprang begeistert auf.
»Mr. Bennett, Sie haben gerade über die attraktive Dividende von Bonds mit zwanzigjähriger Laufzeit gesprochen. Wären die nach Ihrer Meinung eine sichere Anlage für mein späteres Alter?«
Regan hörte ein Kichern von einem der männlichen Hochzeitsreisenden, drehte sich abrupt herum und starrte ihn wütend an.

Bennett räusperte sich erneut. »Es gibt so viele herrliche Möglichkeiten zu investieren, daß ich es vorziehen würde, wenn Sie den Fragebogen völlig ausfüllten und ihn mir wiedergeben, bevor wir uns mit Einzelheiten befassen.«

Einen Punkt für Bennett, dachte Regan.

Die nächste Frage kam von Mario Buttacavola. »Sie haben einige interessante Dinge über die Möglichkeiten gesagt, in Osteuropa zu investieren. Ich habe etwas über eine große russische Lastwagenfirma gehört, die ausländisches Kapital haben will. Glauben Sie, daß das sicher ist?« Er ließ Bennett nicht die Möglichkeit zu antworten. »Sagen wir einmal, ich hätte eine gute Idee«, fuhr er fort. »Hier ist noch jemand, Cameron Hardwick, der an unserem Tisch sitzt. Er ist ein großer Finanzexperte. Vielleicht könnten Sie beide uns einmal Ihre Meinung sagen. Das wäre wirklich interessant.«

»Sie spielen jetzt natürlich auf die Boris & Vanya-Lastwagenfirma an, die dem Beispiel unseres größten Konkurrenten folgt, indem sie anbietet, neunundvierzig Prozent ihrer Aktien an fremde Investoren zu verkaufen. Es würde mich sehr interessieren zu erfahren, was Mr. Hardwick darüber zu sagen hat.« In Bennetts Stimme schwang Begeisterung mit.

Mario war offensichtlich erfreut, daß jetzt sein großer Moment gekommen war. »Nun, Cameron ist gerade von einer Reise in die osteuropäischen Länder zurückgekommen, auf der er sich über Investitionsmöglichkeiten für seine privaten Kunden informiert hat. Was meinen Sie dazu, Cameron?« fragte er mit Blick auf den hinteren Teil des Raumes.

Alle wandten ihre Köpfe und starrten Hardwick an. Die-

ser blieb sitzen und machte eine abwehrende Handbewegung. »Ich würde mir lieber anhören, was *Sie* darüber zu sagen haben.«
Mario sagte mit einschmeichelnder Stimme: »Oh, kommen Sie, Cameron. Das soll doch durchaus nicht heißen, daß Sie über Ihre Kunden reden sollen. Ich will es einmal so formulieren: Würden Sie dies, allgemein gesprochen, als eine gute Investitionsmöglichkeit betrachten?«
Hardwick stand auf und ergriff den Stuhl, der vor ihm stand. »Ich befasse mich mit jedem meiner Kunden individuell, und soviel ich weiß, ist Mr. Bennett derjenige, den Sie hören wollten.« Das Lächeln, das er aufsetzte, wirkte äußerst gezwungen. »Wenn Sie mich jetzt bitte entschuldigen würden.« Er schlenderte aus dem Zimmer.
Bennett brach das peinliche Schweigen, das darauf folgte. »Ich habe die Erfahrung gemacht, daß die meisten meiner Kollegen aus dem Finanzberatungsbereich sich freuen, wenn sie um einen Ratschlag gebeten werden. Wir müssen jedoch Mr. Hardwicks Wunsch, sich nicht zu äußern, selbstverständlich respektieren. Also meiner Meinung nach...«
Als sie zehn Minuten später den Konferenzraum verließen, schlossen sich Mario und Immaculata Regan und Lady Exner an. »Ist dieser Typ, dieser Hardwick, irgendwie ein bißchen verklemmt oder was?« fragte Mario stirnrunzelnd.
»Wenn Sie es wissen wollen – ich wette Dollars gegen Doughnuts, daß er noch nie von dieser russischen Firma gehört hat. Nach meiner Meinung ist der Typ entweder ein bißchen blöd oder ein Betrüger.«

Sylvie schlenderte durch den Astolat-Salon, den Rittersaal und die Lancelot-Bar. Auf dem Wege entdeckte sie Milton Wanamaker und seine allgegenwärtige Schwester Violet Cohn, die in dem verglasten Teil des Lido-Decks eine Bloody Mary schlürften. Als sie die kleine Gruppe gewollt beiläufig musterte, begegnete sie endlich Miltons Blick. Mit einem strahlenden Lächeln ging sie schnurstracks zu seinem Tisch.

»Ist das nicht ein herrliches Wetter?« fragte sie und legte eine Hand auf den leeren Stuhl zwischen Milton und seiner Schwester.

»Das Pflaster hinter meinem Ohr ist letzte Nacht abgefallen, und als ich aufwachte, war mir ziemlich schlecht. Es gibt nichts Schlimmeres als Seekrankheit. Ich habe mich immer noch nicht an das ewige Schaukeln gewöhnt«, klagte Violet.

Hoffentlich muß sie ins Bett gehen, dachte Sylvie, während Milton sich erhob.

»Bitte, trink doch etwas mit uns.« Mit einer Hand zog er ihr einen Stuhl heran, mit der anderen winkte er nach dem Kellner.

»Was möchtest du, Sylvie?«

»Das gleiche wie du. Ich würde gern eine Bloody Mary trinken.«

»Unsere ist ohne Alkohol«, verkündete Violet mit einem deutlich mißbilligenden Tonfall und Gesichtsausdruck.

»Das nennt man Bloody Shame«, erwiderte Sylvie lächelnd.
»Ja, das stimmt«, bestätigte Milton. Als der Kellner kam, bestellte er zwei Bloody Marys. Er sah seine Schwester an. »Violet?«
»Ich möchte nur einfachen Tomatensaft. Dieser ist viel zu stark gewürzt. Letzte Nacht ist mir das Pflaster vom Ohr gefallen ...«
Sylvie bemerkte deutlich den Ausdruck von Resignation auf Miltons Gesicht. »Und wir nehmen auch einen einfachen Tomatensaft«, sagte er.
Letzte Nacht hatte Milton sie zum Tanzen aufgefordert, während seine Schwester in der Damentoilette war. Sylvie betrachtete prüfend seinen schlanken Körper unter dem teuren Sporthemd, die intelligenten blauen Augen und das kurzgeschnittene weiße Haar mit der kahlen Platte, die er Gott sei Dank nicht zu verstecken versuchte. Sylvie hatte nur allzu viele Männer gesehen, die sich seitlich oder von hinten das Haar lang wachsen ließen und es sich dann, bei dem Versuch, die Natur zu besiegen, wieder über die Platte bürsteten und festklebten. Hoffentlich hatte Milton nicht vor, das Seminar über Haarausfall und seine Bekämpfung mitzumachen, das an diesem Nachmittag stattfand. Plötzlich wurde ihr bewußt, daß er sie bewundernd anblickte.
Er mag mich, dachte sie, und ich mag ihn. Jetzt mach dir nicht gleich alles kaputt, ermahnte sie sich selbst. Gestern nacht, als sie zu ›Satin Doll‹ getanzt hatten, hatten sie kaum gesprochen. Sylvie hatte das seltene Vergnügen genossen, mit einem attraktiven Mann zu tanzen, der *nicht* zwei linke Füße hatte. Sie hatte intuitiv gewußt, daß Milton Wanamaker es nicht gern hatte, wenn eine

Frau beim Tanzen redete. Danach hatten sie sich beide an seinem Tisch, der an der Tanzfläche stand, niedergesetzt und erste Informationen ausgetauscht: daß sie aus Palms Springs und Witwe sei und er aus Beverly Hills und Witwer. Das Gespräch war angenehm und angeregt verlaufen, bis plötzlich seine Schwester Violet, von der er gerade erzählt hatte, daß sie in Miami lebe, aus der Damentoilette auftauchte.

»Ich glaube, ich bin gegen das Pflaster allergisch, Milton«, sagte sie, ohne Sylvie einen Blick zu schenken. »Auf dem Beipackzettel stand, daß es Schwindel und Sehstörungen verursachen kann. Genau das habe ich jetzt, glaube ich. Bringst du mich bitte zurück in meine Kabine?«

Das war fürs erste das Ende ihrer romantischen Begegnung gewesen. Sylvie hatte das gleiche schon zuvor einmal erlebt: Schwestern als selbsternannte Wachhunde für ihre heiratsfähigen Brüder! Auch als sie mit Harold verheiratet war, hatte Sylvie nie das Eis zwischen sich selbst und seiner Schwester Goldie brechen können. Eine Schwägerin konnte noch schlimmer sein als jede Schwiegermutter. Und sie war fast immer und überall dabei.

Gestern abend hatte Violet sich beklagt, daß das Pflaster keine Wirkung zeigte. Heute morgen beklagte sie sich, weil es heruntergefallen war. Sylvie betrachtete Violet mit einem Ausdruck geheuchelten Wohlwollens. Sie versuchte sie einzuschätzen. Die alte Dame mußte etwa Anfang siebzig sein, gut zehn Jahre älter als ihr Bruder. Sie trug ein teures grau-weißes Baumwollkleid, das in einer Linie von der Schulter bis zur Mitte der Waden herunterfiel. Es sieht aus wie ein Überzug für ein Bügelbrett, dachte Sylvie und begann im selben Moment, das Kleid in höchsten Tönen zu loben. Mich wirst du nicht beiseite drängen, meine Beste, triumphierte sie insgeheim, da Violet einen flüchtigen Augenblick lang sichtbar dahinschmolz.

»Grau ist meine Lieblingsfarbe«, sagte sie und zeigte in Richtung Bar. »Der junge Mann kommt mir bekannt vor. Ich bin sicher, wir haben ihn irgendwo schon einmal gesehen.« Sylvie und Milton drehten sich um, um dem ausgestreckten Zeigefinger mit ihren Blicken zu folgen. Es war Cameron Hardwick, der Violets Aufmerksamkeit auf sich gezogen hatte.

Phantastisch, dachte Sylvie. Soll er sie nur ordentlich beschäftigen. Sie sprang auf und bedeutete Cameron mit energischen Handbewegungen, daß er zu ihnen an den Tisch kommen solle. Er nahm seinen Drink und schritt quer über das Deck auf sie zu.

»Cameron sitzt an unserem Tisch«, erklärte Sylvie.

»Ich kann mich gar nicht an ihn erinnern, Violet«, entgegnete Milton.

Als Hardwick an ihren Tisch trat, begann Sylvie mit dem Vorstellen. »Und Mrs. Cohn ist sicher, daß sie Sie von irgendwoher kennt.«

Violet starrte ihn an wie ein Falke, der im nächsten Moment auf seine Beute hinabstürzt. »Ich vergesse niemals ein Gesicht. Man hat behauptet, Herbert Hoover habe die seltene Eigenschaft gehabt, einen Menschen, den er als Baby von vierzehn Monaten gesehen hatte, zwanzig Jahre später, als er im wahlberechtigten Alter war, wiederzuerkennen. Und wie mein Bruder Ihnen bestätigen wird, habe ich das gleiche Talent.«

Und ich möchte wetten, daß sie es auch nie und nimmer

vergißt, wenn sie einen Streit mit jemandem gehabt hat, dachte Sylvie.

Violet musterte ihn mit zusammengekniffenen Augen. »Das war vor zehn oder zwölf Jahren. Welche Reise? Oh, ich weiß. Erinnerst du dich an unsere Griechenlandreise, Milton?« Sie wandte sich Sylvie zu. »Das war vor elf Jahren. Bruce, mein lieber Mann, war gerade gestorben.« Sie strahlte. Auf Sylvie wirkte Violets Lächeln wie ein triumphierendes Zähnefletschen. »Sie haben im Hotel Olympic als Kellner gearbeitet!«

Hardwicks Gesicht lief zuerst karmesinrot, dann purpurrot an. »Ich bin noch nie in Griechenland gewesen. Vielleicht sollten Sie Ihr Gedächtnis einmal überprüfen lassen.«

Er sprang empört auf, stieß seinen Stuhl zurück und ging mit langen Schritten davon. »Bleiben Sie doch hier...«, protestierte Milton. Sylvie legte ihre Hand auf seinen Arm. »Es tut mir so leid, daß ich ihn herübergebeten habe. Ich hatte ja keine Ahnung...«

Violet sah außerordentlich zufrieden aus. »Offensichtlich mag er es nicht, wenn man ihn daran erinnert, daß er mal als Kellner gearbeitet hat. Wahrscheinlich tut er immer so, als habe er blaues Blut in den Adern. Milton, erinnerst du dich daran, wie Sir John und Lady Victoria sich immer über die Leute lustig machten, die dauernd mit ihren guten Beziehungen angaben?«

Sylvie bemerkte, mit wieviel Stolz Violet selbst die Namen ihrer adligen Freunde erwähnte. »Mir ist gerade eingefallen...« Sie zögerte. Sollte sie den alten Drachen nun Violet oder Mrs. Cohn nennen? »Also ... Violet, ich habe gerade gedacht, daß Sie es sicherlich sehr schön fänden, Lady Exner, die auch an meinem Tisch sitzt, ken-

nenzulernen. Wir haben uns ein wenig angefreundet, und sie hat schon vorgeschlagen, daß ich sie einmal auf ihrem Anwesen in Oxford besuchen solle. Es heißt...«
Verdammt, wie heißt es denn eigentlich? Sylvie überlegte krampfhaft. »Lolly? Louie? Lew ... Lew ... Llewellyn Hall!«
Violet war begeistert; ein Drink mit Lady Exner auf der Käpten's Cocktail-Party heute abend – das wäre gewiß sehr vergnüglich. Aber sogleich begann sie wieder zu stöhnen: ihr Magen werde mit dem Schlingern des Schiffes hin- und hergeschaukelt – ob wohl Milton so gut sein könnte, sie in ihre Kabine zu begleiten, damit sie sich vor dem Mittagessen kurz hinlegen könne?
Warum steigst du nicht einfach auf deinen Besen, alte Hexe, und fliegst davon? dachte Sylvie.

Lady Exner und Regan nahmen ihr Mittagessen auf dem Privatdeck ihrer Suite ein. »Veronica«, sagte Regan, »du hast jetzt den Sitz-und-sei-fit-Kursus mitgemacht, du hattest heute morgen schon eine Rettungsübung, du hast dir einen Vortrag über Finanzen angehört, und jetzt ist es ein paar Minuten nach zwölf. Warum bestellen wir nicht ein paar Salate und nutzen die nächsten Stunden, um uns zur Abwechslung mal zu entspannen?«

»Eine hervorragende Idee«, sagte Veronica fröhlich. »Die Sitzung der Hellseherin beginnt um halb drei, und bevor man eine Hellseherin konsultiert, sollte man eine Weile lang zur Ruhe kommen und meditieren. In Kontakt kommen mit dem eigenen Innenleben, den tiefsten Gefühlen, den starken, unausgesprochenen Emotionen.«

Was soll in *deinem* Leben wohl unausgesprochen geblieben sein? dachte Regan und ergriff die Menükarte für den Zimmerservice. »Was meinst du zu Geflügelsalat?«

»Köstlich. Perfekt für diesen milden, sonnigen Tag. Und vergiß nicht eine Flasche Dom Perignon.«

»Ich hoffe nur, Philip und dein Buchhalter werden nicht denken, der Dom Perignon sei meine Idee gewesen«, erwiderte Regan.

»Es geht sie nicht die Bohne an, ob ich Spülwasser oder Dom Perignon trinke«, erwiderte Veronica. »Im übrigen unterschreibe ich jedes Jahr die Rechnung für mehrere Quadratmeter von Blumen, die die Winterkälte nicht überleben.«

Sie ist weltgewandter, als ich vermutet hatte, dachte Regan.

»Dich legt man so schnell nicht rein, Veronica.«

»Da hast du völlig recht, meine Liebe.«

Der Champagner hatte eine doppelt positive Wirkung: Er hielt Veronica während des Mittagessens bei Laune und bewirkte, daß sie, sobald sie die Gabel niedergelegt hatte, auf ihrer Liege auf dem Deck einschlief. Regan trank das zweite Glas und blickte über das Meer zum Horizont hinüber.

Das leise Läuten des Telefons konnte Veronicas wunderbar gleichmäßiges Atmen nicht unterbrechen. Regan beeilte sich, den Hörer abzunehmen. Wer in aller Welt rief jetzt wohl an? Gewiß nicht Luke oder Nora. Livingston? »Hallo?« Regan war sich bewußt, daß ihre Stimme sehr belegt klang.

Sie hörte ein Knacken. »Bleiben Sie bitte am Apparat, ein Gespräch aus New York.«

»Regan!« dröhnte eine Stimme. »Wie war das Klassentreffen? Ich habe gehört, Athena ist auch aufgetaucht.«

»JEFF.« Regan lachte zögernd. »Ich nehme an, Kit hat dich darüber informiert.«

»Ich habe gestern abend mit ihr darüber gesprochen. Ich hatte in New Jersey angerufen, weil ich erwartet hatte, daß du in ›Ruhe sanft!‹ die Kunden deines Vaters betrauerst.« Plötzlich veränderte sich seine Stimme; er klang nicht mehr übermütig, sondern besorgt. »Wie geht es dir? Wie Kit mir erzählt hat, hast du dir ganz schön was vorgenommen.«

Veronicas gleichmäßiges Atmen verwandelte sich in ein Kurz-lang-kurz-Schnaufen. Regan beobachtete sie besorgt durch die offene Tür des Sonnendecks. »Also, im Augenblick sitze ich hier und trinke Dom Perignon.«
»Laß ein bißchen für mich übrig.«
»Zu spät. Die Flasche steckt bereits umgekehrt im Eiskübel. Was machst du denn in New York?«
»Ich arbeite seit ein paar Wochen hier an einem Film.«
»Oh. Etwas Interessantes?« fragte Regan.
»Na ja, ein Action-Film. Ich spiele einen Terroristen, der, wie sich herausstellt, am Ende dann doch ein goldenes Herz hat.« Nach ein paar Sekunden fügte Jeff hinzu: »Er wird wahrscheinlich schnurstracks in die Videothek wandern.«
»Ich werde mal im Disney Channel danach Ausschau halten«, ergänzte Regan mit einem glucksenden Lachen. Sie nannte ihm die voraussichtliche Ankunftszeit und die Anlegestelle. Plötzlich sah sie ihn vor sich: die in tiefer Konzentration gerunzelte Stirn, das volle, dunkelbraune Haar, die haselnußbraunen Augen, der Schnauzbart, den er regelmäßig abrasierte und wieder wachsen ließ, den muskulösen Körper des Footballspielers. Keine Frage, er war wirklich sexy. »Okay, bis Samstag dann«, sagte Regan und merkte, wie ihr warm ums Herz wurde. »Ich habe dir eine Menge zu erzählen.«
»Ich freue mich schon darauf«, erwiderte Jeff.
»Ich mich auch.«
Als Regan den Hörer wieder auf die Gabel legte, erhob sich Veronica aus ihrer Liege. »Mein Gott, du hättest mich rufen sollen. Wer war das?«
»Ein Freund, den ich in New York treffen werde.«
»Hoffentlich ein *Mann*?«

»Ja, in der Tat, ein Mann.«

»Ich bin so froh, Regan, mein Liebes. Ihm muß wirklich viel an dir liegen, wenn er dich von New York aus hier auf dem Schiff anruft.«

»Glaub mir, Veronica, das braucht nicht notwendigerweise etwas zu bedeuten. Ich habe schon Typen gekannt, die mich vom anderen Ende der Welt angerufen haben, aber dann, nachdem sie heimgekommen waren, nichts mehr von sich hören ließen. Manchmal denke ich, eine gewisse Distanz ist sogar besser, als zu oft zu nahe beieinander zu sein.«

»Was sind das bloß für Einstellungen?« seufzte Veronica.

»Nun ja, Männer wie Sir Gilbert sind wahrscheinlich wirklich rar. Also, jetzt gehen wir erst mal zu der Hellseherin und schauen, ob sie für unser liebevolles, sehnsüchtiges höheres Selbst irgendwelche Überraschungen bereithält.«

Regan hatte das Gefühl, als bliebe der Hühnersalat ihr im Halse stecken.

Die Sitzung mit Madame Lily Spoker begann genau um vierzehn Uhr dreißig im Theaterraum des Schiffes. Regan schätzte, daß Madame Spoker so um die Fünfzig sein mußte. Sie hatte große dunkle Augen, eine kräftige, römische Nase, einen breiten Mund und ein messingfarbenes Haar, das in Löckchen und Strähnen unter einem schimmernden Turban hervorlugte. Sie trug eine rostfarbene Satinbluse mit V-Ausschnitt, die den Blick auf ihren üppigen Busen freigab, und einen weiten, bunten Rock, der im Gleichklang mit dem unverwechselbaren Geräusch einer sich aneinander reibenden Strumpfhose auf ihrem Weg zum Rednerpult vernehmlich raschelte und knisterte.

Regan hatte bemerkt, daß auch Nora irgendwo rechts hinten saß und steuerte zielstrebig mit Veronica auf die beiden leeren Stühle in der Nähe von Kenneth und Dale zu, die sich in der ersten Reihe links niedergelassen hatten. Dale lehnte sich zu ihnen hinüber und hob die Augenbrauen. »Wir hatten das Gefühl, daß dies einfach *zu* gut wäre, um es auszulassen.«

»Ist es nicht fas-zi-nie-rend?« zwitscherte Veronica. »Schhhh. Sie fängt an.«

Madame Spoker sah ihr Publikum mit strahlenden Augen an. »Ich kann spüren, daß dies eine äußerst interessante und produktive Sitzung wird. Meine Schwingungen sind sehr stark. Viele Menschen kommen zur Sit-

zung eines Hellsehers, um sich lustig zu machen. Sollte irgend jemand von Ihnen das ebenfalls vorhaben, dann kann ich Ihnen versichern, daß Ihnen später, wenn Sie gehen, ganz gewiß nicht mehr der Sinn danach stehen wird.
Unsere Seele wird von Kräften bewegt, von denen der Verstand nichts weiß. Vor vielen Jahrmillionen wurde unser Schicksal in die Sterne geschrieben. Was Sie waren und was Sie werden würden, all das war bereits festgelegt.« Sie breitete die Arme aus und schloß die Augen.
»Ich kenne die Frage, die Ihnen jetzt durch den Sinn geht. Warum bin ich überhaupt hier?«
Das frage ich mich auch, dachte Regan.
»Ich sage Ihnen warum – weil wir alle, und zwar an bestimmten festgelegten Punkten unseres Lebens, an einem Scheideweg stehen. Wenn wir das eine tun, dann wird sich daraufhin ein bestimmtes Szenario entwickeln. Wenn wir etwas anderes tun, dann wird ein weitaus weniger günstiges, vielleicht tragisches Resultat die Folge sein. Ich kann mir nicht vorstellen, daß nicht jeder einzelne von Ihnen zu irgendeinem Zeitpunkt seines Lebens eine Vorahnung hatte, daß ihn nicht eine innere Stimme, die aber meist ignoriert wird, vor etwas warnte. Das war Ihr Unterbewußtsein, das versucht hat, Sie auf den richtigen Weg zu führen.«
Ihre Stimme erstarb zu einem Flüstern.
»Bei den meisten von uns ist jene geheime innere Stimme zu leise; sie ist nur ein schwacher Schrei gegen die Flut.« Sie warf ihre fleischigen Arme mit einer ausholenden Geste nach vorn, als wolle sie ihre Zuhörer an den üppigen Busen drücken. »Heute werden Sie mit meiner Hilfe die geheimen Warnungen Ihres Unterbewußtseins

vernehmen können.« Sie ließ ihre Arme seitlich herunterfallen, sah sich im Raum um und wartete auf Applaus. Veronica enttäuschte sie nicht.

»Fangen wir an, Madame Spoker«, rief Veronica lebhaft klatschend.

»Ich möchte, daß Sie alle auf diese Zettel, die ich gleich verteilen werde, eine Frage zu Ihrem Leben stellen. Ich werde Sie dann nacheinander zu mir rufen, und Sie werden mir das zusammengefaltete Papier geben und hier Platz nehmen.« Madame Spoker wies auf einen verloren wirkenden Stuhl auf der leeren Bühne. »So werde ich fähig sein, Ihre ganz persönlichen Schwingungen aufzufangen. Ich werde mir die Frage nicht ansehen – ich werde sie fühlen.«

Veronica begann, sehr energisch etwas auf das Stück Papier zu kritzeln, während Regan sich fragte, was zum Teufel man diese Voodoo-Frau wohl fragen könnte. Dann wurde auch ihr ein Stück Papier gereicht. Sie legte das Papier auf ihre Brieftasche und schrieb: »Werden wir jemals Athenas Mörder finden?« Sie faltete das Papier zusammen und wurde sich plötzlich bewußt, daß sie in den Jahren, in denen sie als Detektivin arbeitete, noch nie etwas Derartiges gemacht hatte.

Madame Spoker konnte gar nicht anders, als Veronica als erste auf den heißen Stuhl zu rufen. Veronica packte ihn mit beiden Händen – so, als wäre er der letzte in dem Spiel »Die Reise nach Jerusalem«.

»Was fühlen Sie?« fragte die Hellseherin.

Madame Spoker knüllte Veronicas Papier in ihrer Handfläche zu einem Ball zusammen, schloß die Augen und begann, vorwärts und rückwärts zu schaukeln. »Sie sind eine sehr kluge Frau, Miss...«

»Exner. Lady Veronica Exner, Witwe des verstorbenen Sir Gilbert.«

»Ja, ich kann die Verwandtschaft fühlen. Sie sind ein sehr großzügiger Mensch und sehr viel gescheiter, als die meisten Menschen wissen. Sie haben ein langes Leben hinter sich ...«

Sie machte eine Pause, schüttelte den Kopf und öffnete die Augen.

»Aber was ist mit meiner Frage?« fragte Veronica.

Madame Spoker wirkte beunruhigt. »Es wäre am besten, wenn Sie zu meiner nächsten Sitzung am Freitag kommen könnten. Ich kann im Augenblick keine deutlichen Schwingungen von Ihnen empfangen. Ich brauche mehr Zeit, um mich auf Ihr Magnetfeld zu konzentrieren, und die habe ich heute leider nicht. Hier sind so viele Leute versammelt, und ich möchte Ihnen allen, wenn möglich, eine Chance geben, nach vorn zu kommen. Ich verspreche Ihnen, daß Sie am Freitag als erste drankommen.«

Veronica sah ein wenig enttäuscht drein, wollte aber kein Spielverderber sein und kehrte zu ihrem Stuhl neben Regan zurück.

Das ist ja eine nette Art und Weise, dafür zu sorgen, daß die Leute zur nächsten Abrakadabra-Stunde wiederkommen, dachte Regan. Abrakadabra. Es klang wie Abra-Kadaver.

Andere Passagiere kamen und gingen in den vorderen Bereich des Raumes, und Madame Spoker begann wieder mit ihren medialen Schüttel- und Zitterbewegungen. Unter den Teilnehmern war auch eine Gruppe junger Frauen von einer Kosmetikfirma, die die Reise gemeinsam gebucht hatten. Sie hatten eine Kreuzfahrt gewonnen, weil sie massenweise teure Kosmetikköfferchen, gefüllt mit allem möglichen, von Lippenglanz über Augenbrauenstifte bis zu den beliebten Pickel-Abdeckstiften, verkauft hatten. Eine von ihnen, ein Mädchen um die Zwanzig, mit toupiertem Haar, das von jedem Quadratzentimeter ihrer Kopfhaut senkrecht emporstand, trug einen diamantenen Verlobungsring an der Hand. Madame Spoker warnte sie davor, ihren Verlobten zu heiraten.

»Ich sehe Probleme auf Sie zukommen. Es gibt da etwas, was Sie nicht wissen. Vielleicht nimmt er sie auf schöne Reisen mit, aber er ist ein *Lügner!* Es tut mir leid, aber das Gefühl, das ich jetzt habe, ist so stark, daß ich Sie warnen muß!«

Als die betrübte junge Dame, wütend ein Kaugummi kauend, auf ihren Platz zurückkehrte, hörte Regan sie murmeln: »Ach zum Teufel, was weiß *die* denn schon?« Aber sie sah dennoch besorgt aus. Der arme Junge, dachte Regan. Er hat wahrscheinlich seine ganzen Ersparnisse für diesen Verlobungsring ausgegeben, aber wenn seine Angebetete sich entschließt, dem Ratschlag von Madame Spoker zu folgen, dann wird er ihn wahrscheinlich nie mehr wiedersehen.

Irgendwo in den hintersten Reihen stand Immaculata Buttacavola auf und kam nach vorn. Nervös setzte sie sich auf den heißen Stuhl.

Madame Spoker strahlte, da sie endlich einmal ein paar gute Nachrichten hatte. »Ich glaube, Ihre Familie wird sich sehr bald vergrößern. Im nächsten Jahr, würde ich sagen.«

Immaculata klatschte in die Hände und rief: »Meine Schwiegertochter Roz ist seit einem Monat mit ihrer

Periode überfällig. Vielleicht hat sie, wenn wir zurückkommen, uns etwas Wichtiges mitzuteilen.« Sie stand von ihrem Stuhl auf. »Danke, Madame, danke«, sprudelte es aus ihr hervor, während sie wieder auf ihren Platz zurückkehrte. »Mario, ich habe dir doch gesagt, daß wir jenes süße Babyhemdchen mit dem Abzeichen des Schiffes hätten kaufen sollen. Komm, laß uns schnell sehen, ob noch welche da sind.«

Veronica wandte sich zu Regan um. »Ist das nicht schön? Wie sie das Baby wohl nennen werden?«

Ja, dann werden sicher bald neue Familienfotos gemacht werden, dachte Regan.

»Regan«, sagte Veronika mahnend, »du warst noch gar nicht an der Reihe. Madame Spoker ...«

»Natürlich. Bitte, Miss, kommen Sie doch zu mir ...«

Na, zumindest hat sie mich nicht ›Madam‹ genannt, dachte Regan. Sie stand auf und gab Madame Spoker den Zettel mit der Frage.

Madame Spoker schloß die Augen und begann abgehackt zu summen, eine Art leises Stakkato, das wie eine Maschine klang, die nicht richtig funktionierte. Regan wartete gespannt, was sie bei einer Frage nach einem Mörder wohl »fühlen« würde.

»Irgend etwas ist in der Nähe ... Ich fühle, daß Sie irgend etwas oder irgend jemandem näher sind, als Sie es sich überhaupt träumen lassen. Aber ich spüre eine Gefahr. Sie müssen der Gefahr aus dem Wege gehen.« Madame Spoker rollte das zusammengeknüllte Papier wieder und wieder in ihrer Hand herum. Plötzlich stieß sie einen leisen Schrei aus. »Autsch, verdammt, jetzt habe ich mich an dem Papier geschnitten ... !« Sie schüttelte den Kopf und begann wieder zu summen.

Einen Augenblick später öffnete sie mit einem Ruck die Handfläche. Verzweifelt versuchte sie, den gefalteten kleinen Zettel wieder zu umschließen, aber ihre Finger waren wie erstarrt. Der Papierball fiel zu Boden. Die Hellseherin sprang auf und wich entsetzt davor zurück, gerade so, als sei er eine Zeitbombe. Sie begann zu zittern. »Ich habe noch nie zuvor bei einer Frage die Kontrolle verloren. Die Kraft und die Schwingungen, die von jenem kleinen, quadratischen toten Baumstück ausgehen, überwältigen mich nahezu. Miss, Sie haben mir eine sehr ernste Frage gestellt, und ich muß sie warnen: Sie müssen sehr vorsichtig sein. Sie sind von gefährlichen Menschen umgeben. Sie werden gewiß finden, was Sie suchen, aber der Preis, den Sie zahlen müssen, ist möglicherweise *zu* hoch.«

Oh, wenn meine Mutter sich doch für den Bridge-Vortrag um vierzehn Uhr dreißig entschieden hätte, dachte Regan.

Cameron Hardwick schwamm mit kräftigen Stößen von einer Seite des verlassenen Schwimmbeckens im Fitneßbereich zur anderen. Es war klein, aber er konnte es nicht ertragen, in dem größeren Becken auf dem Lido-Deck zu schwimmen, wo es von Kindern nur so wimmelte und die Kleinen von ihren vertrottelten, überängstlichen Eltern ständig überwacht wurden. Es sollte gesetzlich verboten sein, daß auf diesen Schiffen Kinder mitfahren. Er zuckte vor lauter Abscheu zusammen, als er an die Familienfotos der Buttacavola dachte.

Dieser Küchenchef von Atlantic City ist wohl doch nicht so blöd wie er aussieht, dachte er und tauchte mit einem Schmetterlingsschlag unter Wasser. Mein Gott, es war wirklich ein gutes Gefühl, die Muskeln zu trainieren. An diesem Morgen war innerhalb von fünfzehn Minuten die von ihm gewünschte Anonymität zweimal gebrochen worden. Er hatte das Gefühl, als hätte er Knoten im Bauch. Er atmete den Chlorgeruch ein und fühlte, wie das Wasser über seinen Rücken perlte. Ich muß meine Nerven beruhigen, dachte er.

Er erreichte den Rand des Beckens, machte eine Wende unter Wasser und tauchte wieder auf, um auf dem Rücken zurückzuschwimmen. Wer hätte gedacht, daß er während eines blöden Vortrags über Finanzen in eine Situation geraten würde, in der dieser Mario, dieser

Idiot, die Aufmerksamkeit sämtlicher Anwesenden auf ihn lenken würde. Hardwick hatte das Gefühl, als würde sein Blut bei diesem Gedanken zu kochen beginnen. Verdammtes Pech aber auch! Er hätte ihn erwürgen können. Und jetzt mußte er ihm auch noch jeden Abend zum Abendessen begegnen. Allerdings war er fest entschlossen, sein heftiges Temperament zu zügeln. Er mußte die Sache mit seinen Tischgenossen unbedingt auf die Reihe bringen. Er konnte nicht warten, bis dieser Job erledigt wäre. Ob mein alter Herr jetzt nicht endlich mal stolz auf mich wäre? dachte er wütend. Ich mache Geld, Dad, aber nicht auf die Weise, wie du es dir vorgestellt hast. Die Tatsache, daß er vor zwanzig Jahren in seiner Prep-School mit großem Profit Drogen verkauft hatte, hatte ihn ein für alle Male für wirkliches, diszipliniertes Arbeiten verdorben. Sicher, dies war ein ziemlich hohes Risiko, aber die Dividenden waren sogar noch besser. Im übrigen machte es ihm Spaß, gefährlich zu leben.

Heute war Dienstag. Die erzwungene Tatenlosigkeit fiel ihm auf die Nerven. Er begann nachzudenken. Ob es wohl möglich wäre, schon früher als Freitag zum entscheidenden Schlag auszuholen? Muß ich denn unbedingt auf die eine, einzige Gelegenheit warten? Am Freitag abend würde das ganze schwere Gepäck in die Flure hinausgestellt werden, damit die Ausschiffung am Samstag morgen möglichst reibungslos vonstatten ginge. Hardwick grinste. Er hatte eine Geschichte über eine Gruppe betrunkener Stewards gehört, die während einer Überfahrt in der Nacht vor der Ankunft die Flure entlanggetorkelt waren, sich aus einem Dutzend Koffer das herausgeholt hatten, was sie wollten, und die

Koffer selbst dann im Übermut über Bord geworfen hatten. Allerdings waren sie geschnappt worden. Das durfte ihm keinesfalls passieren. Die Koffer der Reilly und Exner würden ebenfalls geholt werden, und man würde die beiden nicht vermissen, bis das Schiff fast leer war. Dann würde das Gepäck irgendwo auf dem Pier herumliegen, ohne daß jemand danach gefragt hatte, und er selbst wäre längst über alle Berge. Hardwick stemmte sich vom Rand des Pools nach oben und entschied, daß es am Ende doch am besten wäre, bis Freitagabend zu warten. Je weniger Zeit man hätte, dem Verschwinden der Passagiere der Camelot-Suite nachzugehen, desto besser.

Lady Exner würde zweifellos eine Kosmetiktasche mit Hautcreme und Gott weiß welchen anderen nutzlosen Pflegemittelchen beiseite legen, um am Samstagmorgen wie üblich den hoffnungslosen Kampf gegen das Altern aufzunehmen. Den würde sie natürlich eigenhändig vom Schiff tragen wollen. Er, Cameron Hardwick, würde die Kosmetika einfach hinter ihr her ins Wasser befördern, zusammen mit der Kleidung, in der sie ihre geldgierigen Nichten zu begrüßen gedachte. Um ihre vertrockneten Zigaretten könnten sich die Haie streiten.

Hardwick griff nach dem Handtuch und begann, seine muskulösen Arme zu trocknen. Reilly war diejenige, die ihm möglicherweise einige Schwierigkeiten bereiten würde, dachte er. Sie sah aus wie eine Kämpferin, und da sie Detektivin war, war sie wahrscheinlich auch ganz schön schlau. Aber wenn er sie in der REM-Phase überwältigte, dann würde selbst ihre Schläue ihr wahrscheinlich nicht weiterhelfen. Er würde es keinesfalls zulassen,

daß irgend so ein blödes Weib seine Pläne durchkreuzte.
Er stand vor dem Spiegel am Ausgang und kämmte sein glänzendes schwarzes Haar zurück. Befriedigt über sein Aussehen beugte er sich nieder, um die limonengrünen Wasserschuhe überzustreifen, die er zum Windsurfen gekauft hatte. Als er sie einmal am Strand von Jersey getragen hatte, hatte irgendein Idiot gerufen: »Hey, Kermit, wo ist Miss Piggy?« Cameron hatte sich zusammenreißen müssen, um ihm nicht eins über den Schädel zu geben. Das einzige, was ihn davon zurückgehalten hatte, war der Anblick einer Gruppe von Bierbäuchen, die sich auf ihren Handtüchern ausgestreckt hatten. Die Männer grinsten und beobachteten seine Reaktion, offenbar bereit, ihrem Anführer sofort zu Hilfe zu kommen.
Hardwick straffte die Schultern und zog sich den Bademantel an. Er verknotete den Stoffgürtel und verzog dabei gequält das Gesicht, da er das Gefühl hatte, daß der Gürtel ein wenig mehr an Umfang umschloß als gewöhnlich. Die paar Pfündchen waren mit bloßem Auge kaum erkennbar, aber ihm selbst war das außerordentlich lästig. Er haßte es, irgendwo ein Gramm zuviel zu haben, vor allem um seinen Magen herum. Die Rettungsringe sollte man lieber den Marios dieser Erde überlassen.
Als er auf dem Rückweg zu seiner Kabine langsam die Treppe hinaufstieg, dachte er an seinen großen Coup. Endlich war alles bis ins einzelne durchgeplant. Auf dem Deck wäre er fast in eine Gruppe kichernder, stark geschminkter junger Mädchen hineingeraten, die ihn mit Chicago-getuschten Wimpern voller Bewunderung anklimperten. Schade, schade, daß ich mich nicht mit einer von ihnen einlassen kann, dann wäre es nicht so

langweilig, dachte er, während er vor der Tür seiner Kabine ankam. Drinnen klingelte das Telefon. Hastig zog er den Schlüssel aus seiner Tasche und stürzte hinein.

Der Anruf kam aus Oxford.

Ich kann einfach nicht glauben, daß es erst Dienstag ist, dachte Regan. Sie begleitete Veronica gerade auf ein Bingospiel in den Rittersaal. Plötzlich kam ihr das entsetzte Gesicht in den Sinn, das ihre Mutter gemacht hatte, als die Hellseherin ihren merkwürdigen Anfall bekommen hatte. Für Nora war das ein Moment des Schreckens gewesen.

Regan hatte Schuldgefühle, weil sie ihrer Mutter, die sich eigentlich hatte erholen wollen, jetzt auch noch Sorgen bereitete. »Solange wir unter demselben Dach leben, mache ich mir Sorgen, wenn du spät heimkommst, gleichgültig, wie alt du bist«, pflegte Nora zu sagen. »Wenn du in Kalifornien bist, dann weiß ich nicht, was du treibst – und das ist ja auch gut so.« Und dann hatte sie hinzugefügt: »Aber ich bete sehr viel.«

Ich hätte diesen Job niemals annehmen dürfen, dachte Regan. Es brennt mir auf den Nägeln, mich mit Athenas Fall zu beschäftigen. Ich hätte direkt nach New Jersey fliegen und mein Tagebuch heraussuchen sollen. Einmal hatte Athena sehr viel über den letzten Sommer gesprochen, den sie mit ihrer Tante, ihrem Onkel und ihren Cousinen verbracht hatte. Ich habe alles niedergeschrieben, was sie mir erzählt hat.

»Regan, Liebes, laß uns doch diesen Tisch hier nehmen!« Veronica wies auf einen niedrigen runden Tisch am Rande der Tanzfläche, um den vier Stühle standen.

»Da dies der Rittersalon ist, werden sich uns vielleicht ein paar Ritter in glänzenden Rüstungen anschließen.«
»Oh, ich glaube, die salzige Luft würde ihren Rüstungen nicht guttun, Veronica.« Regan lächelte, da ihr eingefallen war, wie sie und Kit einmal eine Fabrik für Ritterrüstungen in Graz besucht hatten. Kit hatte den Führer gefragt, ob die Fabrik wohl die Produktion eingestellt habe, weil die weibliche Bevölkerung in Hunderten von Jahren keinen einzigen Ritter gesehen hatte.
Als sie sich auf die braun gepolsterten Drehstühle setzten, sah Regan Kenneth und Dale in den Salon treten. »Ich hätte nie gedacht, daß ich euch beide hier treffen würde.«
»Oh, warum nicht?« antwortete Dale fröhlich. »Der Himmel ist bewölkt, und also dachten wir, wir gehen mal rein, nehmen ein paar Drinks und gewinnen hoffentlich ein bißchen Kleingeld.«
»Entzückend«, zwitscherte Veronica. »Setzen Sie sich doch.«
»Nur, wenn Sie meine Bingokarten heraussuchen, Lady Exner«, sagte Dale augenzwinkernd. »Ich weiß, daß Sie mysteriöse Kräfte haben. Das einzige, was Kenneth und ich je gewonnen haben, war ein Sechs-Monate-Abonnement für eine spanische Zeitung, und, überflüssig zu sagen, ›hola‹ und ›adios‹ sind die einzigen Wörter, die wir verstehen.«
Kenneth ergänzte: »Schließlich haben wir sie auf unsere Freundin Carmen überschrieben. Sie ist unsere Nachbarin, eine Spanierin aus Madrid. Am Sonntag kommt sie immer herüber, um mit Dale den exotischen Kaffee zu trinken, den niemand so wie er zubereiten kann, und sie liest uns die Überschriften vor.«

»Also war der Gewinn nicht ganz umsonst«, sagte Dale lachend und strahlte Kenneth an.
Veronica fegte das Geld der am Tisch Sitzenden mit der Hand zusammen und stellte sich erwartungsvoll an, um die Karten zu kaufen. Nach und nach begann der Raum sich mit Grüppchen von zwei oder drei Personen zu füllen. Auch ein paar Singles kamen, um die Gelegenheit zu nutzen, an diesem unterhaltsamen Spiel, einem der ältesten an Land oder auf dem Meer, teilzunehmen. Regan fragte sich, wie viele Kirchgänger wohl bis zum heutigen Tag jeden Freitag jemanden »N-thirtythree« oder »Zero-seventy-seven« rufen hörten. Am Ende rief immer jemand »Bingo!«. Bingo war stets das Lieblingsspiel von Regans Großmutter gewesen.
Der Schiffsdirektor, Duncan Snow, dessen Dauerlächeln Regan an eine Kürbislaterne erinnerte, nahm das Mikrophon in die Hand und kündigte an, daß sie sogleich beginnen würden. Die Spieler sollten doch freundlicherweise ihre Plätze einnehmen.
Veronica lehnte sich in ihrem Sitz zurück, mischte die Karten, die eigentlich kleine Zettelchen waren, und teilte sie mit der Geschicklichkeit eines Las-Vegas-Händlers aus. »Los geht's. Für die erste Runde zwei für jeden. Und hier sind einige Bleistifte. Keine Chips. Umrahmen Sie nur die Zahlen, die aufgerufen werden. Oh, hier ist die Kellnerin. Bestellen wir ein paar Drinks.« Sie wandte sich Kenneth und Dale zu. »Was hätten Sie gern?«
Die Kellnerin, eine Brünette in den Zwanzigern, sah aus, als hätte sie bis zum frühen Morgen in der Disco der Schiffsmannschaft getanzt. Sie nahm die Bestellung – vier Gin Tonic – auf und verschwand wieder.
»... six and six clickety click. Das ist richtig, Ladies und

Gentlemen. Zero-sixty-six clickety click«, rief Duncan Snow, während »Oohs« und »Aaahs« durch den Raum hallten.
Während er weitere Zahlen ausrief, wurde Regan sich darüber klar, daß sie nicht stolze Besitzerin einer Gewinnerkarte war. Die anderen in ihrer Gruppe hatten auch kein Glück. Duncan sagte »B-twelve« an.
Eine Kinderstimme am nächsten Tisch schrie: »Das ist meine, Mom! Bingo!« Der zweite Schiffsdirektor, Lloyd Harper, der, so schätzte Regan, ungefähr in ihrem Alter sein mußte, lächelte sie freundlich an, während er an ihrem Tisch vorbeiging, um die Karte des Jungen zu überprüfen. Regan lächelte zurück; sie war dankbar, daß Veronica noch immer vornübergebeugt dasaß. Diese tüftelte die verschiedenen Möglichkeiten aus, wie sie ein Bingo hätte machen können, wenn sie nur eine einzige Zahl mehr gehabt hätte.
Mehr Karten wurden gekauft und mehr Spiele mit verschiedenen Gewinnmöglichkeiten wurden gespielt. Der erste, der auf seiner Karte eine Reihenfolge von Zahlen, die ein X bildeten, umkreist hätte, würde den ganzen Gewinntopf einstreichen. Oder der erste, der sämtliche Zahlen am Rande umkreist hätte. Oder der erste, der ein L bilden konnte. Schließlich sagte Duncan an, daß das nächste Spiel das letzte sein würde und daß der Jackpot diesmal der größte des gesamten Tages sei. Alles rannte durcheinander, da die Leute, in der Hoffnung, das große Geld zu gewinnen, unbedingt noch zwei oder drei zusätzliche Karten kaufen wollten.
»Diesmal wird der Gewinner derjenige sein, der zuerst sämtliche Zahlen auf seiner Karte einkreist. Ja, genau. Sie müssen jede Zahl eingekreist haben.« Duncan strahlte.

Ich frage mich, ob es irgendeine Möglichkeit gibt, das Ganze zu türken, dachte Regan. Sie hatte gehört, daß der Schiffsdirektor mit irgendeinem Flittchen gemeinsame Sache mache. Die Frau tat so, als hätte sie gewonnen, und beide teilten sich dann den Gewinn. Sie schaute sich den Zehnjährigen an, der die gewonnenen Scheine mit beiden Händen festhielt. *Der* würde seine einhundert Dollar bestimmt mit niemandem teilen.

Duncan begann erneut, die Nummern auszurufen, wobei er bei jeder ein paar Worte oder einen kleinen Singsang hinzufügte. »N-twenty-six, let's pick up sticks. Let's pick up sticks, N-twenty-six.«

An der entgegengesetzten Seite des Salons saß Gavin zwischen zwei Frauen, deren Alter schwer zu schätzen war. Die Frau zu seiner Rechten hatte ihre Knie in seine gerammt. Die zu seiner Linken hatte eine verwirrende Art, ihn mit dem Ellenbogen gegen den Arm zu stoßen, sobald eine der Zahlen auf ihrer Karte genannt wurde. Sie wiederholte jede Zahl mit einer lauten, fragenden Stimme. Gavin mußte ihr bestätigen, daß das tatsächlich die genannte Zahl sei, aber da sein Blutdruck vor lauter Ärger ständig stieg, überhörte er gelegentlich die nächste ausgerufene Zahl. Das wiederum zwang ihn, die Leute am nächsten Tisch danach zu fragen, wodurch das ganze Spiel von neuem begann. Unangenehmerweise schrie die Dame zu seiner Linken auch mehrfach »Bingo«, wenn die genannte Zahl sich der ihren noch nicht einmal annäherte.

Sehr viel länger halte ich das nicht aus, dachte Gavin. O Gott, bitte laß dies die letzte Kreuzfahrt sein, an der ich teilnehmen muß. Zumindest füllt sich meine Karte schnell mit Kreisen. Es sind nur noch zwei Zahlen übrig.

Als die nächste Zahl aufgerufen wurde, und er energisch das vorletzte leere Quadrat auf der Karte einkreiste, hörte er Lady Veronicas vertrautes Trällern. »Ooh, ooh, mein Gott. Bingo! Ist das nicht toll?« Wer hat, dem wird gegeben, dachte er verärgert. Veronica war aufgesprungen und machte, während sie ihre Karte aufgeregt hin und her wedelte, im Rhythmus der Mikrophonstimme ein paar Tanzschritte. Dann stürmte sie nach vorn und nahm den Schiffsdirektor voller Begeisterung in die Arme. Lloyd Harper überprüfte ihre Zahlen und verkündete, daß sie vierhundertzweiundsechzig Dollar gewonnen habe. Die Anwesenden standen auf und applaudierten. Der eine oder andere äußerte mit halblauter Stimme seine Bereitschaft, morgen wiederzukommen und noch einmal sein Glück zu versuchen. »Ich habe dir doch gesagt, du solltest ein paar zusätzliche Karten kaufen«, hörte Regan einen alten Mann mit seiner Frau schimpfen. »Sie war direkt hinter uns, und wir hätten die Gewinnsträhne mitbekommen.«
»Ah, halt den Mund, Henry, du machst mich aber auch für alles verantwortlich«, zischte die alte Frau ihn an. »Im übrigen hast du mehr Geld, als du überhaupt verbrauchen kannst. Der Himmel weiß, daß du davon nie einen Pfennig für mich ausgegeben hast.«
Veronica ging zum vorderen Teil des Raumes und unterhielt sich mit Duncan, während Lloyd das Geld abzählte. Dale lachte und sagte: »Ich wußte, daß sie eine Gewinnkarte herausholen würde – ich hatte nur gehofft, daß es meine wäre. Übrigens, Regan, sie hat mit mir darüber gesprochen, ein paar Antiquitäten für Llewellyn Hall zu kaufen. Ob sie es wohl ernst meint, oder ob das nur so eine Art Cocktailgeschwätz war?«

»Na ja, sie hat vor zehn Jahren darüber gesprochen, ein paar Abflußrohre und Elektrizitätsleitungen erneuern zu lassen, und jetzt allmählich ist der Zeitpunkt gekommen, zu dem sie es endlich realisiert. Man muß so eine Art Marco Polo sein, um die einzige Toilette in dem Gebäude zu finden, die funktioniert, und dann stöhnt und ächzt es noch zwanzig Minuten, nachdem du die Spülung betätigt hast, durchs ganze Haus. Ich glaube, wenn sie es sagt, dann meint sie es auch wirklich, aber ich möchte bezweifeln, daß sie es noch zu ihren Lebzeiten schafft, die Räume renovieren zu lassen.«

»Oje!« jammerte Kenneth, »da geht unser Vorwand flöten, in diesem Herbst noch einmal nach London zurückzufahren.«

»Das wäre wirklich mal nett gewesen«, ergänzte Dale. »Aber das war der Grund, warum sie mich eigentlich eingeladen hat. Wo genau in Oxford befindet sich Llewellyn Hall?«

»Am Rande der Stadt, in einem sehr vornehmen Viertel«, antwortete Regan.

»Oh, es ist schön dort. Wieviel Landbesitz hat sie denn?«

»Etwas über fünfhundert Acres.«

»Du machst wohl einen Witz?« sagte Dale, dem vor Erstaunen der Mund offenstehen blieb.

»Nein, warum?«

»Vor ungefähr sechs Jahren habe ich mit einem Innenarchitekten zusammengearbeitet, der dort ein Haus eingerichtet hat. Die Leute hatten für nur zwanzig Acres ein Vermögen bezahlt. Veronica hat so viel Geld, und sie macht einen Luftsprung, wenn sie nur ein paar hundert Dollar gewinnt?«

»Veronica und ihr Neffe sind zwei der seltsamsten Menschen, die ich jemals getroffen habe«, antwortete Regan. »Außer für ihre Reisen verbraucht Veronica nicht viel Geld, und ich glaube nicht, daß sie weiß, wieviel Wert das Anwesen hat. Und alles, was ihren Neffen interessiert, ist, möglichst viele Blumen in den Garten zu pflanzen.«

»Wer wird denn das Ganze eigentlich erben?« bohrte Kenneth.

Regan zuckte mit den Achseln. »Ich nehme an der Neffe.«

»Sie hat mir erzählt, sie wolle irgendeine Nichte besuchen«, fuhr Kenneth fort. »Sie bat mich, ihr die Haare zu machen, bevor sie in New York an Land geht.«

»Eigentlich ist es eine Cousine zweiten Grades; sie fing an, an Veronica zu schreiben und hat ihr Familienfotos geschickt. Veronica hat sie nie getroffen, aber sie hat ihr Bilder von sich, ihrem Neffen, seiner Verlobten und Llewellyn Hall geschickt.«

»Was *macht* denn diese zweite Cousine eigentlich?« fragte Dale.

»Ich nehme an, sie hat gerade ihren Job verloren – so hat sie Zeit, um Veronica herumzuführen.« Regan runzelte die Stirn. »Veronica hat mir erzählt, sie habe in einem Maklerbüro gearbeitet.«

Kenneth zog zum zweiten Mal in jener Stunde die Augenbrauen in die Höhe, und Dale biß sich auf die Lippen.

»Nun, irgend jemand scheint hier sehr viel Sinn für die Realitäten zu haben«, bemerkte Dale. »Wenn ich der Neffe wäre, rein theoretisch, dann würde ich ziemlich nervös werden.«

Sylvie tänzelte in ihrer Kabine herum, sprühte sich Parfüm auf den Puls und sang aus voller Kehle den Schlager »Money, money, money …«, ohne allerdings genau den Text zu kennen.

Als sie in ihr cremefarbenes Cocktailkleid stieg, wurde ihr plötzlich klar, daß sie seit langer Zeit vor einer Verabredung mit einem Mann nicht mehr so aufgeregt gewesen war. Seit allzulanger Zeit. Milton war wirklich unglaublich nett. Und was für ein Gentleman! Allerdings hatte sie bisher, wenn sie mit ihm zusammen gewesen war, immer sehr gemischte Gefühle gehabt; einerseits war sie sehr glücklich gewesen, und andererseits hatte sie sich plötzlich an das erinnert gefühlt, was sie seit Harolds Tod immer vermißt hatte. Den anderen Trottel, der ihr Ehemann gewesen war, vergaß sie besser. Er zählte nicht. Aber die Jahre, die sie mit Harold verbracht hatte, waren etwas ganz Besonderes gewesen.

Diesen Nachmittag hatte Milton, ohne es zu wissen, in ihr endlich wieder einmal das Gefühl erweckt, wie gut es sein kann, wenn man mit einem Menschen zusammen ist, den man wirklich mag. Als Violet, die alte Schreckschraube, sich für ein Schläfchen zurückgezogen hatte, waren Sylvie und Milton zu einem Spaziergang um das Deck herum gegangen. Ein kühler Wind wehte, und er hatte seinen Pullover ausgezogen und ihn ihr um die Schultern gelegt. Sie hatte sich gefühlt wie ein Cheer-

leader-Mädchen an der High-School, das gerade die Fußballjacke von ihrem Freund bekommen hat.
Jetzt laß dir die Sache bloß nicht gleich zu Kopf steigen, dachte Sylvie, während sie den Haken an ihrem Kleid schloß. Aber hoffentlich ist ein bißchen von meinem Parfüm in seinem Pullover haften geblieben. Wenn er ihn wieder trägt, wird er sich an mich erinnert fühlen. Nichts ist so gut wie ein Duft dazu geeignet, Erinnerungen zurückzubringen.
Sylvie schaute auf ihre Uhr. Sechs Uhr fünfundvierzig. Ich sollte jetzt besser losgehen, dachte sie, und plötzlich mußte sie an die vielen Gelegenheiten denken, als sie sich auf den Käpten-Parties so schrecklich allein gefühlt hatte. Wie deprimierend das gewesen war. Nun, heute abend würde es anders sein. Sie wollte sich oben mit Milton und Violet treffen und würde Violet dann den Leuten an ihrem Tisch, vor allem Lady Exner, vorstellen. Wenn Violet dort nicht hängenblieb, würde sie Gavin bitten, Violet ein wenig zu unterhalten. Als sie das für sich so weit geklärt hatte, trug sie neuen Lippenstift auf und begann zu singen: »Tonight, tonight won't be just any night ...«
Nora half Luke mit den Manschettenknöpfen an seinem Smokinghemd.
»Ich weiß nicht, wie die Typen, die allein leben, das hinkriegen«, sagte er.
»Nun, ich werde dir keine Chance geben, das herauszufinden«, sagte Nora und strahlte ihn an. »Du siehst so gut aus – vor allem in Schwarz.«
»Also, Regan würde jetzt sagen: ›Das ist gut fürs Geschäft.‹« Luke lächelte sie ebenfalls an und beugte sich zu ihr herunter, um sie zu küssen.

Nora runzelte die Stirn. »Luke. Ich mache mir solche Sorgen um sie.«
Luke wurde plötzlich bewußt, daß er Regans Namen auf keinen Fall hätte erwähnen dürfen. Nach der Sitzung der Wahrsagerin an jenem Nachmittag war Nora völlig mit den Nerven fertig gewesen. Mit großer Mühe hatte er es geschafft, sie ein wenig zu beruhigen, und jetzt schien sie sich erneut schrecklich zu ängstigen.
»Liebes, wir werden doch nur noch ein paar Tage hier auf dem Schiff verbringen, und dann wird sie wieder arbeiten und sich wieder mit richtigen Kriminellen befassen. Danach ist es dann noch genug Zeit, sich Sorgen zu machen. Nicht, wenn sie eine harmlose alte Frau in der besten Suite des Schiffes betreut.« Er nahm sie in die Arme. »Jetzt überleg dir doch noch mal, wen sie eigentlich hätte heiraten sollen.«
Nora lachte ein wenig zögernd und knuffte ihn zärtlich in die Seite. »Okay, du altes Ekel. Aber ich werde wirklich erleichtert sein, wenn wir alle dieses Schiff sicher verlassen haben.«
»Ich auch. Ich bin neugierig, Regans Meinung über den grünen Aufbahrungssaal zu erfahren.«
Regan folgte Veronica aus ihrer Suite heraus. Da Regan eigentlich nicht erwartet hatte, die Heimreise auf einem Luxusdampfer zurückzulegen, hatte sie nur ein einziges elegantes Kleid dabei. Es war ein einfaches schwarzes Cocktailkleid, das sich deutlich von Veronicas silbernem Taftballkleid abhob, demjenigen, das sie am Abend zuvor nicht hatte anziehen können. Was ich jetzt noch brauche, ist eine weiße Schürze, und die Leute werden denken, daß ich ihr Zimmermädchen bin, dachte Regan. Als sich der Reifrock von Veronicas Kleid unglücklicher-

weise in der Fahrstuhltür verfing, drückte Regan hektisch sämtliche Knöpfe. Sie hätte sich keine Sorgen zu machen brauchen. Als sie es schließlich geschafft hatte, den festen, steifen Stoff aus der summenden, klingelnden Tür zu befreien, sprang der Reifen sofort in seine ursprüngliche Form zurück. Aha, knitterfest, dachte Regan erstaunt. Das müssen die Geister der Modepolizei gewesen sein, die versucht haben, das kunstvolle Gebilde zu zerstören.

»Oje!« rief Veronica. »Danke, Regan. Ich bin so froh, daß es nicht zerrissen ist.«

Zerrissen? dachte Regan. Das Ding ist aus US-Stahl. »Kein Problem. Du siehst wirklich hübsch aus, Veronica.«

»Du auch, meine Liebe. Aber ich würde dich zu gern mal zum Einkaufen mitnehmen und dir etwas wirklich Elegantes kaufen. Du würdest beispielsweise in einem solchen Kleid wirklich hübsch aussehen. Kaum zu glauben, daß ich es von der Stange gekauft habe, nicht wahr?«

Doch, dachte Regan. Das glaube ich dir aufs Wort.

Gavin betrat ziemlich nervös den Queens-Salon. Im Hintergrund spielte leise die Band. Der Kapitän und seine führenden Mitarbeiter, wie aus dem Ei gepellt in ihren weißen Uniformen, standen in einer Reihe, um die Erste-Klasse-Passagiere zu begrüßen. Der Schiffsfotograf hielt seine Ausrüstung bereit, um die Passagiere, die an dem Kapitän vorbeidefilierten, zu fotografieren. Solche Fotos waren auf diesen Kreuzfahrten eine prächtige Geldquelle. Obwohl sie unverschämt teuer waren, konnten nicht viele Touristen widerstehen, ein solches Erinnerungsstück zu kaufen. Einige Leute kauften die Fotos allerdings vor allem deshalb, damit sie aus den Schaukä-

sten, wo sie den kritischen Blicken der Mitreisenden ausgesetzt waren, verschwanden.
Heute abend sollte ich mich mal mit ein paar netten Leuten zusammentun, dachte Gavin. Wenn ich das Armband nicht bald bekomme, dann werde ich eine Menge Zeit nur mit Veronica verbringen müssen. Eine Welle von Angst durchlief seinen Körper. Er zwang sich zu lächeln und ging zum Kapitän hinüber, um ihn zu begrüßen. Er streckte ihm die Hand hin. »Guten Abend, Sir.«
Da Veronica sich so sehr beeilt hatte, rechtzeitig zu der Party zu kommen, waren sie und Regan unter den ersten in der Schlange von Personen, die der Kapitän begrüßte. Innerhalb weniger Minuten nach ihrer Ankunft erstreckte sie sich bis hinter die Tür und an der Lancelot-Bar vorbei. Pflichteifrig legte der Kapitän die Arme um Veronica und Regan; Veronica zwitscherte »Cheese«. Obwohl der Kapitän wirklich seinen ganzen Charme aufbot, war Regan froh, als der Austausch von Höflichkeiten vorüber war. Da Veronica versuchte, sich noch ein wenig in seiner Nähe aufzuhalten, nahm Regan ein Glas Champagner von einem vorbeigehenden Kellner und sah sich um. Die zuerst Angekommenen hatten bereits die Sessel und Sofas, die in Hufeisenform um die Tanzfläche angeordnet waren, in Beschlag genommen.
»Oh, Regan, komm hier herüber!« Regan wandte sich nach links und sah Sylvie, die zu ihnen herüberwinkte. Sie saß auf einem der Sofas neben einer älteren Dame.
»Veronica, laß uns hinübergehen und Sylvie guten Tag sagen.«
»Ja, Liebes, gute Idee.«
Als sie hinübergingen, begann die Band eine Version

von »Chattanooga Choo-Choo« zu spielen, begleitet durch reibende Geräusche, die von dem Schlaginstrument eines Trommlers, das wie ein Miniaturbesen aussah, gemacht wurden. Zwar haßten die meisten jungen Leute diese Art von Musik, die gewöhnlich auf Hochzeiten gespielt wurde, aber Regan erschien sie plötzlich irgendwie reizvoll. Sie sah, daß ein Paar sich auf die Tanzfläche begeben hatte; die beiden alten Leutchen begannen mit einer einfachen Schrittfolge, faßten sich an den Händen und wirbelten herum. Jeder kannte, ohne hinschauen zu müssen, die Bewegungen des anderen, und sie tanzten so harmonisch miteinander, wie sie es wahrscheinlich schon in den letzten vierzig Jahren getan hatten. Wenn ich erst einmal meinen vierzigsten Hochzeitstag mit jemandem feiere, dachte sie, dann wird wahrscheinlich die einzige Möglichkeit, wie wir uns über die Tanzfläche bewegen, die sein, daß uns jemand im Rollstuhl vor- und zurückschiebt. Auf dem Wege zu Sylvies Tisch stolperten ein Tänzer und ein Kellner über Veronicas Reifrock.

»Lady Exner.« Die Dame, die neben Sylvie saß, sah voller Bewunderung hoch.

»Ja, Sir Gilbert Exners Witwe.« Veronica liebte es, wenn sie als Sir Gilbert Exners Witwe vorgestellt wurde.

Man machte sich gegenseitig bekannt, und Veronica setzte sich auf den Stuhl, der Violet am nächsten stand. Sylvie glüht ja richtig, dachte Regan, als sie sich in den Stuhl gegenüber von Veronica und neben Milton setzte. Nach und nach füllte sich der Raum. Kellner mit weißen Handschuhen reichten Champagner, die Band spielte unablässig, und der Lärmpegel ähnelte bald dem auf einer Hauptverkehrsstraße. Lachen und Stimmengewirr erfüllten den Raum; die Gäste bewunderten gegenseitig ihre Kleidung und nahmen endlich, in dieser Atmosphäre von heiterer Geselligkeit, die Chance wahr, mit Mitreisenden, die sie noch nicht offiziell kennengelernt hatten, ins Gespräch zu kommen.

Cameron Hardwick lehnte gegen eine Säule und trank seinen Champagner in kleinen Schlucken. Ab und zu sah er verstohlen zu Veronica und Regan hinüber. Das zukünftige Treibgut, dachte er. Hoffentlich trägt sie am Freitag abend nicht dieses komische Kleid. Es würde auf dem Weg seitlich am Schiff hinab als eine Art Fallschirm dienen. Sie würde tagelang auf der Wasseroberfläche treiben. Er sah, daß die alte Tucke von heute nachmittag und Veronica zu ihm herüberschauten; offensichtlich sprach man über ihn. Mein Gott, dachte er wütend, das ist das letzte, was ich brauchen könnte.

»... ich weiß nur, daß der junge Mann uns vor über zehn Jahren in einem Hotel als Kellner bedient hat«, vertraute Violet Veronica an. »Das war, nachdem mein lieber Bruce gestorben war. Heute nachmittag, als ich ihn daraufhin ansprach, behauptete er steif und fest, daß er nie in Griechenland gewesen sei, aber ich bin sicher, daß das nicht stimmt. Es war im August neunzehnhunderteinundachtzig. Wir hatten einen Tisch am Fenster und bestellten gefüllte Garnelen, aber es waren keine mehr da. Als ich mich nicht entschließen konnte, was ich bestellen wollte, wurde er sehr ungeduldig. Wenn ich daran denke, wieviel Geld wir bezahlt haben, um in jenem Hotel zu wohnen«, sagte Violet naserümpfend.

»Wir haben gestern abend beim Abendessen über Griechenland gesprochen, und er hat behauptet, er sei dort nie gewesen«, erwiderte Veronica.

»Ich sag' Ihnen, ich weiß, daß er es war«, erklärte Violet mit Nachdruck. »Ich habe noch nie ein Gesicht vergessen.«

Veronica lächelte. »Im Grunde ist er ganz nett. Gestern abend hat er mich auf dem Deck spazierengeführt und mir sogar seinen Arm angeboten. Er hat so etwas Beschützendes! Vielleicht fragen Sie ihn einfach noch einmal am Donnerstagabend. Ich denke, ich werde vor dem Dinner eine kleine Cocktailparty in unserer Suite geben. Ich lade jeden an unserem Tisch ein, und ich wäre entzückt, wenn Sie und Ihr Bruder sich uns anschließen würden. Ich würde Ihnen zu gern Bilder von Sir Gilbert und Llewellyn Hall zeigen.«

Violet sah aus, als wäre das Furunkel auf ihrer Pobacke endlich aufgegangen. »Es wird uns ein Vergnügen sein.«

Mir kommt es vor, als wären wir überhaupt nicht von unserem Stuhl aufgestanden, dachte Regan, als sie zum Abendessen ihren Platz einnahm. Hier sind wir also alle wieder versammelt, um unsere Erfahrungen vom ersten Tag unserer Kreuzfahrt auszutauschen. Tatsächlich dauerte es nicht allzulange, bis sich ein lebhaftes Gespräch entwickelte.

»Sind Sie jemals in Seetang eingewickelt worden?« sagte Immaculata. »Ich kann es Ihnen nur empfehlen. Es ist ein herrliches, prickelndes Gefühl.«

Veronica sah sie fasziniert an. »Das klingt ja wunderbar. Und wie geht das?«

Man muß zuerst einmal die sieben Meere auch noch der allerletzten Pflanzenreste berauben, damit die Körper von Menschen, die zu faul sind, um ordentlich Gymnastik zu machen, damit zugedeckt werden können, dachte Gavin.

»Also«, begann Immaculata aufgeregt, »Sie müssen zunächst einmal im Schönheitssalon ein Stockwerk tiefer einen Termin machen. Am besten machen Sie das bald, denn die sind immer ziemlich ausgebucht.«

»Regan, wir dürfen nicht vergessen, morgen früh als erstes anzurufen«, rief Veronica begeistert und wedelte mit dem Zigarettenhalter hin und her.

»Es riecht zwar ein bißchen nach Fisch«, sagte Immaculata naserümpfend, »aber das ist die Sache wert. Die

Kosmetikerin schmiert Sie von Kopf bis Zeh mit einer cremigen grünen Paste ein, wickelt Sie in Plastiktücher und Wärmedecken und läßt Sie eine halbe Stunde zum Ausruhen liegen, während der Seetang die Gifte aus Ihren Poren zieht. Nachdem die Paste dann mit der Dusche abgespült worden ist, bekommen Sie eine Massage, während Sie sich Musik Ihrer Wahl anhören. Ich kann Ihnen sagen, Sie fühlen sich wie neugeboren.«

»Ich hab' ihr gesagt, das wäre schon in Ordnung, solange sie in ihrem tiefsten Herzen dieselbe Marie Immaculata bleibt, die ich geheiratet habe«, erklärte Mario, während er sein Brötchen mit Butter bestrich. »Ich möchte wirklich nicht, daß du mir jetzt mit einem der jungen Schiffsoffiziere davonläufst.«

Die Wahrscheinlichkeit ist nicht allzugroß, dachte Hardwick.

Immaculata klopfte ihm liebevoll auf den Rücken und lachte. »O Mario!« Dann beschrieb sie in allen Einzelheiten ihre Gesichtsmaske. »Das, was mich so ärgert, ist, daß sie glauben, wenn sie etwas Schlechtes über deine Haut sagen, dann kriegen sie dich dazu, alle ihre Produkte zu kaufen. Das Mädchen hat mir erzählt, ich hätte Probleme mit meinen Kapillargefäßen und hat mir dann eine Creme vorgeschlagen, die fünfundsiebzig Dollar kostet. Kannst du dir das vorstellen?«

Mario murmelte: »Nun, du hast sie doch *gekauft*, nicht wahr, Liebling?«

»Was hätte ich denn anderes tun sollen? Sie haben mir garantiert, daß meine Haut, wenn die Tube aufgebraucht wäre, babyweich und glatt sein würde.«

Leider kannst du sie ja nicht zurückgeben, wenn sie nicht wirkt, dachte Regan. Wenn du schließlich herausgefunden hast, daß die Probleme mit deinen Kapillargefäßen noch immer bestehen, dann schwimmt das Schiff irgendwo in der Südsee.

»Wußten Sie«, fuhr Immaculata unbeirrt fort, »daß es sehr wichtig ist, sich jeden Morgen von Kopf bis Fuß mit einer Bürste aus Naturborsten abzubürsten? Unsere Haut sollte mehr als zwei Pfund tote Zellen pro Tag abwerfen.«

»So haben sie ihr also eine von diesen Bürsten verkauft, die zufällig gerade für fünfunddreißig Dollar im Sonderangebot zu haben sind«, murmelte Mario und betrachtete prüfend eine Sesam-Knabberstange.

»O Mario«, sagte Immaculata und tätschelte seine Wange. »Nein, wirklich, es ist *so* wichtig, daß wir die Haut abbürsten. Vor allem dort, wo sie rauh ist, wie an den Ellenbogen, den Hacken, den Knien. Man sollte sich morgens, wenn man aufsteht, und abends, wenn man ins Bett geht, wie eine Schlange häuten. Das Mädchen hat mir erzählt, daß eine Matratze, wenn sie ein paar Jahre lang gebraucht worden ist, zwanzig Pfund mehr wiegt als zu der Zeit, als sie neu war. Das kommt von den vielen toten Hautzellen, die sich darin angesammelt haben. Stellt euch vor, es ist, als schliefe man mit einer Leiche«, beendete Immaculata ihre Erzählung mit glänzenden Augen.

Immerhin aufregender, als mit meiner Exfrau zu schlafen, dachte Gavin.

Cameron Hardwick lag etwas sehr Zynisches auf der Zunge. Er preßte die Lippen aufeinander.

»Cameron, mein Lieber«, flötete Lady Exner. »Ich habe es den anderen auch schon gesagt. Am Donnerstag abend werden Regan und ich in unserer Suite eine Cocktailparty geben. Ich hoffe, Sie können kommen. Wir haben eine phantastische Aussicht ...«

Nicht mehr lange, meine Beste, dachte Hardwick düster. Er lächelte sie an. »Danke. Ich werde kommen.« Geradezu perfekt. Die Suite auf der anderen Seite des Flures hat wahrscheinlich denselben Grundriß, aber unter diesen Umständen weiß ich natürlich noch genauer, was ich am Freitag abend zu erwarten habe.

»Wunderbar«, rief Veronica. »Das bedeutet, daß jeder hier kommen wird, zusammen mit ein paar anderen netten Leuten, die wir heute abend kennengelernt haben, und vielleicht noch einigen, die wir noch kennenlernen werden. Nach dem Abendessen werde ich schnurstracks nach oben gehen, um zu planen, welche Hors d'œuvres es geben soll.«

»Das ist meine Spezialität.« Gavin bebte wie ein Wasserkessel, bevor er endlich zum Kochen kommt. »Ich habe viele der Parties für berühmte Leute organisiert, die mein Radiosender gesponsert hat. In der Tat« – er wandte sich um und zwinkerte Regan zu – »eine berühmte Autorin, die hier nicht genannt werden soll, hat immer ganz besonders für die Kammuscheln auf Schinken geschwärmt, die ich alle Jahre wieder für unsere Weihnachtsparty bestellt habe ...«

Ich glaube, Nora ist tatsächlich mal zu so einer Party gegangen, dachte Regan.

»Und natürlich habe ich an Bord unseren Gästen sehr häufig geholfen, private Soirees zu planen. Lady Exner, ich wäre glücklich, Ihnen heute abend ein wenig zur Seite stehen zu können. Ich bin sicher, Regan würde sich gern ein wenig unter das jüngere Völkchen in der Disco mischen ...«

Welches *jüngere Völkchen*? dachte Regan.
Gavin bemerkte, daß seine Achseln tropfnaß waren. Er fühlte sich ein wenig schwindlig. Veronica war einverstanden. »Sie sind wirklich zu freundlich«, rief sie. »Wir haben Glück gehabt, daß wir mit Ihnen an einen Tisch gesetzt worden sind. Findest du nicht auch, Regan?«
»Sehr viel Glück.«
»Ich bin sicher, Regan wird mit Freuden die Gelegenheit wahrnehmen, ihren Horizont zu erweitern, indem sie sich heute abend mal die Disco anschaut, nicht wahr, Regan?«
»Ich bin immer darauf aus, meinen Horizont zu erweitern.«
»Gut. Das wäre also geregelt. Mr. Gray wird mit mir zusammen unsere Party planen, und du wirst dich unter das Völkchen mischen.« Veronica machte eine weit ausladende Geste mit der Hand. »Vielleicht tanzt du ja mal mit dem jungen Mann, der dich beim Bingo angelächelt hat.«

Schweinelendchen in Blätterteig sind schon immer eines meiner Lieblings-Hors d'œuvres gewesen«, sagte Veronica und ließ sich neben Gavin auf die Couch plumpsen. »Leider finden einige Leute sie ziemlich ordinär. Sir Gilbert mochte sie auch immer so gern. Ich werde es nie vergessen, wie er einmal eines in den Mund gesteckt hat und seine Augen plötzlich ganz glasig wurden. Ich kriegte es mit der Angst zu tun und begann, ihm wie wild auf den Rücken zu klopfen.«

Gavin wartete gespannt auf das Abschlußkapitel aus Sir Gilberts Leben.

Veronica seufzte. »Aber er war völlig in Ordnung. Er hatte nur mit offenen Augen ein kleines Nickerchen gemacht. Wenn man älter wird, dann kommt das häufiger mal vor. Das war kurz vor seinem Tode, und die Gesundheit des armen Kerls verschlechterte sich rapide. Ich war nur froh, daß er, ein paar Tage bevor er diesen Planeten zu einem unbekannten Ziel verließ, die Gelegenheit hatte, eine seiner Lieblingsspeisen zu genießen.« Veronica hielt inne, öffnete die Spezialspeisekarte für private Parties und lächelte in sich hinein. »Glücklicherweise hat er seine Lieblingsspeise nur ein paar Augenblicke, bevor er starb, noch ein letztes Mal genießen können.«

Sie wandte sich Gavin zu und sah ihn mit leuchtenden Augen an. »Sie sind ein sehr attraktiver Mann, Gavin.«

Mein Gott, genau das habe ich befürchtet, dachte Gavin. Ich muß sie unbedingt davon ablenken. Verdammt noch mal, jeder einzelne Penny, den ich für das Armband bekomme, ist wirklich sauer verdient. Er sah an der Bar eine Flasche Mineralwasser.

»Apropos Gesundheit«, stotterte er und erhob sich aus seinem Sessel. »Ich wette, Sie haben heute noch nicht ihre sechs bis acht Gläser Wasser getrunken. Darf ich Ihnen etwas einschenken?«

»Zu solchen Anlässen ziehe ich Champagner vor«, gurrte Veronica.

Gavin ging zur Bar, öffnete eine dunkelgrüne Flasche Pellegrino und goß hastig deren prickelnden Inhalt in zwei Gläser. Das Mineralwasser schäumte auf und floß über den Rand. Er nahm eine Papierserviette und tupfte die Feuchtigkeit auf. Als Veronica das Glas mit strahlendem Lächeln entgegennahm, lachte er nervös. Er dachte daran, daß sie ein paar Whiskys, einige Gläser Wein und einen Cappuccino zum Abendessen getrunken hatte. Wenn sie jetzt noch ein paar Gläser Wasser zu sich nähme, dann würde sie früher oder später zur Toilette gehen müssen, und wenn er Glück hätte, dann würde es Minuten dauern, bis sie das Kleid um die Toilettenbrille herumdrapiert hätte.

Veronica lehnte sich auf der Couch zurück, klopfte auf das Kissen neben sich und winkte Gavin zu sich heran. »Außer den Schweinefilets in Blätterteig sollte man auf jeden Fall ein Rad Brie bestellen – meinen Sie nicht?«

Regan, endlich einmal allein, schlenderte durch das Casino und hoffte, irgendwo ihre Eltern zu entdecken. Als sie selbst und ihre Tischnachbarn aufgestanden waren, hatten Luke und Nora den Eßsaal schon verlassen. Regan hatte versucht, sie anzurufen, aber wie erwartet, waren sie nicht in ihrer Kabine. Als Regan an den Spielautomaten vorbeiging, hörte sie ein lautes Klingeln und das metallische Rasseln von Münzen, die in das Auffangtablett des Automaten hineinprasselten. Gerade hatten sich drei Kirschen als Gewinnkombination gezeigt. Ein teilnahmslos aussehender Mann, eine Zigarre im Mundwinkel, fegte die Münzen mit der Hand in einen Pappbecher. Wieviel auch immer man an diesen Dingern verlieren mag, dachte Regan, die meisten Spieler können nicht aufhören, bevor sie nicht ihr ganzes Kleingeld verspielt haben. Regan hatte gehört, daß es am besten wäre, an den Automaten in der Nähe der Eingänge zu spielen. Dort konnte man angeblich am meisten gewinnen. Das Geräusch der Glöckchen, die bei jedem Gewinn klingeln, zieht die Passagiere an, die gerade vorbeikommen, und die Schiffahrtsgesellschaft hofft wahrscheinlich, daß sie wie der Pawlowsche Hund reagieren.

Die Siebzehnundvier-Tische waren alle besetzt. Regan bemerkte, daß auch Cameron Hardwick sich bereits an einem dieser Tische niedergelassen hatte und die Kellnerin ihm gerade einen Drink servierte. Mit *dem* möchte ich wirklich nichts zu tun haben, dachte sie. Sie verließ das Casino und schlenderte durch den Korridor, in dem die Schaukästen für die Fotos hingen. Morgen würden sie mit den Bildern der Passagiere gefüllt sein, die heute abend an der Käptens-Party teilnahmen. Sie erinnerte sich daran, daß Veronica unbedingt noch einen Satz Bilder zusätzlich bestellen wollte; sie sei sicher, hatte sie gesagt, daß ihre neuen Verwandten ebenso wie Philip und Val auch ein paar Abzüge haben wollten. »Val hat kürzlich auf dem Dachboden ein paar alte Familienfotos

entdeckt«, hatte Veronica erzählt, »die sie jetzt rahmen läßt. Die Porträts von Sir Gilberts erster Frau möchte ich natürlich nicht immer vor der Nase haben. Sie sah wirklich recht nett aus, aber ich habe keine Lust, mich immer wieder daran erinnern zu lassen, daß es in Sir Gilberts Leben noch eine andere Frau gegeben hat. Schade eigentlich, denn es gibt ein wunderschönes Foto von Sir Gilbert, als er jung war, aber sie ist auch drauf...«
Regan stand im Türrahmen des Rittersalons und sah hinein. Seltsam, wie verändert der Salon am Abend aussah. Das elektrische Licht war gedämpft, auf allen Tischen flackerten Kerzen, und die Passagiere, die noch vor wenigen Stunden im selben Raum in Sportkleidung Bingo gespielt hatten, waren nun ausnahmslos gut angezogen. Kein Wunder, daß romantische Beziehungen vor allem am Abend angeknüpft werden, dachte Regan. Die Leute sehen bei Kerzenlicht einfach besser aus. »Wirst du mich auch morgen noch lieben?« – so oder so ähnlich lautete der Text vieler Schlager. Hmm, wahrscheinlich nicht.
Ein Zauberer hatte gerade seine letzte Nummer vorgeführt und kündigte an, sich in wenigen Minuten in Luft aufzulösen. Die Band begann zu spielen, und mehrere Paare begaben sich auf die Tanzfläche. Eine Sängerin gurrte: »Ha-hast du ihr gesa-agt, daß du sie lie-iebst?... und daß du sie so sehr vermi-ißt...« Es ist Zeit, in die Disco hinunterzugehen, dachte Regan, und sich mal das ›jüngere Völkchen‹ anzuschauen.
Auf dem Weg ergriff sie hastig das Treppengeländer, da das Schiff mit einem Ruck zur Seite abzusinken drohte. Sie fühlte sich wunderbar entspannt. Es war herrlich, einmal allein zu sein und ein wenig Zeit zum Nachdenken zu haben. Das Abendessen hatte sich furchtbar lange

hingezogen, und sie hatte keine Lust gehabt, noch länger Konversation zu machen.
Sie nahm an einem der Tische Platz, die ein paar Reihen von der Tanzfläche entfernt standen. Verspiegelte Kugeln drehten sich wie Kreisel und malten farbige Kreise und Punkte auf Decke, Fußboden und Wände. Als wenn man durch das ewige Schaukeln nicht schon schwindlig genug wäre, dachte sie. Die Discomusik dröhnte ihr in den Ohren. »So many men, so little time...« Das ist hier ganz bestimmt nicht das Problem, dachte Regan und ließ ihre Blicke durch den Raum schweifen. Vielmehr: So wenige Männer und so viel Zeit. Auf dem Festland hätte sie den Gedanken, allein in eine solche Disco zu gehen, abscheulich gefunden, aber das Leben auf dem Schiff schien manches auf den Kopf zu stellen. »Wir haben uns auf dieser Reise zu einer großen Familie zusammengefunden; wir knüpfen neue Freundschaften und werden einigen unserer neuen Freunde bis zum Ende unseres Lebens Weihnachtskarten schicken«, hatte der Kapitän in der Kaminstunde verkündet. Offensichtlich war er in den Klang seiner eigenen Stimme verliebt. Die Passagiere hatten schon eine ganze Serie solcher Monologe über sich ergehen lassen müssen, und dies war erst der zweite Tag auf See. Bei jeder Gelegenheit griff er zum Mikrophon, und sei es nur, um den Passagieren zu sagen, wo das Schiff sich augenblicklich befand und wie viele Seemeilen bereits zurückgelegt worden waren, wie weit entfernt die nächstliegende Küste war und so weiter. Wenn Regan aus dem Fenster blickte, dann sah sie immer dasselbe, gleichgültig, welche Information der Kapitän dazu zum besten gab. Die Musik spielte gerade: »Eine Seefahrt, die ist lustig ...«

»Ein Drink, Madam?«
Regan schaute auf. Madam. Ich könnte ihm den Hals umdrehen. Sie bestellte bei dem jungen Kellner, der sich mit seinem Bürstenschnitt und dem Schnauzbart offenbar außerordentlich männlich fühlte, einen Wodka und Tonic. Sie hatte sich angewöhnt, sich einige ihrer Gedanken und Überlegungen in ein Notizbuch zu schreiben. »Livingston/Beileidsbrief« schrieb sie. Morgen würde sie Livingston um die Adresse von Athenas Eltern bitten. Sie wollte ihnen schreiben.
»Hallo.«
Regan blickte auf und lächelte Lloyd, den Bingo-Spielhelfer, an. Er stand vor ihr und sah in seiner weißen Kleidung strahlend und jungenhaft aus. Es geht doch nichts über einen Mann in Uniform, dachte sie.
»Darf ich mich zu Ihnen setzen?«
»Ja, sicher, gern«, antwortete sie und ließ ihr Notizbuch wieder in ihre Handtasche gleiten.
Mein Gott, sie säuft ja wie ein Kamel, dachte Gavin und schenkte Veronica noch ein weiteres Glas Wasser ein. Ihre Blase schien jedoch keinerlei Überlastung zu registrieren. Es könnte natürlich auch sein, daß sie sich Windeln besorgt hatte. Er selbst war vor einer halben Stunde geradezu wie ein Pennäler zur Toilette gestürzt, aber Veronicas Blase schien den Naturgesetzen zu trotzen.
Schließlich waren Veronica und Gavin mit dem Auswählen der Speisen und Getränke für ihre Privatparty zum Ende gekommen. »Ich hoffe wirklich, daß diese Hors d'œuvres einigermaßen schmecken. Da ich meine Geheimrezepte zu Hause habe, werde ich hier kaum etwas daran verbessern können. Aber ein richtiger Küchenchef weiß, wie man einem Gericht die letzte

Würze gibt. Und jetzt, Mr. Gray, müssen wir nachzählen, wie viele Leute ich eingeladen habe, so daß wir entsprechend bestellen können. Meinen Sie, wir sollten auch einige von den Schiffsoffizieren oder vielleicht sogar den Kapitän einladen?«

Das ist mir schnurzpiepegal, dachte Gavin. Er starrte wütend auf die Toilettentür. Nun geh doch endlich pinkeln, verdammt noch mal! *Geh pinkeln!*

Veronica plapperte unbeirrt weiter. »Ich hätte so gern einmal eine Party, auf der mehr Herren als Damen sind. Die Passagiere, die an unserem Tisch sitzen, haben wir bereits alle eingeladen; das wird sicher nett. Ich hoffe nur, daß Cameron Hardwick zur Abwechslung mal in einer einigermaßen friedlichen Stimmung ist. Ich muß Regan unbedingt erzählen, daß Violet Cohn steif und fest behauptet, sie habe ihn vor mehreren Jahren in Griechenland getroffen. Mein Gott, Mr. Gray, warum starren Sie denn nur andauernd auf die Toilettentür?!«

Lloyd war ein guter Tänzer, und Regan stellte mit Erstaunen fest, daß sie sich amüsierte. Aber als die Musiker pausierten, und Lloyd einen Spaziergang auf dem Deck vorschlug, warf sie einen Blick auf ihre Uhr und sagte besorgt: »Ich gehe lieber wieder hinauf. Es ist besser, wenn ich Lady Exner nicht allzulange allein lasse.«

Ihr Verehrer blickte ziemlich enttäuscht drein, stimmte ihr aber zu: »Ich vermute, daß Sie recht haben. Gestern habe ich mit eigenen Augen gesehen, wie sie fast über die Reling gefallen wäre. Solche Dinge kommen leider tatsächlich vor.«

»Ich glaube, jetzt ist alles soweit geregelt, Mr. Gray. Das wird sicherlich ein tolles Fest.« Veronica drehte sich zur

Tür um, da sie das Geräusch des Schlüssels gehört hatte. »Oh, schön, Regan ist wieder zurück. Ich möchte nur wissen, mit wem sie da draußen spricht.«

Also klappt es *wieder* nicht, dachte Gavin. Seine Frustration machte sich als hämmernder Kopfschmerz bemerkbar. Oder waren es die sechs oder sieben Gläser stark kohlensäurehaltigen Mineralwassers, die ihm die Kopfschmerzen bereiteten?

Die Tür öffnete sich, und Regan trat ins Zimmer.

»Hast du dich gut amüsiert?« fragte Veronica fröhlich.

»Veronica, dein Wunsch ist erfüllt worden. Der Typ vom Bingo hat mich zum Tanzen aufgefordert.«

»Oh, mein Gott, du mußt mir alles genau erzählen«, rief Veronica voller Begeisterung. »Aber jetzt entschuldige mich einen Augenblick.«

Sie stürzte zum Badezimmer; Gavin sah ihr mit offenem Mund nach.

Regan setzte sich zu ihm. »Vielen Dank, Mr. Gray. Wie nett von Ihnen, daß Sie meiner Tante geholfen haben.«

Gavins Lächeln war zu einer schmerzvollen Grimasse verzerrt. »Das Vergnügen war ganz auf meiner Seite.« Er stand auf. »Ich lasse Sie jetzt allein, dann können Sie beide vorm Zubettgehen noch ein wenig plaudern. Begleiten Sie Lady Veronica doch morgen früh wieder zum Sitz-und-sei-fit-Unterricht. Ich werde auch dort sein… wahrscheinlich an jedem Tag dieser Woche. Jetzt muß ich aber wirklich los.«

Er verließ das Zimmer. Regan zog sich aus und wickelte sich in einen Morgenmantel. Wenig später tauchte Veronica wieder aus dem Badezimmer auf. »Wo ist Mr. Gray?«

»Ich glaube, er war müde. Er sagte, er würde dich morgen früh wieder treffen.«

»Ja, natürlich ist er müde, der arme Kerl. Er ist immer so aufmerksam, aber heute Abend hat er verschiedene Male einen ganz glasigen Blick gehabt. Er nimmt seine Pflichten auf diesem Schiff so ernst, daß er von frühmorgens bis spätabends beschäftigt ist.« Veronica wandte Regan den Rücken zu, damit sie den Reißverschluß ihres Kleides öffne. »Ich mußte wirklich dringend zur Toilette, aber er ist so großzügig und freundlich, daß ich ihn nicht minutenlang allein sitzen lassen wollte. Es war schon peinlich genug, daß ich heute morgen dauernd zur Toilette rennen mußte. Natürlich habe ich den Wasserhahn angestellt.«

Veronica ging zum Schrank, um sich für die Nacht zurechtzumachen, und Regan zog die Couch aus.

»Du darfst erst schlafen, Regan, wenn du mir alles ganz genau erzählt hast. Vielleicht solltest du diesen jungen Mann zu unserer Party einladen – sie wird bestimmt toll. Ich bin sicher, alle Damen würden sich darum reißen, ihn kennenzulernen ...«

Regan zog sich die Bettdecke über den Kopf und überlegte wehmütig, daß sie noch dreieinhalb Tage auf dem Schiff bleiben müßte.

Mittwoch, der 24. Juni

Sonnenlicht strömte durch die Bullaugen in die Kabine. Nora und Luke saßen in einträchtigem Schweigen beisammen, tranken ihren Morgenkaffee und teilten sich die dünne Schiffszeitung, die jeden Morgen unter ihrer Tür durchgeschoben wurde.

»Liebling, was wollen wir heute unternehmen?« fragte Nora und nahm das Blatt zur Hand, auf dem das tägliche Programm abgedruckt war.

Ein Klopfen an der Tür schnitt Luke die Antwort ab.

»Ob das wohl? ...« fragte Nora. Luke öffnete die Tür.

»Jetzt gibt es Kääääff-chen!« rief Regan und imitierte damit die Bettnachbarin, die Nora zu Anfang des Jahres während eines kurzen Krankenhausaufenthaltes gehabt hatte.

»Na, dann komm rein und schließ erst einmal die Tür, bevor die Männer in den weißen Jacketts dich wegführen«, sagte Nora lachend.

»Einer hätte das gestern abend fast getan.«

»Was, Liebes?«

»Ach, egal«, murmelte Regan, ließ sich in den Stuhl gegenüber Nora fallen und goß sich aus der Teekanne ein, die auf dem Frühstückswägelchen stand. »Nichts geht über die dritte Tasse!«

»Nimm nur, ich war sowieso fertig«, sagte Luke und setzte sich auf das zweisitzige Plaudersofa.

»Oh, sorry, Dad. Ich muß noch mal von eurem Apparat aus telefonieren, wenn es dir nichts ausmacht, setz dich doch bitte wieder auf deinen Platz.«

Nora sah sie neugierig an. »Wen rufst du denn jetzt an?«
»Noch einmal den Inspektor in Oxford. Ich möchte nur hören, ob es mit den Zeitungen aus Griechenland geklappt hat.« Regan runzelte die Stirn. »Ist es nicht ein seltsamer Zufall, daß innerhalb weniger Monate zwei Personen aus derselben Familie ermordet wurden? Ich weiß nicht – da muß doch irgendeine Verbindung bestehen.«
»Regan, was willst du damit sagen?« fragte Nora leise.
»Wahrscheinlich hoffe ich insgeheim, daß mir irgend etwas, was in jenen griechischen Zeitungen geschrieben steht, auffallen wird.«
Nora biß sich auf die Unterlippe. »Ich habe dir immer gesagt, du sollst dich auf deine Gefühle verlassen, aber nach der Reaktion der Hellseherin gestern – Regan, ich habe wirklich Angst um dich.«
»Mom, die Frau ist eine Schwindlerin. Weißt du, was sie heute macht?« Regan wartete nicht auf die Antwort. »Sie will anhand eines Tuches oder Schals etwas über die Zukunft der betreffenden Person aussagen. Bleib mir bloß mit der vom Hals. Das nächste, was du von ihr hörst, wird wahrscheinlich sein, daß sie Kristallkugeln mit dem Logo der Queen Guinevere verkauft. Ich möchte wetten, daß es ihr nur um eine kostenlose Überfahrt über den großen Teich geht.« Regan schob mit dem Finger die Krümel des Blaubeerkuchens von Lukes Teller und schüttete sie sich in den Mund.
Nora reichte ihr eine Serviette, dann stand Regan auf und ging zum Telefon hinüber. »Im übrigen ...«, fügte sie leise hinzu, »auch wenn wir nicht eng miteinander befreundet waren, wäre es gut gewesen, wenn ich mich ein bißchen mehr um Athena gekümmert hätte.«

Oxford

Mit einer Tasse kochendheißem Tee in der Hand ging Nigel Livingston den düsteren Flur der Polizeistation in Oxford entlang und öffnete dann die letzte Tür zur Linken. Mein Büro – mein zweites Heim, dachte er ein wenig wehmütig. Bilder seiner Frau und seiner Tochter standen auf seinem massiven Schreibtisch. Als er das Telefon klingeln hörte, beschleunigte er seine Schritte, und die dampfende Flüssigkeit ergoß sich über seine kurzen Finger. »Verdammte Ärsche!« fluchte er.

Der Anruf kam von Regan Reilly. »Eine Sekunde bitte, Miss Reilly.« Mit dem Hörer in der Hand ging Livingston um seinen Schreibtisch herum und setzte sich auf den Drehstuhl. Die Akte zum Fall Popolous lag geöffnet auf seinem Tisch. Gerade waren die ersten Faxe aus Griechenland angekommen. Er hatte sie alle auf seinem Schreibtisch ausgebreitet, um das neue Material durchzusehen und sich seine Notizen anzuschauen. Zuerst aber hatte er sich eine Tasse Tee gemacht.

Am anderen Ende der Leitung hielt Regan Luke die leere Tasse hin, und Luke schüttete die letzten Tropfen Kaffee hinein. »Danke, Lukey.«

»Wie bitte?« fragte Nigel.

»Oh, sorry«, erwiderte Regan. »Ich rufe aus dem Zimmer meiner Eltern an. Sie sind auf dem Heimweg von einer Reise nach Europa und haben zufällig dieselbe Kreuzfahrt gebucht wie ich.«

»Ist Ihre Mutter nicht eine Kriminalroman-Autorin?«
»Ja. Ich habe übrigens Lady Exner nicht gesagt, daß sie an Bord ist. Sie will unbedingt, daß meine Mutter ihre Lebensgeschichte schreibt. Sie kann da ziemlich hartnäckig sein.«
»Ich verstehe«, erwiderte Livingston. Ihm war gerade das Gespräch eingefallen, das er gestern mit Philip Whitcomb und seiner Verlobten geführt hatte. »Hat Lady Exner sich über Miss Atwaters Zustand besorgt geäußert?«
»Eigentlich nicht. Allerdings meinte sie, daß es wahrscheinlich besser wäre, wenn Penelope nicht dabei wäre. Bei all dem Essen, das hier angeboten wird, würde Penelope wahrscheinlich Tag und Nacht futtern und ihr Sodbrennen würde zu einem Dauerthema. Veronica sagte, es gäbe nichts Frustrierenderes, als mit jemandem zu reisen, der dauernd krank ist und jammert.« Regan wurde plötzlich unbehaglich zumute; sie drehte die Telefonschnur in den Fingern hin und her. »Warum fragen Sie?«
»Also, um es geradeheraus zu sagen – meinen Sie, Veronica könnte versucht haben, Miss Atwater zu vergiften?« fragte Livingston.
»Auf keinen Fall.«
»Also, dann will ich es einmal anders formulieren«, fuhr Livingston fort. »Es hat den Anschein, als sei Miss Atwater Lady Exner in mancher Hinsicht lästig geworden. Glauben Sie, daß Lady Exner es darauf abgesehen haben könnte, Miss Atwater am Mitreisen zu hindern?«
Das könnte durchaus möglich sein, dachte Regan. Laut sagte sie: »Das glaube ich nicht.«
»Ich habe da ein Zögern in Ihrer Stimme bemerkt, Miss Reilly.«

»Das war nicht beabsichtigt. Ich habe ihr noch nicht einmal über die Spuren von Arsen berichtet, die in Penelopes Blut gefunden wurden, weil ich sie nicht beunruhigen wollte. Veronica weiß nur, daß Penelope unter einer Art Lebensmittelvergiftung leidet.«

»Ich war gestern drüben in Llewellyn Hall, und Philip Whitcomb und seine Verlobte erwähnten, daß Lady Exner spaßeshalber vorgeschlagen habe, man solle auf jene Hors d'œuvres ein wenig Arsen streuen.«

»Philip hat das gesagt?« Regans Stimme klang ungläubig.

»Nun, zuerst war es Miss Twyler, die es erwähnte. Wobei mir gleich noch etwas anderes einfällt. Gestern habe ich ihre Klassenkameradin Claire James getroffen, und sie hat erneut behauptet, daß Athena damals in Philip verliebt gewesen sei. Sie sagte, Athena sei häufig, nur um Philip zu sehen, an Llewellyn Hall vorbeigeradelt. Meinen Sie, daß ihre Gefühle von Philip erwidert wurden?«

Regan runzelte die Stirn. »Das glaube ich eigentlich nicht, aber ich kann da natürlich nicht sicher sein. Athena und ich haben keinen besonders engen Kontakt gehabt. Claire hat ein besonderes Talent dafür, verborgene menschliche Beziehungen zu erkennen und zu analysieren. Sie war auch immer über den neuesten Klatsch informiert – sei es darüber, was im Schlafsaal vor sich ging oder wer mit wem verabredet war oder wessen Freund aus den Staaten gerade zu Besuch kam ...«

»Ja, den Eindruck habe ich auch gewonnen.« Livingston warf einen Blick auf seine Notizen. »Und zum Schluß noch etwas. In der Tasche von Miss Popolous' Jacke haben wir ein Streichholzmäppchen vom ›Bull and Bear‹ mit Initialen und ein paar Zahlen darauf gefunden. Wir versuchen natürlich herauszufinden, was sie bedeuten. Sagen Ihnen die Initialen ›B. A.‹ irgend etwas?«

B. A., dachte Regan. B. A. »Ich glaube nicht.«

»Wie ist es mit den Zahlen drei-eins-fünf?«

»Nein ...«

»Nun, in der Zwischenzeit habe ich gerade den ersten Satz Faxe aus Griechenland erhalten. Die Lokalzeitung von Skoulis, Athenas Heimatstadt, erscheint jeden Mittwoch, also heute; wahrscheinlich wird die Übersetzung bis morgen fertig sein. Und sicher werden Sie die ersten Faxe irgendwann heute vormittag bekommen.«

»Gut. Wenn mir beim Lesen der Zeitung irgend etwas in Zusammenhang mit B. A. oder drei-eins-fünf auffällt, werde ich Sie anrufen.« Bevor sie auflegte, fragte Regan noch nach der Adresse von Athenas Eltern.

»Ich werde wahrscheinlich heute ein paar Faxe bekommen«, erklärte Regan ihren Eltern. »Im Augenblick versucht man sämtlichen Spuren nachzugehen. Leider muß ich Veronica jetzt zum Seminar über moderne Dichtkunst bringen. Und ihr, was habt ihr heute vor?«

Noras Gesicht verdunkelte sich. »Ich wollte eigentlich auch zu diesem Seminar, aber ich glaube, ich lasse es lieber. Mal sehen, was sonst noch angeboten wird. Oje, sie haben zur selben Zeit einen Wettbewerb für sämtliche Großeltern an Bord ... es werden Preise verteilt, wer das älteste Enkelkind und wer das jüngste hat ... vielleicht bekommen wir ja auch bald einen solchen Preis ...«

»Bye, bye, ihr Lieben«, murmelte Regan, als sie die Tür hinter sich zuzog. Zum hundertsten Mal verspürte sie den heftigen Wunsch, daß sie eines von zehn Geschwistern sei, von denen zumindest eines sie inzwischen zur Tante gemacht hätte.

Auf See

»Regan! Huu-huuuh! Hi-ier bin ich!« rief Veronica. Sie selbst und die anderen Sitz-und-sei-fit-Gymnastikschüler waren gerade dabei, ihre meist umfangreichen Hintern von den Stühlen zu erheben. So wie ein Turner den Stufenbarren, ein Hockeyspieler seinen Schläger und der Bodybuilder seine Hanteln zur Verfügung hat, besaßen diese Sportler ebenfalls ihre Ausrüstung: einen Klappstuhl. »Ja, hallo Veronica«, rief Regan. »Wie war der Unterricht?«

»Toll. Hatten Sie auch Spaß, Mr. Gray?«

»O ja, durchaus.« Gavin lächelte. Er war heute morgen voller Hoffnung erwacht, wild entschlossen, seine Mission auf Biegen oder Brechen zu Ende zu führen. »Aber, Regan, Sie brauchten doch nicht hierherzukommen. Ich habe Ihnen doch gesagt, daß wir Sie in Ihrer Suite aufsuchen würden ...«

»Oh, das ist schon in Ordnung. Veronica sagte, sie wolle das Gedichtseminar besuchen. Ich dachte, wir könnten uns vielleicht die Fotos anschauen, die gestern abend geknipst wurden, und uns dann direkt dorthin begeben.« Regan wandte sich Veronica zu. »Es sei denn natürlich, du mußt noch einmal zurück in die Suite.«

»Ganz gewiß nicht, Mr. Gray, jetzt haben Sie aber wirklich einmal Pause. Oooh, ich kann es gar nicht erwarten, die Fotos zu sehen. Komm, Regan. Danke Mr. Gray, wir sehen uns später.«

Als sie davongingen, bemerkte Regan, daß Gabbys Mund sich säuerlich verzog. Ob er wohl so enttäuscht war, Veronica nicht in ihre Kabine zurückbegleiten zu können? Aber warum nur?

Eine halbe Stunde später machte sich Veronica auf den Weg zur Bibliothek. Sie hatte sich sechs Fotos unter den Arm geklemmt, darunter mehrere Schnappschüsse von der Kapitäns-Party, auf denen zwar kein bekanntes Gesicht zu sehen war, die aber dazu dienen sollten, die »wunderbare Atmosphäre« zu demonstrieren.

»Regan, ich weiß nicht, warum ich partout kein Extrafoto von dir bestellen sollte. Ich bin sicher, daß deine Eltern wahnsinnig gerne eines hätten.«

»O Veronica, sie haben massenhaft Bilder von mir. Da ich ihr erstes und einziges Kind bin, haben sie jedes Ereignis meines Lebens, wie unbedeutend das auch gewesen sein mochte, fotografiert.«

»Oh, ich hätte zu gern ein Kind gehabt«, seufzte Veronica. Sie wirkte plötzlich sehr traurig.

Regan sah sie nachdenklich an. Veronica setzte immer eine so fröhliche Miene auf, daß Regan niemals auf den Gedanken gekommen war, daß es auch in Veronicas Leben viele Enttäuschungen gegeben hatte.

»Leider«, fuhr Veronica fort, »bin ich durch all die Artikel und Bücher, die ich über Unfruchtbarkeit gelesen habe, zu dem Schluß gekommen, daß Sir Gilbert ungewöhnlich wenige Samenzellen im Sperma hatte.« Mit gedämpfter Stimme fügte sie hinzu: »Gott weiß, daß es reichlich Gelegenheiten gab, zu denen eine Empfängnis hätte stattfinden können.«

Die gute alte Veronica, dachte Regan. Es liegt ihr wirklich nicht, lange Trübsal zu blasen.

Vom Rednerpult der Bibliothek aus begann ein kleiner Mann mit einer dunklen Brille, einem weißen Button-down-Hemd, Bermuda-Shorts, schwarzen, knöchellangen Socken und spitzen, italienischen Schuhen mit seinem Vortrag.

»Schon als ich jung war, habe ich immer gern gedichtet. In der fünften Klasse hat mein Lehrer uns zum Dichten animiert, indem er uns Haikus schreiben ließ. Weiß jemand von Ihnen, was ein Haiku ist?«

»Das kommt aus dem Japanischen«, antwortete Veronica. »Es ist ein Gedicht aus drei Zeilen mit fünf Silben in der ersten und dritten Zeile und mit sieben in der zweiten. Und es reimt sich nicht!«

»Ja, stimmt genau. Man braucht ziemlich viel Disziplin, um einen Haiku zu verfassen. Bevor der Unterricht endet, wird jeder von uns einen solchen Vers schreiben. Aber zunächst einmal möchte ich Ihnen sagen, daß Sie über das schreiben sollen, was Ihnen vertraut ist und am Herzen liegt. Beispielsweise habe ich an meine liebe Frau, Georgette, eine Ode geschrieben, die ich Ihnen jetzt gleich vortragen möchte.« Er nahm seine Brille ab, faltete mit einer ehrerbietigen Geste die Hände und sah liebevoll zu einer Dame hinüber, die, so vermutete Regan, wohl Mrs. Frost sein mußte. »Georgette, du meine Allerliebste ...«

Die allerliebste Mrs. Frost saß da und lauschte fasziniert der Stimme ihres Mannes. Regan betrachtete sie und erinnerte sich daran, was Claire über Athena und die hypnotische Wirkung von Philips Gedichtvorträgen gesagt hatte. Die Szene, als Philip einmal vor vielen Jahren zu ihr gesagt hatte: »Das ist eine der Gefahren, die darin liegen, wenn man Erbin ist... sie wird zurückkommen …« ging ihr wieder und wieder durch den Kopf. Und jetzt hatte der Inspektor noch einmal gefragt, ob sie glaube, daß zwischen Philip und Athena irgend etwas gewesen sei. Ihre Leiche war in den Wäldern in der Nähe des Anwesens der Exners gefunden worden. Regan wurde sich plötzlich bewußt, daß sie im Geiste zwischen Oxford und Griechenland hin und her reiste. Vielleicht sind die Faxe schon da, wenn wir ins Zimmer zurückkommen, dachte sie. Ich brauche allmählich etwas Konkretes.

»Erinnert sich jemand hier an ein Gedicht, das er uns vortragen möchte?« fragte Byron Frost, der sich bei seiner Deklamation emotional offenbar völlig verausgabt hatte.

Regan hatte innerlich abgeschaltet, noch bevor Veronica aufsprang. Sie wußte, daß jetzt eines von Sir Gilberts Gedichten vorgetragen würde.

»Mein lieber verstorbener Ehemann Sir Gilbert war ein Dichter. Er dichtete zu jeder Zeit und an jedem Ort. Wenn wir im Bett lagen, hielt er mich in den Armen und rezitierte seine Lieblingsgedichte. Wenige Augenblicke bevor er starb, zog er mich an sich und flüsterte mir seinen letzten Vers ins Ohr:

Du bist ewig mein, mein, mein
oh, das ist so fein, fein, fein …«

O nein, nein, nein, nein, nein!!! dachte Regan.

Der Steward hatte in der Suite einen Briefumschlag aus Manilapapier auf die Frisierkommode gelegt.

»Für dich, Regan«, sagte Veronica, nachdem sie einen Blick darauf geworfen hatte. »Wie süß. Ein Verehrer, hoffe ich. Ich brauche nur eine Minute, um mich umzuziehen.« Sie verschwand ins Badezimmer. Regan riß den Briefumschlag auf. Es waren Fotokopien von Berichten verschiedener griechischer Zeitungen darin, zusammen mit englischen Übersetzungen. Gott sei Dank, dachte sie und ließ sie in ihre Einkaufstasche gleiten. Sie und Veronica hatten beschlossen, heute, statt eines ausgiebigen Menüs, nur schnell einen Hamburger zu verdrücken.

Veronica trat aus dem Badezimmer und führte stolz ein rot-weiß gestreiftes T-Shirt, passende Shorts und rote Sandalen vor. Sie ergriff ihre Schirmmütze, ihre Jackie-O-Sonnenbrille und das letzte Buch von Nora Regan Reilly.

Nach einigem Suchen gelang es Regan und Veronica, zwei Liegestühle zu finden, die nicht bereits besetzt oder durch ein Handtuch »reserviert« waren. Regan machte es sich in ihrem Stuhl gemütlich und schaute versonnen dem Kielwasser des Schiffes nach. Wir sind also mitten auf dem Ozean, dachte sie. Sie versuchte, sich vorzustellen, wie es wäre, wenn man sich auf dem Meer verfährt.

»Das Bild von deiner Mutter ist wirklich hübsch«, sagte

Veronica mit einem Blick auf die Rückseite von Noras jüngst erschienenem Buch. »Du siehst ihr ziemlich ähnlich. Ich würde sie bestimmt überall und jederzeit wiedererkennen.«

Ja, das fürchte ich auch, dachte Regan.

Veronica öffnete das Buch. »Es ist herrlich, dieses Buch zu lesen, während ich mit dir zusammen bin, Regan. Wenn ich jetzt irgendwelche Fragen habe, dann kann ich praktisch an die Quelle gehen und mir sämtliche Hintergrundinformationen über alle Schurken und Mörder, die in den Büchern auftauchen, persönlich verschaffen«, sagte Veronica fröhlich und ließ ihren Daumen an der Schmalseite des Buches entlanggleiten, so daß es wie ein Fächer auseinanderfiel. »Und jetzt mußt du dich an deine Arbeit machen.«

Regan nickte nachdenklich und zog die Faxe aus ihrer Tasche hervor. Sie faltete sie auseinander und begann zu lesen. Dem ersten Artikel »Bekannte griechische Familie von doppelter Tragödie heimgesucht« folgte ein zweiter: »Verweste Leiche der Athena Popolous am Wochenende in einer Waldgegend nahe Oxford, England, gefunden.« Der Journalist hatte eine stark mit Klatsch ausgesponnene Geschichte verfaßt, die den schlimmsten Boulevardblättern alle Ehre gemacht hätte. »Vor nahezu elf Jahren fiel Miss Popolous' Tante, Helen Carvelous, als sie bei der Rückkehr in ihr Haus unerwartet einen Einbrecher überraschte, einem Mord zum Opfer. Sie wurde erwürgt. Bei dem Einbruch wurden wertvolle antike Schmuckstücke gestohlen. Miss Popolous hatte ihrer Tante sehr nahe gestanden und war völlig verzweifelt.« Regan unterbrach ihre Lektüre und dachte nach. Gestern beim Abendessen drehte sich das Gespräch doch um gestohle-

ne Juwelen, dachte sie, und irgend jemand hat etwas über antike Schmuckstücke gesagt. Gabby? Nein. Aber wer dann? Es würde ihr schon wieder einfallen.
Als sie weiterlas, erfuhr Regan, daß Athena, die zehn Jahre jünger war als ihr nächstältester Bruder, von ihren Eltern häufig in die Obhut von Dienstboten gegeben worden war. Sie hatte ihre Tante sehr geliebt und sich so oft wie möglich bei dieser Tante und deren Kindern aufgehalten. In dem Artikel hieß es: »In jener fröhlichen, liebevollen Atmosphäre schien sie aufzublühen.«
Hätte ich das nur gewußt, dachte Regan betrübt. Warum hat sie mir nie gesagt, daß sie ihrer Tante so nahe stand? Athenas Eltern waren in jenem Sommer in Europa gewesen, und Athena hatte, als die Tragödie sich ereignete, bei ihrer Tante gelebt. Regan sah sich das Bild von Athenas Familie genau an. Ihre Brüder und Schwestern waren heute alle um die Vierzig und sehr attraktiv. Athena hatte offensichtlich ihrem untersetzten Vater geähnelt; vor allem die eher derben Gesichtszüge hatte sie mit ihm gemeinsam. In dem Artikel wurde ihr Bruder Spiros erwähnt, der gesagt hatte: »Nachdem meine Tante gestorben war, dachten wir, für Athena wäre ein Tapetenwechsel sicher das beste. Wir schickten sie in ein Internat in England und hofften, daß sie dort, in der veränderten Umgebung, besser über ihren Kummer hinwegkommen würde. Natürlich wäre es uns nie in den Sinn gekommen, daß unsere Familie dort von einer weiteren Tragödie heimgesucht werden könnte.«
Auch Helens inzwischen achtzehnjährige Tochter wurde zitiert: »Ich habe Athena immer als eine große Schwester betrachtet. Sie war sehr viel bei uns. An dem Tag, an dem meine Mutter starb, hat unsere Gouvernante im Spaß

gesagt, sie habe das Gefühl, daß sie eigentlich nicht gebraucht würde, weil Athena sie fast völlig ersetze. Aber meine Mutter fand es wichtig, daß wir von der Gouvernante Englisch lernten.«

Regan las sich die übrigen Artikel sorgfältig durch. Sie waren sich alle sehr ähnlich und leider nicht besonders aufschlußreich. Vielleicht würde die Lokalzeitung, die, wie Livingston gesagt hatte, morgen erscheinen würde, mehr hergeben. In Lokalzeitungen erfuhr man häufig sehr viel Privates.

»Irgend etwas Interessantes?« fragte Veronica. »Mir tut das arme liebe Mädchen so leid.«

»Nichts, was wirklich weiterhilft. Aber morgen bekomme ich noch mehr Faxe aus Griechenland.« Regan seufzte, als sie sie beiseite legte.

»All dieses Gerede über Griechenland. Ich habe vergessen, dir zu erzählen, daß Violet Cohn steif und fest behauptet, sie habe Cameron Hardwick schon einmal in Griechenland getroffen. Er leugnet das zwar, aber sie ist sich sicher, daß er dort als Kellner gearbeitet habe.«

»Und wann war das, Veronica?«

»Vor elf Jahren.«

Mario und ich, wir amüsieren uns einfach wunderbar«, erklärte Immaculata, während die Vorspeisen serviert wurden. »Heute abend wird beim Mitternachtsbüfett die amerikanische Freiheitsstatue enthüllt – sie ist natürlich aus Butter. Das dürfen wir keinesfalls verpassen. Wenn ich daran denke, daß Marios Eltern und meine Großeltern alle nach Amerika eingewandert sind – und jedesmal war Miss Liberty da, um sie willkommen zu heißen. Sieh nur, ich fange richtig an zu zittern, Mario. Wir müssen unbedingt die Kamera mitbringen.«

»Uh-mmh«, murmelte Mario und biß in seinen Krabbentoast.

Also, die meisten Leute hier sehen eigentlich ganz zufrieden aus, dachte Regan. Sylvie strahlte. Regan hatte sie nach dem Lunch mit Violet Cohn und ihrem Bruder dem Kino zustreben sehen. Dale und Kenneth waren noch brauner als zuvor, da sie sich einen ganzen Nachmittag lang bei strahlendem Sonnenschein – durchaus nicht typisch für den Nordatlantik – am Pool aufgehalten hatten. Veronica hatte an der Halstuchsitzung mit der Hellseherin und an einer weiteren Runde Bingo teilgenommen; heute jedoch war sie nicht unter den Gewinnern gewesen. Beim Bingo hatte sie alle Mitglieder der Besatzung zu ihrer Party eingeladen, einschließlich Lloyd, den das Geldzählen anscheinend voll und ganz in

Anspruch nahm. Gabby Gavin wirkte allerdings etwas gereizt und besorgt. Heute morgen hatten Veronica und Regan nicht viel von ihm gesehen, ihm aber beim Bingo von weitem zugewinkt. Und dann würde natürlich auch noch Cameron Hardwick kommen.

Regan nahm ein paar Schlucke Chardonnay und fragte: »Und was haben Sie heute gemacht, Cameron?«

Er zuckte mit den Achseln. »Ich bin in den Fitneßraum gegangen, um Gewichte zu heben und ein paar Züge zu schwimmen. Ich hasse es, wenn ich nicht ausreichend Sport treiben kann.« Mit seinen großen, starken Händen brach er ein Baguette durch.

Um Gewichte zu heben, brauchst du doch nicht an einer Kreuzfahrt teilzunehmen, dachte Regan. Sie sah, wie Veronica ihre Zigarette in den Aschenbecher legte, den auch Mario benutzte. Plötzlich wurde ihr bewußt, daß sie Hardwick noch nicht ein einziges Mal rauchen gesehen hatte. Warum sollte jemand, der offenbar so gesundheitsbewußt war, an einem Rauchertisch sitzen? Für mein Gefühl gibt es bei diesem Typ ziemlich viel Ungereimtes, dachte Regan. Als sie die Rolex an seinem Handgelenk aufblitzen sah, fragte sie sich, ob jene Hände wohl jemals Teller von einem Restauranttisch in Griechenland abgeräumt hatten. Es war schwer, sich vorzustellen, daß er Anweisungen entgegennehmen würde.

»Also, vergessen Sie bitte nicht: Morgen nachmittag um fünf Uhr steigt unsere Cocktailparty«, erinnerte Veronica die Umsitzenden. »So haben wir vor dem Abendessen ein paar Stunden, um uns näher kennenzulernen. Jeder, der kommt, muß seine Adresse aufschreiben, und am Freitag lasse ich dann die Liste vervielfältigen, damit wir alle in Kontakt bleiben können.«

Regan bemerkte, daß nur Mario und Immaculata dies für eine gute Idee zu halten schienen. Plötzlich sah sie in ihrer Phantasie eine Serie von Weihnachtskarten auf einem Kamin, vor dem sich Mario der Dritte und Concepcione aufgebaut hatten. Über ihrem Kopf baumelten rote Strümpfe, die vom Weihnachtsmann prall gefüllt worden waren.

Donnerstag, 25. Juni 1992

»Regan, aufstehen, meine Süße«, trällerte Veronica fröhlich, zog Regan die Wolldecke fort und kitzelte sie unter den Fußsohlen.

Womit habe ich das verdient? fragte sich Regan und versuchte krampfhaft, ihre Augen zu öffnen. Wie sehr sie sich auch bemüht hatte, sie hatte es nie geschafft, sich in einen jener Frühaufsteher zu verwandeln, die morgens jubelnd aus dem Bett springen. Wahrscheinlich sollte ich mir einen Job suchen, bei dem ich Nachtdienst habe, dachte sie.

»Ich bin wirklich froh, daß wir gestern abend nicht so lange im Casino geblieben sind. Hierher zurückzukommen und noch ein wenig im Bett zu lesen, war einfach ein Genuß, obwohl ich, weil das Buch deiner Mutter wieder einmal so spannend war, dann doch länger aufblieb, als ich geplant hatte. Du warst schon längst eingeschlafen, Regan, und ich habe mich geradezu zwingen müssen, um ein Uhr das Licht auszuknipsen. Ich kann es gar nicht erwarten, das deiner Mutter zu erzählen, wenn ich sie endlich treffe.«

»Oh, das ist wunderbar, Veronica. Sie freut sich immer, wenn die Leute ihre Bücher mögen.« Regan drehte sich zur Seite, zog sich die Bettdecke über die Ohren und überlegte, wie wundervoll es wäre, wenn sie noch eine oder zwei Stunden schlafen könnte.

»Wieviel Uhr ist es?«

»Sieben Uhr dreißig. Wir müssen hinuntergehen und

frühstücken. Um neun Uhr haben wir einen Termin im Kosmetiksalon.«
»Gehst du denn heute morgen nicht zur Gymnastik?«
»Keine Zeit. Wir müssen uns erst einmal schön machen lassen und dann bereiten wir uns auf unser Fest vor.«
»Wir?« Regan stützte sich auf ihre Ellenbogen.
»Natürlich. Ich habe uns beide für Maniküre, Pediküre, Spezialbehandlung gegen vorzeitiges Altern, Massage, Seetangbehandlung, Haarwaschen, Fönen und Make-up angemeldet.«
»Bist du sicher, daß wir fertig sind, bevor wir in New York ankommen?« fragte Regan und stieg aus ihrem Bett. Allerdings fand sie die Aussicht auf die kosmetischen Behandlungen sehr viel verlockender als eine weitere Teilnahme an Finanz- oder Dichtkunstseminaren.
»Natürlich.« Veronica schob energisch die Glasschiebetür, die zur Terrasse hinausführte, beiseite und atmete die Seeluft tief ein.
»Das Mittagessen werden wir im Kosmetiksalon einnehmen«, erklärte Veronica. »Leider haben wir heute wohl keine Zeit für Vorträge. Ich nehme an, das gehört dazu, wenn man als Gastgeberin wirklich schön und charmant sein will.« Die alte Dame trat auf das Deck hinaus und trällerte: »Du, du, nur du allein ...«
Regan sah ihr nach; Veronica machte an der frischen Luft ein paar Streckübungen. Sie ist wirklich großzügig, dachte Regan. Sie verwöhnt mich nach Strich und Faden. Die Reise wird sie gewiß ein Vermögen kosten. Nachdenklich ging sie ins Badezimmer und betrachtete ihr Spiegelbild. Unter den Augen zeichneten sich zwei dunkle Ringe ab. Für die kosmetische Behandlung gegen vorzeitiges Altern war es offensichtlich höchste Zeit.

Geht es Ihnen gut, Miss Reilly?« fragte die junge »Verschönerungsspezialistin«. Sie hatte eine perfekte Haut, trug ein perfektes Make-up und machte sich gerade daran, Regans Körper in eine Plastikfolie und mehrere Thermodecken einzuwickeln.

Ungefähr so gut, wie es einem überhaupt gehen kann, wenn jeder Quadratzentimeter Haut mit schleimigem, stinkendem Seetang bedeckt ist, dachte Regan. »Danke, sehr gut.«

»Das ist gut, denn wenn man beispielsweise eine Tendenz zur Klaustrophobie hat, dann kann man bei dieser Behandlung richtige Angstzustände bekommen.«

Wem erzählt sie das?!

»Aber Sie werden sich wirklich *wunderbar* fühlen, wenn dies vorbei ist. Alle toten Hautzellen werden fortgespült, und die Toxine werden aus ihrem Körper geschwemmt.«

»Genau das hat mir eine meiner Tischnachbarinnen auch erzählt.«

»Und wer war das?«

»Immaculata Buttacavola.«

»Ja, sie war neulich hier. Eine wirklich angenehme Dame. Sie spricht mit so viel Begeisterung von ihrer Familie.«

»Ja, ich weiß.«

»Sie kommt übrigens heute nachmittag auch, um sich die Haare machen zu lassen. Sie sagte, sie ginge heute abend zu irgendeiner Party. Ich nehme an, damit ist Ihre Party gemeint.«

»Ja.«

»Wunderbar«, sagte die Verschönerungsspezialistin mit der leisen, aufmunternden Stimme, die Kosmetikerinnen offenbar antrainiert wird. »Entspannen Sie sich. Genießen Sie. Ich bin nebenan – rufen Sie, wenn Sie mich brauchen. In einer halben Stunde wickeln wir Sie wieder aus, und Sie duschen sich ab, bevor der zweite Teil der Behandlung beginnt.« Sie zog leise die Tür hinter sich zu, und Regan schloß die Augen.

Mehrere Minuten verstrichen. Regan bemerkte, daß sie sich überhaupt nicht entspannen konnte. Wieder mußte sie an Athena und deren Familie denken. Sie dachte auch an Penelope, die man zu vergiften versucht hatte. Fragen, was die Person von Cameron Hardwick anbetraf, gingen ihr durch den Kopf.

Die Decken heizten sich allmählich auf, und Regan versuchte verzweifelt, ein wenig hin und her zu rutschen. Diese schreckliche Enge war vergleichbar mit dem Gefühl, das ihr die Arbeit an Athenas Mordfall vermittelte. Leider gab es inmitten des Ozeans nicht viel, was sie tun konnte. Plötzlich kam es ihr vor, als müsse sie ersticken. Verdammt! Ich verschwende hier nur meine Zeit, dachte sie, während ihr der Schweiß aus jeder Pore trat.

Die Packung wurde immer wärmer. Regan hatte das Gefühl, allmählich darin aufzuweichen. Sie versuchte, die Arme zu bewegen, aber durch die schweren Decken kam sie sich wie festgenagelt vor.

Plötzlich spürte sie eine heftige Panik in sich aufsteigen: Sie hatte sich gerade Athenas Leiche vorgestellt, die, bedeckt von modrig riechenden, glitschigen Blättern, langsam in einem Wald am Rande des Gartengeländes von Llewellyn Hall verrottete.

»Miss. Missss!!« rief sie.

Als Regan und Veronica in ihre Suite zurückkehrten, war es ungefähr drei Uhr nachmittags. Regan strahlte. Sie war frisch frisiert, manikürt, massiert und geschminkt. »Danke, Veronica. Nach einem schlechten Start war das wirklich eine angenehme Erfahrung.«

»Na ja, ein bißchen verwöhnt zu werden, das ist gut für die Seele, meinst du nicht? Schade, daß die Seetangpackung dir nicht gutgetan hat, Liebes. Als ich selbst so warm eingewickelt dalag, habe ich mir vorgestellt, in Sir Gilberts Armen zu liegen. Mir wäre es am liebsten gewesen, wenn das ewig gedauert hätte.« Veronica sah in den Spiegel ihrer Frisierkommode und plusterte sich mit gespreizten Fingern das Haar auf. »Warst du schon einmal verliebt, Regan?«

»Einmal – in der siebten Klasse.«

Veronica lachte glucksend. »Nein, ich meine *wirklich.*«

»Ich habe ein paar Fehlstarts gehabt. Wer weiß?« Regan zuckte mit den Achseln und betrachtete ihre Fingernägel, die jetzt mit einem Lack namens *shocking red* bedeckt waren. Ist das zu knallig? fragte sie sich. Vielleicht hätte ich lieber *icy frost* oder *sexy plum* nehmen sollen. Wer in aller Welt sich wohl diese Namen ausdenkt?

»Wenn du wirklich einmal verliebt bist, dann ändert sich dein ganzes Leben. Du bist völlig sicher, daß der Betreffende der richtige Mann ist. Aber ich nehme an, daß man eine Menge Frösche küssen muß, bevor man seinen Prinzen findet.«

»Eigentlich habe ich eher eine Menge Prinzen geküßt, die sich dann in Frösche verwandelt haben«, murmelte Regan.

»Regan, ich kann dir nur wünschen, daß du schließlich jemanden wie Sir Gilbert finden wirst. Ich weiß, ich rede vielleicht ein bißchen viel über ihn, aber er ist und bleibt meine ganz große Liebe.«

Regan setzte sich auf das leere Doppelbett. »Es sieht ganz danach aus.«

»Ich war so eine Art alte Jungfer, als ich ihm begegnete. Und jeder dachte, daß ich verrückt sei, so viel Zeit mit einem so alten Mann zu verbringen. Aber er war innerlich so jung. Er gab mir das Gefühl, geliebt zu werden und etwas Besonderes zu sein. Wenn ich bei ihm war, dann fühlte ich mich, als sei ich nach Haus gekommen. Einige Leute dachten, ich wäre nur wegen seines Geldes mit ihm zusammen.« Veronicas Stimme wurde lauter. »Aber das war nicht wahr. Er wollte, daß ich ihn schnell heirate, so daß sich jemand um ihn kümmerte, wenn ihm irgend etwas passierte. Ich hatte eigentlich das Gefühl, daß es zu früh wäre, aber er war sehr hartnäckig.« Veronica seufzte. »Die beiden Wochen damals – das waren die besten meines Lebens. Und ich habe niemals jemanden gefunden, der ihn hätte ersetzen können. Aber...« – Veronica sprang auf – »das bedeutet nicht, daß ich es nicht noch ein bißchen versuchen sollte, nicht wahr, Regan?« Sie klatschte in die Hände. »In ein paar Stunden steigt unsere Party. Der Barkeeper und der Kellner kommen um vier Uhr, um alles aufzubauen, und bis dahin müssen wir fertig sein. Vielleicht keine schlechte

Idee, jetzt gleich mal eine Flasche Champagner aufzumachen, während wir uns anziehen, oder? Was sagst du dazu, Regan?«

»Warum nicht?«

»Ja, warum nicht?« Veronica öffnete die Tür des Kühlschranks. »Schließlich lebt man nur einmal, nicht wahr?«

»Genau.«

»O Regan, wir haben so viel Spaß, und jetzt haben wir nur noch einen einzigen Tag auf See übrig. Natürlich freue ich mich wahnsinnig, meine Nichte und ihre Kinder kennenzulernen, aber zugleich finde ich die Vorstellung, daß unsere Reise zu Ende geht, ganz entsetzlich.«

Um fünf Uhr stand für die Party in der Camelot-Suite schon alles bereit. Überall an den wichtigen Stellen des Zimmers waren Blumen plaziert worden, eine Käseplatte und verschiedene Salate waren auf dem Cocktailtisch aufgebaut, und der Barkeeper stand schon auf seinem Posten und schnitt Zitronen und Limonen in Scheiben. Draußen auf der Terrasse beugte sich der Kellner über einen Miniherd und belegte große Tabletts mit warmen Hors d'œuvres. Während die Queen Guinevere majestätisch ihre Bahn zog, malte die Nachmittagssonne schimmernde Flecken auf das Wasser.

»Mein Gott, das reicht ja für eine ganze Armee«, sagte Regan und biß in eine rohe Möhre.

»Na ja, besser zuviel als zuwenig«, erwiderte Veronica heiter.

Aber was ist bloß bei deiner Party in der Llewellyn Hall in der letzten Woche schiefgelaufen? dachte Regan. Sie hörte jemanden an die Tür klopfen. Ich wette, es ist Robin Leach.

»Ich komme schon«, trällerte Veronica und betrachtete sich noch ein letztes Mal im Spiegel. Dann ging sie langsam zur Tür und öffnete sie mit einer schwungvollen Handbewegung. Vor ihr stand nicht der erste Gast, sondern der trampelige junge Steward, der unsicher von einem Fuß auf den anderen trat.

»Ich habe einen Brief für Miss Reilly.«

»Danke, mein Lieber. Möchten Sie auf einen Drink hereinkommen?«
»Sorry, Madam. Das würde ich sehr gern tun, aber ich bin im Dienst.«
»Na, wenn Sie mal Pause haben, dann schauen Sie einfach einmal herein. Unsere Party wird wahrscheinlich ein paar Stunden lang dauern.«
Regan eilte die Stufen hinunter und riß Veronica den Umschlag aus der Hand. »Oh, klasse. Das sind wahrscheinlich die restlichen Faxe aus Griechenland. Ich werde nur mal schnell hineinschauen.« Sie öffnete ungeduldig den Umschlag und zog den Inhalt heraus. Veronica schaute ihr neugierig über die Schulter. Das erste Blatt war ein Zeitungsartikel mit Foto: ein Bild von Athena mit ihrer Tante, Helens drei Kindern und deren Erzieherin. Die Überschrift lautete: »Wenige Minuten vor ihrem Tod posierte Helen Carvelous am Strand von Skoulis für ein Foto. Dies war das letzte Bild, das von ihr und ihren Kindern gemacht wurde.«
»Schau mal, das ist Val.«
»Wen meinst du, Veronica?«
»Hier, neben dem dunkelhaarigen Mädchen.«
»Neben Athena?«
»Ja, das stimmt. Das ist Athena. Die Arme. Und sieh mal, das ist ganz bestimmt Val, die neben ihr steht. Ich habe mir neulich mal eines von Philips alten St.-Polycarp's-Jahrbüchern angesehen, und da ist mir ihr Bild aufgefallen. Das war im ersten Jahr, als sie dort unterrichtet hat. Genau so sah sie aus.«
Regan meinte das Adrenalin zu spüren, das durch ihre Adern strömte. Bleib ruhig, dachte sie. Val hatte niemals zugegeben, Athena gekannt zu haben.

»Aber Veronica, das Bild ist doch völlig unscharf. Und dann ist es hier auch noch auf Faxpapier wiedergegeben. Damals hat natürlich auch *jeder* diese Frisur gehabt. Schau mal, hier heißt es, sie heiße Mary V. Cook.« Ob sie wohl durch die drei Gläser Champagner schon etwas wirr im Kopf ist, überlegte Regan.

»Nun, dann gleicht sie ihr aber wirklich aufs Haar. Und was hat das V zu bedeuten?« fuhr Veronica fort, wurde aber durch ein zweites Klopfen unterbrochen. Im Türrahmen stand Cameron Hardwick.

»Guten Abend, meine Damen.«

»Unser erster Gast«, rief Veronica. »Kommen Sie doch bitte herein.«

»Hi, Cameron«, begrüßte ihn Regan und schob die Faxe wieder zurück in den Umschlag. Sie öffnete die oberste Schublade der Frisierkommode und legte ihn hinein. Nur allzugern hätte sie die Dokumente auf der Stelle durchgesehen. Ich werde mich erst nach dem Dinner wieder damit beschäftigen können, dachte sie mißmutig.

»Schau mal, Regan, Cameron hat uns eine Schachtel Pralinen mitgebracht. Ist das nicht nett von ihm?«

»O ja, sehr nett«, sagte Regan. Sie dachte an die Gelegenheit, als ein Mann ihr das letzte Mal Pralinen mitgebracht hatte. Er war ein alter Freund aus New York gewesen, der zu einer Konferenz nach Los Angeles geflogen war. Allerdings hatte Regan später erfahren, daß die Pralinenschachteln bei den *Trans-American Airlines* kostenlos an alle Erste-Klasse-Passagiere verteilt worden waren. Jedermann weiß, daß viele Leute ihre Hochzeitsgeschenke weiterverschenken. Regan suchte sich eine Praline heraus, von der sie hoffte, daß es mit Schokolade überzogenes Karamel sei, und schob sie sich in den Mund. Aber während sie die cremige Masse zerkaute, merkte sie, daß ihr Magen sich nervös zusammenkrampfte. Beide, Val und Cameron, waren eine Zeitlang in Griechenland gewesen, aber keiner wollte es zugeben. Warum nicht? Aber natürlich könnte Veronica sich auch irren. Und ebenso Violet. Ich muß unbedingt herausfinden, in welcher Stadt Violet Cohn war, dachte Regan. Und ich muß so schnell wie möglich Livingston anrufen. Aber auch wenn Val und Cameron beide dort waren, braucht das nicht zu bedeuten, daß sie sich irgend etwas haben zuschulden kommen lassen.

Sie sah auf das Deck hinaus, wo der Kellner ein Backblech voller Hors d'œuvres aus dem Ofen zog. Plötzlich bekam sie das Gefühl, irgend etwas schnüre ihr die Kehle ab. Ihr war eingefallen, daß Val auch zu der Zeit, als man versucht hatte, Penelope zu vergiften, in Llewellyn Hall gewesen war.

»Mein Gott, ist das elegant hier«, schwärmte Mario. Er und Immaculata waren inzwischen hereingekommen und hatten einen ersten Blick auf die Suite geworfen. »Schätzchen, wenn wir in der Lotterie gewinnen, dann gehen wir noch einmal auf Kreuzfahrt und buchen diese Suite.«

»Erst müssen wir ein bißchen Geld für die Ausbildung der Kinder beiseite legen, Mario. Aber wenn wir genug Geld haben, dann könnten wir natürlich die ganze Familie mitnehmen. Wäre das nicht phantastisch?« Immaculatas Augen leuchteten.

Regan trat zu ihnen. »Sie könnten den Rest der Familie in der Suite auf der anderen Seite des Flurs wohnen lassen, und dann hätten Sie diesen ganzen Bereich für sich. Wie wäre denn das, Mario?«

Mario lachte und legte seinen Arm um Immaculata. »Jetzt setzen Sie aber meiner Frau keine Flöhe in den Kopf. Also gegenüber ist noch einmal eine solche Suite?«
»Ja, und auf dieser Überfahrt ist sie leer. Wir hätten uns den Schlüssel holen sollen – dann hätten wir eine Doppel-Suite-Party machen können«, sagte Regan. Sie versuchte, sich durch ein bißchen Konversation in Stimmung zu bringen. »In dem Fall hätte Veronica wahrscheinlich die gesamte Mannschaft und sämtliche Passagiere eingeladen.«
»Ich glaube, das hat sie ohnehin schon getan«, fügte Dale hinzu. Er stand im Türrahmen, den lächelnden Kenneth im Schlepptau. »Am Fahrstuhl haben noch eine ganze Menge Leute gewartet.«
»Ich hole unsere Drinks, bevor man an der Bar Schlange stehen muß. Was hättest du denn gern, Liebes?« fragte Mario seine Frau.
»Laß mich mal überlegen. Ich hatte schon einen dieser speziellen ›Empfehlung des Tages‹-Drinks; es war furchtbar viel Rum darin. Mir ist eigentlich nicht nach Rum, aber da ich damit angefangen habe, sollte ich vielleicht dabei bleiben. Oh, aber schau mal! Es gibt Champagner und …«
»Komm mit mir zur Bar, während du darüber nachdenkst, was du trinken möchtest.« Mario wandte sich Regan und Dale zu. »Entschuldigen Sie uns bitte.«
»Mein Gott, das ist ja wirklich toll hier«, rief Dale voller Bewunderung aus, während Kenneth auf die Bar zusteuerte.
»Ja, nicht wahr?« pflichtete Regan ihm bei. Sie nahm einen Schluck Champagner und beobachtete Hardwick, der auf die Terrasse hinausgeschlüpft war und jetzt mit

dem Rücken zu den anderen Gästen an der Reling stand.
»Regan, deine Frisur ist einfach toll«, sagte Kenneth und reichte Dale einen Scotch. »Ein bißchen zu viel Spray vielleicht, aber das scheinen die hier immer so zu machen.«
»Kenneth und ich schaffen es einfach nicht, unseren Job zu Hause zu lassen. Während ich mir die Möbel anschaue, befaßt er sich mit den Frisuren und überlegt, ob die wohl eine Stützwelle oder der eine bessere Färbung vertragen könnte ...«
»Oder ob er ein paar Haare mehr und sie einen Kamm brauchen könnte«, fiel Kenneth ein. »Regan, wir haben mit Veronica ausgemacht, daß wir euch am Samstag morgen um vier Uhr früh abholen. Wir trinken Champagner, und ich mache Veronica eine schicke Frisur. Natürlich muß sie, wenn sie ihren Nichten zum ersten Mal gegenübertritt, großartig aussehen. Wir müssen spätestens um vier Uhr unten auf dem Deck sein, so daß wir es mitbekommen, wenn das Schiff in den New Yorker Hafen einfährt und die Freiheitsstatue passiert.«
»Um *vier* Uhr morgens?« wiederholte Regan.
»Ja, das ist Tradition. Wir beiden werden wahrscheinlich die ganze Nacht aufbleiben und feiern. Warum schließt ihr euch uns nicht an?« fragte Dale.
»Vielen Dank, die Herren, aber ich glaube, ich brauche zwischendurch erst einmal ein paar Stunden Schlaf.«
Innerhalb einer halben Stunde herrschte unter den Gästen Hochstimmung. Sylvie kam mit Milton und Violet herein. Als Regan sie begrüßte, bemerkte sie, daß Sylvie so aussah wie jemand, der in den Glückstopf gegriffen hat.
»Mmm-mm«, machte Violet und musterte mit kritischen

Blicken ihre Umgebung. »Sehr nett. O Milton, da ist dieser unhöfliche junge Mann. Ich weiß wirklich nicht, ob wir bleiben sollten.«
Regan bemerkte, daß Violet Cameron Hardwick voller Abneigung musterte. Sylvie wirkte plötzlich geknickt.
Regan hakte Violet unter und sagte aufmunternd: »Ach bitte, bleiben Sie doch. Hier sind so viele interessante Leute. Lady Exner hat mir erzählt, daß Sie Cameron schon einmal in Griechenland begegnet sind?«
»Ja, genau. 1981 hat er dort als Kellner gearbeitet und uns in unserem Hotel bedient; das war das Jahr, in dem mein lieber Bruce gestorben ist.«
Regan begleitete sie zur Bar und sagte beiläufig: »In meinem nächsten Urlaub will ich auch mal nach Griechenland fahren. In welcher Stadt waren Sie denn?«
»Skoulis«, antwortete Violet, ohne mit der Wimper zu zucken.
»Nein, auf keinen Fall. Seien sie nicht albern, Mr. Gray. Ich werde das keinesfalls zulassen.« Veronica blieb hartnäckig.
»Aber es wird nur ein paar Minuten dauern, hier ein bißchen Ordnung zu schaffen. Sie fangen mit dem Dinner an, und ich komme in ein paar Minuten nach.«
»Nein, Sie haben schon jetzt viel zuviel für uns getan. Es ist schon zwanzig vor acht; wir kommen bereits zu spät. Gleich kommt der Steward; der kann hier aufräumen, während wir beim Abendessen sind.« Veronica öffnete die Tür und trat in den Flur. »Die Party war doch großartig, nicht wahr?«
Gavin folgte ihr zögernd. »Ja, wirklich toll. Und deshalb wollte ich ja, daß alles wieder perfekt aufgeräumt wäre, wenn Sie in Ihr Zimmer zurückkommen.«

Regan zog die Tür hinter sich zu. Als sie den Korridor entlanggging, fragte sie sich, warum Gavins Stimme wohl einen so seltsam verängstigten Klang gehabt hatte, ganz so, als stünde seine Existenz auf dem Spiel.

Freitag, der 26. Juni

Ich kann keinen Augenblick länger warten, dachte Regan und kroch aus dem Bett. Sie blinzelte zu Veronica hinüber, die fest zu schlafen schien. Der Wecker neben dem Bett zeigte 4.30 an. Das bedeutete, daß es in Oxford jetzt acht Uhr dreißig war.

Regan ging auf Zehenspitzen ins Badezimmer, schloß die Tür und nahm den Telefonhörer ab.

Fünf Minuten später hatte sie Inspektor Livingston in der Leitung.

»Gott sei Dank, daß Sie zu Hause sind«, flüsterte sie. Sie berichtete ihm, daß Veronica glaube, die Erzieherin auf dem Foto sei Val.

Livingston wühlte die Papiere auf seinem Schreibtisch durch, bis er das fragliche Bild fand. Er betrachtete es genau. »Könnte sein«, sagte er. »Aber sicher ist es nicht. Das Foto ist ziemlich unscharf. Hier steht, ihr Name sei Mary V. Cook. Ich werde heute mal bei St. Polycarp's vorbeischauen und mir ihre Personalpapiere durchsehen.«

»Und noch etwas«, fuhr Regan fort. »Da ist so ein Amerikaner an unserem Tisch, aber er kommt mir irgendwie merkwürdig vor. Eine ältere Dame, die ich hier an Bord kennengelernt habe, behauptet steif und fest, daß er in einem Hotel in Skoulis, wo sie einmal Ferien gemacht hat, als Kellner gearbeitet habe. Das war vor elf Jahren. Es ist nur so ein Verdacht, aber könnten Sie das Ganze wohl einmal anhand der Polizeiakten in Griechenland überprüfen? Schauen Sie mal nach, ob sein Name bei den Ermittlungen irgendwo auftaucht. Vielleicht ist er ja auch befragt worden, wenn er wirklich zu der Zeit in der Stadt gearbeitet hat. Skoulis ist ja nicht besonders groß.«

»Ja, sicher, mit Vergnügen. Wie heißt er denn?«

»Cameron Hardwick.«

Oxford

Während Livingston die Straße nach St. Polycarp's hinauffuhr, ließ er sich den Fall noch einmal durch den Kopf gehen. Wenn Valerie Twyler tatsächlich die Erzieherin gewesen war, warum gab sie es dann nicht zu? War der damalige Einbruch in Helen Carvelous' Heim ein Ding, das von Insidern gedreht worden war? Und was war mit diesem Typen Cameron Hardwick? Livingston hatte seine Kollegen in Griechenland angerufen und sie gebeten, die Akten über den Carvelous-Mordfall herauszusuchen.

Als er seinen Wagen auf den Parkplatz fuhr, war es neun Uhr fünf. Wie erwartet saß Reginald Crane, der Direktor, bereits an seinem Schreibtisch.

»Nigel, dies ist das zweite Mal in dieser Woche, daß du mich besuchst.« Crane schüttelte Livingston die Hand. »Bitte setz dich doch. Was kann ich diesmal für dich tun?«

Livingston lehnte sich auf seinem Stuhl zurück und atmete tief ein. Er mußte vorsichtig sein. Der Ruf einer Dame stand auf dem Spiel. »Miss Valerie Twyler. Kannst du bitte ihre Unterlagen heraussuchen?«

Ohne zu zögern stand Crane auf und trat an seinen Aktenschrank. »Ich nehme an, ich darf dich jetzt nicht fragen, warum du an Val Twyler interessiert bist?«

»Ich will nur ein paar Fakten überprüfen«, entgegnete Nigel und zog seinen Notizblock aus der Tasche.

Crane schleuderte die Akte auf seinen Schreibtisch, setzte sich wieder hin und öffnete sie. Er erklärte, daß auf der ersten Seite die Notizen standen, die er beim Vorstellungsgespräch gemacht hatte.

»Und wann war das?« fragte Livingston.

»Am dreiundzwanzigsten April zweiundachtzig.«

Livingston spürte, daß sein Körper plötzlich vor Energie vibrierte. Das war genau der Tag, an dem Athena Popolous verschwand. »Wo arbeitete Miss Twyler denn damals?«

»In einer Schule ungefähr fünfundsiebzig Meilen westlich von hier. Sie heißt Pearsons Hall.«

»Hat sie dir jemals irgendwelche Referenzen aus Griechenland gezeigt oder mal erwähnt, daß sie dort als Erzieherin arbeitete?«

Crane blätterte seine Papiere durch. »Nein. Das war nicht der Fall.«

»Weißt du, ob sie jemals verheiratet war?«

»Anscheinend war sie in dem Jahr, bevor sie hierherkam, geschieden worden. Sie hatte sogar ihren Mädchennamen wieder angenommen.«

»Und was war ihr Mädchenname?«

»Cook.«

Der Inspektor stand auf. »Wo genau ist Pearsons Hall?«

Auf See

Als Regan sich nach dem Gespräch mit Livingston wieder ins Bett gelegt hatte, konnte sie kein Auge zutun. Unruhig warf sie sich hin und her. An Schlaf war nicht mehr zu denken. Fortwährend gingen ihr Gedanken durch den Kopf. Violet Cohn. Sie hatte einen Verstand wie ein Laserstrahl. Ich möchte wetten, daß sie recht hat, dachte Regan. Cameron Hardwick hatte in Skoulis ganz sicher als Kellner gearbeitet und sie bedient. Wenn Val dort Gouvernante gewesen war, dann hatte sie Hardwick möglicherweise in irgendeinem Café dort kennengelernt. Vielleicht hatte sie ihm, was die Juwelen anbetraf, einen Tip gegeben. Die antiken Juwelen, »die einzigen Juwelen, die es wert sind, besessen zu werden«, wie er selbst gesagt hatte.

Regan lag auf der Seite und umarmte ihr Kopfkissen. Wieder schaute sie auf die Terrasse hinaus, wo Cameron den größten Teil des Abends verbracht hatte. Wenn Val und Cameron in irgendeiner Weise an dem Einbruch beteiligt waren – gab es dann einen Zusammenhang mit Athenas Tod? Und was *tat* dieser Cameron Hardwick eigentlich auf diesem Schiff?

Oxford

Die längste Strecke der fünfundsiebzig Meilen nach Pearsons Hall saß Inspektor Livingston angespannt am Steuer seines Wagens, ohne die idyllische englische Landschaft zu genießen.

Um elf Uhr dreißig saß er im Büro von Pearsons Hall und wartete darauf, daß die Direktorin, Margaret Heslop, von einer Konferenz zurückkehrte, die unten in der Versammlungshalle stattfand. Um viertel vor zwölf schwang die Tür auf; sie wurde von einer Frau, die im Rollstuhl hereinrollte, mit einem Stock festgehalten.

Livingston sprang auf. »Kann ich Ihnen helfen?«

»O Gott, nein! Ich mache das schon seit dem Krieg so«, sagte Miss Heslop mit lauter Stimme. Sie war eine Matrone in den Sechzigern mit einem angenehmen Gesicht und grauem Haar, das im Nacken zu einem Knoten zusammengeschlungen war. Sie blieb gegenüber von Livingstons Stuhl stehen und reichte ihm die Hand. »Margaret Heslop.«

»Nigel Livingston. Ich weiß es wirklich zu schätzen, daß Sie sich so kurzfristig für mich Zeit nehmen konnten.«

»Mir war klar, daß es wichtig war. Sonst hätten Sie nicht den ganzen Weg von Oxford bis hierher auf sich genommen.« Und mit entschlossener Miene fügte sie hinzu: »Und nun sagen Sie mir, was Ihr Anliegen ist.«

»Ich möchte etwas über die Vergangenheit von Valerie Twyler wissen.«

»Valerie Twyler?« Miss Heslop klang verdutzt.
»Ihr Mädchenname war Cook.«
»Natürlich.« Die Schulleiterin schüttelte den Kopf; ihre Miene hatte sich merklich verdunkelt. »Für mich ist sie nie Miss Twyler gewesen. Nachdem sie sich von irgendeinem Typen in der Stadt hatte scheiden lassen, hat sie wieder ihren Mädchennamen angenommen.«
»Soviel ich weiß, hat man sie die meiste Zeit, die sie hier unterrichtete, immer nur Mary genannt.« Zum zweiten Mal an diesem Morgen wurde Livingston sich bewußt, daß er fortwährend mit seinem Stift und seinem Notizblock herumspielte.
»Ja, eigentlich immer«, bestätigte Heslop.
»Richtig. Wissen Sie, ob sie damals einen Sommer lang als Erzieherin in Griechenland gearbeitet hat?«
»Ja, das hat sie, und damit haben ihre sämtlichen Probleme begonnen.« Mrs. Heslop rollte ihren Stuhl zum Aktenschrank hinüber und zog eine Akte mit der Aufschrift »Mary V. Cook« heraus.
»Wieso Probleme?« hakte Livingston nach.
»Ist das denn nicht der Grund, warum Sie hier sind?« fragte Mrs. Heslop, schloß mit einem Knall den Rolladen und öffnete die Akte auf ihrem Schreibtisch. »Sie ließ sich gerade von ihrem Mann scheiden und wollte den Sommer über außer Landes sein. Sie arbeitete für eine Familie in Griechenland, in der sich, wie Sie sicher wissen, eine Tragödie ereignete. Eine Frau ertappte in ihrem Haus einen Einbrecher auf frischer Tat und wurde ermordet. Da Mary die einzige Person war, die dort lebte und nicht zur Familie gehörte, wurde sie sehr gründlich befragt. Als sie zum Herbstsemester hierher zurückkam, sind immer wieder Polizisten aufgetaucht,

die sie verhörten. Das hat uns natürlich nicht besonders gut gefallen. Es hat Unruhe verursacht, war peinlich und so weiter. Ich vermute, daß sie überhaupt nichts beweisen konnten. Am Ende war in Saint Polycarp's eine Stelle zu besetzen, und sie nutzte die Chance, um unser Institut zu verlassen. Sie hatte sich für den Posten beworben, und soviel ich weiß, hat sie seither immer dort unterrichtet. Ich habe sogar gehört, daß sie heiraten will.«

»Ja, das stimmt.«

»Nun, ich hoffe, daß der Betreffende mehr Glück hat, als Malcolm Cook damals hatte. Sie konnte manchmal ziemlich schwierig sein. Eine hervorragende Lehrerin, aber im Umgang nicht sehr angenehm.«

Kein Wunder, daß sie nie zugeben wollte, Athena gekannt zu haben, dachte Livingston. Es war völlig logisch, daß sie ein ganz neues Leben beginnen wollte. Und selbst die Tatsache, daß man sie an dem Tag, an dem Athena verschwand, erneut verhört hatte, könnte völlig irrelevant sein. Er hatte schon mehrere Fälle gehabt, wo Menschen zur falschen Zeit am falschen Ort gewesen zu sein schienen.

Livingston dankte Margaret Heslop dafür, daß sie ihm ihre Zeit gewidmet hatte, und stand auf, um sich auf den Heimweg zu machen. Er versprach, wieder anzurufen, wenn sich noch weitere Fragen ergäben.

An der Treppe, die zum Parkplatz hinunterführte, blieb er einen Augenblick lang stehen. Er genoß die wärmenden Sonnenstrahlen, die durch die Wolken brachen, und dachte darüber nach, was er gerade gehört hatte.

»O Gott, wo hab' ich das blöde Ding denn eigentlich geparkt?« Livingston erblickte eine Dame, die etwa siebzig sein mochte, und ihn anlächelte.

»Mein Mann wird immer furchtbar ärgerlich, weil ich mich nie daran erinnern kann, wo ich den Wagen geparkt habe. Er ist nicht gut zu Fuß, deshalb setze ich ihn immer an der entsprechenden Stelle ab, bevor ich mir einen Parkplatz suche. Heute ist im Vortragssaal eine Ausstellung für kunsthandwerkliche Gegenstände. Wirklich schöne Sachen, die sie da zeigen. Haben Sie nicht Lust, sich das mal anzuschauen?«

»Was für ein Auto haben Sie denn?« fragte Livingston, in der Absicht, der alten Dame zu helfen.

»Einen blauen Austin; und wir haben in letzter Zeit eine Menge Schwierigkeiten mit ihm gehabt. Wir haben das gute Stück deshalb unseren blöden August genannt.« Sie kicherte leise in sich hinein. »Oh, danke, da ist er«, sagte sie, ergriff das Geländer und ging langsam die Stufen hinab.

Blauer Austin. Blöder August. B. A. Livingston blätterte seinen Notizblock durch und schaute sich noch einmal an, was auf dem Streichholzbriefchen, das in Athena Popolous' Tasche gefunden worden war, geschrieben stand: »B. A. 315.«

Er machte auf dem Absatz kehrt und eilte zurück ins Haus. »Ich nehme Sie schneller beim Wort, als Sie denken«, erklärte er der überraschten Schulleiterin. »Haben Sie zufällig eine Liste der Automobile, die den Mitgliedern des Kollegiums gehören?«

»Natürlich. Die Mitglieder des Kollegiums bekommen alle einen Sticker für den Parkplatz.«

»Was für einen Wagen hat Valerie – äh, Mrs. Cook – gefahren, als sie hier war?«

»Schauen wir mal. Hier ist ihre Akte. Ah ja, es war ein blauer Austin.«

»Wie lautete das Nummernschild?« fragte Livingston gespannt.
»Drei-eins-fünf-sieben-sechs-vier.«
»Sie haben mir wirklich sehr geholfen.«
Valerie Twyler oder Mary V. Cook hatte Athena Popolous in Griechenland gekannt, dachte Livingston, während er in seinen Wagen stieg. Aus irgendeinem Grund hatte sich Athena einige Zahlen von Vals Nummernschild notiert.
Athena verschwand an dem Tag, an dem Val ihr Vorstellungsgespräch in Oxford führte. Und Val hatte Veronica beschuldigt, versucht zu haben, Penelope Atwater zu vergiften – eine Vorstellung, die Livingston aus irgendeinem Grund nicht einleuchten wollte. Auch Regan Reilly hatte sich das nicht vorstellen können. Und noch etwas. Vals bevorstehende Heirat mit Philip ergab keinen Sinn: Die beiden schienen wie Öl und Wasser zu sein. Heiratete sie ihn, weil er später wahrscheinlich Lady Exners Millionen erben würde? Wenn sie wirklich versucht hatte, Penelope Atwater zu vergiften, dann konnte man nicht wissen, was sie als nächstes plante. Und wann.
Als er nach Oxford zurückfuhr, stemmte er den Fuß ungeduldig auf das Gaspedal; er hatte das deutliche Gefühl, daß die Zeit drängte.

Auf See

Cameron Hardwick konnte kein Auge zutun. In seiner Phantasie ging er seinen Plan immer wieder aufs neue durch. Er stellte sich die Kabine in allen Einzelheiten vor. Wenn die alte Schachtel aufwachte, während er gerade diese Reilly kaltmachte, dann könnte die Sache schieflaufen. Er warf einen Blick auf das Fläschchen mit den starken Beruhigungstropfen, das auf seiner Kommode stand. Sie waren in jedem Fall mehrere Stunden wirksam. Er würde ihr heute abend ein paar Tropfen in ihren Drink schütten, und um elf oder zwölf spätestens würde Exners Kinn friedlich auf ihrer Brust ruhen. Nach der Party, die sie gestern abend gegeben hatte, wäre es nicht überraschend, wenn sie erschöpft wirkte. Wenn er sich in die Suite schliche, wäre sie längst in Morpheus Armen. Er lächelte.

Reilly. Er würde ihr ihren Drink auch gern ein wenig versüßen, aber das wäre viel zu gefährlich. Er spürte, daß sie eine deutliche Antipathie gegen ihn hegte. Sie würde ihn niemals so nahe an sich heranlassen. Aber selbst wenn es ihm gelänge, ihr auch ein paar Tropfen in das Getränk zu schütten, würde sofort eine Alarmglocke in ihrem Kopf läuten, sobald sie sich ungewöhnlich müde fühlte. Nein. In ihrem Fall, so hoffte er, würde er das Überraschungsmoment nutzen können. Wenn sie in dem Augenblick, in dem er in die Kabine schliche, schliefe, dann hätte er die Extrasekunden, die er

brauchte. Wenn nicht, dann könnte er sie packen, bevor sie nach dem Telefonhörer griff. Er hatte das schon überprüft. Das Telefon im Wohnzimmer stand auf einem Tisch hinter dem Ausziehsofa, zu weit weg, um es zu erreichen, bevor er sie zum Schweigen gebracht hatte. Wenn sie versuchte zu schreien, so würde ihr das bestimmt nicht gut bekommen. Wie hieß diese Zeile aus dem japanischen Gedicht: – Wenn ein Baum in einem Wald fällt, und niemand hört ihn – macht das Fallen dann ein Geräusch?
Hardwick warf einen Blick auf den Wecker. Sechs Uhr früh. Ich könnte ebensogut aufstehen, dachte er. Es wird ein interessanter Tag. Und sogar das Wetter würde mitspielen. Ein gutes Omen. Für heute nacht war ein bewölkter Himmel angesagt. Als er die Dusche anstellte, stach ihm der Geruch des stark gechlorten Wassers in die Nase. Wie kann das Schiffspersonal es nur aushalten, tagein, tagaus mit diesem Wasser zu duschen? Der Steward. Man konnte nur hoffen, daß er ihm nicht gerade heute nacht über den Weg lief. Um ein Uhr nachts würde er hoffentlich im Tiefschlaf in seiner Kabine liegen, betäubt durch Dr. Jack Daniels. Ich werde mich an ihm vorbeischleichen, die Sache hinter mich bringen und dann hierher zurückkommen und warten. Auf das Festland, die Freiheit und das dicke Geld!

Aus irgendeinem Grunde bin ich heute furchtbar schreckhaft und mache mir dauernd Sorgen um Veronica, dachte Regan, während sie und Veronica sich anzogen. Sie hatten länger als gewöhnlich geschlafen. Regan war erst nach fünf Uhr morgens eingeschlafen; Veronicas dauernde Unruhe begann allmählich, sie anzustecken. Sie hatte beschlossen, den »Sitz-und-sei-fit«-Unterricht zu schwänzen.

»Es ist alles in Ordnung, Regan«, verkündete Veronica. »Ich fühle mich ganz gut. Heute ist einfach einmal ein Tag, um zu entspannen, uns von unseren neuen Freunden zu verabschieden und sich auf den zweiten Teil meines Abenteuers, das morgen beginnt, vorzubereiten.«

»Was – überhaupt keine Seminare?« fragte Regan.

»Ich glaube nicht, daß ich mir noch mehr über Finanzplanung anhören sollte. Philip hat jemanden, der all das für mich erledigt. Was die Hellseherin anbetrifft – nun ja, ich hätte lieber eine private Sitzung mit einer der Wahrsagerinnen aus New York. Soviel ich weiß, gibt es ein paar sehr gute dort, die in Restaurants arbeiten. Sie kommen an deinen Tisch. Ich werde meine Nichten mal ins Restaurant ausführen.« Veronica setzte sich an den Frühstückstisch. »Gott sei Dank, daß wir heute den Zimmerservice bestellt haben. Und hinterher machen wir es uns auf dem Lido-Deck gemütlich, so, wie wir es vor ein paar Tagen schon einmal gemacht haben.«

»Gute Idee«, sagte Regan. Jemand klopfte an die Tür. Sie setzte ihre Kaffeetasse nieder. »Wer kann das denn sein?« fragte sie, als sie zur Tür ging.

Ein nervös wirkender Gabby Gavin stand vor ihr. »Ist alles in Ordnung?« fragte er. »Ich habe mir Sorgen gemacht, als Lady Exner heute morgen nicht zur Gymnastikstunde erschienen ist.«

»Ja, ja, alles in Ordnung«, rief Veronica aus dem Wohnzimmer. »Heute ist mal ein Entspannungstag. Kommen Sie herein, Mr. Gray.«

Als er an ihr vorbeiging, gewann Regan den Eindruck, daß er in den letzten Tagen um Jahre gealtert war.

»Heute würde *ich* Sie gerne einmal zu den Übungen und Seminaren begleiten, Lady Exner. Es ist mir ein Vergnügen, in Ihrer Gesellschaft zu sein, und dies ist unser letzter Tag. Regan, vielleicht würden Sie auch gern einmal etwas allein unternehmen.«

»Danke, Gavin, aber heute wollen Veronica und ich uns ganz einfach einmal entspannen – unten auf dem Lido-Deck. Nicht wahr, Veronica?«

»Ja, genau. Haben Sie nicht Lust, mit uns zu kommen? Es ist ziemlich lange her, daß ein so gutaussehender Mann meine Gesellschaft suchte.«

Veronica kann ganz schön kokett sein, dachte Regan. Ich frage mich, ob sie wohl jemals über Gabby ein Gedicht schreiben wird.

»Oh, Mario, ich kann es gar nicht erwarten«, jubelte Immaculata, während sie ihr Augen-Make-up auftrug. »Wann gehen wir endlich hinauf?«
»Der Steward sagte jederzeit nach zehn«, antwortete Mario. »Wir werden in einer der besten Suiten des Schiffes eine private Party feiern. Im Augenblick habe ich einen Mordsfrühstückshunger.«
Nachdem die zweite Schicht Lidschatten aufgetragen war, schloß Immaculata den Reißverschluß ihres Kosmetiktäschchens. »Ich habe mein schwarzes Negligé eingepackt. Haben wir nicht Glück gehabt, daß niemand in der Suite wohnt und der Steward so nett ist?«
»Süße, jeder ist nett, wenn er dafür bezahlt bekommt.«
»Ich weiß, aber er könnte Schwierigkeiten bekommen.«
»Na ja, ich habe ihm erzählt, es sei für uns wie eine zweite Hochzeitsreise, und wir könnten uns eine solche Suite nie leisten. Es wird bestimmt niemand erfahren, und er kann sich ein paar hundert Dollar dazuverdienen.« Mario nahm Immaculata in die Arme und drückte sie an sich. »Wir werden unsere zweite Hochzeitsnacht erleben.«
Immaculata sah ihn verwirrt an. »Aber, Mario, weißt du das denn nicht mehr? Damals, in unserer Hochzeitsnacht, bist du doch auf der Stelle eingeschlafen.«

Oxford

Es war bereits nach zwei Uhr mittags, als Livingston in sein Büro zurückkehrte. Auf seinem Tisch lagen mehrere Zettel mit Botschaften, die wichtigste von den Behörden in Griechenland. Er rief rasch zurück und erfuhr, daß Cameron Hardwick zur Zeit von Helen Carvelous' Tod in der Tat verhört worden war. Er hatte als Kellner in dem kleinen Hotel an der Küste gearbeitet. In der Woche vor dem Mord war er als ein Mitglied des Hilfspersonals für eine große Party, die auf dem Anwesen der Carvelous stattfinden sollte, angeheuert worden. Eine Nachsendeadresse hatte er nicht hinterlassen.

Livingston hängte ein und sann darüber nach, daß Val Twyler und Cameron Hardwick einander in Griechenland mit großer Wahrscheinlichkeit gekannt hatten. Jetzt reiste Hardwick auf der Queen Guinevere. Fünf Minuten später hatte Livingston eine der Angestellten der Zentrale der Global Cruise Line in New York an der Leitung. Nachdem er sich vorgestellt hatte, fragte er: »Haben Sie eine Adresse von Cameron Hardwick? Er ist augenblicklich auf der Queen Guinevere mit Kurs auf New York.«

»Gewiß. Ich werde mal nachschauen. Einen Augenblick, Sir.« Die Stimme der Frau klang selbstbewußt und freundlich.

Livingston wartete und fragte sich, wann er sich wohl

endlich ein Sandwich genehmigen könne. Er hatte seit dem frühen Morgen nichts gegessen.
Am anderen Ende der Leitung erklang erneut die selbstbewußte Stimme. »Ja, also, ich habe hier auf der Liste einen Cameron Hardwick, der uns die Nummer eines Postfaches in New York City angegeben hat.«
»Das ist alles?«
»Ja Sir. Es tut mir leid.«
Livingston wollte schon einhängen, aber ihm kam noch ein anderer Gedanke.
»Hat er irgendeine Telefonnummer angegeben, wo man ihn, bevor er an Bord des Schiffes ging, erreichen konnte?«
»Ja, das hat er. Wir erfragen immer eine Telefonnummer, wo wir unsere Passagiere vor Abfahrt des Schiffes erreichen können, falls es irgendeine Verzögerung gibt.«
Livingston notierte sich die Nummer, die die Vorwahl von Highgate hatte. Highgate war nur dreißig Meilen von Oxford entfernt. »Danke.« Er wählte und wartete ängstlich, während das Telefon sechs- oder siebenmal klingelte. Schließlich hörte er die Stimme eines älteren Mannes. »Barleyneck Inn. Masin Hicks. Ja, ja. Was kann ich für Sie tun? Oh, herrje! Bitte bleiben Sie am Apparat.«
Livingston betrachtete fragend den Hörer. »Ich warte.«
Er hörte zu, während die Stimme am anderen Ende sich bei jemandem entschuldigte, der wahrscheinlich eine Beschwerde vortrug.
»Oh, herrje! Ihr Tee war also nicht heiß. Das tut mir furchtbar leid. Setzen Sie sich doch. Sie bekommen augenblicklich eine zweite Kanne. Ja, ja. Setzen Sie sich doch. Setzen Sie sich – was kann ich für Sie tun?«

Livingston trommelte mit den Fingern auf den Schreibtisch.
»Was kann ich für Sie tun?« ertönte erneut die Stimme. Livingston richtete sich in seinem Stuhl auf, während er sich vorstellte. »Sagen Sie mir bitte, ob bei Ihnen ein Cameron Hardwick gewohnt hat oder wohnt.«
»Cameron Hardwick. Ja.«
»Ja?« Livingston klang überrascht.
»Ja. Er hat das Zimmer Anfang der Woche geräumt. Bleiben Sie bitte am Apparat. – Hallo, schön, daß Sie wieder einmal zu uns kommen. Bitte tragen Sie sich doch hier ein. – Hallo? Ja. Es tut mir sehr leid. Cameron Hardwick hat sein Zimmer am Montagmorgen verlassen. Ein ziemlich ruhiger Typ. Er leiht sich immer das Bügelbrett.« Ein Lachen, das allerdings eher wie ein Keuchen klang, gelangte auf dem Weg durch die Telefondrähte an Livingstons Ohr.
»Ist er schon vorher mal bei Ihnen gewesen?«
»O ja, ja. Oh-oh – warten Sie bitte einen Augenblick.«
Während der Besitzer des Gasthauses klingelte und nach einem Gepäckträger rief, trommelte Livingston ungeduldig mit den Fingern auf den Schreibtisch. Als der Gastwirt dann endlich wieder am Apparat war, fragte Livingston nach der Adresse des Gasthauses und nach dem Weg dorthin. Es würde wahrscheinlich den ganzen Tag lang dauern, wenn man die Informationen per Telefon zu bekommen versuchte, dachte er. »Soll ich Ihnen ein Zimmer reservieren?« fragte die Stimme am anderen Ende der Leitung. »Wir haben ein recht hübsches, von dem aus man direkt auf den Fluß hinausschaut.«
»Nein, aber ich werde heute nachmittag bei Ihnen vorbeikommen, wenn Sie dort sind.«

»Ja, ja, natürlich. Um vier Uhr gibt es Tee und Gebäck. Meine Frau kocht die Marmelade selbst ein. Oh-oh, bleiben Sie bitte einen Augenblick am Apparat.«
»Schon in Ordnung«, schrie Livingston ins Telefon, bevor die Stimme sich entfernte. »Ich sehe Sie später.«
Als er einhängte, durchzuckte es ihn wie ein Blitz. Ich werde ziemlich reizbar, dachte er. Ich muß unbedingt etwas essen, aber nicht, bevor ich Valerie Twyler angerufen habe. Bei Miss Twyler zu Hause nahm niemand das Telefon ab, deshalb entschied er, es in Llewellyn Hall zu versuchen. Das Dienstmädchen meldete sich.
»Sie und Philip sind heute mit einigen Studenten, die zum Besuch der Sommerkurse hier sind, nach Bath gefahren. Sie werden vermutlich erst abends gegen halb elf oder elf zurück sein. Ich bin im Augenblick hier allein und bediene Penelope.«
»Wie fühlt sie sich?« fragte Livingston.
»Sie hat ihren Appetit inzwischen wiedergefunden«, sagte die Hausangestellte lakonisch.
»Aha.«
»Ich werde auch nicht jünger, und jetzt muß ich dauernd die Treppen rauf- und runterlaufen. ›Mehr Tee, bitte. Hol mir ein paar Cracker. Könntest du mir ein bißchen Suppe machen?‹ Man möchte plötzlich meinen, daß ihr das ganze Haus gehört. Wenn Lady Exner zurückkommt, dann werde ich um eine Gehaltserhöhung bitten.«
»Gute Idee.« Livingston versuchte, seiner Stimme einen mitfühlenden Klang zu geben. »Ich werde versuchen, noch heute abend mit Miss Twyler zu sprechen.«
»Wie Sie wollen. Ich werde dann daheim sein und vorm Fernseher ein Fußbad nehmen. Wiederhör'n.«
Livingston war erleichtert, daß er es klicken hörte. Er sah

auf die Uhr. Vierzehn Uhr fünfundvierzig. Zeit für ein kleines Käsebrot und eine Tasse Tee im Pub auf der anderen Straßenseite, und dann mache ich mich auf den Weg zum Barleyneck Inn, dachte er. Er hatte das Gefühl, daß der Besitzer des Gasthauses nur allzu glücklich wäre, ihm einiges über Cameron Hardwick erzählen zu können. Als er die Polizeiwache verließ, wünschte er sich nur, daß er Valerie Twyler nicht noch am gleichen Abend verhören müsse. Seine Frau hatte gehofft, daß er abends endlich einmal daheim wäre. Aber eine innere Stimme sagte ihm, daß die Sache nicht bis morgen aufgeschoben werden dürfte. Also gut, dachte er, als er den dunklen Gastraum betrat. Ich kann das alles auch immer noch später entscheiden. Wenn ich mit dem Typ fertig bin, dann bin ich sicher ohnehin völlig erschöpft.

Das Gasthaus Barleyneck befand sich am Ende einer Sackgasse in einem Bauerndorf. Als Livingston die Straße hinunterfuhr, mußte er anhalten und warten, bis ein paar freilaufende Schafe die Straße überquert hatten. Sie machten keinerlei Versuch, schneller zu gehen, und starrten ihn gelangweilt an. Das einzige Anzeichen für eine gewisse Lebendigkeit war ein gelegentliches Blöken. »Beeilt euch«, murmelte Livingston, »sonst findet ihr euch vor meinem Kamin wieder.«

Livingston bog in eine Auffahrt ein und erblickte einen kleinen Landgasthof. Er war im viktorianischen Stil gebaut und von riesigen alten Eichen beschattet. Die Atmosphäre in dem Gasthof war angenehm. Geblümte Vorhänge und eine geblümte Tapete im Gastraum standen in einem reizvollen Gegensatz zu den mit dunklem Holz verschalten Wänden im Vorraum. Ein alter Mann, wahrscheinlich der, mit dem Livingston am Telefon gesprochen hatte, saß an einem großen antiken Tisch und bedrängte ein junges Paar, doch sobald wie möglich wiederzukommen. Dünne weiße Haarsträhnen bedeckten seine rosige Kopfhaut, und seine Haut wirkte ledrig gebräunt. Auf seiner Nase steckte eine Bifokalbrille. Wahrscheinlich arbeitet er hier bereits seit der Reformation, wenn nicht länger, dachte Livingston.

»Ich hoffe, es war alles Ihren Wünschen entsprechend.«

»Hervorragend«, antwortete die junge Frau rasch und klopfte ungeduldig mit der Fußspitze auf den Teppich.
»Ja. Ja. Sie machen also eine kleine Rundreise?«
»In ein paar Tagen geht es wieder zurück nach Australien«, antwortete ein etwa dreißigjähriger Mann und schob seine Kreditkarte in die Brieftasche. »Also, danke dann.«
»Ich wollte immer mal nach Australien, habe es aber nie ganz geschafft. Woher in Australien kommen Sie?«
»Melbourne.«
»Ja, ja. Vielleicht komme ich dort auch irgendwann einmal hin, aber...«
»Entschuldigung«, fuhr Livingston dazwischen. Die beiden jungen Leute warfen ihm dankbare Blicke zu und ergriffen ihre Gepäckstücke. »Wenn es Ihnen nichts ausmacht, dann würde ich mich gerne mit Ihnen unterhalten.«
»Ja. Gewiß. Auf Wiedersehen also«, rief der Gastwirt den beiden, die den Vorraum schon verlassen hatten, nach.
»Ich bin Inspektor Livingston. Ich habe heute morgen mit Ihnen gesprochen...«
»Ja, richtig. Sie sind derjenige, der etwas über Cameron Hardwick wissen möchte. Seit Ihrem Anruf habe ich über ihn nachgedacht. Er ist im großen und ganzen in Ordnung, nehme ich an. Ein Amerikaner. Aber anspruchsvoll ist der Kerl. Mäkelig. Furchtbar mäkelig.«
»Meinen Sie, wir könnten uns darüber unter vier Augen unterhalten?« fragte Livingston, obwohl er mit dem Mann im Augenblick allein war. Nach dem zu urteilen, was er heute morgen am Telefon mitbekommen hatte, hatte er angenommen, daß dies so eine Art Hotel Ritz wäre.
»Gewiß. Übrigens – ich bin Mason Hicks.« Der Mann sah ihn über seine Brillengläser freundlich an. »Ich rufe mal

meinen Angestellten, damit er sich hier an die Rezeption setzt, während wir beide in mein privates Büro gehen.« Er schlug dreimal auf eine runde Klingel auf seinem Schreibtisch. »Ich hätte ihn rufen sollen, damit er Ihnen die Koffer hereinträgt«, fügte er hinzu, während er mit dem Finger in Richtung Eingangstür wies, und dann, in einem kurzen Anfall von Ärger, noch zwei weitere Male auf die Klingel schlug.

Ein schüchtern aussehender älterer Mann erschien aus einem Nebengang. Die Palastwache, dachte Livingston.

»Rodney, meinst du, du könntest mich hier vertreten? Wir haben etwas Dringendes zu besprechen, ja, ja«, erklärte Hicks.

»Äh, hätten Sie vielleicht gern ein wenig Tee?« fragte Rodney höflich.

»Nein, danke«, erwiderte Livingston.

Hicks führte ihn in ein kleines, muffig riechendes Büro, an dessen Wänden unzählige Bilder von Hunden hingen, die über Zäune sprangen.

»Ich möchte Sie nicht aufhalten«, erklärte Livingston und setzte sich auf einen roten Lederstuhl, der zwischen der Statue eines Dalmatiners und den schweren Vorhängen irgendwie eingeklemmt wirkte.

»Nehmen Sie sich Zeit, nehmen Sie sich Zeit, mmmh, ja«, sagte Hicks und faltete die Hände vor dem Bauch. Offensichtlich genoß er die angenehme Erregung, die durch die Präsenz eines Polizeibeamten erzeugt wird. »Also Sie ermitteln in der Sache Cameron Hardwick, ja?«

»Eigentlich nur ein paar Routinefragen«, erwiderte Livingston. Er räusperte sich. »Am Telefon haben Sie angedeutet, daß Cameron Hardwick ein häufiger Gast sei.«

»Die Art, die uns besonders lieb ist.« Als Hicks lächelte und sich nach vorne legte, zogen sich seine kleinen Augen zu faltigen Schlitzen zusammen.
»Genau«, entgegnete Livingston. »Wie häufig steigt er ungefähr hier ab?«
»Also ein paarmal im Jahr. Ein gutaussehender Typ, aber er hat etwas Grüblerisches. Er hat eine Freundin, die häufiger vorbeischaut und ihn hier besucht.« Hicks zwinkerte ihm anzüglich zu.
Livingston sah von seinem Notizblock auf. »Können Sie sie beschreiben?«
»Oh, Ende dreißig, nehme ich an. Braunes Haar. Attraktiv, aber nicht aufgedonnert. Ein wenig steif. Man würde nicht vermuten, daß sie der Typ ist, der eine langjährige Affäre hat, aber wissen Sie was – ich glaube, sie ist sogar verheiratet!« Hicks Augen funkelten und zwinkerten, und er tat so, als würde er jemandem in die Seite knuffen.
»Wissen Sie zufällig ihren Namen?«
»Ich glaube, er nennt sie Mary. Einen Nachnamen hat sie nie angegeben. Er bucht immer selbst. Wir haben zehn schöne Zimmer, aber er wohnt immer in demselben, jedesmal. Es hat sein eigenes Bad. Einmal war es nicht frei, da ist er tatsächlich ein wenig unangenehm geworden ...«
»Ah, so, ich verstehe«, unterbrach ihn Livingston. »Und wann haben Sie die Dame zum letzten Mal gesehen?«
»Einen oder zwei Tage, bevor er abgereist ist. Das war am letzten Wochenende. Sie kam am Samstag morgen, und sie haben sich das Frühstück aufs Zimmer schicken lassen. Er liebt seine Privatsphäre, und alles muß perfekt sein. Die Eier müssen auf die Minute richtig gebraten,

der Schinken muß kroß sein … Übrigens joggt er jeden Tag. Hat mir erzählt, wenn er das nicht täte, würde er durchdrehen.«

»Sie erinnern sich ja an ziemlich viele Einzelheiten«, bemerkte Livingston.

»Nun ja, er kommt ja schon seit zehn Jahren hierher.«

»Seit *zehn* Jahren?« fragte Livingston.

»Ja, ja. Er kam und war der erste Gast, der in dem frisch renovierten Raum über dem Fluß wohnte. Und in der Nacht hat ihn auch gleich die junge Frau besucht. Sie waren beide mit der Unterkunft sehr zufrieden und sind seither immer wieder gekommen. Meine Frau und ich fühlten uns an den Film *Same Time Next Year* erinnert. Haben Sie den mal gesehen?«

»Ja, sehr nett, sehr unterhaltsam«, antwortete Livingston.

»Ja, ja. Man fragt sich, was sie zu verstecken haben.«

»Ja, das fragt man sich wirklich«, bestätigte Livingston. Er stand auf und überlegte sich, daß der Abend wohl noch sehr lang werden würde, wenn er die Gelegenheit bekäme, Valerie Twyler, auch unter dem Namen Mary Cook bekannt, zu verhören.

Dies war eindeutig der gemütlichste Abend der ganzen Überfahrt. Veronica war anscheinend entschlossen, ihre Energie für ihre neu entdeckten Verwandten aufzusparen. Sie lag zwischen Regan und Gabby Gavin in ihrem Liegestuhl und hielt für die Vorbeigehenden hof. Gavin war offensichtlich sehr besorgt um sie. Zunächst fürchtete er, daß sie sich einen Sonnenbrand holen könnte. Ob sie wohl nicht eine Sonnencreme mit hohem Schutzfaktor hätte, die er ihr aus der Suite holen könnte? Veronica griff in die Einkaufstasche und zog triumphierend eine Tube Sonnencreme Faktor 32 – größtmöglicher Schutz – heraus.

»Angeblich gelangt kein einziger Strahl an deine Haut, nicht einmal wenn du ein Sonnenbad am Äquator nimmst«, sagte sie glucksend.

Gavin starrte düster vor sich hin.

Sie gingen nicht in den Speisesaal, sondern bedienten sich an dem Büfett, das in der Nähe des Schwimmbeckens aufgebaut worden war. Veronica brachte Regan ein Sandwich aus drei Lagen Toast und eine Sangria mit einem kleinen Papierschirm, der zwischen den Eiswürfeln hin und her tanzte.

Veronica zog den Schirm heraus und warf ihn in ihre Tasche. »Der ist für mein Erinnerungsalbum. Er wird mich immer an diesen besonderen Tag mit Ihnen, Mr. Gray, erinnern.«

»Sind Sie sicher, daß der Wind nicht zu kalt für Sie ist?« fragte Gavin besorgt. »Am liebsten würde ich Ihnen einen Pullover holen.«
»Nicht notwendig«, erklärte Veronica und zog einen Schal aus ihrer scheinbar bodenlosen Badetasche. »Die liebe Regan denkt an alles.«
Regan hatte eine Sekunde lang das Gefühl, daß Gabby ihr einen ziemlich feindseligen Blick zuwarf.
»Und jetzt muß ich das Buch meiner Lieblingsautorin zu Ende lesen. Mr. Gray, wußten Sie, daß Regans Mutter Nora Regan Reilly, die berühmte Kriminalschriftstellerin ist?«
Gabby hatte plötzlich einen merkwürdig verzerrten, geradezu haßerfüllten Ausdruck im Gesicht. Im selben Augenblick bemerkte Regan, daß ihre Mutter und ihr Vater an einer Seite des Pools auftauchten. Sie war sich sicher, daß Gabby sie ebenfalls entdeckt hatte. Er preßte die Lippen aufeinander, als er sah, wie Nora sich mit einem Schwung umdrehte und in den Salon zurückfloh – einen resigniert wirkenden Luke im Schlepptau.
Um vier Uhr nachmittags machten sich Regan und Veronica auf den Weg nach oben, um noch vor dem Abendessen mit dem Packen zu beginnen.
»Wie Regan schon sagte – es wäre so viel besser, wenn wir das meiste vor dem Abendessen einpacken, denn die Taschen müssen vor dem Schlafengehen draußen im Flur stehen.« Veronica schwenkte ihre Badetasche in Gavins Richtung. »Au 'voir.«
»Au 'voir, alte Kuh«, murmelte Gavin.

Oxford

Livingston konnte nichts anderes tun, als auf die Rückkehr von Val und Philip zu warten. Er hatte entschieden, daß er genausogut nach Hause gehen und in Ruhe mit der Familie zu Abend essen könne. Seine Frau Maude, die seine Stimmungen immer sehr sensibel registrierte, bemerkte: »Irgend etwas rumort in dir, vermute ich. Ich war mir eigentlich sicher, daß ich das Lamm für dich in den Kühlschrank stellen müßte.«

Er biß herzhaft hinein. »Es wäre schade, es nicht knusprig und heiß zu essen. Ich muß in jedem Fall später noch einmal fort.«

»O Daddy«, jammerte Davinia. »Ich hatte gehofft, du könntest mich und Elizabeth und Courtney und Laura ins Kino fahren.«

»Heute leider nicht.«

»Aber wir wollten unbedingt heute abend gehen.« Davinia sah ihn entsetzt an. »Es ist wichtig.«

»Ich denke, meine Verabredung ist auch wichtig«, bemerkte Livingston trocken. »Wo sind denn eigentlich heute abend die Väter von Elizabeth und Courtney und Laura?«

»Die haben alle zu tun. Vielleicht könntest du ...«

»Davinia, nun laß doch deinen Vater in Ruhe sein Essen genießen«, ermahnte Maude ihre Tochter.

Frieden. Livingston sah Davinia mit leicht gereizter

Zuneigung an. Seit dem Augenblick, als sie sie vom Krankenhaus nach Haus gebracht hatten, war Frieden in diesem Haushalt ein seltenes Gut gewesen.
Irgendwie brachte ihn dieser Gedanke auf Athena Popolous. Er hatte gehört, daß sie dauernd mit ihren Eltern gestritten hatte. Davinia stritt sich natürlich nicht dauernd mit ihnen. Aber Athena war nur fünf Jahre älter gewesen als dieses hübsche Kind, das ihn so entrüstet ansah. Und Athena war erwürgt worden und im Laufe der Jahre, bedeckt von Dornensträuchern und Gestrüpp, allmählich verwest.
Er verzehrte eilig sein Abendessen, stürzte eine Tasse Tee herunter und stand vom Tisch auf. »Wenn irgendein Vater oder irgendeine Mutter euch abholen kann, dann bringe ich euch vorbei. Aber das muß schnell geschehen.«
Davinia sprang auf und umarmte ihn. »Danke, Daddy.«
»Geht schon in Ordnung«, erwiderte Livingston. Er sah ihr nach, wie sie die Treppe hinaufpolterte; für ihre wichtigen Telefongespräche mußte sie offenbar unbedingt allein sein.
Es war absolut möglich, daß Val und Philip früh zurückkämen. In der Zwischenzeit könnte er sich eine Weile lang mit Penelope unterhalten. Wer weiß, welche Leckerbissen an Informationen sie ihm anzubieten hätte.
Kichern sollte gesetzlich verboten werden, dachte Livingston eine Stunde später, als er Davinia und ihre Freunde am Kino absetzte. Es war zehn vor acht. Als er bei Llewellyn Hall angerufen hatte, hatte Emma Horne versprochen, auf ihn zu warten und hereinzulassen. »Aber bitte nicht später als acht, Sir; ich will mir heute

abend im Fernsehen etwas anschauen, und ich möchte keinesfalls den Anfang verpassen. Wenn man die Sendung auch nur eine oder zwei Minuten zu spät anstellt, dann kommt man überhaupt nicht mehr rein.«

Eine Pünktlichkeitsfanatikerin, dachte Livingston.

Als er ankam, stand Emma bereits an der Tür. Ihre große Handtasche hatte sie fest unter den Arm geklemmt.

»Sie wissen, wo ihr Schlafzimmer ist. Sie freut sich darauf, Sie zu sehen. Sie sitzt in ihren aufgeschüttelten Kissen und wartet von morgens bis abends darauf, daß jemand sie besucht. Besser Sie als ich.« Blitzschnell fuhr Emma mit ihrem Landrover rückwärts aus der Einfahrt und ließ dabei einen Hagel von Kieselsteinen auf Philips Blumenbeet niederprasseln.

Livingston blieb einen Augenblick lang im Vorraum stehen und sah sich um. Wenn die Porträts von Sir Gilbert Exners mürrischen Vorfahren doch nur ein paar Worte reden könnten, überlegte er, während die verschiedenen Augenpaare ihn von oben finster anblickten. Dieses Haus war gut dreihundert Jahre alt. Vergessen wir die ersten zweihundertneunzig Jahre. Er hätte nur allzugern gewußt, was in den letzten zehn Jahren hier vor sich gegangen war. Und erst recht in den Wäldern, wo man Athenas Leiche gefunden hatte.

»Hi-ier bin ich«, brüllte Penelope aus dem ersten Stock.

»Ich dachte, sie sei halbtot«, murmelte Livingston, als er die Treppe hinaufging.

Penelope sah erheblich besser aus als damals, als er sie im Krankenhaus besucht hatte. Aber das bedeutete noch immer nicht sehr viel. Livingston nahm einen bekümmert aussehenden Teddybär aus ihrem Schaukelstuhl, der einzigen in dem Zimmer vorhandenen Sitzmöglichkeit, und setzte sich hinein. Er war sogleich gezwungen, seine Füße als Bremse zu benutzen, da der Stuhl unter lautem Quietschen hin und her zu schaukeln begann. Die heftige Schaukelbewegung hörte erst auf, als Livingston aufstand, den Stuhl ergriff, ihn so lange festhielt, bis er sich nicht mehr bewegte, und sich dann sehr vorsichtig wieder niedersetzte. Wie viele Jahre sind es eigentlich noch bis zu meiner Pensionierung? dachte er.

»Sie sehen heute abend gut aus, Miss Atwater«, log er.

»Oh, meinen Sie wirklich?« Sie sah ihn so strahlend an, daß ihm dabei die lächerliche amerikanische Serie »Mr. Ed« einfiel. Vage ahnend, daß dies eine längere Antwort provozieren würde, sagte er: »Ich hoffe, daß sie sich besser fühlen.«

Nach zehn Minuten hatte er das deutliche Gefühl, einen Intensivkurs über gastrointestinale Krankheiten absolviert zu haben. Dennoch versuchte er unter Aufbietung aller seiner rhetorischen Fähigkeiten, das Gespräch in die von ihm geplante Richtung zu lenken.

»Es tut mir so leid, daß Sie die Überfahrt verpaßt haben. Haben Sie die Absicht, Lady Exner in die Staaten nachzufliegen?«

Penelopes Zahnreihe verschwand hinter einem dünnen, grimmigen Strich. »Die Pläne sind noch nicht definitiv festgelegt worden.«

Das bedeutet, dachte Livingston, daß Lady Exner sie nicht nachkommen lassen wird. Mit geheuchelter Anteilnahme sagte er: »Aha. Nun, Sie sind ja auch gerade noch einmal davongekommen, und vielleicht wird ein wenig Ruhe Ihnen guttun. Lady Exner wird in einem Monat zurück sein, und ich wette, Sie beide werden viel Spaß dabei haben, Philips bevorstehende Hochzeit zu pla-

nen.« Er hob eine Augenbraue. »Sie scheinen nicht sehr begeistert zu sein, Miss Atwater.« Er lehnte sich vertraulich nach vorn, wobei der Schaukelstuhl fast über ihm zusammenbrach. »*Sind* Sie begeistert?«
Hätte er die Schleusen eines Staudammes geöffnet, dann hätten die Ergebnisse nicht befriedigender sein können. Ein paar Sekunden lang schien es, als wollte Penelope Atwater aus ihrer zurückgelehnten Lage in den aufgeschüttelten Kissen wie eine Rakete nach vorn schießen. »Begeistert? Wenn der Bräutigam ebenfalls ein wenig Begeisterung zeigen würde, dann wäre ich zufrieden. Lady Exner und ich waren *schockiert*, als die beiden in der letzten Woche das Aufgebot bestellten. Wie Lady Exner richtig sagte, gibt es auf dieser Welt zwei Dinge, die Philip wichtig sind. Das eine ist sein Beruf, und das andere sind seine Blumen.«
»Angeblich kennt er Val seit zehn Jahren«, deutete Livingston vorsichtig an.
»Genau das ist der Punkt.« Penelopes Stimme erstarb zu einem verschwörerischen Flüstern. »Sie war immer diejenige, die gesagt hat, wo es langgeht. Lady Exner und ich glauben, daß Val diejenige ist, die die Verlobung in die Wege geleitet hat.«
Livingston beugte sich nach vorne. »Wollen Sie damit sagen ...?«
»Ein Kind? Nein, das nicht. Aber irgendeine Art von Halt, ja, das ganz gewiß.«

Penelope Atwater hatte ihm reichlich Stoff zum Nachdenken gegeben. Livingston setzte sich in den bequemsten Clubsessel im Wohnzimmer. Penelope hatte endlich ihre lange zurückgehaltenen Gefühle im Hinblick auf Vals und Philips bevorstehende Hochzeit herausgelassen. Er selbst konnte ihre Reaktion durchaus nachvollziehen. Livingston überlegte, daß Philip, falls die Gerüchte stimmen sollten, auf Frauen, vor allem auf blauäugige junge Studentinnen, offenbar außerordentlich anziehend wirkte. Nach allem, was Penelope in den letzten vier Jahren beobachtet hatte, hätte sich Philip, falls er die Absicht gehabt hätte zu heiraten, durch Vals aggressive Persönlichkeit eher zurückgestoßen als fasziniert fühlen müssen. Wie Penelope gesagt hatte: »Val ist sehr geschickt darin, sich unentbehrlich zu machen, wenn Sie wissen, was ich meine. Aber einige Männer sind die geborenen Junggesellen – und zu ihnen gehört auch Philip.«

Livingston hatte Lust, mit Penelope noch weiter über dieses Thema zu diskutieren. Sie war allerdings von einem Augenblick zum anderen außerordentlich müde geworden, und er hatte sie nicht weiter in Anspruch nehmen wollen.

Sehnsüchtig dachte er an sein Bett und fragte sich einen Augenblick lang, ob er das Verhör von Val Twyler nicht einfach bis zum nächsten Morgen aufschieben solle.

Nein. Sein sicherer Instinkt als geborener Detektiv sagte ihm, daß er noch heute nacht mit ihr sprechen müsse. Plötzlich kam ihm Regan Reilly in den Sinn. Da es nichts Besonderes zu berichten gab, hatte er sie heute nicht angerufen. Er begann zu rechnen. Hier war es neun Uhr dreißig. Und wieviel Uhr war es auf der Queen Guinevere? Er wußte, daß man an Bord auf dem Weg nach New York die Uhr jeden Abend eine Stunde zurückstellte. Also war es dort jetzt ungefähr halb sechs. Miss Reilly wäre wahrscheinlich auf irgendeiner Cocktailparty. Morgen würde er sie unter der Nummer, die sie ihm in New Jersey gegeben hatte, anrufen. Vielleicht könnte er ihr, nach dem Gespräch mit Philip und Val, etwas Wesentliches mitteilen.

Auf See

Die letzte Nacht auf einem Schiff ist immer etwas Besonderes, dachte Regan. Sie empfand ein leises Bedauern darüber, Menschen zu verlassen, die fast so etwas wie Mitglieder einer großen Familie geworden waren. Sie würde wahrscheinlich Mario und Immaculata niemals wiedersehen, aber sie würde sich liebevoll an sie erinnern. Und natürlich würde Veronica ihr fehlen.

Cameron Hardwick allerdings gehörte nicht zu denen, die sie vermissen würde. Sie betrachtete ihn verstohlen über den Tisch hinweg. Aus irgendeinem Grund machte er den Versuch, sich bei Veronica einzuschmeicheln und sie krampfhaft in ein Gespräch zu verwickeln. Sylvie unterhielt sich angeregt mit Kenneth und Dale. Gabby sah aus, als wäre er drauf und dran, in Tränen auszubrechen. Er hatte durchblicken lassen, daß er eine Zeitlang keine weiteren Kreuzfahrten mehr mitmachen würde. Sie hatte das Gefühl, daß Gabby nicht viel Geld besaß und daß das Leben auf dem Schiff für ihn der reinste Luxus bedeute. Sie merkte plötzlich, daß er ihr leidtat.

Das Abendessen war heute ganz besonders erlesen. Pastete, Krabben in Erbsenschoten, Hummercremesuppe, Kalbsmedaillons, Forelle in Mandeln. Was sonst noch auf der Speisekarte stand, weigerte sie sich zu behalten. Sie sehnte sich nach einem Teller mit italienischen Teigwaren. Spaghetti mit Marinara-Sauce, ein Stück Knoblauchbrot, und ich bin glücklich, dachte sie. Jeff hatte sie

immer damit aufgezogen, daß sie den unentwickelten Geschmack einer Sechsjährigen habe.
Mario hatte darauf bestanden, nach dem Dinner sämtliche anderen Gäste an seinem Tisch zu einem Drink einzuladen. »Es war einfach großartig, euch kennengelernt zu haben«, erklärte er strahlend und erhob sein Glas.
Regan bemerkte, daß Immaculata, die an einem Pfefferminzlikör nippte, die Tränen in die Augen stiegen. »Nur der Gedanke, daß Mario Junior und Roz und Mario der Dritte und Concepcione am Kai auf uns warten, macht diesen Abschied einigermaßen erträglich.«
Regan warf einen Blick zu Veronica hinüber. Cameron Hardwick hatte seinen Arm um die Lehne ihres Stuhls gelegt. Zwei Gläser mit Brandy standen Seite an Seite vor ihnen. Als er ihr etwas ins Ohr flüsterte, wackelte Veronicas Kopf zustimmend auf und ab.

Oxford

Das unverwechselbare Geräusch des Lieferwagens von St. Polycarp's, der in der Auffahrt bremste, weckte Livingston. Er war irgendwann nach elf Uhr in seinem Sessel eingenickt und bemerkte verblüfft, daß es bereits nach Mitternacht war.

Seine Arme und Beine fühlten sich steif an. Es war im Laufe des Abends immer kühler geworden, und im Zimmer war eine unangenehme kühle und feuchte Luft. Die Eingangstür öffnete sich und fiel wieder zurück ins Schloß. Plötzlich war er hellwach.

»Von allen schlimmen Tagen, die ich in meinem ganzen Leben erlebt habe, Philip, war dieser, das kann ich dir versichern, wirklich auf einzigartige Weise scheußlich.«

»Bitte, Val, es t-t-tut mir so leid.«

Livingston fragte sich, ob sie wohl sein Auto gesehen hatten. Vielleicht nicht. Er hatte es in einer Kurve der Auffahrt geparkt. Er räusperte sich, aber sie hörten ihn nicht.

»Zunächst einmal – wie konntest du vergessen, den neuen Personenbus für uns zu reservieren, da ich dich noch gestern abend daran erinnert habe?«

»A-b-b-er, a-b-b-er, a-b-b-er«, entgegnete Philip, »der Buchhalter mußte seine Kinder in eine Zahnklinik im südlichen Teil Londons fahren. Mit dem alten Lieferwagen hat er immer Angst – die Bremsen, weißt du.«

»Und ich soll in dieser alten Schrottkiste fahren, damit

seine blöden Blagen ein paar beschissene Füllungen zum Sonderpreis bekommen«, kreischte Val. »Wir haben *Studenten* auf einen *offiziellen* Ausflug mitgenommen, zum Teufel. Und warum sind wir ohne einen Ersatzreifen gefahren?«
»Sehr nachlässig von mir, mein Sch-sch-schätzchen«, winselte Philip. »Tut mir leid ... das hat tatsächlich ein kleines Problem verursacht ...«
Das sind mir ja schöne Turteltäubchen, dachte Livingston. Als er sich diesmal räusperte, war er sicher, daß auch Penelope es oben hören könnte.
Offensichtlich waren beide, Philip und Val, zutiefst schockiert, als sie ihn aus dem Wohnzimmer treten sahen. Philip erblaßte. »Hat Penelope einen Rückfall erlitten? Ist sie ...?« Val schien etwas sagen zu wollen, biß sich dann aber auf die Lippen und schwieg.
»Nein, nein«, sagte Livingston freundlich. »Ich habe Miss Atwater besucht; es geht ihr sehr gut.«
»Dann ...« Philip hielt inne.
Zu höflich, um mich zu fragen, was zum Teufel ich hier zu suchen habe, dachte Livingston. »Ich wollte nur Miss Twyler ein paar Fragen stellen.«
»Das kann doch sicher bis morgen warten«, giftete Val. »Sie können sich gar nicht vorstellen, was für einen Tag ich hinter mir habe.«
Die ist ja ganz schön abgebrüht, dachte Livingston nicht zum ersten Mal. Wenn sie nervös ist, dann merkt man es ihr jedenfalls nicht an. Philip dagegen schaute ziemlich ängstlich drein.
Val blieb in der Vorhalle stehen. »Also fragen Sie mich, wenn es sein muß, und dann lassen Sie mich ins Bett gehen.«

»Miss Twyler, nennt man sie auch Mary V. Cook und waren sie nicht Erzieherin im Haus der Tante von Athena Popolous, einer Mrs. Helen Carvelous, damals, als Mrs. Carvelous ermordet wurde?«
Philip atmete heftig. »Val, als ich dir von Athena erzählt habe –«
»Halt den Mund!« befahl Val.
»Als Sie ihr was erzählt haben?« fragte Livingston ruhig.
»N-n-nichts«, stotterte Philip.
»Würden Sie bitte mit mir zur Hauptwache kommen?« sagte Livingston mit ruhiger Stimme. »Wir werden die Befragung dort fortsetzen.«
Beide, Val und Philip, wußten genau, daß dies nicht als höfliche Bitte gemeint war.

Auf See

Der Kellner machte die Runde und bot Kaffee oder Tee an. Alle scheinen irgendwie auf dem Sprung zu sein, dachte Regan. Typisch für das Ende einer Reise, wenn man den Mitreisenden zeitweilig nahe gekommen ist, aber jetzt an die nächste Etappe denkt.

Immaculata strahlte. »Ich kann es gar nicht erwarten, daß wir morgen früh an der Freiheitsstatue vorbeikommen. Die beste Freundin meiner Großmutter, deren Familie aus Sizilien eingewandert ist, gab ihr ganzes Geld dem Fonds der Schulkinder, so daß sie dafür einen Sockel kaufen konnten. Ist es nicht unglaublich, daß sie die Statue den ganzen Weg von Frankreich hierher brachten und jahrelang kein Geld für einen Sockel hatten?«

Hardwick stand abrupt auf. »Gute Nacht allerseits.«

Mario sah ihm nach. »Gott sei Dank, daß er jetzt geht.«

»O Mario«, versuchte Immaculata ihn zu beschwichtigen. »Achte nicht auf ihn: Er ist ein Mensch, in dem unglaublich viel Wut steckt, und die sind sich selbst die schlimmsten Feinde. Komm, laß uns noch ein bißchen tanzen gehen und dann früh in die Kabine zurückkehren. Das hatten wir doch eigentlich vor, oder?« Sie klapperte kokett mit den Lidern.

»Ja, so hatten wir es geplant. ›Let's spend the night together ...‹« sang er Immaculata leise ins Ohr und lächelte sie verliebt an. »Wir sehen uns alle morgen früh an Deck wieder.«

»Wir sind ganz bestimmt da«, sagte Veronica.

Milton steuerte quer durch den Raum auf ihren Tisch zu und bot Sylvie auf übertrieben höfliche Art den Arm. »Tanzen wir, meine Liebe?«

Regan beobachtete Sylvie, die sich beglückt aus ihrem Stuhl erhob. Wie sie wohl die Schwester losgeworden ist, fragte sie sich. Allerdings war Regan sich fast sicher, daß Violet noch vor Ende des ersten Tänzchens wieder von irgendwoher auftauchen würde. Sie sollte sich für einen Job als Anstandsdame bewerben. Entweder das oder Rausschmeißerin in einem Nachtklub.

Dale legte seine Serviette auf den Tisch. »Kenneth und ich gehen ins Casino. Bis später.« Er zwinkerte Regan zu.

»Wir werden mal sehen, ob wir nicht am Ende doch noch ein bißchen Geld gewinnen. Bis jetzt haben wir nicht besonders viel Glück gehabt, also ist dies unsere letzte Chance«, fügte Kenneth beim Davongehen noch hinzu.

Regan meinte, sie hätte Gabby zusammenzucken gesehen. »Gehen Sie heute abend früh ins Bett, Gavin?«

»Ich bin überhaupt nicht müde«, erwiderte er.

»Also, ich jedenfalls bin ziemlich müde«, bemerkte Veronica. »Dies war wirklich eine angenehme Reise. Ende gut, alles gut, nicht wahr, Mr. Gray?«

»Das hoffe ich.« Für mich ist das Ende noch lange nicht gut, dachte er düster.

Oxford

Auf der Polizeiwache führte Livingston Val und Philip in sein Büro. Auf seinem Schreibtisch lagen die Kopien der griechischen Zeitungen. Er faltete sie auseinander und gab Val die Seite mit dem Gruppenfoto.

»Sind Sie das, Miss Twyler?«

Val nickte.

Livingston zeigte Philip das Bild. »Also, Val …« Philip verstummte, als ob die Tatsache, daß Val dort auf dem Gruppenbild mit Athena zu sehen war, ihn völlig verblüffte.

»Professor, ich möchte Sie bitten, jetzt eine Weile in einem Nebenraum zu warten. Ich möchte mich gerne mit Miss Twyler allein unterhalten.«

»Natürlich. Selbstverständlich.« Philip stand umständlich auf und ging zur Tür. Livingstons Assistent stand schon bereit, um ihn in ein anderes Büro zu begleiten. Teilen und besiegen, der älteste Polizeitrick, dachte Livingston, als er Philip mit gebeugten Schultern und zerknittertem Jackett davonwanken sah. Livingston bemerkte, daß Philip Vals warnendem Blick ausgewichen war; es sprach für ihn, daß er keinen Augenkontakt mit ihr aufnehmen wollte.

»Miss Twyler – ein paar Fragen.«

Val war während der nächsten Stunde damit beschäftigt, seine Fragen abzuwehren, wobei sie genau dieselben

Argumente benutzte, die er von ihr erwartet hatte. Als die schreckliche Tragödie sich ereignete, war sie im Hause von Athenas Tante Erzieherin gewesen. Natürlich war sie, wie alle anderen auch, verhört worden. Die Polizei hatte sie wiederholt auf dem Campus von Pearsons Hall aufgesucht. Man kann sich vorstellen, daß das Anlaß zu sehr viel Klatsch gegeben hatte. Sie hatte keine Ahnung gehabt, daß Athena als Studentin nach St. Polycarp's kommen würde.

»Und Sie haben dies Ihrem Verlobten, Professor Whitcomb, niemals erzählt?«

»Es gibt im Leben immer ein paar Dinge, die man zu vergessen versucht und nicht wieder ausgraben möchte.«

»Wie beispielsweise Leichen?« fragte Livingston. »Aber offensichtlich hat Whitcomb *Ihnen* etwas gestanden. Und was war das?«

»Ich weiß überhaupt nicht, was er gemeint hat.«

»Sie hatten früher mal einen blauen Austin, nicht wahr?«

»Ja.« Ihre Augen verengten sich.

»Erinnern Sie sich zufällig an die Zahl auf dem Nummernschild?«

»Nein.«

»Könnte es sein, daß sie mit drei-eins-fünf beginnt?«

»Ich weiß es nicht mehr.«

»Miss Twyler, Athena Popolous hatte ›B. A. drei-eins-fünf‹ auf ein Streichholzmäppchen vom ›Bull and Bear‹ geschrieben. Was meinen Sie – warum hat sie das getan?«

»Keine Ahnung.«

»Waren Sie am Abend des dreiundzwanzigsten April zweiundachtzig, als Sie zum Vorstellungsgespräch nach Oxford kamen, im ›Bull and Bear‹?«

»Ich habe angehalten, um eine Kleinigkeit zu essen,

bevor ich nach Pearsons Hall zurückfuhr. In welchem Gasthaus das war, weiß ich nicht mehr.«

»Kennen Sie einen gewissen Cameron Hardwick?«

Zum ersten Mal wirkte sie verwirrt. »Ich bin nicht sicher.«

»Der Inhaber des Gasthofs ›Barleyneck‹ kann bezeugen, daß Sie sich dort zehn Jahre in regelmäßigen Abständen mit Cameron Hardwick getroffen haben.«

»Das war, bevor ich mich mit Philip verlobte.«

»Am letzten Samstag haben Sie dort in seinem Zimmer zusammen Tee getrunken.«

»Ich wollte ihm mitteilen, daß ich demnächst heirate.«

Wirklich, ganz schön abgebrüht, dachte Livingston. »Ist es nicht merkwürdig, daß Cameron Hardwick sich gerade jetzt auf der Queen Guinevere befindet?«

»Nein. Er macht häufig Schiffsreisen.«

»Und womit verdient er sich sein Geld?«

»Er macht Investitionsberatung. Auf diesen Kreuzfahrten trifft man viele ältere Damen, die eine Menge Geld haben.«

Möglich, dachte Livingston. Er kochte vor Wut. Alles klingt plausibel. Alle Erklärungen leuchten ein. Morgen würde er sich ausführlich mit Regan über Hardwick unterhalten, und er würde sich auch mit der New Yorker Polizeizentrale in Verbindung setzen. Vielleicht gab es dort eine Akte über ihn.

»Ob ich jetzt wohl nach Hause gehen könnte, Inspektor? Ich bin sehr müde.«

Livingston sah auf seine Uhr. Es war zwei Uhr fünf. »Noch etwas Geduld, bitte. Ich lasse Ihnen gern eine Tasse Tee bringen. Und jetzt werde ich mich ein wenig mit Professor Whitcomb unterhalten.«

Ganz so wie Livingston gehofft hatte, war Philip mittlerweile das reinste Nervenbündel. Angstgeschüttelt. Schwitzend. Nägelkauend. Was auch immer er auf seinem Herzen haben mag – er möchte es unbedingt loswerden, dachte Livingston.

»Prof – Philip, wenn ich bitte ... Es gibt etwas, was Sie mir sagen möchten ... etwas, was Sie Miss Twyler bereits gestanden haben. Kein Mensch, der unschuldig ist, braucht sich über irgend etwas Sorgen zu machen.«

»Total unschuldig ... t-t-total«, stotterte Philip.

Livingston ging aufs Ganze. »Manchmal fällt jeder von uns ein Fehlurteil«, sagte er mit beruhigender Stimme.

Volltreffer. Philip biß sich noch ein letztes Mal auf den Daumennagel. »Ein Fehlurteil. Genau. Das ist es. Ich hätte unter a-a-allen Umständen die Polizei rufen sollen.« Er preßte die Lippen fest aufeinander.

»Wann?« flüsterte Livingston. »Wann, Philip?«

»Brauchte M-m-mulch, wissen Sie ... am besten ist das Zeug unter den B-b-blättern in den Wäldern. Komposthaufen und so weiter ... z-z-zerfällt in die wichtigen Bestandteile ... wunderbar ... «

»Ja, gut, Philip, Fehlurteil. *Fehlurteil*«, drängte Livingston.

»Sehen Sie, das Jahr, bevor Miss Po-po-polous verschwand, schreckliches Problem ...«

»Was denn? « Livingston hatte das Gefühl, als würde er einen schweren Fisch an Land ziehen.

»Eine labile junge Frau behauptete, ich hätte sie geschwängert. Unmöglich.«

Das glaube ich dir aufs Wort, dachte Livingston.

»Aber ziemlich unangenehm ...« Philip sah zu Boden. »Ich hatte sie ein paarmal getroffen. Schlechtes Urteilsvermögen ...«

»Ja, Philip, ja …«
»Und jedenfalls war ich an dem Samstag, nachdem Athena zum letzten Mal im Unterricht aufgetaucht war, im W-w-wald …«
»Ja … «
»Sehen Sie, das arme liebe Mädchen ist immer am Haus vorbeigeradelt. Das hat man natürlich bemerkt …«
»Ja … «
»Ich habe ihre Leiche entdeckt!« brach es aus Philip heraus.
»Sie haben vor *zehn* Jahren ihre Leiche entdeckt?!«
»F-f-furchtbares Erlebnis. Ich bin mit der Schaufel drauf gestoßen. Fast in Ohnmacht gefallen, wissen Sie.«
»Und Sie haben es nicht gemeldet?!«
»Ich hatte Angst wegen dem, was in den J-j-jahren zuvor geschehen war … Wollte meinen Job nicht verlieren … war sicher, daß die Leiche von jemand anderem entdeckt werden würde …«
»Und das war nie der Fall?«
»N-n-nein – bis letzte Woche.«
»Haben Sie Miss Twyler davon erzählt?«
»Ja. Eines Abends ein bißchen zuviel Portwein … irgendwie konnte ich es nicht für mich behalten … Am nächsten Tag meinte sie, wenn die Leiche jemals gefunden würde, wäre es besser, ich wäre ein v-v-verheirateter Mann.«
So kann man auch zu einem Heiratsantrag kommen, dachte Livingston. »Ja. Ich verstehe.«
»Eigentlich bin ich ganz zufrieden, wenn ich mit meinen Blumen allein bin.« Philips Stimme klang wie die eines hilflosen Kindes.

Auf See

Regan beobachtete Veronica besorgt. Sicher, sie war in den letzten Tagen von morgens bis abends auf den Beinen gewesen, aber diese plötzliche Müdigkeit war dennoch erschreckend. Die alte Dame war gegen Ende des Abendessens fast eingeschlafen, stützte sich beim Verlassen des Fahrstuhls schwer auf Regans Arm und schien kaum noch genug Kraft zu haben, um das paillettenbesetzte Cocktailkleid auszuziehen.

Regan half ihr in das Nachthemd und deckte sie zu. Gott sei Dank, daß ich sie davon abgebracht habe, ein Bad zu nehmen, dachte sie. Ich hätte sie wahrscheinlich als Wasserleiche aus dem Schaum herausfischen müssen. Sie sah auf die fest schlafende Veronica und spürte eine Welle von Mitleid. Sie sieht so verletzlich aus, besonders, solange sie noch nicht zu schnarchen begonnen hat, dachte Regan.

Veronicas Versuch, ihre Sachen zusammenzupacken, wäre fast in einer Katastrophe geendet. Vor dem Abendessen hatte sie auf der hektischen Suche nach Sir Gilberts Gedicht über die Freuden des Familienlebens den Inhalt ihrer sämtlichen Taschen ausgeschüttet. Sie wollte es ihren Nichten bei ihren ersten Treffen vorlesen.

Schließlich hatte Regan den Zettel mit dem Gedicht in der Tasche des Sitz-und-sei-fit-Jogginganzugs gefunden, den Veronica auch zum Seminar über Dichtung getra-

gen hatte. »Natürlich, natürlich«, rief Veronica glücklich. »Ich wollte dies als zweites vorlesen. ›Du bist ewig mein, mein, mein ... ‹ weiß ich auswendig.«
Nach der ausgedehnten Suche hatten sie kaum Zeit gehabt, um sich zum Abendessen anzuziehen.
Jetzt, da Veronica aus dem Verkehr gezogen war, konnte Regan die gewaltige Aufgabe in Angriff nehmen, Veronicas Kleidungsstücke zu ordnen und sie erneut wieder zusammenzupacken. Es dauerte fast zwei Stunden. Es war bereits Mitternacht, als Regan die Koffer in den Flur hinausstellte. Sie duschte sich und legte sich auf ihr Ausziehsofa. Bye-bye, du gutes Möbel, dachte sie. Morgen abend schlafe ich in einem richtigen Bett.
Sie streckte die Hand nach dem Lichtschalter aus, hielt inne und ging zur Tür. Sie hatte sie bereits abgeschlossen.
So wie jeden Abend stellte Regan die Uhr eine Stunde zurück und den Wecker auf 3. Mit dem Gedanken, in drei Stunden wieder aufstehen zu müssen, fiel sie in einen unruhigen Schlaf.
Mario und Immaculata schlichen sich auf Zehenspitzen zur Merlin-Suite. Immaculata kicherte leise vor sich hin. »Mir kommt es vor, als wären wir zwei junge Leute, die durchbrennen ... « flüsterte sie.
Mario versuchte, die Tür zu öffnen, aber der Schlüssel glitt ihm aus der Hand. Ein leises ›Ping‹ war zu hören, als er gegen die Tür schlug. »Sssh«, machte Immaculata. »Wenn jemand herausfindet, daß wir hier oben sind ...«
Bei Nacht wirkte die Suite sogar noch luxuriöser als zur Cocktailstunde. Mario ließ seine Kulturtasche fallen und nahm Immaculata in die Arme. »Laß mich dich über die Türschwelle zur Terrasse tragen«, sagte er würdevoll.

»Uuups.«
»Mario, Mario. Dein Rücken. Ich möchte dich nicht wieder im Streckverband sehen.«
»Da hast du recht.« Mario rieb sich den Rücken. »Ich habe immer noch diese empfindliche Stelle.«
»Das ist Ischias, Mario.«
»Weißt du was? Ich werde mal eine Flasche Champagner aufmachen. Wir trinken draußen auf dem Balkon ein paar Gläser.«
Immaculata nickte. »Ich ziehe nur schnell mein neues Negligé an.«
Ein paar Minuten später prosteten Immaculata in ihrem schwarzen Satin-Nachthemd mit Schleppe und Mario in seinen Boxershorts und seinem gestreiften Bademantel einander auf der Terrasse zu, während das Schiff in der Dunkelheit seine Bahn zog.

Oxford

Livingston trank seine vierte Tasse Kaffee aus. In Oxford war es jetzt vier Uhr dreißig am Morgen. »Also, Philip«, sagte er freundlich. »Wie kam es Ihrer Meinung nach dazu, daß Miss Atwater fast vergiftet wurde? Glauben Sie wirklich, Ihre Tante ist fähig, irgend jemanden vorsätzlich krank zu machen? Oder vielleicht sogar zu riskieren, daß der Betreffende an einer Überdosis Gift stirbt?«

»N-n-nein. Nein.« Philip hing kraftlos in seinem Sessel. Seine Fingerspitzen waren wundgekaut. »Hätte ich nur nicht nach jener Mulche gesucht.«

»Jetzt, da Sie wissen, daß Miss Twyler nicht aufrichtig zu Ihnen war – werden Sie Ihre Heiratspläne ändern?«

Philip nickte und starrte mit glasigen Augen vor sich hin. »Ein ganz schöner Schock. Ich nehme an, es wird gar nicht möglich sein, geheimzuhalten, daß ich die Leiche gefunden habe.«

Livingston schüttelte den Kopf. »Leider nicht.«

»Ich hoffe, der D-d-direktor wird verstehen, in welch mißlicher Lage ich war.« Philip sah Livingston offen ins Gesicht. »Nein, ich werde Val nicht heiraten.«

»Hat sie Sie mit der Verlobung und der Hochzeit nicht im Grunde genommen erpreßt?«

»Sie hat mich so oft besucht ... und sie hat mir sehr viel geholfen. Aber ich selbst wäre nie, niemals auf die Idee gekommen, sie zu heiraten.«

»Haben Sie jemals das Gefühl gehabt, daß Val dann, wenn Sie sie nicht heirateten, ihr kleines Geheimnis preisgeben würde?«

»Nun, Val sagte, w-w-wenn sie es zufällig einmal ausplaudern würde, dann könnte sie als Ehefrau niemals gezwungen werden, gegen ihren Mann als Zeugin auszusagen.«

Livingston verließ das Zimmer. Im Korridor begegnete er seinem Mitarbeiter und schimpfte: »Er ist ungefähr so lebenstüchtig wie ein Zweijähriger. Wir müssen uns an die Dame halten. Die jedenfalls kann uns die Antworten sagen.«

Der Mitarbeiter sah ihn besorgt an. »Sir, die beiden sind nicht offiziell angeklagt, und sie sind völlig erschöpft.«

»Und ein junges Mädchen ist tot, eine ältere Frau ist vergiftet und drei Kinder sind zu Halbwaisen gemacht worden. Und all das, als Valerie Twyler alias Mary V. Cook irgendwo in der Nähe war.«

Auf See

Um zwei Uhr nachts spielte die Band »After the Ball is over«, und die Musiker packten ihre Instrumente ein. Gavin und Sylvie saßen im Salon an der Bar.

»Ein *toller* Ball, das kann man wohl sagen«, murmelte Gavin.

Sylvie sah ihren alten Freund mitleidig an. »Du siehst total deprimiert aus. Was ist los?«

»Nichts, was eine Million Dollar nicht wieder in Ordnung bringen könnten.« Gavin nahm einen Schluck von seinem vierten Wodka Collins. »Du dagegen siehst ziemlich glücklich aus.«

Sylvie zögerte, zuckte mit den Achseln, beugte sich zu ihm hinüber und flüsterte ihm ins Ohr: »Milton hat mich gebeten, ihn nächste Woche, nachdem er Violet in Miami abgesetzt hat, in seinem Haus in Aspen zu besuchen.«

»Glaubst du, daß er der Richtige ist – daß du ihn dir angeln kannst?«

»Ich finde ihn einfach umwerfend.«

»Unterzeichne nur keine vorehelichen Verträge.«

Um zwei Uhr fünfzehn war Hardwick bereit. Er war kurz ins Casino gegangen, hatte im King's Salon einen Drink genommen und dann dem Barkeeper freundlich gute Nacht gesagt. Seine Taschen standen im Flur.

Er zog sich ein graues Sweatshirt mit Kapuze und passender Jogginghose an. Er würde nicht den Fahrstuhl, sondern die Treppe benutzen. Weit und breit war niemand mehr zu sehen. Wenn er jemandem begegnete, dann würde der wahrscheinlich vermuten, er sei ein Fitneßfreak und wollte auf Deck seine letzte Runde drehen.

Er brauchte nicht einmal eine Minute. In der Penthouse-Etage blieb er stehen und lauschte. Die Kabine des Stewards, aus der er den Schlüssel gestohlen hatte, lag am Ende des gebogenen Korridors. Das ganze Schiff schien verlassen zu sein. Die zehn Sekunden, die er brauchte, um in die Suite von Veronica Exner zu gelangen, und die zehn, um wieder herauszukommen und zur Treppe zurückzuschleichen, waren die einzigen Momente, in denen es für ihn gefährlich werden könnte. Auf leisen Sohlen huschte er den Korridor entlang und steckte den Schlüssel in die Tür der Camelot- Suite.

Nora Reagan Reilly konnte nicht einschlafen. Sie wälzte sich hin und her, schüttelte ihr Kissen auf, seufzte, trank ein paar Schlucke Wasser aus dem Glas auf dem Nachttisch. Luke lag neben ihr und schlief den Schlaf der Gerechten.

Warum war sie nur so nervös? Es war lächerlich. Sie machte sich bewußt, daß sie in den letzten Stunden eines Urlaubs immer kribbelig war. Und wie schön würde es sein, endlich wieder mit Regan zusammensein zu können. In zwölf Stunden würden sie sich in der »Grünen Taverne« zum Brunch treffen. Nur noch zwölf Stunden ...

Oxford

Die Nacht war lang gewesen. Endlich wirkte auch Val allmählich erschöpft. Sie sah fortwährend auf die Uhr.

»Sie haben doch jetzt gewiß keinen Termin?« fragte Livingston. »Verabredungen finden normalerweise nicht vor sieben Uhr morgens statt.«

In den letzten drei Stunden hatte er Val wegen des schrecklichen Mordes in Griechenland befragt. Wieder und wieder waren sie darauf zu sprechen gekommen, daß Val versucht hatte, Helen Carvelous daran zu hindern, ihre ärztlich verschriebene Sonnenbrille aus dem Haus zu holen. Das war der Grund gewesen, warum die griechische Polizei geglaubt hatte, daß Val an der Planung des Einbruchs beteiligt gewesen sei. Wer auch immer in das Haus eingebrochen war, hatte offensichtlich die Kombination des Schlafzimmersafes gekannt. Und Val war, wenn Helen sich zum Ausgehen anzog, dort mit den Kindern häufig ein und aus gegangen. Helen Carvelous, die die Kombination ihres Safes nie im Kopf behalten konnte, hatte einen Zettel mit den Zahlen irgendwo in ihrer Frisierkommode aufbewahrt. Mary V. Cook wußte das. »Unter solchen Umständen ist es leicht, zur Komplizin an einem Mord zu werden«, meinte Livingston. »Griechische Gefängnisse sind nicht besonders anheimelnd. Und jetzt, nach dem Tod von Athena Popolous, stehen Sie unter dem Verdacht der Begünstigung. In dem Augenblick, als Philip Ihnen erzählte, daß er die Leiche entdeckt habe, war es ihre Pflicht als Bürgerin, dieses der Polizei zu melden.«

Wieder sah sie auf ihre Armbanduhr. Auf ihrer Stirn bildeten sich Schweißperlen.

»Philip sagte mir, er habe nicht die Absicht, Sie zu heiraten. Ich habe offen gestanden den Eindruck, daß Sie das gar nicht besonders berührt. Nach allem, was ich über Cameron Hardwick weiß, ist eher er der Typ, der Ihnen gefällt.«

»Philip und ich sind sehr verliebt. Philip ist natürlich enttäuscht, daß ich ihm nicht alles anvertraut habe.«

»Machen Sie sich da lieber nichts vor, Miss Twyler. Dies wird für Philip eine ziemlich unangenehme Geschichte werden … sie könnte ihn sogar seinen Job kosten. Aber glauben Sie mir, wenn Lady Exner stirbt, werden *Sie* ganz gewiß nicht die Erbin von Llewellyn Hall werden. Was ist los mit Ihnen, Miss Twyler?«

Vals Gesicht war kreidebleich geworden. »Sie *wird* in ein paar Minuten sterben. Und ebenso Regan Reilly.«

Auf See

Das Telefon klingelte. Regan öffnete mühsam die Augen und streckte den Arm nach dem Hörer aus. Starke Finger schlossen sich wie Handschellen um ihr Gelenk. Jemand drückte auf ihr Gesicht. Sie spürte, daß ihr Kopf in das Kissen zurückgestoßen wurde. Entsetzt grub sie ihre Zähne in die Hand, die schwer auf ihrem Mund lag. Mit einem leisen Fluch lockerte Hardwick seinen Griff ein wenig. Regan nutzte die Sekunde, um laut aufzuschreien. Das Telefon klingelte unablässig.

»Es nimmt leider niemand ab, Sir.« Die Telefonistin klang schläfrig. »Sie haben es wahrscheinlich über Nacht abgestellt.«

»Sie *müssen* sie erreichen!«

»Aber sie antworten nicht, Sir. Ich könnte einen Zettel unter der Tür durchstecken lassen«, leierte die schläfrige Stimme.

Dämliches Weib, dachte Livingston. Zeitverschwendung, wenn ich versuche, es ihr zu erklären. Regans Mutter und Vater ... am besten versucht man es bei ihnen ... wie zum Teufel war noch der Name des Vaters...? »Es gibt noch einen anderen Reilly an Bord. Bitte stellen Sie mich zu ihm durch.«

»Wir haben *zwei* andere Reillys, Sir. Entweder Luke oder –«

»Luke, genau. *Stellen Sie mich durch!*«

Immaculatas Kopf ruhte auf Marios gewölbter Brust. Er schlief fest. Sie betrachtete bewundernd das King-size-Bett und speicherte in ihrem Gedächtnis jedes Detail der teuren Suite. Sie freute sich auf das Wiedersehen mit Mario Junior und der Familie, das in ein paar Stunden stattfinden würde.

Als sie ein schwaches, aber deutlich wahrnehmbares Geräusch hörte, erstarrte sie. War das ein Schrei gewesen? Hatte Lady Exner oder diese nette Regan einen Alptraum? Ganz vorsichtig, um Mario nicht zu wecken, schlüpfte sie aus dem Bett, ging auf Zehenspitzen zur Tür, öffnete sie einen winzigen Spalt und lauschte. Aber kein weiterer Schrei war zu hören.

Irgend jemand bewegte sich in der anderen Suite. Ob Lady Exner krank war? Vielleicht sollte sie an die Tür klopfen und nachschauen, ob man Hilfe benötigte. Andererseits hatten sie und Mario kein Recht, sich in der Suite aufzuhalten. Zu unruhig, um wieder ins Bett zu gehen, stand Immaculata unentschlossen an der einen Spaltbreit geöffneten Tür.

Das Telefon klingelte. Blitzschnell ergriff Nora den Hörer. »Hallo.« Sie lauschte. »O mein Gott!« schrie sie. »Jemand will Regan *ermorden*!«

Luke schoß senkrecht im Bett hoch. »O Gott«, schluchzte Nora, »bitte mach, daß es nicht zu spät ist.«

Warum wacht denn Veronica nicht auf? Sie könnte um Hilfe schreien, dachte Regan. Sie wand sich zur Seite, bemüht, ihrem Angreifer zu entschlüpfen. Noch einmal versuchte sie zu schreien, als erneut ein Kissen auf ihr Gesicht gepreßt wurde. Sie strampelte heftig, so daß die Wolldecken zur Seite rutschten, und versetzte dem Eindringling einen kräftigen Tritt in den Magen. Als der

sich vor Schmerz krümmte und sein Griff sich ein wenig lockerte, erblickte sie für einen winzigen Augenblick sein Gesicht: Cameron Hardwick! Und gerade hatte sie Livingston gebeten, alles über ihn herauszufinden!
Sie rollte sich vom Bett und ließ sich auf den Teppich fallen. Dann sprang sie auf die Füße und machte einen Satz zur Tür. Sie hatte den Vorteil, daß sie sich schnell bewegen konnte. Plötzlich kam ihr der Gedanke, daß man Veronica wahrscheinlich betäubt hatte. Nur jetzt keinen Atem fürs Schreien vergeuden, dachte sie. Wenn sie nur den Korridor erreichen könnte …
Ihre Finger umklammerten den Türknauf, wurden aber schmerzhaft verdreht, als ein Arm ihre Taille umschloß und sie hochhob. Wieder legte sich die schwere Hand auf ihren Mund; Hardwick schien sie aufs Deck schleppen zu wollen. Einen Augenblick später glitt die Terrassentür auf. Ein kalter Nachtwind blies ihr ins Gesicht. In ihrer Phantasie sah Regan das Bild des dunklen, aufgewühlten Wassers vor sich.

Gavin und Sylvie sagten sich an der Ausladestelle gute Nacht. Plötzlich hatte Gavin den Eindruck zu träumen. Eine barfüßige Nora Regan Reilly, nur mit einem eng anliegenden Nachthemd bekleidet, stürmte wild schluchzend hinter ihrem ebenfalls nur mit seinem Nachtzeug bekleideten Ehemann her. Luke hielt abrupt inne, da er gesehen hatte, daß die Treppe nicht weiter hinaufführte. Jetzt hatte Nora Gavin entdeckt.
»Gavin!« schrie sie, verzweifelt wie eine Ertrinkende. »Regan … Lady Exner – wo ist die *Kabine*?«
Luke packte ihn an den Schultern. »Sie sind doch schon dort gewesen. *Wo* ist die *Kabine*?«

Gavin sah in ihre vor Angst verzerrten Gesichter. »Hinter mir her!« rief er.
Regan schaffte es, den äußeren Griff der Terrassentür zu umklammern und festzuhalten, obwohl sie in jedem Augenblick das Gefühl hatte, ihre Finger würden brechen. Die Hand auf ihrem Mund lockerte sich; ihr Verfolger versuchte, ihre Faust zu öffnen. Jetzt endlich konnte sie schreien. Aber es kam ihr vor, als würde ihr Hilferuf vom tosenden Wind davongetragen. Wenige Sekunden später gelang es Hardwick, ihre Hand aufzubrechen. Voller Verzweiflung begann Regan, den Kopf so heftig hin und her zu werfen, daß er das Gleichgewicht verlor und beide, Mörder und Opfer, laut polternd auf das schlüpfrige Deck stürzten.
Das war tatsächlich ein Schrei, dachte Immaculata, ich habe ganz deutlich einen Schrei gehört.
»Mario!« rief sie. »Mario, wach auf!«
Fast augenblicklich stand er neben ihr. »Was ist los?«
Sie deutete auf die Suite der Exners. »Da stimmt etwas nicht. Ich habe schon zum zweiten Mal jemanden schreien gehört.«
Im selben Augenblick hörte man ein Trampeln. Gavin kam Seite an Seite mit einem Mann, den Mario schon einmal im Restaurant gesehen hatte, den Korridor entlanggerannt. Die Ehefrau des Mannes und Sylvie folgten ihnen auf den Fersen.
An der Tür zur Suite der Exners blieben sie stehen. Gavin drehte den Griff herum. »Zugeschlossen!« Verblüfft sah Mario zu, wie Gavin und der andere Mann sich mit Wucht gegen die Tür warfen.
Noch ein schwacher Schrei. »O mein Gott, das ist Regan!« kreischte Nora.

Mario stieß Gavin beiseite. »Weg da!« Wie ein Stier rammte er seine Schultern gegen die Tür, die splitternd und krachend aufsprang.
Mario und Luke stolperten gemeinsam in den Vorraum. In der Suite war es stockdunkel und kalt.
»Wo zum Teufel sind die Lichtschalter?« fluchte Luke.
Gabby tastete nach den Lichtschaltern links vom Türrahmen. Als er sie gefunden hatte, waren die Suite und das Deck plötzlich in gleißende Helligkeit getaucht.
Die Tür zur Terrasse stand offen. Regan hing über der Reling und versuchte, verzweifelt strampelnd Cameron Hardwick fortzustoßen. Ihr Haar flatterte im Wind, während er alle Kräfte mobilisierte, um sie über das Geländer zu schieben.
Noras Schrei war der Bogen, Lukes Körper der Pfeil. Er schoß quer durch das Wohnzimmer und erreichte Sekunden später das Deck. Wie ein Stier rammte er Hardwick mit dem Kopf in den Rücken. Im selben Augenblick rutschte Regan über die Reling. Luke packte sie am Knöchel. Hardwick versuchte noch, Luke zurückzustoßen, als beide Männer polternd auf das Deck fielen. Krampfhaft hielt Luke jedoch weiter das Fußgelenk seiner Tochter fest umklammert, und plötzlich wurde das nach unten strebende Gewicht wie durch ein Wunder in die Höhe gehoben.
»Ich hab' sie!« brüllte Mario. »Ich hab' sie!« Er ließ Regan auf das Deck fallen und warf sich dann neben Luke auf den um sich schlagenden Cameron Hardwick.
»Es ist nichts passiert.« Immaculata drückte die wild schluchzende Nora an ihren üppigen Busen. »Mein Mario und der Mann in dem kastanienbraunen Pyjama haben sie gerettet.«

Vom King-size-Bett war ein leises Stöhnen zu hören. »Es ist schon gut, schon gut.« Sylvie lief zu Lady Exner hinüber und sprach beruhigend auf sie ein. »Die Arme bekommt noch einen Herzanfall.«

Gavin überzeugte sich mit einem Blick, daß Regan tatsächlich nicht zu Schaden gekommen war. Plötzlich wurde ihm bewußt, daß dies seine letzte Chance sein könnte. Zur Not könnte er sagen, daß er eine Schwimmweste habe holen wollen.

Mit ein paar Schritten war er beim Wandschrank, zog den nächstbesten Stuhl herbei und kletterte hinauf. In wilder Hast warf er die Schwimmwesten zu Boden. Dann tastete er suchend das Regal ab. Das Armband lag noch immer da. Er konnte es fühlen. Oh, lieber Gott, ich danke dir!

»Mein lieber Gavin, was haben *Sie* denn da gefunden?« Lady Veronica Exner war wach geworden und starrte ihn mit großen Augen an.

Kenneth und Dale stiegen die Treppe hinauf; Kenneth hielt seinen Kosmetikkoffer in der einen und eine Flasche Champagner in der anderen Hand. Aus dem Flur, der zur Suite von Lady Exner führte, trat in Handschellen Cameron Hardwick, eskortiert von zwei streng aussehenden Schiffsoffizieren.

Dale blieb stehen. »Was ist los?«

Hardwick tat, als höre er ihn nicht.

Dale und Kenneth sahen einander an. »Irgend etwas stimmt hier nicht.« Sie stürmten den Korridor hinunter, erreichten die offene Tür der Suite und blieben blinzelnd stehen. »Regan«, sagte Kenneth, »von einer Pyjama-Party hast du uns ja gar nichts erzählt. Wir hätten noch mehr Champagner mitbringen können.«

Lady Exner hielt ihnen stolz ein juwelenbesetztes, funkelndes Armband vor die Nase. »Mr. Gavin hat Mrs. Watkins Armband gefunden. Ist das nicht wunderbar?«
Dale ging rasch zu Sylvie hinüber. »Er hat das Armband gefunden!?«
Sylvie sah Gavin mit einem mitfühlenden, aber zugleich wissenden Blick an. »Ja, in gewisser Weise hat er es gefunden.«
»Mrs. Watkins hat darauf eine Fünfzigtausend-Dollar-Belohnung ausgesetzt.«
Gavin, der bis jetzt völlig niedergeschlagen gewirkt hatte, hob den Kopf. Fünfzigtausend Dollar – das war zwar kein Vermögen, aber auch nichts, worüber man die Nase rümpfen sollte.
Während Regan mit Inspektor Livingston telefonierte, standen Luke und Nora wie zwei Schutzengel neben ihr. Jetzt, da der Schock vorbei war, meldete sich wieder Noras natürliche Neugierde.
Regan hörte ein paar Minuten lang aufmerksam zu. Als sie sich verabschiedete, nahm Luke ihr den Hörer aus der Hand. »Wir können Ihnen nicht genug danken, Inspektor ... «
Nora sah Regan fragend an. »Was hat er dir erzählt?«
Plötzlich herrschte Stille im Zimmer. Veronica schien sogar das Armband vergessen zu haben. »Philip? Hatte er mit dem Mordversuch etwas zu tun?«
»Nein, nein – es war Val«, versicherte Regan ihr hastig. »Val und Cameron haben seit Jahren eine Liebesbeziehung. Damals, in Griechenland, hat er Athenas Tante ermordet, als sie ihn beim Einbruch überraschte. Beide wurden im Zusammenhang mit dem Verbrechen verhört. Die Polizei war sicher, daß das Ding von Insidern

gedreht worden war, und Val war die Hauptverdächtige. Livingston meinte – und ich kann es mir auch lebhaft vorstellen –, daß Athena völlig schockiert gewesen sein muß, als sie zufällig beobachtete, wie Val in Oxford in den Pub kam und sich zu Cameron gesellte. Und Cameron trug die kostbare Taschenuhr, die zusammen mit dem Schmuck gestohlen worden war. Val hat ausgesagt, Hardwick habe die Uhr mehrmals aus der Tasche gezogen, während er auf sie wartete. Natürlich fürchteten jetzt beide, daß Athena das beobachtet haben könnte. Hardwick hatte in einer Nische gesessen und nicht gesehen, daß Athena an der Bar saß – bis Val hereinkam und sie erblickte. Es war klar, daß Athena sich auf das, was sie sah, einen Reim machen konnte. Warum sonst hätte sie versuchen sollen, die Ziffern von Vals Nummernschild aufzuschreiben?«

Regan seufzte. »Sie wußten, daß alles herauskommen würde, wenn sie zur Polizei ginge. Deshalb folgten sie ihr nach draußen, holten sie ein ... «

»Warum geschah der Mord so nahe an meinem Grundstück?« fragte Veronica.

»Livingston meint, daß Athena Philip fragen wollte, was sie tun sollte, und deshalb in Richtung Llewellyn Hall rannte. Sie war emotional von ihm abhängig und hatte ihn zu ihrem Vertrauten gemacht. Hardwick hat sie in der Nähe Ihres Hauses getötet, und natürlich wollten sie die Leiche so schnell wie möglich loswerden.«

Regan zögerte. »Veronica, du mußt dir klarmachen, daß Philip von Vals Plänen absolut keine Ahnung hatte. Val hat Penelope Gift auf das Essen gestreut, damit du allein fährst. Cameron Hardwick wollte ganz sicher gehen, daß du New York nicht lebend erreichst. Philip und Val wollten heiraten und nach deinem Tode wäre dein Besitz im Handumdrehen an eine Hotelkette verkauft worden. Sie fürchteten, daß du deine Verwandten in Amerika liebgewinnen und dein Testament ändern könntest.«

»Aber sie hat doch selbst vorgeschlagen, daß *du* mich begleiten solltest«, protestierte Veronica.

»Es war alles etwas bedrohlich geworden. Val meinte, daß Athena mir vielleicht etwas über den Tod ihrer Tante erzählt haben könnte. Sie wußte, daß ich an dem Fall arbeitete und immer wieder versuchte, mich an alle Einzelheiten zu erinnern und die Zusammenhänge zu erfassen. Ich führe Tagebuch, und ich bin ausgebildete Detektivin.«

»Ich verstehe.« Aus ihrer nächsten Frage wurde deutlich, daß Veronica es tatsächlich verstanden hatte. »Wir trafen Val ein Jahr nach dem Einbruch in Griechenland. Sie hat immer sehr bescheiden gelebt. Was hat sie denn mit ihrem Anteil an den Juwelen, die aus dem Safe von Athenas Tante gestohlen wurden, gemacht?«

Regan lächelte. »Veronica, wenn du einen Job als Detektivin suchst, nehme ich dich sofort. Hardwick war von jener Taschenuhr fasziniert und hat sie sich als seinen Anteil genommen. Sie ist außerordentlich kostbar, aber wenn er versucht hätte, sie zu verkaufen, dann wäre sie sofort erkannt worden. Er hat sie immer behalten: Val verkaufte die Steine aus ihrem Anteil an den Juwelen für zweihunderttausend Dollar und legte das Geld in ein Safe. Ihr Bankkonto ist in all diesen Jahren von der Polizei immer wieder überprüft worden, und Val wußte das. Dann machte sie mit ihrem Gelegensheitsliebhaber einen guten Handel. Er würde uns beiseite schaffen. Als Philips Ehefrau hätte sie, sobald sie Llewellyn Hall ver-

kauft hätte, auf großem Fuß leben können. Und Hardwick hätte die Taschenuhr und bekäme darüber hinaus noch zweihunderttausend Dollar in bar.«
Veronica nickte. »So ist das also. Vielleicht hätte ich mein großes Geheimnis doch nicht bis zum nächsten Jahr hüten sollen.«
»Geheimnis?« fragte Regan.
»Natürlich. Ich werde Llewellyn Hall, die fünfzig Acres unmittelbar darum herum und ein gewisses Treuhandvermögen Philip überlassen. Den Rest des Vermögens werde ich Saint Polycarp's überlassen; es soll benutzt werden, um das Sir-Gilbert-Exner-Zentrum für Dichtkunst einzurichten. Der liebe Philip wird auch in Zukunft seinen zauberhaften Blumengarten pflegen können. Und er wird selbstverständlich eine lebenslange Anstellung als Lehrer in Saint Polycarp's bekommen.«
»Das ist ja wunderbar, Veronica«, rief Regan und fragte sich, wie die Verwandten, die am Kai warteten, auf diese Neuigkeit wohl reagieren würden.
Als sie in den Hafen einliefen, stand eine Gruppe lebhaft diskutierender Passagiere in der Camelot-Suite. Man trank Champagner und prostete der Freiheitsstatue zu. Luke und Nora luden alle Anwesenden zu einem Brunch in der »Grünen Taverne« ein.
»Ob ich wohl auch Kinder mitnehmen kann?« fragte Immaculata.
»Natürlich«, antwortete Luke mit Nachdruck.
Sylvie fragte ängstlich: »Kann Violet auch kommen? Ihr Flugzeug nach Florida fliegt erst um fünf Uhr ab.«
»Sie war übrigens die erste, die Cameron Hardwick mit Griechenland in Verbindung gebracht hat. Sie ist natürlich herzlich willkommen«, sagte Regan.

Dale wandte sich Kenneth zu. »Komm, wir verschieben den Termin für unsere Heimreise und bleiben bis morgen.«

»Gute Idee.«

Die Aussicht auf den Fünfzigtausend-Dollar-Scheck und das Ende der Alpträume über Polizisten, die ihn am Kragen packen, hatten Gavin in eine euphorische Stimmung versetzt. Er würde den restlichen Tag am Telefon verbringen und mit allen Kolumnisten plaudern. Und wer weiß, vielleicht würde die Serie »Gavins Gäste« auch wieder in das Programm aufgenommen werden.

New York

Gott sei Dank kamen sie schnell und ohne Probleme durch den Zoll. Nur einmal wäre es fast noch in letzter Minute zu einer Katastrophe gekommen: als Veronica einen der drogenschnüffelnden deutschen Schäferhunde umarmen wollte. »Süß, wirklich süß«, murmelte sie und wollte gerade ein Hundeohr packen, aber Regan riß ihre Hand noch in letzter Sekunde zurück.

Also – den netten Buttacavola-Clan wird bestimmt jeder erkennen, dachte Regan. Die Mitglieder der Großfamilie standen direkt vor dem Zolldurchgang. Mario Junior sah genau aus wie sein Vater. Regan hatte inzwischen so viele Bilder von Roz, Mario dem Dritten und Concepcione gesehen, daß sie sie an Hand der Luftaufnahme eines Fußballstadions hätte erkennen können. Immaculata umarmte voller Begeisterung die Kinder und zerdrückte dabei den Rosenstrauß, den Mario der Dritte ihr gerade überreichen wollte. »Wartet, bis wir euch erzählen, was für ein Held euer Großvater ist«, rief sie und bedeckte die Kleinen mit Küssen.

»Mami hat gerade gekotzt«, berichtete Mario der Dritte, nachdem er sich aus den Fängen seiner Großmutter freigekämpft hatte.

»Roz, ist alles in Ordnung mit dir?« fragte Immaculata entsetzt.

»Die morgendliche Übelkeit, Großmama«, antwortete

Roz mit einem breiten Lächeln. »Nunzio oder Fortunata wird wahrscheinlich gerade richtig zum Valentinstag ankommen.«

»Aaaahhhhh!« Immaculatas Freudenschrei übertönte den Verkehrslärm des West Side Highway.

Es war auch leicht, Veronicas Cousine und ihre zwei Töchter zu entdecken. Die Mutter hielt ein Schild in die Höhe: WILLKOMMEN, TANTE VERONICA.

»Ah, da ist ja mein Fleisch und Blut«, rief Veronica und eilte zu ihnen hinüber. Die Wartenden hatten zum Empfang offenbar eine Art Hofknicks eingeübt.

Das ganze Theater wird euch nicht viel nützen, ihr Lieben, dachte Regan.

»Hallo Regan, Regan!« Jeffs vertraute Stimme bewirkte, daß sie sich hastig umdrehte. Einen Augenblick später hob er sie in die Höhe. Über seine Schulter hinweg konnte sie Kits lächelndes Gesicht erkennen.

»Ich hab' euch ein paar Pralinen mitgebracht«, sagte Jeff. »Jemand in der ersten Klasse hat sie mir geschenkt.«

»Na, wenigstens bist du ehrlich.« Es war schön, Kit und Jeff wiederzusehen.

Kit wedelte einen Brief hin und her. »Die erste Bitte um eine Spende für Saint Polycarp's kam per Eilboten!«

In der »Grünen Taverne« prosteten alle einander zu.

»Mein Gott, was können diese Kinder essen!« murmelte Kit leise.

Violet Cohn, die überaus zufrieden war, wieder einmal recht gehabt zu haben, erzählte Kenneth und Dale, wie entsetzlich unhöflich Cameron gewesen sei, als er sie in Griechenland als Kellner bedient habe. »Können Sie sich vorstellen, daß er mich hinter vorgehaltener Hand eine ›alte Schachtel‹ genannt hat?« Die entsetzten Mienen, die alle zur Schau trugen, hätten selbst Sir Laurence Oliviers Schauspielkünste in den Schatten gestellt.

Regan vermutete, daß Sylvie und Milton unter dem Tisch Händchen hielten.

Gavin bemühte sich eifrig um Nora. »Wenn ›Gavins Gäste‹ wieder ins Programm aufgenommen wird, dann möchte ich, daß Sie mein erster Gast sind. Mein Gott, wir werden dem Publikum wirklich eine Menge zu erzählen haben.«

Luke murmelte: »Nora, du mußt aber unbedingt den richtigen Sender einstellen, bevor du das Haus verläßt.«

Veronica wandte ihre Aufmerksamkeit einen Augenblick lang von ihren demonstrativ liebevollen Verwandten ab. »Und ich möchte unbedingt, daß man mir die Tonbandaufzeichnung davon schickt. Nora ist wirklich so außerordentlich liebenswürdig. Regan sagte mir, Sie beide hätten es verhindern wollen, daß ich mich während dieser ganzen Kreuzfahrt mit meiner Biographie abplage. Das ist wirklich sehr lieb. Nun, jetzt haben wir aber endlich ein wenig Zeit füreinander.« Sie hob ihr Glas. »Auf einen wunderbaren Monat mit meinen Verwandten und Freunden und eine sichere und abwechslungsreiche Überfahrt zurück nach England. Regan, hättest du Lust, mich auf der Rückreise zu begleiten?«

Regan atmete tief durch. »Also, ich w-w-weiß nicht, Veronica.« Mein Gott, dachte sie, ich fange allmählich an, wie Philip zu reden. »Inspektor Livingston hat mir gesagt, daß Penelope dir unbedingt nach New York nachreisen möchte. Vielleicht solltest du ihr eine Chance geben.«

»Da hast du wahrscheinlich recht, Regan. Die Arme hat meinetwegen eine schreckliche Zeit durchgemacht ... «

»Aber denke bitte an eines«, fügte Regan hinzu. »Sag ihr, sie solle das Rezept für ihre leckeren Pastetchen daheim lassen. Sie würden bestimmt nicht durch den Zoll kommen.«